爆破

THE MONKEY WRENCH GANG

モンキーレンチギャング

エドワード・アビー著

片岡夏実訳

築地書館

monkey wrench
名詞：自在スパナ、モンキースパナ、モンキーレンチ……
（口語で）じゃまだてするもの。
――『リーダーズ英和辞典』

爆破

THE MONKEY WRENCH GANG

モンキーレンチギャング

エドワード・アビー著

片岡夏実訳

築地書館

序文

まだ見ぬ日本のモンキーレンチャーたちへ

コロラド高原へようこそ。そしてそれを守ることを決意した者たちの物語へ。

アメリカ本土四八州に残されたもっとも人里離れた地域――日本とほとんど同じ面積を持つ広大な土地で、人口は日本のわずか一パーセント――を、あなたはかいま見ることになるだろう。

エドワード・アビーは六二年の生涯の大半をここで送った。彼は見ていた。多くの場合、怖れおののきながら、高原の開発が始まり、つい四〇年前まで白人移住者が歩いたことのない道の地図をまだ作っていたような土地に最初のハイウェイが、発電所が、コンビニエンス・ストアができるのを。

『モンキーレンチ・ギャング』は、自分が愛する景観の破壊だけでなく、至る所で行なわれている急速な開発に対するアビーの返答である。この物語は西部《ウエスタン》小説の古典となると同時に、世界中の環境問題に関心のある人々に刺激を与えた。

コロラド高原は地球上でも屈指のユニークで雄大な土地である。ここには世界的に有名なグランド・キャニオンがある。コロラド川が刻んだ深さ一・五キロ、長さ四〇〇キロ、幅二〇キロもの巨大な峡谷だ。グランド・キャニオンは、この地域一帯にふんだんに埋蔵されている自然の驚異という宝石の一つに過ぎない。高原の標高、気候、岩、河川は一体となって驚くべき景観を創りだしており、その写真はほとんど地球のすみずみにまで行き渡っている。

コロラド高原のもっとも顕著な特徴は、岩――その硬度、形状、色――である。大きさは小石から巨大な塔や断崖まで様々で、大部分は軟らかい。岩の多くは

「砂岩」なのだ。うまく名付けたものである。手で握りつぶしただけでそれは細かい砂粒になる。鮮やかな赤、オレンジ、黄色の層をなす切り立つ崖は、異なった地質の隆起によって形作られている。さしわたし数十メートルの壮麗なレッドロック（赤い砂岩）のアーチは、雨水に濡れた砂岩がくり返し凍ることで刻まれたものだ。時が経つにつれ、膨張する氷が岩を少しずつ剥がす。氷、水、風はまた、「ひれ」と呼ばれるオレンジ色をした薄い垂直の岩壁群の形成にも与っている。「ひれ」は高さ数百メートルの天然の迷路を創りだし、通り抜けようとする者の多くを閉じ込める。

六五〇〇万年ほど前に始まるゆるやかな隆起によって、かつては海岸であったこの土地は、地質学的に喜びに満ちた場所へと変貌を続けている。現在では海から二〇〇〇メートル高く、一三〇〇キロ内陸に位置している。山が高くなるにつれ、川は低く流れるようになる。一般的な砂漠の環境とは違い、この地域は三本の川に恵まれている。それらは合流し、大河コロラド川となる。川は景観に独特の不思議な作用を加え、青葉茂る大聖堂のような岩屋、狭く細長い谷間だけでなく、グランド・キャニオンのような大峡谷をも刻む。

年間降水量わずか二五〇ミリのコロラド高原は――定義の上では――砂漠であるが、不毛の地ではまったくない。藻類、地衣類、苔類、菌類の混合物である「潜生土壌」が湿った砂の中をゆっくりと広がって、土を固定し、水分を保ち、養分を供給する繊維を残す。おかげで植物は砂に根を下ろすことができる。

高原の八〇パーセント以上で見られるこのデリケートな土壌は、熟成に五年から五〇年かかることもあり、それでも人間が踏んだだけで壊れてしまう。

高原では三万種以上の植物が見られ、アメリカ南西部から連想されがちなサボテンは、そのうち一五七種に過ぎない。高原を流れる河川の岸に沿って、コットンウッドとヤナギが立ち並んでいる。標高が上がるにつれ、ネズ、マツ、トウヒ、アスペンなどが目につくようになる。エルク、シカ、ムース、クマがここを生息地としている。ワシ、ハヤブサ、ワタリガラス、あらゆる種類の爬虫類、齧歯類も。このように豊かな生物多様性は、他の砂漠生態系では例を見ず、それを取り囲む地質と相まって、目を見張る景観を創りだしている。

アビーが思い起こさせてくれるのは、高原に生きるものを妨げるのは降水量ではなく、むしろずかずかと踏み荒らす人間であり、その家畜であり、自動車だということだ。

皮肉にも、この地域はかつて、現在よりはるかに人口が多かった。一〇〇〇年前、古代プエブロ文明を起源とする二〇〇万ほどの人々が、この高原を住処とした。彼らはレッドロックの崖を穿って都市を築き、用水路を掘って灌漑農業を行なった。約三〇〇年後、古代プエブロ人は姿を消した。

この古代の人々に何が起きたのか、謎を解き明かすために世界中の考古学者がコロラド高原を訪れる。アビーならこう言うだろう。自然を操作しようという自分自身の才気と努力の、彼らは犠牲になったのだ、と。紀元前二〇〇〇年にメソポタミアで起きたシュメール帝国の滅亡のように、人間が土地に要求するものが、土地が人間を支える能力を上回ったのだ。

抵抗のために立ち上がらないかぎり、同じことが地球にも起きるとアビーは考えた。『モンキーレンチ・ギャング』は同じような考えを持つ多くの人々に勇気を与えてきた。本書出版の数年後、新しい形の環境保護運動が形作られ始めた。

本書に書かれた戦術、戦略、哲学の一部を手本として、「アース・ファースト！」という団体が登場したのだ。その使命《ミッション》は「母なる地球を守るために妥協はしない」。一九八〇年一一月に発行された会報第一号は次のように述べている。「アース・ファースト！は、地球を第一に想う人々の純粋で、非妥協的で、急進的な姿勢を取ることを宣言する」

四カ月後、アビーはこのグループの最初の大がかりな公開イベントに参加する。それは、まさに本書の始まる場所――コロラド川のグレン・キャニオン・ダム――を舞台とするものだった。彼らは世界で一九番目に大きなダムのてっぺんに立ち、長さ一〇〇メートルの黒いプラスチック・シートを壁面に垂らして、ダムに亀裂が入ったかのように、それによって川が解き放たれたかのように見せた。アビーは述べた。

「彼らはさらなるダムを、導水事業を、我々の森の皆伐を、我々の山の露天掘りを企てている。すべては目先の利益のため、すべては産業軍事帝国が自壊を避けられなくなるまで機能し、成長するためである……。

我々の故郷を破壊から守るために必要なものであれば、いかなる手段をとろうとそれは道徳的に正当である」

それから二〇年ほどが経った現在、アース・ファースト！はアメリカ、カナダ、ヨーロッパ、オーストラリアの各地で活動を続けている。エドワード・アビーは死んだかもしれない。だがこの本に表された精神は、アース・ファースト！や、その他世界中の先進的な環境団体の中に生きている。そう、力強く。

オーエン・ラマーズ

ユタ州モアブ
二〇〇一年三月

ネド・ラッドを記念して

……1779年頃に存在した狂人。
激情に駆られ、レスタシャーの「メリヤス工場」が
所有する編み機２台を叩き壊した。
――『オックスフォード・ユニヴァーサル・ディクショナリー』

ラッド王以外の王はすべてくたばれ。
――バイロン

sabotage（サボタージュ）
名詞　仏語＜sabot（木靴）＋-age：木靴で機械類に損傷を
与えたことから……
――『ウェブスター・ニュー・ワールド・ディクショナリー』

目次

本書は、小説の形をとってはいるが、厳密に歴史的事実に基づいている。本書に描かれている人物、事件等はすべて実在し、あるいは現実に起きたことである。すべては今からほんの一年前に始まった。

E・A

アリゾナ州　ウルフホール

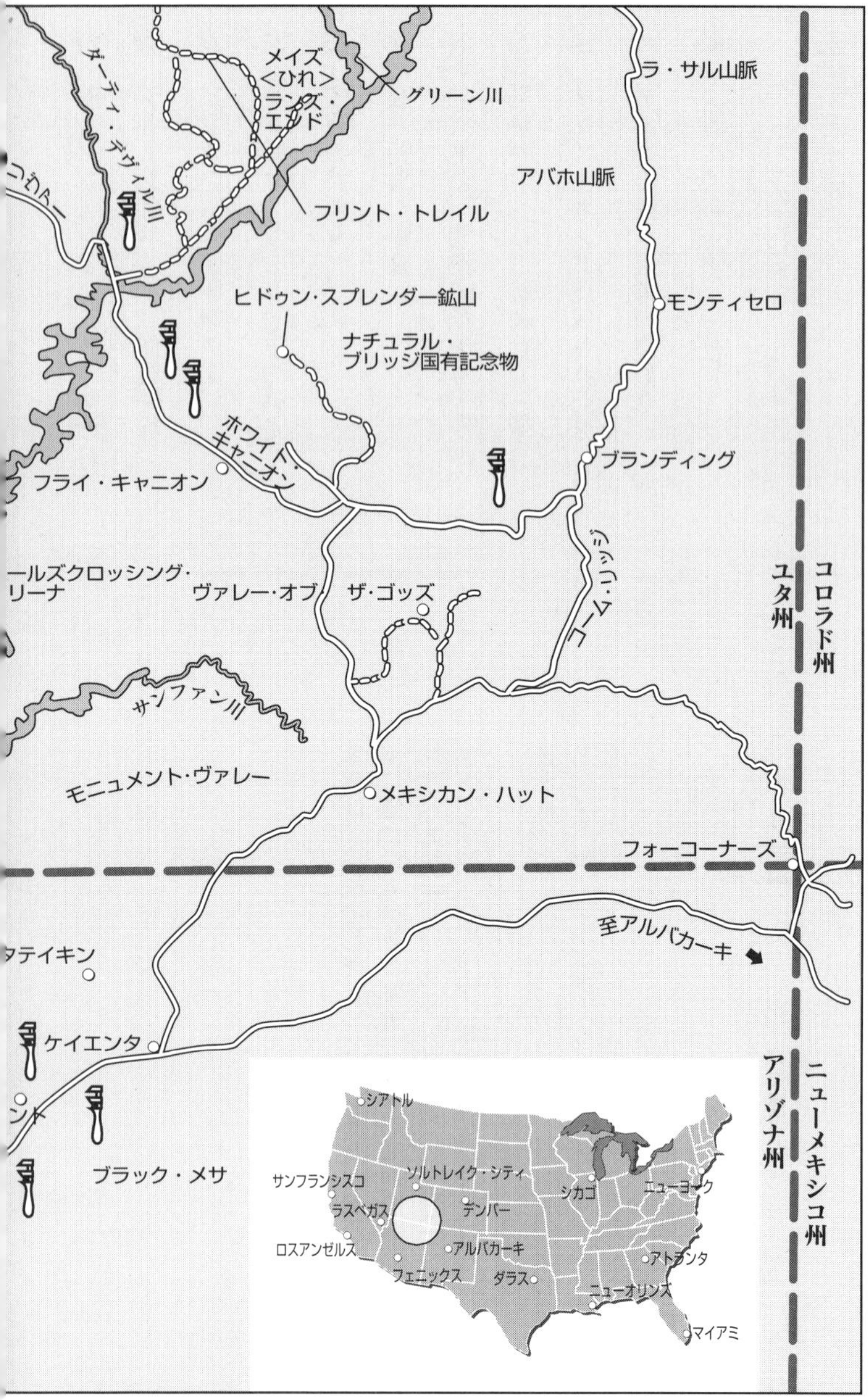

メイズ
<ひれ>
ランズ・
エンド
グリーン川
ラ・サル山脈
ダーティ・デヴィル川
アバホ山脈
フリント・トレイル
モンティセロ
ヒドゥン・スプレンダー鉱山
ナチュラル・
ブリッジ国有記念物
ホワイト・
キャニオン
フライ・キャニオン
ブランディング
コーム・リッジ
ールズクロッシング・
リーナ
ヴァレー・オブ・ザ・ゴッズ
ユタ州
コロラド州
サンファン川
モニュメント・ヴァレー
メキシカン・ハット
フォーコーナーズ
至アルバカーキ
タテイキン
ケイエンタ
ブラック・メサ
アリゾナ州
ニューメキシコ州
シアトル
サンフランシスコ
ソルトレイク・シティ
シカゴ
ニューヨーク
ラスベガス
デンバー
ロスアンゼルス
アルバカーキ
アトランタ
フェニックス
ダラス
ニューオリンズ
マイアミ

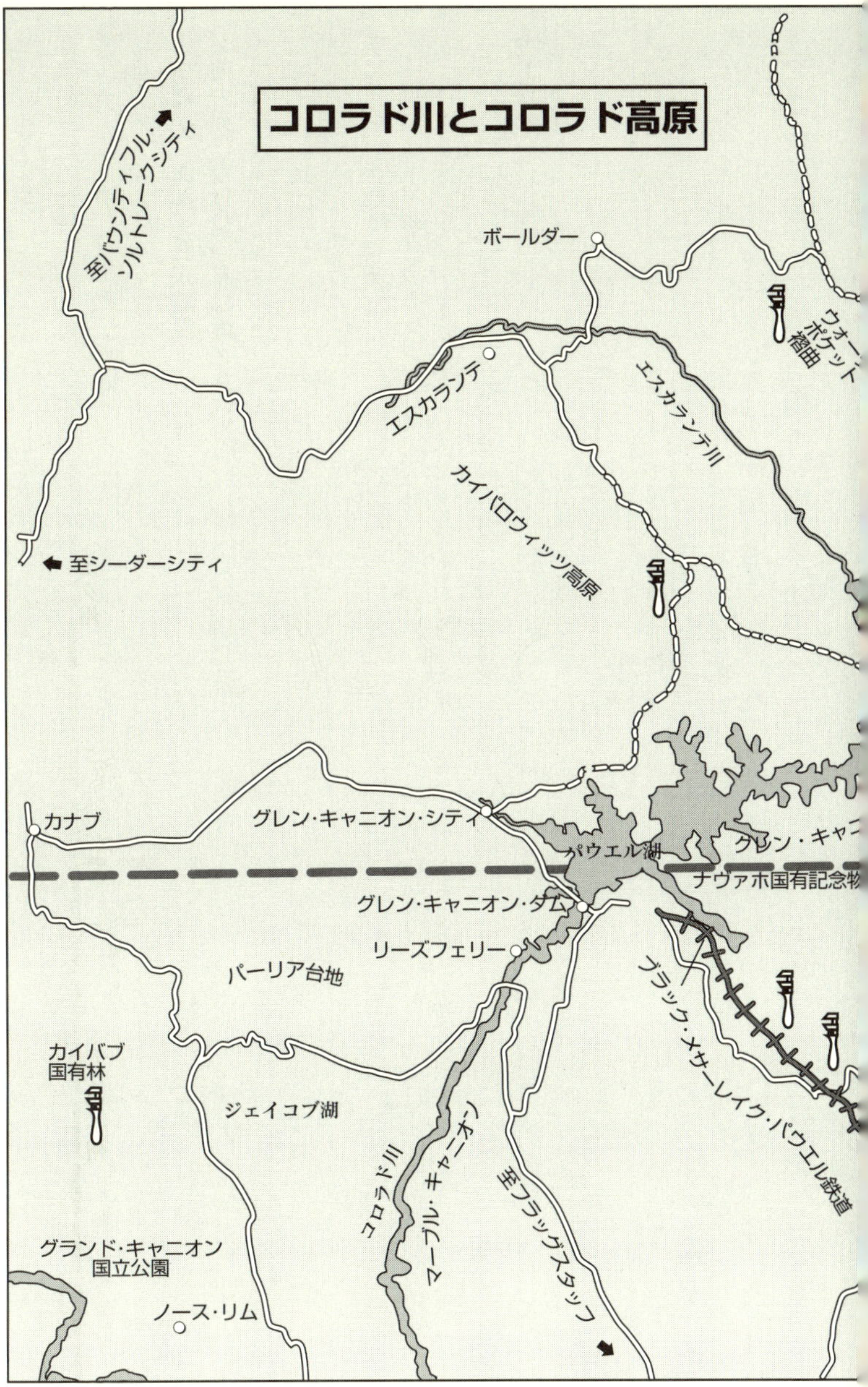

コロラド川とコロラド高原
至バウンティフル・ソルトレークシティ
ボールダー
ウオーターポケット褶曲
エスカランテ
エスカランテ川
カイパロウィッツ高原
至シーダーシティ
カナブ
グレン・キャニオン・シティ
パウエル湖
グレン・キャニ
ナヴァホ国有記念物
グレン・キャニオン・ダム
リーズフェリー
パーリア台地
ブラック・メサ－レイク・パウエル鉄道
カイバブ国有林
ジェイコブ湖
コロラド川
マーブル・キャニオン
至フラッグスタッフ
グランド・キャニオン国立公園
ノース・リム

……だが、ああ、我が砂漠よ
お前の死にだけは、私は耐えられない
――リチャード・シェルトン

多く抗い、少なく従え
――ウォルト・ホイットマン

今しかない
――ソロー

序章
余波

アメリカ合衆国の二つの自治州を結ぶ新しい橋が完成した。

次は演説だ。

旗、楽団、電子工学的に増幅された工業技術的美辞麗句の出番だ。公式の挨拶の時間だ。

人々は待つ。

橋は垂れ幕やリボンや蛍光色の旗でごてごてと飾り立てられ、準備万端整っている。公式の開通を、最後の式辞を、テープカットが行なわれ、リムジンが進み出るのをみんなが待っていた。たとえ実際には、すでに六カ月前から、橋には商用車が激しく行き交っていようとも。

取り付き道路には動かない自動車の長い列が、北と南に一マイル連なり、それを州の白バイ警官が見張っている。革の服をきしませ、暴動鎮圧用ヘルメット、バッジ、銃、催涙スプレー、警棒、無線機で身を固めた、無愛想で鈍重な男たち。高慢で、タフで、ピリピリした富と権力を持つ者の手先。武装した危険な奴ら。

人々は待つ。

ぎらつく日差しにうだり、静かに吠える太陽のもと、甲虫のようにぴかぴか光る車の中で炙られながら待つ。あのユタ—アリゾナ州境の砂漠の太陽。中空で地獄のように燃えさかる、プラズマの光球。五〇〇〇人が車の中であくびをし、警官に脅え、政治家の単調な演説に退屈しきっていた。

子供たちは金切り声を上げて後部座席でけんかし、フリッジド・クイーン・アイスクリームをあごやひじにだらだら垂らし、ヴィニライト製シートカヴァーの一価の基《き》の上にジャクソン・ポロック・マーガリンの水溜まりを作る。拡声器から流れてくる大音響を、みんな我慢していたが、誰ひとり耐えられる者はいなかった。

　橋自体は単純で優美な、目の細かい鋼鉄のアーチである。事実の陳述のように即物的で、その上にはアスファルト道路、歩道、手すり、街路灯といった付属品が載っている。長さは四〇〇フィートで、それがまた、峡谷、グレン・キャニオンの深さは七〇〇フィートある。峡谷の底を流れる川は、人間が利用できるように飼いならされたコロラド川、すぐ上流にあるグレン・キャニオン・ダムの底から放水されたものだ。

　かつて「赤《コロラド》」という名が示すように金茶色の水が流れていた川には、今では冷たく緑色に澄んだ氷河の色の水が流れている。

　大きな川――さらに大きなダム。ダムは灰色に切り立ったコンクリート壁の凹面を橋に向けて、無情におし黙っている。中身がぎっしりと詰まった八〇万トンの重力ダムは、河床と峡谷の岸壁を形作る五〇〇〇万年かけて堆積したナヴァホ累層の砂岩に埋め込まれている。栓、障壁、分厚いくさび、ダムは途方に暮れる川の力を、導水管と発電タービンへと導く。

　それはかつて力強い川であった。

　今では幽霊だ。


　カモメとペリカンの魂が、一〇〇〇マイル下流の干上がったデルタの上を飛んでいく。ビーヴァーの魂が泥で黄色くなった水面を上流へ泳いで行く。かつてはオオアオサギが、長い足をぶら下げて、蚊のように軽々と砂州に舞い降りていた。アメリカトキコウがハヒロハコヤナギ《コットンウッド》の間でしわがれた声を上げていた。鹿は峡谷の岸辺を歩いていた。ギョリュウの中のユキコサギが羽を川風になびかせていた……。

　人々は待つ。

　演説は続く。

　たくさんの丸い口、一つの演説、ほとんど聞き取れない言葉。電気回路の中にお化けがいるかのようだ。拡声器は木炭のように黒く、道路から三〇フィート上にある雁首型の街灯の柱にラッパの口を開いて、火星人のようにわめいている。意味の寄せ集め、情報化されたポルターガイストの金切り声とたわ言、窒息した語句と細切れの段落が、いずれも変わらぬ権威の虚ろな轟きを伴ってワンワン響いてくる。

　……この誇るべきユタ州の「ピィィィィィィ！」このようなすばらしい橋の開通式に列席「ガリ！」機会をいただきましたことを喜ばしく存じ「ピィィィィ

イィ！」私たちを偉大なるアリゾナ州と結び、急速な成長「ヴヴィィィィインンン！」引き続き成長と経済的「ガゴ！　ボワン！」の促進と確保に役立つ「ヴィィィィインンン！　キィィィインンン！」知事閣下、このすばらしい機会に勝る喜びは「ガゴン！」私たちの二つの州が「ブォン！」あの偉大なダムによって……。

さらに待つ。

演説も聞こえなければ警官の目も届かない、車の列のはるか後ろの方でクラクションが鳴った。そしてもう一つ。一台の車がクラクションを鳴らしっぱなしにした。警官が一人、ハーレー・ダヴィッドソンの上で振り向き、顔をしかめ、列の後ろへ向かって大きなバイクをゆっくりと進めた。警笛は止んだ。

インディアンも今か今かと待っている。ハイウェイの上、居留地側の川岸にある開けた丘の中腹に集まった、ユート族、パイユート族、ホピ族、ナヴァホ族の気のおけない仲間たちが、真新しい小型トラック《ピックアップ》が並ぶ間をぶらついていた。男も女もトーケーワインを飲み、群がる子供たちはペプシコーラを飲み、みんなティッシュペーパーにマヨネーズを塗ったみたいなワンダーやレインボーやホルサム・ブレッドのサンドウィッチをむしゃむしゃやっていた。我らが気高い赤い肌の兄弟たちは、橋の上の式典にじっと目を注いでいるが、耳と心はカーラジオから響いてくるマール・ハガードやジョニー・ローンやタミー・ウィネットと共にあった。アリゾナ州フラッグスタッフのK―A―O―S放送――Kaos《カオス》（混乱）！――がお送りしています。

市民は待つ。

もったいぶった声がだらだらとマイクに流れ込み続け、張りめぐらされた配線を通って、調子はずれのスピーカーから出てくる。アイドリングしている車に詰め込まれた何千もの人々は誰も、早く解放されて鋼鉄のアーチ、あの重さがないかのような橋の初渡りをしたいと思っている。峡谷の深淵、ツバメがすいすいと滑空する広大な虚空に、あんなにも優雅に架かるあの橋を早く渡りたいと。

七〇〇フィート。

このような高低差の意味を完全に把握することは難しい。川ははるか下で、岩の間を泡立ち流れている。その轟きも上で聞けばため息のようだ。風がひと吹きすればため息は運び去られる。

真ん中に固まっているお歴々とマイクの周りに集ま

った要人、手すりと手すりの間に象徴的な柵として渡された赤白青の三色テープ一本以外、橋の上に邪魔者はいない。黒いキャデラックが、橋の両端に一台ずつ停まり、公用車の向こうでは木製のバリケードと白バイ警官が、群集を寄せ付けないようにしている。

ダム、貯水池、川と橋、ペイジの街、ハイウェイ、インディアン、人民とその指導者のはるか向こうに、バラ色の砂漠が広がっている。七月の強烈な陽光のもと、そこは暑かった。地面の高さではおそらく華氏一五〇度（摂氏六五度）近いはずだ。分別のある生き物はみな、日陰に潜むか、地下の涼しい穴ぐらで日が沈むのを待っている。そのピンクの荒地に、人間は住んでいない。五〇マイル彼方で地平線を描いているビュート、メサ、台地の垂直の岸壁まで、一面延々と続く岩と砂を越えて、より遠くへとさまよう視線を留めるものは何もない。ブラックブラッシュとサボテンの藪が点在し、いじけ、ねじくれた悲しげな様子のネズの木がところどころに見られるほかは何も生えない。あとはオランダビユが少し、ヘビ草《スネークウィード》が少し。それだけだ。動くものも何もなく、ただ白いつむじ風、ふわふわした小さな砂埃の竜巻がふらふらと岩の柱にぶつかり、消え失せるだけだ。惨事を見ているものは誰もいない。三〇〇〇〇フィート上空を上昇気流に乗って舞っているコンドルの他には。

コンドルは、見たところ広い空に一羽きりのようだ。だがそうではない。どんなに視力の鋭い人間にも見えないはるか遠くから互いを感知して、他のコンドルがのんびりと滑空しながら待っている。地上に何か死んだものか死にかけたものを発見して一羽が降下すれば、他の鳥たちも、どこからともなく四方八方から飛んできて、頭を垂れ目を伏せて、愛する者の死体のまわりに集まるのだ。

橋に戻ろう。ユタ州カナブとアリゾナ州ペイジの合同高校マーチングバンドは、ぐったりしながらもやる気は十分で、今は元気よく「シャル・ウィー・ギャザー・アット・ザ・リヴァー」を演奏している。その次は「星条旗よ永遠なれ」。ややあって控えめな拍手、口笛、歓声。疲れた群衆は、終わりは近いこと、橋はもうすぐ開通することを感じ取っている。アリゾナとユタの州知事、カウボーイ・ハットと爪先の尖ったカウボーイ・ブーツ姿の陽気な太った男たちが、また前に出てきた。どちらも陽光にきらめく金色の巨大な鋏を振りかざしている。要りもしないのにフラッシュが焚かれ、テレビカメラは歴史が作られる瞬間を記録する。二人の知事が歩み出ると、作業員が見物人の中から飛び出してテープまで急いで走っていき、何かしらちょっとした、しかし間違いなく重要な最終調整を行なった。男は黄色い安全帽をかぶっており、そこには自分の階級を象徴する図案――アメリカ国旗、骸骨印、鉄十字――が転写してあった。うす汚いつなぎの背中に、くっきりとした書体で、銘文が刺繍されている――**アメリカ：愛さないのなら手を出すな**。作業が完了すると、男はそそくさと引き返し、彼にふさわしい場所、人込みの中にまぎれた。

　クライマックスの瞬間。群衆は歓声を上げる用意をしている。ドライヴァーはわれさきに車に飛び乗る。エンジンを空吹かしする音。回転が上がり、タコメーターの針も跳ね上がる。

　最後のひと言。お静かに。

「さあ、どうぞ。切って下さい」

「私が？」

「ふたりいっしょに。さあ」

「お話では確か……」

「いいでしょう。わかりました。お下がりになって。こうかな？」

　ハイウェイにいた群衆の大部分には、次に起きたことがよくは見えなかった。しかし丘の中腹にいたインディアンには、すべてはっきりと見えた。特等席だ。煙がぱっと立つのが見えた。黒い煙が、テープのカットされた端から出ている。バチバチと火花を散らしながら、テープは導火線のように橋の手すりに向かって燃えていった。お偉方が急いで撤退すると、プログラムには載っていない花火の炸裂があたり一面で起こり、その後を追いかけていくのがインディアンの目には映った。垂れ幕の美しいひだの下からローマ花火が吹き出し、ねずみ花火に、爆竹に、かんしゃく玉に火を点ける。完全に橋の上から人がいなくなると、歩道沿いの花火が一斉に火を吹く。ロケット花火が打ち上げられて空中で弾け、シルヴァー・サルート、空中爆弾《エアリアル・ボム》、M八〇が炸裂する。煙と炎が踊り狂うように渦巻きながらわき上がり、飛び散った。つながった爆竹がいくつか、煙を吹く鞭のように宙を飛び、パンパンはじけながら知事の足元でのたうつ。群衆は歓声を上げ、これが式典の山場だと思った。

　そうではなかった。本当の山場は別にあった。突然橋の中央が、下から突き上げたように持ち上がり、ぎざぎざの線に沿って二つに折れた。この不条理な裂け目から、稲妻のようなジグザグを描いて、一面の真っ赤な炎が空へ向かって吹き上がる。すぐに続けて咳込むような大音響、雷鳴のように恐ろしげな高性能爆薬の咳が、巨大な峡谷の砂岩の岸壁を揺るがせる。橋は花が散るようにばらばらになった。各部を物理的につなぐものは、もはや何もなかった。破片と断片は折れ曲がり、陥没し、倒れ、落下し始め、力が抜けたように奈落の底へと沈んでいった。固定されていない物体――金メッキした鋏、モンキーレンチ、二台の無人のキャデラック――は、陥没して恐ろしく傾いた道路を滑り落ち、ゆっくりと回転しながら宙に投げ出された。落下には長い時間がかかり、ついにはるか下の岩や川に叩きつけられた時も、衝撃音（それが届くまでにまた時間がかかった）は耳を澄ましていてもやっと聞こえる程度だった。

橋は消えた。ぐしゃぐしゃになった両端部分の残骸がまだ、岩盤に埋め込まれた基礎にしがみついていた。それが向きあってぶらぶらしているさまは、互いに突きだした指が、頭では触れあおうと思っていながら、気持ちがついていかないかのようだ。大惨事が立てた濃密な土埃は、崖ふちを越えて空へと広がり、一方アスファルトとセメントの板、鋼鉄と鉄筋の切れ端や破片は、逆に空から谷底へと落ち続け、七〇〇フィート下で濁りながらものんびりと流れる川にしぶきを上げている。

峡谷のユタ側の岸では、知事、道路局長、州公安局の高官二人が、大またで群衆の中を抜け、まだ残っていたリムジンに向かっていた。憤然とした厳しい表情で、彼らは歩きながら協議した。

「こんなふざけた真似は二度とさせません、知事。お約束します」

「その約束は前にも聞いたような気がするがね、クランボー」

「この前は私は担当ではありませんでした」

「それがどうした。何をやっておるんだ？」

「奴らの尻尾を掴みました。奴らが何者で、どのように動いていて、次に何を企んでいるのか、かなり見当がついています」

「だがどこにいるかはわからない」

「はい、今のところは。しかし時間の問題です」

「で、いったい奴らは次に何を企んでいるんだ？」

「信じられないかもしれませんが」

「言ってみろ」

クランボー警視監は真東を指さし、それを示した。

「ダムか？」

「そうです、知事」

「まさかダムを」

「そのまさかなのです。そう考える根拠があるのです」

「まさかグレン・キャニオン・ダムを！」

「馬鹿げていると思われるのはわかっています。しかし、それこそが奴らの狙いなのです」

　その間、空の上には、コンドルがただ一羽、平和な下界を見つめながら、のんびりと輪を描いて高く高く昇っていくのが見えた。コンドルはすばらしいダムを見下ろした。ダムの下流の生きた川を眺め、上流の青い溜まり水、キャビンクルーザーがミズスマシのように遊ぶあの貯水池を見た。ちょうどその時、二人の水上スキーヤーが引き綱をからませて水の中で溺れかかっているのが見えた。アスファルト道路上の金属とガラスの輝きを見た。延々と渋滞した車の列が、カナブへ、ペイジへ、テューバ・シティへ、パングウィッチへ、さらに遠くへと、湯気を立ててのろのろと帰って行く。本流の峡谷の暗い谷間を飛びすぎる時、コンドルは崩れ落ちた橋の根元と、谷底からまだゆっくりと立ちのぼっている煙と埃の黄色い柱に気づいた。

　相手のいないのろしのように、惨事の静かな象徴のように、耳には聞こえない驚きの声を表す巨大な感嘆符のように、舞い上がる土埃は不毛の平野の上に漂って、天に向かって立ちのぼり、あるいは最初の爆破現場へと降りて行く。つながりは失われた。ここでは空間だけでなく時間そのものまでがばらばらになってしまった。時は過ぎ去った。過ぎ去り、また巡り、先へ進み、そして崩れ去った。

　コンドルの目には、何の意味もない。食べるものは何もない。コンドルのこの上なく利く遠目には、土埃などには全く影響されることのないはるか彼方、西の地平線近くに蒼くきらめく星と同じだった……

1

発端《オリジンズ》Ｉ：Ａ・Ｋ・サーヴィス医学博士

まだらになった禿頭と、シベリウスのように険しく威厳のある粗削りの顔立ちを持つサーヴィス博士は、その夜も近隣美化事業に出かけていた。国道六六号線――後に全体主義国家の造る州間高速道路に呑み込まれてしまう――沿いの広告板を焼くのだ。手順は単純で、外科手術のようにすばやい。五ガロン缶入りのガソリンを狙いをつけた対象の脚と補強材にたっぷりかけて、マッチで火を点ける。誰にも趣味はあるものだ。

続いて紅蓮の炎が上がる。その中を博士がよたよたと、近くに停めたリンカーン・コンチネンタル・マークⅣに向かって歩いていくのが見える。空になったガソリン缶がすねに当たって音を立てるが、平然としている。背が高く鈍重な、熊のように毛深い男だ。その影は、炎に照らし出された割れたウィスキーの瓶、ヒラウチワサボテン、ウチワサボテン、すり減ったタイヤ、タイヤ再生のためにはがした古い接地面などの荒涼とした風景の中、非常に強い印象を与える。炎の輝きの中で、小さな充血した目にも赤い火が激しく燃えて、口に銜えた葉巻のほのかな火口と調和している。暗闇にくすぶりながら狂おしく輝く三つの赤い球。彼は立ち止まり、自分の仕事に見とれた。

やあ、みなさん
魅惑の土地の中心
ニューメキシコ州アルバカーキにようこそ

通り過ぎる車のヘッドライトが彼を薙ぐ。からかうように警笛が吠え、まだ尻が青く、血色の悪いニキビ面の若造が、部品が剥がれ落ちくたびれたムスタング、インパラ、スティングレイ、フォルクスワーゲンで通り過ぎる。ドライバーはそれぞれ睫毛の長い恋人を、骨盤をがっちり重ね合わせた格好で膝に乗せている。対向車のヘッドライトに照らされたシルエットをリアウィンドウ越しに見ると、車を「運転」しているのは二つの頭を持った——異形の——一人の乗員のようだ。別の恋人たちがバイクの二人乗りシートの上で尻と股とを押しつけあって、奇声を上げながら通り過ぎる。やかましい音がする排気管がついた八八〇ccのカワサキの改造バイク——ハラキリ、カミカゼ、カラテ、匍匐植物のクズのように、パールハーバー（憶えてる?）に奇襲をかけた友好的な人たちからの贈り物——は、火花とシリンダー内壁の削りくずを噴き出しながら、南西部の夜をかつて広く包んだ静寂を貫いて、発作を起こした機械の悪魔のようにけたたましく咆哮した。

一台として停まる車はなかった。ただハイウェイ・パトロールがかっきり一五分後に到着し、原因不明の看板の火事を、いい加減で横柄な本部の通信係に無線で報告する。それから手袋をはめた手に消火器をつかんで車から飛び出すと、か細く噴き出すヒドロクロリド・ナトリウム液（「水よりも濡れる」石鹸の泡のようによく粘着するからだ）を燃え盛る木材にしばらく浴びせていた。勇敢だが無駄な努力だ。数カ月間、時には数年間砂漠の風と乾ききった砂漠の空気にさらされ、水気を奪われているため、看板のもっとも堂々とした見ごたえのある部分である松材と紙は、分子の一つ一つが爆発的燃焼を切望しており、狂ったように火に欲に、ただひたすら、求めあう恋人たちのように火に包まれている。すべてを浄化する火。清めの炎。それを前にしては、アスベストの心臓を持つ冥界の放火魔もひざまずいて祈るだけだ。

その頃にはドク・サーヴィスは、自分が引き起こした炎のうねりを尻目に、道路わきの崩れやすい土手を下り、ガソリン缶を車のトランクに放り込んでいた。蓋——銀に輝く使者の杖の印が火明かりに映えている——を叩きつけるように閉めると前部座席の運転手の隣にどっかりと座り込む。

「次は?」彼女が訊いた。

ドクは開いた窓から溝へ向かって葉巻の吸いさしを弾き飛ばした。火口の軌跡が一瞬、闇夜に虹形の残像を描き、その終点で大量の金色の火花を散らす。新しいマーシュ・ウィーリングの封を切る。名高い外科医の手は引きつっても震えてもいなかった。

「西側をやろう」彼は言った。

大きな車はかすかなエンジン音とともに滑り出した。

車輪が路肩の空き缶やプラスチック皿を踏みしだく。密閉されたベアリングは、それを補助するグリースの中で滑らかに回る。オイルに浸ったピストンは、シリンダーに適度に締めつけられて、滑るように上下する。コネクティングロッドからクランクシャフトに、クランクシャフトからドライブシャフトに、陰嚢形のディファレンシャル・ハウジングを通り車軸を経由して、全パワーが車輪に伝わる。

前進。つまり思いに沈む静けさの中を、ニューメキシコ州アルバカーキの土曜の夜のちらつくネオン、痙攣するような弱弱強格《アナペプティック》のロック、激しいロールへ向けて進む（アメリカ人として土曜日の一夜を街で過ごすためなら、不滅の魂を売ったっていい）。グラッシー・ガルチを下り、明るく照らされたスモッグの下でラジウム鉱石の塊のように光っている二〇階建ての金融ビル街に向かって、車を走らせる。

「アブズグ」

「なあに、先生《ドク》？」

「愛してるよ、アブズグ」

「わかってるわ、ドク」

この地方独特の濃い色をした日干し煉瓦造りの、ライトアップされた葬儀場を通り過ぎた。ストロングソーン葬祭場――「死よ、おまえのとげは、どこにあるのか？」。突っ込め！　サンタフェ（聖なる信仰）鉄道の高架下――「ゆけよサンタフェどこまでも」

「ははあ」ドクが満足げにため息をつく。「これがいい、これがいい……」

「ええ。でも運転の邪魔しないで、悪いけど」

「黒い手、再び来襲」

「はいはい、ドク。わかったけど、事故るわよ。母に訴えられるわ」

「確かに。でもそれだけの価値はある」

市の西のはずれで化粧《スタッコ》しっくいとスペインタイルの戦前のモーテル群を過ぎ、低く長い橋の上を走る。

「ここで停めてくれ」

車が停まった。ドク・サーヴィスは川をしげしげと見下ろした。リオ・グランデ。ニューメキシコの大河。暗く複雑な水面が、雲に反射した街の灯を受けて光る。

「私の川だ」

「あたしたちの川」

「私たちの川」

「川下りに行きましょう」

「近いうちにな」ドクは指を唇に当てた。「耳を澄ましてごらん……」

二人は耳を澄ました。川は真下で何事かつぶやいている。何かメッセージのようなものを。いらっしゃい、先生。一緒に流れましょう。ニューメキシコの砂漠を渡り、ビッグ・ベンドの峡谷を抜けて、海まで、メキシコ湾まで、カリブ海まで。そこでは若い海の精《セイレン》たちが、あなたの毛のない頭にかぶせる海藻の花輪を編んでいます。ねえ、ドク。聞こえていますか、ドク？

「行こう、ボニー。この川を見ていると憂鬱がひどくなる」

「もちろん自己憐憫もね」

「既視感《デジャ・ヴュ》もだ」

「ふーん」

「わが厭世感《マイン・ヴェルトシュメルツ》も」

「感傷過剰《ヴェルトーシュモールツ》も。ドクの好きな」

「ふーむ……」ドクはライターを引き抜いた。「それはどうかな？」

「ねえ、ドク」川を見ながら、運転しながら、道路を見ながら、彼女はドクの膝を叩いた。「もうそんなことは考えないの」

　赤くなったコイルを葉巻に押し当てながら、ドクはうなずいた。ライターの輝きとダッシュボードの柔らかな明かりに照らされて、骨張り、禿げている代わりに顎鬚の生えたドクの大きな顔は、一朝一夕には身に付かないある種の威厳を見せている。フィンランドの作曲家、ジャン・シベリウスに眉毛と頬髭を付け、実り多き四〇代の精力をたっぷり与えたような外見だ。シベリウスは九二歳まで生きた。ドクにはあと四二年と半年ある。

　アブズグはドクを愛していた。ものすごく、というわけではないかも知れないが、それなりに。彼女はブロンクス出の難物だが、必要とあればリンゴのシュトルーデルのように甘くもなれた。アブズグの地声はたまに、彼女が不満な時などは、神経に触ることもある。だがキスかキャンディか出まかせの甘い言葉で、都会風の口調のもっとも耳障りな部分はやわらげることができる。毒舌家であるがその声音はそれでもモーゲン・デイヴィッドのように甘い（とドクは思っている）。

　ドクの母も彼を愛している。もちろんそうするより他なかった。それが彼女の収入源なのだ。

　ドクの妻は彼を愛していた。ドクには不相応なほど、現実離れして見えるほど。もし時間が十分あったなら、そこから抜け出たかも知れないが。子供たちはみんな成人して、東部に住んでいる。

　ドクの愉快な患者たちはドクが好きだったが、いつも治療費を払わなかった。友人は何人かいた。民主党の郡行政委員をしているポーカー仲間。医術臨床講義からの飲み友達。ハイツの隣人数名。親密な者はいない。数少ない親友はいつも地方に派遣されているらしく、めったに戻ってこない。彼らの友情の絆は連絡網の強さしかなく、すり切れ、色あせていた。

だからドクは、今夜隣に座っているボニー・アブズグのような看護婦兼相棒に恵まれたことを誇り、ありがたく思っていた。その間にも黒い車は、アルバカーキ独特の雰囲気をかもすバラ色に照り映えたスモッグの下、西へ向かう坂を登り、最後のテキサコ、アルコ、ガルフのガソリンスタンドを通り過ぎ、最後の西部劇風バーを後にして、開けた砂漠に入る。死火山にほど近い西側のメサの高み、たくさんの星がきらきらと輝く空の下、二人はハイウェイわきに守るものもなく立っている広告板の中に車を停めた。さて、次の獲物はどれだ。

ドク・サーヴィスとボニー・アブズグは広告板をざっと見渡した。あまりに多くが、どれも無邪気で無防備に、道路に沿ってびっしりと並び、見ろ見ろと言わんばかりだ。選ぶのに苦労する。軍のものがいいだろうか。

海兵隊は
男を作る

なんで女は作らないのかしら？　ボニーが訊いた。それともトラック会社の論説にしようか。

トラックが止まれば
アメリカが止まる

私を脅してどうする、馬鹿が。ドクは政治広告に目を走らせた。

いいことをして何が悪い？
ジョン・バーチ協会に入ろう！

でも政治色のないものの方がいい。

ごきげんよう
みんなで力を合わせよう

サーヴィス博士はどれもいたく気に入ったが、自分の趣味にいくぶん虚しさを感じた。この数日信念よりも習慣で続けている。より崇高な運命が彼とアブズグに呼びかけている。夢の中で手招きしている。

「ボニー……」

「なあに？」

「どうする？」

「もう一つやっつけたら？　せっかくここまで来たんだから。やらなきゃ気がすまないでしょ」

「いい娘だ。どれをやろうか？」

ボニーは指さした。「あれがいい」

「確かに」ドクは車から降り、道路わき生態系の空き缶とタンブルウィードの群集の中を、よろめきながら車の後部へ歩いた。トランクの蓋を開け、ゴルフクラブ、スペアタイヤ、チェーンソー、スプレー塗料のケース、タイヤ交換用工具、空のガソリン缶の間から、新しい満杯のガソリン缶を取り出す。蓋を閉じる。リアバンパーの幅いっぱいに、夜光ステッカーが輝く赤、白、青で宣言している。

アルメニア人に生まれてよかった！

ドクの車には他にも魔よけのしるしがついていた。明らかにステッカーマニアだ。医師を表す使者の杖。リアウィンドウの四すみにアメリカ国旗。ラジオのアンテナから垂れた金のふさ付きの旗。フロントガラスの一隅には「A・B・L・E——法執行の改善を求めるアメリカ人の会——会員」と書かれたステッカー。反対側のすみには全米ライフル協会の青い鷲と伝統的格言「銃ではなく、共産主義者を登録せよ」。

念のため、判事のように厳しく冷静に左右を見てから、マッチとガソリンの缶を持って、サーヴィス博士は雑草、割れた瓶、ぼろ切れ、溝に転がるビール缶、アメリカの道路に捨てられたありとあらゆる悲しいがらくたの中を進む。放火目標に向けて土手をよじ登る。

栄養満点ワンダーブレッド
十二通りに
じょうぶな身体づくりをお手伝いします

嘘つけ！

下ではボニーがリンカーンの運転席で待っている。エンジンはかけたままで、いつでも逃げられる。トラックや乗用車が唸りをあげてハイウェイを通り過ぎる。ヘッドライトが一瞬彼女の顔を、スミレ色の目を、笑みを、ドクのもう一つのバンパー・ステッカーを照らす。未来に立ち向かうこの言葉。**アメリカに神のご加**

護を。その一部を救おう。

2

発端《オリジンズ》Ⅱ：ジョージ・W・ヘイデューク

ヴェトナム帰りの元特殊部隊員、ジョージ・ワシントン・ヘイデュークは恨みを抱いていた。二年間ジャングルの中で、山岳民族のお産を助け、ヘリコプターから逃れ（ヘリの小僧どもは、当たると体内を引っかき回すダムダム弾を毎秒三〇発、動くものには見境なくぶちこんできた。鶏、水牛、田んぼの農民、新聞記者、道に迷ったアメリカ兵、グリーンベレーの衛生兵――息をしているものは何でも）、もう一年をヴェトコンの捕虜として過ごしてからアメリカ南西部に帰還してみれば、片時も忘れることのなかったその土地に、かつての面影はなかった。夢の中で駆けめぐったさえぎるもののない昔からの砂漠、澄みわたった空は、もはやなかった。誰かが、あるいは何かがあらゆるものを変えているのだ。

ヘイデュークの出身地であり、帰還地でもあるツーソン市は、今ではＩＣＢＭタイタンの基地にぐるりと取り囲まれていた。広々とした砂漠は、動植物を巨大なＤ―９ブルドーザーで丸裸にはぎ取られており、ヘイデュークはローム・プラウがヴェトナムを平らにするのを思い起こした。こういった機械が作り出した荒れ地は、タンブルウィードと造成地へと成長する。緑色のツーバイフォー材と、乾式壁のファイバーボード、一度ちょっとした風が吹けば吹っ飛ぶプレハブの屋根でできた、やがてはスラムとなる安っぽい家が乱立するのだ。このツノトカゲ、カンガルーネズミ、アメリカドクトカゲ、コヨーテなど、自由な生きものの住処に。空さえも、手が届かないとかつてヘイデュークが思っていた、あの狂おしく蒼い丸天井までも、精銅所から出るガス状廃棄物の捨て場になっていた。ケネコット、アナコンダ、フェルプス—ドッジ、アメリカン・スメルティング・アンド・リファイニング社が、煙突から大量の汚物を公共の空に吐き出しているのだ。

ヘイデュークはこのすべてに何かうす汚いものを感じた。憎しみがぶすぶすとくすぶり、感情と神経を高ぶらせた。怒りの炎はじわじわと燃え、いつも胸を熱くし、はらわたを煮えくり返らせていた。ヘイデュークは燃えた。そしてヘイデュークは我慢強い男ではなかった。

両親とひと月を過ごした後、ラグーナ・ビーチのとある娘のところへ飛んで行き、見つけ出し、けんかし、振られた。ヘイデュークは砂漠に戻り、北微東に進路をとって、峡谷地帯を目指した。アリゾナ街道と、その先にある荒野を。自分が何をすべきか知るためには、一カ所この目で見てしばらくじっくりと考えなければならない場所があった。

ヘイデュークの頭の中にはリーズフェリーが、コロラド川が、グランド・キャニオンがあった。

ヘイデュークは新しく手に入れた中古ジープで、アスファルトの小道をごとごと進んで行った。片目は路面に注がれ、片目は花粉症で痒い。モンゴルの草原を原産とする例の帰化植物、タンブルウィードにアレルギーを持っているのだ。ヘイデュークはそのジープ、砂嵐でざらざらになり、青い塗装が日焼けした奴を、サンディエゴで正直屋《スクウェア・ディール》アンディと高値買取《トップ・ダラー》ジョニーという名の自動車販売業者から買った。最初に燃料ポンプがブローリーの近くでだめになり、ユマでパンクして何とか高速道路を降りたところで、正直屋がジャッキなしのジープを売りつけた（なるほど、たったの二七九五ドルだった）ことを発見した。ささいな問題だ。ヘイデュークはこのマシーンが気に入った。便利な付属品がついているのがうれしかった。ロールバー、予備ガソリンタンク、マグネシウム・リムと幅広タイヤ、ウォーン社製ハブ、一五〇フィートのケーブルがついたウォーン社製ウィンチ、ダッシュボードに取り付けられた、常に水平を保つ缶ビールホルダー、自由で自然な塗装の仕上げ……

砂漠は漠然とした怒りを和らげてくれた。ハイウェイを外れて東に一〇マイル延び、コファ山地の火山性の脊梁へと至る未舗装路の近くで、ヘイデュークは車を停め、往来から十分に離れて、ひとり弁当を食べた。春の陽射しを浴びて暖かい岩の上に座り、ピクルスとチーズとハムを挟んだオニオン・ロールパンを食べ、ビールで流し込むと、アリゾナの砂漠の甘い静けさに、毛穴から神経の末端に至るまで身を委ねた。じっくりとあたりを見回すと、茂みを作っている小さな木々のほとんどをまだ覚えていることに気づいた。メスキート（調理と暖を取るためにいい燃料、豆は窮乏時の食糧、サバイバル時の日よけになる）、茎だけで葉のない緑の樹皮のパーロヴァーロ（葉緑素は樹皮に含まれている）、涸れ川の砂の上に蜃気楼のように浮いている、あえかなハグマノキ。

ヘイデュークは進む。熱く荒れ狂う風は時速六五マイルで開いた窓をひゅうひゅうと通り過ぎ、袖をばたつかせ、耳をなでる。そのままヘイデュークは車を走らせる。北東へ、高原地帯へ。美しい国、神の国、ヘイデュークの国。そのままであってくれればいいが。でないと本当に大変なことになるだろうから。

二五歳のヘイデュークは、背は低く肩幅が広いがっちりした男で、筋肉が発達したレスラーのような体形をしている。顔は毛深い。非常に毛深い。口は大きく、丈夫な歯と大きな頬骨を持ち、青黒い髪がもじゃもじゃと密生している。先祖をさかのぼると、以前どこかでショーニー・インディアンの血が入っているのかもしれない。手は大きく力強く、黒い毛の下に青白い肌が見える。ヘイデュークはジャングルに、それから病院に長い間いたのだ。

ヘイデュークは車を走らせながらもう一本ビールを飲んだ。リーズフェリーまで六缶《シックス》パックで二パック半。そのあたりの広々とした南西部では、ヘイデュークやその友人連は、ハイウェイ上の距離を一人当たりが飲んだ六缶パックの数で測った。ロサンゼルス—フェニックス間、六缶パック四個。ツーソン—フラッグスタッフ間、六缶パック三個。フェニックス—ニューヨーク間、六缶パック三五個（時間は相対的であると、大昔にヘラクレイトスは言った。そして距離は速度の結果であると。輸送技術の最終的目標は宇宙の対消滅、つまりすべての存在を完全に一点に圧縮することなので、六缶パックは役に立つということになる。スピードは究極の麻薬であり、ロケットはアルコールで飛ぶ。ヘイデュークはこの理論をたったひとりで組み立てた）。

峡谷地帯の赤い崖、紫のメサ、クリフローズ、ルリツグミをめざして高速道路を飛ばしながら、ヘイデュークは太陽の刺激を、血流とともにめぐるアルコールの激しい流れを、ジープが全力で落ち着いて調子よく走っているのを感じ、それらと一体になっていた。ヘイデュークの複雑な神経系統のメーターはすべて面倒の徴候を表していた。とは言え、それはいつものことだ。ヘイデュークはうれしかった。

特殊部隊のための特殊な駐屯地があった。特殊駐屯地の入り口には、南部連合の旗と一緒に、特殊な看板が掛かっており、こう書かれていた。

傭兵は金のために殺す
サディストは楽しみのために殺す
グリーンベレーは両方のために殺す
ようこそ

高原地帯に入る。フラッグスタッフの山々が前方にそびえている。高い山頂は雪をかぶっている。製材所からでる青みがかった灰色の煙が、アリゾナ北部の広大な樹林帯、ココニノ国有林の緑に霞む針葉樹の上にたなびく。開いた窓から冷たい空気と樹脂の香りと薪の煙る匂いが入ってきた。山の上の空には雲ひとつなく、無限の欲望のような群青色をしている。

ヘイデュークは口元を緩め、鼻の穴をすぼめて（アイソメトリック・ヨガだ）、新しいシュリッツの缶を音を立てて開けながら、人口二万六〇〇〇、標高六九〇〇フィートの街フラッグスタッフにのんびりと車を乗り入れた。仕返ししてやろうといつも思っている、フラッグスタッフの警官のことを思い起こす。不当逮捕。反吐を吐く二〇人のナヴァホ族と留置所で過ごした一夜。心の片隅に三年間もどかしくわだかまっていたものだ。

ちょうどいいや、ヘイデュークは思った。今やっちまおうか。ヘイデュークは暇だった。やって面白そうなことは他に何もない。今やらない手はない。セルフサービスのガソリンスタンドで車を止め、満タンにし、オイルをチェックしてから、電話帳を調べてお目当ての名前と住所を見つけだした。なんの苦もなくその名を思い出すことができた。制服の胸の名札が、バッジや下襟《ラペル》につけた国旗の記章と一緒に、ヘイデュークの意識の中では目に見えている。すべて昨日の晩に起こったことのように鮮明に。

ヘイデュークは暗い食堂で夕食を取った。それから例の住所へ車を走らせ、半ブロック離れたところにジープを停めて待った。夕暮れだった。短い南西部のたそがれ時。街灯がぽつぽつ灯り始める。家の正面を見張りながら夜を待つ。待ちながら手順を復習し、ジープの中に不法に隠してある、使える手持ちの武器を検討してみる。剃刀のように鋭く研いだバック社製ナイフ「スペシャル」一丁。・三五七マグナム・リヴォルヴァーは、暴発を防ぐため、撃針に当たる薬室を除いて装填してある。クロムヴァナジウム鋼製の小型ボウガンと幅広の矢じりがついた矢。墜落した米軍ヘリから作ったもので、ダク・トーの土産だ（ホア・ビン！）。古風な鹿撃ちライフル、ウィンチェスター・カービンM九四は、鞍につけるケース《サドル・スキャバード》に収めてある。AK四七突撃銃（これもヴェトナム土産だ）には、装填したバナナ弾倉を二本、粘着テープで束ねたものがついている。そして基本アイテム、ヘイデュークの武器庫の中核、充実した殺人セットにはなくてはならぬもの、レミントン・三〇—〇六口径ボルトアクション競技用ライフル。ボシュロム製の三〜九倍可変倍率照準器がついて、ヴェトコンだろうとマザコンだろうとその母ちゃんの出べそだろうと五〇〇ヤードで撃ち抜く精度を持つ（高い弾速、低伸弾道などのおかげだ）。加えて弾薬の手詰めキット。火薬、雷管、弾頭、回収した空薬莢、工具。アメリカの男の多分にもれず、ヘイデュークは銃が、油の手触りが、火薬の燃える刺激臭が、真鍮の味が、銅合金の輝きが、上質の刃物が、よくできた死をもたらす道具すべてが大好きだった。

あいかわらずシマリスやコマドリや女の子が好きだったが、ヘイデュークは、例にもれず、整然とした、あらゆる分野にわたる、計算ずくの破壊をも嗜むようになっていた。ヘイデュークの場合、公正（統計的にまれである）への情熱と、ものごとをあるがままにではなくあるべき姿（さらにまれ）に、かつてあったようにしておきたいという保守的な本能がそれにともなっていた。

（「女ァ？」と、その軍曹は言った。「女なんか暗いところじゃみんなおんなじよ。ぜんぜん興味ねえなぁ。それよか俺のガン・コレクション見ろよ！」何とかいうその軍曹は、事故のあと、不格好な肉塊となって黒い死体袋に詰め込まれ、棺に納まって本国に送還された。他の五万五〇〇〇人と同じように）

暗闇の中に座って待ちながら、ヘイデュークはいくつもの選択肢を思いついては捨てた。まず第一に、殺しはしない。罰は罪に見合ったものにしよう。罪とは、この場合、不当行為だ。ホールという名のあの警官は、公衆の面前で泥酔したかどでヘイデュークを逮捕し、留置所にぶちこんだ。それが不当逮捕を構成するのだ。その時ヘイデュークは酔っていなかった。ヘイデュークがしたことといえば、午前三時に自分のホテルから一ブロックのところで、ホール巡査と私服の同僚が通りすがりのインディアンに職務質問するのを、立ち止まって見ていたことだ。見知らぬ民間人に監視されるのに慣れていなかったホールは、腹を立て、いらだち、興奮しながら通りを一直線にわたって来て、この場で身分を証明しろと命令した。ヘイデュークはホールの態度にかっとなった。

「なんでよ?」

両手をポケットに入れたまま言った。

「手をポケットから出せ」

ホールは命令した。

「なんでよ?」

またヘイデュークは言った。銃の握りに置いたホールの手が震えていた。ホールは若く、神経質で情緒不安定だった。もう一人の警官は、パトカーの中でこっちを見張りながら待っている。膝の間にショットガンを立てていた。ヘイデュークはそのショットガンを見落とさなかった。しぶしぶと、何も持っていない手をポケットから抜いた。ホールはヘイデュークの首根っこを捕まえ、通りの向こうまで急き立てていった。パトカーに叩きつけ、身体検査をし、息にビールの匂いを嗅ぎつけた。ヘイデュークはそれからの一二時間を、市のトラ箱の木製ベンチの上で過ごした。悪酔いしたナヴァホがうめく声の合唱の中で、ただひとりの白人だった。どういうわけかこの恨みが尾を引いていた。

もちろん殺しちゃだめだ、ヘイデュークは思った。ちょっとばかりどつきまわして、矯正歯科医の仕事を作ってやるだけでいい。あるいはあばら骨をがたがたにしてやるとか。奴の楽しい夜を台なしにしてやる。それだけだ。過激なことや取り返しのつかないことはしない。問題は、俺の正体を明かすかどうかだ。この間の行きずりの関係を思いださせてやろうか? それとも歩道に転がして、いったい誰がどうしてこんなことをしやがったんだと悩ませておこうか?

ホールは俺の正体をまず思い出せないだろう、ヘイデュークは思った。警官というのは毎晩一〇何人も酔っ払いや浮浪者や徘徊者を捕まえるのだ。背が低く日焼けした、無名のこれといって特徴のない男を思い出せるわけがない。おまけにヘイデュークはその間、相当に変わり、重く、大きく、毛深くなっているのだから。

フラッグスタッフ市警察のパトロールカーがゆっくりと、ライトを下向きにして近づいてきた。ホールの家の前で停まる。よし。男がひとり乗っている。よしよし。男が降りた。制服でなく、私服を着ている。ヘイデュークは半ブロック向こうから薄闇を透かして男をうかがったが、はっきりしない。男は家の玄関に歩いていき、ノックをする間を置かず中に入った。ホールに違いない。でなければ一人きりの手入れだ。家の中にさらに灯がともる。

ヘイデュークはリヴォルヴァーをベルトにさしこみ、ジープを降りた。銃を隠すためにコートをはおり、ホールの家の前を通り過ぎる。カーテンが引かれブラインドが下りている。中はまったく見えない。パトカーのエンジンが回っている。車のドアを開けてみた。開いた。木々と街灯の下、ヘイデュークはそのブロックの次の角を歩いて回り、家並みの裏に続く砂利道を戻った。犬どもがゴミバケツや物干し台や子供のブランコの間で吠える。ドアを数えて行くと、台所の窓越しに、探している男が見えた。まだ若く、なかなかの美男で、アイルランド系そのものだ。ホール巡査は片手に飲みかけのコーヒーカップを持ち、もう片方の手で妻の尻をなでている。女房は喜んでいるようだった。亭主は上の空だ。よくある家庭の風景。ヘイデュークの鉄の心が少しだけ溶けた。縁まわりだけ。

時間はあまりない。ヘイデュークは家の間に垣根のない裏庭を見つけ、急ぎ表通りに戻った。パトカーはまだそこにあった。エンジンも回っている。いつ何時ホールのサボり野郎がコーヒーカップを置いて出てくるかもしれない。ヘイデュークはそっとパトカーに乗り込んで、ヘッドライトを点けずに通りの最初の曲がり角まで静かに走らせた。モトローラ警察無線機の緑の一つ目が、ダッシュボードの下の暗がりで光り、落ち着いた男性の声で流血、事故、惨事について話し合う通話を、スピーカーが絶え間なく伝える。マウンテン街で正面衝突事故発生。ヘイデュークには好都合だ。このありふれた事故のおかげで、ホールの警告が流れるまでにもうしばらく時間が稼げるだろう。角を曲がり、南の中央通りとサンタフェ鉄道の線路に向かいながら、ヘイデュークは襲撃を覚悟した。ホールは間違いなく警察無線機を家に持っているだろう。その一方でヘイデュークは計画を立てていた。今夜しないこと。ひとつ、パトカーを市役所のロビーに突っ込ませることはしない。ふたつ……。

反対方向に向かうパトカーとすれ違った。運転している警官が手を振る。ヘイデュークも振り返した。通りでは歩行者が数人、ヘイデュークが通り過ぎるのを見ていた。バックミラーに目を走らせる。別のパトカーが交差点で停車して、信号が変わるのを待っていた。

無線通話に間が空いた。それからホールの声がした。

「全移動に告ぐ、一〇—九九。全移動に告ぐ、一〇—九九。一二号車、一〇—三五、一〇—三五。くり返す。全移動に告ぐ、一〇—九九。一二号車、一〇—三五。応答されたし。こちらKB—三四遠隔《リモート》」

うまい管制だ、ヘイデュークは思った。どうしてこの声が忘れられよう。あのアイルランド人の冷静にコントロールされたヒステリーを。だがどうだ、奴は今、俺を憎んでいる！　ともかく誰かを憎んでいる。

いくつもの声が一斉に応えようとしたため、無線はガリガリと空電音を立てた。全員黙った。大きくはっきりとした声がひとつ入ってきた。

「KB—六よりKB—五へ」

「こちらKB—五」

「一二号車を少し前に見た。二番街のフェデラルとマウンテンの間を南に向かっていた」

「一〇—四《テンフォー》（了解）、KB—六。四号車を除く全移動は市中心部へ急行されたし。一二号車、一〇—九九、一〇—九九。KB—五よりKB—三四へ」

ヘイデュークは歯を剥いて笑った。ホールを呼んでいる。さあ、奴さん困ったことになったぞ。

「KB—五よりKB—三四へ。応答されたし」

「こちらKB—三四」

「一〇—九？」

「一〇—二？」

「一〇—九？」

「何だ？」

「一体どこにいるんだ、ホール？」

「KB—三四リモート」

「じゃ、一二号車を運転してるのは誰だ？」

「わからない」

ヘイデュークはマイクを手に取り、送信ボタンを押して言った。

「俺だよ、イモ野郎。てめえらのしけた町でちょっとばかり遊んでるだけさ。わかったか？　KB—三四、以上」

「テン・フォー」。通信指令係は言った。ややあって「今の通信は誰か？」

ヘイデュークは一瞬考えた。

「ルドルフ、俺はルドルフだ」

ふたたび間。

「KB—五、こちらKB—六」

「送れ」

「目標を視認した。依然南へ進行中」

「テン・フォー。追跡準備せよ」

「テン・フォー」

「テン・フォー、くそ」ヘイデュークはマイクに向かって言った。

「脳たりんのクソったれども、捕まえられるもんなら捕まえてみやがれ」

自分の送信を何とかして受信し、聞くことはできないものかと、一瞬残念に思う。当然、すべて警察本部でテープに録音されている。声紋とか呼ばれている、音の指紋のようなものが頭をよぎった。どっちみち、あとで自分の送信を聞くことになるかもしれない。アリゾナ州の法廷で。まじめくさった陪審が一緒に。奴らがどう思おうが知ったことか。

無線から声がした。

「被疑者に警告する。無線送信はすべて連邦通信委員会がモニターしており、警察通信システムの濫用、悪用は連邦法違反となる」

「連邦通信委員会なんぞクソ喰らえ。てめえらもだ、フラッグスタッフのポリ公ども。どっか高いところからションベン引っかけてやる」

闇の中で歯を剥き、ほとんど無人の通りを静かに飛ばしながら応答を待つ。応答なし。その時、自分がまだマイクを掴んでおり、送信ボタンを握りこんでいることに気づいた。そうしている間は全チャンネルが遮断されてしまっている。マイクを落とし、運転に集中する。無線通話が再開し、落ち着いて、タフで、簡潔で、男らしい声が間断なく交わされる。いいことがある、ヘイデュークは思った。こいつを線路に乗り上げてやろう。サンタフェ鉄道はほんの一ブロック先だ。後ろにはサイレン、行く手には破壊。

踏切の赤い赤色灯が点滅している。警報器が鳴っている。ヘイデュークは車のスピードを落とした。列車が近づいている。木の遮断機が下りてきた。手前の遮断機をくぐり、ブレーキを思いきり踏んで踏切の真ん中にぴたりと車を停める。左右を見渡すと、完全な闇を貫いて接近する機関車の、回転灯の閃きを見、鉄の車輪の轟きを感じ、けたたましい汽笛の音を聞いた。同時にサイレンの咆哮が聞こえ、青い点滅灯が後方二ブロック足らずをこちらに突進してくるのが見える。

ヘイデュークはホールの車を踏切のまん真ん中に乗り捨てた。が、車を出る前にショットガン、暴徒鎮圧用ヘルメット、電池六本入りの懐中電灯を掴み、夜の闇の中へ持ち去った。戦利品を腕いっぱいに抱え、喜びに胸躍らせながら犯行現場から一目散に逃げるヘイデュークの耳に、ブレーキのきしみとクラクションのわめき声の下から、切れ目のない金属的な轟音がひとつ聞こえた。それは重々しく尾を引き、彼をいたく満足させた。

　肩ごしに振り返る。エアブレーキをきしませた先頭のディーゼル機関車が、増接した三両の機関車と一二五両の貨車の重さと勢いを借りて、鉄の鼻先でパトカーの残骸を押しながら走りすぎる。鉄の塊が線路にこすりつけられ、滝のような火花が散る。車はごろりと一回転した。ガソリンタンクが裂けて、黄色とスミレ色の炎を噴き上げ、滑走するかがり火となって様々なものを照らし出す。引き込み線の有蓋貨車の列、モンテスマ・ホテル（一泊二ドルより）の裏手、電信柱、広告板（風光明媚な北アリゾナの中心、フラッグスタッフにようこそ）、アチソン―トピーカ―サンタフェ鉄道フラッグスタッフ駅の、使われなくなり忘れ去られた、旧式の給水塔。

　戦利品を握りしめ、ヘイデュークは墨を流したような小道をのんびりと歩いた。警察の、怒ったスズメバチのように街中でタイヤをきしらせているパトカーの裏をかいて、何事もなくジープまで戻る。街を出て、穏やかな闇の中に、とがめられることもなく走り去った。

　その夜、北東へ二〇マイルのサンセットクレーターに近い松の森で、幅広の人形型寝袋にくるまって、ヘイデュークはぐっすり眠った。ガンの羽毛《グースダウン》を詰めた寝袋は、羽のように軽く、母の胎内のように暖かい。空にはオリオン座のダイヤモンドの輝き、すばるのきらめき、対流圏にかすかな炎の尾を引く流れ星。心地よさと、ひと仕事終えた満足感。ヘイデュークは故郷の夢を見た。それがどこであれ。絹のような女の太股の夢を見た。それがどこへつながっていようとも。真っ赤な峡谷の信じられぬほど青々とした木の夢を見た。

　日の出前に起き出したヘイデュークは、銀鼠色の薄明の中、小型のプリムス製コンロでコーヒーを沸かした。

「薬品だ！　薬品だ！　薬品が必要だ！」ヘイデュークは唱える。朝の読経。寂しい松林を通して、あまりに顔に眩しいプラズマ化した水素の球体が、ペインテッド砂漠の波打った尾根の上に突然顔を出すのが見えた。涼しげなフルートの音がいずこからともなく流れてくる。チャイロツグミだ。

さあジョージ、出発だ。北へ。お気に入りのガソリンスタンド、セイクリッド・マウンテン交易所で給油し、請願書に署名し（ブラックメサを救え。露天掘りを中止せよ）、バンパーに貼る

先住民《レッド・パワー》に力を！　ホピ族のために考えよ

のステッカーを買い、前の持主の主張の上から貼り付けた。前のはこんなやつだ。

HAVE A NICE DAY SCHMUCK
元気でな、ヌケサク

セイクリッド・マウンテンを下り、ばら色の夜明けの中へと車を走らせる。リトル・コロラド川流域、淡いピンクとチョコレート色と暗い黄褐色に彩られたペインテッド砂漠に入る。石化した丸太の土地。緑内障のインディアンの土地。手織りで草木染めの毛布と、砂型で鋳造した銀の飾り《コンチョ》がついたベルトと、あまりにも多くの生活保護者があふれている土地。かつての恐竜の土地。現代の恐竜の土地。高圧線の鉄塔が、密集隊形で荒野を渡る一二〇フィートの宇宙怪獣のように、延々と並んでいる土地。

ヘイデュークはその日最初の公式六缶パック（リーズフェリーまで一パック半）を開けながら顔をしかめた。こんなにたくさん送電線があったなんて記憶にない。鉄塔は堂々といくつもの列をなして地平線をまたぎ、間に張りわたされた高圧線がひゅうひゅうと鳴り、ぼんやりと光っている。送電線はグレン・キャニオン・ダムから、ナヴァホ発電所から、フォーコーナーズとシップロックの発電所から電力を送られ、南と西へ、急速に発展する南西部とカリフォルニアへと向かう。絢爛たる都市は無力な内陸部に食わせてもらっているのだ。

ビールの空き缶を窓の外に放り出して、ヘイデュークは一路北を目指し、インディアンの国を抜ける。荒れ果てた土地だ。新しい送電線が縦横に走り、空は発電所が吐き出す煙で汚れ、山は露天掘りのために削られ、放牧地は草を喰いつくされ、侵食されている。シンダーブロックの小屋とタール紙のバラックが軒を連ねるスラム街が、幹線道路わきに並んでいる。部族は発展している、培地として効果的に。一八九〇年に九五〇〇人だった人口は、今日一二万五〇〇〇になった。

何という多産！　何という繁栄！　我ら甘口ワインと自殺の歌を歌わん。

インディアンの連中の本当に困ったところは、と、ヘイデュークはつらつら考えた、連中が俺たちと大して変わらないということだ。本当に困ったことに、インディアンは愚かで強欲で臆病で鈍感なのだ。俺たち白人と同じように。

そんなことを考えながら、ヘイデュークは二本目のビールを開けた。グレー・マウンテン交易所が見えてきた。疲れたインディアンが、日なたになった塀にもたれて休んでいる。昔ながらのヴェルヴェットのブラウスを着たインディアン女が、男たちのそばにしゃがみ込み、長くゆったりとしたスカートをまくり上げて、砂の上に小便をしていた。女はにやにやしている。男どもは笑っている。

グランド・キャニオン・ジャンクションに近づく。先を急ぐヘイデュークを、交通が邪魔した。前を走る車の中では、髪を青く染めた小柄な婦人がハンドルごしに道路をのぞき込んでいる。頭がやっとダッシュボードの上に出るくらいだ。何やってるんだ？　隣には小柄な年輩の男が乗っている。そのオールズモビルのナンバープレートはインディアナ州のものだ。田舎に観光に来た父ちゃんと母ちゃんだ。安全かつ慎重に時速四五マイルで走っている。ヘイデュークは唸った。さっさと行けよ、おばちゃん。でなけりゃ、道をあけてくれ。ったく、奴さん何だって車を車庫から引っ張りだして、西へ向かったりしたんだか。

ジャンクション交易所まで二マイル。以前ビールを買いにそこに立ち寄った時、店長が店員にナヴァホの手織りの毛布を見せながら、裏話をするのが聞こえてきたっけ。

「四〇ドルで買ったんだ。インディアンの女が、合唱会に行くんで、今すぐに金が欲しいんだと。二五〇ドルで売れるぞ」

先はまだ下り坂で、リトル・コロラド川の谷とペインテッド砂漠へと降りている。七〇〇〇フィートの峠の頂上から三〇〇〇フィートの川辺まで。ヘイデュークはダッシュボードに装着された高度計に目を走らせた。計器も一致している。ここはグランド・キャニオンのサウス・リムへの分岐点だ。五月の今でも、観光客の往来は激しいようだ。鉄と、ガラスと、プラスチックと、アルミニウムの流れが絶え間なく合流点から吐き出されている。大部分はフラッグスタッフに向けて南へ曲がるが、ユタとコロラドに向けて北へ曲がる者もいる。

俺の道だ。ヘイデュークは思った。奴らは俺の道を走っている。そんなことは許されない。あの橋を取り除かなくては。すぐに。橋を。すぐに。全部だ。すぐにだ。奴らは聖地に安っぽい車を乗り入れている。そんなことは許されない。法に反してる。そういうことを禁止する法があるのだ。社会の法を超えた法が。

おい、俺も同じことをしているぞ。ヘイデュークは気づいた。ああ、だが、俺には大事な用があるんだ。それに、俺はエリート主義者だ。とにかく、今ここに道路があるんだから、使えばいいじゃないか。税金も払ったことだし。車から降りて、他の観光客連中から臭い排ガスを顔に吹きかけられながら、てくてく歩いて行くなんて馬鹿馬鹿しいじゃないか。違うか？　そうだ、馬鹿馬鹿しい。だが、その気になれば――いつかそう思う時がくる――ここからハドソン湾までずっと歩いて、また戻って来るだろう。いや、やってやる。

ヘイデュークは最高巡航速度で突き進んだ。ハイ・レンジで、ハブはフリーにして、着実に北北西へ向かっている。ギャップとシーダーリッジを過ぎ（また高度が上がっている）、エコー・クリフス、シヌモ・オールター、マーブル・キャニオン、ヴァーミリオン・クリフスへ、そして川へ。コロラド川へ。あの川へ。長い最後の坂を登りきり、めざす土地を――ようやく――一望に見渡すまで。ジャングルの戦争で失った三年間、夢に見続けてきた通りに、心の中心地が前にも後ろにも広がるまで。

川までの長く曲がりくねった下り坂、道のりにして二〇マイル、高低差四〇〇〇フィートを（ヘイデュークにしては）慎重とも言える運転で進んだ。少なくともあと一時間は死ぬわけにいかない。地震でできた地割れのように、焦げ茶色の砂漠を横切るぎざぎざの黒い割れ目、マーブル・キャニオンが下に口を開けている。エコー・クリフスは北東方面、砂岩の一枚岩に刻まれた暗い刻みに向かって伸びている。そこでコロラド川は高原の底から転げ出す。刻みの北と西には、ほとんど誰にも知られず、誰も住まないパリーア台地と、長さ三〇マイルのヴァーミリオン・クリフスがそびえ立つ。

ヘイデュークは浮かれ、さらにビールをがぶ飲みし、フラッグスタッフからの六缶パックを終わらせた。川へと続く細い道を、安全で常識的な時速七〇マイルで下って行く。支離滅裂な歌らしきものを風に向かってわめき立てる。まったく傍迷惑な話だが、ヘイデュークはこんな具合に自分を正当化していた。飲まぬなら乗るな。飲んだらぶっ飛ばせ。なぜか？　安全ではなく、自由こそが至高の善だから。公道はみんなに広く開かれているべきだから——三輪車の子供にも、アイゼンハワー・プリマスに乗った小柄な老婦人にも、四〇トンのマック・トレーラートラックを運転する殺人犯のレズビアンにも。えこひいきも、免許も、下らん交通法規も要らない。高速道路《フリーウェイ》を参加自由《フリー》に。

喜びにあふれ、ヘイデュークは帰郷した。橋の手前にはヘアピンカーヴが続いている。**速度落とせ：時速一五マイル**。盛りのついたネコのようにタイヤを鳴かせ、四輪ドリフトで最初のカーヴをまわる。もう一つ。タイヤの悲鳴、ブレーキドラムが焼ける臭い。橋が見えた。強くブレーキをかけ、ギアを落とす。ブレーキ、クラッチ、アクセルの上を、ヒール・アンド・トゥで舞う。

橋の上は停車禁止。標識には書いてある。ヘイデュークは橋の真ん中で車を停めた。エンジンを切る。静寂に、四〇〇フィート下を流れる川のかすかな音に、しばし耳を傾ける。

ジープを降りて橋の欄干まで歩き、下をのぞき込む。コロラド川が、アメリカで三番目に長い川が、砂の河原の間をさざめき、落石のまわりを渦巻き、マーブル・キャニオンの石灰岩の岩壁の下を海に向かって流れている。上流の屈曲部の向こうには、リーズフェリーの渡し場の跡地がある。ヘイデュークが立っているこの橋ができたせいで用済みになったのだ。流れに沿って五〇マイル下手で、川はグランド・キャニオンに入る。ヘイデュークの左手、北と西には、ヴァーミリオン・クリフスが夕日に照らされて、スイカの果肉のような紅色に輝き、垂直に切り立った砂岩の出鼻が連なる。ひとつひとつの岩の輪郭は、神秘的で荘厳な、人間の力を超越した気高さをまとっている。

膀胱が疼く。ハイウェイは静かで人通りがない。世界は終わってしまったのかもしれない。そろそろ「ビール」を放出して、腎臓を空にしてやろう。ヘイデュークはジッパーを開けた。濾過済みのシュリッツは四〇〇フィートの弧を描き、虚空を貫いて眼下の本流に注ぎ込まれた。冒瀆ではない——ただの無言の歓声だ。コウモリがひらひらと峡谷の影の中を飛ぶ。オオアオサギが上流をめざして羽ばたく。周りは友達でいっぱいだ。

ジッパーを閉じるのも忘れ、ジープを人気のない路上に置いて、ヘイデュークは歩いて橋を渡った。峡谷の縁の小山、砂漠を見渡す小高い場所に登る。膝をついて歩いたので、赤い砂が少しばかりついてきた。それを舐める（胃袋のためにいい。鉄分が豊富。内臓にいい）。再び川に、そびえ立つ崖に、空に、群雲の向こうへ船のように沈んでいく真っ赤な太陽に向いて立つ。いじけたしわくちゃの男根が、忘れられたまま開いたズボンのジッパーからぶら下がり、少し滴を垂らしている。ヘイデュークは岩の上でしっかりと脚を開いて立ち、空に向かって大きく腕を拡げ、掌を上に向ける。大きく厳粛な喜びが骨を、血を、神経を、組織を、身体の細胞のひとつひとつを伝わって流れる。顔を上げ、深呼吸する――。

　谷間のサギが、崖の上にいる雄のオオツノヒツジが、対岸の崖ふちでは痩せたコヨーテが、遠吠えの声を、狼の歌を聴いた。たそがれの静けさの中でそれは高まり、空虚な砂漠の夜を貫いて拡がった。長く伸びる、強烈で危険な、荒々しい原初の叫びがひとつ、穏やかな空気の中で次第に高まっていく。

3

発端《オリジンズ》Ⅲ：セルダム・シーン・スミス

たまたま末日聖徒イエスキリスト教会（モルモン教）の信者に生まれついたスミスは、自分の信仰から生涯の安息日を取っていた。彼はジャック・モルモン、名ばかりのモルモン教徒だ。まともなモルモン教徒がペットにもなるワタオウサギとすれば、ジャック・モルモンは野生のジャックウサギともいえる。彼とモルモン教創始者ジョゼフ・スミスとのつながりは、ソルトレークシティにある世界最大の家系図資料館でたどることができる。一部の先祖と同様に、スミスは一夫多妻を実行していた。ユタ州シーダーシティに一人、バウンティフルに二人目、グリーンリヴァーに三人目。それぞれ一日あれば車で楽に次へ行かれる距離にある。

彼の法律上の名前はジョゼフ・フィールディング・スミス（殉教した創始者の甥の名にちなむ）だが、妻たちはめったに会えない《セルダム・シーン》という名前をつけ、それが広まった。

　ジョージ・ヘイデュークが車でフラッグスタッフからリーズフェリーへと北上していたその日、セルダム・シーン・スミスはシーダーシティ（キャシーの家）を出て、同じ目的地に向けて車を走らせていた。その前の夜はバウンティフル（シーラの家）に泊まっていた。途中でカナブの倉庫に寄り、グランド・キャニオンの川旅に必要な装備を受け取る。一〇人乗りネオプレン・ゴムボート三艘、積載用具、オール、防水バッグと軍放出品の弾薬箱、テント、防水シート《ターポリン》、ロープ、その他大量の品物。そして漕手を補助する副漕手。副漕手はどうやらリーズフェリーの進水点に向けてすでに発ったらしい。運転手も必要だ。リーズフェリーから峡谷の旅の終点であるミード湖のテンプルバーまで、誰かにトラックを回送してもらわなければならない。グランド・キャニオン・エクスペディションズの倉庫にたむろしていた川下りフリークの中から、手はず通り彼女を見つけた。その娘以外はすべてトラックの荷台に積み込み、ペイジ経由でリーズフェリーを目指して進む。

　二人はユタにはよくある風景の中を東へと車を走らせた。澄みきった空、山脈、赤い岩のメサ、白い岩の台地、古代の火山性噴出物――例えばモリーズ・ニップル――がカナブから東へ三〇マイルのハイウェイから見える。モリーズ・ニップルの頂上に立った者は、非常に少ない。ジョン・ウェズリー・パウエル少佐（初めてコロラド川を下った探検家）はその一人だ。セルダム・シーン・スミスもまたその一人だ。直線距離で南東五〇マイル彼方に見えるあの蒼い円頂はナヴァホ山だ。地球の神聖な場所のひとつ。神の臍、唵《オーム》、世界の中心《オムパロス》。呪術師《シャーマン》、魔女、魔法使い、キート・シール、ドット・クリシュ、トゥーバ・シティ、マサチューセッツ州ケンブリッジのような神秘の神殿から来た、陽光のせいで気がふれた変人たちへのささげもの。

　ユタ州カナブとアリゾナ州ペイジは七〇マイル離れており、その間に町も、いかなる人間の居住地もない。ただひとつの例外が、グレン・キャニオン・シティという今にも崩れそうなタール紙のバラックとシンダーブロックの物置小屋の群だ。グレン・キャニオン・シティは希望と幻想の上に建設されている。ただ一軒の店の看板が表すように。

「四〇〇〇万ドルの発電所がここから一二マイルにもうすぐ建設されます」

　スミスたちはグレン・キャニオン・シティで止まらなかった。グレン・キャニオン・シティで止まる者はいない。いつの日か、その創立者が願い住民が夢見るように、それは産業と強欲の中心となるかも知れない。が、今は事実を伝えねばならない。グレン・キャニオン・シティ（**不法投棄を禁ず**）は道路わきで朽ち果て、錆びている。草むらの中に忘れ去られ、悲しむ者もなくユタのアルカリ性の土に埋もれてゆく、使い古しのフォルクスワーゲンのようにだ。通過する者は多いが足を止める者はいない。スミスと相棒は、蜜を目指して飛ぶ蜂のように勢いよく通り過ぎた。

「あれは何なの？」

「グレン・キャニオン・シティ」

「そうじゃなくて、あれ」後ろを指さす。

　スミスはバックミラーをのぞき込んだ。

「あれがグレン・キャニオン・シティだよ」

　ワーウィープ・マリーナ・ランプを過ぎる。砂、滑らかな岩《スリックロック》、ブラックブラッシュ、マコモ、ヒラウチワサボテンの長い斜面の数マイル下に、建物、ハウストレーラー駐車区画、道路、ドック、湖の青い入り江に群をなす船が見える。パウエル湖、コロラド川の宝石。剥き出しの岩に閉じ込められた一八〇マイルの貯水池。

　青い死、とスミスはそれを呼んでいた。ヘイデュークと同じように、彼の心は健全な憎しみに満ちている。スミスの記憶には別のものがあったからだ。スミスは海に注ぐ金色の川を憶えている。秘密の通路《ヒドゥン・パッセージ》、救済《サルヴェーション》、最後の機会《ラスト・チャンス》、禁断《フォビドゥン》、たそがれ《トワイライト》などと呼ばれる峡谷を憶えている。そしてもっともっと多くを、名付けられたことのないものも。スミスは音楽寺院《ミュージック・テンプル》、大聖堂《カシードラル》と呼ばれる異様で巨大な砂漠の窪地を憶えている。これらはすべて今では貯水池の死水に沈んでおり、沈下する土砂の層の下にゆっくりと消えつつある。どうして忘れられよう。あまりに見過ぎてしまったのだ。

　そうこうするうち二人は、膨れ上がる車やトラックの流れのまっただ中、橋とグレン・キャニオン・ダムにやってきた。スミスはトラックをカール・ヘイドン記念ビルの正面に停めた。相棒と車を降り、手すりに沿って橋の中央まで歩く。

　七〇〇フィート下には、かつての川の名残が流れていた。緑がかった水が取水口、導水路、タービン、トンネルを通ってダム基部の発電所から出て来る。電線の束が何本も峡谷の岩壁を這い登っている。導線一本一本の太さが男の腕ほどある。それは鉄塔に接続し、変電所の迷路の中で一つにまとまり、南と西へ向かって広がる――アルバカーキ、バビロン、フェニックス、ゴモラ、ロサンゼルス、ソドム、ラスヴェガス、ニネヴェ、ツーソン、平原の都市へ向かって。

橋の上流にはダムが屹立していた。無個性なコンクリートの斜面が、ダムの縁から足下の発電所の屋上に青く茂る芝生まで、落差七〇〇フィートの凹面を描いている。

二人はそれをじっと見つめた。ダムはいやおうなく注意を引いた。壮大なセメントの塊。サイズ：七九万二〇〇〇トンのコンクリート骨材。かかった費用は七億五〇〇〇万ドルと一六人の労働者の命。工期四年、主要請負業者はモリソン―ヌードセン社、連邦開墾局の発案と全国の納税者様のご好意により建設されました。

「大きすぎるわ」

「そうだ。だからだ」

「無理よ」

「方法はある」

「どんな？」

「わからない。でも方法はあるはずだ」

二人はダムの下流側の面と上面だけを見ていた。上面は、ユークリッド・トラックが四台並ぶほどの幅があるが、ダムのもっとも狭い部分だ。頂上から下に向かって広がり、コロラド川をせき止める逆くさび形を形作っている。ダムの向こう側には青い水が輝き、虚ろな空、燃えさかる太陽、水上スキーヤーを引っ張って勢いよくぐるぐる回っているたくさんのモーターボートを映している。遠いエンジンの唸り、歓喜の叫び……。

「どんな？」彼女が訊いた。

「君は誰に雇われているんだ？」

「あなた」

「じゃあ、何か考えてくれ」

「お祈りしたら？」

「お祈り？　そうか、その手があったか。今すぐちょっとしたピンポイント地震が起きるように祈ってみよう」

スミスは橋のコンクリートの歩道にひざまずき、頭を垂れ、目を閉じ、祈るように両の手のひらを合わせ、手を叩き、祈った。少なくとも唇は動いていた。白昼堂々、観光客が車で通りすぎ、歩き回り、写真を取っている中での祈り。カメラでスミスを狙う者がいる。制服を着た女性公園警備員《パーク・レンジャレット》がこちらを向いて、眉をひそめた。

「セルダム」相棒の娘は恥ずかしくなってささやいた。

「いい見世物になってる」

「他人のふりをしろ」スミスはささやき返した。「それから逃げるしたくをしておけ。いつ揺れ始めてもいいように」

スミスは厳粛なつぶやきに戻った。

「神様。あなたも私も、かつてここがどんな場所であったかを知っています。ワシントンの罰当たりどもがやってきて、何もかもめちゃめちゃにする前を。六月にはロッキーからの雪解け水がたくさん流れてきて、黄金色の水がこの川にあふれていたのを憶えておいででしょうか。砂洲のシカを、柳の木のアオサギを、大きくておいしいナマズが、腐ったサラミを餌にしていくらでも釣れたのを憶えておいででしょうか。ブリッジ・キャニオンとフォビドゥン・キャニオンからの流れを、それがどんなに青く、冷たく、澄んでいたかを憶えておいでてしょうか。神様、本当に気分が悪くなりそうです。上流のハイトにいたウッディ・エジル老人を憶えておいでですか。それと彼が川を渡るのに使っていた例の古い渡し舟、ケーブルからぶら下がった奇妙きてれつな彼の発明品、あの馬鹿げた代物を。フォーティマイル・キャニオンの滝を憶えておいでですか。ええ、その半分ほどはやはり水の底ですが。それから今は亡きエスカランテの一部——デイヴィス・ガルチ、ウィロー・キャニオン、グレゴリー・ナチュラル・ブリッジ、テンマイル。神様、聞いておいでですか。お願いしたいことがあります。このダムの真下でちょっとしたピンポイント地震を起こしてはいただけないでしょうか。どうでしょうか。いつでも結構です。例えば今すぐでも、私はいっこうに構いません」

スミスは少し待った。不快そうに見ていた女性レンジャーが向かってくる。

「セルダム、警備員が来る」

スミスは祈りを締めくくった。

「わかりました、神様。今はなさりたくないのですね。結構です。お好きなように。あなたがボスだ。しかしあまり時間はないのです。なるべく早くして下さい。ちぇっ。アーメン」

「もしもし！」

スミスは立ち上がり、女性レンジャーに笑顔を向けた。

「何でしょう?」

「申し訳ありませんが、ここでお祈りはできません。ここは公共の場です」

「確かに」

「合衆国政府の所有物です」

「そうですね」

「ペイジには一三の教会がありますので、礼拝をなさりたいのならお好きな教会でどうぞ」

「わかりました。パイユートの教会はありますか?」

「何ですって?」

「僕はパイユート・インディアンなんです。酔っ払い《パイーアイド》のパイユート」スミスは運転手にウィンクした。

「セルダム、行きましょう」彼女が言った。

　二人の車は橋を渡って坂を登り、こぎれいな緑の官製の町、ペイジに着いた。数マイル南東には高さ八〇〇フィートの煙突が立っている。石炭火力のナヴァホ発電所のものだ。ナヴァホ族に敬意を表して名付けられたこの発電所は、当のインディアンの肺を二酸化硫黄、硫化水素、亜酸化窒素、一酸化炭素、硫酸、フライアッシュ、その他の形態の微粒子物質で汚染している。

　スミスと相棒はマムズ・カフェで昼飯を食べ、ビッグピッグ・スーパーマーケットへ行って一時間真剣に買い物をした。自分と漕手と四人の客の一四日分の食糧を買わなければならない。

　セルダム・シーン・スミスは川下りを仕事にしている。田舎での商売だ。彼はプロのガイド、探検ガイドであり、ボート漕手で荷運び人だった。その元手となる装備は基本的にこのような品物で構成されていた。ゴムボート、カヤック、ライフジャケット、山岳用テント、船外機、荷鞍、地形図、防水ダッフルバッグ、信号用の反射鏡、ザイル、毒蛇咬傷《スネーク・バイト》キット、七五度のラム酒、毛針釣り《フライ・ロッド》用の竿、寝袋。それから小型トラック《ピックアップ》と二トン半トラック。いずれもドアにこんな銘文の入った磁石式のステッカーが貼ってある。**バック・オヴ・ビヨンド・エクスペディションズ**　ジョゼフ・スミス　ユタ州ハイト。

（乳緑色の明かりの中、二〇尋《ファゾム》の水底に、ユタ州ハイトの化け物じみた小屋、コットンウッドの骸骨、死人のようなガソリンスタンドのポンプが水中の霞を通してぼんやりと光っている。ゆっくりと沈んでいく土砂のためその輪郭と角はだんだんとぼやけ、軟らかく見えている。何年も前からハイトはパウエル湖の底に沈んでいるのだ。しかしスミスに、意に沿わぬ力を認

めてやるつもりはない）

有形資産は二次的なものだった。彼の基礎的な資本は知恵と勇気に、特殊な知識を備えた壮健な身体に、特殊技能と特殊な心理傾向にあった。スミスに訊けばこう答えるだろう。ハイトは再び浮上する。

去年一年のスミスの総所得は六万四五二一ドル九五セントだった。自分自身の賃金を含まない総支出は四万四〇一〇ドル五セントに達した。純利益は二万〇五一一ドル九〇セントである。正直者のジャック・モルモンと三人の妻、三つの世帯、五人の子どもに十分とは言えない。貧困線だ。しかし何とかやって行ける。スミスは自分がいい人生を送っていると思っていた。ただ一つの不満は、アメリカ連邦政府、ユタ州道路局、それから石油会社、鉱山会社、公益企業の連合軍が自分の生活の糧を破壊し、廃業に追い込み、見通しが立たなくしようとしていることだ。

二人は六八五ドル相当の食糧を買い、スミスが温まった汚い現金で（銀行は信用していない）支払った。食糧を全部トラックに積み込んで、リーズフェリーの合流点を目指し町を出る。インディアンの国の赤い砂岩の荒野をわたる西風の中へ。

ナヴァホランドにようこそ、と看板には書いてある。裏側には、**さようなら、またおいでください**。

そして風が吹き、砂煙が砂漠の青空を暗くする。白い砂と赤い埃がアスファルトの小道に吹き寄せられ、涸れ沢《アロヨ》がタンブルウィードでいっぱいになる。さようなら、またおいでください。

道は曲がりながらエコー・クリフスにダイナマイトで刻んだ切り通しを抜け、そこからビター・スプリングの合流点まで一二〇〇フィートを下る。スミスはいつものように峠の頂上で小休止を取り、トラックから降りてはるか彼方と足下に広がる世界を凝視した。これまでの人生でこの風景を一〇〇回見つめてきた。そしてもうあと一〇〇回しか見られないだろうことを知っていた。

運転手が来て隣に立った。スミスは彼女にそっと腕を回す。二人は身体を寄せ合い、霞みがかった雄大な風景を飽かず眺めた。

スミスはひょろっとした男だった。骨と皮ばかりに痩せ、手を触れがたい。腕は細長いが強靭で、手は大きい。足も大きく、扁平でがっしりしている。鼻はわし鼻で、喉仏は大きく、耳は水差しの取っ手のようだ。日にさらされて色あせた髪は雀の巣のようにぼさぼさで、笑顔はあけっぴろげで暖かい。年は三五だが、たいていの場合一〇代の若者のように見えないこともなかった。その落ち着いたまなざしは、しかし、内に秘めた男らしさをあらわにしているが。

二人は下の砂漠に降り、ビター・スプリングで北へ曲がってヘイデュークの足跡とヘイデュークの目印(路肩のビールの空き缶)を峡谷までたどった。橋の上に停めたジープをよけ、リーズフェリーに向かう。川と、かつての渡し場に残されたものを見るために脇道に車を停めた。

大したものはなかった。川岸のキャンプ場は砂利採取のために破壊しつくされていた。リーズフェリーの魅力と美と歴史を管理、保護し、車のお客様が利用しやすくするために、国立公園局は新しい舗装道路と砂利採取場だけでなく、レンジャーの詰め所、整地したキャンプ場、高さ一〇〇フィートのピンクの給水塔、送電線、整地したピクニック場、金網フェンスで囲った駐車場、公認のごみ捨て場、鋼板を敷きつめた船着き場を設置していた。この地域は公共物損壊《ヴァンダリズム》と商業開発から守るために、国立公園局に管理が任されている。

「もしも祈りが通じたら」静寂の中で娘が言った。「もしも地震がダムの真下で起きたら、ここにいる人たちはどうなるの?」

「あのダムは一二マイル上流にあるし、しかもその区間はものすごく曲がりくねっている。ここに水が来るまでに一時間はかかる」

「でもやっぱり溺れちゃうでしょ」

「電話で知らせてやるさ」

「もし神様が真夜中に祈りに応えたら? ダムにいた人がみんな死んでしまって知らせる人がいなかったらどうなるの?」

「神様のなさることに責任は持てないよ」

「あなたが祈ったのよ」

スミスはにやりと笑った。「神の地震だ」それから唇に人差指を当てた。「あれは何だ?」

二人は耳を澄ました。崖が高くそびえている。静かな夕闇があたりに満ちる。足下、暗い峡谷の奥深くでは、川が入り組んだ岩の間をグランド・キャニオンの山場へ向けて轟々と流れる。

「川の音しか聞こえないよ」

「いや、よく聴いて……」

はるか彼方、崖にこだまして、神秘的なむせび声が高く低く聞こえてくる。悲しみに満ちて——それとも歓喜だろうか?

「コヨーテかしら?」

「いや……」

「オオカミ？」

「ああ……」

「この辺にオオカミがいるなんて聞いたことないわ」

スミスは笑みを浮かべた。

「そうだ。その通り。この地方にはもうオオカミはいないとされている。いるはずがない」

「確かにオオカミなの？」

「うん」スミスは口をつぐみ、また耳を傾けた。今度は下を流れる川の音しかしなかった。「ただし普通のオオカミじゃない」

「どういうこと？」

「つまり二本足のオオカミだ」

彼女はスミスをじっと見た。

「人間ってこと？」

「そんなところだ」

二人の車はレンジャーの詰め所を過ぎ、ピンクの給水塔を過ぎ、パリーア川を渡って、ぬかるんだコロラド河畔の船着き場に着いた。ここでスミスはテールゲートを川に向けてトラックを停め、ボートを降ろし始めた。相棒も手伝った。荷台から三艘のゴムボートを引きずり出し、梱包を解いて砂の上に広げる。スミスは工具箱からソケットレンチを取り、エンジンブロックからスパークプラグを一本取り外した。そこにエアホースの先端についた接続金具をねじ込む。エンジンをかけると、ボートが膨らんだ。ボートを引っ張って水の中に入れ、船首部分を岸に乗せておく。長いロープで手近な柳の木に係留した。

日は落ちた。ひざ下を断ち落としたジーンズをはいて水の中を歩き回っていたせいで、冷たい緑の川から、ひんやりしたそよ風が峡谷を吹き下ろしだすと、二人は少し震えた。

「真っ暗になる前に何か食べるものを作ろう」彼女が言った。

「そうだな」

スミスは双眼鏡をいじくって何か探していた。峡谷の上、遠くの崖に動くものが見えたような気がしたのだ。目当てのものが見つかった。ピントを調節すると、たそがれのかすみを通して一マイル向こう、崖裾の岩の下に半分隠れた青いジープの形が何とか見分けられた。小さな焚火が揺らめくのが見える。視野の隅で何かが動いた。スミスは双眼鏡の向きをわずかに変え、男の姿を見た。背が低く、毛深く、肩幅が広く、裸だった。裸の男は片手に缶ビールを持ち、もう片方の手に双眼鏡を持って目に当てている。スミスと同じように。まっすぐこちらを見ていた。

　二人の男は見開いたままの七×三五の双眼鏡のレンズを通して互いをしばらく観察した。スミスは片手を挙げ、おずおずと振った。相手は缶ビールを掲げて答礼した。

「何見てるの？」相棒が訊いた。

「身ぐるみはがれた旅人みたいなもの」

「見せて」スミスは双眼鏡を渡した。

「やだ、裸じゃない。こっちに向かってアレを振ってるわ」

「リーズフェリーは消え失せてしまった」装備をかき回しながらスミスは言った。

「それは間違いない。コールマン・ストーヴはどこへ入れたっけ？」

「どこかで見たような男」

「裸の男はみんなどこかで見たような感じがするもんさ。ちょっとここに座って。このごちゃごちゃの中から何か食べるものを探そう」

　二人は弾薬箱に座り、簡単な夕食を作って食べた。コロラド川はすぐわきを流れている。下流から瀬音の轟きが間断なく聞こえてくる。支流のパリーア川が何世紀も前から、流路に岩を落としている場所だ。空気中には泥の、魚の、柳とコットンウッドの匂いが漂っている。いい匂い、腐った臭い、鼻をつく臭いが砂漠の中心を通って降りてくる。

　彼らは二人きりではなかった。時たま一〇〇ヤード離れた道路を自動車が唸りを立てて通り過ぎる。少し先にあるマリーナを目指す観光客、ボート乗り、釣り人たちだ。

　はるか西の崖の上にぽつんと燃えていた焚火は、揺らいで消えた。その方角の暗がりの中に、スミスには友人だか敵だかの痕跡は見えなかった。彼は藪に引っ込んで放尿した。かすかに光る黒い川を見つめながら、ほとんど何も考えずに。彼の心は静かだった。今夜、スミスたちは河原で、ボートと装備の隣に寝る。明朝、スミスが川下りのためにボートを艤装している間に、運転手はペイジに戻り、アルバカーキから飛行機で一一時に到着予定の客を拾う。

　バック・オヴ・ビヨンドの新しい顧客。アレクサンダー・K・サーヴィス医学博士とB・アブズグ——嬢《ミス》だか夫人《ミセス》だか氏《ミスター》だか。

4

発端《オリジンズ》Ⅳ：ミズ・B・アブズグ

　その上院議員とは関係ないわ、彼女はいつも言っていた。それはおおむね事実だった。名前はボニーで、ブルックリンではなくブロンクスの出身だ。その上、彼女は半WASP《ワスプ》（ホワイト・アングロ・セクシー・プロテスタント）だった。母親はスコットランド系だ。頭頂部から尻のふくらみまでゆったりと垂れ、つややかに輝くアブズグの長く豊かな暗褐色の髪がかすかに銅色を帯びているのは、その血筋のためかも知れない。アブズグは二八歳だ。ダンサーとしての教育を受け、七年前に大学のダンスチームの一員として初めて南西部にやって来た。アブズグは山と砂漠が――ひと目見て――気に入った。アルバカーキでダンスチームを辞めてそこの大学で学業を続け、優等で卒業して職業安定所と食糧切符と地下アパートの世界へと巣立った。アブズグは様々な仕事を経験した。ウェイトレス、銀行の窓口係見習、ゴーゴー・ダンサー、医院の受付――まずイーヴルサイザーという精神科医、次にグラスコックという名の泌尿器科医、そしてサーヴィスという総合外科医のもとで。

　サーヴィスは最高についていない男だった。アブズグはサーヴィスのもとに留まり、三年経った今もいくつもの役割をこなしている。事務員、看護助手、運転手として（サーヴィスは市内の激しい交通の中では運転できなかった。メスと鉗子を持って他人の胆嚢の中を切り刻むとか、誰かのまぶたの内側から霰粒腫を切除するようなことには完璧に熟練しているのに）。妻が不条理な事故――オヘア空港で離陸中に飛行機が墜落した――で死んだ時、サーヴィスが診療室や病室を夢遊病者のようにふらふらと歩き回るのを彼女は見守っていた。八日目になって、その日にある質問をこめて彼女を見るまで。彼は二一歳年上だった。子供たちは成長して出ていっていた。

アブズグは、慰めになるならできるだけのことはすると言った。できるだけいろいろと。しかし事故の後一年は結婚はしないと断った。

アブズグは比較的自立した（と自分では思っていた）独身女性の生活が好きだった（と言った）。サーヴィスの家に泊まったり旅行に同伴したりすることも多かったが、アルバカーキの低級な地域に自分の住居を保有していた。彼女の「住居」というのは、安いアルミニウムのジオデシック・フレームで支えられた硬化ポリウレタンの半球で、市のいかがわしい地域、すなわち南西地区にあるトマト畑がついた敷地に育ちすぎの蒼白いキノコのように鎮座している。

アブズグのドームの内装は、晶洞石の中心のようにきらめいている。ぶらぶらする銀色のモビールや八号ブリキ缶にたくさん穴を開けて作った電気ランプが天井から吊るされ、鏡や安い飾りでできた光り物の塊が湾曲した内壁にでたらめに貼り付けてあるからだ。晴れた日、半透明の一枚壁はあらゆる輝きを取り込み、彼女の内部空間を喜びで満たす。プリンセス・サイズのウォーターベッドのわきには、当時知的な十代の女の子にとって定番だった蔵書がつまった本棚が立っている。Ｊ・Ｒ・Ｒ・トールキンの作品集、カルロス・カスタネダ、ヘルマン・ヘッセ、リチャード・ブローティガン、『ホール・アース・カタログ』『易経』『オールド・ファーマーズ・オールマナック』『チベット死者の書』。フリッツ・パールズとリチャード（「ラム・ダス導師」）アルパート教授の学識の上をクモが這う。孤独なハサミムシがＲ・Ｄ・レインの不合理な混乱を探検する。紙魚《しみ》がＲ・バックミンスター・フラーの冷たいぬかるみを噛って通り道をつける。どの本も二度と開くことはない。

アブズグのドームの中で一番明るいものは頭脳だった。非常に聡明な彼女は一時の流行にいつまでもかかずらっていることはなかった。もっとも全部試してはみたのだが。きわめて鋭敏で観念に乱されることのない知性によって、自分が求めているのは自己変革ではなく（彼女は自分が好きだった）、行なう価値のある何かであることをさとっていた。

サーヴィス博士はジオデシック・ドームが大嫌いだった。この半分埋まった馬鹿でかいゴルフボールにアメリカの田園が覆いつくされようとしている、と思っていた。彼はそれをキノコもどきの抽象的宇宙人的無機質的建築物、プラスチック病の徴候、がらくたの時代の象徴などと呼んで軽蔑した。しかしそのドームにもかかわらず、彼はボニー・アブズグを愛していた。拘束のない部分的な関係がアブズグがサーヴィスに与えたすべてだったが、彼はそれをありがたく受け入れた。何もないよりもずっといいというだけでなく、多くの点でそれは何物にも勝っていた。

　同じようにアブズグも考えていた。私たちの社会構造は、と彼女は言う、過度に相互依存的な人間が多すぎるせいで崩壊しようとしている。まったくだ、とサーヴィス博士。ただ一つの希望は破局《カタストロフィ》だ。そのようにして二人、小柄で色黒で高慢で痩せた若い女と大柄で色白で太鼓腹の熊のような男はずるずると一緒に過ごした。数週間、数カ月、そして一年……。定期的にサーヴィスは結婚の申し込みをくり返した。愛情から、同じくらい形式のために。いずれか一方がもう一方より大切だということがあるだろうか。そして決まって彼女は断った。きっぱりと優しく、温かく、長々とキスをして、穏やかで適度な愛情を込めて。

　少し愛して、長く愛して……。

　他の男は本当にいやらしい馬鹿者だ。サーヴィスは年を取った少年だが、優しく寛容で自分を必要としており、一緒にいる時はあたしのことだけを考えてくれる。たいていの場合。彼はまったくの明けっぴろげのように見える。一緒にいる時は。

　二年の間、アブズグは時たまサーヴィス博士と暮らし、愛しあってきた。このようなただ流されるだけという風潮がある。実に多くの者がそうしている。フランス語の学位と、魅力的で健康で強靱な若い肉体と、落ち着きがなく怒りっぽい心を持ちながら、診療所の雑用係と、寂しい男やもめのパートタイムの愛人程度の楽な役割しか果たしていないことは、アブズグを少々苛立たせた。だがそう思いながら、彼女は本心では何をしたいのか？　あるいは何になりたいのか？　アブズグはダンスは——あのダンスは——あきらめていた。負担が大きいからだ。ほとんど全身全霊を傾けることを要求されるからだ。それは気が進まなかった。もっとも非情な芸術。キャバレーでの夜の世界には明らかに戻れない。風俗犯罪取締班の刑事たち、保険の損害査定人、友愛会のメンバーが憂鬱とビールと萎えた欲望を携えて暗がりに座り、彼女の股間をひと目見ようと目を凝らし、視力を損なっていたあそこには。

　それではどうする？　母性本能は自分に関する限り働かなくなっているようだ。ドクの母親という役割を別にすれば。自分の父親と言ってもいい年の男の母親役をつとめる。世代の断絶か、あるいはその逆か？　年下趣味か？　どちらが年下趣味だろう？　あたしだ。彼は子どもがえりしているのだ。

　アブズグはドームのほとんどを自分の手で建てた。配管工事と電気配線の時だけ人手を雇った。そこに引っ越す前夜、アブズグは儀式をとり行なった。家の清めの儀式、「詠唱」。燃える小さな灯油ランプを中心に、アブズグは友人たちと輪になった。長く不器用なアメリカ人の脚をひとつ結び——蓮華座——に組む。それから六人の大卒中産階級のアメリカ人は、発泡プラスチックでできた二一世紀の膨れたマシュマロの下に座り、東洋の古代の詠歌をひと続き唱えた。発祥の国では教育を受けた人々の手でとうの昔に捨て去られたものだ。

「オーム」彼らは詠唱した。「オームウウウウウウウウウウ。オーム・マニ・パドマ・オームウウウウウウウウウ……」

　あるいはドク・サーヴィスが好んで唱えたように「オーム、懐かしのオーム、いかにつましくとも、我が家《ホーム》に勝る場所はなし」。そしてドクは刺繍の習作を湾曲空間の壁に掛けた。

われらの幸福のドームに神のご加護を。

　しかし彼はめったに中に入らなかった。サーヴィスと一緒でない時、彼の家にいるかひんぱんに出かける旅行に同行している時以外は、アブズグはキノコの中で一人で暮らした。ネコと二人きり、鉢植えと裏庭のトマト畑の世話をし、レコードを聴き、読んでいない、あるいは読むに耐えない本の埃を払い、見事な髪にブラシをかけ、瞑想し、運動し、美しく憧れに満ちたその顔を太陽の無言の詠唱に向ける。時間を、空間を、開かれつつある自己の数珠つなぎになった小部屋すべてをさまよう。今度はどこへ行くの、アブズグ？　お前は二八歳と六カ月よ、アブズグ。

　気晴らしに彼女は、ドクの夜間ハイウェイ美化事業に参加し、最初は運転手と見張りとして助手を務めた。火に飽きると、アブズグは横引き鋸の片方の把手を定位置とするようになっていた。斧の振るい方を、看板が望みの方向に倒れるようにするためには、縦の支柱にどのように刻み目を入れればいいかを学んだ。

　サーヴィスが軽量なマカロック・チェーンソーを手に入れると、その操作法も覚えた。始動の仕方、オイルのさし方、燃料の補充の仕方、チェーンが張りすぎたりゆるすぎたりした時の調節の仕方。この便利な道具のおかげで、二人は限られた時間でいっそう多くの仕事をやってのけることができるようになったが、それは騒音、大気汚染、金属とエネルギーの浪費、何にせよ環境問題を引き起こした。派生問題にはきりがない……。

「構わん。いっさい気にするな。我々の任務は看板の破壊だ」ドクは言った。

二人は続行した。夜に忍び歩く人影。ナンバープレートに銀色の使者の杖をつけた、黒く禍々しいリンカーン。広いハイウェイの薄暗い路肩にエンジンをかけたまま停まっている大きな車。フェンスをよじ登り、チェーンソーとガソリン缶を引きずって草の中をのろのろと歩く巨体の男と背の低い女。二人は地リスやフクロウにとって馴染みの姿と匂いとなり、屋外広告業者とバーナリーヨ郡保安官事務所の特別捜査班にとっては大きく腹立たしい謎となった。

誰かがそれをやらねばならぬ。

地元の新聞は当初、無目的な公共物損壊を報じた。その後しばらくの間、注目を浴びれば破壊者は調子に乗るだけだという理屈で、このような事件の記事は抑えられた。しかし、この私有財産に対する襲撃が好評であること、攻撃目標に特色があることに広告会社、ハイウェイパトロール、郡保安官が気付くようになると、論評が出始めた。

写真と記事が『アルバカーキ・ジャーナル』に、『サンタフェ・ニューメキシカン』に、『タウス・ニューズ』に、『ベレン・ビューグル』に載り出した。バーナリーヨ郡保安官は、自分がこの問題に専任の捜査官を割り当てたとする記事を否定した。インタビューを受け、引き合いに出された屋外広告会社の重役は「ありふれた犯罪者」という言葉を使った。

匿名の手紙が市や郡の職員に宛てた郵便物の中に姿を現した。すべてこの犯罪を強く称賛したものだった。新聞記事には「環境保護活動家の組織的団体」と書かれたが、この語句はすぐに、もっと扱いやすく印象的な「環境特攻隊《エコ・レイダーズ》」に縮められた。郡の検事は、このような違法行為の実行者は、逮捕されれば、法律を最大限に駆使して起訴されるだろうと警告した。新聞の投書欄には、けんか腰の投書が賛否両論掲載された。

ドク・サーヴィスはどこかの誰かの黄色い腹を縫い合わせながら、マスクの下でほくそ笑んだ。アブズグは夕べの火のそばで新聞を読みながら笑みを浮かべた。

毎日がハロウィンのお祭りみたいだ。やりがいのあることだ。数年ぶりにアブズグは、冷たいブロンクスの心の中に歓喜と呼ばれる感情を感じた。いい仕事をきちんとやったという手ごたえのある満足感を再び覚えていた。

看板会社の社員は作戦を練り、費用を見積もり、新しいデザインを起こし、新しい材料を発注した。支柱に電気を流す、銃を仕掛ける、武装警備員を配置する、自警団に報奨金を出すといった話が出た。しかし広告板はニューメキシコ中の何百マイルものハイウェイ沿いにある。いつどこで犯罪者どもが次の攻撃を仕掛けるかは想像もつかない。一枚の広告板につき一人の警備員が必要だろう。鋼鉄への段階的な切替が行なわれた。余計なコストは、無論、消費者に転嫁すればいい。

ある夜、ボニーとドクは、何週間か前に目をつけておいた標的を倒すため、市の北へ遠征した。二人は車をハイウェイから見えない脇道に停め、目標まで半マイルを歩いて戻った。毎度の用心である。いつも通りドクがチェーンソーを持ち、ボニーが先導した（ボニーの方が夜目が利く）。星明かりだけを頼りに、公有地を区切るフェンスに沿って闇の中をつまずきながら歩く。車が四車線の高速道路をびゅんびゅんと通り過ぎる。いつもと変わらず狂ったように速く、ヘッドライトで闇に自分だけのトンネルを貫く。すべてを忘れ、ただ急き立てられ、あそこに、どこかに、どこにでもたどり着かなければとの思いだけで。

ドクとボニーは熱狂するエンジンを無視し、勢いよく通り過ぎる人間の精神と肉体を無視し、一切注意を払わなかった。そんな必要があるだろうか。自分たちは仕事をしているのだ。

標的に到着した。前と変わった様子はない。

山を一望する小牧場
新しい明日のライフスタイルを今すぐ！
ホライゾン土地開発

「すばらしい」肩で息をしているドクに寄りかかりながらボニーが言った。

「すばらしい」ドクも同意する。一息入れてからマカロックを地面に置き、ひざまずいてスイッチを入れる。チョークを引き、スロットルを握って始動索を思いきり引っ張った。活きのいい小さなエンジンがうなりをあげて動き出す。凶悪なチェーンが溝の中で前に向かって躍動する。ドクは立ち上がった。手の中では機械が震え、破壊を求めている。ドクは注油ボタンを押し、エンジンを吹かすと広告板の一番手近な縦の支柱に歩み寄った。

「待って」ボニーが言った。中央の支柱にもたれ、それを拳でこつこつと叩いている。

「ちょっと待って」

ドクは聞いていなかった。スロットルを握り締め、刃を支柱に押し当てる。チェーンソーは金属がこすれる悲鳴を上げ、火花をまき散らしてはね返った。ドクは自分の目と耳が信じられず、しばらく呆然としていた。それからエンジンを切った。

夜の清らかな静けさ。暗がりで二人は蒼白な顔を見合わせる。

「ドク、待ってって言ったでしょ」

「鋼鉄製だ」ドクは言った。不思議そうに支柱を撫で、大きな拳骨でごつんと叩く。

「だから言ったのよ」

二人は待った。考えた。

ややあってボニーは言った。

「あたしが誕生日に欲しいもの、何だと思う?」

「何だい?」

「アセチレン・トーチ。安全ゴーグルと」

「いつ?」

「明日」

「明日は君の誕生日じゃない」

「だから?」

すぐ翌日、同じ場所、同じ看板、今度は装備を整えて二人は戻ってきた。トーチは完璧に機能した。強烈な青い炎が静かに激しく鋼鉄を舐め、醜い赤熱した傷口が開く。まぶしい輝きはしかし闇の中で危険なほど目立つ。ドクはトーチを下げ、タンブルウィードとラビットブラッシュの間、石ころだらけの砂漠の地面から生えている中央の支柱の基部に向けた。それでも炎のきらめきは大胆すぎるように思われた。ボニーはしゃがんでコートを大きく広げ、通過する車から炎を隠そうとした。気づいた者はいないようだ。止まる者はいなかった。無頓着な乗用車、唸るトラック、すべて耳障りなゴムの擦過音、凶暴なエンジンの咆哮とともに走り去り、夜の黒い忘却の中へあわただしく消えていく。誰も気にしてはいまい。

トーチは強力だが、遅かった。鋼鉄の分子は非常に苦しみ、不承不承、後ろ髪引かれる思いで互いの結合を解く。赤い傷口はゆっくりゆっくり広がっていく。予想通り支柱は中空であったにもかかわらず。

トーチは遅いが、強力だった。ドクとボニーは着実に、時々交代しながら仕事をした。辛抱辛抱。肉厚の合金が炎に屈した。進捗は目に見えるようになり、明白になり、決定的となった。

ドクはトーチの火を消し、ゴーグルを外すと汗ばんだ額をぬぐった。ありがたい闇があたりを閉ざす。

「もう倒れるぞ」

中央の支柱は完全に切断されている。両側の支柱はいずれも三分の二以上切ってある。巨大な看板はほとんど自分の重さと危なっかしいバランスで支えられていた。南からそよ風が吹けばぐらぐらと揺れるだろう。子供でも押し倒すことができる。その重力時空連続体の範囲内に、広告板の運命はあらかじめ決定されており、文句をつける余地はない。地球への帰還の時にそれが描く弧は、誤差三ミリ以内で計算できるだろう。

二人はその瞬間を味わった。自主的で価値のある大仕事にはつきものの美点だ。サム・ゴンパーズの亡霊が彼らの仕事に微笑んでいる。

「押しなさい」ドクが言った。

「ドクが。ほとんどあなたがやったんだから」

「君の誕生日だ」

ボニーは小さな褐色の手を看板の底辺にかけた。頭よりも高く、やっと届くほどだ。体重をかける。広告板――五トンほどの鉄と木とペンキとボルトとナット――はわずかに抗議の呻きをあげ、傾き始めた。空気の奔流、それから広告板が地面に激突する雷鳴のような音、轟く金属音、ねじれ、よじれて裂けるボルト、砂ぼこりのキノコ雲、それでおしまいだ。無関心な車の往来が勢いよく通り過ぎる。見ることも、気にすることも、心を動かされることもない。

二人は回転するスカイルーム・グリルで祝宴をあげた。

「感謝祭のごちそうが食べたいわ」

「今日は感謝祭じゃないよ」

「あたしが感謝祭のごちそうが食べたいとすれば、今、感謝祭でなければならない」

「それは論理的だ」

「ウェイターを呼んで」

「信じちゃくれないよ」

「説得してみましょう」

説得した。料理が現れた。ワインも。二人は食べた。ドクがワインを注ぎ、二人で飲んだ。永遠とも思える時間がのろのろと過ぎた。ドクはしゃべった。

「アブズグ、愛してるよ」

「どのくらい?」

「うんといっぱい」

「それじゃ足りない」

チャーリー・レイだかレイ・チャールズだか誰だかがピアノの前に座り、「ラヴ・ゲッツ・イン・ユア・アイズ」をピアニシモで弾いている。地上一〇階にある円形の部屋は、時速〇・五キロで回転している。ニューメキシコ州グレーター・アルバカーキ(人口三〇万人)の街の灯がすべて二人の眼下に散らばっていた。ネオンの王国。バビロンの輝きを持つ電気仕掛けの庭園。しかしそれは、荒涼とした暗く汚らしい、決して発展することのない荒野に囲まれている。痩せて腹を減らしたコヨーテが忍び歩き、しぶとく絶滅をまぬがれているところ。スカンク、蛇、虫、ミミズ。

「結婚しよう」ドクが言った。

「何で?」

「わからない。儀式が好きなんだ」

「申し分のない関係をどうしてぶちこわすの?」

「私は寂しい中年の肉切り屋だ。安心を求めているんだ。誓約《コミットメント》という考えが好きなんだ」

「収用令状《コミットメント》は気が狂った人に出されるものよ。あなた狂ってるの、ドク?」

「わからない」

「もう寝ましょう。疲れた」

「私が年を取っても、愛していてくれるかい?」ボニーのグラスを再びルビー色のラ・タシェーで満たしながら、ドクは訊いた。

「ハゲでデブでインポの年寄りになっても、好きでいてくれるかい?」

「今でもハゲでデブでインポの年寄りじゃない」

「だが金持ちだ。これを忘れちゃいかん。私が貧乏になったとしても、愛してくれるかい?」

「まず無理ね」

「ひげもじゃでアル中のホームレスになって、南一番街でゴミバケツをあさって歩いて、小さな狂犬に吠えつかれたりポリさんに追い立てられたりしたら?」

「やだ」

「そうか」ドクはボニーの手を取った。左の、テーブルの上に載っていた方を。銀とトルコ石がほっそりした手首で華麗に輝く。二人はインディアン・ジュエリーが好きだった。丸い部屋のゆらめくろうそくの明かりの中、二人は見つめあい、笑った。街を見下ろしながら、部屋はレールの上をぐるぐるとゆっくり巡る。

かわいいドク。さいづち頭の両の出っ張りに、日焼けしたはげ頭のしみのひとつひとつに、ドク・サーヴィスの顔と呼ぶことでみんなが一致してきたものの上に五〇年近い歳月が刻んだありとあらゆる皺に、ボニーは慣れ親しんでいる。ドクの望みは十分にわかっていた。ドクを助けるためにできる限りのことはする。

二人は家に帰った。ドクの、丘陵地帯にあるフロイド・ロイド・ライト風の古い石積みの家に。ドクは二階に上がった。ボニーはレコード（自分の）を重ねて四チャンネルステレオ（ドクの）の回転板の軸に通す。四つのスピーカーを通して重いビートが、電子楽器の響きが、歌で結ばれた四人の不良青年の様式的な声が聞こえてくる。何とかいう――コンクスだったかスカラブズだったかヘイトフル・デッドだったかグリーン・クロッチだったか――年間二〇〇万ドルの売り上げがあるバンドだ。

バスローブを着てドクが戻ってきた。

「またそんなエセ黒人音楽なんか聴いてるのか？」

「好きなんだもの」

「そんな奴隷の音楽が？」

「好きな人もいるのよ」

「誰が？」

「あたしの知っている人みんな。あなたを除いて」

「植木に悪いんだぞ。ゼラニウムが枯れてしまう」

「はいはい、わかりました」ぶつぶつ言いながら曲目を変える。

二人はベッドに入った。下からお上品で控えめでもの悲しいモーツァルトの調べが立ち昇る。

「もうあの手の騒音を聴く歳じゃないだろう。あんなティーンエージャー向けの曲を。子供だましだ。君はもう大人の女なんだ」

「でも好きなんだもの」

「朝、私が出勤してからにしなさい。いいね。そしたら一日中かけていたっていい。もしそうしたければ」

「ここはドクの家よ」

「君の家でもある。でも鉢植えのことも考えてやらないと」

寝室の開いたフランス窓を通して、二階のテラスの向こう、斜面になった不毛の平原を下ること数マイルの彼方に、偉大な街の灯が見える。飛行機が大都市の輝きの上空を穏やかに音もなく旋回する。遠い蛍火のように静かに。長いサーチライトの光がヴェルヴェットの闇をゆっくりと薙ぎ、雲を探る。

ドクの手はボニーの上にある。ドクの腕の中でボニーは眠たそうに身体を動かして、待っている。相当長く愛し「あって」いる。

「昔は一晩中できたんだがなあ。今じゃ一晩中かかるようになってしまった」

「ドクは遅いから。でもとにかくいけるんだから」

二人はしばらく休んだ。

「川下りに行こうか?」ドクが言った。

「何カ月も前からの約束よ」

「今度は本気だ」

「いつ?」

「もうすぐ」

「何でそう思ったの?」

「川の呼ぶ声が聞こえる」

「それ、トイレだわ。またヴァルヴが引っかかってるのよ」


ボニーはまたよく歩く。タンク底のブーツにアーミーシャツ、半ズボンにジャングルハットというでたちで、ひとり、ひたすら、アルバカーキで唯一の山地、桃色のサンディア山脈を行進し、街の西にある火山地帯を跋渉する。自分では車を持っていないが、細い背中にリュックサックを背負い一〇段変速の自転車を漕いで、時には北へ五〇マイルのサンタフェまで行くこともある。そこから本当の山地、サングレ・デ・クリスト(キリストの血)山脈に分け入って、舗装路が切れたところから徒歩で頂上——ボールディ、トルーチャス、ホイーラー——を目指す。一度に二、三泊、クロクマが小型軽量テントの周囲を嗅ぎまわりクーガーが吠える中、独りでキャンプする。

ボニーは探し求め、追い求め、メサの縁で断食して幻視《ヴィジョン》を待った。さらに断食を続けると、しばらくして神が現れた。脚に白い紙の長靴を履いて皿に載ったひな鳥のローストの姿を借りて。

ドクは川のことをささやき続けた。グランド・キャニオンのこと、リーズフェリーという場所のこと、セルダム・S・スミスという名の川ガイドのこと。

「いつでもいいわ」ボニーは言った。


その一方で二人は、広告板を切り倒し、焼き、汚し、切り刻んでいた。

「子供のやることだ」とドクはこぼした。

「私たちはもっと高級なことをすべきだ。知ってたかい? シップロックの近くにアメリカで最大の露天掘り鉱山がある。この魅惑の土地、ニューメキシコにだ。リオ・グランデ川流域をすっぽりと覆っているスモッグがどこから来るのか、考えたことがあるか? ポール・ホーガンの『偉大な川』は水路化され、補助金漬けになり、塩類化して、ニューメキシコの硫黄を含んだ空の下で綿花畑にちょろちょろと流れ込んでいる。電力会社と政府機関が結託して、今でもありとあらゆる汚染の発生源であるこのフォーコーナーズ地域に、さらに露天掘り鉱山を開発し、今以上に石炭火力発電所を建てようとしている。道路や送電線や鉄道やパイプラインと一緒に。かつて未開の半処女地であり、今でもアメリカ本土四八州の中でもっとも壮大な風景を誇るこの土地にだ。知ってたかい？」

「あたしもかつて半処女だった」

「別の電力会社と同じ政府機関がもっと大きなことをワイオミング―モンタナ地域で計画しているのを知ってるか？　アパラチアを破壊した露天掘りよりも大きな奴だ。原子力発電のことを考えたことはあるかね？　増殖炉とか、ストロンチウムとか、プルトニウムとか。石油会社は、油母頁岩《オイルシェール》から石油をとるために、ユタとコロラドの広い範囲を切り開こうとしている。大木材業者が国有林でしていることに気づいているかね？　陸軍工兵隊と開墾局が川に、レンジャーと狩猟鳥獣管理官が野生動物に何をしているか。土地開発業者がわずかに残った未開発地に何をしているかわかっているだろう？　アルバカーキからサンタフェ、タオスにかけてもうすぐ大きな一つの帯状市街地《ストリップ・シティ》になるって知っているか？　ツーソンからフェニックスも同じだ。シアトルからポートランドにかけても。サンディエゴからサンタバーバラ、マイアミからセントオーガスティンも、ボルティモアからボストン、フォートワースから……」

「ずっと先の話よ。パニック起こさないで」

「パニック？　大混乱《パンデモニウム》か？　パン（ギリシア神話の神。パニックの語源）を復活させよう。偉大なる神、パンを」

「ニーチェ曰く、神は死んだ」

「パンの話をしているんだ。私の神の」

「神は死んだ」

「私の神は生きて跳びはねている。君のはお気の毒様」

「たいくつ。何か面白いことないの？」

「川下りの旅はどう？」

「どの川？」

「ゴムボートに乗ってゴッズ・ガルチを流れるあの川を。ハンサムで毛深い汗だくのガイドが、何からナニまで面倒を見てくれる」

ボニーは肩をすくめた。

「じゃあ、何をぐずぐずしているの？」

5 コロラド河畔の謀議

岸辺に浮浪者がいた。

顎ひげはもじゃもじゃ、背は低くずんぐりとしており、いかにも凶悪そうで、その車には危険な武器が積み込まれている。浮浪者。何もせず、何も言わず、じろじろと見ている。

彼らは男を無視した。

スミスの副漕手は姿を現さなかった。とうとう。スミスは乾肉《ジャーキー》を噛みながら、一人でボートに荷物を積み込んだ。相棒の娘は、その朝飛行機で到着する客を拾うために、トラックでペイジにやった。

浮浪者はじっと見ていた（作業が終わったとたん、仕事をくれと言うのだろう）。

九六便はいつも通り遅れた。ようやく機が雲堤から姿を現すと、唸りをあげて頭上を飛び越える。機体を傾け、旋回し、非常に限られたペイジの滑走路――一方の端を高圧送電線に、もう一方を高さ三〇〇フィートの崖に阻まれている――に向かい風で着陸した。機体は双発のジェット機で、骨董品じみた外見の代物だった。ことによると一九二九年（大暴落の年）の製造かも知れず、しかもその後、店の片隅で売る中古車に手を入れる要領で（正直屋アンディ、高値買取ジョニーのように）、何度も塗り替えられているようだ。誰かが最近黄色の塗料で一度に厚塗りしていたが、下地の緑の塗装は完全には塗り隠されていない。機の側面に並ぶ小さな円窓の向こうには、乗客の白い顔が見えた。外を見つめ、十字を切り、唇を動かしている。

飛行機は滑走路を離れ、補助滑走路のエプロンへとぎこちなく進んだ。エンジンは煙を吹き、ごろごろと異音を発し、バックファイアーを起こしたが、何とか荷役場に機を運ぶだけの馬力は出した。そこでエンジンは切れ、機は停止した。切符売り兼管制官兼空港長兼荷物係は、イヤー・プロテクターを外してボタンを閉めながら屋外管制塔から降りてきた。

黒煙が機の右エンジンのまわりに漂っている。機内からコッコッという小さな音がする。ハッチが開き、手回しクランクを使って降ろされ、タラップに早変わりする。通路にスチュワーデスが姿を現す。

九六便は二名の乗客を降ろした。

最初に降りたのは女だった。若く、美しく、尊大な雰囲気がある。黒くつややかな髪は腰の下まで垂れている。身に着けているものはそう多くはない。その一つ、ミニスカートからは日焼けした見事な脚があらわになっている。

ターミナルをうろついていたカウボーイ、インディアン、モルモン教の宣教師、政府職員、その他好ましからざる連中は、物欲しげな目でじろじろと見た。アリゾナ州ペイジ、人口一四〇〇人、うち男八〇〇人、時には見てくれのいい女三、四人。

若い女の後からは、男が出てきた。中年だが、ごま塩の顎ひげと鉄ぶちの眼鏡のせいで、実際よりも老けて見えているかもしれない。鼻はいびつでとても大きく、陽気に輝き、白くまばゆい砂漠の陽光の下で磨いたトマトのように照り映えている。口には安葉巻を銜えていた。きちんとした身なりをして、大学教授のようだ。まばたきをし、麦わら帽子をかぶる。役に立った。それからターミナルの出口へ向かって、女と並んでのしのしと歩いていく。隣の女よりはるかに背が高い。それでも居合わせた者たちは、男女を問わず、女を見た。

疑う余地はない。つばの広い麦わら帽子をかぶり、黒く暗い大きなサングラスをかけた彼女は、グレタ・ガルボのようだった。昔のガルボと今のガルボ。

スミスの相棒は二人を出迎えた。大きな男が彼女の手を取ると、その大きな掌の中に隠れてしまった。しかし几帳面で優しく、しっかりとした握手だった。外科医の手だ。

「いかにも、私がドクター・サーヴィスです。こちらはボニー」その声は、これほど堂々とした（あるいはデブの）身体から発せられたにしては、妙に柔らかく、低く、もの悲しげに響いた。

「ミス・アブズグですか？」

「ミズ・アブズグよ」

「ボニーとお呼びなさい」

トラックに乗り込む。ダッフルバッグと寝袋が後部に置かれている。ジーザス通りの一三の教会を通り過ぎ、政府公認スラムと建設労働者のトレーラーハウスのスラムを抜けてペイジの街を飛び出し、ナヴァホランドの昔ながらの農村スラムへ入る。病気の馬がハイウェイ沿いをうろつき、何かしら口に入るものを探している。新聞紙、ティッシュペーパー、ビールの缶、多少なりとも消化できるものを。ドクはセルダムの運転手と話しこんでいる。アブズグは超然としてほとんど黙っていた。

「ほんとに殺風景なところ」一度彼女は口を開いた。

「誰が住んでるの?」

「インディアン」ドクが言った。

「似合い過ぎだわ」

ダイナマイト・ノッチを抜けてビター・スプリング、マーブル・ゴージへと下り、破壊されないか先行きが不安なジュラ紀の奇怪な城壁の下、リーズフェリーに、熱い腐葉土と緑の柳の匂いの中に着いた。聖母マリアの外套のように青い空から、熱い太陽がぎらぎらと照りつけ、その非現実的な光が崖の粗い表面を、滔々と流れる川を、大いなる船旅への期待をきわだたせる。

紹介の第二ラウンド。

「こちらがドクター・サーヴィスとミズ・アブズグ。こちらセルダム・シーン・スミス……」

「ようこそいらっしゃいました。こちら、その藪の向こうにいるのがジョージ・ヘイデュークです。この旅行の奴隷二号です。何か言えよ、ジョージ」

浮浪者はひげの陰で何やらもごもごと唸った。ビールの空き缶を握りつぶし、手近なごみ箱に向かって放ったが、的を外した。ヘイデュークは今はぼろぼろの短パンを穿いて革の帽子をかぶっている。目は赤かった。汗と塩と泥と気の抜けたビールの匂いがした。堂々と背筋を伸ばし、顎ひげをきれいに刈りこんだサーヴィス博士は、うさん臭げにヘイデュークを見た。この手の輩が顎ひげの評判を落とすのだ。

スミスは楽しそうに笑いながらみんなを見ていた。船員と乗客が気に入ったようだ。ことにミズ・アブズグは気に入ったようで、苦労して見つめないようにしている。だが、あの娘はなかなかのもんだ、なかなかの。下の方でスミスは、陰嚢の毛がむずむずと引きつるかすかな、しかし紛れのない感覚を覚えていた。明らかに愛の前兆だ。称賛を表す情欲。それ以外の意味はありえない。

その頃、リストに載っている残りの乗客が車で到着した。サンディエゴから来た二人の秘書。古くからのスミスの友人で、常連客だ。これまでに何度も一緒に川を下っている。パーティはそろった。缶詰とチーズクラッカーとビールと炭酸飲料で昼食を済ませ、船を出した。いつもの副漕手はまだ現れない。ヘイデュークは仕事を手に入れた。

むっつりと無口に、ヘイデュークはもやい綱を船員式に束ねた。ボートを岸から押し出し、乗り込む。ボートは川の流れに乗った。三艘の一〇人乗りゴムボートは横一列に並べてきつく縛りつけてある。三胴艤装《トリプル・リグ》だ。船は鈍重で不格好な外見になるが、岩と瀬の中ではもってこいだ。乗客は中央に乗る。ヘイデュークとスミスは漕手として、両わきに立つか座るかする。スミスの運転手が岸から別れの手を振った。寂しげな顔をしている。これから一四日間、彼女に会うことはない。

木のオールがオール受けの中で軋む。船は流れに乗って進んでいく。峡谷の大部分を平均時速四、五マイルで、瀬ではもっと速く運ばれる。普通のボートとは違い、ゴンドラの船頭のように前を向いてオールを押しながら(引くのではない)、ヘイデュークとスミスは鈍く光る川に、最初の屈曲の先で轟く瀬音に立ち向かっていった。スミスは乾肉を一本口に銜えた。

午後の太陽を背にして、沸き立つ水は金属の箔のように、ブロンズのラメのようにきらめき、さざ波の一つひとつが鏡となって空のまばゆさを照り返す。赤い岩壁の上、東の空には静かに光る新月が、ワイン色に暗くなった天空に、輝かしい太陽への蒼白い返歌のように掛かっている。午後の新月。行く手には狂おしい太陽。柳の間で鳥がさえずる。

川下りだ！

ヘイデュークは川下りについて何も知らなかった。スミスはヘイデュークが何も知らないことを知っていた。さほどの問題ではない。乗客に当面ばれない限り。スミスにとって重要なのは、ヘイデュークの広く力強い背中とゴリラの腕、短く頑丈な脚だ。必要なことは何でもすぐに覚えるだろう。

パリーアの早瀬が近づいた。パーク・レンジャーが駐在する崖の下だ。丘の上にある新しい金属的なキャンプ場から、観光客がこちらを見ている。直前に迫った岩と荒波がよく見えるように、スミスは立ち上がった。大したことはない。小さな瀬、ボート乗りの基準で一級だ。緑色の川は石灰岩の牙のまわりで渦を巻き、油のように滑らかな水が泡立つ。音響技師が「ホワイトノイズ」と呼ぶ単調な音が空気を震わせる。

打ちあわせ通り、ヘイデュークとスミスはボートを九〇度回し、小さな瀬の鏡のような舌へ横向きに乗った(この馬鹿げた乗り物は前後よりも横幅の方が長い)。かすかな水音を立てて滑るように進む。瀬尻を抜けると合流点にさしかかる。ここでパリーア川(増水していた)の灰色で脂っぽいベントナイトを含んだ水が、ダムのせいで緑色に澄んだコロラド川と混ざる。時速一二マイルあったスピードがまた四、五マイルに緩む。

ヘイデュークはくつろいで、にやにや笑っていた。顎ひげと眉毛についた水を拭う。何だ、なんてことありゃしねえ、とヘイデュークは思った。俺には川下りガイドの才能って奴があるんだな。

マーブル・キャニオン・ブリッジの下を通過する。上から見下ろすとさほどの高さに思えない。尺度になるものがないからだ。しかし川から見上げると、垂直に四〇〇フィートの高さの意味がわかる。下から上までほぼ三五階建ての高層ビルの高さだ。のろのろと橋を渡る自動車がおもちゃのように見える。見晴らし台に立っている観光客は虫の大きさだ。

橋は背後に過ぎ去り、湾曲した岩壁の向こうに消えた。今や一行はマーブル・ゴージの奥深くにいた。マーブル・キャニオンとしても知られるこの峡谷は、地表から三〇〇〇フィート下を流れる六〇マイルの川で、リトル・コロラド川の合流点でグランド・キャニオンにつながっている。

セルダム・シーン・スミスはいつも通り想い出を愛でていた。本物のコロラド川を、ダムのせいで駄目になる前、五月から六月、雪解け水をはらんだ楽しげな洪水が、水を奪われることなく自由に流れていた時を想っていた。巨岩がガラガラと川底の岩盤の上を転がり、巨人の顎が歯ぎしりをするような音を立てる。それこそが川だ。

それでもまだ、すべてが失われたわけではない。ビーズをちりばめた午後の光は峡谷の岩壁の向こうに傾き、岩と木が琥珀色に照り映える。雲ひとつない空からの声なき祝福、心優しい太陽系から惜しみなく与えられるもの。一顧だにされない白い薄板のような新月が、見え隠れしながら後をついてくる。一行を見守る善き精霊。妖精の女王。

再び白い轟き。また瀬が近づいている。ライフ・ジャケットをしっかりと締めるようにとスミスは言った。もう一つ屈曲を曲がる。水音は不安なまでに高まった。全員が下流を見て目を見張った。歯のような岩が白い泡に縁取られて突き出している。川はその地点から地下に潜るかのようだ。ボートの高さから瀬の先は全く見えなかった。

「バジャー・クリーク瀬《ラピッズ》」とスミスが告げる。また立ち上がった。三級。難しくはない。それでも突っ込む前によく見ておきたかった。スミスは立ったまま川を読んだ。譜面上の符号を、レーダー上の輝点を、あるいは遠い雲の形から天候のきざしを読むように。隠れた岩の牙を意味する水面の大きな膨らみ、岩や浅瀬を表す不規則なさざ波の立つ場所、水面下六インチに砂洲があることを示す川の中の影、ゴムボートを引っかけて底を引き裂きかねない沈み木を探す。流心を安定して滑るように流れる細かな泡、見えるか見えないかのさざ波、両岸近くの渦を片目で追う。

スミスは川を読み、ご婦人方はスミスを読んでいた。スミスは自分が漫画的で勇ましく見えることに気づいていなかった。痩せて背が高く、かつてのコロラド川のような褐色に日焼けしたコロラド川の男。オールに前かがみに寄りかかり、陽光に目を細める。いつもの笑顔を見せるたびにきらめく、強く健康な歯。古びたリーヴァイズの前の男らしい膨らみ。大きく張りだした敏感な耳。瀬が近づいてくる。

「みんなかがんで」スミスは言った。「ロープを掴んで」

水が逆巻くすさまじい轟音の中で、支流の峡谷——バジャー・キャニオン——との合流点に散らばった落石に、川はどっと叩きつけられる。強く単調な振動があたりを包む。水しぶきが霧となって宙を漂い、日に照らされて小さな虹が浮かぶ。

船を再び横向きにする。スミスは渾身の力を込めてオールを引き、船首につく。ボートを操り、瀬の舌、油のように滑らかな流心にまっすぐに乗せる。それはいかにも急流らしく、波乱のまっただ中に注ぎ込んでいる。このような小さな瀬では、逃げる必要はない。客にスリルを味わわせてやるのだ。料金に見合ったスリル。そのために客は金を払っているのだから。

高さ八フィートの波が、船首で身をかがめていたスミスの前に立ちはだかる。波はそこに立ったまま動かずにいる(川では、海とは違い水が動く。波はその場にとどまっている)。勢いと後部の重みに押し上げられて、ボートの前端が波を登る。スミスがロープに掴まる。三分割のボートはほとんどさば折りになる。それから波を乗り越え、波の谷間に滑り落ちる。中央部と後部が同じようにして後を追う。濡れ光る大岩が真っ正面、針路のど真ん中にある。ボートはその前で止まる。岩に当たってはね返った大量の水がボートの中に降り注ぐ。全員が一瞬にしてびしょぬれになる。女たちはきゃあきゃあ言って喜び、ドク・サーヴィスまでが笑う。スミスがオールを引く。ボートは横揺れして岩から離れ、ジェットコースターのように傾きながら瀬尻の波を乗り越えて、下流の安定した流れで速度を緩める。スミスは振り返った。漕手がいない。ジョージ・ヘイデュークがいるはずのところでは、無人のオールがオール受けの中でぶらぶら揺れている。

あそこだ。オレンジ色のライフ・ジャケットを着たヘイデュークが、浮き沈みしながら大波を下ってくる。獰猛なほど決然とした笑みを浮かべ、膝を顎の下に引きつけた胎児の格好をしている。岩に当たると足で蹴ってクッションにする。本能的で正しい反応だ。帽子はなくなっていた。物音一つ立てない……。

瀬の下流の流れが緩んだところでヘイデュークを船に引き上げた。

「どこへ行ってたんだ?」スミスが訊く。

にやにや笑い、咳込みながら、ヘイデュークは頭を振って耳の中の水を飛ばし、荒っぽいがばつの悪そうな表情を見せた。「川の中」とつぶやく。

「ロープを掴まなくちゃ」

「オールにしがみついてたんだよ。それが岩にぶつかって、腹を打ちやがったんだ」濡れてまとわりつく髪の毛をうっとうしそうにかきあげる。ヘイデュークの帽子、ソノーラで手に入れた古びた革のソンブレロは、波間に浮かびながら三度下流に流れていこうとしていた。オールを使ってそれを回収する。

川は一行を静かに運んだ。高原地帯を抜け、先カンブリア紀のマントルの中へ、低地地帯へ、デルタへ、七〇〇マイル彼方のコルテス海へ向けて。

「次はソープ・クリーク・ラピッズ」スミスが告げる。そして案の定、また川と岩とがぶつかりあうざわめきが聞こえてきた。次の屈曲を曲がったところだ。

「すっごーい」アブズグはドクにこっそり言った。二人は固く背中を丸め、一枚の濡れたポンチョを一緒に膝と脚にかけて座っていた。アブズグはうれしくてにこにこしていた。水滴が極端に大きな帽子のつばからぽたぽたと落ちる。ドクの安葉巻は濡れても盛大に燃えている。

「本当にすごい」ドクが言う。

「船員はどう思う?」

「変だわ。背の高い方はイカボド・イグナッツみたい。小さい方は昔のマック・セネットの映画か何かから出てきた海賊みたい」

「でなけりゃカローンとケルベロスだな。だが笑わないようにしよう。我々の命はあの二人の不確かな腕にかかっている」そして二人はまた笑った。

みんなそろって新たな大渦巻きに飛び込む。ボート乗りの分類表で四級だ。川はさらに激しく軋み、波はより高く、地水はいよいよ衝突し、圧倒的に大量の水の純粋で愚かな怒りは、どっしりと揺るぎない石灰岩に当たって轟々と砕ける。一行は衝撃を感じ、咆哮を聞き、泡としぶきと霧の中に浮かぶ虹を見ながら、渾沌を抜けて開けた場所に出た。冒険の刺激が、恐れを覚える暇もなく、彼らを興奮の絶頂に押し上げる。

スミスがグランド・キャニオンを下るのは、これで四五回目であったが、自覚する限りでは何度くり返しても楽しみが減ることはなかった。しかしまた、同じような川旅は二度となかった。川は、峡谷は、砂漠の世界は変化している。その時その時、あらゆる驚異をともなって、厳密に母なる地球の現実の範囲内で。川、岩、太陽、血、空腹、翼、喜び――これが現実だと、スミスは言うだろう。その気になれば。もしそう感じれば。それ以外はすべて両性具有的神智学だ。それ以外はすべて観念論的服装倒錯処理的サイエントロジーだか何だか今日の流行、今週の旬の類だ。

スミスが訊いたなら、ドクはこう言うだろう。鷹に訊け。飢死しかけた雌鹿に飛びかかる、腹を減らしたライオンに訊け。彼らは知っている。

と、このようにスミスは考えた。もちろん自分はただの零細企業主だ。大学に行ったこともない。

瀬と瀬の間、距離にして川の半分、時間にして大部分を占める雄大な静寂の中で、スミスとヘイデュークはオールに寄りかかり、ムナジロミソサザイの歌――澄んだ一六分音符のグリッサンド――が他のさまざまな音と混ざるのをありのままに聞いた。水滴の落ちる音、渦の鳴る音、サギの鳴き声、川辺の砂の上をトカゲが這う音。瀬と瀬の間は、沈黙ではなく音楽と静寂である。峡谷の岩壁は徐々に高くなる。一〇〇〇フィート、一五〇〇フィート、二〇〇〇フィート。一方川は下降し、影は長く、太陽は顔を見せなくなる。

地の底の冷気が這い上がってくる。

「皆さん、キャンプの時間です」スミスは告げながら岸へ向けて漕いだ。ヘイデュークも手を貸した。すぐ前、右岸には、砂の斜面が広がり、赤褐色の柳の茂みと、薄紫の花房が風にそよぐギョリュウの木立に縁取られている。再びミソサザイの呼び声が聞こえる。大きな口を持つ小さな鳥、だが何と音楽的なことか。そしてまた別の瀬の遠い轟きが、疲れ知らずの大群衆が絶え間なく喝采するように響いている。働く二人の男のうめき声と息づかい、オールのこすれる音。一等船室の乗客のひそやかな話し声。

「ドク、いかすショバじゃん」

「ギョーカイ用語はやめてくれ。ここは聖地なんだ」

「ええ、でもコークの販売機はどこ？」

「勘弁してくれよ。瞑想してるのに」

船首が砂利とこすれて音を立てる。雑用係ヘイデュークは、束ねたロープを片手に足首までの水の中をざばざばと歩き、どっしりとした柳の木にボートをつなぐ。全員上陸した。ヘイデュークとセルダムは、乗客一人ひとりにゴム引きの防水バッグ、私物を収めた小さな弾薬箱を渡した。乗客はぶらぶらと歩いていった。ドクとボニーはあちらに、サンディエゴから来た二人の女はこちらに。

スミスはちょっと手を休め、遠ざかるアブズグの姿を見送った。

「なあ、あの娘、なかなかじゃないか？」「ほんと、なかなかのもんだ」スミスは銃口をのぞき込むように片目をつぶった。「ほら、あの娘、最高だよ。グッとくるね」

「スケはしょせんスケさ」と、哲学者ヘイデュークは見ようともしない。「これ今全部降ろすのか？」

「だいたいね。説明するよ」

二人は重い荷物、食料で一杯の大きな弾薬箱、アイスボックス、セルダムの鍋が入った木箱、フライパン、ダッチ・オーヴン、焼き網、その他の金物と格闘し、すべて川岸に運び上げた。スミスは砂の上の一角を台所にして、コンロ、折りたたみテーブル、台所用品、バー、黒オリーブ、小貝の唐揚げを並べた。氷を小さな塊に削る。もうすぐみんながカップをもってもらいに来るだろう。それからラムを一杯、ヘイデュークと自分のために注いだ。乗客はまだ人目につかない藪の中に引っ込み、乾いた服に着替え、夜の冷気に備えている。

「君のだ、相棒」スミスは言った。

「ホア・ビン」ヘイデュークは応える。

スミスは炭火をおこし、いつもの初日のメイン料理——でれっと垂れ下がるほど大きなステーキ——から包肉用紙をはがして焼き網のそばに積み上げた。ヘイデュークはサラダを作った。作りながらラムを飲み、チェイサーに昼飯から一〇本目の缶ビールを飲む。

「ビールは腎結石の元だぞ」スミスが言う。

「嘘こけ」

「腎結石だ。確かそうだ」

「俺は生まれてからずっとビールを飲んでるんだ」

「君はいくつだ？」

「二五」

「腎結石になるぞ。あと一〇年もすると」

「嘘こけ」

さっぱりと乾いた服に着替えた乗客が、ドクを皮切りに一人また一人とやって来た。ドクはブリキのカップをバーに据え、小さな氷山を一つ入れて、自分のワイルド・ターキーの瓶から自分用にダブルで注いだ。

「静かで自由な、麗しき夕べ」ドクは告げた。

「まったくです」スミスが応じる。

「神聖な時間は尼僧のように穏やかだ」

「うまいことをおっしゃいますね、ドクター」

「ドクとお呼びなさい」

「ええ、ドク」

「乾杯」

「乾杯、ドク」

その場の雰囲気についての会話がもう少し弾んだ。それから話題が変わった。アブズグが現れた。長いズボンに毛足の長いセーターを着ている。大きな帽子は脱いでいたが、たそがれ時だというのにまだサングラスをかけている。彼女はマーブル・ゴージにちょっとした雰囲気を加えていた。

その間にもドクはしゃべり続けていた。

「近年非常に多くの人間が川に来るのは、どこへ行っても人間が多すぎるからです」

ボニーはぶるっと震えて、ドクの左腕の中に身を滑り込ませた。

「焚火しましょうよ」

「荒野はかつて人間にそれなりの生き方を与えた。今やそれは精神的な逃げ場として機能している。もうすぐ荒野はなくなってしまう」ドクは氷入りのバーボンを一口すすった。

「すぐに行き場はなくなる。そして狂気が世界になる」

別の考え「そして世界は発狂する」

「しますよ」と、スミスはアブズグに言った。「夕食の後で」

「ボニーと呼んで」

「ええ、ミス・ボニー」

「ミズ・ボニーよ」

「どっひゃー」

すぐそばで聞くともなく聞いていたヘイデュークはつぶやき、音を立てて新しいクアーズの缶を開けた。

アブズグは冷たい視線をヘイデュークの顔、というか黒い前髪とぼさぼさの顎ひげの陰にあるそれらしきものに向けた。うすら馬鹿め、と彼女は思った。毛深いものはすべて野蛮だとアルトゥア・ショーペンハウアーは考えた。ヘイデュークは視線に気付き、顔をしかめた。彼女はまたよそを向いた。

ドクの話は続いていた。

「我々は技術という圧倒的な力の鉄の車輪に踏みつけられています。増殖炉を心臓に持つ非情な機械に」

「おっしゃる通りです、ドク」セルダム・シーン・スミスが言う。ステーキに取りかかった。肉を焼き網に、赤く熾っている炭の上にそっと載せる。

「地球規模の産業主義が」――ドクは声を張り上げていた――「癌のように成長している。成長のための成長。権力のための権力。氷をもう一ついただこう（カラン！）。少し飲《や》りなさい、スミス船長。これは心臓を楽しませ、肝臓を輝かせ、腸の堆肥の中でバラのように花が咲く」

「いただきます。でも、ドク、機械がどうやって『成長』するんです?」

ドクは説明した。簡単なことではない。

サンディエゴから来た常連客が、にこにこ笑いながら藪の中から現れた。二人はスミスの寝袋を自分たちの寝袋の間に拡げていたのだ。若い女の一人は瓶を持っていた。川旅には常に酒類の消費を促進する何かがあるらしい。アブズグを除いて。アブズグは時々、自分で巻いた小さな紙巻タバコを繊細な指先に挟んで吸っていた。彼女の頭のまわりには、何か麻の燃えるような匂いが漂っている（女の子に麻のロープをやると吸ってしまう）。その匂いはヘイデュークに暗い日々とさらに暗い夜を思い出させた。ぶつぶつ言いながら食卓の用意をする。サラダ、サワードーのパン、軸についたままのトウモロコシ、重ねた紙皿などが並んだ立食スタイルだ。スミスはステーキをひっくり返す。ドクは世界を説明する。

豚鼻のコウモリがはたはたと夕闇を飛び、レーダー音を発して虫を呑み込む。下流の瀬は、絶えず歯を軋ませる物悲しげなざわめきを立てて待っている。頭上の峡谷の縁では岩が、滑るか何かに動かされるかして、とにかく足場を失い、欄干から欄干へ転げ落ちる。重力に身を任せ、変化の魔術、宇宙の流転の一片となって消え、爆弾のように川の中へ落ちる。ドクは独言を途中でやめた。全員が消えてゆくこだまにしばし耳を傾けた。

「じゃあ、皿を持って」スミスは客に言った。「いっぱい食べて下さいね」

遠慮する者はなかった。スミスはステーキを配った。列の最後で、皿など要らぬとばかりに、ヘイデュークは自分の軍用水筒のカップを差し出した。スミスはカップの上に馬鹿でかいステーキを掛けた。それはカップからはみ出し、ヘイデュークの手、手首、前腕までも覆った。

「食えよ」

「ごっつぁんです」ヘイデュークは神妙に言った。

乗客と助手が食べているのを見届けて、スミスは川岸から拾ってきた流木でキャンプファイアーを焚き、それから自分の皿を山盛りにした。

谷間の闇が周囲を包むにつれ、すべての目が焚火に向けられた。青と緑の小さな炎が、流木をちろちろと舐める。高地から一〇〇マイルを流れてきたイエロー・パインの、彫刻を施したような大きな塊。ネズ、ピニオンマツ、コットンウッド、磨き上げられたアメリカハナズオウの枝、エノキ、トネリコ。空に上る火の粉を目で追っていくと、星がぽつりぽつり輝きだすのが見えた。理解できない配列で手当たり次第に空一面まき散らされたエメラルド、サファイア、ルビー、ダイアモンド、オパール……。これら足早に巡る銀河のはるか彼方に、あるいはもしかすると、見えないほどすぐ近くに、神が潜んでいる。かの実体のない脊椎動物が。

夕食が終わると、スミスは楽器を取りだし、一同のために演奏した。ハーモニカ——俗に言う「口オルガン」——口琴《ユダヤ・ハープ》、つまりユダヤ人文化教育促進協会《ブネイ・ブリス》が言うところの「口琴」。それからカズー。これは最後に吹いたが、音楽的にはあまり面白いものではなかった。

スミスとドクの間を火酒が行き来した。アブズグは普段酒は飲まない。薬品ポーチを開け、タンパックスのチューブを取り出す。中から少しマリファナを出して紙に巻き、二本目の茶色い小さな巻きタバコを作った。一方の端をひねって閉じる。火を着けて順々に回すが、ヘイデュークとその記憶がしぶしぶ吸っただけで、他に一緒に吸おうという者はいなかった。

「マリファナ革命は終わったの？」

「完全に終わった」とドク。

「いずれにせよ大麻はよく効く気休めでしかなかった

がね」

「そんなバカな」

「腹痛を起こした青少年のおしゃぶりだよ」

「信じられない」

話が弾まなくなってきた。サンディエゴ（ティファナの郊外）から来た二人の娘は「道の真ん中で死んだスカンク」という歌を歌った。

演芸にも飽きが来た。重い疲労が手足と瞼を引っぱる。そうしてみんな席を立つ。まずアブズグ。次にサンディエゴの二人。レディーファースト。弱き性だからではない（弱くなどない）。ただ単に彼女たちの方が分別があるからだ。アウトドアでは男は、汚く不快な結末を迎えるまで、寝ないで飲んでいなければならない気分になる。べちゃべちゃとしゃべり、もごもごつぶやき、かすんだ目でうろつきまわり、揚げ句のはてに這いつくばって汚れない砂の上に反吐を吐き、神の美しき大地を穢す。男らしい慣習だ。

三人の男は消えかけた焚火に身を寄せ、背中を丸めていた。冷たい夜気が背中を這い上がってくる。スミスの酒瓶を何度も回す。次にドクの酒瓶。スミス、ヘイデューク、サーヴィス。船長、浮浪者、医師。一本の枯れ枝に座った三人の魔法使い。いつの間にか悪巧みをする仲になっている。

「なあ、君たち」ドクが言った。私の考えていることはわかるだろう……」

ヘイデュークは一昨日砂漠で見た新しい送電線のことで文句を言い通しだった。スミスはまたダムのことで不満を並べていた。彼の川の心、彼の心の川、グレン・キャニオンを塞ぐあのダムのことだ。

「我々は何をなすべきか。あのくそダムを木っ端みじんにぶっ飛ばすのだ」（ヘイデュークの口の悪さが少しうつった）

「どうやって？」ヘイデュークが訊く。

「そりゃ非合法ですよ」とスミス。

「君だって地震が起きるように祈ったと言ったじゃないか」

「ええ、でも禁止する法律はないですから」

「君は悪意を持って祈った」

「その通り。いつもそう祈ってます」

「一心不乱に災害と政府資産の破壊を祈った」

「そうです、ドク」

「重罪だな」

「単なる軽罪じゃないですか」

「重罪だよ」

「どうやって?」ヘイデュークが言う。

「どうやってって、何を?」

「どのダムを?」

「どうやってダムを吹っ飛ばすんだよ?」

「どれでもいいぜ」

「そうこなくちゃ」とスミス。「でも、まずグレン・キャニオン・ダムだ。まずあれをやろう」

「わからんね」ドクが言った。「君は爆破の専門家だろう」

「橋ならやってやるぜ。ダイナマイトさえ十分あればな。でもグレン・キャニオン・ダムはわからねえ。原爆が要るんじゃねえかな」

「僕はあのダムのことをずっと考えていた」スミスが言う。

「で、ある計画を思いついたんだ。超大型ハウスボート三艘とイルカを何頭か手に入れて――」

「待った!」大きな掌を上げてドクがさえぎった。一瞬の沈黙。

ドクは焚火の明かりが届かない闇の中を見渡した。

「壁に耳ありということもある」

三人は見た。小さな焚火の炎は、藪の上に、砂浜に半分引き上げたボートに、岩や小石に、川の律動に、遠慮がちな光を投げかけている。女たちはみな眠りにつき、姿は見えない。

「ここにいるのは僕たち爆弾魔だけですよ」スミスが言った。

「どうしてわかる? 国はどこに盗聴器を仕掛けているかわかったものじゃないぞ」

「いーや」ヘイデュークは言った。

「谷間まで盗聴しちゃいねえよ。とりあえず今のところは。でも、何でダムからやらなくちゃいけねえんだ? 他にも仕事はいっぱいあるだろう」

「よい仕事がな」とドク。「よい、ためになる、建設的な仕事だ」

「僕はあのダムが憎い。あのダムは世界でいちばんきれいな谷間を水没させたんだ」

「わかるぜ。俺たちも同じ気持ちだ。だが、もっと易しいことから考えようぜ。俺は砂漠に張った高圧線をぶった切ってやりてえ。それからハイトの近くに最近できたつまらねえ橋。それから峡谷地帯のあっちこっちでやってやがる道路工事。ブルドーザーをバラしてやるだけで、たっぷり一年はかかるぜ」

「異議なし」ドクが言った。「それと広告板を忘れちゃ困る。それから露天掘り。パイプライン、ブラックメサからペイジまでの新しい鉄道、石炭火力発電所、銅精錬所、ウラニウム鉱山、原子力発電所、コンピュータ・センター、不動産業者に畜産業者、野生動物に毒を喰わせる奴ら、ハイウェイにビールの空き缶を投げ捨てる連中」

「俺はハイウェイにビールの缶を捨ててるぜ。空き缶をハイウェイに捨てて何が悪いんだよ」

「まあまあ、そうむきになるな」

「何言ってんです、僕もやりますよ。僕に断りもなく造った道路はどれも気に入らない。だからゴミを散らかしてやる。これは僕の信念だ」

「そうだ！　ゴミをぶちまけてやれ！」

「ふーむ、なるほど。それは気がつかなかった。ハイウェイに空き缶を積み上げる。窓から投げ捨てる。ふむ……それで行こう」

「因襲からの解放だ、ドク」ヘイデュークが言った。

夜。星。川。サーヴィス博士は同志たちに、ネドという名の偉大な英国人の話をした。ネド・ラッド。狂人ということになっているが、彼には敵がはっきりと見えていた。これから起こることを知り、直接行動を起こした。それから木靴《サボ》の話をした。妨害工作、嫌がらせ、従順な者たちの反抗、オークの木靴を履いた小柄な老婦人。

「我々は何を何のためにやろうとしているのか、わかっているのだろうか？」

「いえ」

「構うもんかよ」

「やっているうちに何もかもわかるだろう。実践によって理論を構築しよう。そうすれば理論的整合性は厳密に保たれる」

川は無限の気高さを秘めて静かに流れていく。時のささやきのように。それはあらゆるものを癒すという。だがそうだろうか？　星は優しく見下ろしている。嘘だ。柳の木立をわたる風は眠りを誘う。そして悪夢も。スミスは新しい流木を火の中に押し込んだ。木の割れ目の奥で眠っていたサソリが恐ろしい事態に目覚めたが、遅すぎた。誰ひとり無言の苦しみに気づかなかった。厳粛な峡谷の奥深く、燃えるような星ぼしの下、平和が広く統べている。

「ガイドが必要だな」ドクが言った。

「僕には土地鑑があります」

「プロの殺し屋も要る」

「そいつは俺だ。殺しは俺の専門よ」

「誰にも弱点はある」間。「私の場合は」ドクは付け加えた。「サーティーワンアイスクリームの女の子だ」

「待って下さい。そんな話には付いていけませんよ」

「人間ではない、船長。ブルドーザーの話をしているんだ。パワーショヴェルとか、ドラグラインとか、重機とか」

「機械だな」ヘイデュークが言った。

再び計画を練る。

「本当にこの谷間は盗聴されていないんだろうな?」ドクが訊いた。「言ったことをひと言残らず誰かに聞かれているような気がする」

「その気持ちわかるぜ」ヘイデュークが言う。「だが、俺が今気になっているのはそんなことじゃねえ。俺が気になっているのは——」

「何だ?」

「俺が気になっているのはだ、俺たちはお互い信用できるのかってことだ。俺はあんたたちに今日会ったばかりなんだぜ」

沈黙。三人の男は焚火を見つめた。太り過ぎの医師。ひょろっとした川ガイド。元グリーンベレーの野蛮人。ため息がひとつ。彼らは互いを見た。一人は思った。それがどうした。また一人は思った。二人とも正直そうだ。また一人は思った。人間は信用すべきだ。

誰からということもなく、一斉に彼らは笑みを見せた。顔を見合わせて。酒瓶が回る。最後の二周。

「構うもんか」スミスが言った。「ただ話しているだけだ」

6

コーム・ウォッシュ襲撃

準備は万全だ。

　まずスミス船長の提案で、物資を作戦地域と目される峡谷地帯、ユタ南東部とアリゾナ北部一帯のあちらこちらに隠した。装備はこのようなものだ。(1)食糧：缶詰、乾肉、ドライフルーツ、豆、粉末ミルク、密封した飲料水。(2)野外生活用品：医薬品、防水布《タープ》とポンチョ、火起こし、地形図、肉刺パッド《モールスキン》とリップストップ、寝袋、水筒、狩猟・釣り用具、調理用具、ロープ、テープ、ナイロン紐。(3)必需品：モンキーレンチ、バール、頑丈なワイヤーカッター、ボルトカッター、穴掘り道具、サイフォン・ホース、砂糖とシロップ、オイルとガソリン、鋼鉄製のくさび、信管、導爆薬《デトネーティングコード》、導火線、信管締め具、発火具、十分な量のデュポン・ストレートとデュポン・レッドクロス・エクストラ。この仕事はほとんどスミスとヘイデュークが行なった。時々ドクとアブズグがアルバカーキから飛んできて手伝った。ヘイデュークは、しばらくの間、アブズグが参加することに反対していた。

「女の子はだめだ」ヘイデュークは吠えた。「これは男の仕事だ」

「体制の豚みたいな言い草ね」ボニーが言う。

「まあまあまあ」とドク。「静かにしなさい」

「男三人だけでチームを組むんだと思っていた」ヘイデュークは食い下がった。

「女の子はだめだ」

「あたしは女の子じゃないわ。大人の女よ、二八歳と六カ月の」

　セルダム・シーン・スミスはちょっとわきに立って、長い顎に生えた金色の産毛を撫でながら微笑んでいた。

「三人だけということになったはずだ」

「わかっているよ」ドクが言った。「すまないと思っている。でも私はボニーに一緒にいて欲しいんだ。我が行くところいずこなりともボニーも行く。逆もまた然り。彼女がいないと私はうまく機能しないんだ」

「あんたはどういう人間なんだ?」

「依存的な」

ヘイデュークはスミスの方を向いた。

「あんたはどう思う?」

「ふーん、そうね、僕はこの娘が嫌いじゃない。いてもらってもいいんじゃないかな。一緒にやらせてやろうよ」

「それじゃ血の誓いを立ててもらう」

「あたしは子供じゃないわ。血の誓いを立てるとか、そういった男の子のお遊びに付きあうのはご免よ。あたしを信用するかしないか。信用しないんなら全員土地管理局に突き出してやる」

「キンタマを握られてしまった」スミスが言った。

「それから下品な言葉もなし」

「睾丸を」スミスが言い直す。

「睾丸を掴め、されば心と頭はついてくる」とドク。

「気に喰わねえ」ヘイデュークが言う。

「頑固ね。三対一で負けたのよ」

「気に喰わねえ」

「仲良くしたまえ」ドクが言った。「この娘がとても役に立つことは請け合うよ」

最終決定権はドクにあった。結局のところ、他ならぬドクがこの作戦行動のスポンサーなのだ。ドクは天使だった。復讐の天使だ。ヘイデュークにはそれがわかっていた。出費は大きかった。そこそこの寝袋に九〇ドル。上等のブーツ一足が四〇ドル。インゲン豆のようなものさえポンド当たり八九セントについた。飛び抜けて大きな出費は、しかし、物資ではなく、広大で険しく入り組んだ南西部を、ただ移動するだけにかかる費用だった。ガソリン代は一ガロン当たり四九セントから五五セントで、新品のトラックタイヤ(六層の頑丈なもの)は最低五五ドルする。加えてドクとボニーの航空運賃。アルバカーキ—ペイジ間、片道一人当たり四二ドル四五セントかかる。

これらの出費の多くは、スミス(バック・オヴ・ビヨンド・エクスペディションズ)が経費で落として、税控除が受けられる。それにしても初期の出費は重くのしかかった。我らがドクは現金(スミスはめったにお目にかかれなかった)を提供し、小切手の大部分を切った。爆発物は、もちろん、税控除を受けられる。

ドクは国税庁の納税申告書に、農場改良費用――アルバカーキの東、マンザノ山中に税金対策のために持っていた二二五エーカーの小さな農場の――と、同じ地区に固まって持っている鉱山採掘権の見積もり作業用として記載するつもりだ。

「手袋だ！」ヘイデュークは要求した。「手袋が要る！　手袋なしじゃ悪さはできやしねえ！」

そこでドクは、メンバー一人につき三双の最高品質の鹿皮手袋を買った。

「スノーシール！」（ブーツの防水用）。

ドクはスノーシールを買った。

「拳銃！」

「だめだ」

「銃！」

「だめだ」

「ピーナツバター！」ボニーが言った。

「銃とピーナツバター！」ヘイデュークが吠え立てた。

「ピーナツバターはよし。銃は却下」

「どうやって身を守るんだよ」

「銃はだめだ」ドクも頑固なことがある。

「撃たれるかもしれねえんだぞ」

「暴力沙汰はなしだ」

「撃ち返さなきゃ」

「血は流さない」ドクは一歩も退かない。

またヘイデュークは多数決で負けた。また三対一だ。

そこでヘイデュークは、当面自分の武器をできるだけ隠匿しておき、リヴォルヴァーだけをバックパックの内ポケットに隠し持った。

ドクはデフ・スミスの有機栽培ピーナツバターを六ケース買った。除草剤や殺虫剤や農事顧問の助けを借りず、堆肥を入れた土で栽培した天日干しピーナツから製造した、湯通しや水素添加をしていない製品である。セルダム・シーン・スミス（関係はない）とヘイデュークは、コロラド高原じゅうの要所要所にピーナツバターを配置した。ここに一瓶、あそこに一瓶。オニオン・クリークからパクーン・スプリングまで。パッカー峠からティン・カップ・メサまで。ユタ州タヴァプッツからアリゾナ州モーエンコーピまで。こってりとした茶色のピーナツバターを。

一度、作戦の初期、ガソリンスタンドで燃料を補給した際に、ドクがクレジットカードで代金を払おうとした。ヘイデュークがドクをわきへ引っ張った。クレジットカードはだめだ。

クレジットカードがだめ？

クレジットカードは絶対だめだ。行く先々ででかでかと書類に跡を残して歩くつもりか？　ご丁寧にサイン入りで。

そうか、確かに、とドクは言った。クレジットカードは忘れろ、現金で払え。そうすれば遠い太鼓の轟きも気にならない。

また、当初彼らは、実際には爆発物を盗みも買いも使いもしなかった。ヘイデュークは今すぐ積極的にどっさり使えと迫ったが、あとの三人は反対した。ドクはダイナマイトを怖れていた。ダイナマイトは無秩序を意味し、無秩序は答えにならないというのだ。アブズグは、いかなる種類の花火も南西部のすべての州で非合法だと指摘した。また、信管は子宮頸部癌の原因となりうるとも聞いていた。忘れるな、ドクはヘイデュークに言った。爆発物を（たとえ建設的であっても）違法な目的で使用することは重罪なのだ。橋やハイウエイが絡めば連邦法違反になるのは言うまでもない。だが一方、カロ・シロップを少々ダンプカーの燃料タンクに注ぎ込んだり、砂や金剛砂をオイル注入口に入れたりするだけなら、害のない単なる軽罪であり、ハロウィンのいたずらと大して変わらない。

巧妙で洗練された嫌がらせの技術か、露骨で凶悪な産業破壊工作かという問題になった。ヘイデュークは露骨で凶悪なものを好んだ。あとの三人はそうでないものを好んだ。いつも通り採決で負けて、ヘイデュークはむくれたが、こう考えて憤懣を鎮めた。作戦が進むにつれて、状況は渾沌としてくる。いかなる行動にもより大きな反応がある。あるめちゃくちゃな事態がさらにひどい別の事態を産む。何と言ってもヘイデュークはヴェトナム帰還兵なのだ。組織がどう動くか知っている。時は、日々の経過の中で崩壊しながら、自分に有利に進む。

物資の備蓄はいずれも細心の注意を払って行なわれた。飲食物、もしくは腐ったり壊れたりしやすい品物は、金属製のトランクに収めた。工具は研ぎ澄まし、油を塗り、カヴァーや箱に収め、キャンヴァスでくるんだ。どれも可能なら穴に埋め、さもなければ岩や灌木で覆った。現場は偽装し、轍は箒か木の枝で掃いて消した。満足のいく隠し場所とされるには、上級軍事顧問であるヘイデュークとスミス両方の検査に合格しなければならない。軍事顧問……何の？　狐の群れ《フォックス・パック》か？　シックス・パックか？　荒野の復讐者《ウィルダネス・アヴェンジャー》？　木靴の暴徒《ウッデン・シュー・モブ》？　自分たちのグループの名前にすら意見が一致しなかった。ピーナツバター陰謀団は？ ムラサキアキギリ特攻隊《レイダーズ・オヴ・ザ・パープルセージ》は？ 自由を求めるアメリカ青年党は？ キリスト教婦人禁酒同盟は？ 決められなかった。誰が責任者なのか？ みんなが責任者だ、とボニーは言う。誰も責任者ではない、とドクは言う。最低の革命の進め方だ、とヘイデュークがこぼす。彼、ジョージ・ワシントン・ヘイデューク元軍曹には、若干ワンマン的傾向があった。

「静かに、静かに。ケンカはやめたまえ」ドクが言った。しかしドク自身の興奮も高まっていた。例えば、五〇〇〇万ドルをかけて新築した大学医療センターの、一〇〇万ドルする新しいバウハウス式教室棟の一つでこんな出来事があった。建物は生乾きのセメントの匂いがした。窓は細く、狭く、数少なく、トーチカの銃眼のようだ。空調システムは最新設計のものだった。サーヴィス博士はある日、「産業公害と呼吸器疾患」について講義をすることになっていた。教室に足を踏み入れると、そこは暑すぎ、空気が淀んでいるのに気づいた。学生はいつも以上に眠そうだったが、気にしている様子はなかった。

空気を入れてやらなくちゃ、とドクはこぼした。一人の学生が肩をすくめた。あとの学生は頭を上下させていた。同意したわけではなく、居眠りしているのだ。ドクは手近な窓に近づき、開けようとした。でも、どうやって開けるんだ？ 蝶番、窓枠、掛け金、把手、クランク、ハンドルの類はないようだ。この窓はどうやって開けるのかね？ いちばん近くにいる学生に尋ねる。わかりません、とその学生は答えた。別の学生が言った。開きませんよ、先生。このビルは空調されているんです。空気を入れ換えたい時には？ 落ち着いた理性的な声でドクは訊いた。空調されたビルでは窓を開けてはいけないんです、とその学生は言った。システムがだめになっちゃうから。なるほど、しかし私たちには新鮮な空気が必要だ（窓の外、地上には陽光が降り注ぎ、小鳥たちはレンギョウの中で歌い、アジサイの間で交尾《つが》っている）。どうしたものだろう、とドクは尋ねた。理事会に苦情を言えばいいんじゃないですか、と別の学生が言う。なるほど、とサーヴィス博士。落ち着き、理性的なまま、黒板のそばにある鉄枠の机まで歩いて行き、その向こう側にある鉄製の脚がついた椅子を取り上げた。座部と背もたれを掴んで、窓ガラスをぶち抜く。全部。一つも残さず。学生たちは沈黙の賛同をもって見守り、終わると座ったまま喝采を送った。ドクは手をはたいた。今日は出席を取るのを省略する、と彼は言った。

六月上旬のある晴れた日、物資隠匿のためユタ州ブランディングから西へ向かう途中、一味はコーム・リッジの山頂で一休みして下界を見下ろした。セルダムの四輪駆動ピックアップ・トラックの車内は幅が広く、彼らは横に四人並んで座った。昼時だった。スミスは埃っぽい道路——ユタ州道九五号——を離れ、南へ曲がって崖ふちまで続く未舗装路に乗り入れた。コーム・リッジは巨大な単斜である。東側は徐々に高くなり、西側は九〇度近い角度で切れ落ちている。断崖は縁から垂直に約五〇〇フィートの高さで、崖下にはさらに三〇〇フィート以上の急傾斜の崖錐が続いている。ユタ南東部にあまたある他の峡谷、メサ、単斜と同様、コーム・リッジは東西の陸上交通に重大な障害となっている。あるいは、かつてはそうであった。神がそのように造ったのだ。

スミスはトラックを滑らかな岩棚に乗り上げ、崖縁から二〇フィートまで寄せて停めた。みんなうれしそうに車を降り、崖縁に向けて歩いた。太陽は雲間に高く、風はなく暖かい。花々が岩の割れ目から顔を出している——グローブ・マロー、バーベナ、ヒメハナシノブ、ハタザオ。そして花をいっぱいに咲かせた灌木——クリフローズ、ファルギア、シャミーソ等々。ドクは大喜びだ。

「ごらん、アラビス・プルチラ、ファルギア・パラドクサ。おや、コワニア・メキシカナだ」

「これは何？」ピニオンマツの木陰にあった小さな紫色の花を指して、ボニーが言った。

「ペディキュラリス・セントランテラ」

「ええ、わかったけど、それは何？」

「それは何？」ドクは言葉に詰まった。「それは何か、わかる者はおらんよ。だが、人はそれを呼ぶ……ウッド・ベトニー《シオガマギク》と」

「知ったかぶりは止めて」

「またはラウスウォートとも言う。ある子供が私のところに来て言った。『ラウスウォートってなあに？』。私はこう答えた。『神様のハンカチかもしれないね』」

「知ったかぶりは嫌われる」

「わかっている」

スミスとヘイデュークは、五〇〇フィートの引力がむき出しになった際に立っていた。大きく口を開けた奈落は眠気を催させる。しかし二人は、足下に死を見ていたわけではなく、南に生命を見ていた。あるいは少なくとも、舞い立つ砂塵と動きを。エンジンの響き、遠いディーゼルの鼻息と唸り声が聞こえる。

「新しい道路だ」スミスが解説する。

「ふーむ」ヘイデュークは双眼鏡を持ち上げ、三マイルほど離れた現場を検分した。

「大工事だな。ユークリッド、D—9、トレーラー、スクレーパー、ローダー、バックホー、ドリルにタンクローリーか。こいつは大した眺めだぜ」

ドクとボニーが、髪に花を飾ってやって来た。はるか南の砂塵の中で、陽光がガラスに、ぴかぴかの鋼鉄にきらめいた。

「あそこでは何をやっているんだ?」ドクが訊いた。

「新しい道路の建設」とスミス。

「古い道路では何か不都合なのかね?」

「古い道路は古すぎるんです。丘を登ったり降りたり、谷を出たり入ったり、谷の源流を巻いたり。それに舗装されていないし、おおむねどこへ行くにも時間がかかりすぎる。あの新道はブランディング―ナチュラル・ブリッジ間で一〇分の節約になります」

「郡道かね?」

「あれはこの郡で操業している特定企業の利益のために造られている。でも郡道じゃなく、州道なんです。ウラニウム鉱山やトラック運送会社やパウエル湖のマリーナなんかを所有している貧しき者たちを援助すると、まあそういうことですよ。連中も食わなきゃならないからね」

「なるほど。見せてくれ、ジョージ」

ヘイデュークはドクに双眼鏡を渡した。ドクはマーシュ・ウィーリングを吹かしながら長い間見ていた。

「おうおう、にぎやかだこと」ドクはヘイデュークに双眼鏡を返した。「諸君、今夜の仕事ができたぞ」

「あたしもね」とボニー。

「君もだ」

かすかな金切り声が一つ、銀の雲に覆われた空から、羽のように漂ってきた。タカだ。アカオノスリ、隠遁者、一羽のタカが赤い砂洲のはるか上空、三畳紀の砂岩の波の上を、鉤爪に生きた蛇を掴んで飛び去っていく。蛇は何事もないかのようにくねっている。違う世界へと運び去られながら。昼飯時だ。

ちょっとばかり用を足してから、一味はスミスのトラックに再び乗り込んだ。四輪駆動の低速《ロー》レンジで岩を乗り越え藪を抜けて、現場から一マイルほどの、もっと直に工事を見下ろせる小高い場所へ車を走らせる。スミスはトラックを、その場で一番大きなピニオンマツの陰に停めたが、効果的に隠すには十分な大きさではなかった。

偽装網《カモフラージュ・ネット》だ、ヘイデュークは思った。偽装網が要る。メモ帳に書き留めた。

三人の男と一人の女は、再び大きな崖の縁に向けて必死に進んでいた。ヘイデュークが先導し、いつもの癖で手と膝で這って進む。監視地点まで最後の数ヤードは腹ばいで匍匐前進した。こんな警戒が必要なのだろうか。たぶんないだろう、たくらみの初期の段階では。どうせ敵はまだヘイデューク一味の存在には気づいていないのだから。敵は、実のところ、アメリカ大衆の支持を受けていると思い込んでいた。全く例外なく。

それは間違っていた。一味は湿り気を帯びた真珠色の空の下で、温かい砂岩の上に腹ばいになり、高低差で七〇〇フィート下、直線距離で半マイル先に鉄の恐竜が、砂の檻の中で縦横に走り回り、咆哮するのをじっと見ていた。アブズグ、ヘイデューク、スミス、サーヴィス、誰の頭にも心にも、愛はなかった。共感もなかった。ただ、あの力に、制御され管理されたあらゆる超人間的な力に、心ならずもかなり感嘆していた。

地の利のおかげで彼らは、工事の全部ではないが、中核部分を見ることができた。測量班は、大型機械に先立って何週間も前に仕事を終えていたが、その作業の形跡は残されていた。ネズの木の枝で揺れているショッキングピンクの蛍光リボン、未来の道路のセンターラインと路肩を示すために地面に立てられた、リボンのついた杭、基準点として地中に打ち込まれた標柱がそれだ。

ヘイデュークと仲間たちに見えたのは、測量に続く道路建設工事の数多い工程の一部であった。はるか西、コーム・ウォッシュの向こうの丘で、ブルドーザーが道路用地の木を切り払っているのが見えた。森林地帯では、伐採業務にはチェーンソーを持った伐採班が必要である。しかしここ、ユタ州南東部の高原では、小さなピニオンマツとネズはブルドーザーの前に無抵抗だ。キャタピラー・トラクターはいとも簡単にそれらを押し倒し、押しのける。踏みしだかれて樹液を流す灌木は積み上げられ、枯れ朽ちるにまかされる。例えばピニオンマツにどれほど感情があるか、あるいはこういった植物がどの程度苦痛や恐怖を感じることができるのか、正確なところは誰にもわからない。いずれにせよ道路建設者には、もっと重要な、気を配らなければならないことがある。しかし、これだけは科学的事実として明確に証明されている。生きた木は、たとえ引き抜かれても、完全に枯れるまでには何日もかかる。

ブルドーザーの第一波の後ろから第二波がやって来た。ブレードで表土を引きはがし、浮いた石をほじくり返して岩盤を剥き出しにする。これは切り取り盛り土工事なので、道路技師の指定した傾斜度まで岩盤を吹き飛ばしてやる必要がある。居心地のいい観客席から見張っている四人の目に、キャタピラー自走式掘削機が発破現場へとゆっくり進んで行き、その後にエア・コンプレッサーを牽引したトレーラーが続くのが映った。掘削機は位置に固定され、エア・コンプレッサーが接続された。掘削スチールが岩に食い込み、炭素鋼の刃先がついた星形ビットが悲鳴を上げる。エンジンの咆哮と共に石の粉が宙に舞い上がる。共鳴する振動が地球の骨組織を震わせる。またしても無言の苦痛。掘削機は丘の向こうにある次の現場へ移動した。

爆破チームが到着した。爆薬がボーリングされた孔の中に下ろされ、口が静かに塞がれる。電線が電気回路に接続される。崖の上で見張っている四人は、爆破主任が警告の呼び子を吹くのを聞き、作業員が安全な距離まで退避するのを見た。発破工が発火させると同時に煙が噴き上がるのを見、雷鳴のような音を聞いた。新たなブルドーザー、ローダー、巨大トラックがやってきて、残骸を積み込み、運び去る。

尾根の下、涸れ川《ウォッシュ》の真ん中では、スクレーパー、ブルドーザー、パワーショヴェル、八〇トン積みダンプカーが土砂を降ろしている。向こう側の機械が切り取りを深くするにつれて、盛り土が積み上げられていく。切り取り、盛り土、切り取り、盛り土。午後いっぱい作業は続いた。想定されている目標は、勾配八パーセント未満、トラック運送業界に都合の良い近代的な高速幹線道路だ。これは目先の目標だ。理想はさらに遠くにある。技術者の夢は完全なる球体の見本、すべての凹凸が取り去られ、ガラスのように滑らかな地表にハイウェイが描かれただけの地球である。無論、それはまだずっと先のことだが、技術者というのは忍耐強く疲れ知らずのこざかしい連中だ。彼らは巣の中のシロアリみたいにバリバリ働き続ける。それは不変の課題であり、技術者の天敵は、機械的故障すなわち機器の「お休み」、労働争議、悪天候、地質学者と測量士がたまに起こす準備ミスだけだ、と彼らは信じている。

建設会社が思ってもみなかった敵、それは砂漠の空の下、岩の上に腹ばいに寝そべっている四人の理想主義者の群れであった。

下では金属製の怪獣が吠え、タイヤを弾ませながら丘の切り取り部を抜け、土砂を落とし、さらなる土砂を取りに唸りをあげて丘を登っている。緑の巨獣ビュサイラス、黄色い猛獣キャタピラー。竜のように鼻息を荒げ、黄色い砂塵の中に黒煙を噴いている。

太陽は西に三度傾き、雲の陰、銀の空の向こうに隠れた。崖の上で見張っている四人は乾肉を噛み、水筒から水を飲んだ。暑さは和らぎ始めている。夕食の話も出たが、みんな食欲はあまりなかった。夜の出し物の準備をする話になった。鉄の機械は依然下の涸れ川を動き回っているが、終業時間が近づいているようだ。

「一番気をつけなくちゃならないのが、警備員だ。夜は警備員を置いてやがるかもしれねえ。たぶん犬を連れて。そうなると厄介だぞ」

「警備員はいないよ」スミスが言った。「少なくとも一晩中はね」

「どうしてわかる?」

「この辺じゃそういう習慣なんだ。ここは田舎だ。誰も住んじゃいない。ブランディングから一五マイル離れている。ここの工事現場は旧道から三マイル外れている。旧道にしたって夜になるとほとんど車は通らない。面倒があるなんて思っちゃいないよ」

「ここでキャンプしている奴がいるかもしれない」

「いいや、そんなことをする奴もいないよ。男どもは一日中馬車馬みたいに働いているだろ。夜になったら街に戻りたいのさ。快適な文明社会が好きなんだよ。連中はキャンプはしない。ここいらの建設作業員は、毎朝五〇マイル運転して通ってくることなんかなんとも思っちゃいないんだ。みんなイカレてるよ。僕自身も連中の間で働いたことがあるんだ」

ドクとヘイデュークは双眼鏡を持ち、監視を続けた。スミスとボニーは、地平線より下に来るまで姿が見えないように尾根を這い降りた。それからトラックまで歩いて行ってキャンプ・ストーヴをしつらえ、食事の用意を始める。ドクとヘイデュークは、料理は下手だが、皿洗いは得意になった。四人とも食べるのは得意だが、まともな料理を作ろうと食べ物に気を使うのはボニーとスミスだけだ。

スミスの言う通りだった。建設作業員は日没のずっと前に一斉に出発した。建設機器は道路用地に沿って鉄の象の群れのように、間隔を空けずにずらりと並び、あるいは終業時間になった時の位置のままで放置されている。操作員は三々五々、だらだらと通勤用の車に戻る。はるか上にいるドクとヘイデュークにも、彼らの話し声、笑い声、弁当箱のかたかた鳴る音が聞こえた。現場の東のはずれにいた男たちが運転するバスとピックアップが、機械操作員を拾いに大きな切り通しを通って降りてくる。男たちは車に乗り込んだ。トラックは向きを変え、砂塵の中をぎしぎしと丘を登り、再び切り通しへ消えた。しばらくは、小さくなっていくエンジン音が聞こえ、ピニオンマツとネズの上に砂ぼこりが立っていたが、それもやがて消えた。ディーゼル燃料を満載したタンクローリーが一台現れ、土木機器の方へ轟々と坂を下って来た。一輛一輛、運転手と助手が燃料タンクを満杯にして行く。給油が終わると、タンクローリーはUターンした。夕闇を分けて他の車の後を追い、遠い街の灯、東に隆起した台地の向こうのどこかへ向かう。

今や完全な静寂が訪れた。崖縁で監視している四人は、ブリキの皿から夕食を食べながら、はるか下の涸れ川で鳴くナゲキバトの優しい声を聞いた。フクロウの鳴く声を、埃にまみれたコットンウッドの中のねぐらに帰る小鳥の叫びを聞いた。沈み行く太陽の荘厳な黄金の光は空をさし渡り、雲に峰に照り映える。彼らの目に映る土地は全くと言っていいほど道路も住人もない荒野だった。彼らはそれをあるがままにしておくつもりだった。本当にやる気だ。**あるがままに。**

日は落ちた。

戦術、資材、工具、装備。

ヘイデュークはチェックリストを読み上げた。

「手袋！　みんな手袋は持ったな。今すぐはめろ。向こうで手袋をしないでうろうろしやがった奴は手を切り落とす」

「お皿まだ洗ってないでしょ」ボニーが言った。

「ヘルメット！　みんなヘルメットは持ったな」

ヘイデュークは一同を見渡した。

「貴様——そいつをかぶれ」

「合わないんだもの」

「合わせろ。誰かヘッドバンドの調節の仕方を教えてやれ。ったく」

リストに戻る。

「ボルトカッター！」ヘイデュークは二四インチの十字レバーと鋼鉄の顎からなる工具を振りかざした。ボルト、棒、ワイヤー、その他直径半インチまでのものなら、ほとんど何でも切れる代物だ。あとの仲間はフェンス用プライヤーを装備していた。たいていの目的には十分役に立つ。

「さて、あんたたちが見張りだ」ヘイデュークは続け、ボニーとドクに向かって言った。

「合図はわかっているな?」

「短く一度、長く一度が警報、隠れろ」

金属製の呼び子を持ち上げながらドクが言う。

「短く一度、長く二度が警報解除、作業続行。長く三度が問題発生、救援求む。長く四度が……長く四度はなんだっけ?」

「長く四度は作業完了、キャンプに戻る」とボニー。

「それから長く一度は了解、通信受け取った」

「そのブリキの呼び子は感心しないな」

スミスが言った。

「何かもっと自然なものがいい。もっと環境に溶け込むものが。フクロウの鳴き声とかね。呼び子の音が聞こえたら、誰だって二本足の動物がこそこそうろつきまわっているって思うだろ。フクロウの鳴き声の出し方を教えてやるよ」

練習の時間だ。両手を水を掬うようにぴったりとつけて、親指の間に一つ小さな隙間を開け、口をすぼめて吹く。腹の底から吹く。鳴き声は谷間を抜け、山腹を越え、はるか下の谷まで漂う。ヘイデュークはドクに教えた。スミスは直々にアブズグに教えた。彼女の手を必要な形にしておいて吹いたり、自分の手を吹かせたりする。彼女は飲み込みが早かったが、ドクはあまり早くなかった。彼らは合図の予行演習をした。一時、たそがれはアメリカワシミミズクの鳴き声が満ちたようになった。ようやく準備ができた。ヘイデュークはチェックリストに戻った。

「よし。手袋、ヘルメット、ワイヤーカッター、合図、マッチ、懐中電灯——こいつは扱いに気をつけてくれ。と。次、カロ・シロップ各自四クォート(一クォートは約九四六cc)、作業中手元だけを照らす。振り回さない。移動中は消す。光の信号も練習しておいたほうがいいかな? いや、あとだ。水、乾肉、ハンマー、ドライバー、常温たがね——よし、と。俺が持った。他に何かあるか?」

「これで全部だ」スミスが言った。「急いで行こう」

四人はリュックサックを背負った。ヘイデュークの荷物は、工具がほとんど入っており、他の三人の倍の重さがある。苦にはならない。セルダム・シーン・スミスが薄暮の中を先導した。あとはヘイデュークをしんがりに一列縦隊で続く。小道も踏み跡もなかった。スミスはもっとも効率のよいルートを選んで、雑木の間を抜け、剣のようなユッカの葉や刺だらけのヒラウチワサボテンを迂回し、稜線の頂上を仰ぐ砂に覆われた小さな涸れ川を渡った。できるだけ一行を岩の上に導いて、足跡を残さないようにする。

　彼らは星に、夕暮れのそよ風に導かれて南へ進む。南の空いっぱいに昇る、一四の銀河世界に手足を伸ばした蠍座を目指す。背の低い林からフクロウの声がする。破壊工作隊は鳴き返す。

　スミスは蟻塚を迂回した。左右対称の巨大な砂の完全環境計画都市で、草木が一本残らずはぎ取られた地面が丸く取り巻いている。収穫アリのドーム住居だ。スミスはそれをよけ、ボニーも続いたが、ドクはまともにぶつかり、アリの巣を引っかき回した。大きな赤いアリがケンカを買いにぞろぞろと出てきた。一匹がドクのふくらはぎを噛んだ。ドクは立ち止まり、振り返ると蟻塚に何度も思いきり蹴りを入れて、倒壊させた。

「これでR・バックミンスター・フラーの間違いが証明されたぞ」ドクは唸った。「パオロ・ソレリも、B・F・スキナーも、故《レイト》ウォルター・グローピアスも間違っていたと証明された」

「どのくらい遅れ《レイト》たんです?」スミスが訊いた。

「ドクはアリが大嫌いなのよ。アリの方でもドクが大嫌いだし」

　ドクは言った。「蟻塚は、我々が馬鹿の軍団みたいに薄暗闇の中をつまずきながら、ここで行なおうとしていることのあらわれであり、象徴であり、徴候である。すなわちそれは、我々が反対し、停止させるために戦わねばならないものの縮図なのだ。蟻塚は、フラー式発泡プラスチック製キノコ同様、社会の病弊のしるしである。蟻塚は過放牧が蔓延するところに多く現れる。プラスチック・ドームは暴走する産業主義の後に続き、技術的専制の前触れであり、我々の真の生活の質を暴露する。それは国民総生産《GNP》の拡大に反比例して落ち込むのだ。サーヴィス博士の一口講義はこれでおしまい」

「よかった」ボニーが言った。

「まったく」とスミス。

　夕暮れは夜へと取って代わられた。星明かりと闇との濃密なスミレ色の溶液がエネルギーと混ざり合う。一つ一つの岩が、灌木が、木が、斜面が、音もなく放射されるオーラに縁どられる。スミスは等高線に沿って一味を引き連れ、何かの縁にやってきた。断崖絶壁、そのむこうには空気しかない。しかし、それは単斜のへりではなく、単斜を貫く人工の切り通しのへりであった。夜目の利く者なら足下の薄闇の中、二〇〇フィート下方に広く新しい道路と建設機械の暗い影を見てとれる。

スミスと仲間たちは、この新しい断崖に沿って前進し、岩の破片と大量の砂埃が積もった路面へ伝い降りられるところまで来た。北東のブランディングの方角を向くと、このできたての白い高速道路が、砂漠を突っ切り雑木林を抜けてまっすぐに延び、闇の中へと消えているのが見えた。一五マイル離れた街のかすかな灯以外に明かりは見えない。反対の方向では、切り通しの壁に挟まれた路面は下へと湾曲して涸れ川に向かい、視界から消える。彼らは切り通しの中へ歩いて行った。

彼らが最初に出くわしたものは、路肩に立った測量用の杭であった。ヘイデュークはそれらを引き抜き、藪の中に放り込んだ。

「測量用の杭は必ず引き抜け。見つけたらどこでも、必ずだ。こいつは妨害工作《モンキーレンチ・ビジネス》の第一の一般命令だ。測量用の杭は必ず引き抜け」

切り通しのさらに奥へと進む。そこから西を見下ろす、ぼんやりとではあるがコーム・ウォッシュの底、盛り土現場、散らばった土木機器を確認することができた。ここで彼らは足を止め、つっこんだ相談をした。

「ここに最初の見張りが欲しい」ヘイデュークが言った。

「ドク？　それともボニー？」

「あたしも何か壊したい。こんな暗いところに座ってフクロウの音を出してるなんて嫌よ」

「私がここに残ろう」

もう一度合図の練習をする。すべて準備よし。ドクは巨大な突き固め機の操縦席に座ってくつろいだ。操縦レバーをいじりまわす。

「固いな。でも通勤にはもってこいだ」

「こいつからやっちまわねえか？」

ヘイデュークはドクが乗っている機械を指して言った。

「ちょっと練習によ」

異議なし。荷物が解かれ、工具と懐中電灯が取りだされる。ドクが上に立って見張っている間に、三人の同志は嬉々として機械の配線を、燃料パイプを、操縦系の連接棒を、油圧ホースを切断した。直列ドラムを備えた新しく美しい黄色の二七トン・ハイスターC—四五〇A。キャタピラー三三〇馬力ディーゼルエンジン。シープスフット・ローラー。メーカー希望小売価格はミシガン州シグノー積込渡しでたったの二万九五〇〇ドル。最高級品。魅力あふれるマシンだ。

　彼らは楽しく働いた。ヘルメットが鉄に当たる音が響く。パイプや棒が、張力のかかった金属が切断されるピーン！という派手な音、バチン！という強い音を立てて真っ二つになる。ドクは新しく安葉巻に火をつけた。スミスは瞼についた油の滴を拭う。作動油の鼻を突く匂いが空中を漂い、ドクの葉巻の芳香と不自然に混ざりあう。漏れた油がぽたぽたと砂に落ちる。別の音がした。遠くにエンジンのような音。彼らは手を止めた。ドクは暗闇をのぞき込んだ。何もない。音は消えていった。

「警報解除」ドクは言った。「みんな、続けてくれ」

　手が届いて切れるものは全部切ってしまうと、ヘイデュークはエンジンブロックから油量ゲージを引き抜いた。オイルのチェックか？　ちょっと違う。細かい砂を一握り、クランクケースに流し込む。じれったい。オイル注入口のキャップを外し、たがねとハンマーでオイルフィルターに穴を開けて、さらに砂を流し込む。スミスは燃料タンクのキャップを外して、甘いカロ・シロップの四クォート瓶の中身を全部タンクの中に空けた。シリンダー内に噴射された糖分は、シリンダー壁とピストンリングにがちがちの炭の層を形成する。エンジンは鉄の塊のように固まってしまうはずだ。始動させれば。もし始動させられれば。

　他にやることは？　アブズグ、スミス、ヘイデュークは少し下がって、動かない機械の残骸を見つめていた。みんな自分たちがやったことに感心していた。機械殺し。神殺し。全員、ヘイデュークさえも、犯罪の大きさに圧倒されていた。その罰当たりぶりに。

「シートを切っちゃおう」ボニーが言った。

「それはヴァンダリズムだ」ドクが言う。「私はヴァンダリズムには反対だ。シートを切るのは小市民的だ」

「じゃ、いいわ。次に行きましょう」

「それで、全員ここで落ち合うんだな？」とドク。

「稜線に戻る道はこれだけですから」スミスが言った。

「でも、ヤバくなったら、俺たちを待つな。トラックのところで会おう」ヘイデュークが言う。

「命がかかっていたって帰り道は見つけられそうにないよ、暗い中じゃ」

　スミスは長い顎を掻いた。

「じゃあ、ドク、もし何か面倒があったら、あそこの土手、道路の上へ大急ぎで逃げて、僕たちを待っていて下さい。フクロウの声を忘れないで。それを頼りに探しますから」

彼らは闇の中、手足をもがれ、毒を盛られた突き固め機の座席の上にドクを残した。ドクの葉巻の赤い一つ目が彼らの出発を見送った。計画はボニーが工事現場の西のはずれに一人で見張りに立ち、ヘイデュークとスミスが涸れ川の底で機械をいじるというものだった。ボニーは不満を漏らした。

「暗いところは怖くないだろ？」スミスは尋ねた。

「もちろん怖いわよ」

「一人でいるのが怖い？」

「もちろん怖いわ」

「見張りは嫌だってこと？」

「見張りをするわ」

「女の出る幕はねえ」ヘイデュークがつぶやく。

「あんたは黙んなさい。あたしが文句を言ってると思う？　見張りはするわよ。だから顎を外されないうちに黙んなさい」

闇は暖かく、心地よく、安全なようにヘイデュークには感じられた。ヘイデュークは暗闇が好きだった。敵は、もし現れるとすれば、ヴェトナムでのようにエンジンの轟き、照明弾の輝き、ローリングサンダー作戦ばりの砲弾と爆弾で派手に名乗りを上げながら来るだろう。ヘイデュークはそう思い込んでいた。夜と荒野は俺たちのものなのだから。ここはインディアンの国。俺たちの国。あるいはヘイデュークの思い込みかもしれないが。

一度大きく折り返しながら道路は切り通しを抜け、コーム・ウォッシュの底を横切って積み上げられた盛り土へと一マイルほど坂を下っていく。一味はすぐに最初の機械の群れに行き当たった。土木機器、大型トラック、景観建築機械。

ボニーが勝手に動こうとした。スミスはその腕をちょっと押さえた。

「遠くに行かないで。目と耳だけに集中するんだ。肉体労働は僕とジョージに任せてくれ。ヘルメットを脱いだほうが物音がよく聞こえる。いいね」

「うん」ボニーは言うことを聞いた。「とりあえず」

しかし彼女は、あとでもっと大きな仕事を割り当てて欲しいと言った。スミスはわかったと言った。平等に割り当てよう。スミスはボニーに、八五トン・ユークリッド重機の屋根なしの操縦席に登る階段の位置を教えた。船のマストの見張りのように、ボニーは操縦席についた。その間にスミスとヘイデュークは仕事に出かけた。

忙しいが、内容の乏しい仕事だった。ぶった切ってちょん切って、へし折って捻る。二人はキャタピラーD―九A――世界最大のブルドーザー、全道路建設作業員のアイドル――の全身をくまなく這い回った。ヘイデュークはクランクケースに砂を入れすぎ、油量ゲージを根元まで挿し込めなくなった。ボルトカッターで切り詰める。今度は入った。オイル注入口に砂を入れる。操縦席に上り、燃料タンクのキャップを回そうとする。回らない。ハンマーとたがねでこじ開けて、ディーゼル燃料の中に上等な高カロリーのカロ・シロップを四クォート流し込む。キャップをはめた。運転席に座ってしばらくスイッチやレヴァーをもてあそぶ。

「面白れえことがある」

ヘイデュークは下で油圧ホースを切り刻んでいるスミスに声をかけた。

「何だい、ジョージ？」

「こいつを動かして山のてっぺんに持っていって崖から落としてやるんだ」

「夜中過ぎまでかかるぞ」

「絶対面白いって」

「どっちにしたって動かせないよ」

「何でよ？」

「発電機《マグネトー》に始動クランクがついていない。見たんだ。この手の機械を路上に置いておくときには、普通始動クランクを外しちゃうんだ」

「そうか」ヘイデュークはシャツのポケットからメモ帳と鉛筆を取りだし、懐中電灯を点けてメモした。

「始動クランク」

「他にも面白そうなことがあるぞ」

スミスはシリンダーヘッドと燃料噴射パイプの結合をすべて無効にすることに余念が無かった。

「何だって？」

「両側の無限軌道《キャタピラー》から一本ずつピンを抜いちまうってのはどうだ？　こいつが動き出すとキャタピラーが外れちまうんだ。奴ら、本当にションベン漏らすぞ」

「ジョージ、この機械は当分は全く動かない。ぴくりともしないよ」

「当分だと」

「そうだ」

「まいったな」

ヘイデュークは操縦席から降り、スミスに近寄った。目に見えぬ星の光の中で、スミスはつまらない仕事をこなしていた。懐中電灯の光線は、フォルクスワーゲンのミニバス三台分の重さがあるエンジンブロックの止めねじ一点を捉えている。黄色いキャタピラー・ブルドーザーは巨躯を闇に浮かべ、神のごとき無関心さで二人の男の前に立ちはだかり、エナメル塗装の肌をよじることもなく、彼らの悪意ある礼拝を受け入れていた。この機械の頭金は約三万ドルにつく。人間の価値はいかほどだろう。合理的な化学的・心理学的・物理学的分析を行なったとしたら。人口二億一〇〇〇万の国家では、大量生産が単価を下げるように、日々安くなっていくのだろうか?

「まいったな」

ヘイデュークはまた言った。

「こんな配線を切ったって、工事は止まらねえ、ただ遅れるだけだ。くそ、何てこった。おい、セルダム、時間の無駄だぞ」

「どうしたんだ、ジョージ」

「時間の無駄だよ」

「どういうことだ?」

「こいつをまるっきり吹っ飛ばしてやらなきゃならねえ。こいつも、他のもみんな。火をつけちまおうぜ。みんな燃やしてやる」

「そいつは放火だぞ」

「おいおい、何が違うんだ? 今やってることが放火よりましだとでも思ってるのか? わかってるだろう、モリソン—ヌードセンの野郎が用心棒を連れてここに来てみな、奴さん俺たちが撃ち殺されるのを見たら、さぞ喜ぶだろうよ」

「こんなことをされてうれしくはないだろうな。それは確かだ。僕たちのことがよくわからないだろうね」

「わかるさ。心底憎まれるぜ」

「何のためにこんなことをしているか、理解できないだろうって言ったのさ。誤解されるだろうってことだよ」

「いや、誤解なんかされねえ。俺たちゃ憎まれるんだ」

「説明しなきゃな」

「やることをきっちりとやれ。下らねえことをぐちゃぐちゃ言うな」

スミスは黙り込んだ。

「さあ、こいつをぶち壊そうぜ」

「どうしたもんかな」

「てめえの油でこんがり焼いちまうんだ。どういうわけか俺のバックパックにはサイフォンが入っている。またまたどういうわけかマッチも入っている。だからタンクから燃料をちょっと吸い上げて、エンジンと操縦席のあたりに撒いて、マッチを投げてやりゃいい。

あとは神のみぞ知るだ」

「ああ、そうかもな」

スミスは同意した。

「神様がこのブルドーザーを生かしておこうと思し召しなら、タンクをディーゼル燃料で一杯にはなさらなかっただろう。ところがタンクは一杯だ。でも、ジョージ、ドクはどうする？」

「ドクが何だってんだ。いつから奴がボスになった？」

「ドクはこの計画に資金を提供している。あの人が必要だ」

「必要なのは奴の金だ」

「うーん、よし、こう言ったらどうだ。僕はドクが好きだ。ドクの彼女のあの娘も。それから僕たち四人はみんな協力しあうべきじゃないかと思うんだ。それと、四人全員が前もって合意していないことはしちゃいけないんじゃないかと。そうは思わないか、ジョージ」

「お説教はそれで終わりか」

「ああ、終わりだ」

今度はヘイデュークがしばらく黙り込んだ。二人は作業をした。ヘイデュークは考えた。しばらくして言った。

「なあ、セルダム、あんたの言う通りかもしれねえ」

「僕も一度は、自分が間違ってると思った」セルダムは言った。「でも、あとでそれが間違いだってわかったんだ」

二人はD―9Aを片づけた。サイフォンとマッチはヘイデュークのパックに仕舞われたままだった。当面は。砂を流し込み、動かなくし、シロップを混ぜ、切り刻み、辱め、最初のブルドーザーにできることはしつくしてしまうと、彼らは次に移った。ボニーも一緒だ。スミスは彼女の身体に腕を回した。

「ボニーさん、夜勤はどう？」

「静かすぎ。いつになったら何か壊せるの？」

「見張りが必要なんだ」

「たいくつ」

「心配しないで。もうすぐ一生忘れられないくらいぞくぞくすることがあるから。生きていられればだけど。ドクはひとりぼっちでどうしているかな？」

「ドクは大丈夫。もともといつも自分の世界に住んでいる人だから」

別の巨大機械が闇の中からぬっと眼前に現れた。トレーラーだ。そいつを切り刻む。次。ボニーは近くの重機の操縦席を持場にしてそこから見張る。次！　男たちは続ける。

「エンジンさえかけられりゃなあ」

　ヘイデュークが言った。

「オイルを抜いて、エンジンをかけっぱなしにしておさらばしちまえばいい。あとは勝手にぶっ壊れてくれるから、仕事がずっと早く済む」

「そいつはいい」

　スミスも認めた。

「オイルを抜いてエンジンをかけっぱなしにする。ハエがたかった牛のケツめどみたいにがっちり焼き付いちまうだろうな。そうなったらエンジンはテコでも開けられない」

「とりあえず一台ずつ試してみようぜ」

　その言葉通り、ヘイデュークは大きなブルドーザーの操縦席に登った。

「こいつはどうやって動かすんだ？」

「動くのが見つかったら教えるよ」

「直結にしたらどうだ？　かかるかもしれねえぞ。点火装置をショートさせるんだ」

「キャタピラー・トラクターは無理だ。車とはわけが違うんだよ、ジョージ。こいつはD—8だぜ。工業用重機だ。家にある耕耘機じゃないんだ」

「まあ、運転教習はいつでもいいぜ」

　ヘイデュークは操縦席から降りた。二人は患者の治療に取りかかった。細かい三畳紀の砂を掴んではクランクケースに移す。配線、燃料パイプ、車体前後に取り付けた装置へと走る油圧ホースを切り刻む。カロ・シロップを燃料タンクにぶちこむ。なぜシロップなんだ、ただの砂糖じゃなく？　スミスが訊いた。液体の方がいいんだ、とヘイデュークが説明する。ディーゼル燃料とよく混ざるし、フィルターにも引っかからない。確かか？　いーや。

　ヘイデュークはブルドーザーの下に潜り込んで、オイルパンの排油孔《ドレーン・プラグ》を探した。アンダーガードの隙間ごしに見えたが、緩めるには大きなスパナが要る。操縦席の工具箱を開けようとした。鍵がかかっている。ヘイデュークが常温たがねとハンマーを使って破った。中には単純で頑丈な工具がいくつか入っていた。長さ三フィートの鉄製スパナ。巨大なエンドレンチ各種。大槌《スレッジハンマー》、木の把手がついたモンキーレンチ、ボルト、ナット、絶縁テープ、針金。

　ヘイデュークはスパナを取り上げた。それがちょうどいい大きさに見えた。もう一度トラクターの下に潜る。しばらく排油孔と格闘し、やっとのことで栓を緩め、オイルを抜くことができた。巨大機械は血を流し始めた。生き血が脈打ちながら砂の上に流れ出していく。残らずオイルが抜けると、ヘイデュークは栓を戻した。なぜか？　習慣のなせる業だ――自分のジープのオイルを交換する時の。

　埃とグリスとオイルにまみれ、あざになった拳をなでながらヘイデュークは姿を現した。

「くそっ、わからねえ」

「どうした？」

「こんな仕事のやり方でいいのか？　わからねえ。朝になって作業員がこいつに乗る。エンジンをかけようとする。何も起こらない。それでまず気付くのは配線と燃料パイプが全部切られているってことだ。てことは、クランクケースに砂を入れたりオイルを抜いたりしたのは、エンジンをかけるまでは何の意味もねえ。だが、配線と燃料パイプを修理するときには、他もチェックするだろう。当然、オイルの量とかな。そうすると砂が見つかる。オイルが抜かれていることに気付く。この妨害工作《モンキーレンチ・ビジネス》をうまくやろうと思ったら、細工を隠さなきゃならねえんじゃねえかな。つまり単純でスマートに」

「おい、ジョージ。君はついさっきまで火をつけようと言ってたじゃないか」

「ああ、考えが変わった」

「ま、もう遅いよ。手の内を見せちゃったからな。今まで通り続けても変わりはないさ」

「まあ、ちょっと待ってくれ、セルダム。連中は明日の朝、いつも通りの時間に出てくる。みんな自分の機械のエンジンをかける。あるいはかけようとする。俺たちが配線を切り刻んだことにすぐ気付く奴もいるだろう。もう切っちまった機械ではな。だが、いいか、他の奴らは、配線や燃料パイプをいじらなければ、エンジンをかけることはできる。それから砂とシロップが効いてくる。連中が俺たちの思い通りに動いて、エンジンをおシャカにしちまう見込みはあるってわけだ。どう思う？」

　二人は並んでキャタピラー・トラクターの鉄の履帯に寄りかかり、柔らかな星明かりを通して顔を見合わせた。

「そういったことが前もってみんなわかっていればよかったんだがなあ」スミスは言った。「ひと晩中いるわけにいかないし」

「なぜひと晩中いられねえ？」

「朝が来るまでにここから五〇マイルは離れていたいと思ってるからさ」

「俺は残る」へイデュークは言った。「俺はこの辺をうろついて、何が起こるか見ているつもりだ。個人的な満足感って奴が欲しいんでな」

フクロウの鳴く声が一つ、前方の重機から聞こえた。

「そんなところで何してるの？」ボニーが声をかけた。

「ピクニックじゃないのよ」

「わかった」とスミス。

「単純にやってみよう。カッターはしばらく置いといて、オイルと燃料系だけに細工しよう。砂はいくらでもあるしな。ざっと一万立方マイルってところか」

決まり。

今度はすばやく整然と、彼らは機械から機械へ移動した。それぞれのクランクケースの中と、可動部に通じるあらゆる開口部に砂を流し込む。カロ・シロップを使い果たしてしまうと、非常手段として砂を燃料タンクにぶちこんだ。

夜遅くまでかかって、へイデュークとスミスは懸命の作業を最後までやり遂げた。時々、二人のどちらかがボニーと見張りを交代し、彼女が実戦に十分参加できるようにしてやった。チームワーク、それこそがアメリカを偉大にした。チームワークと率先《イニシアティヴ》、それこそが今日のアメリカを作った。一味はキャタピラー・トラクターを痛めつけ、アース・ムーヴァーに細工し、シュラム・エア・コンプレッサー、ハイスター突き固め機、マッシー装軌ローダー、ジョイ・ラム装軌ドリル車、ダートD―六〇〇―A装輪ローダーに手を加えた。離れて一つあったジョン・ディア掘削バックホーも見逃さなかった。その夜はそれでほぼ終わりだった。まあ十分だ。モリソン―ヌードセンは確かに建設機械をたくさん持っている。しかし日が昇り、エンジンが始動され、金剛砂のように研磨力の強い細かい砂の粒子が、砂漠の侵略者どものシリンダー壁に大地の仇討ちを始めれば、誰かしら朝っぱらから頭痛を起こすことになる。

切取り盛り土現場の終わり、コーム・リッジに始まって涸れ川を横切る褶曲に到着し、建設機械の最後の一台まで砂を詰め込んでしまうと、一味はネズの丸太に腰を下ろして休んだ。セルダム・シーンは、星の位置から計算して、午前二時と判断した。へイデュークはまだ一一時半だと思った。へイデュークは、このまま測量技師が歩いた道をたどり、杭、旗竿、旗を全部取り払ってしまいたかった。闇の中に、この先の半処女地の荒野に、それが待っていることはわかっている。しかしアブズグにはもっといい考えがあった。測量班がつけたしるしを壊すんじゃなくて、全部位置を変えちゃったらどう？　道路用地が大きく輪を描いて元に戻っちゃうような感じに。でなけりゃ崖っぷち、そうね、ミューリー・ポイントあたりに連れてっちゃうの。建設会社の連中、サン・ファン川の湾曲部に落ちる一二〇〇フィートの断崖絶壁にぶつかることになるわ。

「奴らにヒントをやるな」ヘイデュークが言った。

「またやくたいもねえ橋を造りたくなるだけだ」

「測量の標識は西へ二〇マイル続いている」スミスが言う。スミスはどちらの案にも反対だった。

「それじゃあどうするの」とボニー。

「寝袋にもぐりこんでひと眠りしたいね」

「それ、あたしも賛成」

「まだ宵の口だぜ」

「ジョージ、ひと晩で何から何までできやしないよ。ドクを拾ってトラックまで戻ってさっさと逃げ出さなきゃ。朝までこの辺をうろうろしていたくないね」

「証拠がねえ」

「プリティボーイ・フロイドもそんなことを言っていたな。ベビーフェイス・ネルソンも、ジョン・デリンジャーも、ブッチ・キャシディも、それからもう一人、何てったっけ――？」

「やれやれ《ジーザス》」ヘイデュークは唸った。

「そう、イエス・キリスト《ジーザス・クライスト》。みんな同じことを言って、最後にはどうなった？　捕まっただろ」

「今夜は最初の大仕事だ。できるだけたくさん働いとかなきゃ。たぶんこんな楽な仕事はもうねえだろうな。次からは何から何まで鍵がかかってるだろう。罠が仕掛けてあるかもしれねえ。それから銃と無線機をもって犬を連れた警備員だ」

　哀れなヘイデューク。言うことはすべてもっともだったが、不滅の魂を失った。彼は譲歩しなければならなかった。

　彼らは足並みそろえてもと来た道を戻った。内臓を切り刻まれ、毒を盛られた機械が鎮座する脇を通りすぎる。死を運命《さだ》められた鉄の恐竜たちは、夜の名残の中、大混乱の朝のバラ色の指をした結末をじっと待っている。膨れ上がったピストンを詰め込まれたシリンダーリングの苦痛は、機械仕掛けの神《デウス・エクス・マキナ》の目には、自然に反する背徳行為の別形態のように映るかもしれない。あるいは。

　フクロウの鳴き声が呼びかけてきた。遠くから、東にあるダイナマイトで造った切り通しのまっ暗な影からのようだ。一つ短く一つ長く。間を置いてまた一つ短く一つ長く。警告の声だ。

「ドクがやっているな」スミスが言った。「ドクが呼びかけている」

二人の男と一人の女は闇の中にじっと立って、懸命に耳を澄まし、確かめようとした。警告の声はさらに二度くり返された。はぐれフクロウが話している。

耳を澄ます。憶病なコオロギがコットンウッドの下、乾いた草の中でチリチリと鳴く。ハトが数羽、木の枝を揺する。

聞こえる。かすかだがだんだんと大きくなってくるエンジンの唸り。そして切り通しの向こうに、揺れるヘッドライトの光芒が見えた。車が一台現れた。二つの目玉をらんらんと輝かせ、ローギアを軋ませて坂を下っていく。

「よし」ヘイデュークは言った。

「道路の外へ出ろ。スポットライトに気をつけろ。何かやばいことがあったら散る」

了解。大きな盛り土の真ん中に捕まったら、側面を越える以外に行き場はない。彼らは崩れやすい岩壁を、岩がごろごろ転がる最下部まで滑り降りた。擦り傷の手当てをしながら隠れる。

トラックは道路を下ってきた。ゆっくりと通りすぎ、行かれるところまで行くと、盛り土の一番先に固まっている機械の中で止まった。そこでエンジンを切り、ライトを消して五分間待つ。窓を開けたトラックの中には男が一人座り、魔法瓶から注いだコーヒーをすすりながら、闇に耳を澄ましていた。左手に持ったスポットライトのスイッチを入れ、光を路面と機械に向ける。男の見た限りでは、全く異状はなかった。男はエンジンをかけ、今来た道を引き返した。五〇フィート下で耳をそばだてている者たちを通りすぎ、坂を登り、切り通しを抜けて見えなくなった。

ヘイデュークはリヴォルヴァーをリュックサックに滑り込ませ、手鼻をかんでから、てっぺんの道路まで斜面をよじ登った。スミスとアブズグが闇の中から現れた。

「この次は犬だ」ヘイデュークは言った。

「その次は機関銃を積んだヘリコプター。その次はナパーム弾。次はB—五二だ」

彼らは闇の中、長い上り坂を東の切取り部へと歩いた。顎ひげを生やしたぎょろぎょろ目の、禿げた大きなフクロウの声がしないかと耳を澄ます。

「僕はそんなふうには思わないな」スミスは言う。

「彼らも人間だよ、僕たちと同じ。それを覚えておかなきゃ。それを忘れたら僕たちも彼らのようになる。そうしたらどういうことになる?」

「奴らは俺たちとは違う。あいつらは特殊だ。あいつらは月から来たんだ。ヴェトコンを一人焼き殺すのに一〇〇万ドル使うんだ」

「うーん、僕には空軍に義理の兄弟がいる。軍曹だ。いっぺん将軍の家族を川下りに連れていった。あの人たちは何だかんだ言っても人間だったよ。僕たちと同じ」

「将軍に会ったのか?」

「いや、奥さんには会ったけど。優しいお袋さんって感じだった」

　ヘイデュークは黙り、闇の中で不気味な笑みを浮かべた。背中の重たいザックには、水と武器と工具がぎっしり詰め込まれ、心地よい信頼感と現実感を感じる。任務の感触だ。ヘイデュークは拳銃のように力強く、ダイナマイトのように危険な気分だった。自分が不屈で、手強く、非情に感じられ、相棒のスミスに強い好感を覚えた。そしてもう一人の相棒、アブズグにも。ちくしょうめ。あのぴちぴちのジーンズ。それから毛足の長いだぶだぶのセーターでも隠しきれない、前に後ろにリズミカルに揺れるノーブラの乳。クソったれ、仕事が欲しい。仕事だ!

　ドクがいた。崖ふちの岩に腰かけ、消えることも燃えつきることもないらしい安葉巻をふかしている。

「どうだね?」ドクは言った。

「ええ、まあ」スミスが答えた。「やるだけのことはやったと思いますがね」

「戦争が始まったぜ」ヘイデュークは言った。

　星ぼしが見下ろしている。下弦の月が昇る前触れに、東の空はすでに様相を変えている。風はなく、音もないが、山林の、ヤマヨモギの、ネズの、ピニオンマツの大量の蒸散は、距離を経るにつれかすかなまでに薄まりながら、半乾燥の高地に一〇〇マイルにわたって広がる。世界は立ち止まり、何かを待っている。月の出の時に。

7 ヘイデュークの夜間行軍

ヘイデュークは慣れ親しんだ孤独の苦しみを感じ、日の出前に目を覚ました。仲間たちは行ってしまった。グースダウンの寝袋から這い出し、よたよたと雑木林に入っていく。冷えた赤い砂の上にほかほかと湯気を立てる尿を注ぎながら、色を調べる。衛生兵ヘイデュークには、それが黄色みを帯びているのがどうも気に喰わなかった。ちくしょうめ。腎臓で結石が少しばかり結晶しているかもしれない。ここから病院まで六缶パック何個分だろう。

ヘイデュークはしばらくふらふらと歩き回っていた。昨晩の仕事から来る凝りと痛み。目がかすみ、頭はぼうっとする。歩きながら毛深い下腹を撫でる。最近になってここに脂肪がひと周りついた。てきめんに。怠けると太り、太ると怠ける。そうして男は女より早くだめになる。女? クソ喰らえ。ヘイデュークはその姿を心の目から完全に振り払うことができなかった。懸命に彼女のことを考えまいとする。だめだった。頼みも望みもしないしうれしくもないのに、いつものように男根が頭をもたげ、自らの意志でしかし無分別に、想像の関連領域に向けて直立した。ヘイデュークは……そいつを無視した。

しばしの間。

崖下の涸れ川からはまだ物音は聞こえない。枯れ枝をふた掴み集め、インディアン式の小さな焚火を起こす。鍋に水を入れ、火にかける。日光で乾燥したネズは煙を出さず、猛烈に熱く明るい透き通った炎を上げて燃えた。

ヘイデュークは尾根の頂上の下にある砂の窪地に野営していた。ネズとピニオンマツに囲まれ、鳥以外には見られることはない。近くの砂の上にはタイヤの跡があった。昨夜、下弦の月が昇る頃、セルダム・シーン・スミスがそこでトラックをUターンさせたのだ。

　湯が沸くのを待つ間、ヘイデュークは手近なネズの枝を一本折り、タイヤ跡が砂岩の上に乗って消えているところまでを掃き清めた。戻って、かき乱した砂の上に松葉をまき散らす。砂漠では何を隠すのも骨だ。砂漠ではいくつもの舌がしゃべり、中には二枚舌もある。

　他の者たちは昨夜、ヘイデュークが別行動を取ることに異議を唱えた。ヘイデュークの決心は固かった。仕事の結果を、見るべきものがあるとすれば見たかったのだ。それから道路予定地を、この先他の道路と合流するまでずっと歩いて、測量班の仕事を無にするために何ができるか調べるつもりだった。男の一生のうちには杭を引き抜かねばならない時が一度は来る。駆け出さねばならない時が。日和見を止め、行動を起こす時が。

　ヘイデュークは質素な朝食を作り、腹に収めた。粉ミルク入りの紅茶。ヘイデューク・スナック、すなわち手製のシリアルミックス。乾肉。オレンジ一個。満腹だ。焚火の側にしゃがんで紅茶をすする。薬品。頭がはっきりする。

　寝袋の頭の下に置いた大きなバックパックの中には、一〇日分の乾燥食糧が入っている。加えて水一ガロン。道中もっと手に入るだろうし、手に入れなければなるまい。それから地形図、スネーク・バイトキット、浄水用のハラゾン錠剤、ナイフ、レイン・ポンチョ、替えの靴下、信号用の鏡、ファイア・スターター、懐中電灯、パーカ、双眼鏡、等々。そしてリヴォルヴァーと実弾五〇発。生きがいが戻ってきた。

　朝のお茶を飲み終え、ネズの木陰に向かった。穴を掘り、しゃがみこんで脱糞する。便を調べる。形態的に完全だ。今日はいい日になりそうだ。ヘイデュークはネズの小枝のざらざらした緑の鱗片で尻を拭いた。ナヴァホ式だ。それから穴を砂で埋め、小枝で偽装する。焚火に戻る。やはり砂に掘った穴の中で燃えている焚火を、同じように埋めて隠す。

　食器――カップと煤けた小さな鍋――を洗い、双眼鏡と水筒の一つ以外の他の装備と一緒にバックパックにしまう。すぐにも出発する準備ができた。パックと双眼鏡と水筒を崖ふち近くの滑らかな岩《スリックロック》まで運び、地面に置いてピニオンマツで隠す。先ほど使ったネズの枝の箒を持ち、コーム・リッジの尾根伝いに何マイルも伸びている砂岩まで後ろ向きに歩きながら、自分の足跡やその他のキャンプの跡を消し去る。

雑用はすべて片づいた。ヘイデュークは双眼鏡と水筒を持ち、崖ふちの監視地点まで匍匐前進した。花が咲いているクリフローズの陰に腹ばいになって待つ。クリフローズはオレンジの花のような匂いがした。岩はもう温かだった。

暑い日になりそうだ。太陽は雲一つない空を巡る。ヘイデュークの待つ崖ふちを越えて絶えず吹き上げてくる暖かい気流の他、空気に動きはない。太陽の位置から時刻は七時と判断した。

やがて小型トラック《ピックアップ》が現れた。がたごと揺れながら道路を現場まで下り、停車して、乗客を降ろして戻って行く。双眼鏡を通してヘイデュークには、弁当箱をぶら下げた作業員が散らばり、ヘルメットを朝の陽光に輝かせて、自分の車輛によじ登るのが見えた。さらに動きがあった。ディーゼルの煙がそこかしこで噴き上がる。エンジンのかかった機械もあったが、かからない、どうしてもかからない、絶対にかからないものもあった。ヘイデュークは満足して見守った。ヘイデュークは操縦手が知らないことを知っていた。みんな面倒なことになっている。

キャタピラー・トラクターのボンネットを開けるということはない。ボンネットはないのだ。鋼鉄の滑り止めがついた履帯の前を回り、かがんで動力部をのぞき込む。すると、ユタ州コーム・ウォッシュのこの明るい朝に、例えばウィルバー・S・シュニッツは、燃料パイプが空中につながっていたり、点火装置の配線が見事に真っ二つになっていたり、燃料噴射装置のついたシリンダーヘッドが叩き外されていたり、連接棒が切られていたり、空気とオイルのフィルターがなくなっていたり、パイプ類が断たれて液体が垂れていたりするのを見る。見えないのはクランクケースの中の砂と、燃料タンク内のシロップだ。

あるいは例えばJ・ロバート（ジェイボブ）・ハートゥングがあおむけになって自分のGMCテレックス四〇トントレーラー（アブズグがやっつけた奴）のエンジン下部を見上げれば、顔にまとわりついたり目にしずくを垂らす、切断された油圧ホースの房やら漏れた燃料パイプを見ることになる。

工事現場の西から東まで至る所、同じことが起こっていた。あらゆる秩序は切り刻まれ、機械の半分はすでに動かなくなり、残りも同じ運命にある。朝食の乾肉を噛り、うれしさに足先をもぞもぞ動かしながら、ヘイデュークは双眼鏡ごしに眼下の混乱ぶりを観察した。

日は高くなり、木陰を侵食してきた。いずれにせよ飽きてきた。暴徒化してリンチもやりかねないコーム・ウォッシュの連中との間に少し距離を置くことにする。知る限り、あるいは見える限りでは、すでにトラクター愛好家や重機マニアが追跡班を組み、昨夜ヘイデュークと仲間たちが残した――残さざるを得なかった――足跡を追って東の坂道をとぼとぼと登っているのだろう。

ヘイデュークは言って崖ふちから後退した。地平線の下にすっかり隠れてしまうまで、立ち上がることはしなかった。木立の中で水筒から水をがぶ飲みする。このように身体が求めている時は、ちびちび飲んでも役に立たない。水筒をバックパックのサイドポケットにしまい、パックを担いで北へ、ハイウェイ工事現場をあとに旧道へ向けて出発した。密かにコーム・ウォッシュを渡り、反対側、つまり西側をハイウェイ予定地と交差するまで下る計画だ。五マイルか。一〇マイルか。わからない。

ヘイデュークは必ず砂岩の上を歩くように気を配った。姿を見せず、足跡を残さず。砂や土の上を横切らなければならないところでは、混乱を誘うため、後ろ向きに歩いて反対方向の足跡を付けた。

行程の大部分、ヘイデュークはむき出しの岩の上を歩くことができた。滑らかで表面がわずかに波打った堆積砂岩層、ウィンゲート累層。相当に固く緻密な岩で、二五〇〇万年ほど前に堆積し、固まり、石化したのだと地形学者は想像している。

追跡されているという自覚はなかった。だが一度、飛行機の音が近づいてくるのが聞こえると、最寄りの木の下に素早く飛び込み、しゃがみこんで、飛行機が飛び去り姿も音も消えるまで、顔を上げもしなかった。それからまた歩き続けた。

何てクソ暑いんだ、鼻の頭の汗をぬぐい、太い眉から汗をしごき出し、腋の下から肋骨へ汗がしたたるのを感じながらヘイデュークは思った。しかしまた、歩くのは気持ちのいいものだ。熱く乾いた澄んだ空気はいい匂いがした。遠いメサが熱波に揺らめく光景が、赤い岩にぎらぎらと反射する日光が、耳にさざめく静寂が、ヘイデュークは好きだった。

砂岩の大通りをたどり、ねばねばした樹脂がにじむネズとピニオンマツの間を抜け、北へ突き進む。砂地を後ろ向きに渡り、先端が針のようにとがったユッカの葉、スペイン銃剣《スパニッシュ・バヨネット》の密生地に――危うく！――入りこみそうになる。その危機を回避し、足跡がより本物らしく見えるように踵に体重をかけながら、後ろ歩きで岩場にたどり着いた。ほっとする。再び前を向き、身を隠すあてのない空の下を前進する。

　しばらくして、ヘイデュークは日陰で立ち止まった。「重石」――特大のバックパック――を下ろし、水を飲む。あと二クォートしか残っていない。

　太陽は真昼の高さにあった。ヘイデュークは旧道、元からあったブランディング―ハイト間の未舗装路が見えるところまで来ると、ネズの木陰になった快適な一枚岩を見つけ、横になった。バックパックのフレームを枕にして眠りに落ちる。

　午後の暑さの中、ヘイデュークは三時間眠った。夢を少し見る。

　もっと長く寝ていてもよかったのだ。本当に疲れていたのだから。しかし喉が渇き、舌もかさかさでずっと寝苦しかった。コーム・ウォッシュへの長く急な坂を下るトラックが、ローギアの唸りを上げて道路を通りすぎると、目が覚めてしまった。

　目を覚ますとまず、水を半クォート飲んだ。乾肉を少し食べ、木陰でじっと暗くなるのを待つ。闇が訪れると、大きなバックパックを担ぎあげ、コーム・リッジの古い切り通しを抜ける道路に沿って出発する。コーム・ウォッシュの源流を大きく回る三〇マイルの迂回路を歩く他に、稜線から涸れ川に降りて反対側に渡る方法はなかった。崖を懸垂下降《ラペル》しようと思ったら一〇〇フィートのザイルが要るだろう。

　道路を歩いている間、車が来た時に隠れる場所はほとんどなかったが、何者も姿を現さなかった。道路は空だった。きっと半世紀前もこんなだったに違いない。涸れ川に着くと生暖かい小川で水筒を満たし、浄水剤を放り込んでさらに歩き続ける。

　コーム・ウォッシュを越える台地の頂上に着いた。旧道を外れ、星を目印に南を目指す。行程は険しく岩だらけで、地表をきわめて不規則に溝、雨裂《ガリー》、沢が寸断している。それらのあるものは西へ向かい、またあるものは東のコーム・ウォッシュに戻る。ヘイデュークは二つの水系の分水嶺をたどろうとした――闇の中、それもこれまで足を踏み入れたことのない山奥の土地ではたやすいことではない。

　ヘイデュークは、その日すでに一〇マイル歩いていると推定した。ほとんどは起伏のある道で、ずっと六〇ポンドのバックパックを背負ってだ。また疲れてきた。闇の中でそれとは気付かずにハイウェイ予定地

（測量経路だけでできている）を越えてしまいはしないかと心配になり、前進を止めて夜明けを待つことにする。東に開ける平らな場所を見つけ、石を蹴りどけて寝袋を広げるとぐっすりと眠った。ただただ疲れのために。

ひんやりとした薄明の夜明け。ピニオンマツの中でカケスがさえずる。真珠と象牙の色をした帯が東の空に広がる……。

ヘイデュークは目を覚ました。

手早く朝食を摂り、荷造りし、再び出発する。砂岩の岩棚を下り、涸れ沢の源流を十いくつか巻き、ハイウェイ予定地に向けて歩く。

測量用の杭が地面に刺さっていた。リボンのようなピンク色の旗が木の枝から垂れている。木摺り打ちのもっと高い杭が、やはりリボンをつけて、一〇〇ヤード間隔で立っている。木々の大枝は測量技師の目視線を妨げないためと測量班のジープが入れるように切り払われている。往復の轍が地面にくっきりと刻まれていた。

どちらの方向も眺めは大体同じだった。西に寄りすぎているため、道路工事のどの部分も見えない。稼働中の機械の音も聞こえない。静寂と、ネズの間を吹くそよ風と、ナゲキバトの鳴き声だけだ。

ヘイデュークは一時間ほど道路予定地わきのピニオンマツの木陰で待ち、この一帯を忍び歩いている敵がいないことを確かめた。何者の音も聞こえなかった。太陽が地平線の上に赤々と輝くと、仕事にかかる。

まずバックパックを隠す。それから東の工事現場へ向かう。歩きながら道路予定地の北側の杭、木摺り打ち、リボンを一つ一つ取り払う。帰りに南側を片づけるつもりだ。

ヘイデュークは丘を登りつめ、コーム・リッジの人工の峠とその下の大きな盛り土が見えるところまで近づいた。見晴らしのよい場所を見つけ、双眼鏡を目に当てる。

予想通り、一部の機械で修理が行なわれていた。至る所で男たちが忙しそうに、主《あるじ》たる機械の上によじ登ったり下に潜り込んだり、中に入ったり出たりして、燃料パイプを交換し、切られた棒をハンダ付けし、配線をつなぎあわせ、新しい油圧ホースを締めつけている配るのが見えた。穴の開いたオイルフィルター、油量ゲージの砂、燃料タンクのシロップにも気付いただろうか？　ヘイデュークが伏せているところからはわかりようもなかった。しかし多くの機械が動いてもいなければ人がついてもいない。手の付けようがなく、見捨てられたような様子だった。

一瞬、現場へ降りていって職を求めてみたいという誘惑に駆られた。この破壊活動を本気でやるなら――ヘイデュークは思った――髪を切り、ひげを剃り落とし、シャワーを浴びて、こざっぱりとした作業服を着る。そして何か仕事を、どんな仕事でもいいから建設会社の仕事を手に入れるといい。それから――内部から穴を開ける。高貴なヨトウムシのように。

そんな思いつきも、双眼鏡ごしに二人の武装した制服の男を見つけると色あせた。銃、ブーツ、袖章、背中に三本の折り目をアイロンでくっきりとつけた、ぴったりしたシャツ。ヘイデュークは興味深く二人を見た。

連中の注意を引きつけるようなヒントを残してやればよかったかな、とヘイデュークは思った。「ジミー・ホッファを釈放せよ」バッジみたいな。あるいは「ホピ族のために考えよ」か「飲んだくれ反戦同盟」か。ヘイデュークは何か新しい、何か謎めいた、疑いをそらすための謎を考えようとした。あまりうますぎず、あまりわざとらしくなく、それでいて人目を引くもの。思いつかなかった。ヘイデュークには頭脳労働より破壊の方が向いていた。双眼鏡を首からぶら下げて水筒の水を飲む。またすぐに水の心配をしなければならなくなるだろう。

ヘイデュークは立ち上がり、行きの経路と平行に、道路予定地の南側に沿って引き返した。さっきと同じように杭を引き抜いて藪の中に投げ捨て、枝からリボンをむしり取ってジネズミの穴に詰め込む。作業をしながら低く口笛を吹く。

バックパックを回収し、雑木林の中を歩きながらこれまで通り仕事を続ける。違うのは、今度は予定地をジグザグに行きつ戻りつしながら、道路の両側で作業をし、片道できれいさっぱり片づけているところだ。

疲れた。暑い。喉が渇いた。時折現れる木陰では、ブヨが空中でブラウン運動のように不規則に踊りながら耳たぶを刺し、目の中やシャツの襟の内側に潜り込もうとする。それを払いのけ、無視して、重い足取りで進む。太陽はさらに高く登り、ジョージ・ヘイデュークの堅い頭を、強靱な背中を照らしている。「この背中は、どんなバックパックも合う背中だ」と上官の大尉が以前誇らしげに言ったことがある。彼は前進し、リボンをむしり取り、杭を引き抜きながら、怠ることなく異変に備えて目玉を見開き、危険を警戒して耳をそばだてていた。

　ジープの轍は北へそれ、岩を越えて藪を抜けている。しかし杭と旗はまっすぐ前に続いていた。ヘイデュークは測量の後を追う。汗をかきながら忍耐強く決然と仕事を続ける。

　突然、また石だらけの谷の縁に出くわした。まずまずの深さだ。岩壁は下方の岩の堆積まで二〇〇フィート落ち込んでいる。対岸の岩壁は四〇〇フィート離れており、杭と旗竿と蛍光色の旗が北西にのんびりと続いている。ということは、この谷に橋が架かるのだ。

　確かにこれは、ほとんど知られていない小渓谷にすぎない。ごく小さな川が川床を流れ、砂の上をゆるやかに蛇行し、コットンウッドの鮮烈な緑の葉の陰に淀み、石の縁から滝壺に落ち込んでいるだけだ。水量は春でも地付の個体群、スポッテッド・トード（ガマガエルの一種）、レッドウィングド・ドラゴンフライ（トンボの一種）、一、二匹の蛇、数羽のムナジロミソサザイに何とか足りる程度だ。別に珍しくもない。いい渓谷だがすばらしい渓谷ではない。それでもヘイデュークには異議があった。ここに橋は要らない、絶対に。ヘイデュークはこの小さな谷が気に入った。初めて見る、名前すら知らないこの谷が。今のままで十分好ましい。橋が必要だとは思えなかった。

　ヘイデュークはひざまずいて、砂の上に全ハイウェイ建設業者へのメッセージを書いた。

「帰れ」

　少し考えて付け加えた。

「橋なんか造るな」

　さらに考えて、そこに自分の暗号名をサインした。

「ルドルフ・ザ・レッド」

　ややあってそれを消し、書き直した。

「クレージー・ホース」はっきりと名乗らぬにこしたことはない。

　警告はした。まあ、やるならやればいい。また戻って来よう。あとの連中が一緒であれどうであれ、この次は、ヘイデュークはそれなりの武器を持ってくるつもりだ。つまり、橋を基礎から持ち上げられるくらい大きな木靴《サボ》を。

　崖に沿って北に向かい、渓谷の源流を目指した。対岸に渡れる場所を探す。見つかれば何マイルか稼げるかも知れない。

　あった。崖ふちにピニオンマツとネズが生え、下は等高線沿いに段丘になっている。谷底はそれほど深くない。二〇〇フィートもなく、一五〇くらいだろう。ヘイデュークはバックパックからザイル――太さ四分の一インチ長さ一二〇フィートのナイロン撚りザイル――を取り出し、解いた。木の根元に掛ける。左手で安定を取り、固定していないザイルの端を右手でコントロールしながら、崖ふちから後ろ向きに身を乗り出す。そこで一瞬ぶら下がって無重力の感覚を楽しんでから、すばやく下の岩棚へと懸垂下降した。

二度の下降で谷底まで這い下りられる高さまで降下した。バックパックをザイルで地面に下ろし、ザイルを落とす。自分は縦割れ《チムニー》を伝って岩壁の根元、砂質の沖積層へと降りる。

渓流で四つの水筒に補充した。水は谷間のピンク色の岩盤をえぐってさらさらと流れている。たっぷりと水を飲むと、木陰で休憩を取り、しばらくまどろむ。太陽は移動し、光と熱が這い上がってくる。ヘイデュークは目を覚まし、また水を飲んだ。パックを背負い、渓谷の西の崖に刻まれた亀裂を伝って高い崖錐の斜面を登る。斜面上部の最後の勾配は、二〇フィートの高さがあり、きつく難しかった。パックを下ろし、ザイルを結びつける。その端をベルトに結んで崖を登る。パックを引き上げ、再び休む。それから崖沿いに南へ行進し、道路予定地に戻る。

午後いっぱい、ヘイデュークは自分の事業を続けながら北西へ、太陽の方向へ向かい、四人の男の一カ月にわたる辛抱強い熟練の仕事を、一日で無にした。午後から夕方までかけてとぼとぼと歩き、行きつ戻りつしながら杭を引き抜き、リボンを取り去る。飛行機が上空数マイルを、飛行機雲を引きながら飛び去ったが、ヘイデュークにもその仕事にも無関心だった。鳥たちだけが――マツカケス、ムジルリツグミ、タカ、忍耐強いアメリカコンドルが――じっと見守っていた。一度シカの群れを驚かせた。雌ジカが六……七……八頭、斑点のある子ジカが三頭。群れが跳ねるように藪の中へ姿を消すのを見送る。次に牛の群れに出くわした。近づくと、牛どもはしぶしぶ腰を上げた。半ば野生、半ば飼いならされた彼らは、まず尻を、次に前半分を日陰になった地面からゆっくりと持ち上げ、小走りに去った。この荒野はこれからずっと、少なくとも牧畜民を支えるだろう。

ヘイデュークは思った。都市が消え、あらゆる喧騒が静まった時、忘れ去られた州間高速道路のコンクリートやアスファルトを押し上げてヒマワリが顔を出す時、クレムリンとペンタゴンが将軍、大統領、その手のアホタレどもの養老院になる時、アリゾナ州フェニックスのガラスとアルミの超高層墓石がほとんど砂丘に埋まる時、その時には、その時にはきっと、馬に乗った自由な男たちと野生の女たちが、自由な女たちと野生の男たちが、ヤマヨモギの茂る峡谷地帯を気ままに放浪できるだろう。すごいぜ！　野生化した牛を深い谷間に追い込んで、血のしたたる肉と臓物をむさぼり喰い、生まれ変わった月明かりで、ヴァイオリンに、バンジョーに、スチールギターに合わせて一晩中踊るのだ！　ああ、そうだ！　次の氷河期と鉄器時代が来て――ヘイデュークは考え込んだ、真剣に、苦々しく、悲しげに――技術者と農民と有象無象のクソったれどもが帰ってくるまでは。

と、ジョージ・ヘイデュークはこんなことを空想した。ヘイデュークは歴史における循環理論を信じているのだろうか？　それとも線形理論だろうか？　そんな型にヘイデュークをはめるのは難しいだろう。ヘイデュークはその時その時で迷い、揺らぎ、あいまいなことを言う。はっきりしろと迫れば、そんなこたあ知ったこっちゃねえよとうそぶいて、乱暴にバドワイザーのプルタブを引っこ抜き、音を立ててシュリッツを開ける。口の中にビールを流し込み、腹をがぼがぼにし、膀胱をぱんぱんにする。処置なし。

日没。血のような原初の夕焼けが、ピザのようにごちゃごちゃと西の空に広がっている。ヘイデュークは乾肉をもう一かたまり口に突っ込んで、もはや木に結んだ旗が見えなくなり、暗くなって店じまいをしなければならなくなるまでしつこく歩き続けた。ヘイデュークは明け方から日暮れまで働いた。あるいは、彼の父親流に言えば「見えない頃から見えなくなるまで」。

今日は二〇マイルは歩いたに違いない。少なくとも脚の痛み、足のむくみからはそう思える。ヘイデューク・スナックの夕食を摂り、藪の奥（だと彼は思った）で寝袋にもぐりこむと、正体もなく眠りこけた。

ヘイデュークは翌朝遅くまで寝ていたが、車だかトラックだかがすぐそばを勢いよく通りすぎる轟音でついに目を覚ました。ふらふらと起き上がり、道路から五〇ヤードと離れていないことに気付く。しばらく自分がどこにいるのかわからなかった。目をこすり、ズボンとブーツを履き、木々の間を忍び歩いて道路の合流点が見えるところまで近づいた。道標を読む。**パウエル湖六二マイル、ブランディング四〇マイル、ナチュラルブリッジ国有記念物一〇マイル、ホールズ・クロッ**

シング四五マイル。

よし。もうすぐだ。

最後の数本の杭を引き抜き、リボンを取り外してから、こっそり道路を渡り、灌木の林を抜けて道なき道をナチュラルブリッジへ向かう。そのある程度保護された地域で、アームストロング・キャニオンに沿い、オワチョモ自然橋《ナチュラルブリッジ》からの道をたどり、仲間と落ち合うことになっている。彼らは国有記念物の公式キャンプ指定地で、観光客とキャンパーの人込みに紛れて、ヘイデュークを待っている、はずだ。それは計画であり、ヘイデュークは予定より二四時間早かった。

ヘイデュークは杭とリボンの最後の一掴みを岩の下に埋め、バックパックを調節して林の中を堂々と前進した。コンパスは持っていないが、地形図と、間違いのない方向感覚と、過剰な自信に信頼を置いていた。結果的にそれは正しかった。その日の午後四時には、ヘイデュークはスミスのトラックの後尾扉《テールゲート》に座ってビールを啜り、アブズグが作ったハムサンドウィッチをがつがつ食いながら仲間と話を交換していた。仲間――ヘイデューク・サーヴィス・アブズグ&スミス。

「諸君」ドクが言う。

「これは始まりに過ぎない。この先より大きなことが待っている。未来は我らの前にある。運命の掃きだめの上に冠動脈のように広がっているのだ」

「うまいこと言いますね、ドク」スミスが言った。

「ダイナマイトがいる」サンドウィッチをほお張りながらヘイデュークがつぶやく。

「テルミットに四塩化炭素にマグネシウム粉末に……」

一方アブズグは、後ろの方で美しくつんと澄まして、皮肉な笑みを浮かべていた。

「口ばっかり」アブズグは言った。

「みんな前に聞いたわ。ほんとに口ばっかり」

8

ブルドーザー運転教習

ナチュラルブリッジ国有記念物のキャンプ場。

「ボルトカッターを貸してもらえませんか?」

やたら陽気な感じの男、スラックスとポロシャツとキャンヴァスの靴の日焼けした紳士だった。

「ボルトカッターはありません」アブズグが言った。

男は無視してスミスに話しかけた。

「ちょっと面倒がありまして」男は別のキャンプサイトの方を振り返ってうなずいた。そこにはピックアップとキャンプ・トレーラーが停まっていた。カリフォルニア・ナンバーだ。

「えーと」スミスが言った。

「ボルトカッターはありません」もう一度アブズグが言った。

「プロのガイドとお見受けしましたので」男はまだスミスに話しかけていた。スミスのトラックを手で示す。

「工具セットをお持ちじゃないかと思って」

バック・オヴ・ビヨンド・エクスペディションズ・ハイト・ユタ

と、赤い大きな磁石式のステッカーがドアいっぱいに貼ってある。

「ええ、でもボルトカッターはないの」

「頑丈なワイヤーカッターか何かは?」

「そうですねえ」とスミス。「お貸しできるとすれば――」

「ペンチね」アブズグが言った。

「――ペンチですね」

「ペンチは持ってます。もっと大きいのがいるんですよ」

「レンジャーの事務所に当たってみたら」

「はあ?」男はとうとうアブズグと直々に口をきいた。

ずっと横目で値踏みしていたくせに。

「そうするよ」

男はやっと立ち去った。ネズとピニオンマツの間を抜けて、自分の仲間のところへ。

「しつこい奴だな」スミスが言った。

「て言うより詮索好きね。あたしを見るあいつの目つき見た？　いやらしい。顔面パンチ喰らわしてやろうかしら」

スミスはステッカーのことを考えていた。

「もう宣伝の必要はないだろうなあ」ステッカーをはがす。

森の中を散歩していたヘイデュークとサーヴィス博士が戻ってきた。次なる一連の報復攻撃のために買い物リストを作っていたのだ。一〇日後から開始される予定だ。ヘイデュークはいつものように疑り深く、人の出入りするキャンプ場から遠く離れて話し合いたがった。

サーヴィス博士は葉巻を噛みながらリストを読み返した。始動クランク、酸化鉄のフレーク、デュポン・レッドクロス・エクストラ、ナンバー五〇発破装置、発火具、他、この種のすてきなもの。

ドクはメモ用紙をシャツのポケットに滑り込ませた。

「認めるかどうかわからんよ」

「あんたはあの橋をぶっ飛ばしたいのか、それともただのお遊びのつもりなのか」

「わからん」

「肚をくくれ」

「飛行機ではこれ全部は運んで来られない」

「大丈夫だよ」

「旅客便では無理だ。最近では飛行機に乗るのにどんな関門をくぐらなきゃならんか知ってるだろう？」

「チャーター便だ、ドク。飛行機をチャーターしろ」

「君は私を金持ちだ思っているな？」

「貧乏な医者には会ったことがねえ。もっといいことがある。飛行機を買っちまえ」

「私は車も運転できないんだぞ」

「ボニーに操縦を習わせろ」

「今日はアイディアの宝庫だな」

「今日はいい天気じゃねえか。すげえいい天気だ」

ドクはヘイデュークの広い背中に腕を回し、筋肉がこわばった肩を掴んだ。

「ジョージ、少し辛抱してくれ、ほんの少し」

「辛抱？　けっ」

「我々は自分たちが何をしているのか、はっきりとはわかっていないんだ。建設的破壊が破壊的なものになったらどうなる？　たぶん益より害の方が大きいだろう。体制を攻撃すればそれを強化するだけだと言う者もいるぞ」

「ああ。だが攻撃しなければ、奴らは山で露天掘りをやる。川には全部ダムを造る。砂漠を舗装して、どっちみちあんたを刑務所に入れる」

「私と、君もだ」

「俺は違う。俺が刑務所に入れられることは絶対にねえ。俺は刑務所向きじゃねえ。それくらいなら死んだ方がいい。一〇人は道連れにしてたな。俺は行かないよ、ドク」

　二人はキャンプサイトに入り、ボニーとセルダム・シーンと落ち合った。昼飯時だ。どんよりとした昼のむっとする空気が重苦しくのしかかっている。ヘイデュークがもう一本缶ビールを開けた。ヘイデュークはいつももう一本缶ビールを開けている。そして小便ばかりしている。

「またポーカーします？」スミスがドクに言った。

「暑さしのぎに」

　ドクはもうもうと葉巻の煙を吐き出した。

「君さえよければ」

「まだ懲りねえのか？」ヘイデュークが言った。

「そのじじいは俺たちを二度もすっからかんにしたんだぞ」

「わかってるんだが、いつも忘れるみたいで」

「ポーカーはもうおしまい」アブズグが鋭く口をはさんだ。

「行かなくちゃ。あたしがこちらの外科医先生を明日アルバカーキへ連れて帰らないと、あたしたちは医療過誤で訴えられるはめになる。そうするとお金はなくなるし保険料は上がるしで、あんたたちお笑いコンビと楽しい荒野で遊んでいられなくなっちゃうんだから」

　彼女の言う通りだった。いつもの通りに。彼らは即座にキャンプをたたみ、道を急いだ。四人はスミスのトラックの車室にぎゅう詰めになっていた。アルミニウムのシェルをかぶせたトラックの荷台には、キャンプ道具、食料品、スミスの工具箱、アイスボックス、その他職業上の必需品が積み込まれている。

　ドクとボニーをフライ・キャニオンの仮設滑走路へ送っていく予定になっていた。そこで二人は個人所有の小型機に乗ってニューメキシコのファーミントンへ飛び、アルバカーキへの夕方の便をつかまえる。遠回りで金がかかり面倒だが、それでもドクの考えでは、あの途方もなく長い隆起した砂漠——四〇〇マイルほど——を自分のリンカーン・コンチネンタルに乗って通うよりはずっとましだった。

ヘイデュークとスミスはそれから、かつての川、現在はパウエル湖の上流部の入り江に移動し、次の目標である三本の新しい橋を偵察する。翌日、スミスは車でハンクスヴィルに行き、顧客のバックパッカーのグループと合流しなければならない。ユタのヘンリー山脈、アメリカで最後に発見され、最後に名付けられた山脈を五日間旅するのだ。

ではヘイデュークは？　わからない。スミスと一緒に行くかもしれないし、一人でしばらくふらついて来るかもしれない。大事なものをすべて積んだ古いジープは、一週間前からペイジに近いワーウィープ・マリーナの駐車場に置きっぱなしだ。究極の、最終的な、暗黙の、非現実的な目標、スミスお気に入りの空想、ダム、グレン・キャニオン・ダム、まさにあのダムのすぐそばに。

どうやってジープを回収するのか、あるいはどうやってジープまで戻るのか、今の時点でヘイデュークは考えていない。必要とあればヘイデュークは、神の手になるもっとも美しい峡谷地帯を登ったり降りたり、出たり入ったりしながら——二〇〇マイル、いや、三〇〇マイルか？——いつでも歩くことができる。スミスから小さなゴムボートを借りて膨らませ、よどんだパウエル湖を一五〇マイル漕ぎ下ってもいい。あるいはスミスが車で連れて行ってくれるのを待ってもいい。

ヘイデュークにとって自分の立場の利点は、いつでもどこでも、人里離れた土地にバックパックと水一ガロン、関係地域の地形図数枚と三日分の食糧を持って放り出されても、何とかやっていける、一人で切り抜けて生き残れると思えることだ（新鮮な牛肉は山の中をうろついているし、谷底には生きた鹿肉がいる。輝くコットンウッドの下に湧きだす清水は、どれも一日で楽に歩ける間隔にある）。

ヘイデュークはそう考えた。そう感じた。自由の感覚はうきうきするものだったが、孤独の影、かすかな寂しさも帯びていた。完全なる自立、誰の世話にもならないという古い夢は、彼の人生の上を幻覚の中の煙のように漂い、外側は光り輝いているが内部には暗い影が差している。ヘイデュークでさえ、その問題とじかに向き合い、完全な一匹狼は正気を失うこと、正気ではないことを感じ取っていた。孤独の奥底、野生と自由の向こう側には、どこかに狂気の罠が仕掛けられている。赤い首と黒い翼の無政府主義者、あらゆる砂漠の生き物の中でもっとも怠惰で尊大なコンドルでも、夕方には親類縁者集まって話を交わすのを好む。コンドルの群れはそのあたりで一番静かな木の一番高い枝に止まって、みな背中を丸め、黒い翼のローブにくるまって、僧侶の謀議のように低く鳴き交わす。コンドルでも（という考えに根拠はない）、巣作りの衝動を覚え、少しの間つがいとなり、コンドルの卵を抱き、子供を作る。

　スミス船長と船員たちは、楽しげに道を進み、ユタ州道九五号線との合流点で国有記念物のわき道を離れた。ここで四輪駆動車の列に出くわした。スポットライト、ハードトップ、銃架（銃が収まっている）、ウインチ、幅広タイヤ、短波無線機、クロームメッキのハブキャップ、付属品一式を仰々しく飾り立てたCJ—五、スカウト、ブレイザー、ブロンコが道路わきに連なって停まっている。各車輛のドアには全く同じステッカー、鷲、楯、渦巻き模様のついたよく目立つ記章が貼ってある。

サン・フアン郡

サーチ&レスキュー・チーム
ブランディング・ユタ

　捜索救《サーチ・アンド・レスキュー》助隊員たちは、毛深い手にコークやペプシやセブンアップを持って、日陰にしゃがんでいた（定期的に教会に行っている男たちだ）。数人が藪の中を、今では旗も杭もなくなってしまった道路建設予定地の測量ルートに沿って、慌ただしく歩き回っている。一人がスミスを呼び止めた。スミスは車を止めた。

　呼び止めた男がこちらにやって来た。

「よう」男は陽気に吠えた。

「助平スミスじゃないか。誰かと思ったらセルダム・シーンだ。調子はどうだい？」

　スミスはエンジンをアイドリングさせたまま答えた。

「結構ですよ、ビショップ・ラヴ。結構毛だらけ。こんなとこで何してんです？」

　サーヴィス博士と同じくらいの巨漢は、のっしのっしとトラックのドアに近づいてきて、開いている窓の枠に大きな赤い両手をかけ、笑みを浮かべながらのぞき込んだ。見たところ牧場主のようだ。一本も欠けていない強靭な馬並みの黄色い歯、半ば大きな帽子の陰になった、鞣皮のような肌の顔、お約束のスナップボタンのシャツ。男はスミスの肩越しに薄暗い車内の（外は目がくらむほど明るかった）三人の乗客を一瞥した。

「どうも、みなさん」

ドクは会釈した。ボニーは受付係の事務的な笑顔を見せた。ヘイデュークは寝ていた。スミスは紹介しようとしなかった。監督《ビショップ》は再びスミスに注意を向けた。

「セルダム、しばらくこの辺じゃ顔を見ないな。どんな具合だ？」

「まああです」スミスは仲間にうなずいた。

「生活費を稼いで、お布施をして」

「お前がお布施だと？　聞いたことないな」ただの冗談だということをわからせるため、ビショップ・ラヴは笑った。

「僕が払ったのは国税庁《ＩＲＳ》にですよ。ビショップがそうしたって話はなおさら聞きませんけど」

ビショップはあたりをちらりと見回した。笑い顔がさらに広がった。

「おいおい、人聞きの悪いことを言うなよ。それに」

——ウィンク——

「あの所得税って奴は社会主義的で違憲で人間と神に対する罪だ。そうだろ」

間。スミスはちょっとエンジンを吹かした。よそ見をしていたラヴの目がまたスミスに注がれた。

「なあ、俺たちは人を探しているんだ。このあたりのどこかに公的不法妨害をやらかして歩いている男がいるんだ。いなくなっちまったかもしれないが」

「どんな奴です？」

「サイズ一〇から一一のブーツを履いている。ヴィブラムのタンク底の」

「あまり説明になりませんね」

「わかってる。それしか掴んでいないんだ。見たか？」

「いいえ」

「だろうな。まあ、すぐに見つかるだろう」

間。またスミスはエンジンを吹かした。

「じゃあ、気をつけてな、セルダム。それからな、今度ブランディングを通る時は、俺のところに顔を出せ。いいな。お前に話があるんだ」

「うかがいますよ、ビショップ」

「よしよし」ビショップはスミスの肩を掴み、激しく揺すってからトラックの窓から身を引いた。スミスは走り去った。

「昔からの友達？」ボニーが訊いた。

「いや」

「昔からの敵？」

「そう。ラヴの奴は僕が気に入らないんだ」

「何でビショップって呼ぶの？」

「教会の監督《ビショップ》だから」

「あの男が監督？　教会の？」

「末日聖徒《L・D・S》、つまりモルモン教会のね。聖徒よりも監督の方が多いんだ」スミスはにやりと笑った。

「だってさ、僕だって今ごろ監督になっていたかもしれないんだぜ。身を清く保ち、甘い小川に足を突っ込んだり、深い谷間に住み着いたりしなければ」

「ちょっと、何言ってるの。わかるように話して」

ヘイデュークが口をはさんできた。ただのタヌキ寝入りだったのだ。

「ユタとアリゾナのあっちこっちで珍棒を振るって歩いたんで、監督の座を棒に振っちまったんだろ」

「お下劣男。あんたなんかと誰も話してない」

「わかってるよ」

「じゃ、だまんなさい」

「へいへい」

「ま、そんなとこだ」スミスが言った。

「ジョージの言う通りだよ」

「それで捜索救助隊が例の道路工事とどう関係があるの？」

「連中は郡保安官《カウンティ・シェリフ》事務所と相当緊密に動いているんだ。民兵隊《ポシー》とでも呼べばいいのかな。主に実業家の集まりで、暇な時間に自警団ごっこをやりたがっているんだよ。悪意はないんだ。毎年秋にはカリフォルニアから来た鹿狩りハンターを何人か、吹雪の中から連れ出している。夏には脱水症状を起こしたボーイスカウトをグランド・ガルチから運び上げている。いいことをしようとしているんだ。それが趣味なんだよ」

「誰かが俺にいいことをしに来るのが見えたら」ヘイデュークが言う。

「俺は拳銃を抜くぜ」

「文化という言葉が聞こえたら」サーヴィス博士が言う。

「私は小切手を切る」

「そんなことはどうでもいいの」ボニーが言った。

「考えをわかりやすく論理的に整理しておこうよ」

ボニーと仲間たちは、フロントガラス越しに前方の光景、彼方の赤いパノラマ、青い崖、蒼白い峡谷、北西の地平線をバックにしたウッデンシュー・ビュートの角張ったシルエットに目を見張った。

ボニーが続ける。「今知りたいのは、ビショップ・

ラヴとは何者なのか、なぜスミス船長を心底嫌っているのか、あたしがあいつに魔法をかけたほうがいいかどうか」

「セルダムって呼んでくれよ。で、ラヴが僕のことを嫌っているのは、この前やりあった時あいつの方が負けたからなんだ。詳しい話はいいだろ?」

「たぶんね。それでどうしたの?」

トラックは、溝や岩の上でわずかにふらつきながら、赤い砂塵のユタの田舎道をのんびりと進んだ。

「もしかすると前払い金が少し高すぎたのかもしれない」スミスは言った。

「それでどうしたの?」

「ほんのちょっとした意見の違いで、ラヴは一〇〇万ドルほど損をしたんだ。パウエル湖を見下ろす州の所有地の一角に、ラヴは四九年間の借地権を欲しがっていた。何か観光開発を考えていたんだ。別荘とかショッピングセンターとか簡易飛行場とかね。ソルトレークで公聴会があって、僕と僕の友達が土地管理委員会を説得して契約を阻止したんだ。たくさん話し合わなきゃならなかったけれど、ラヴの計画はいんちきだということを委員会に納得させた。実際いんちきなんだけどね。それを今でも根に持っているのさ。僕たちには、ラヴと僕にはその前にも似たような意見の違いが何度かあったんだ」

「彼、監督じゃなかったの」

「うん、それは日曜日と、水曜夜の教会勉強会の時だけなんだ。あとの時間は不動産、ウラニウム、牧場、石油、ガス、観光、その他金の匂いのするものならほとんど何にでも手を染めている。あの男は絨毯の上に一ドル札が落ちる音だって聞き取れるよ。今あいつは州議会に立候補している。ユタにはそういうのがたくさんいるよ。彼らは何やかやと経営する。何やかやと精いっぱい神とイエスのために経営する。そしてお二人は望まれないだろうが、それがビショップ・ラヴのような連中が景気づく理由なんだ。彼らは万事とてつもなく都合よく手配されていると言う。イエス八・五パーセントの一日複利で貯金したまう。そして最後の預金をすると、連中は天国に直行する。連中と、系図資料館から拾ってこられる先祖は全部。それを聞いたら永遠に死にたくないよな」

「ヘイデュークが戻って来たと言ってやりな。そうすりゃ静かになるぜ」ビールの缶を窓の外に放り投げ、新しい缶を開ける。ボニーはそれをじっと見ていた。

「散らかすのは舗装した道路だけじゃなかったの。これは舗装道路じゃないからね。目が真っ赤に充血しててわからないんでしょうけど」

「黙れ、クソアマ」ヘイデュークはプルタブを窓の外に投げた。

「見事な切り返しね。よくできました。本当に見事だわ。どんな場面でもきらりと光る本物のウィット」

「クソアマめ」

「参った！　ドク、あなたラードの塊みたいに座り込んで、その毛むくじゃらのブタがあたしを侮辱するのを黙って見てるわけ？」

「あ……ああ」熟慮の末にドクは言った。

「そうしてなさい。あたしは大人の女だから、自分のことは自分でできる」

　ヘイデュークは窓際で外の景色をじっと見ていた。いつも通りの峡谷地帯の風景——壮大で、荒れ果て、厚かましいほどに華やかな光景を。遠いビュートと高峰が空を背景にバラ色に映え、その間に親しげな何かの気配がある——遠い親しみ。秘密と発見。今に俺たちはそのまっただ中に入っていくだろうと、ヘイデュークは思った。

　フライ・キャニオンにやって来た。岩盤に刻まれた幅一〇フィート、深さ五〇フィートの溝からなる谷で、古い木の橋が架かっている。シンダーブロックの倉庫が一つあり、それがフライ・キャニオンの商店、ガソリンスタンド、郵便局、ビアホールの役を果たしている。それからブルドーザーで均した臨時滑走路が一本。岩で舗装され、ところどころ牛の糞が落ちており、四座のセスナが一機待っていた——フライ・キャニオン空港だ。

　スミスの車は、支柱からだらりとまっすぐ垂れ下がった吹き流しを通りすぎ、飛行機の翼のところで停まった。乗客と積み荷を車から降ろしていると、缶コーラを飲みながらパイロットが店の中から現れた。五分間でキス（スミスとボニー）、握手、抱擁、別れの挨拶を済ませ、サーヴィス博士とミズ・アブズグはまた機上の人となり、ニューメキシコへ、そして家へと向かう南西への空路を飛んでいった。

　ヘイデュークとスミスはアイスボックスにビールを補充し、さらに車を走らせた。太陽に向かって、低きに向かって、川に向かって、風上に向かって、アメリカ西部の核心、コロラド川の赤い岩から成る縁辺岩の国へ。常に風が吹き、崖ふちのいじけたネズ、まばらなブラックブラッシュ、小さなサボテンの他には何も生えないところ。冬の雨——もし降れば——のあと、そしてまた夏の雨——もし降れば——のあと、短期間花々が咲き乱れるが、それもつかの間だ。平均年間降水量は五インチである。自作農、牧畜業者、土地開発業者の心に恐怖感と嫌悪感を引き起こす、そんな土地だ。水がない。土がない。草がない。深い谷底に艶やかなコットンウッドが少し生える他に木がない。ただ岩の骨、砂塵の皮膚、静寂、空間、遠い山々があるだけだ。

ヘイデュークとスミスは車に揺られて赤い砂漠へ下り、かつてハイトの村（ハイト・マリーナと混同しないこと）に続いていた古い道への分岐点を停まることなく（スミスが思い出に耐えられなかった）通りすぎた。ハイトはセルダム・シーンの故郷であり、表向きには今も彼の商売の本拠地だが、現在では水の底に沈んでいる。

二人は車を走らせ、ほどなくしてホワイト・キャニオンの谷を渡る新しい橋に着いた。この地域の三つの新しい橋で最初にできたものだ。一本の川を渡るのに三本の橋？

地図を見てみよう。グレン・キャニオン・ダムがコロラド川をせき止めると、水が逆流してハイトを沈め、渡し場を沈め、渡し場から上流三〇マイルの峡谷に浸入した。川（今ではパウエル湖）に橋を架けるのに最適な場所は、上流のナロウ・キャニオンである。ナロウ・キャニオンの橋の立地に行くには、東側のホワイト・キャニオンと西側のダーティ・デヴィル・キャニオンに橋を架ける必要があった。こうして三本の橋が造られたのだ。

ヘイデュークとスミスはホワイト・キャニオン橋を調査するために車を停めた。この橋は、あとの二本と同じく、長持ちするようにアーチ型の構造と巨大な規模を持っている。構造材の交差部を止めるボルトの頭だけでも男の握りこぶしの大きさがある。

ジョージ・ヘイデュークは二、三分の間、橋台の下を這い回っていた。新しい橋だというのにすでに浮浪者が、白いコンクリートの上にスプレー塗料のサインを、砂の中に干からびた大便を残していた。ヘイデュークが首を振りながら出てきた。

「わからねえ」彼は言った。

「わからねえ。こいつはとんでもねえでかぶつだ」

「真ん中の奴はもっと大きいぞ」スミスが言う。

二人は手すりから身を乗り出して、二〇〇フィート下を蛇行するか細い川をのぞき込んだ。ホワイト・キャニオンの流れは周期的であり、完全に季節に左右されている。二人が投げたビールの缶は、紙コップのように軽々と谷間の薄暗がりへ吹き流された。夏になれば最初の洪水に、他のそういったあらゆるゴミと共に押し流され、下流の貯水池に、パウエル湖に流れ着くだろう。上流から来るゴミすべての格好の墓場に。

中央の橋に移る。

彼らはどんどん降りていった。しかしここでは何から何までスケールが巨大で、地形が複雑なので、川も本流の峡谷も、崖ふちぎりぎりまで行かなければ見ることはできない。

まず橋が見えた。銀色の鋼鉄でできた高く美しい一対のアーチが、路面からかなり高くそびえ立っている。次にナロウ・キャニオンの層をなす岩壁が見えた。スミスはトラックを停めた。二人は車を降り、橋の上に歩いて行った。

まず気付いたのは、そこにはもう川はないということだ。誰かがコロラド川を持ち去ってしまった。これはスミスにとっては目新しいことではなかった。しかしヘイデュークは、話に聞いていただけだったので、川が本当になくなっていることを知るとショックを受けた。下に見えるのは川ではなく、流れのない濁った緑色の汚水溜まりだ。よどみ、悪臭を放ち、陰鬱で、水面には油膜が浮いている。峡谷の岩壁には、乾いた泥とミネラル塩が浴槽の湯垢のようにこびりつき、最高水位線を記録している。パウエル湖。貯水池であり、土砂溜まりであり、蒸発槽であり、よろずゴミ処分場であり、長さ一八〇マイルの初期下水処理池でもある。

二人はじっと見下ろした。オレンジの皮や紙皿に混じって死んだ魚が何匹か、腹を上にして油っぽい水面に浮いている。水を吸って重くなった木が一本、停滞した中層に宙ぶらりんで漂い、航行の障害になっている。かすかだが紛うことのない腐臭が、四五〇フィート下から鼻孔まで上ってくる。あの静かな水面の下のどこか、土砂の濁りが澱み固まっている底の方に、水没したコットンウッドが今でも立っているに違いない。枯枝は藻に分厚く覆われ、古い根こぶに泥を積もらせて。動かない水の重圧の下、静けさのどこかで、川底の古い岩は約束された復活を待っている。誰が約束したのか？　ジョゼフ・「セルダム・シーン」・スミス船長、ジョージ・ワシントン・ヘイデューク元軍曹、サーヴィス博士、ミズ・ボニー・アブズグ、彼らが約束した。

だが、どうやって？

ヘイデュークは岩場を降りて、橋の基礎を調べた。

非常に堅固だ。橋台は峡谷の砂岩の岩壁に深く埋め込まれている。大きなI型鋼《アイビーム》は、互いに男の腕ほど太いボルトと大皿くらいあるナットで留めてある。一四インチの頭と二〇フィートのバールみたいな柄がついたスパナでもなけりゃ、あのナットはびくともしないだろうなと、ヘイデュークは思った。

二人は三番目の橋へ移動した。今は水没しているダーティ・デヴィル川の合流部にかかる橋だ。途中道標のない未舗装路を通りすぎた。北に伸びるメイズ、ランド・オヴ・スタンディング・ロックス、フィンズ、リザード・ロック、ランズ・エンドへの道。無人の土地。スミスはそこに精通している。

第三の橋も、他の二つと同様、アーチ構造だ。すべて鋼鉄とコンクリートでできており、ウラン鉱石《カルノタイト》、瀝青ウラン鉱《ピッチブレンド》、ベントナイト、瀝青炭、珪藻土、硫酸、シュルンベルジェ社の油井掘削残土、銅鉱石、油母頁岩《オイルシェール》、サンド・タール、その他ありとあらゆる原野から掘りだせるものを積んだ四〇トントラックの重みに耐えられるように造られている。

「高性能爆薬《HE》が貨車一両分要るだろうな」ジョージ・ヘイデュークが言う。

「ナムにあったような古い木のトラス橋やトレッスル橋とは違う」

「何言ってんだ。三本全部吹き飛ばす必要はないよ。どれか一つやれば道路は遮断される」

「調和って奴よ。三本全部にうまいきれいな仕事をすればそれだけ株が上がるんじゃねえか。よくわかんねえや。考えてみようぜ。あれ見えるか?」

ダーティ・デヴィル橋の手すりにもたれ、二人は南のハイト・マリーナの方角を見ていた。数艘のキャビン・クルーザーが係留所に浮いている。そして手前にもっと面白いものがあった。ハイト飛行場。拡張工事中のようだ。四分の一マイルほどの開けた土地で、ピックアップ、装輪ローダー、ダンプカーが見える。キャタピラーD—7ブルドーザーが停止した。飛行場は道路の下、貯水池の上にある段丘の土地に南北に伸びている。飛行場の一方の端からわずか五〇フィート先は段丘の縁で、そこからパウエル湖の深緑の湖水まで、三〇〇フィートの断崖絶壁になっている。

「見える」スミスはやっと答えた。しぶしぶと。

見ている間にも、ブルドーザーの操縦手は機械から降り、ピックアップに乗り込んでマリーナへと下って行った。また昼飯時だ。

「セルダム、あいつエンジンは切ったけど、何も取り外さなかったぞ」

「確かか？」

「間違いねえ」

「うーん……」

「セルダム、建設機械の動かし方を教えてくれ」

「ここではだめだ」

「ここでだ」

「真っ昼間はだめだよ」

「何で？」

スミスは口実を探した。

「モーターボートの連中がマリーナをうろついている」

「気にしやしねえよ。俺たちはヘルメットを持ってるし、あんたのトラックもある。みんな俺たちを建設作業員だと思うさ」

「桟橋のそばで大きな航跡を立てるもんじゃない」

「見事にでっかいはねがあがるってか？」

「だめだ」

「名誉の問題だぜ」

スミスは考えこんだ。ついに深いしわが位置を変えた。鞣皮のような顔がにっこと緩む。

「その前にやることがある」

「何だ？」

「トラックのナンバープレートを外す」

完了。

「行こう」スミスが言った。

道路は脇峡谷の源流を巻いて、登り、下り、またマリーナの上のメサへと登っている。二人は道路を外れ、飛行場に乗り上げた。あたりには誰もいない。半マイル離れた下のマリーナでは、数人の観光客、釣り人とボート乗りが日陰でくつろいでいる。ブルドーザー操縦手のピックアップは、食堂の正面に停まったままだ。陽炎が赤い岩の絶壁の上でゆらめく。はるか下の湖でモーターボートが立てる音の他は、世界は静まり返り、暑さにぼうっとしていた。

スミスはブルドーザーの、使い込まれ埃にまみれた鉄の獣の隣に、まっすぐ車を乗りつけた。エンジンを切り、ヘイデュークの方をじっと見る。

「いつでもいいぜ」ヘイデュークが言った。

二人はヘルメットをかぶって車を降りた。

「まず、エンジンをかける。そうだろ？」ヘイデュークが言う。「ディーゼルエンジンを暖機するんだろ？」

「違う。エンジンはあったまっている。まず操縦装置をチェックして、トラクターが正しい始動位置にあることを確かめるんだ」

スミスが操縦席に乗り込み、ずらりと並んだレヴァーとペダルに向き合った。

「これがフライホイール・クラッチ・レヴァー。解放する」

スミスはレヴァーを前に倒した。

「こっちが変速レヴァー。ニュートラルにする」

ヘイデュークは注意深く観察し、細かなこと一つ一つを頭に叩き込んだ。

「それがスロットルだな」

「その通り。これが前進後退レヴァー。これもニュートラルにする。これは調速機コントロール・レヴァー。前にいっぱいに倒す。次に右の操舵ブレーキを掛ける」――右のペダルを踏む――「そして定位置でロック」

床の小さなレヴァーを前に軽く押した。

「さて――」

「全部ニュートラルになっていてブレーキがロックされているから、絶対動かないわけだな」

「そうだ。さて」――スミスは操縦席から降り、エンジンの左側に移った。――「今度は始動エンジンをかける。新しいトラクターはずっと単純だ。始動エンジンはいらない。でも、この種の旧型もまだたくさん使われている。こういう大型トラクターは、手入れさえちゃんとしてやれば五〇年はもつ。ほら、ここにある小さなレヴァーがトランスミッション・コントロール・レヴァーって奴だ。始動の時には高速の位置にする。これが圧縮抜きレヴァー。始動位置にする。ここで始動エンジンクラッチを、ここにあるこのハンドルで切る」

スミスはレヴァーをディーゼルエンジン部の方へ倒した。

「うへぇー」ヘイデュークはつぶやいた。

「ああ、少しややこしい。さてと……どこまで行ったっけ？　次に、燃料弁をひらく。えーと……ここにある小さな弁をゆるめるんだ。次にチョークを引く。アイドリング・ラッチを定位置にセットする。それからスイッチを入れる」

「それが始動エンジンの点火《イグニション》スイッチだな？」

「ああ」

スミスはスイッチを入れた。カチカチというはっきりとした音がしたが、それだけだった。

「何も起こらねえぞ」

「うん、これでいいはずだ。回路を閉じたんだ。さあ、もしこれがかなり旧式のトラクターなら、次にクランクを回してやらなきゃならない。でもこの型はセル・スターターがついている。動くかどうか見てみよう」スミスはクラッチ・ハンドルの下にあるレヴァーに手をかけ、手前に引いた。エンジンが唸り、回転し、火が入った。スミスは始動レヴァーを放して、チョークを調節した。エンジンは滑らかに回った。

「こいつはガソリンエンジンだろ。まだディーゼルエンジンをかけなきゃいけねえんだろ?」

「そうだ、ジョージ。誰か来ないか?」

ヘイデュークは操縦席に登った。

「何も見えねえよ」

「よーし」始動エンジンが暖まった。スミスはチョークを閉じた。エンジンはちょうどよい回転数でアイドリングした。

「よしと。次にこの二本のレヴァーを握る」

ヘイデュークはまた全神経を集中して見た。

「上がピニオン・コントロール、下がクラッチ・コントロール。まず、クラッチ・レヴァーをいっぱいに押し込む」――ディーゼルエンジン部の方へ倒した――「それからピニオン・レヴァーをいっぱいに引く。今度はアイドル・ラッチを動かして、エンジンがフル回転するようにしてやる。そして始動エンジン・クラッチを合わせる」クラッチ・レヴァーを手前に引いた。エンジンの回転が落ちてエンスト寸前になり、それから回転を上げた。圧縮抜きレヴァーを運転の位置に動かす。

「始動エンジンが圧縮に逆らってディーゼルエンジンを回している」嚙み合った二台のエンジンの咆哮に負けないように、スミスは大声で言った。

「すぐに始動する」

ヘイデュークはうなずいたが、自分が完全に理解しているのか、もはや自信がなかった。トラクターは盛大な騒音を立てている。黒煙が噴き上がり、排気筒の蝶番がついた蓋を踊らせる。

「ほら、ディーゼルが動いている」スミスはこれでよしと言うように排気煙を見ながら叫んだ。操縦席、ヘイデュークの隣へ戻る。

「それで今度はエンジンの回転を上げる。調速機レヴァーを中速まで引く。これでおおむね動かす準備ができた」スミスは叫んだ。

「そうしたら始動エンジンを切る」

スミスはまた前に行き、始動エンジンのクラッチを切った。燃料弁を閉じ、点火スイッチを切ってからヘイデュークのところへ戻る。二人は幅の広い革張りの操縦席に並んで座った。

「さて、これでこいつは動く」スミスは大声で言いながら、ヘイデュークに向かってにやりと笑った。

「まだやってみたいか、それともビールを飲みに行く方がいいか？」

「やろうぜ」ヘイデュークが大声で返した。不穏な動きはないか、道路とマリーナに目を走らせる。すべて大丈夫なようだ。

「よし」スミスが叫んだ。レヴァーを引き、油圧式の排土板《ドーザーブレード》を一フィート地面から引き上げる。

「次にギアを選ぶ。前進五段、後進四段だ。君は初心者だし、あの崖まで一〇〇ヤードしかないから、今のところはローギアだけを使おう」トラクターは断崖絶壁を向いていた。スミスは変速レヴァーをニュートラルからローに切り替え、前進後退レヴァーを**後退**から**前進**位置まで引いた。何も起こらない。

「何も起こらねえぞ」ヘイデュークがまた焦って言った。

「そうだ。それでいいんだ。落ち着け。次にエンジンの回転を少し上げる」スミスはスロットルを最高速まで引いた。

「フライホイール・クラッチをつなぐ」クラッチ・レヴァーを引いた。トランスミッションのギアが噛み合い位置に滑り込むと、トラクターの巨体が震えはじめた。スミスはクラッチ・レヴァーをいっぱいに引いてから、すばやく中央に戻した。途端にトラクターは動きだした。三五トンの鉄の塊が東へ、パウエル湖とナロウ・キャニオン経由でミズーリ州セントルイスに向けて。

「僕はもう降りるよ」スミスはそう言って立ち上がった。

「ちょっと待ってくれ」ヘイデュークが叫んだ。

「どうやって曲がるんだ？」

「曲がり方もか？　わかった。真ん中の二本のレヴァーを使うんだ。これは操舵クラッチ・レヴァーだ。それぞれキャタピラーにつながっている。右のレヴァーを引くと右側のクラッチが切れる」スミスはその通りにやって見せた。トラクターは鈍重に右に曲がりだした。

「左へ曲がるにはもう片方を引く」右のレヴァーを放し、左を引く。トラクターは鈍重に左に曲がりだした。

「もっと急に曲がるには、操舵クラッチブレーキを使う」床から突き出している二つのペダルを一つずつ踏んだ。

「わかったか？」

「わかった」ヘイデュークはうれしそうに怒鳴った。

「やらせてくれ」

スミスは立ち上がり、ヘイデュークにあとを任せた。

「ほんとに全部わかったのか？」

「邪魔するな。忙しいんだ」ヘイデュークは叫んだ。

ひげ面が満面の笑みに輝いている。

「わかったよ」スミスはゆっくりと動いている機械のフェンダーから牽引棒《ドローバー》に降り、ひょいと地面に跳び降りた。

「気をつけろよ」と怒鳴る。

ヘイデュークは聞いていなかった。クラッチ・レヴァーとクラッチブレーキをもてあそんで、狂ったように蛇行しながら空港わきのローダーへ向けて進む。時速二マイルでブルドーザーはローダーに体当たりした。大きな金属の塊が小さな塊と激突する。ローダーが屈服し、横向きに地面を滑る。ヘイデュークは滑走路の際へと舵を切り、ローダーを押しながら中へ突っ込んだ。残忍な笑みを浮かべている。圧迫された鋼鉄が軋み、砕け、喚き、呻き、その上に砂煙が逆巻く。

スミスはピックアップに乗り込み、エンジンをかけて、危険の気配でも感じたらすぐに逃げられるようにした。この大騒ぎにもかかわらず、急を告げる様子はどこにもなかった。黄色いピックアップは食堂の前に停まったままだ。眼下のマリーナではボート乗りが小型モーターボートに給油している。少年が二人桟橋の突端でナマズを釣っている。観光客は骨董品屋で安アクセサリーを吟味している。二羽のタカが明るく輝く崖の上を高く舞う。平和だ……。

操縦席で立ち上がったヘイデュークは、砂塵の向こうにメサの縁が迫っているのを見た。崖ふちの向こう、はるか下にはパウエル湖の湖水が、通りすぎるボートの航跡で波立つ水面があった。

ヘイデュークは最後の重要事項を考えた。

「おーい」ヘイデュークは振り返ってスミスに叫ぶ。

「どうやって止めるんだ？」

スミスはトラックのドアに寄りかかり、耳の後ろに手を当てて叫び返した。

「何？」

「**どうやって止めるんだ？**」ヘイデュークが吠える。

「**何だって？**」スミスが吠え返す。

「どうやって止めるんだ？」

「聞こえないよ……」

ローダーは、ドーザーブレードに崖ふちまで押しまくられ、ごろりと転がって姿を消す。焼けた金属の排気筒から黒い煙を吹きながら、ブルドーザーも着実にあとを追う。鋼鉄のキャタピラーは砂岩の岩棚をしっかりと捉えて、機械を前方の虚空へと進めている。ヘイデュークは飛び降りた。転げる寸前、トラクターは自らを救おうとした(かに見えた)。片側のキャタピラーがもう一方よりも先に空中に出ていたため、トラクターは傾きながら右に半回転し、メサの縁にしがみついて、何とかしっかりとした足場を取り戻そうとした。無駄だった。救いようはなかった。ブルドーザーはひっくり返り、一回転すると、平らで固い金属的な光沢を持つ貯水池の水面めがけて、最短の軌跡を描いて落ちていった。落ちて行く間もキャタピラーは回り、エンジンは吠え続けていた。

ヘイデュークは崖ふちまで這っていき、まず深く沈んでいくローダーのぼやけた姿、それから湖に落ちた時のトラクターの細かな様子を少し見ることができた。雷に似た水音が峡谷の岩壁に反響して、衝撃波のような振動を起こした。ブルドーザーは冷たく暗い水の中に沈み、ぼんやりとした黄色い形は、一瞬後、水中爆発の炎にかき消えた。大量の泡が水面に昇ってきて弾ける。砂と石が崖からしばらくばらばらと落ちていた。それが収まると、もう何の動きもなかった。モーターボートが一艘、静まりかけた波紋を突っ切って用心深く進んでくるだけだ。どこぞの好奇心旺盛なボート乗りが災害現場に引き寄せられたのだ。

「逃げるぞ!」下のマリーナで、ついにピックアップが食堂から離れたのに気付いて、スミスが声をかけた。

ヘイデュークは砂まみれで立ち上がり、小走りにスミスの方へ向かってきた。満面に不敵な笑みを浮かべている。

「急げ!」スミスが怒鳴る。ヘイデュークは走った。

黄色いトラックがマリーナから道路へ通じるつづら折りを登ってくる間に、二人は逃げ出した。スミスは来た道を戻り、ダーティ・デヴィル川に架かる橋を渡ってコロラド川に向かったが、中央の橋に着く前に強くブレーキを踏んだ。急ハンドルを切って北へ伸びる未舗装路に乗り入れる。ハイウェイを通過する者からは直接見えなくなった。

いや、そうだろうか? 必ずしもそうではない。砂煙が波しぶきのように高く舞い上がり、未舗装路を進んでいることを暴露するからだ。

埃を立てていることに気付いて、スミスは岩陰に入るとすぐにトラックを停めた。すばやく動く必要があるかもしれないので、エンジンはアイドリングさせておく。

　待った。

9
捜索救助隊、出動

　追いかけてきたトラックの唸り、タイヤとアスファルトの激しい摩擦音が聞こえた。トラックはそのまま東へ吹っ飛ばしていった。車の音は遠ざかっていき、徐々に平和と静けさが、落ち着きと至福が戻って来た。

　ヘイデュークとスミスは笑いながら背中を叩きあい、抱き合って喜び、冷えた六缶パックを新しく開けた。ああ、このギンギンに冷えた缶の輝き。プルタブを開けるさわやかな音ときたら。

「やったぜ！」流し込んだうまい一本目が血管をめぐるのを感じながら、ヘイデュークは吠えた。

「参った参った、でもすごかったぜ」ヘイデュークはトラックから飛び降り、ジグのようなもの、タランテラらしきもの、ハンクパーパ・スー族が幻覚サボテン《ペヨーテ》を飲んで踊るすり足ダンス風のものを踊った。トラックの周りを、四分の二拍子で。スミスも一緒になって踊りだしたが、警戒心から、まず運転席の屋根に上ってもう一度あたりを見渡した。今この瞬間にも敵が何をたくらんでいるか、わかったものではない。

　それは正しかった。

「ジョージ」スミスは言った。

「ちょっと勝利のダンスはやめて、例の日本製の双眼鏡を貸してくれ」

　ヘイデュークは双眼鏡を渡した。東北東の隆起した岩の上を、スミスは長い間熱心に見ていた。ナロウ・キャニオンと一時的にせき止められたコロラド川に架かる、銀の弓、鋼鉄の虹のようなあの美しい橋とは一直線上の方角だ。待ちながらヘイデュークは、遅い午後の音に耳を傾けた。何の音もないようだった。妙に胸が騒ぐ静けさがあたりを包んでいた。鳥さえも、ナロウ・キャニオンに棲むたった一羽の鳥さえも、そのくちばしを閉じていた。

「ふむ、あいつだ」スミスが言った。「あの野郎が戻って来た」

「誰だって?」

「ビショップ・ラヴの奴だよ。J・ダドリーのとっつぁん。あいつと捜索救助隊」

「何してる?」

今度は少しまじめになって、ヘイデュークは次のシュリッツの缶を開けた。

「コロラド川の橋の上に勢ぞろいして、黄色いトラックの男と話してる」

「なんて言ってやがる?」

「唇を読むのは得意じゃないが、見当はつく」

「で?」

「ビショップ・ラヴはもう一人の男に、来る途中ハイウェイで灰色のシェルが付いた緑色のピックアップなんか見なかったと言っている。相手はビショップ・ラヴに、緑のピックアップは絶対に自分の方に引き返してなんか来なかったと言っている。ビショップ・ラヴはこう言っている。奴らはメイズへの未舗装路に曲がったに違いない、奴らは今そこにいると——五分前に出発していればよかった」

スミスは車の屋根から飛び降り、運転席に転がり込んだ。

「行くぞ、ジョージ」

ヘイデュークは考えた。「ライフルを持ってくればよかった」

「乗れ!」

ヘイデュークは車に乗った。二人は北へ、砂岩のジャングルに向けて出発した。岩と轍だらけで車軸が折れそうな道を、出せるだけスピードを出して進む。時速二〇マイルで。

「なあ」ヘイデュークが言う。

「奴らはV八のシェヴィー・ブレイザーに乗っている。落ち着いて聞け、奴らは間違いなく俺たちに追いつく。その前に奴らがF一〇四攻撃機を呼ばなければな。ナパームを積んだ奴を」

「わかってる。もっと明るい考えはないのか?」

「あるさ。奴らの足を止める。罠を仕掛けるんだ。この先には何がある? 火をつけられるような小さな木の橋はねえか？　岩でふさげるような狭い峠は？」

「わからん」

「早く考えろ、セルダム。あそこで道を渡っている牛を何頭か撃ち殺すってのはどうだ？　道を塞いでやるんだ。一分は稼いでくれるだろう」

「ジョージ、君はグリーンベレーだろ、何か考えてくれ。僕たちは奴らを五分リードしている。それだけだ。この道には小さな木の橋も狭い峠道も、思い出せる限りでは一〇マイル以内にはない。それから牛を撃っちゃだめだ」

岩を乗り越える。轍にはまっては出る。危険な小さな溝を渡る。減速。ギアを落とし、砂地を突っ切って向こう側に乗り上げる。平地でギアを上げ全力疾走する。その度にスミスのトラックは、跳ね回り、がたがたと音を立てた。また岩を乗り越える。溝を渡る。貨物室内の固定されていないもの——鍋、アイスボックス、スコップ、タイヤレヴァー、船外機、ダッチ・オーヴン、水筒、牽引チェーン、つるはし、バール、缶詰等々——はすべて踊り、震え、トラック自体の騒音をさらに大きなものにしていた。車の後ろには派手な砂煙が尾を引いて夕空に立ち昇り、まばゆい陽光の中を漂っている。塵と粱、砂漠の大地の砂粒、一つ一つが日光の輪に包まれ、台地の岩壁のアルベド反射に強められている。何マイルも先から丸見えだ。昼間の砂煙、夜の炎は居場所をばらしてしまう。だが、砂塵は姿を隠してもくれる。

道はひどかった。それがなおいっそう悪くなってきた。スミスは車を停め、外に出てハブをロックし、四輪駆動にしなければならなくなった。ヘイデュークも車を降りた。地形を観察する。二マイルほど後方に追跡車の立てる砂煙が見えた。ブレイザー三台と黄色いピックアップがどたばたと走ってくる。闘いに熱狂し、獲物（俺たちだ）を求めて。一体全体何でこんな面倒に巻き込まれちまったんだ？　一体誰がこんな結構なアイディアを出しやがったんだ？

東は象の背のような砂岩の隆起と隠れ谷へと傾斜した窪地になっている。西は二〇〇〇フィートの崖だ。行く手はそれらに挟まれた狭い段丘になっており、その上を道は蛇のようにのたくって北へ伸びる。赤い塵と褐色の砂には、高さ一フィートのいじけたブラックブラッシュ、小さなネズが二、三本、砂丘に厄介なユッカが数本生えているだけだった。トラックを隠すところはない。

「よし、行くぞ！」スミスは運転席に駆け戻った。

脇峡谷さえ見当たらなかった。もしあったところで、その中に入って行けば、行き止まりで追いつめられてしまうだろう。どこを走っても、スリックロックにたどり着かない限り、砂の上の轍、踏みつぶされた藪、掘り起こされた石などの痕跡を残してしまう。剥き出しの砂漠では何も隠してはおけない。

　スミスがエンジンを吹かす。

「行くぞ、ジョージ」

　ヘイデュークは車に飛び乗った。中央が高くなった道を轟然と飛ばす。剛毛の生えたブラックブラッシュや刺だらけのヒラウチワサボテンが、ゼネラル・モータース製トラックの油にまみれた股ぐらに引っかかる。

「ジョージ、思い出したぞ。次のカーヴを曲がったところにフェンスがある。道は木でできた古い家畜《キャトル》脱出防止溝《ガード》を通る。火を着けよう」

「俺がガソリンぶっかける。あんたが火を着けてくれ」

「わかった」

　フェンスが見えた。進行方向と直角に、崖から峡谷へ伸びている。道路のための開口部は、ツーバイフォーの木材の小口を上に向けて二本の枕木に固定した、棚あるいは格子になっている。家畜脱出防止溝だ。車は渡ることができる。羊、牛、馬といった蹄を持つ動物は渡れない。家畜脱出防止溝の脇には閉じたゲートがあり、そこを通して家畜を出し入れすることができる。しかしこれは、多くのフェンスの例に漏れず、長年にわたり吹き寄せられたタンブルウィードが分厚くがっちりと積み重なっていた。遠くから見るとフェンスは、茶色く密生した生垣のようだ。

　トラックはけたたましくツーバイフォーを渡る。スミスがブレーキを踏み込む。トラックが止まらぬうちにヘイデュークが飛び出し、埃に目をしばたたきながら車の側面の金具に縛りつけた燃料缶を手探りする。家畜脱出防止溝に駆け戻りながら缶を開け、古い材木に、クレオソート処理された横材に、門柱に、ガソリンをたっぷりと振りかけた。それから——まだ走りながら——密集したタンブルウィードの下の地面にも、まず西側、次に東側に、ガソリンが届く限り撒く。トラックに駆け戻りながら、ヘイデュークはボーンという爆発音と、タンブルウィードがばりばりと爆ぜながら燃え上がる音を聞いた。スミスがこちらに向かって走ってくる。キノコ雲のようにもうもうと渦巻く邪悪な黒煙の下、炎のバリケードを背にして、浅黒く汗ばんだシルエットが浮かび上がる。

「逃げるぞ」スミスが言った。

追跡の音がすでに聞こえている。

スミスが運転し、ヘイデュークは後ろを見る。日なたでは透明な黄色、崖の陰では橙色の炎と、草の燃える紫煙の幕が斜めに空を渡るのが見えた。向こう側、切り通しに四輌の追跡車が現れた。スピードを落とし、間違いなく停まった。せいぜい状況証拠に過ぎないものを根拠に、バイアスタイヤを履いた古いピックアップに乗った悪者を追いかけて、六五〇〇ドルしたぴかぴかの新車のブレイザー、しかもフル・オプションつき（ロールバー、強化クラッチ、補助ガソリンタンク、カーステレオ、スチール・ラジアルタイヤ、スペアタイヤ二本、スポットライト、高度計、タコメーター、傾斜計、クロムメッキのスポルディング・ウィンチ、純正エアコン、双方向無線機、ホイップアンテナ、排気量三八五立方インチ、四速フロアシフト）を、火の壁の中に乗り入れる馬鹿がいるだろうか？

いた。ビショップ・ラヴだ。ブランディングの監督、捜索救助隊隊長J・ダドリー・ラヴだ。

その大馬鹿野郎が炎を飛び越え、燃えさかる家畜脱出防止溝を渡ってやってきた。輝くブレイザーは見たところ無傷だ。しかし燃える材木が崩れ落ちて火の粉が吹き上がると、二台目の車は一瞬停まった。東に向きを変え、フェンスに沿って炎を迂回する。他の車も後に続く。

「まだ追ってくるぞ」

「わかってる」スミスはアクセルをぐっと踏み込んだが、道路が荒れていてあまりスピードは出なかった。

「引き離したか？」

「先頭の奴以外は」

「次はどうする？」

「俺を降ろせ、セルダム。この先の岩のところに置いてってくれ。ホローポイント弾でちょいと奴らのタイヤに穴を開けてから、必死で走ってハンクスヴィルかどこか適当なところで落ち合う」

「考えさせてくれ」

「もう一本ビール飲むか？」

「考えているんだ。静かにしてくれ。この先に古い鉱山道路がある。西に伸びていて、たぶんメサのてっぺんまで行っている。はっきりとはわからん。もし行っていなければ、お手上げだ。行っていれば森の中で楽にまくことができる。行っていなければそれまでだ」

ヘイデュークはにらみ返した。

「奴らは追い上げてきている。この道からそれねえと、それこそお手上げだぞ」ヘイデュークはまたビールを開けた。

「じゃ、もう一つの道に入ってみよう」

　崖に挟まれた次のカーヴを曲がると、確かに、前方に分かれ道があった。右へ行く道は、岩、轍、穴、崩落だらけ——こちらが本道、幹線だ——もう一方は使われていないためもう少しひどい。

「行くぞ」スミスは言い、左に急ハンドルを切った。

　ヘイデュークは膝にビールをこぼした。

「うわっ、くそ、もう酔っ払っちまった。スミス船長、あんたを面倒に巻き込んじまって、本当にすまねえ。今日の午後はのんびりできるはずだったのに。だからトラックをちょっとだけ停めて俺を降ろしてくれ、そうすりゃあ」——ヘイデュークはマグナムを振り回した——「あんたのかわいい《ラヴァブル》監督殿は俺が何とかするぜ」

「銃なんぞ振り回すな、ジョージ。今のごたごたで手いっぱいなんだ」

「ごもっとも」ヘイデュークはリヴォルヴァーをバックパックのポケットに滑り込ませた。

　スミスのトラックはその間暴れながら、ローギア時速五マイルで年代物の道を西へ向かって登っていた。一八七二年の連邦鉱山法と同じくらい古い道だ。台地の崖裾にごろごろ転がる岩の間を抜け、何度も折り返しながら崖錐の斜面を登っている。景色はいつも通り雄大だったが、二人の立場は危うく無防備だった。敵はわずか二、三マイルにまで迫り、目には見えぬが間隔を詰めている。焼けた車の下腹、焦げた機械仕掛けの尾骶骨、火に炙られたデフの陰嚢という恥辱に駆り立てられて、余計に力が入っている。すぐにも小径の最後のカーヴを曲がって、彼ら——ヘイデュークとスミス——がこの抜けられそうにない抜け道をゆっくりと甲虫のように這い上がっていくのを見つけるだろう。

　道はさらに荒れてきた。すでに四輪駆動にしてあったが、スミスはローレンジに切り替えた。トラックは時速二マイルで軋みながら登って行く。身を隠せる場所に向けて——道がそこまで届いていれば。隠れ場《ヘイヴン》、天国《ヘヴン》、ひょっとしたら救済に。

　数十年前にダイナマイトで岩を切り開いてつけられた道は、外側方向に下り坂になっていることが多かった——逆の傾斜のつき方だ。トラックは真っすぐとはほど遠い嫌な姿勢で、足場を失って虚空に向けて傾いた。外側に座っているヘイデュークは、トラックが転落すればひとたまりもないだろう。

「おい、セルダム。車を停めろ。俺は降りる」

「何のために？」

「後ろにあるバールでちょっとばかり道路工事をする。捜索救助隊を足止めしてやる」

スミスは考えた。

「もう見えるか?」

「まだだ。だがカーヴの向こうに砂煙が見える。近づいてくる」

スミスは車を停めた。ヘイデュークは飛び降り、トラックにしがみついて、崩れやすい崖錐に足を取られながら車の後部を開けて大きな鉄のバールを見つけた。スミスの側の窓に近づく。

スミスが言う。

「何をする気だ?」

「道の真ん中に岩をいくつか動かす。頂上で待っててくれ。でなけりゃ行けるところまで。俺のパックの後ろポケットに入ってる重くて黒いのを渡してくれ」

「わかった。頂上で待ってる。でなけりゃせいぜい二、三マイル先で。何をよこせって?」

「銃だ、銃。だめだ、停まるな。進め。もうすぐ日が沈む。気候がいいから二〇マイルは歩ける。銃と水筒だ。バックパックは頂上で下ろしてくれ」

「銃はだめだ」

「捜索救助隊の奴らが撃ってきたら撃ち返す」

「だめだ、ジョージ、撃ったりしちゃ。決まりはわかっているだろう?」

「いいか、その銃なしじゃ俺は赤ん坊同然に無防備なんだ」ヘイデュークは手を伸ばそうとする。スミスはその腕をさえぎる。

「だめだ。ほら、水筒だ」

「わかったよ、ちくしょうめ。ほら、行け。奴らが来るぞ。またあとでな」

スミスは走り去った。ヘイデュークはバールを手に、手近の動かせる岩に取りかかった。二マイル離れた下の方では、四輛の追跡車が分岐点で停まっていた。下司どものおでましだ。男たちはタイヤの跡を調べている。

すぐに彼らはヘイデュークの方を見るだろう。スミスが乗ったトラックは必死に急坂を登っている。エンジンは高回転で唸り、積荷は鉄の荷台で騒々しく鳴っている。音は外に漏れ、音波の同心円は崖下の捜索隊まで届く。隠しおおせる可能性はない。

ヘイデュークは、上半身裸で、砂岩の支点を動かそうとする岩の方へ押しやり、渾身の力を込めて梃子を動かした。岩は路上にひっくり返り、通り道の真ん中に納まった。

もっと大きなのをやってみよう。バールを引きずって崩落した崖の巨大な岩塊へと斜面を登って行く。二分ほど格闘したのち成功した。岩は動き、ひっくり返り、自分の意志で転がって行った。

ヘイデュークは斜面を滑り降り、岩の進路から逃げた。岩は道路を横切り、崖ふちを越え、ウサギが跳ねるように障害物から障害物へとバウンドしながら、どこか落ち着くところまで斜面を転げ落ちていく。

はるか下の暗がりで蒼白い顔が見上げた。しかしヘイデュークは、勝ち誇り、すでに次の弾丸を探していた。来るなら来てみろ。ケツに岩の一斉射撃をお見舞いしてやる。最初の岩は斜面の裾にある瓦礫の中で止まった。ヘイデュークは次の岩を探した。

捜索救助隊がやって来る。四台の車は動きだし、左の分かれ道、セルダムが使った道を取り、ヘイデュークとスミスの後を追った。ヘイデュークはさらに二つ大岩を道路上に動かし、片手に水筒、もう片方に重いバールを持って上へ向かった。心臓は早鐘を打ち、肺は空気をむさぼり、広く毛深い褐色の背中は汗にまみれて光る。重労働だ。本調子ではなかった。しかもライフルの射程距離をやっと超えたところだ。肩甲骨の間の狙点がむず痒い。昔なじみの細胞の恐怖感。急ぎ足で歩き、適当な岩を探す。もう二つ見つかった。それを根こそぎにして道路に押し上げるのに相当足止めを喰った。

ようやく台地の縁の向こうに日が落ちた。コネチカット州ほどもある巨大な影が、熱気に覆われた岩の国、峡谷地帯《キャニオンランズ》の中心をひそやかに包む。あらゆる動きはローギアのペースに速度を落とした。スミスは二マイル先で不安げに隠れ場所を探している。ヘイデュークは中間であえぎながら、二〇ポンドの鋳鉄製バールを引きずっている。ビショップ・ラヴと捜索救助隊、加えて黄色いピックアップのブルドーザー操縦手は後ろから忍び寄ってくる。捜索救助隊はヘイデュークが転がした岩に長く足止めされることはなかった。ブルドーザーの男もバールを持っていた。

追跡は続く。上へ、ゆっくりとした動きで。銃撃はなく、たまに叫び声が上がり、むしろ単調だった。ヘイデュークがつづら折りを三つ分登った戦略拠点にたどり着くまでは。そこで彼はずっと探していたものを見つけた。

それは大きなナヴァホ砂岩の塊だった。形も大きさも石棺のようで、天然の台座の上にうまくバランスを保っている。息を荒げ、馬のように汗をかきながら、ヘイデュークはそこにたどり着いた。手探りで最適な支点を探し回り、バールを定位置に押し込んで、浮いている端に体重を掛け、試してみる。石は動いた。転げ落ちそうになる。ヘイデュークは待った。

頭上の見えないところで、スミスの車が登って行く音がする。一〇〇〇フィート下、つづら折りを三つ下ったところでは、先頭のブレイザーが鼻先を曲がり角から突き出した。ビショップ本人だ。すぐに標的は射程距離内に入る。

三台のブレイザーはすべて視界に入ってきた。唸りを立てて坂を登ってくる。黄色いピックアップが後に続く。ヘイデュークはバールを押した。岩は軋み、ひっくり返り、転げだした。走って逃げなければならないとわかっていながら、ヘイデュークはそのままじっと見ていた。

岩は崖錐を転がり落ち、岩屑の溜まりを乗り越えた。不格好だが恐ろしい物体だ。速度を増すことはなかった――傾斜があまり急でなく、摩擦と干渉が大きすぎた――が、スチームローラーのように重々しく一途に、それは落ち続けた。他の大岩にぶつかって根こそぎにし、随員、従者、衛星、助手を獲得する。最終的には岩は一つではなく、大群となってサン・ファアン郡捜索救助隊（これは、ついでに言えば、正式な法的権限の範囲外にあった。ナロウ・キャニオンの橋を渡った時点で郡の境界線を越えていたからだ）を出迎えに下りていくことになった。

路上の別の障害物に阻まれていた下の男たちは、崖錐の斜面を見上げた。ある者は車の陰に隠れ、ある者は立ったまま身をかわす。大部分の岩は無事彼らのそばを通り過ぎ、誰にも当たらなかった。が、一番大きな岩、ヘイデュークの岩は跳ねながらまっすぐに落ちてきて、先頭の車にぶち当たって止まった。ビショップ・ラヴの車だ。鋼鉄がひしゃげる悲鳴とともに、ブレイザーは命の源の体液――オイル、ガソリン、グリース、冷却液、バッテリー液、ブレーキ液、ウィンドウ・ウォッシュ――をあらゆる方向に噴き出しながら、言語に絶する衝撃の下に沈み、消えた。車輪は大の字に開き、車体は虫けらのように潰れた。ぐしゃぐしゃの残骸から貴重な液体が滲みだして広がり、道路に染みを作っている。岩はその場に残り、残骸を釘付けにしている。永遠の安らぎの中に。

追跡は中止された。少なくとも車輛によるものは。岩とラヴのブレイザーの残骸が道を塞いでいるのだ。ヘイデュークは楽しげに、渦巻く砂塵を透かして見下ろした。銃のきらめき、双眼鏡の輝き、徒歩の男たちの動きが見えた。

撤退した方がいいだろう。道路の内側で身を低くして、バールを引きずりながら、遠く聞こえるスミスのトラックの音を追って、ヘイデュークはとぼとぼと坂を登って行く。メサの頂上に着くまでずっと笑いをかみ殺していた。スミスが待っていた。

縁辺岩に腰かけ、脚を一五〇フィートの崖ふちからぶらぶらさせて、遠くから捜索救助隊の退却を監視する。残らず行ってしまうと二人は、一パイントのジム・ビームで勝利を祝った。けしからぬジャック・モルモンのスミスが、ちょうどたまたま手許に、古い用具袋の中に持っていたものだ。ウィスキーが半分なくなると、ベーコンと豆の夕食を作った。暗くなってから彼らは、星明かりを頼りに前進した（ヘッドライトには空からの監視を警戒して覆いをつけた）。オレンジ・クリフスの崖ふちに沿いハッピー・キャニオンの源流を巻き、ランズ・エンドを通りすぎてハンクスヴィル道路との合流点に至る。

真夜中までに二人はハンクスヴィルに、半時間後にはヘンリー山脈に着いた。そのあたりのどこかの森の中で夜を過ごし、深い眠りをむさぼった。ただ満足しきって。

10

ドクとボニーの買い物

G・B・ハートゥング・アンド・サンズ鉱山土木用品店。ハートゥングの末の息子がデュポン・ストレートとデュポン・レッドクロス・エクストラをドクの真新しいビュイック・ステーションワゴンの後ろに積み込んでいる。封印され、スタンプが捺された蝋引きの箱一〇ケース。加えて発破装置、信管、導線、導火線、締め具、発火具。派手な見てくれの荷物だ。かっこいい、最高の。

「これみんな、何に使うんですか、ドク？」少年が訊いた。

「いたずらだよ」最後の連邦書式にサインしながらドクは答えた。

「牧場でね」

「マジで」

「大マジさ」

アブズグが嫌な顔をした。

「あたしたち、採掘権を持っているのよ」

「へえ」少年が言った。

「三〇の採掘権がある」とドク。

「ヨーロッパでは金は一オンス一八〇ドルはするそうっすね。鉱山を開発するんですか？」

「そうだとも。ほれ、これを口——いや、その、ポケットに突っ込んどきたまえ」

少年は札をちらりと見た。

「わあー、どうもっす、ドク」

「礼には及ばんよ」

「またすぐ来てくれますよね」

「来るわ」ボニーは言った。「おせっかいなガキ」と走り去りながら付け加える。

「もう少しで口に一発喰らわしてやるところだった」

「まあまあ、まだ子供じゃないか」

「まだ子供、ね。あのひどいニキビ面見た？ きっとあいつもう性病持ってるわ」

「それはありうるね。この州の若いのの半分はそうだからな。さらにその半分は口腔淋病だ。ニューメキシコに住む一〇代の若者全員の陰茎に札をぶら下げたほうがいい。『女の子へ。口に入れる前によく調べること』」

「下品なこと言わないの」

「おしゃぶりの前に」ドクは声を張り上げた。

「スピロヘータ。淋菌。トレポネーマ・パリダ。

考察：『梅毒《シフィリス》、すなわちフランス病《シヴェ・モルブス・ガリクス》』というのは、ＡＤ一五三〇年頃、ジロラーモ・フラカストロという人物が書いた詩である。この田園の悲劇を描いた韻文の主人公は、名を——冗談ではなく——シフィルスという。羊飼いの多分に漏れず、彼は群れの中の一頭に愛情を覚えた。その雌羊の名は忘れたが。とにかく、俺は雌羊を愛しているとシフィルスは言い、羊の後ろ足を自分の編上げ靴〈バスキン〉に押し込んで、それから第三の脚で羊の陰門を貫いた。すぐに硬性下疳が発生し、その後病変が相次いだ。三〇年後シフィルスはおぞましい死を遂げた。以上が梅毒が性交から発生すると一般に信じられるようになった起源である」

「給料を上げて欲しいわ」ボニーが言った。

ドクはとち狂って歌を歌いだした。

「思い出すのに硬性下疳は要らない
私はただ、愛のとりこぉぉぉぉぉ……」

「喉頭に硬性下疳ができたみたいな声」

「喉頭癌だろ。驚くことはない。若い頃、私も羊飼いになりたかったんだ。でも自分は女の子の方が好きだということに気がついた」

「転職したいわ」

「高くつくわよ」

「キスしよう」

「いくら？」

「サーティーワンアイスクリーム。ストロベリーのダブルディップ」

「私の一番変態的な秘密の性的妄想を聞きたいかね？」

「聞きたくない」

「サーティーワンアイスクリームの女の子の後門をいただくんだ。最後のキャラメル・ナット・ファッジを掬っている最中に。昼飯前に」

「医者が必要ね」

「酒が必要だ。毎日一杯で精神科医いらず。リストでは次は何だい？」

「ドクのシャツのポケット」

「ああ、そうだった」ドク・サーヴィスは紙に目を通した。ボニーはアルバカーキの渋滞の中で車を巧みに走らせる。ドクの安葉巻の煙が脇の開いた窓から外へたなびき、空一面のスモッグに混ざる。

「始動クランク」ドクは読み上げた。

「ボッシュとアイゼマンを三つずつ」

「買った」

「撒き菱《キャルトロップ》」

「買った」

「了解。アルミニウム粉末、一〇ポンド。酸化鉄フレーク、一〇ポンド。マグネシウム粉末、過酸化バリウム、エージャックス・クレンザー、タンパックス・タンポン――錬金術師のところへ」

「知らない」

「薬局へ。ゾシムス広場からほんの半ブロックでファウスト通りをはずれ、パラケルスス街道を南に下ったテオフラストゥス・ボンバストゥス・ホーエンハイムの館へ」

「止めてよ、ドク。わかるように言って。ウォールグリーンへ行くわよ」

「哀れブルーノが聖カエキリア祭の日に火刑に処せられたところ」

「スキャッグ・ドラッグ・ストアー？」

二人はスキャッグへ行った。そこでドクは自分にテルミット座薬を処方し、次に金物屋で金属のフレークと粉末、さらに灯油一〇ガロン（看板の仕事用）を手に入れた。その頃にはステーションワゴンは荷物で一杯になり、化学薬品（薬品だ！　薬品だ！　ヘイデュークは唱えた）の臭いを発していた。ドクはボブズ・バーゲン・バーンで二〇フィート×三〇フィートの偽装網《カモフラージュ・ネット》を、リストに載っている他の品や、その他二人がどうしても必要だと思ったものと一緒に買った。例えば棒型火打ち石のファイア・スターター（雨の日用）、ドクのだぶだぶのズボンを吊り上げる消防自動車色のサスペンダー、大きくて柔らかいボニーの新しいグアテマラ製麦わら帽子、ヘイデュークとスミスへの土産――保冷缶ビールホルダーとホーナーの半音付きハーモニカ。ドクが荷物をカモフラージュ・ネットで包んだ。それから土木用品店と青写真店に行き、必要な地形図をいくらか手に入れた。

「これで全部？」

二度リストを読み上げ、チェックした。

「これでよし」ドクが言った。「サンタが街にやって来る」

午後の暑さと眩しさを逃れ、涼しく退廃的な合成皮革張《ノーガハイド》りのバーの暗がりへ引きこもる。壁までノーガハイド張りだった。まるで時代物の精神病院だ。BGMつきの。蝋燭の炎が赤い小さな火屋の中でかすかに揺れている。バーテンは赤いジャケットを着て黒い蝶ネクタイを締めている。時刻は四時で、弁護士、建築家、市の政治屋連で半分ほど埋まっていた。まさしくボニーが何より嫌悪する類の場所だ。

「こんな穴倉にいると気が滅入るわ」

「背の高いグラスに入った冷たいのを飲《や》って、ラッシュになる前に家に帰ろう」

「ドクは家には帰らないでしょ。五時までに医療センターに行くことになってるんでしょ」

「そうだ。肉屋に帰る」

「ドクター・サーヴィス！」ボニーはショックを受け

たふりをした。

「その、時々そんな気がするんだ」

ドクは弁解するように言った。

「時々、思うんだけど……」

「それで？　思うって何を？」

カクテルを持ったウェイトレスが来たので話が途切れた。有るか無しかのシースルーの薄物を着て、かろうじて何かしらの表情を浮かべている。彼女もまたそんなものに飽き飽きしていた。ウェイトレスは飲み物を置くと軽やかに立ち去った。ドクはその後ろ姿を見送った。あの白い腿、いいなあ。

「それで？」ボニーが言った。

二人はグラスを合わせた。ドクはボニーの目をじっと見た。

「愛してるよ」ドクは嘘をついた。その時彼の心は二〇フィート離れたどこかにあった。一〇〇〇マイル彼方を漂っていた。

「で、他に何か変わったことは？」

「そのユダヤ式の言い回しは大嫌いだ」

「あたしは見せかけだけの愛の告白が大嫌い」

「見せかけ？」

「そう、見せかけ。愛してると言った時、ドクはあたしのことを考えてなかった。おおかた何か——何を考えていたかはわかりゃしないわ。でもあたしのことじゃなかった」

「よかろう、勝負しようじゃないか。つまらん半月板切除のために神経を落ち着かせるにはもってこいだ」

「あなたの患者でなくてよかった」

「私もだ」

ドクはジントニックを一気に半分飲んだ。

「わかったよ。君の言う通りだ。儀礼的に言ったんだ。でも本当のことには変わりない。君を愛してる。君がそばにいなければ、私は惨めで孤独だ」

「ええ、そばにね。誰かが予約を整理して、臭い靴下を洗わなきゃいけない。へまをしでかしたり頭をヴィニール袋に突っ込んだりしないようにしなくちゃならない。お抱え運転手になって街中連れて回らなきゃならないし、時たま家の掃除もしなきゃいけないし、プールで見栄えがしないといけない」

「結婚しよう」ドクが言った。

「何でもそれで解決しようとするのね」

「結婚のどこが悪い？」

「あなたの女中をするのはもううんざり。あたしがそれを公式なものにしたいとでも思ってるの？」

これにはドクも少し参った。残り半分のジントニックを少しずつ啜る。

「ふん、それじゃ一体どうしたいんだ、え？」

「わからない」

「じゃないかと思った。だったら黙ってなさい」

「でも何をしたくないかはわかる」

「その位ブタでもわかるさ」

「ブタのどこが悪いの？　あたしは好きよ」

「ジョージに惚れてるんだろう？」

「あのブタじゃない。ご免こうむるわ」

「スミスか？　あのセルダム・シーンの奴？」

「その方がまだありそうね。彼は優しい人だわ。好きよ。彼は本当に女性を気づかっていると思う。でも結婚はもう十分みたい」

「三人しかいない。君は第四夫人になれる」

「それよりあたしは四人の夫を持つ方がいい。そして一カ月に一度通うの」

「君にはもう三人の恋人がいる。ヘイデュークとスミスと哀れなサーヴィス博士。猫とニワトリと、イカレた街で君のプラスチック製イグルーのまわりをうろついている高校中退者だとかヒッピーのなれの果てみたいなものは別にして」

「あの人たちは友達よ。恋人なんて言うようなもんじゃないわ。あなたにはわからないでしょうけど」

「連中のチンポコが背骨と一緒でぐにゃぐにゃだったら、恋人でないというのもうなずけるんだがね」

「あの人たちのこと何も知らないくせに」

「だがずっと見てきた。みんな個性的に見せようとして同じことをやっている。中性的類人猿だ」

「自分のライフスタイルを追求するチャンスが欲しいだけよ。あたしたち誰もがずっと昔になくしてしまったものへ還ろうとしているの」

「ヘアバンドをしてもインディアンにはなれない。雑草のように見えることが自然な生き方をすることじゃない」

「少なくとも害はないわ。うらやましいんでしょ？」

「無害な人間には飽きた。何もできない、何も造れない柔和で弱い受け身の人間にはうんざりだ。赤ん坊は別だが」

「ドク、疲れてるみたい」

ドクは肩を丸め、顔をしかめてジョージ・W・ヘイデュークの真似をした。

「どいつもこいつも気に喰わねえ」と唸る。

ボニーが飲みかけのグラス越しに微笑んだ。

「出よう。遅れる」

「そうしよう」ドクは手を伸ばし、ボニーのグラスを取って代わりに飲み干してやった。二人は席を立った。

「それからもう一つ」

「なあに?」

ドクはボニーを引き寄せた。

「とにかく、愛してる」

「それよ。それが聞きたかったの。両面的な愛の告白が」

「両手利きでもある」実演して見せた。

「ちょっと、ドク……ここではだめ。お願いだから」

「じゃあ……ここではどうだ? ここか?」

「いいかげんにしなさい!」ボニーはドクを引きずって階段を上り、クッションの効いた精神病院から歩道へ出た。アルバカーキの熱い照り返し、狂った様などよめき、すさまじい混雑の中へ。

鉄とガラスとアルミニウムの塔の向こう、はるか東に山々がそびえている。サンディア山脈のごつごつした岩壁だ。今はロープウェイが横切り、テレビ塔のとがった冠を頭に頂いている。かつてオオツノヒツジが絶壁を巡った山では、今では観光客が遊び、子供たちが空気銃で鳥を撃ちまくっている。西の荒涼とした地平線上には三座の火山が、今のところは静まり返って、皺だらけでずんぐりとした黒い疣のように、午後の霞みを背に突き出している。

駐車場のゲートから車まで、ドクはボニーをなで回していた。

「もう、今日は激しいのね」

「種馬もびっくり」

ボニーはドクを過積載のステーションワゴンに乗せた。車を駐車場から出し、高速道路を目指す。道中、運転しながら、大きく優雅なドクの手による愛撫に身を任せた。どちらの手も同じくらい器用だと豪語するだけのことはあった。高速道路まで来ると、しかし、ボニーは下の方に伸びていた手——両腿の間にあった——を押しのけ、アクセルを踏み込んだ。

「今はだめ」

ドクは手を引っ込めた。傷ついたようだった。

「遅れるわ」

「たかが半月板切除だ。心停止じゃない。愛しあう二人の間に半月板が何だというんだ」

ボニーは黙っていた。

「私たちはまだ愛しあってるよな」

その時ボニーには自信がなかった。漠然とした圧迫感が胸に詰まっていた。何かが欠けているような、失われたような、まだ見つからないような感覚だった。

「夕べは愛しあっていた」ドクが静かに念を押した。

「そうね」ボニーはようやく言った。

ドクはまた葉巻に火を点けた。ダッシュボードとフロントガラスにもうもうと吐き出された最初のひと吹きの煙は、その上で折り重なり、周りで形を変える。ドクは葉巻の煙ごしに、スモッグに覆われ不規則に拡がった街の彼方の山の背を、穏やかに見つめていた。

ボニーは片手をドクの膝にしばらく乗せていたが、ぎゅっと握ってからハンドルに戻した。大きな車を巧みに操って猛スピードの交通をかき分け、ひんぱんに車線変更しては元に戻り、それでいて常に先行車との間に十分な車間距離を保っている。ちっくしょう、さっさと行くか道を譲るかしろ、とヘイデュークが言いそうなことを考えた。ドクが遅刻することはないが、ボニーが急いでいるのだ。わかっている。しばらくドクから離れているために急いでいるのだ。

かわいそうなドク。一瞬、大変な愛情を彼に感じた。もうドクが降りるからだ。

ドクが鬱《ふさ》いでいた時間は長くなかった。

「この交通を見てごらん。連中は重さ二トンのエントロピー増大車に乗ってゴムのタイヤで走り回り、我々が呼吸する空気を汚染して、地球を陵辱する。デブで怠惰なケツがぱんぱんに膨れ上がったアメリカ人をただ乗りさせてやるためにだ。世界の人口の六パーセントが世界の石油の四〇パーセントをがぶ飲みする。豚めが！」ドクは吠え、通りすぎる車に大きな拳を振り立てた。

「あたしたちはどうなるの？」

「まさに自分たちのことを言っているんだ」

ボニーはドクを医療センター神経外科病棟の職員出入口で降ろしてから、家へと車を飛ばした。大通り、ランプ、高速道路を経由して、「イカレた街」の「プラスチック製イグルー」へ。五時間後にまたドクを迎えに行かなくてはならない。真面目な話あの人に自転車を買ってあげなくちゃ、と思った——しかしもちろん彼は自転車をまっすぐに止める方法さえ知らない。まして大通りを安全に走ることなどは。

家に着いた時には、運転による緊張のせいで、いらだっていた。ドームに入ると、ちょっと立ち止まってあたりを見回した。すべて整然と、ひっそりと、あるべきところにあり、平穏だった。オーム、懐かしのオーム。小さな鼻声とともに猫がやって来て、ごろごろと喉を鳴らしながら足首に身体をすり寄せる。しばらく猫を撫でてやり、それから線香に火を着け、ラヴィ・シャンカーのレコード——夕べのラーガ——をかけて敷物の上に座った。脚を蓮華座に組み、少しぐらつきながらよどみなく回り続けるターンテーブル上で、鈍く光る写真入りのレコードが一分間に三三と三分の一回転するのをじっと見つめる。角のないこの部屋の低い位置に、間を開けて設置したスピーカーから、シタールの音が単調に響く。床に座った姿勢からは、ドームの内側はプラネタリウムのように広々として見えた。高い丸天井に止めた水晶の房が星のようにきらめく。ポリウレタンの壁を通って来る夕方の日光、透き通った間接光が、ドームを柔らかく拡散する白くきらきらした明かりで満たす。

目を閉じ、明るい光が心の中に広がるに任せた。猫はまだ脚の間に寝ている。外からは、壁を通して変質した遠いざわめき、休みない街の雑踏からあふれる音だけが聞こえてくる。ボニーは少しずつ音を閉め出し、内面の現実に集中した。

街は非現実になった。ドク・サーヴィスはまだ彼女を見つめていたが。意識の周縁から、赤い鼻や何かが、塀ごしに覗くキルロイのように。ドクのことを考えるのは止めた。ドクは無に帰した。最後の高速道路の振動が彼女の神経の中で消えた。徐々に心を空にし、落ち着けていく。その日焼きつけられたイメージを取り除きながら——買い物をしてまわったこと、ニキビ面の若者、ドクのステーションワゴンの奇妙な積荷、ドクがカクテルを運ぶウェイトレスの脚をどんな目で見たか、とりとめのない会話、病院までのドライヴ、どこまでも続く苦悩の回廊へよろよろと消えてゆくドクの巨体、きれいに剃った自分のふくらはぎに挟まれた猫の毛皮、シャンカーのシタールの音、香の匂い。すべて消え去り、色あせ、無へと変わっていく。彼女が自分の、秘密の、私的な、独自の（五〇ドルかかった）瞑想の言葉に集中するにつれて……。

しかし、小さな染みが、いらだちの原因が、あの角のない意識の一隅に小粒の真珠のように育っていた。目を閉じ、神経を静め、脳を休め、それでもなお陽光で色あせたぼさぼさの髪、緑に輝くジャック・モルモンの双眸、コンドルの嘴のような鼻がテレパシー電波で微笑みかけるのが見えた。嘴の背後、脇に外れたところでは、踊るマイクロドットの緻密な網目模様が変化して、一瞬だが間違いなく、二日酔いで目をしょぼつかせた顎ひげの浮浪者の姿になり、彼女と向き合った。

　目を開ける。猫がのろくさと身動きした。わずかに反ったターンテーブルは静かに回転し、その上でレコードは滑らかに回る。ボニーはじっと見つめる。規則的で物憂げな催眠術のような泣き声、弦の音、持続低音と単調な歌声が流れている。ラヴィ・シャンカーとそのヒンドゥー・チター。伴奏に、不二一元《アドヴァイタ》論派ヴェーダンタ主義者のシャクティーヨガ・ボンゴ・ドラムのぴんと張った牛の革（牛の革？）を小さな茶色い手がぱたぱたと叩く音がつく（ロー、哀れなインド人。彼はできるだけのことをしている）。

　ええい、くそっ、とミズ・アブズグは思った。ええ、ちくしょうめ、と思った。立ち上がる。猫が喉を鳴らして脚にまとわりつく。それを、そう強くではないが、積み上げたクッションの中に蹴りこんだ。クソったれめが、ボニーは思った。退屈。たいくつぅ！　唇が動く。

「何かやりたいな」静かなドームの胎内に向けて、穏やかに言った。

　即答はなかった。

　大声で、はっきりと、挑戦的に、ボニーは言った。

「仕事に戻るぞぉ！」

11
仕事に戻る

　しばらくユタを離れた方が利口なようだ。スミスはヘンリー山脈の山旅を終えると、ヘイデュークと一緒に夜陰に乗じてハンクスヴィルから西へ車を飛ばした。山脈の西側を迂回し、ウォーターポケット褶曲に沿って未舗装路を南下する。そこには人は住んでいない。バー峠に着くと、つづら折りの道を一五〇〇フィート登って褶曲の頂上に出る。頂上へ向かう途中で、道路局のブルドーザー、キャタピラーD-7が路肩に無防備に停めてあるのを見た。二人は休憩と気分転換のために車を停めた。

　数分しかかからなかった。作業は流れるような一連の動作にまで高められていた。スミスが丘のてっぺんで見張りに立っている間に、ヘイデュークがコーム・ウォッシュで完成した手順を実行する。最後にもう一段階付け加えた。サイフォンを使って燃料をタンクから缶に吸い上げる。燃料をエンジンブロック、無限軌道、操縦室に注ぎ、火を着ける。

　スミスは最後の手順には全く賛成しなかった。

「そんなことをすれば、飛行機に乗っている奴の目を引きやすくなるだけだ」と文句を言う。

　スミスは空を見上げた。星が優しく見下ろしている。宇宙飛行士やその他の詰め物をすし詰めにした宇宙カプセルが一つ、星空を横切り、大地の陰に入って見えなくなった。ロサンゼルスからシカゴへ向かうTWAのジェット旅客機が一機、高度二万九〇〇〇フィートで南の空を通りすぎるのが、夜間航行灯だけ見えた。他に夜のこの時間にうろつき回っている者はいない。いちばん近い町は人口一五〇〇人のユタ州ボールダーで、西に三五マイル離れている。それよりこちらには誰も住んでいない。

「それに」スミスは続けた。

「あまり効果はないぞ。ペンキが焼け落ちるだけだ」

「ええ、くそ」ヘイデュークはあえいだ。議論にならないほど息が切れている。

「くそっ……ふう！……俺はただ……はぁ！……ちょっと……はぁ！……きれいに始末したくて」放火狂だ。死にかけの機械が燃える炎の輝きの中から、鈍い小さな爆発音が聞こえた。末期症状だ。続いてもう一つ。火の粉と燃えるグリースの塊が夜空に高く吹き上げた。

　スミスは肩をすくめた。

「行こう」

　二人はボールダーの村を真夜中に通りすぎた。寝ていた者たちはトラックの音で目を覚ましたが、二人を見たものはいなかった。南に向きを変え、エスカランテ川の二股の間の尾根道をたどり、谷間に降り、反対側の斜面を登り、斜層理の砂岩からなる白っぽいドーム――高さ数百フィート――の間を抜ける。太古の砂丘がかなり昔に岩に変わったものだ。エスカランテの町から五マイル東で、スミスは左に曲がり、ホール・イン・ザ・ロック道路に乗り入れた。

「どこへ行くんだ？」

「グレン・キャニオン・シティへの近道。カイパロウイッツ高原の真ん中を越える」

「そんなところに道があるとは知らなかった」

「道というほどのものじゃないがね」

掘削リグのタワーの明かりが遠く、広大な無人のエスカランテ段丘の彼方にまたたいた。時々、道沿いの分岐点で、見覚えのある名前を書いた小さな金属の看板のわきを通りすぎる。コノコ、アルコ、テキサコ、ガルフ、エクソン、シティーズ・サーヴィス。

「クソ野郎はどこにでもいやがる」ヘイデュークがぶつぶつと言った。

「あのリグをやっちまおうぜ」

「あそこには働いている人がいる。あの寒い中、朝の四時にせっせと働いて、このトラックに使うオイルやガソリンを供給している。おかげで僕たちは地球を食い荒らすウジ虫みたいな機械に破壊活動ができるんだ。少しは情をかけてやれ」

夜明けの明かりの中、フィフティ・マイルズ・クリフスの崖下を南東へと進んだ。ホール・イン・ザ・ロックは行き止まりだ（自動車では）が、彼らの進路は別の方向、高原を越える未舗装路へ向かう方だった。

ヘイデュークが道端に地震計《ジオフォーン》を見つけた。

「停めろ！」


スミスは車を停めた。ヘイデュークは飛び降り、手近なジオフォーンを、直列につないでいるケーブルごと地面から引きはがした。ジオフォーンがあるということは地震探査が行なわれている、つまりボーリング孔の底で爆薬を爆発させて振動を起こし、地中の岩の振動パターン――地震動記録――を分析することで鉱床を探しているということだ。ヘイデュークはケーブルを輪にしてトラックの後部バンパーに巻きつけてから車内に戻った。

「よし」ヘイデュークはビールを開けた。

「あー、腹減った」

スミスは車を進めた。後ろでケーブルがぴんと張る。ジオフォーンが地面から飛び上がり、埃の中で踊りながらトラックのあとをぞろぞろついて来る。何十という小さく高価な機材が、予定外に早く地面からむしり取られた。進むにつれて、トラックはあとからあとから、全部を地面から引きはがした。

「日が昇ったらすぐ朝飯を作ろう。開けたところから森の中に入ったらすぐ」スミスは約束した。

未舗装路に合流し、右に、南に、高い崖に向けて曲がる。ヘイデュークがまた何かを見つけた。

「停めろ」

スミスはしぶしぶトラックを停めた。冷え冷えとした蒼い夜明け、彼らは半マイルのヤマヨモギの向こうに、無人の掘削リグとおぼしきものを見ていた。明かりはなく、動きはなく、自動車もない。ヘイデュークは双眼鏡を手探りで見つけ、状況を観察した。

「セルダム、誰もいないぞ。誰も」

スミスは東を見た。そちらでは、雲がゆっくりとサーモンピンクに染まっていく。

「ジョージ、ここは見通しのいい野原のど真ん中だ。もし誰か来たら……」

「セルダム、仕事だぜ」

「ここではやりたくない。隠れるものがまったく何もない」

「俺たちの任務だ」

「第一の任務は落ち着くことだ」

ヘイデュークは考えた。確かにその通りだ。スミスの言うことにも一理ある。

「でもこんなすげえのを見逃すなんてなあ。見ろよ。でかくてかっこいいジャックナイフ石油リグ、しかも一〇マイル以内に採掘作業員はいねえときてる」

「いつ車で来てもおかしくないぞ」

「セルダム、あいつをやらなくちゃならねえ。俺はここで降りて、歩いて行く。あんたはこのまま車で、谷間の人目につかないところへ行く。朝飯を始めていてくれ。コーヒーをたっぷりな。一時間で追いつく」

「ジョージ――」

「どっちにしても俺は歩きの方が安心できるんだ。もし誰か来たらヤマヨモギの中に隠れて、夜になるのを待つ。もし俺が、そうだな、二時間たっても現れなければ、そのまま森の中に入って、そこで待っていてくれ。どこで脇道にそれたかわかるように、道の脇に目印を残してくれ。バックパックを持って行く」

「おい、ジョージ、馬鹿なことは……」

「心配するなって」

ヘイデュークは車を降り、食糧、水、工具、寝袋の入った――すべて荷造りして準備してあった――バックパックをトラックの荷台から取った。振り返ると、リアバンパーから約半マイル、二万ドル相当のジオフォーンが埃の中に数珠つなぎになって、処分を待っていた。

「ジオフォーンとケーブル……」

「片付けておく」スミスが言った。

ヘイデュークは腰の高さのヤマヨモギをかき分けて歩いて行った。スミスは石油会社の機材を路上に引きずりながら走り去った。細かい砂埃が宙に舞い、逆光を受けて金糸のように漂う。

目標への途中で、ヘイデュークは掘削リグに続く資材搬入路に行き当たった。バックパックの腰ベルトをしっかりと締めて、小走りに走り出す。疲れ、空腹、ビールの飲み過ぎで、胃はむかつきめまいがしたが、アドレナリンと興奮と崇高な目的に駆られて走り続けた。

リグだ。誰もいない。鉄製の通路を掘削プラットホームまで登った。掘削タワーの一角に六インチ鉄パイプの棚があった。パイプ保持器がチェーンにぶら下がっている。掘削孔は空で、鉄の蓋をかぶせてあるだけだった。ヘイデュークはそれをはずした。鉄管の中の暗黒をのぞき込む。このような孔には、地中のマントルにまで六マイル入り込んでいるものもあることを、ヘイデュークは知っている。三万フィート以上、エヴェレストの高さよりも深く。手近の固定されていない物体に手を伸ばす。二フィートのパイプレンチだ。それを開口部に落とす。

穴に耳を傾けて聞く。レンチは風切り音を立てて落ちていった。音調が絶叫のように甲高くなるにつれ、音そのものはだんだん弱まっていく。生き物がその恐ろしいパイプを落ちていく様を思わず想像する。例えば足を下に、希望と空気と空間と生命を意味する光の点が、だんだん小さくなるのを見上げながら。レンチが底に当たった音は聞かなかった。あるいは聞こえなかったのかもしれない。

ヘイデュークは他に投下するものを探した。レンチ、鎖、掘削ビット、パイプ取り付け金具、ナット、ボルト、バール、折れたパイプ、ビットの軸、みんなブラックホールの中に落としてやった。入るものは何でも、見つかったものは全部、鋼管《ケーシング》の中をひゅうっといいながら落ちていった。ぶら下がっているパイプ保持器まで一つをケーシングに落とし、さらにドリルパイプを入れようと格闘したが、さすがに一人では手に余った。地上八〇フィートの狭い通路の上で、反対側の端をうまく扱うためには、指示係が要る。

物を落とすのに飽きると、回転掘削装置の動力源である二台の大きなガードナー・デンヴァー・ディーゼルエンジンに目をつけた。掘削作業員の工具箱を叩き壊して開け、必要なエンドレンチを見つけると、あおむけにエンジンの下に潜り込んで両方ともクランクケースの排油栓をゆるめ、オイルを抜く。それからエンジンを始動させ、そのまま回しておいた。

素手でできることはそのくらいだった。テルミットがあれば掘削タワーの脚を焼き切ることができる。爆薬があれば吹き飛ばすことができる。どちらもなかった。

ヘイデュークは砂の上にサインを残した。NEMO（名無し）。水筒の水を飲み、あたりを見回す。砂漠の国には自分を除き、誰一人いない。ノドグロヒメドリがヤマヨモギの中で葦笛のような声で鳴いている。太陽の端がホール・イン・ザ・ロックの縁で燃えた。聖なる土地。それこそが、今まさに行なったような仕事をしなければならない理由だ。誰かがそれをやらねばならぬからだ。

ヘイデュークは、スミスがとった道に対して斜めに、谷間と崖をめざして歩いた（掘削リグのエンジンは、背後で甲高く唸り、死にかけていた）。歩きながらヤマヨモギの小枝を引き抜き、銀青色と灰緑色の粉っぽい葉を指で押し潰す。ヘイデュークはヤマヨモギの刺激的な芳香が大好きだった。その他に類のない心かき乱す匂いは、それだけで峡谷とメサと山腹の世界、強烈な陽光と幻想的な眺めの世界、南西部のすべてを思い起こさせる。

よしよし、着いたぞ、未舗装路だ。これから峡谷の膣に入り、高原の子宮へと至る。さて、セルダム・スミスの野郎はどこにいやがるんだ？

次の次のカーヴを曲がったところで、それは明らかになった。半マイルにおよび数珠つなぎになったジオフォーン（カリフォルニアのスタンダード・オイル所有）の最後尾が、砂と岩の中に落ちていた。ヘイデュークは歩きながらそれを拾い集め、ケーブルの後を追ってバンクスマツの木立に入り、トラックにたどり着いた。誰もいない。だが、ブラックコーヒーが沸いていた。濃厚な苦いエキスになる匂い、ベーコンの焼ける匂いが、スミスの居場所を暴露している。

「忘れもんだ」ヘイデュークは言い、ケーブルとジオフォーンがごちゃごちゃに絡んだものをキャンプに引きずり込んだ。

スミスは焚火のそばから立ち上がった。

「しまった！」ベーコンの脂がじゅうじゅうと滴る。コーヒーが湯気を立てる。

「まるっきり忘れてた」

二人はそいつを下にある涸れ川の大岩の陰に隠した。次の鉄砲水で大量の砂と砂利の下に完全に埋まってしまうだろう。

朝食後、発見されて尋問を受ける心配がまだ消えていないような気がしたので、高原のてっぺんまで車を走らせた。そこは緩やかに起き伏す森林地帯で、マッとスクラブ・オークが茂る涼しい高地だ。本道を外れて行き止まりの脇道に入り（タイヤの跡を箒と木の枝で消しながら）、日溜まりの松葉の上に横になって、忙しく働くアリにも、動き回るリスにも、カンムリカケスにも、太陽光線の中で踊るブヨの大群にも無関心に眠った。

昼ごろに起きだすと、ロングホーン・チーズとクラッカーで昼食を取り、安くてうまい労働者のビール（クアーズにあらず）で喉に流し込む。本道に戻り、森の中を走りながらデザートのリンゴを噛る。

ヘイデュークはこれまで、カイパロウィッツ高原に来たことはなく、下から、あるいはさまざまな峡谷系越しに見たことがあるだけだったので、そこが実に広大で、森に覆われた芳しく美しい陸の孤島であることを知って驚いた。しかしそれを守るものは、葦のように軟弱で、藁のように簡単に曲がり、小枝のように揺れ動くあの連邦内務省だけで、しかも石油会社、電力会社、石炭会社、道路建設業者、土地開発業者の合弁会社がいくつも虎視眈々と狙っている。カイパロウィッツ高原は、ブラックメサのように、ワイオミングやモンタナの高原のように、アパラチアを荒廃させたのと同じ攻撃に直面していた。

別の地域に入る。大小様々な雲の塊が、重大な厄介事を伝える意味不明のメッセージのように頭上を飛び去り、森に覆われた峰を越え、誰も攀じたことのない崖の上を過ぎ、メサがぽつりぽつりとそびえる無人の荒野の向こうに消える。あとに付き従う影が、ユタの皺だらけの地表の割れ目や隙間や襞や岩角一つ一つに、難なく形を合わせながら流れていく。

「ここはまだユタか？」

「そうだよ」

「ビールもう一本飲《や》れよ」

「アリゾナ州境を越えたら」

道は脊梁に沿って伸び、曲がりくねりながらスモーキーマウンテンの青い煙（遠い昔、千年だか一万年だか前のある夏の午後に雷で火がついた石炭層が、山の肩の地下でくすぶっている）の方へ横ばいしている。

追っ手はいないようだ。だが、なぜ追っ手がかからなければならないのか？　何もまずいことはしていない。今のところ、何もかも正しくやっているのだ。

ソルトブッシュ、ウチワサボテン、スネークウィードしか生えないアルカリ平原に下ったところで、顔に白斑のある牛の小さな群れが、のんびりと高台へ登って行くところに出会った。生きた牛肉。自ら面倒を招いている。スミスはそれを好んで「のろまなヘラジカ《エルク》」と呼び、困ったときに頼りになる野外の蛋白源と考えて溜飲を下げていた。この荒地の牛どもは、どうやって生き延びているのか？　この牛こそが荒地を作り出したのだ。ヘイデュークとスミスは何度か古いペンチを取りだしてフェンスを切るのに時間を取られた。

「フェンスは切っておけば間違いない」スミスは言い張った。

「特に羊のフェンスはね」（パチン！）「でも、牛のフェンスも同じだ。どんなフェンスでも」

「ところで、有刺鉄線を発明したのは誰だ？」ヘイデュークが尋ねた（パチン！）。

「Ｊ・Ｆ・グリッデンていう男だ。一八七四年に特許を取っている」

　有刺鉄線は、当初はうまく働いた。今では、北はアルバータから南はアリゾナの間で、ひと冬に数千のレイヨウ《アンテロープ》が死に、オオツノヒツジが数百という単位で姿を消している。フェンスが吹雪や渇水からの逃げ道を横切っているからだ。そしてコヨーテも、イヌワシも、蛇腹型鉄条網の輪に引っかかった農民兵も——世界各地で同じ裕福な悪党の犠牲者として——刺と破傷風を持つ鉄線にぶら下がって死んでいる。

「フェンスは切っておいて間違いない」スミスはくり返し、仕事に熱中した（パチン！）。

「フェンスは必ず切れ。これは西経一〇〇度線より西の掟だ。それより東ではどうでもいい。あっちではどっちにしても何もなくなっちゃったからね。でも西部では、フェンスを切れ」（パチン！）

　二人はグレン・キャニオン・シティに着いた。人口四五人、犬も含めて。町でただ一つの商店は閉められ、希望に満ちた看板は、今では錆びた釘一本で入り口わきの柱にぶら下がり、風に揺れている。もうすぐ落ちるだろう。食堂兼ガソリンスタンドだけがまだ開いていた。スミスとヘイデュークは給油のために立ち寄った。

「おじさん、あの四〇〇〇万ドルの発電所って奴は、いつできるんだい？」ヘイデュークがポンプ（テキサコ、一ガロン五五セント、五割もぼっている）のそばにいた老人に尋ねた。顎が骨張り潤んだ目をした老人は、胡散臭げにヘイデュークを見た。何か棲んでいそうな顎ひげ、ぼさぼさの頭、脂染みた革のソンブレロ。誰が見ても十分怪しい。

「はっきりしたことはまだわからん」老人は言った。

「カンキョーホゴの奴らのせいで遅れとる」

「連中が大気汚染を許さねえというわけだな。それで揉めてんのかい？」

「なに、あのバカタレどもが。空気ならそこらじゅうに使い切んねえほどあんだろ」老人は痩せた片腕を振って空を示した。

「見てみ。空気ならいくらでもあんだろが。どんだけ入れるかね？」

「満タン」

老人は緑と白の細縞になったテキサコ公認の制服を着ていた。独創的なのは、それを最後に洗ったのが一九七二年夏の大雨の時らしいということだ。袖にはテキサコの赤い星がつき、シャツのポケットには名前が赤いパイピングで書いてある――J・カルヴィン・ガーン（アホタレの名前は決まって頭にイニシャルがつくのでわかる）。ズボンは、普通尻が見られる（お探しなら）あたりでだらしなく垂れ下がり、だぶだぶしていた。カルヴィンには尻がなかった。敵意を持つ老人。それもそのはず、尻の肉がない。**お車は星のマークをつけた者にお任せ下さい**、ただしケツが痩せていなければ。


「ああ、でも東部やカリフォルニアで都会の空気を吸わされてる連中のために少し取っといた方がいいんじゃねえかな」

「よくはわからんがね」老人は言った。潤んだ目から涙が漏れている。気化したガソリンが目を刺しているのだ。

「ここの空気をどうしたいかはわしらが一番よくわかる。サハラ・クラブのよそ者が、わしらが空気をどうすっか指図しようとすんのは気に入らねえ」

「そうか、じゃ、こういうのはどうだい？　ここの空気を半分はきれいにしといて、都会から来た観光客に一杯いくらで売るんだ。ミネラルウォーターみてえに」

「そいつはもう考えた。そんじゃ金にならん」

「州境を越えるときに連中の鼻にメーターをつけりゃいい」

「それも考えたが、その金がない。輸送費がかかるし、州に金を払って何から何まで許可をとらにゃならん。オイル見っかね？」

州境を越えてアリゾナに入り、ワーウィープ・マリーナを目指す。数週間前へイデュークがジープを置いたところだ。へイデュークは今、ジープが必要だと感じていた。特にその中の武器が。ジープを始動させると、スミスについてグレン・キャニオン・ブリッジに向かう。二人は車を停め、橋の真ん中まで祈りのために歩いていった。

「さて、神様、また来ました」セルダム・シーンはひざまずき、頭を垂れて祈り始めた。

「また私です。スミスです。まだこのダムに何もなさっていらっしゃらないようですね。あなたもご存じでしょう、政府の奴らがこのダムにいっぱいに水を溜めれば、さらに多くの峡谷が水没し、さらに多くの木が窒息し、多くのシカが溺れ死に、近隣一帯は荒廃します。奴らにダムを満水にさせれば、そんなことになったら、水はあのレインボー・ブリッジの真下までせき止められるのです。そのようなことをお許しになるのですか？」

　観光客が数人足を止め、スミスをじろじろと見た。一人がカメラを構えた。見張りに立っていたヘイデュークが、鞘に納まったナイフの柄頭に手を掛け、睨みつけた。観光客は逃げ出した。女性レンジャーは現れなかった。

「いかがですか、神様？」スミスは尋ねた。片目を空へ向けて待った。空には雲の列が堂々たる編隊を組んで、まるで大型帆船《ガレオン》の大艦隊のように、卓越風に乗って東へ流れて行く。西日の中から近づきつつある夜に向かって。

　またしても即答はなかった。スミスは頭を垂れ、祈りを続けた。両膝を冷たいセメントの上につき、褐色の手を合掌して天に向ける。

「必要なのは、神様、小さなピンポイント地震が一度だけです。外科手術のようなものが一度でいいのです。今すぐでも、今この瞬間でも結構です。私もここにいるジョージも構いません。私たちは橋と、アメリカ中からこの人間の大いなる業《わざ》を観賞しにやって来た善男善女と共に、谷底へ落ちるつもりです。いかがですか？」

　目、耳、その他の感覚による限りでは、返事はなかった。

　数分後、スミスは役立たずのモルモン経《けい》をぶつぶつ唱えるのを止め、立ち上がった。ヘイデュークに並んで橋の欄干にもたれ、ダム正面の巨大な曲面を睨む。しばらく考え込んでからヘイデュークが口を開いた。

「なあ、セルダム。あのダムの中心《ハート》部に入り込むことさえできりゃ……」

「あのダムには心《ハート》はない」

「そうか、あれの腹の中に入り込むことさえできりゃなあ。髪を切って、ひげを剃って、開墾局の技官みてえにスーツを着てネクタイを締めて、計算尺を持ってぴかぴかの新品の黄色いヘルメットをかぶりゃ、そうすりゃひょっとすると――ひょっとするとだぜ――コントロールセンターまで降りて行けるんじゃねえかな。鞄にヤバいブツ、TNTか何かをぎっちり詰めて……」

「あの中には入れないよ、ジョージ。守衛はいるし、扉はみんなロックされている。身分証明証を持ってなきゃならない。絶対ばれる。警戒厳重なんだ。それに中まで入れたところで、ダイナマイトが小さな鞄一つ分じゃ、大したことはできない」

「俺はコントロールセンターを考えてんだ。そこまでは押し入ってもいい。排水トンネルを開けて、貯水池の水を全部出す。それから制御盤を吹っ飛ばしてトンネルを閉じられなくする」

スミスは悲しげに笑った。

「いい考えだ。でもそれじゃ不十分だ。連中はまた水を溜める。今本当に欲しいのは、ジャンボサイズの屋形船《ハウスボート》を三、四艘だ。大金持ちの連中が使うような、六五フィートの奴。それに化学肥料とディーゼル燃料を満載する。それからパウエル湖をダムに向けて下る。白昼堂々、のんびりゆっくり、甲板には黒いストリングビキニを着たミズ・アブズグが寝そべり――」

「ふむ、ハウスボートにデカパイの女か」

「そんなところだ。それなら自然に見えるだろ。それから少しずつあそこにあるオイルフェンス――ここから見えるだろ――に近づく。あれは船がダムに近づかないようにするためのものだ。そしてあいつを切る。白昼堂々と」

「どうやって？」

「さあね、やり方はわからん。君はグリーンベレーだろ。オイルフェンスを切るのは君の仕事だ。それから船をダムに向ける。ちょうどいい距離まで来たら、底に穴を開けて、船が何というかダムの基底部に向かって沈むようにしてやる。船は慣性で水の中でも前に進んで、コンクリートの上で動かなくなるというわけだ」

「で、俺たちは？　ボニーと黒いストリングビキニはどうなる？」

「一生懸命岸に向かってカヌーを漕ぐ。進みながら爆破コードを延ばす」

「白昼堂々と」

「午前二時にしよう。嵐の夜に。で、岸に着いたらハウスボートからのコードを電気発破装置に接続して、爆薬に点火する」

「爆薬にはものすごい水圧がかかっている」

「その通りだ。さらばグレン・キャニオン・ダム。おかえりなさいグレン・キャニオンと懐かしいコロラド川」

「すばらしいぜ、スミス船長」

「ありがとう、ジョージ」

「そいつは無理だ」

「だろうな」

二人は車に戻り、一気に丘を登ってビッグピッグ・スーパーマーケットで食糧を補充した。買い物を済ませ、肉と野菜をアイスボックスに詰めてから、和やかさと楽しみと活気を求めて、一杯引っかけに最寄りのバーに入った。客はヘルメット姿の建設作業員、汗染みたTシャツを着たトラック運転手が何人か、塩が吹いたソンブレロをかぶった大勢のカウボーイだけだ。

ヘイデュークはまずジム・ビームを流し込み、チェイサーに大ジョッキのクアーズを飲んだ。顎ひげを拭いながら身体を回し、カウンターを背にして顔を人ごみに向ける。隣に座っている相棒、セルダム・シーンは反対を向いている。

ジュークボックスの音楽――テネシー・アーニー・フォード、エンゲルバート・フンパーディンク、ハンク・ウィリアムズ・ジュニアにマール・ハガード、ジョニー・キャッシュにジョニー・ローンその他大勢――が一瞬沈黙した時、ヘイデュークはバーの常連客に向かって大声で演説を始めた。

「やあ、ぼくの名前はヘイデュークでーす。ぼくはヒッピーでーす」

スミスは硬直し、カウンターの向こうの鏡を見つめた。

カウボーイ、トラック運転手、建設作業員が何人かヘイデュークをちらりと見てから、自分たちの内輪の会話に戻った。ヘイデュークは二杯目のウィスキーを注文し、飲んだ。ジュークボックスが曲の切れ目にくると、ヘイデュークはまた大声で話し始めた。はっきりと。

「ぼくの名前はヘイデュークでーす」彼はまくし立てた。

「ぼくはおカマでーす。夏になると裸足で歩きまーす。ぼくのお母さんは生活保護を不正受給していまーす。だから、ぼくはみんなに会えてとてもうれしいでーす。皆さんみたいな人たちのおかげで、ぼくは働かなくても生きていかれるからでーす。ぼくはエッチな本を読んで、ヤクを売って、女の子とヤってればいいんでーす」

　スミスはすばやくあたりを見回して、いちばん近い出口を探した。

　ヘイデュークは待った。薄笑いを浮かべる者、小声で何か言う者が何人かいたが、強い、本気の、あるいは見るべき反応はなかった。トラック運転手、カウボーイ、建設作業員、女のバーテンまでも、それぞれの内輪のつきあいに閉じこもり、彼を無視した。彼、ジョージ・ワシントン・ヘイデューク、大声のおカマのヒッピーを。

「俺は元グリーンベレー軍曹だ」ヘイデュークは明かした。「ここにいるようなクソ野郎なら、どいつもひとひねりだぜ」

　この宣言は数秒間の敬意に満ちた沈黙と、いくつかの冷たい視線を引き起こした。ヘイデュークは睨み返し、先を続けようとした。が、またしてもジュークボックスが割り込み、魔法は解けた。

　スミスがヘイデュークの腕を掴んだ。

「もういい、ジョージ、よくやった。ここを出るぞ。急いで」

「ちぇっ」ヘイデュークは不満げに言った。「その前にションベン」

　ヘイデュークは振り返り、雄牛《ブル》と書かれた小さな表示（隣のドアは雌牛《カウ》だった）に目を見張りながらドアノブを見つけ、小便色に照らされた小部屋に閉じこもった。腎臓色をした小便器が目の前に聖水盤のような大口を（眠たそうに）開けている。勢いよく放水しながら——ああ、あのめくるめく解放感、あの神秘的放出——ヘイデュークは壁にボルト止めされた二五セントの自動販売機のラベルを読んだ。

私生活の向上に！
新しい冒険の船出に！
サモアをどうぞ!!!
エキゾチックな避妊具が
南の海の色で新発売！
落日の赤、真夜中の黒
夜明けの金、朝の青
午睡《シエスタ》の緑！
新しい自由と喜びをあなたに！
特殊潤滑加工！
こすっても色落ちしません！
（性病撲滅にも役立ちます）

外は夕日が眩しく、焼けつくような熱気がプラタナスの木々の間、コンクリートとアスファルトの上に漂っていた。ヘイデュークがまたぶつくさ言った。

スミスがなだめる。

「例の性革命って奴だよ、ジョージ」彼は説明した。「とうとうアリゾナのペイジにまで来たんだ。今じゃトラック運転手や建設作業員だって、その気になればいつでもお相手を見つけられるんだぜ」

「何だと」

「カウボーイだってナニするご時世だ」

「ちぇっ……」

「ジョージ、君の車はここだ。このジープだ。窓から乗るんじゃない。ドアを開けろ」

「ドアは開かねえんだ」ヘイデュークは窓から乗り込み、大きな頭を外に突き出した。

「やっぱり気に喰わねえ」

「そんなものさ。連中はもうケンカはしたくないんだ。みんな夜のお勤めのために体力を残してるんだ」

「そうか。くそっ。どっちへ行く?」

「ついて来い」

「その方がよさそうだ」

「明日は彼女に会えるぞ、ジョージ。泳ぎに連れて行ってもいいな、どこかのナヴァホの溜め池に、黒のストリングビキニを持って」

「それがどうした」哲学者にして嘘つき、ヘイデュークは言った。

二人はもう一度、登山家式の握手をした。毛深い手首につながるがっしりした手を逆手に結び、骨、腱、血管、筋肉を一つに重ね合わせる。それから車を出して、通りに沿って走らせる。ヘイデュークは進路を決める前に、スーパーマーケットの敷地にジープを乗り入れ、一度きれいに輪を描く。威勢良くタイヤを鳴かせ、焼けたアスファルトに格好のいい跡を残してスミスの後について南へと走り出した。

町の外へ出る道はジーザス街を通っていた。三日月型に曲がった街路で、ペイジの一三の教会が世界教会主義の実践よろしく（無論全部キリスト教会だ）肩を並べて建っており、いかなる世俗の妨害も受けていない。空き地の廃車、そこで半ば草に埋もれて寝そべる、自暴自棄のナヴァホの酔っ払い、割れたワインの瓶を除けば。

アリゾナ州ペイジ、一三の教会と四つのバーがある町。バーの数より教会の数が多い町は、どこも問題を抱えている。その町は問題を求めているのだ。しかもインディアンをキリスト教徒にしようとまでしている。これ以上インディアンを悪くしようとでもいうのか。

町から二〇マイルのところで二人はハイウェイを大きくはずれ、その夜のキャンプを張り、清らかで情熱的なネズの熾火で夕食を作った。ナヴァホ砂漠の金色の平原に二人きり、あらゆる家からもホーガンからも遠く離れて、神の手になるアリゾナの素晴らしい落日、空一面に立ち昇る炎の下、彼らは豆を食べた。

明日はベタテイキンへ行き、ドクとボニーと合流する。それからブラックメサへ行き、ピーボディ石炭会社とブラックメサ—レイク・パウエル鉄道について少し話をする。それから？　二人はあまり深く考えないことにした。小便をし、げっぷをし、放屁し、伸びをし、文句を言い、歯を磨き、砂地の上に寝袋を広げ、床についた。

真夜中過ぎ、蠍座が沈みオリオン座が昇る頃、スミスはすぐそばの寝袋から聞こえてくるつぶやくようなうめき声で目を覚ました。頭を挙げ、星明かりだけの闇に目を凝らす。ヘイデュークが痙攣し、もがくのが見えた。叫び声が聞こえた。

「だめだ！　だめだ！」

「おい、ジョージ……」

「だめだ！」

「ジョージ……」

「だめだ！　だめだ！」

悪夢に捉えられたヘイデュークは、脂染みた軍放出品の人形型寝袋の中で震え、うめき、もぞもぞと動いた。自分の寝袋から這い出さなければ、スミスには手が届かない。ブーツを投げる。それがヘイデュークの肩に当たった。途端にうめき声が止まった。かすかな明かりに目が慣れると、ヘイデュークの鈍い輝きを見た。ヘイデュークの・三五七マグナムが、だしぬけに寝袋から顔を出した。銃口が標的を求めてスミスを向く。

「ジョージ、僕だ」

「誰だ？」

「僕だ、スミスだ」

「誰だって？」

「頼むから目を覚ましてくれ」

ヘイデュークは一息入れた。

「目は覚めている」

「悪い夢を見ていたんだ」

「わかってる」

「その物騒な大砲を下ろしてくれ」

「誰かが何か投げつけやがった」

「僕だ。起こそうとしたんだ」

「そうか、ならいい」ヘイデュークは銃を下ろした。

「親切のつもりだったんだが」

「ああ、ほっといてくれ」

「寝ろよ」

「ああ、そうする。ただな、セルダム——二度とあんな起こし方をするな」

「どうして？」

「危ねえ」

「じゃ、どうやって起こせばいいんだ？」ヘイデュークはすぐには答えなかった。

「それじゃ、どんなやり方が安全なんだ？」スミスは訊いた。

ヘイデュークはしばらく考えた。

「安全なやり方はねえ」

「何だと？」

「俺を起こすのに安全な方法なんぞねえんだよ」

「そうか、次は岩で頭を潰すことにするよ」

ヘイデュークは思った。

「ああ、安全な起こし方はそれだけだ」

12

クラーケンの腕

攻撃目標を偵察しながら、大胆不敵な四人はベタテイキン高地、ネズの森林地帯と砂岩の隆起を下り、ブラックメサ合流点でハイウェイに乗った。アブズグがハンドルを握っていた。ドクの豪華な（九九五五ドルした）新車のビュイック・ステーションワゴンの運転を、他人には任せられなかった（すごい車ですね、ドク、とスミスが言った。ドクは肩をすくめた。なに、ただの足だよ）。彼らはジャンクションの食堂に——

ボニーは反対したが――コーヒーと知的な気分転換のために車を停めた。

　こんな計画予定地の近くで人前に姿をさらすなど迂闊だと、アブズグは思った。

「あたしたち、もう犯罪者なのよ。犯罪者らしく振舞うようにしなきゃ」

「その通りだ」その日二本目の葉巻に火を点けながら、ドクが言った。

「でもジョージに薬品が必要だ」

「クソったれ。要は仕事を片付けてとっととずらかりゃいいんだ」

　ボニーは自分の鼻とタバコ越しにヘイデュークを見つめた。今朝の彼女は魅力的に見える。サクラソウのように若々しく、大きなスミレ色の目は生命力にあふれて生き生きと光る。髪は芳しく豊かで、磨いた栗の光沢が出るまでブラッシングされ、赤銅色を帯びて輝いている。

「どうして」レーザー光線のような視線で無骨者ヘイデュークを突き刺し、さりげなく軽蔑をにじませてボニーは言った。「どうしてあなた」――煙の輪をヘイデュークの毛深い顔に吹きつける――「汚い言葉を吐かなければ、ひと言もまともにしゃべれないの？」

　スミスが笑った。

　ヘイデュークは、毛と日焼けした皮膚の下で、赤くなったようだった。ぎこちなく笑って言う。

「ええと、くそっ。ちくしょう、わからねえ。たぶん……その、くそっ、悪態をつかねえとしゃべれねえんだ」

　間。

「悪態をつかねえと考えられもしねえんだ」

「思った通りだわ」とボニー。「言語障害ね。下品な言葉を杖に使ってるのよ。下品な言葉は萎えた精神を支える杖なのよ」

「くそ」

「図星でしょ」

「クソアマめ」

「ほらね」

「まあまあ、仲直りしたまえ。我々にはやることがある。ぐずぐずしていると昼になってしまう」ドクはウェイトレスを呼び、伝票をもらった。財布を取り、クレジットカードを取り出す。

「現金だ」ヘイデュークはつぶやいた。「現金で払え」

「そうだな」

　店を出た四人は、勤勉な本物の観光客の群れと失業した本物のインディアンの集団をかきわけて、カリフォルニア・ナンバーの黒い車に向かった。カリフォルニア・ナンバー? 朝早いうちにヘイデュークとボニーが、三つの違う州から来た観光客の車から、前部ナンバープレートを「拝借」して、自分たちの車に(一時的に)取り付けておいたのだ。もちろん、ナンバーがないことに気付くまでに何百マイルも離れているだろうと踏んでのことだ。

ボニーの運転で、ブラックメサの縁へと登った。道路近くの見晴らしのよい場所から、双眼鏡を使って石炭輸送システムの配置を調査する。

東、メサの表面に緩やかに起伏する稜線の向こうには、際限なく拡大するピーボディ石炭会社の露天掘り炭鉱がある。極上の羊と牛の放牧地四〇〇〇〇エーカーがすでに掘り返されている。さらに四万エーカーが賃借されている(地主は連邦政府の管轄下にあるインディアン問題局を代理人とするナヴァホ部族連合《ネーション》)。石炭は巨大なパワーショヴェルと、最大のものは三六〇〇立方フィートのバケットを備えたドラグラインで掘り出される。掘り出された石炭は処理場までの短い距離をトラックで運ばれ、そこで選別、洗浄、貯蔵される。一部はネヴァダ州モハーヴェ湖近くの発電所へと通じるスラリー管へ流し込まれ、残りはベルトコンヴェアに乗ってブラックメサ—レイク・パウエル鉄道の終端にあるサイロに送られる。今度はこの鉄道が、ペイジの町に近い八〇マイル離れたナヴァホ発電所まで石炭を運ぶ。

スミス、ヘイデューク、アブズグ、サーヴィスは、特にベルトコンヴェアに興味を持った。これがシステムのもっとも弱い部分のように思われた。ベルトコンヴェアは炭坑から鉄道の終端まで一九マイルに及ぶ。その間の大部分、コンヴェアは無防備に地面の近くを通っている。ネズとピニオンマツに半ば隠れ、見張りはついていない。メサの縁でコンヴェアはハイウェイの高さまで下りて、そこでまた上がり、ハイウェイを越えて四基の貯蔵サイロのてっぺんに入る。ベルトはローラーの上を走っており、機械全体は電気で動く。

四人は座って、この強大な機械が動くのを、一日に五万トンの石炭をメサを越え平野へ下りサイロの中に運ぶのをじっと見ていた。毎日五万トン。それが三〇年、四〇年、五〇年間。すべてペイジの発電所に供給するためだ。

「熱心な人たちのようだな」ドクが言った。「あれは人じゃない」とスミス。「機械仕掛けの獣だ」

「その通り」ドクも同意した。「我々は人間は相手にしていない。我らの敵は巨大機構だ。誇大妄想的巨大機構だ」

「ちょろいもんだぜ」ヘイデュークが言う。「どうぞやって下さいって言ってるみたいなもんだ。あのコンヴェアを使って積み込みサイロをぶっ飛ばしてやろう。こんなおもしれえことは他にねえぞ。いいか——馬鹿みたいに簡単なんでかえって心配なくらいだ。爆薬を持って森の中を、ベルトの近くまで行く。そいつをベルトの上に投げる。導火線に点火して、石炭でちょっと隠してな。あとは放っておいてもベルトに乗ったまま道路を越えてサイロに入って行く。ドカーン！」

「爆発までの時間はどう調節する？」

「それは数学の問題だ。ベルトのスピードを計算する。サイロまでの距離を測る。必要な導火線の長さを計算する。簡単だ」

「もしも」ドクが言う。「誰かが積み込みサイロの中で働いていたら？」

「そのくらいの危険は承知の上だ」

「どういう危険かわかっているのか？」

「わかったよ。あのサイロには誰もいねえ。でも、ともかく会社に電話して、逃げ出す時間を一〇分もやりゃあいい。これでフェアだ」

沈黙。かすかなそよ風に足下の枯れたライスグラスが頭を垂れる。空気には匂いがあった。例の匂い……鼻を刺す金属臭が。

「どうしたもんかな」スミスが言った。

「俺だって嫌だぜ。何もかも忘れてウェスト・ホース・クリークにフライ・フィッシングをしに行った方がずっといい。ブラックメサはあきらめようぜ。石炭会社に掘り起こさせてやりゃいい。五年たって新しい発電所のせいで、グランド・キャニオンの向こうが一五マイル先も見えねえくらい空気が汚れちまっていても知ったことじゃねえ。テリュライドの上の山でお花でも摘んでる方がいいに決まってる。心配する義理なんぞありゃしねえ」

「わかってる。でも僕はこの爆薬をいじくりまわすってのが嫌なんだ。誰かを傷つけるかもしれない」

「誰も怪我しやしねえよ。俺を撃たなけりゃな」

「爆破は重罪だし、連邦法にも違反するんじゃないかな。そうでしょう、ドク？」

「その通りだ」ドクが答えた。「さらに」——絶え間なく長いマーシュ・ウィーリングをふかしながら、目を細めて煙ごしにまずヘイデュークを、次にスミスを、またヘイデュークを見る――「大衆に支持されない。宣伝効果が悪い。無秩序は答えではない」

「ドクの言う通りだ」

「腐れモルモンめ」

ヘイデュークがぶつぶつと文句を言った。

「てめえにゃブリガム・ヤング大学がお似合いだ。とっとと帰りやがれ。下司野郎の末日聖徒が」

「僕の信仰を侮辱することはできないよ」

スミスがにやにやしながら言った。

「侮辱のしようがまったくないからね。それに、僕が言いたいのは、これはうまいアイディアじゃないと思うってことだ。ダイナマイトは」

「危険だ」ドクが言った。「他人を殺すかもしれない。自分たちが死ぬかもしれない。宣伝効果が悪い」

「他のやり方はみんな連中が試している」

ヘイデュークが不満げに言った。

「訴訟、どでかい宣伝キャンペーン、政治、みんな試した」

「連中って誰だ?」

「ホピ族の長老、アメリカ・インディアン運動、ブラックメサ防衛委員会、いろんな社会派気取りの奴ら、そういった連中のことだ」

「まあ、ちょっと待てよ」とスミス。「止めろなんて言ってない。ただ君が車の後部座席の寝袋の下に持っているアレが必要かどうか、よくわからないと言ってるんだ。石炭輸送列車を鉄のくさび二、三個で脱線させることができる。フェンスを切って、馬や羊に線路の上で草を食わせることもできる。ここにあるドクのチェーンソーで線路沿いの電柱を切り倒してもいい。そうすれば列車は止まる。電気で走ってるんだろ?露天掘りへの送電線の電柱を切り倒してもいい。あの一〇階建てくらいある扁平足の大きなドラグライン、あれも電気で動いている。五マイルの延長コードを引きずって歩いてるんだ。変圧器にジョージの大砲で穴を開けて、冷却液を抜いてやってもいい。丸太をあっちこっちでベルトコンヴェアに放り込んで、うまいこと動かなくすることもできる。ダイナマイトは好きじゃない。要らないよ」

「決を採ろう」ヘイデュークが言った。

「どうだ、ドク?」

「決は採らない」ドクは言った。「この組織ではいかなる多数派の専制も行なわない。我々は全員一致の原則にしたがって進める。我々はみんな一緒にやるか、何もしないかだ。ここにあるのは同志愛であって、議決機関ではない」

ヘイデュークは援護を求めてボニーを見た。最後の望み。彼女の落ち着いた目が視線を返した。見つめながらタバコをもみ消した。

「絶対反対と言ってるわけじゃない」スミスが続けた。「ただよくわからないと言っているんだ」

「馬鹿ぬかせ」

スミスの方に振り向きながらヘイデュークは言った。「犯罪はよろこんでやります、でも仕事をちゃんとすべきかどうかよくわかりませんってのか。そういうことだろ、セルダム」

「違う。やり方には慎重になるべきだと言ってるんだ。間違ったやり方をすればちゃんとした仕事はできない」

ヘイデュークはげんなりと肩をすくめた。議論には嫌気がさしていた。四人は石炭コンヴェアの絶え間ない轟音、ハイウェイの甲高い往来の音、遠い列車の響きに耳を傾けた。東に一〇マイル先では、露天掘り鉱山から砂塵が空へ立ち昇り、灰色の石炭と褐色の土の微粒子からなる大量の煙で、朝の太陽は覆い隠されている。

ためらいは無気力になりかけていた。そこでボニーが口を開いた。

「あなたたち程度の男でも――」

「ほざきやがれ」ヘイデュークが唸る。

「――あなたたち程度でも、あたしたちは一蓮托生なのよ。あたしたちはもう、もし捕まれば終身刑になるくらいのことをやってしまった。だから続けよう。必要なものは何でも使おうよ――持ってるものは何でも」

スミスは少し寂しげにボニーに微笑みかけた。バラ色の頬、いきいきとした目、はち切れそうな胸をした喜びを与える美女。はるかブロンクスを永久《とわ》に離れ、ここに迷う女性《ひと》。今日はいているぴったりしたブルージーンズと共に。はき古し、縮み、色褪せて表面がネルのように柔らかになり、第二の皮膚のように両の魅惑的な曲線に張り付いているあのジーンズ。たまらない。女の子は――スミスは思った――女子大生たちは、今日はミニスカートをはいて腿の付け根を見せてくれたかと思うと、次の日はローウェストのパンツでおへそを見せてくれる。ちくしょう、男なら辛抱たまらん。バウンティフルに帰らねば。シーダーシティに。グリーンリヴァーに。我が股の玉のあるべきところに。

「ボニー」妄想を振り払いながらスミスは言った。

「ダイナマイトのことを言ってるのか？」

ボニーは一番愛らしい笑顔を特別に見せた。

「そう思ってくれてもいいわよ」

スミスはめろめろに溶けた。

「ねえ、僕はまったく君と同じ意見だよ。僕はアブズグに賛成だ、一から十まで」

「よーしきた」

うずうずしていたヘイデュークが言った。

「また仕事の話だ。ドク？」

「諸君、私は多数決原理を信用しない。わかるね。少数者の支配も信用しない。私はあらゆる形態の政府に反対する。よい政府も含めてだ。私はここで共同体の合意に賛成する。それがなんであろうと、それがどのような結果になろうと。我々の基本原則、人間に対して暴力を振るわないに従う限り。ごらん、ヴェルベシナ・エンセリオデスが満開だ。あそこ、ユニペルス・オステオスペルマの下に」

「それ、どの草？」ボニーが訊いた。

「ユニペルス・モノスペルマでしょう、ドク」とスミス。「もう一度よく見て」

ドクは眼鏡を下にずらし、もう一度よく見た。

「そうだった、そうだった。モノスペルマだ。その通り。葉があまり房になっていない。果実が大きくて茶色い」

「行こうぜ」ヘイデュークは言って、ボニーの肩をあまり優しくなく叩いた。

四人は露天掘りの作業工程を見に、雑木林の中を車で東へ向かった。いくつもの枯れ川に乗り入れては抜け、さらに多くのヤマヨモギの平原を越え、規則通りに朝日の方角に戸口のついたナヴァホの小屋《ホーガン》を通りすぎた。馬に乗った小さな子供が付き添う羊の群の中を抜け、逆光を受ける砂塵に向けて、巨大機械の大騒動に向けて進む。

最初に見たものは掘り起こされた土の尾根——平行に並んだ廃土の土手、岩とひっくり返された表土の畝だった。この土は二度と再び草も灌木も木の根も育むことがない（叩き売られ、だまされ、裏切られたナヴァホ部族連合が存続できる程度の期間は）。

次に見たものはユークリッド土木機械だった。操縦席は二〇フィートの高さから彼らを威圧し、ヘッドライトをぎらつかせ、煙突からはディーゼルの黒煙を吐き、傷ついた恐竜のようにエアホーンをわめかせてこちらに突進して来る。腸を揺さぶられ腎臓に衝撃を受けながらハンドルを握っているのは、オクラホマかテキサス東部から土地を捨てて出てきた自作農で、暗いゴーグル越しに彼らを睨みつけ、汚れた防塵マスクを首からぶら下げて、必死にパワーステアリングにしがみついている。ボニーが大きな車を道の外に避け、かろうじて命は助かった。

　群生するピニオンマツが木陰と隠れ場所を作っているところに車を停め、一味は双眼鏡を持って一番近くの小山に歩いて登った。

　小山からの眺めは、既知のいかなる地球上の言語でも、言い表すのが難しいだろう。ボニーは火星人来襲、宇宙戦争か何かのようなものを想像した。スミス船長はユタ州マグナ近くのケネコットの露天掘り鉱山（「世界最大」）を思い起こした。サーヴィス博士は炎の平原と、その向こうの寡頭支配者と寡占市場を想起していた。ピーボディ石炭はアナコンダ・コッパー社の腕の一本に過ぎない。アナコンダはユナイテッド・ステーツ・スチール社の四肢の一つに過ぎない。USスチールは国防総省《ペンタゴン》、テネシー川流域開発公社《TVA》、スタンダードオイル、ゼネラルダイナミックス、ダッチシエル、I・G・ファルベンによる排他的包囲網と絡みあっている。この複合企業化したカルテル全体は、あらゆる方向に伸びる触手と大きな目とオウムの嘴を持つ世界規模の怪物《クラーケン》のように、地球の半分に広がる。その頭脳はコンピュータ・データ・センターのバンクであり、血液はカネの流れ、心臓は放射能を帯びた発電機、その言葉は磁気テープ上に数値化されて記録された情報化時代の独り言なのだ。

　しかしジョージ・ワシントン・ヘイデューク、彼の考えはもっとすっきりと単純だった。ヘイデュークはヴェトナムを思い出していた。

　埃と騒音と動きを透かして目を凝らしていると、竪坑は深さ二〇〇フィート、幅四〇〇フィート、長さ一マイルほどであることがわかった。片側には石炭層が壁を造っており、そこで一〇階建ての高さのパワーショヴェルが、スミスが言った通り、土に溝を掘り、土と砂岩の基質から化石岩をはぎ取って、一〇トンずつトラックの荷台に落としている。最初の機械の向こう、遠くの竪坑に腕材《ブーム》の先端とケーブルと滑車が見えた。別の異星からの侵略者が作業中だ。深く掘った塹壕に身を隠し、ほとんど視界から消えている。南に第三の機械が見えた。さらに大きい。それはトラックのように車輪で、あるいはトラクターのように無限軌道で走るのではなく、目標に向かって足を片方ずつ前に出し、「歩く」のだ。その足は箱船《ポンツーン》に似た一対の鋼鉄製の底板で、一つの大きさが船ほどもあり、偏心ギアによって片側ずつ持ち上がり、前方に回転して着地するというサイクルをくり返す。アヒルのようによたよたと進むと、動力室、操縦室、車台《シャシー》、上部構造物、クレーン、ケーブル、鉱石バケットからなる巨大な構造が左右に揺れる。歩く工場のようだ。この機械は電動である。前進する時は、独立した作業班が臍の緒の役をする送電線を取り扱う。この「延長コード」は男の大腿ほどの太さで、動力室内のモーターを駆動する電気が脈打っている。製作者が好んで豪語するところによれば、人口九万の都市に灯をともすのに十分なエネルギーだ。ケーブル班はトラックに乗った四人の作業員からなり、送電線がもつれないようにし、また鉄の橇に載せた変圧器を引っ張って、このドラグラインに同じ速度でついて歩く。巨大土木機械《ジャイアント・アース・ムーヴァー》、ＧＥＭ・オヴ・アリゾナ。

あたしたちはとても小さい、ボニーは思った。奴らはなんて大きいんだろう。

「それがどうしたっていうんだ?」ヘイデュークがボニーに向かってにやりと笑いながら言った。犬歯が埃を通して白く光る。

この獣が洞察力を持っているなんて。ボニーは思った。愉快な驚きだった。想像できるだろうか。この男が洞察力を。それとも自分が思わず声に出したのだろうか。

波打つ道路の上を舞う砂塵を抜けて線路に戻る。道中、蠕動する腸を持つ動かない蛇――石炭コンヴェアシステムの終わりのないベルトに沿って走った。ヘイデュークは曲がり角を、涸れ川、雨裂、沢、渓流、涸れ谷を、ネズの林とギャンベル・オークの茂みを、機械の通り道に沿って一つ一つ観察し、作戦を立てた。

ドクは考えていた。これらあらゆる途方もない努力は――巨大機械、道路網、露天掘り鉱山、ベルトコンヴェア、パイプライン、スラリー管、積み込みサイロ、線路と電車、一億ドルの石炭火力発電所、一万マイルの高圧鉄塔と高圧電線、景観の荒廃、インディアンの住居と放牧地、インディアンの聖地と墓地の破壊、アメリカ合衆国本土四八州で最後の清浄な空気の大きな備蓄の汚染、希少な水源の枯渇――勤勉な労働、血のにじむような出費、大地と空と人の心への非情な侮辱は、何のためなのか? なに、これから造られるフェニックスの郊外に灯をともすためさ。サンディエゴとロサンゼルスでエアコンを動かすためさ。ショッピングセンターの駐車場を午前二時にライトアップするためさ。アルミニウム工場に、マグネシウム工場に、塩化ヴィニール工場に、銅精錬所に電力を供給するためさ。ラスヴェガスを、アルバカーキを、ツーソンを、南カリフォルニアの複合都市を価値あるものにするネオン（それだけが価値のすべてだ）に電気を通すためさ。繁華街、夜の時間、おとぎの街、アメリカ合衆国などと呼ばれる、蒼白く光る腐敗した栄光（それだけが残された栄光のすべてだ）を生かしておくためさ。

一味は軽便鉄道の線路ぎわにしばらく車を停めた。線路は大きく弧を描いてそれ、ナヴァホの土地を渡って地平線の七〇マイル彼方、ペイジの発電所に向かっている。レールはコンクリートの枕木に固定され、玄武岩の砕石を敷いた路盤に載っている。頭上には一種の高圧トロリー線が、木製の電柱の横木に吊り下がっている。パワーショヴェル、ベルトコンヴェア、軽便鉄道、システム各部は電気を必要とする。道理で（と、ボニーは思った）発電所にエネルギーを送るために全く新しい発電所を造らなければならないわけだ。そして、まさにその新発電所建設に今の発電所がエネルギーを供給している。開墾局技官の素晴らしい手並み！

「俺の考えてること、わかるだろ？」ヘイデュークが言った。

「馬鹿みてえに単純だ。あっちに一つ、こっちに一つ、爆薬を仕掛ける。ワイヤーを一〇〇ヤードほど延ばして、発破装置を取り付けて、ボニーが小さな白いおててをハンドルに掛けて――」

「よせ」ドクが言った。「盗聴器が……」

夏休みを利用してやって来た観光客が、わずか半マイル向こうを通りすぎる。エアストリーム・トレーラーを牽いた二トントラックで、キャビン・クルーザーを車に積んで、サンド・バギーで、特大リムを履いたジープで、カワサキのオフロード・バイクを後部に、ボートを屋根に固定したウィネベーゴ・キャンピングカーで轟音を立てて……。四人組は手を振った。縁にスパンコールが入った吊り目型のサングラスを掛け、髪を青く染めた老婦人が手を振り返した。入れ歯を光らせて。

ナヴァホ国有記念物のキャンプに戻り、ピニオンマツの葉擦れの下、一味はピクニックテーブルに地図を広げて計画を練った。野外炉の中でネズの木があげる炎がちらちらと揺れ、コーヒーポットを温めている。ほのかに甘い木の香り、コーヒーの芳香、何か他のものの臭い。ヘイデュークはまたマリファナの匂いを嗅いだ。

ヘイデュークはアブズグを睨みつけた。

「マリファナを火の中に捨てろ」

「あなただってビール飲んでるじゃない」

「俺はいつもビールを飲んでいる。ビールにはむちゃくちゃに抵抗力がある。判断力に影響はねえ。それにこいつは合法だ。今手入れがあると困る。レンジャーがいつこのあたりに来てもおかしくはねえ。そのハッパの燃える匂いは半マイル先からでもわかる」

ボニーは肩をすくめた。

「ドク、あんたこの娘に何も言えないのか？　マリファナを火の中に捨てさせてくれ」

「わかったわかった、もうわかりました」

ボニーは小さなマリファナ入りタバコをテーブルの上でもみ消して、吸いさしをタンポンのチューブ（ジュニアサイズ）にしまった。

「へえー、ずいぶんびくついてるじゃない。どうしたの？」

「あんたこそどうしたんだ？」ヘイデュークは言った。

ドクは考え込むように夕闇の森を見つめた。スミスは自分の手の爪をしげしげと眺めている。ボニーはテーブルを見下ろしている。

「怖い」

一瞬気まずい沈黙に包まれた。

「けっ、俺だって怖いさ。だから用心に用心を重ねなきゃならねえ」

「よし」ドク・サーヴィスが言った。

「もういいだろう。今晩の計画を続けよう」

「日が沈む」スミスが言う。

「下弦の月は真夜中ごろに昇る」

「そいつが合図だ」とヘイデューク。

静かにドクは歌い出した。

「ウェアリング・オヴ・ザ・グリーン」の節に合わせて。

「ああ、聞いてくれ、ショーン・オファレル
覚悟を決めろ、今すぐに
今宵月が昇る時
共に槍を取らねばならぬ……」

「よし。今回は懐中電灯に青いレンズをかぶせるのを忘れるな」

「何のために？」

「懐中電灯の光が月の光に紛れるようにするんだ。あまり目立たなくなる。ドク、地図をくれ」

再び考えられる計画を検討する。ヘイデュークは、唯一確かな利点――奇襲――を最大限に活かすため、彼の言うところのグランドスラムを力説した。鉄道、列車、パワーショヴェル、貯蔵サイロ、ベルトコンヴェアをすべて一度に、一緒に、月の出とともに叩く。こんなチャンスは二度とないと、ヘイデュークは言い張った。今後、コンヴェアには警備がつき、銃を持った男が道路をパトロールし、空にはヘリコプターが飛び回る。こんな絶好の機会は二度とない。あとの者たちは異議を唱え、難しいと言い、代案を提案した。ヘイデュークはそれを容赦なく粉砕した。

「いいか、単純なことだ。カイビート・キャニオンにかかる橋に地雷を仕掛ける。アブズグが一晩中そこに一人で座っている必要はない。感圧式地雷だ。機関車がそいつに当たると――ドーン！　一発で橋と線路と列車が全部やっつけられる。たぶん電線もな。だめなら、セルダムが言ったように、あとでドクのチェーンソーでやる。その間に採掘現場では、俺がドラグラインのエンジンルームに梱包爆薬《サッチェル・チャージ》を仕掛ける。ドカーン！　何カ月かは使い物にならない。不稼働期間って奴だ。俺がそっちにかかっている間、ドク、アブズグ、スミス、あんたたちは五分間の導火線がついたレッド・クロス・エクストラをベルトコンヴェアに載っけて、サイロに送り込む。ボカーン！　それからこのキャンプに戻って、二、三日泊まる。ベタテイキンのキート・シールを見にハイキングにでも行こう。それから静かに出ていく。注意を引かないようにな。ナヴァホのヒッピーに変装した州の警官に気をつけろ。付け入る隙を絶対作るな。車の中にマリファナなんか置くな。観光客のふりをしろ。アブズグにはドレスを着てもらう。ドクは――そうだな、ドクはいいだろう。胸当てズボンをはいていたって、ドクはまともに見える」

（ドクはひどく渋い顔をした）

「例のカリフォルニアのナンバーは捨てる。おまわりに止められたら笑顔で切り抜ける。忘れるな、おまわりさんは友達だ。礼儀正しく応対しろ。ひと月くらいして、ほとぼりが冷めたころまた会おう。峡谷地帯でな。大事な仕事がある。何か質問は？」

「暴力ばかりだ」ドクが言った。「我々は法を守る国民なのに」

「暴力くらいアメリカらしいものがあるかよ？」ヘイデュークが訊き返す。「暴力、それはピザと同じくらいアメリカらしい」

「チャプスイ」とボニーが言う。

「チリコンカルネ」

「ベーグルと塩鮭」

「僕はダイナマイトをいじりたくない」スミスが言った。

「君が一九マイル東でドラグラインと遊んでいる間に、積み込みサイロに使う爆薬の準備は誰がするんだ？」

「爆薬の算段は俺がする。あんたとドクはそいつをベルトに載せて導火線に火をつければいいんだ。アブズグに見張ってもらってな。あとは車に乗って逃げる。爆発が起きる頃には二マイル先、こっちに戻る途中のはずだ。導火線に確実に火をつければいい」

　ヘイデュークは三人を見た。焚火が静かに爆ぜた。今日も日が暮れる。

　ドクが言った。

「ジョージ、君は熱心すぎる。私は君が怖い」

　ヘイデュークはそれをほめ言葉と受け取り、蛮人の笑みを浮かべた。

「俺も自分が怖い」

「そうね。それにまだ検討していないこともある」とボニー。「どうなの、アリゾナのロレンスさん、いつ――」

「ルドルフ・ザ・レッドと呼びな」

「――いつ列車は走るの、ルドルフ・ザ・レッド？　乗務員は何人？　その人たちはどうなるの？　それに列車がその橋にさしかかるのが、あたしたちが残りの計画を実行する前だったらどうなるの？　あなたの言う奇襲の要素はパーよ」

「調べてある。石炭を積んだ列車はブラックメサ合流点を日に二回、○六○○《マルロクマルマル》時と一八○○《ヒトハチマルマル》時に出る。回送列車はペイジ集積所を正午と真夜中に出る。だから列車は線路のある地点を六時間ごとに通る。カイビート・キャニオン橋は両方の終点のほぼ真ん中にある。荷を積んだ列車は橋を○八○○《マルハチマルマル》時と二○○○《フタマルマルマル》時の前後に渡る」

「普通の言葉で言って」

「午前八時と午後八時だ。だからあそこで八時頃に見張っていて、荷を積んだ列車が通りすぎるのを見届けてから地雷を埋める。ペイジから戻って来た回送がそいつを踏むまでに六時間ある。急いでここに戻って来て、準備をして、きっかり午前二時、ちょうど空の列車が谷に突っ込んだ頃に花火大会を始める。遠く離れた場所で起きた三つの別々の事件だ。おまわりはインディアンの暴動だと思うだろう。はっきり言って――」

「インディアンに罪をなすりつけるわけだな」ドクが

言う。

「誰もがインディアンを愛している。今では彼らも牙を抜かれている。だからちょっとした手がかりをそこらじゅうに残してやろう。トーケーワインの瓶とか、漫画本とか、ピーチブランディの瓶とか、橋台にスプレーでヤ・タ・ヘイ、BIA（よぉ、インディアン問題局）の落書きをするとか。マスコミが大きく取り上げて、いくつものインディアン団体があわてて自分の手柄だと言い張る」

「まだあたしの質問に全部答えていない」ボニーが言った。

「列車に乗っている人はどうなるの？」

「よし、ここがあんたたち平和主義者が一番気に入りそうなところだ。あの石炭輸送列車は自動化されている。無人なんだ。だれも乗っちゃいねえ」

間。

「本当に確かかね？」ドクが訊いた。

「新聞で読んだ」

「新聞で読んだって？」

「いいか、石炭会社はこの一年、列車の自慢をしっぱなしなんだ。コンピュータ制御。運転手は要りません！　世界初の自動石炭列車です！」

「監視員もかね？」

ヘイデュークは口ごもった。

「試運転では監視員が乗っていたかもしれねえ。だが今はいない。この列車は一年故障なしで動いている。俺たちが来るまではな」

間。

「気に入らないな」スミスが言った。

「何言ってやがる、また全部やり直せってのか？」

沈黙。

プアウィルヨタカが遠くピニオンマツの暗がりでさえずり始めた。プアウィル《意志薄弱》……プアウィル……プアウィル……。

「あたしが欲しいもの何だと思う？」ボニーが言う。

「今すぐサーティーワンアイスクリームのキャラメル・ナット・ファッジをダブルディップで食べたいなあ」

「私が欲しいものは何だと思う？」ドク・サーヴィスが言った。

「私は——」

「はいはい、わかってます」ボニーが言った。

「そうだ。お察しの通り。歯に矯正器をつけて、フレンチヴァニラに手を伸ばしているのを。ワイルドチェリーでもいい」

「ぼけた助平の言いそうなことはすぐわかる。見分けるのも簡単。いつもズボンのチャックを閉め忘れてる」

　相当な間。

　三人の男は、闇の中、ピクニックテーブルの下で、こっそり自分のズボンの前に手を伸ばした。そのあとチャックを閉める音が一つした。

　空の三区画を間に置いた、一番近い使用中のキャンプサイトから、斧で薪を割る紛れもない音が一つ、はっきりと聞こえてきた。それから鳥の声。プアウィル……。

「もう一つ」とボニー。

「これは大事な話よ。つまり……おい、てめえら、鉄橋と石炭列車を爆破してどんな効果があったか、現場を見ないで一体どうしてわかるってんだよ？　えっ？　答えてみな、低能司令官殿」

「よく言った」サーヴィス博士は言った。

13

対話

「ドク」セルダム・シーン・スミスは言った。

「内緒で教えて欲しいんですが、正確なところ、あのヘイデュークについてどのくらい知ってますか？」

「君が知っている程度だよ」

「あいつは乱暴な口をきく。目に入るものはほとんど何でも吹き飛ばしたがる。あいつがあれ——何て言いましたっけ——囮捜査官かもしれないと思いませんか？」

　ドクはちょっと考えこんだ。

「セルダム、ジョージは信用できる。彼は正直だ」

　ドクは再び間を置いてから言った。

「彼があんな風にしゃべるのは、それは——そうだな、それは怒りでいっぱいだからだ。ジョージはねじ曲がっているが、正しい方向に曲がっている。我々には彼が必要だ」

　スミスはドクの意見を吟味した。それから、きまり悪そうに言った。

「こんなことを言うのは気が進まないんですが、ドク、あなたのことも何だか不思議なんです。あなたはあとのみんなより年上で、ずっとずっと金持ちだ。それに――あなたは医者だ。医者があなたのような行動を取るなんて考えられない」

　ドクが考える番だ。考えながら言った。

「クリプタンタを踏むなよ。刺の生えた小さい奴」ドクはよく見ようとかがみこんだ。

「アリゾニカかな？」

「アリゾニカです」スミスが言った。二人はぶらぶらと歩き回った。

「君の疑問だがね、損傷を受けた組織をあまりに多く顕微鏡で見たからだ。未発達の血球がペストみたいに増殖して、血小板を食い尽くしてしまう。ヘイデュークやボニーみたいな花なら盛りの若者が、傷もないのに失血死してしまう。急性白血病が増加しているんだ。肺癌もだ。元凶は食物、騒音、混雑、ストレス、水、空気にあるのだと私は思う。私はそんなものをあまりに多く見てきた。奴らの計画を実現させたら、事態はずっと悪くなるだろう。だからだ」

「だからあなたはここにいると？」

「いかにも」


　ヘイデュークがアブズグに言う。

「スミスをどう思う？」

「彼がどうしたの？」

「何であいつはいつも、俺の計画の邪魔をしようとするんだ？」

「俺の計画？　俺の計画ってどういう意味？　あなたって本当に傲慢で頑固で自己中心的で馬鹿ね。俺の計画！　あとのみんなはどうなるのよ？」

「あいつを信用していいのかよくわからねえんだ」

「それは信用してないってことね。わかった、よく聞きなさい。彼はこの異常者の群れの中で、唯一まともな人間だわ。あたしが信用しているのは彼だけ」

「ドクは？」

「ドクはただの小さな子供よ。まるっきり無邪気なの。十字軍みたいなものに参加してると思っている」

　ヘイデュークは険しい顔をした。

「そうじゃねえか。そうでなけりゃ何だって言うんだ？　ボニー、何のために俺たちはここにいるんだ？」

「あたしのこと初めて名前で呼んだわね」

「馬鹿言え」

「間違いない。初めて」

「くそっ、これから気をつけることにするぜ」

「これからはろくなことなさそうだけど」

「ああ、そうだろうよ、ちくしょうめ」

「やっぱりあのアマはいねえ方がいいような気がする」

「正気か、ジョージ。あの娘がいるからこそ、このろくでもない左翼がかったまねが、大人の時間にふさわしいものになっているんだぞ」

「二人ともイカレてるわ、ドク」

「まあまあ」

「二人組の変人。異常者。社会不適応者。時代遅れ。奇人！」

「まあまあ、二人ともいい奴だよ。少し変わっているがいい奴だ。スミス船長は真面目で、えーと、勇敢でたくましい、その、何というか」

「レンガ造りの便所みたいに」

「ジョージは怒りと情熱にあふれている。優秀で健全な精神病質者《サイコパス》だ」

「下水溜めから生まれた生物だわ」

「わかってる、わかってる。あいつはつきあいにくい。だが我慢しなきゃならん。我々はたぶん、彼の唯一の友人なんだ」

「あれが友達にいれば、誰も浣腸は要らない」

「うまいことを言う。だが、我々が他の人間とは違うということを、ジョージが理解するように手を貸してやらねばならない」

「ええ。それは前にあいつに言ったはずよ。で、スミス船長はどう？」

「いい男だ。最高だ。健全なよきアメリカ人の血統だ」

「人種差別主義者か何かみたいな言い草ね。彼は田舎者の貧乏白人《レッドネック》、ユタの山出しだわ」

「最高の男は山から出る。もっと洗練された言葉で言い直そう。最高の男は最高のワインのように山から出る」

「性差別主義者でもあるのね。最高の女はどこから出るの？」

「神から」

「ふんっ！」

「ブロンクスから。よくわからん——寝室とキッチンからかもしれん。誰にもわからん。知ったことじゃない。その手の古くさい言い合いには飽きた」

「慣れたほうがいいわよ。この世に女性がいるかぎり」

「手厳しいな。でもそれはうれしいね。女性のいない天国よりも女性のいる冷たく厳しい現世。むこうを向いてごらん」

「それをあたしも言いたかったのよ」

「むこうを向いて」

「ふざけないで。あなたが向けば」

「おしりマン参上」

「おしりマンは地球から出ていけ」

「なあ、ボニー……」

「ドク、他に考えることあるでしょう」

「他のやり方ってこと？」

「そういう意味じゃない。人の言うこと聞いていないの？」

「いつも聞いているよ」

「何て言った？」

「いつもと同じこと」

「わかった。言ってあげましょうか？」

「聞きたいとは思わない」


「セルダム、あんたの料理は大したもんだ。だが毎度毎度豆を食わすのは勘弁してくれねえか」

「豆は基本だよ、ジョージ。糞つき瓦（軍隊俗語でビーフシチューを載せたトースト）の方がいいのか？　今はごちゃごちゃ言わず豆を食え」

「いつになったら屁の出ない豆が発明されるんだ？」

「研究中だ」


「でも、奴らは何でも持っている。組織、支配力、通信手段、軍隊、警察、秘密警察。奴らは巨大機構よ。法律と麻薬と拘置所と裁判所と裁判官と刑務所を持っている。敵は巨大で、あたしたちはあまりに小さい」

「恐竜だよ。融通のきかねえ恐竜だ。奴らは俺たちに勝ち目はねえ」

「こっちは四人、あっちは空軍も入れれば四〇〇万よ。勝負になるの？」

「ボニー、俺たちが孤立してると思ってるのか？　きっと——いいか、きっとこうしてる間にも暗闇で、俺たちと同じようなことをしてる連中がいるに違いねえ。国中で、二人か三人の小さな集団が抵抗しているんだ」

「組織のしっかりした全国的な動きがあるってこと？」

「違う。組織なんぞねえ。誰も他の小さな集団について何も知っちゃいねえ。だから敵は俺たちを止められねえんだ」

「そういう話を聞かないのはなぜ？」

「それは隠されているからだ。敵は噂を広めたくねえんだ」

「元グリーンベレー軍曹殿、あなたが公安のイヌじゃないって証明できる？」

「できねえよ」

「そうなの？」

「かもな」

「あたしがそうじゃないって、どうしてわかるの？」

「観察した」

「もし間違っていたら？」

「その時はこのナイフがある」

「あたしとキスしたい？」

「ああ、してえさ！」

「じゃあ」

「ああ？」

「何をぐずぐずしてるの？」

「それは……くそっ、あんたはドクの女だ」

「違う。あたしは誰のものでもない」

「そうか？　よくわからねえや」

「あたしにはよくわかってる。さあ、キスしなさい、ブサイクさん」

「うん、やめとく」

「どうして？」

「まずドクと話をつけなきゃ」

「あんたなんか地獄に落ちればいいわ」

「もう行ってきた」

「弱虫」

「俺は弱虫なんだ」

「せっかくのチャンスを台なしにしたのよ。後悔すればいいわ」

「後悔？　俺は生まれてこの方、女のことで後悔したことはねえよ。悩むほどの女に会ったことがねえ。女よりも大事なものがあるからな」

「女がいなければ、あなたはこの世にいもしないのよ」

「俺は女が下らねえなんて言っちゃいねえ。もっと大事なものがあると言ったんだ。銃のような、いいトルクレンチのような、ちゃんと動くウィンチのような」

「やれやれ、揃いもそろって。まわりはみんなおバカばっかり。三人ともカウボーイになりたいんだわ。一九世紀の性差別主義者、一八世紀の時代錯誤人間、一七世紀の社会不適応者。ダサいったらありゃしない。時代に取り残された石頭、まるっきりの石頭。ヘイデューク、あなたは時代遅れよ」

「ヴァルヴのしっかりした車のような、ちゃんとした――いや、その、抽選で当たるペアでご招待の旅行のような、それから――」

「ああ、ダサいダサい。二五歳にして老人ね」

「――いいアライグマ狩りの猟犬のような、ポーチから小便できる森の中の小屋――いや、待てよ――小便がしたいと思えば、いつでもポーチから小便できる場所のような！」ヘイデュークはここで止めた。威圧的な喩えをそれ以上思いつかなかった。

　アブズグはお得意の冷笑を浮かべた。

「歴史はあなたを見捨てたのよ、ヘイデューク」みごとな髪を一振りして、アブズグはヘイデュークに背を向けた。打ちのめされ、黙ったまま、ヘイデュークはアブズグが歩み去るのをじっと見ていた。

　あとで、燃え立つようにまたたく星空の下、脂染みた寝袋に潜り込みながら、ヘイデュークは適当な応答を（今さら）思いついた。今日の流行《ヒップ》は明日のインチキだぜ、嬢ちゃん。

14

線路で仕事

　ヘイデュークは暗闇の中を、青い灯を閃かせて、つまずきながら歩き回った。

「よーし、起きろよ起きろよみんな起きろ。チンポ《コックス》を離して靴下《ソックス》を掴め。ケツを持ち上げて足を下ろせ……」

　下弦の月は西の空に低い。

　やれやれ、この男はイカレてる、アブズグは思った。

本物のサイコパスだ。

「何時だ?」誰かがつぶやいた。ドクだ。寝袋に潜り込んでいる。

「星によれば四時だ」ヘイデュークは怒鳴った。

「起きろ起きろ起きろ。夜明けまで一時間しかないぞ」

アブズグは寝返りを打ち、目を開けた。スミス船長がコールマン・ストーヴにかがみこんでいるのが見える。田舎風ソーセージがじゅうじゅうという元気の出る音が聞こえる。カウボーイ・コーヒーの目の覚める匂いがする。

ヘイデュークは、湯気を立てるコーヒーカップを片手に、サーヴィス博士の肋骨を登山靴の鉄板の入った爪先でつついていた。

「ほれ、ドク、動きだせ」

「ドクに構わないで」ボニーは言った。「あたしが起こす」

ボニーは自分の寝袋から這い出して、ジーンズとブーツをはき、ドクのそばに行った。寝心地のいい贅沢なグースダウンの寝袋(ボニーの寝袋とジッパーでつなげて——この時はやっていなかったが——ダブル・バッグにすることができる)にくるまって、ドクは起きるのを、再び現実に向き合うのを渋っているようだった。ボニーにはその理由がわかっている。

寝袋のフードのナイロンのひだを開く。星明かりでドクはボニーを見た。眼鏡をかけていない血走った目はうつろで小さく見えた。鼻はいつもの輝きをなくしている。それでもドクは微笑んだ。

ボニーはそっと唇にキスし、鼻と鼻をすりつけ、耳たぶを噛んだ。

「ドク」

ボニーはささやいた。

「まだ愛してるわよ、おバカさん。いつでも愛してる、多分。愛さずにはいられない」

「愛人にパパはつきもの」

二人の言葉は冷えた空気の中で白く凍った。ドクの腕が寝袋を出てボニーを抱きしめた。

ヘイデュークとスミスが後ろで見ているのを知りながら、ボニーは抱擁を返し、さらにキスした。

「起きなさい、ドク」と耳元でささやく。

「あなたがいないと橋を吹き飛ばせないんだから」

ドクは寝袋のジッパーを開き、のろのろと起き上がった。ぎこちなく、不自然に、堂々たる勃起を片手で支えながら。

「これを無駄にするのは残念だ」少しふらつきながら

二本の足でまっすぐに立ち上がる。まるまると膨れた態のような、防寒下着姿の男。

「あとで」ボニーが言う。

「二度とはないかもしれん」

「いいかげんにして。ズボンを履きなさい」

「君のズボンを脱がす方がいい」

ドクはズボンを見つけて履き、冷たい砂の上を裸足で、小便をしによたよたと歩いていった。ボニーはピクニックテーブルのわきでコーヒーを啜った。セーターを着ていてもまだ震える。ヘイデュークとスミスは車に荷を再び積み込み、手荷物や積荷を整理し直すのに余念が無かった。現時点での計画では、目標地点までドクのステーションワゴンとヘイデュークのジープに乗って行き、スミスのキャンピング・トラックは荷物を積み、ロックしてここに残していくようだ。

スミス船長、セルダム・シーンはいつもの陽気な彼らしく見えなかった。考え込んでいる様子で、その表情のために彼だと見分けにくくなっていた。しかしボニーはスミスを理解していた。どのようなタイプかわかっていた。ドクと同じように、良心の呵責にさいなまれやすいのだ。このような系統の仕事で役に立つ資質ではない。ボニーは、ドクにしたようにスミスのそばに行って、耳元で慰めの言葉をささやいてやりたかった。

ジョージ・ヘイデュークはどうかと言えば、その毛むくじゃらのエテ公を見ただけでボニーの胃はむかついた。三〇分後、ドクとスミスを隣に乗せて闇の中へ走り出したボニーは、荷物をぎっしり積んだジープで後を追うヘイデュークが、自分の車が立てる埃でむせていると知って喜んだ。

ボニーは運転しながら時々、一つの星を見上げた。しっとりとした紫色の南東の空に、一つ離れて明るくかかる星。どこからともなく言葉が浮かんでくる。孤独な星よ、奇妙な勇気をお前は与えてくれる。

「右に曲がったあの上がカイビートと言うところだ」スミスが言った。

ボニーは曲がった。新しいアスファルト道路を安全で常識的な時速八〇マイルで滑るように進み、苦闘するヘイデュークのジープを大きく引き離す。遠くに黄色く滲んで小さくなっていくヘッドライトだけが、バックミラーの中に見え、ヘイデュークの存在を思い出させた。すぐにそれさえも見えなくなる。朝の五時、人気《ひとけ》のない長いハイウェイに彼女たちだけ、闇の中をめったやたらに飛ばしている。

こんなことをする必要なんかない、ボニーは思った。あの狂人をおいて逃げ、まっとうな、法律を守る、多少は将来性のある生き方に戻ることもできる。

風は音を立てて、柔らかく素早く吹き過ぎていく。大きな車はほとんど音もなく暁を切り裂き、強力なライトが投げる四本の光線に結びつけられ、導かれながら進む。背後、ブラックメサの縁の上では、空に一筋の流星が燃え尽きて消えるのを合図に、緑がかった曙光が現れた。

三人は災難との衝突進路をまっすぐ突き進んでいた。コンソールのひさしの下で光る計器盤の灯は、三つの重苦しく眠たげな顔を照らしている。ドクの顔は険しく(とボニーは思った)、顎ひげに覆われ、目は充血して鼻面は赤く光っている。セルダム・シーン・スミスの顔は正直言ってやぼったく、どうしようもなく田舎っぽい。そしてもちろんあたしの顔は、とても優美な《トレ・エレガーン》横顔、オーソドックスな愛らしさは、男たちをたちまち狂わせる。ええ、当然よ。

「また右だ。あと一マイルほど先」スミスが低い声で言った。

「馬に気をつけて」

馬? 馬って何?

ブレーキ。タイヤの悲鳴。二トンの鉄、肉体、ダイナマイトが尻を振りながら、ポニーの群れを縫って影のように走り抜けた。闇の中でビリヤードの玉のように大きく見開かれた目。迷彩模様のポニー、近親交配された餌不足のインディアンの馬が、草や空き缶やラビットブラッシュを漁って道路をうろついている。ボニーはそれにまったく気づかなかった。

ドクは吐息を漏らした。スミスはにやついている。

「怖い思いをさせてなければいいけど」ボニーは言った。

「全然」とスミス。「ちびりそうになっただけさ」

「あの馬、すぐ近くに来るまで見えないんだもの」

「そうなんだよ」スミスが言う。「たぶんそれで『この先二〇マイル動物に注意』の標識が二マイルおきに立っているんだろうな」

「結構うまい運転だったでしょ」

「赤肌の蛮族どもめが」ドクが言った。「フェンスも張らないしみったれ。何のために生活保護をやってるんだ。この原住民ときたら何一つまともにできたためしがない」

「まったく」とスミス。「あそこで舗装してない道に曲がって。ショントまで三五マイルの表示が出ているところで」

　路面が洗濯板のように波うった未舗装路をたどる。小さな青い灯が地平線の果てまで並んでいる。BM&LP全自動電気鉄道だ。

　あたりはまだ闇に包まれている。ヤマヨモギに縁どられた前方の道路、いくつかの星、青い灯の他はほとんど何も見えない。何かトンネルのようなものが現れた。

「さて」スミスが言う。

「あれが線路だ。あの高架をくぐったらすぐ、左にいっぱいにハンドルを切る」

　ボニーはハンドルを切り、ショントへの道を外れて砂に覆われた馬車道に乗り入れた。

「思いっきり吹かして」スミスは言った。「砂が深い」

　大きな車が唸った。タイヤが砂に沈みこんでいくと自動的にギアが落ち、縦横に揺れながら砂の小山を越えて、もがくように進んだ。下回りがサボテンや高くなった道の真ん中の雑草をこする。

「うまいぞ。そのまま行かれるところまで進むんだ。あそこう。ほら、あそこに分かれ道が見えるだろ。あそこで止めてUターンしよう。あそこからは歩く」

　ボニーは車を停めた。明かりを消し、エンジンを切る（オーバーヒートしたエンジンの匂いが漂う）。三人は車を降り、伸びをし、押し寄せてくる夜明けを、東の空の紫に光る雲を見た。

「ここはどこ？」

「橋から一マイルくらいのところ。前もってこの場所を選んでおいたんだ。ここなら線路から車は見えないし、五マイル以内にはホーガンだってない。僕たちとカンガルーネズミとムチオトカゲ以外には、ここらには誰もいない」

　間。

　砂漠の静寂の中、星をちりばめ、近づく日の出のほとばしりに染まる空の下、彼らは――三人の小さく弱く脅えた人間は――互いに見つめあった。静かな時間、彼女は思った。静かな時間、みんなが思っていた。あの怪物はまだ姿も見えない。厳粛な思考、秩序、慎み、正気の静かな時間。すべてが正しく、安全で、まともであるように！

　三人は見つめあった。笑顔が冷えた唇の上で震えた。各々誰かが意味のあることを言うのを待っていた。しかし誰も口火を切ろうとはしなかった。

　サーヴィス博士はあけっぴろげに微笑み、太い腕を大きく広げた。

「抱き合おう《アブラーソ》、仲間たち《コンパニョーロ》。おいで」

彼らは寄り集まった。ドクは二人――故郷を離れたユダヤ人と、仲間を追れたモルモン――を、米国聖公会員でサンディカリストで自由論者の腕に包み込んだ。

「元気を出せ」ドクはささやいた。

「我々は電力網に立ち向かい、その牙を抜くのだ。我々は英雄となり、名声のうちに生きるのだ」

ボニーはドクの広く暖かい胸に寄りかかった。

「そうよ」寒さと怖れに震えながら言う。

「あたしたちは絶対に正しい」

そしてスミス船長。

「もちろんだ」

作業にかかる。スミスとサーヴィスは、デュポンの極上品を一箱ずつ肩に担ぎあげ、砂地を重い足取りで西へ歩いて行く。ボニーは水筒、鋤、つるはしを持ち、ガルボ風の柔らかなつばの帽子をかぶって後に続く。

背後の薄闇のどこか、砂丘の向こうから、四輪駆動にしたジープの唸りが聞こえてきた。悪魔がそのあとからやって来る。

ヘイデュークは三人に橋の近くで追いついた。

「よ　お《ヤ・タ・ヘイ》、旦　那《ホスティーン》！」

ハロウィーンの小さな子供のように笑いながら、ヘイデュークはゆうゆうと三人に歩み寄った。残りの必要な機材を運んでいる。電気信管、ワイヤーを巻いたリール、締め具、発破装置（昔から信頼性が高く耐久性のあるデュポン№五〇、押し下げタイプ）。三人が立ち止まると、明け方の薄闇の中、砂の上をよたよたと歩いてきたヘイデュークも立ち止まり、四人そろって最大の目標をじっと見た。

橋はありふれた横桁式で、長さ四〇フィート、I型《アイビーム》鋼で支えられており、その端は岩壁に流し込まれたコンクリートの橋台に固定されている。橋の下は深さ二〇〇フィートの峡谷だ。冷たく暗い谷底、一枚岩の岩壁に挟まれた軟らかな流砂の上には、細い流れが星明かりの名残を照り返して、ブリキのように光っている。下にはヤナギ、いじけたコットンウッドが生え、トクサ、オランダガラシなどの草が茂っている。動くものはなく、動物がいる痕跡はない。ただ羊の臭いは確かにするが。

橋の向こうで線路は屈曲し、尾根に刻まれた深い切り通しを通って視界から消える。一味が立っているところから、線路は両側に半マイルしか見えなかった。

「よし、見張り係」ヘイデュークが言った。

「ボニーはあの土手のてっぺんに登る」――指さしな

がら――「向こう側のだ。この双眼鏡をもって行け。ドク――」

「列車は八時まで来ないって言ったじゃない」

「ああ、そうだ。だが考えてなかったことがあってな。保線係が小さな気動車で走っている。列車が走る前に線路をしつこく点検してやがるんだ。わかったか？　持ち場につけ、見張り係。居眠りするなよ。ドクは反対方向へ行ってくれ。あそこのヒマラヤスギの下に居心地のいい場所がある。俺はスミス船長とここで汚れ仕事をする」

「いつも汚れ仕事は取っちゃうのね」ボニーがこぼした。

ヘイデュークはライオンのように笑った。

「泣き言を言うのはまだ早いぜ、アブズグ。あんたに特別のお楽しみが用意してある。ほれ、この手の中に」

ヘイデュークは発破装置を地面に据えた。

「なぜこんなことするんだろう？」また誰かが訊いた。ドクではない。スミスでもない。

「スプレー塗料も忘れるな」缶をボニーに押しつける。

「なぜ？」ボニーはもう一度訊いた。

「それは」ヘイデュークは説明した。最後の一回、辛抱強く。

「それは誰かがやらなければならないからだ」

沈黙。日の出のほとばしりはさらに広がる。

ドクは、崩れやすい砂にかんじき《スノーシュー》の跡のような足跡を残しながら、丘をよじ登った。ボニーは線路用地のフェンスを乗り越え、向こう側に渡る途中で、スプレー塗料を手に、橋桁で一仕事しに行った。

ヘイデュークとスミスは朝の静寂に耳を傾けた。東の地平線に眩い光が膨らむのを見た。トカゲが一匹、近くのオークの茂みをかさかさと歩き、それが唯一の音だった。見張りが二人とも配置につき、警報解除《オールクリア》の合図が出ると、スミスとヘイデュークはペンチ、つるはし、鋤、バールを持って仕事にかかった。二日前に標的を調べてあったので、自分たちが何をしようとしているかは明確にわかっている。

まずフェンスを切る。それから橋の際で枕木の下の道床《バラス》を掘り起こす。列車が接近する予定の側のだ。穴がリンゴ箱ほどの大きさに拡がると、ヘイデュークは爆破《デモリション》カード（GTA五―一〇―九）に当たった。小さく便利な品物で、ポケットに入り、プラスチックで防水されている。以前軍にいた頃、特殊部隊から失敬したものだ。公式を調べる。一キログラムは二・二〇ポンドに相当する。一個一・二五キログラムの爆薬が三個必要だ。余裕を持って、一個三ポンドといったところか。

「よーし、セルダム、それで穴の大きさは十分だ。あと五つ、枕木の下を掘ってくれ。俺は爆薬を仕掛ける」

　ヘイデュークは線路から下り、砂丘に用意しておいた密封された箱に戻った。最初の箱を破る。デュポン・ストレート、ニトログリセリン六〇パーセント、燃焼速度毎秒一万八二〇〇フィート、高速飛散作用。火薬筒を六本取り出す。長さ八インチのチューブ状の棒で、重さ八オンス、パラフィン紙に包まれている。火薬筒の一つに締め具の把手（火花を立てない）で穴を開け、信管（電気式）をその中に挿入する。信管から出ている電線に結び目を作り、起爆薬に仕上げる。次に六本の棒を、起爆薬を中心にしてテープで束ねる。爆薬の準備はできた。それを最初の枕木の下に掘った穴に丁重に収め、接続ワイヤーを信管のワイヤーにつなぐ（ワイヤーはすべて絶縁されている）。バラスを戻して爆薬を覆い隠し、圧力をかける。外に出ているのはワイヤーだけだ。赤と黄色に被覆されたワイヤーの輪が、道床の上で光っている。ヘイデュークはそれを、とりあえずレールの下に押し込んだ。歩いて調べないかぎり見つかりそうにない。見張りを確認する。ボニーは橋の西側の地平線に立って、西から北へと向かう線路の屈曲を見張っている。ヘイデュークは東を見た。ドクは土手のてっぺんのヒマラヤスギに寄りかかり、葉巻を吹かしながら、大丈夫とうなずいた。通過列車なし。

　ヘイデュークは次の爆薬を、最初のと同じように用意して、セルダム・シーンが掘り終えたばかりの二つ目の穴に入れた。二人は一緒に三つ目の穴、橋から一〇本目の枕木に取りかかった。

「どうして単純に橋を吹き飛ばさないんだ？」スミスが訊いた。

「やるさ。だが橋は扱いにくいんだ。時間がかかるし、高性能爆薬《HE》もたくさん要る。まず列車を確実にやっつけた方がいいんじゃねえかと思って」

「列車はこっち側から来るのか？」

「そうだ。石炭を積んで、ブラックメサから下ってくる。一両あたり一〇〇トン積んだのが八〇両編成だ。機関車の真ん前で線路を吹き飛ばす。まるまる全部谷底へ真っ逆さまだ、橋があってもなくても」

「全部？」

「そのはずだ。少なくとも機関車は確実にやれる――あれが一番高い代物だ。奴ら、かんかんだぜ。パシフイック・ガス・アンド・エレクトリックとアリゾナ公益事業部の奴らよ。大激怒だ。公営電力網の連中の間じゃ俺たちゃクソ野郎だ」

「連中にそう呼ばれるなら光栄だよ」

日が昇った。強烈な炎の星印。ヘイデュークとスミスはすでに汗だくだった。三つ目の穴が完成した。ヘイデュークは三つ目の爆薬を束ねて仕掛け、隠して圧力をかけた。少し休みながら、二人は顔を見合わせて笑う。汗まみれの顔に白い歯を剥きだして。

「何にやにやしてるんだ、セルダム？」

「すごく怖いだけさ。そっちこそ何をにやにやしてるんだ？」

「同じさ、相棒《コンパードレ》。フクロウの声が聞こえなかったか？」

ボニー・アブズグが顔をこちらに向けた。両腕を振っている。ドク・サーヴィスも警告音を発している。

「工具を持て。何もかも隠せ」

ヘイデュークは三個目の爆薬の信管から出ているワイヤーを隠した。スミスは鋤とつるはしを引きずって砂丘に駆け出す。ヘイデュークは自分の作業を点検し、片付け忘れたものはないか探したが、すべてきちんと隠したようだった。


二人は隠れ場を求めて走った。工具を引きずり、あたり一面にたくさんの足跡を残した。仕方がない。二人は伏せて待ち、耳をそばだてた。坂を下ってくる電気気動車のブーンと唸る音、カタコトと鳴る音が聞こえる。ヘイデュークがそっと覗くと、角張った黄色い運転台に車輪がついたものが見えた。窓は開いており、中には三人の男が座っている。一人は操縦席にいて、前方の線路をじっと見ている。

ボニーとドクは藪の陰に隠れた。ボニーは砂の上に伏せ、気動車が自分の方にやって来るのを見た。気動車は橋で速度を落とした。中央で少し停まり、また走り出して彼女の下の深い切り通しを抜け（笑い声が聞こえた）、カーヴを曲がった。集電器《トロリー》の接触点から電気火花が散り、モーターの唸りはだんだん遠くなり、目からも耳からも消えた。行ってしまった。

突然ボニーは思いついた。保線工が橋の上で停まったのは、彼女が橋台のコンクリートに書いたアールヌーヴォー調の落書き、岩壁に赤と黒で書いた装飾文字を見るためだったのだ。**カスターは矢のシャツを着ている——レッド・パワー！**

太陽が真上から照りつけてくると、ボニーはセーターのボタンを外し、くすんだ色のサングラスをかけ、巨大で緊張感のない帽子のつばを直した。歩哨に立つガルボだ。ヘイデュークが大きな金属製の糸巻きのように見えるものを担いで、隠れ場からずかずかと出てくるのをじっと見る。ずんぐりとして力強いその姿は、以前にもまして類人猿を思わせる。ダーウィンは正しかった。痩身長躯のセルダム・シーン・スミスが一緒に出てきた。突然変異か、遺伝子プールの膨大さか、順列組み合わせの無限の変数か。誰が——ボニーは漠然と考えた——自分の子供の父親になるのだろう？まわりにはそれらしい候補者は見当たらない。

線路ぎわにひざまずいたヘイデュークを観察する。手の中でナイフがきらめくのが見えた。被覆を剥いだワイヤーの配線をより合わせ、テープを巻くのを見守る。四個目の配線が出来上がると、ヘイデュークは信管から伸びるワイヤーの接続していない端を爆破ワイヤーにつなぎ、単相直列爆破回路を作った。それからリード線を橋から峡谷の縁に沿って、爆破現場から掩蔽された地点、岩の張り出し《オーヴァーハング》の下まで延ばす。リールを下ろすと、ワイヤーに沿って線路に戻る。歩きながらワイヤーを押して崖ふちから落とす。ワイヤーは崖からぶら下がり、視界から隠された——東の方から来る何者の目からも。線路に戻ったヘイデュークは、剥き出しのワイヤーを取りあげて、レールの側面、張り出し《フランジ》の下にテープで貼り付け、同じように隠した。

ボニーはヘイデュークがスミスと話すのを観察した。スミスがヘイデュークの脇を軽く叩くのが、相撲の取り組みのように手を互いの肩に置くのが見えた。二人が互いに見せる笑顔には何かがあった。触り方に何かがあった。それは彼女をいらだたせ、気に障った。男はみんな心の中では——心の底ではと言うべきか？——本当はホモなんだわ。アメフトの選手がグランドに走って行く時や作戦会議から戻る時に、尻を叩きあう習慣。「受け」のクォーターバックとおどおどしたセンター。怪しい。もちろん誰ひとりそれを認める良識も誠実さも勇気も持ちあわせていないだろうが。そしてもちろん、彼らは固く団結して女性と敵対している。豚めが。そんな連中に用はない。ボニーは下の朴念仁ふたりを優しく見つめた。一人ずつ、愛情を込めて。二人の愚か者。まったく怪しい。少なくともドクは、あの人はある程度の品位を持っている。大したことはないけれど。それはそうと、ドクはどこ？彼女は目を凝らして見た。ようやく木陰にいるのを見つけた。頭を垂らし、立ったまま寝ている。やれやれ、ボニーは思った。この犯罪的無政府主義っていうのは退屈な仕事だ。

自分の名前が日光を貫いて下から飛んできた。こちらを見ている顔。あの二音節の振動が空気を波立たせ、通りすぎて背後へと拡がる。**ボニー!……**

ヘイデューク、ドク、ボニーはスプールに巻いたワイヤーのまわりに寄り集まっていた。スミスは橋の上で作業をしている。ドクとボニーが見守る中、ヘイデュークはリード線を切り、ワイヤーを二つに分け、それぞれプラスチックの絶縁体を二インチ剥いて、輝く銅の撚り線を露出させた。

「こいつが」ヘイデュークが説明する。「ここに来る」ワイヤーを発破器の二つの端子に接触させる。

「こいつを」――ワイヤーを脇に落とし、発破器のハンドルを引き上げる――「こんな具合に上げる」ハンドルをいっぱいに引く。

「ワイヤーを端子に接続して、強くハンドルを押し下げる――できるだけ強く、発破器が傷むなんて心配するな、壊れやしねえから、底をぶち抜くつもりでやれ――そうすると電流が回路を流れて、信管に点火する。信管が起爆薬を爆発させて、起爆薬が爆薬を爆発させる――ま、わかるだろ。だが、ハンドルを強く押さねえとだめだ。田舎にある古い電話のクランクを回すみてえに。クランクを強く回さねえと信号が送れねえだろ」

ボニーを見る。

「聞いてるか、アブズグ?」

「ええ、聞いてるわ、ヘイデューク」

「何て言った?」

「いい、ヘイデューク、あたしはフランス文学の修士号を持っているの。このへんにいる誰かさんのような高校落ちこぼれ組とは違うのよ。誰のことか言ってもいいけどあえて誰とは申しませんが。たとえすぐ目の前にいても」

「よし、それじゃやってみろ」ヘイデュークは発破器の端子からキャップを外し、そこに指先を当てた。

「さあ、やれ。ハンドルを思いっきり下ろせ。俺に充電しろ」

ボニーはハンドルを掴んで押し下げた。ハンドルは木の外装の上面に当たって鈍い音を立てた。

「ちくっとしたぜ」ヘイデュークは言った。

「ほんのちょっとな。もう一度やってみろ。ガーンと下ろせ。底をぶち抜け」

ボニーはハンドルを引き上げ、深く息を吸い込んで押し下げた。ハンドルが箱に激しくぶつかると同時に、ヘイデュークの手は激しい電気反射に跳ね上がった。

「よくなった。今度は感じたぞ。よし、ボニー、今度の作戦で爆破手をやる気はあるか?」

「誰かがやらなきゃならない」

「ドクに一緒にいてもらってもいい。手順をチェックしたりバックアップしてもらえ。俺は列車が来るのが見えるところにいる。列車がちょうどいいところまで来たら、こんなふうに合図する」ヘイデュークは片手を挙げてそのまま止めた。

「俺が手を挙げたら、発破器のハンドルを引き上げる。俺から目を離すな。手を下げたら」――ヘイデュークは手を勢いよく下に振った――「ハンドルを叩き込む。強く!」

「それから?」

「それから大急ぎで逃げ出す。あんたとドクはステーションワゴンに乗る。俺とセルダムはジープだ。奴らが飛行機を飛ばすまで少なくとも一時間はあるはずだ。だから一時間は死にもの狂いで走って、どこかの木の下に停めて、夜を待つ。ショントへ向かう古い未舗装路を使え。今夜ベタテイキンで落ち合って祝勝会をしよう。飛行機を見上げるな。白い顔は空からはっきりと見える。焦らず、冷静に、誰かに話しかけられたら観光客のふりをする。ドク、バミューダパンツをはきな」

「持ってないんだ、ジョージ。でもやってみる」

「それからボニー、その濃いサングラスをかけておけ。あんたの熱い瞳の輝きをインディアンに見せるな」

「わかった」ボニーは答えた。「トイレはどこ?」と砂丘の向こうに消える。

ドクは不機嫌そうにボニーを目で追った。

「どうした?」ヘイデュークが訊いた。

「何でも」

「気分が悪そうだぜ、ドク」

ドクは笑い、肩をすくめた。

「小さな黒魔術が私の人生から去ろうとしている」

「あの娘のことか? 今その話をするか?」

「あとにしよう」ドクは言い、見張り場所に戻った。

ヘイデュークは橋にいるスミスと合流した。つるはしとスコップで東側の橋台と格闘している。

「こいつは重労働だ、ジョージ」

「わかってる。普通は削岩機とコンプレッサーが要る仕事だ。この計画はもう少し考えてみよう」

二人は工具に寄り掛かって仕事を検討した。現在の進行状況から考えると、橋台と岩壁の間に手作業で穿孔を掘るには、二週間不断に働き続ける必要がありそうだ。ヘイデュークは、不確実かもしれないが、より単純な戦術を試すことにした。

「桁を切ってみよう。ちょうどあそこ、つなぎ目のところで。橋台は諦める。時間がない」ヘイデュークは時計をちらりと見た。「あと三〇分あるはずだ。列車が早く来ない限り」

見張り場所のドクを見上げる。異状なし。ボニーはどこだ？　発破器のところで練習してるのか？　どれほどの迷走電流が——考えてみたら——完全電化鉄道のこのレールに流れているか、知れたものじゃない。頭の上には五万ボルト。イオン化した空気。しまった。安全導火線を使えばよかった。だが、タイミングを正確に合わせる必要がある。このままの計画で行こう。

確かにリードワイヤーはショートさせて、発破器からは離してある。だが子供だって、ボニー・アブズグにだってつなげることはできる。あのアマ、どこへ行きやがった？

落ち着け落ち着け。ヘイデュークは線路に上り、リードワイヤーを信管のワイヤーから外して回路を遮断した。少しは気が楽になった。まわりには三人の命がある。四人だ、自分自身も勘定に入れれば。勘定に入れたければ。自分一人か、スミスと二人きりでこの仕事をすべきだった。ドクとボニー、あの無邪気な二人を連れてきたことに、真の失敗があった。

急いだほうがいい。

「どれくらいだ？」スミスが言っている。

どれくらい？　そうだ、I型鋼だ。垂直部の高さ約二フィート。あらかじめ全部計算しておけばよかった。厚さ一インチ。デモリション・カードを調べる。九・〇ポンド。フランジ部の幅一フィートで——橋の下に潜り込み、カードに印刷された物差しで測る——厚さはほぼ正確に八分の七インチ。カードの表に当たる。垂直部の九・〇に二つのフランジ部の八・〇を足してTNT一七・〇ポンド。桁一本にだ。桁は三本ある。まるまる一箱と少し、だいたい——待てよ、どこかで計算違いしていないだろうな、待てよ……スミスの奴があそこに立って待っている、心配そうに……ドクも心配している……アブズグの小娘はどこかをうろついてやがる、くそっ、感圧式地雷を使えばよかった——五一・〇ポンドだ。TNTの場合。ダイナマイトは一〇パーセント増しにする。ストレート・ダイナマイト五六・一ポンド。

「二箱両方とも持ってきた方がいい」ヘイデュークは言った。

彼らは箱を取りに行った。橋の下のコンクリートの張り出しに置く。ヘイデュークは梱包テープを切り、蓋を持ち上げてポリエチレンの中敷を開けた。赤い蝋引きの包装紙に包まれた滑らかで太い爆薬筒が、一箱に一〇二本ないし一〇六本、きちんと詰め込まれており、見るからに、そう、見るからにきわめて威力がありそうだ。衝撃や摩擦に敏感で、可燃性が高い——束になった爆薬筒を箱から取りだす時、ヘイデュークの手が少し震えた。スミスがもう一つの箱を開けた。

「嫌なものだな、ジョージ」

「慣れるさ」ヘイデュークは嘘をついた。

「慣れたくないような気もする」

「無理もねえ。慣れるのは危険だ。爆薬の用意は俺にやらせてくれ。あんたはジープから袋を取ってきてくれ」ヘイデュークはダイナマイトの数を数えて等分した。一束三四本。お守りに五本足し、テープでまとめる。

「何の袋だ?」

「黄麻《バーラップ》袋が一ダース、ジープの前の方、助手席の下にある。そいつに砂を詰めて爆薬に圧力をかける。信管の箱はどこだ?」

「ここだ」スミスは立ち上がり、去った。

ヘイデュークは一つ目の束の中央の薬筒に信管を取り付けた。ひと結び《ハーフヒッチ》で信管を結びつけ、起爆薬を元通り押し込んで、出来上がりを一本目のI型鋼の内側にテープで貼り付ける。信管のワイヤーは張り出しに垂らしておく。二個目と三個目の爆薬も準備し、仕掛けた。信管のワイヤーを爆破ワイヤーにつなぐ。また回路が完成した。ただ発破器への最後の接続をしていないだけだ。爆薬はすべて仕掛けた。スミスが袋を持って戻って来た。二人は袋に砂を詰め、爆薬に圧力をかけた。

「爆破準備完了」ヘイデュークが言った。

ボニーが二人の方にやって来た。スミスは声を低めて言った。

「本当に発破器をあの娘に扱わせるつもりか?」

ヘイデュークは躊躇し、ボニーをちらりと見てからスミスの方に振り返った。神経の疲労のため汗ばみ、震えながら、二人は見つめあった。毛深い腋の下の匂いが漂っている。恐怖の匂い。ヘイデュークは口を開いた。

「セルダム、これが……民主主義だ」

スミスは眉を寄せた。

「何だって?」

「民主主義だ。つまりその……参加だ。ボニーを参加させてやらなきゃならねえ」

スミスは確信が持てないようだった。鼻の下の蒼白い無精髭がグリスを塗ったように汗で光った。

「うーん、どうしたもんか……」

「共犯だ」ヘイデュークは付け加えた。「な？　これから手の汚れていねえ人間を一緒に置いておくわけに行かねえんだ。違うか？」

スミスはしげしげとヘイデュークを見た。

「君は誰も信じないんだな」

「すぐには信じねえ。そうすぐにはな」

アブズグはさっそうとやって来た。帽子を背中に下ろし、太陽が後光のようにマホガニー色の髪を後ろから照らしている。

「これでよしと」アブズグは陽気に言った。「ぐずぐずしてないで。ここいらはもう終わりでしょ」

「帽子はどうした？」ヘイデュークが怒鳴った。

「これ？」婦人帽《ボンネット》を示す。

「ヘルメットだ！」

「怒らなくてもいいじゃない、ヘイデューク。一体あなた何なの？　躁病性の被害妄想か何か？　最後に精神科医に見てもらったのはいつ？　きっとあたしの精神科医の方があなたのより優秀よ」

「どこへやった？」

「さあ」

スミスは線路ぎわにひざまずき、手と耳をレールに当てている。重々しい鉄の振動。

「何か来ているぞ、ジョージ。すぐに来る。でかい奴が」

はぐれフクロウが鳴いた。三人は東の土手のてっぺんを見上げた。ドク・サーヴィスの影が朝日に浮かび上がっている。両の腕を高く伸ばし、慌てた鳥が羽ばたくように手を振っている。首からぶら下がった双眼鏡が、急を告げて揺れる。

「列車だ！」ドクは叫んだ。

「距離は？」ヘイデュークが叫び返した。

ドクは双眼鏡を持ち上げ、焦点をあわせ直し、東側の状況を観察した。双眼鏡を下ろして向き直る。

「約五マイル」

「よし、下りてきてくれ。貴様は――」ヘイデュークはボニーに言った。

「こいつをかぶってろ」自分のヘルメットを渡す。ボニーはそれをかぶった。耳のあたりまですっぽり隠れた。

「発破器に戻れ。だが俺が合図するまでハンドルを引き上げるな。それから大丈夫だというまでオーヴァーハングの下から出てくるな」

ボニーはヘイデュークをじっと見た。恐怖と喜びに目を輝かせ、冷笑気味に唇をつり上げている。

「おい、何をぼけーっと見ている？　行け」

「わかったわかった、わかりましたってば。興奮しないでよ」ボニーは峡谷の縁に沿って駆けていった。

その間セルダム・シーンは工具を集め、残った半ケースのダイナマイトを肩に担いでいた。信管の箱、締め具、電線やその切れ端、テープといったものは、まだ橋の下のコンクリート製張り出しの上、橋台の前に置いてあった。橋台にはボニーが派手な赤のスプレーで書き、黒で縁どった銘文がある。**ホカ・ヘイ！　ホスキン二再び参上！**

不気味なレールの振動が近づいてくる。

「行くぞ」

サーヴィス博士はまだ丘の上で、彼らをじっと見ていた。「列車が来るぞ」と叫ぶ。

「下りて、ドク」

スミスが大声で呼ぶ。

「爆破する」


ドクがどたどたと斜面を下りてきた。大股で砂地を横切る。朝の光にドクの影は長さ二〇フィートにまでなり、ギャンベル・オークや背の低いヒラウチワサボテンやその他の植物の上に思うがままに伸びている。眩い光の輪がヘルメットをかぶった頭の後ろで輝いている。ここで事故があった。顔から砂丘に倒れこんだ。足がもつれ、害のない灌木に裏切られた――小さな罵声が聞こえた――のだ。やっとのことでまた立ち上がると、背筋を伸ばして、堂々と、重力と偶然による単なる事故などには動揺せず、向かってくる。

「ファルギア・パラドクサだ」眼鏡についた砂をふき取りながら弁明する。

「準備できたのかね？」

無論ヘイデュークのための適当な見張り場所は選んでいなかった。ヘイデュークはドクがいた場所に登ることにした――急いで。ドクとスミスは発破器のところでボニーと合流する。スミスは爆破ワイヤーを接続し、ヘイデュークからの合図を中継する。ドクは爆破装置を操作するボニーを監督する。

崖ふちよりも低いオーヴァーハングの下で、スミスはリード線を掴んで発破器までまっすぐたどって行き、それが端子に巻きつけられ、しっかりとねじ止めされているのに気づいた。

「おい、ボニー、もうつないじゃったのか！」

「当然」

「何てことを。三人とも一〇〇ポンドのダイナマイトから一〇フィートと離れていなかったのに」

「だから？」

ちょうどその頃ヘイデュークは丘を這い登っていた。砂の上を滑り、ずり落ち、毛だらけのヒラウチワサボテンや刺の生えたオークを掴む。犬のように喘ぎながらやっとのことで頂上にたどり着くと、線路の切り通しの東へ二〇〇ヤード先に、機関車の広い鼻面、虚ろな目、轟音を立てる口先を見た。速くはないが着実にこちらに向かっている。すぐにもヘイデュークの足下を、最初の三個の爆薬を通りすぎ、橋にさしかかろうとしている。

爆破班の方を振り向く。誰も見えない。馬鹿野郎！その時スミスが砂岩の隆起のあたりから現れ、準備完了の合図を送った。ヘイデュークはうなずいた。自動列車は進む。やみくもに、荒々しく、力強く、線路の上を揺れながらカーヴを曲がる。弓形集電器はばね仕掛けで上下する台枠で機関車の屋根に取り付けられており、電線の連接部を飛び越えるごとに電光が光り、弾ける。機関車のあとからは主要部分、石炭を積んだ八〇両編成の貨車が続き、時速四五マイルで坂を下ってペイジに到着する。カーヴにさしかかり速度が緩む。

ヘイデュークは手を挙げた。

目を橋から一五本手前の枕木に注ぎ、腕をまっすぐギロチンの位置に挙げたまま、ヘイデュークは列車が自分の真下を通過するのを聞き、嗅ぎ、感じる。進み続ける機関車の陰に爆破地点が隠れた。ヘイデュークは腕を振り下ろす。力強く間違いようのない動作で――

手が腰に当たった瞬間、ヘイデュークは見た。機関車の運転席の開いた窓に男の顔を。男が自分を見上げているのを。日焼けした陽気な顔立ち、きれいな歯並みと澄んだ目、ひさしのついた帽子をかぶり、薄茶色をした綾織りの開襟作業シャツを着た若い男を。あらゆる伝統に忠実に、りりしい技術者らしく、若い男はヘイデュークに手を振り返した。

心臓が止まるような衝撃を受け、頭の中が真っ白になる。ヘイデュークは地面に突っ伏し、両手を頭の上で組んで、大地が震えるのを、爆風が届くのを、飛翔物が塞いだ耳の脇にぱらぱらと降るのを、コルダイト爆薬の匂いが漂ってくるのを待つ。大音響が起こるのを待つ。恐怖よりも怒りが意識を痺れさせる。

嘘こきやがった。ヘイデュークは思った。あの野郎ども、嘘こきやがった!


「何してる?」

「できない」彼女は呻いた。

スミスは二〇ヤード離れて、なすすべもなく二人を、凶悪な機械におおいかぶさるボニーを、その上からおおいかぶさるドクを見ていた。ボニーが引き上げたハンドルを掴む。握り締めた拳が白くなる。固く閉じた両の目の片隅から、真珠の涙が一粒ずつ絞りだされる。

「ボニー、押せ」

「できない」

「どうして?」

「わからない。どうしてもできない」

ドクの目に機関車がちらりと見えた。轟音を上げて橋を渡り、向こうの切り通しに消えていく。その後に黒く煤けた過積載の石炭貨車が、時々日の光にきらめきながら、どこまでも単調に続いている。黒い埃が、それさえなければ澄んだ空気にまき散らされる。加えて鋼が軋み、こすれる音、くすんだ鉄の臭い、神の芳しい砂漠の国に迷い込んだ産業のわめき声。サーヴィス博士は、すさまじい怒りが喉元にわき上がってくるのを感じた。

「ボニー、そいつを突っ込め!」ドクの声は怒りに引きつっていた。

「どうしてもできない」ボニーが呻く。涙が頬を伝う。ドクはボニーの真後ろに立った。ボニーはドクの股間と腹が背中に押しつけられるのを感じた。ドクは両脇から手を伸ばし、大きく白く敏感な外科医の手で彼女の手を包み込んで、発破器のハンドルにしっかりと締めつける。体重をかけて無理やり一緒に身体を曲げさせ、放射抵抗コイルを貫くピストンを、強く、深く、正確に――根元まで!――クッションの入った箱の子宮頸部から子宮本体まで突っ込んだ。


ずん! そして――

ぐわーん!

――ドクはそのままの姿勢でいる。

あら。ボニーは気づいた。少し遅れて、化石燃料と無機物の塊と破片と細片が、頭上の青空に優雅で激烈な放物線状の双曲線を描いている頃に。これ、いつものドクがお気に入りの体位だわ。

ごちそうさま。

その頃ヘイデュークは、待っていた。何も起こらないので、目を開け、頭を上げると、機関車が轟々と爆薬を仕掛けた橋を渡り、無事対岸に着いて、貨車の列を牽きながら切り通しに入るのがまだ見えていた。ヘイデュークはほっとため息をつき、立ち上がろうとした。

その瞬間、爆薬は炸裂した。列車は線路から浮き上がり、巨大な火球がその腹の下で膨れ上がる。ヘイデュークは再び突っ伏す。鉄、コンクリート、岩、石炭、ワイヤーの破片が唸りを上げて耳元を飛び去り、空に舞い上がる。同時に石炭貨車は上昇を終え、破壊された橋に落ちてくる。橋梁はたわみ、橋は溶けたプラスチックのように垂れ下がり、石炭貨車は一つ一つ——つながったソーセージのように——断崖を転げ落ちて、谷間の轟きと土埃と渾沌の中に消えた。

橋の向こう岸は?

大混乱だった。混乱以外の何物でもない。電線が倒れ、電気が地面に逃げてしまっているので、電気機関車はなすすべもなく止まるしかなかった。今度はそれは後退し始めた。意志に反して、ブレーキをかけたまま、力なく数百万ドルの大事故へ向けて滑っていく。まだ列車と連結されているために、機関車は貨車の重さで後ろに引きずられて、谷間に落ちようとしている。

ヘイデュークが見ていると、若い男——技術者、監視員、監督、何にせよ——が運転席の脇から姿を現し、鉄梯を二段降りてから跳んだ。男は難なく着地して、数歩土手を駆け下り、溝の中で止まる。両手を腰に当てて男は立ち、ヘイデューク同様、破壊される列車を目の当たりにした。

機関車は固定された車輪の悲鳴と共に引き裂かれた橋へと滑っていき、転げ落ち、視界から消えた。一瞬後、激突音が天まで届く。

列車の本体は坂を下り続け、ねじ曲がったレールを外れ、橋の残骸を越えて落ちていった。次から次へと、大量生産のようにくり返しくり返し、苦痛と混乱の谷間へと。何もできることはなく、何も残ったものはなかった。貨車は一つ残らず、眠れぬ夜の羊のように、崖から転げ落ちて消えた。

ヘイデュークは藪の中を這って抜け、砂丘の斜面を転げ落ち、砂の上をこけつまろびつ仲間の元へ向かった。見つけたとき彼らは発破器のところで身じろぎもせず、貨車が粉砕される大音響と自分たちがしたことの大きさに呆然と固まっていた。ヘイデュークは彼らを急き立てて、逃走にかかった。装備一式を引きずって四人はジープに急ぎ、荷物を積み込んでドクの車へと走る。計画通り二手に分かれた。

キャンプに戻る道中ずっと、ドクとボニーは昔の歌を歌った。時代を超えてみんなに愛されているあの歌も。

「ぼくは線路で働いた」（日本では「線路は続くよ」で知られている）

ジョージとセルダムも線路で働いた。

15

戦士の休息

感じのいいレンジャーが二、三質問があると言った。

「ナヴァホ国有記念物をお楽しみいただけてますか?」火明かりが若く実直そうなレンジャーの、きれいに剃った整った顔に照り映える。男は見るからに国立公園レンジャーだった。背は高く、痩身、有能、頭が良すぎない。

「素晴らしいね」サーヴィス博士は言った。

「素晴らしい」

「失礼ですが、どちらからおいでになったのですか?」

ドクは素早く考えた。

「カリフォルニアだよ」

「近頃、カリフォルニアからは大勢お見えになるんですよ。カリフォルニアのどちらですか?」

「南の方」ボニーが言った。

「一杯いかがかね、レンジャーさん」ドクが言った。

「ありがとうございます。しかし勤務中ですので、お気持ちだけいただきます。お二人の車のナンバーがニューメキシコのものなので、それでうかがったのですが。私はニューメキシコの学校に行ったんですよ」

「そうですか。あたくしは夫とニューメキシコに住んでいますの」

「ご主人はお医者さんですか?」

「あら、よくおわかりね。実はそうなんですの」

「車に使者の杖がついているのを見ましたので。私もしばらく医学部進学課程にいたのですが、生化学に歯が立たなかったもので、それで野生生物管理に転向したのです。今ではただのパーク・レンジャーですよ」

「それでいいんだよ」とドク。「たとえつましくとも、誰にもふさわしい場所がある。それが世の中というものだ」

「ニューメキシコのどちらから?」

「南の方」ボニーが答えた。

「失礼、先程は南カリフォルニアとおっしゃったように思いますが」

「カリフォルニアの出だと言ったんです。こちらにいるあたくしの祖父が」——ドクが嫌な顔をした——

「カリフォルニア出身なので。夫はニューメキシコ人なんです」

「メキシコ人?」

「ニューメキシコ人。人種差別的用語は好ましくありませんわ。スペイン語を話すメキシコ人とかスペイン語の姓を持つアメリカ人とおっしゃるべきですね。メキシコ人というのはニューメキシコでは侮辱なんですよ」

「誇り高い、繊細な人々ですよ」

サーヴィス博士が解説する。

「彼らの背後には、偉大な伝統と輝かしい歴史があるのです」

「ずっと背後にね」ボニーは言った。

「ご主人は顎ひげを生やした若い人でしょう。ウィンチとアイダホ・ナンバーのついた青いジープに乗った」

また短い間。

「それは弟だわ」

「今日は見かけませんね」

「バハカリフォルニアに向かってます。今ごろきっとカボルカでしょう」

レンジャーはつばに鉄線の入った「熊のスモーキー」スタイルのレンジャー帽をいじった。

「カボルカは普通はソノーラ州にあるものなんですが」

彼は柔らかく笑った。白くまっすぐな歯並みと健康なピンクの歯茎を持っている。火明かりがちらちらと、固く結んだネクタイ、真鍮の記章、金メッキされたレンジャーバッジ、右胸ポケットの磨き上げられた名札(エドウィン・P・アボット・ジュニア)の上で踊った。

サーヴィス博士が歌い出した。柔らかな声で、「セントルイスで逢おう、ルイス」の節で、「カボルカで逢おう、ロルカ……」

「もう一人のお友達はどうされました？」レンジャーはボニーに向かって言った。

「もう一人の友達って？」

「あそこにある車の持ち主ですよ」

近くの暗がりに停めてあったスミスの大きなピックアップを顎で示す。焚火のゆらぐ光に照らされ、かすかに見えている。もちろんステッカーは剥がしてある。セルダム・シーン——どこにいるのだろう？　さらに先を行って《バック・オヴ・ビヨンド》いるのか？　山奥に入ったか？　独り寂しく妻たちを恋い焦がれているのだろうか？

「実は言えないんだ」ドクが言った。

「言えない？」

「正確にはわからないということ」ボニーは言った。

「どこだかにハイキングに行って五日以内に帰ってくると言ってましたから」

「その人のお名前は？」

躊躇した。

「スミス」ボニーが言った。

「ジョー・スミスです」

レンジャーはまた微笑んだ。

「そうそう、ジョー・スミスさんね。ペイジはお気に召しましたか？」

「ペイジ？」

「ブラックメサは？」

「ブラック何ですって？」

「今夜、ニュースはお聞きになりました？」

「たまに」

「エネルギー危機についてどう思われますか？」

「疲れた」ドクが言う。「寝ようかな」

「反対ですわ」とボニー。

「私は賛成だ」少し考えてドクが言った。

「あなた方夕べはどこにいらっしゃいました？」

「言えないね」とドク。

「あたくしたちはここに、焚火の近くにいましたわ。あなたはどちらにいらしたの？」

「今朝はかなり早くお発ちになりましたね」

「そうです。それが何か？　弟が早く発ちたいというので、あたくしたちもつきあって見送りに行ったんです。それだけです。それが何か法律に触れるんですか？」

「まあまあ」ドクが言う。「申し訳ありません。個人的なことを詮索するつもりはないのです。ただ気になっただけで。車の中を拝見してもよろしいですか?」

返事なし。

「ニュースのことはどう思われましたか?」レンジャーは訊いた。

ボニーとドクは黙ったまま、焚火を見つめていた。若いレンジャーは立ったままで、依然大きな帽子を手の中で回しながら、二人を見つめていた。

「列車のことですよ、もちろん」レンジャーは言った。

ドクはため息をつき、マーシュ・ウィーリングを口の反対側の端に移した。

「うーむ……」

「聞きました」ボニーが言った。「ひどいことだと思います」

「前にも言ったがもう一度言わせていただこう」とドク。「無秩序は答えではない」

「何の答えです?」レンジャーは訊いた。

「は?」

「何の答えですか?」

「質問は何だったかな?」

「あれは自動列車だと聞きました」ボニーが言った。「だから少なくとも怪我人はいないんじゃないですか?」

「自動、おっしゃる通りです。ですが監視員が乗っていたんです。彼は幸運でした」

「何があったんですか?」

「ニュースによれば、カイビート・キャニオン橋である種の事故がありました」

レンジャーは二人を観察した。反応なし。

「当然ニュースをお聞きになったでしょうが」

「私はよく自動レストランで食事した」サーヴィス博士が言った。

「あれもひどく危なっかしい代物でしてな。コロンビア大学の学生だった頃、アムステルダム街と一一四丁目の交差点にあったオートマットを憶えてますよ。自動ゴキブリ機だ。大きく、賢く、攻撃的なブラッテラ・ゲルマニカ。恐るべき生き物だ」

「その監視員はどうなりましたの?」ボニーは尋ねた。

「お聞きでない?」

「はっきりとは」

「えー、橋が倒壊する前に列車の一部は橋を渡っていたらしいんです。監視員には機関車が逆戻りして谷に落ちるまでに、逃げ出す時間がありました。ニュースが言うには、列車全部、機関車も八〇両の貨車も、カイビート・キャニオンの谷底に落ちてしまったということです」

「なぜその監視員だか技術者だかは、ブレーキを踏むとかアクセルを踏むとかしなかったのかしら？」

「電気がなかったんです。あれは電気鉄道です。橋が落ちた時、電線も一緒に倒れてしまったんですよ」

「ひどい」

「送電を止めるまでに羊が何頭か感電死しました。インディアンは怒り狂ってますよ」

「誰に？」

「誰に？　誰だか知らないがフェンスを切った奴にですよ」

間。ネズが火の中で心地よい音を立てる。冷たい夜気が垂れこめてくる。星はなお明るく燃える。ボニーはパーカのフードをかぶった。ドクは火の消えた葉巻の吸いさしを噛んでいる。

レンジャーは待った。答えが返ってこないので、自分が続けた。

「もちろん、フェンスを切ったのはインディアンかもしれませんが」

「彼らは無気力な民族だ」ドクが言った。

「ラジオによれば鉄道は二〇〇万ドルの損害を受けたということです。発電所は二、三週間休業しなければなりません」

「二、三週間？」

「ラジオが言ったんです。橋を造り直すまで。もちろん発電所は大量の石炭を手元に備蓄しています。車の中を拝見してよろしいですね？」

「たった二、三週間」炎を見つめながら、ボニーはぼんやりと考えた。

「かまわんよ」ドクが言う。

「ありがとうございます」

ボニーは瞑想から覚めた。

「何ですって？　ちょっと待って。捜索令状を見せてちょうだい。あたしたちには権利がある」

「もちろんです。私はただお願いしているだけです」

レンジャーは言い、慇懃につけ加えた。

「もしあの中にあるものを私に見られたくないとおっしゃるのであれば……」

「捜索令状が要るわ。判事の署名入りのが」

「このような法律専門用語にお詳しいようですね、ミス」

「ミズよ」

「ミズ、ですね。失礼しました。ミズ、何とおっしゃいますか？」

「アブズグよ」

「失礼。メキシコ人と結婚されているとおっしゃったように思いますが」

「ニューメキシコ人と言ったんです」

「パンチョ・アブズグ」ドクが解説した。

「本当よ」

レンジャーはベルトにつけたケースから、電池式の携帯無線電話機を引っ張り出した。ベルトには催涙スプレー《メース》缶と電池五本入りの懐中電灯も下がっている（腎臓にあまりよくないと、ドクは気付いた）。

「もしお望みなら、令状を取る手配をするようにします。もちろん待っている間、お二人の身柄を拘束しなければなりません」レンジャーは伸縮式のアンテナを伸ばした。

「どこから令状を取るのかね？」ドクが尋ねた。

「ここは連邦政府の土地ですから、もっとも近い連邦地方裁判所の司法権の管轄下にあります。この場合フェニックスということになりますが」

「判事を起こすのかね？」

「判事は年に四万ドルもらってますからね」ボニーが言う。

「ここは国立公園だって言ったわね」

「厳密に言えば国有記念物です。デス・ヴァレーやオーガンパイプカクタスみたいな。厳密には違うんです」

「でも、いずれにしてもアメリカ人すべての所有物でしょ？」

レンジャーは口ごもった。

「原理的には、その通りです」

「それじゃあ」ボニーは突っ込んだ。「この場所は人民の公園であることに間違いはないわね。そしてあなたは人民の公園であたしたちの車を捜索しようとしている」

「人民の公園じゃありません、国立公園です」

「よく恥ずかしげもなく言えるわね」

レンジャーは赤面した。それから仏頂面になった。

「あの、申し訳ありませんが、私も任務を果たさなければなりません。車の捜索の許可を拒否されるなら、捜索令状を取ります」

レンジャーは無線電話機《ウォーキートーキー》を口元まで持ち上げた。

「待ちたまえ」ドクが言った。レンジャーは待った。

「どのくらい時間がかかるのかね？」

「どのくらい？」

レンジャーは頭の中で計算した。

「令状を車で持って来るなら、だいたい八時間から一〇時間かかります。判事が家にいれば。飛行機なら一、二時間しかかかりません」

「その間ずっと待ってなければならないのか?」

「今夜持って来てくれれば。明日まで待たなければならないかもしれません」

「訊いてもいいかね、この令状なしの捜索の目的は?」

「形式的な捜査です。お時間は取らせませんよ」

ドク・サーヴィスはボニーを見た。ボニーはドクを見た。

「なあ、ボニー……?」

ボニーは目をぎょろつかせ、肩をすくめた。

「わかった」ドクは言った。ふやけた葉巻の吸いさしを口から引き抜き、深くため息をつく。

「結構だ。やりなさい」

「ありがとうございます」

レンジャーは無線機をケースに収め、懐中電灯を抜き出して、きびきびと車の方へ歩いた。ボニーが後に続いた。ドクは焚火のそばに置いたキャンヴァスの折畳み椅子に座り込んだまま、バーボンの水割りをちびちびと飲み、寂しそうにしていた。


ボニーは埃に覆われたステーションワゴンの後部ハッチを開いた。車内灯が点く。赤い砂と粉のような土が、レンジャーのぴかぴかのブーツにざっとこぼれた。

「山道を走ったんですね」レンジャーは言った。ボニーは黙っていた。

レンジャーは懐中電灯を点けて、貨物室に積み重ねた箱を細かく調べた。大きさがそろった、重い蝋引きの繊維板《ファイバーボード》の箱が、ぎっしりと詰め込まれている。レンジャーはラベルを読んだ。それから身を乗り出して、もう一度読んだ。おなじみの楕円の商標の中に間違えようのないあの有名な名前。有名な宣伝文句を思い出さずにはいられない。

「よりよい暮らしのためによりよいものを……」箱の一つ一つにくっきりと印刷された関連する即物的なデータは無視しがたい。五〇ポンド……濃度六〇パーセント……1・5×8等々……。

今度はレンジャーがため息をつく番だった。再び手持ちの小型モトローラ無線機を引き出した。ボニーはそれを不機嫌そうに見ていた。

サーヴィス博士が飲み物を置いて、焚火のそばの椅子から立ち上がった。

「もしもし!」レンジャーは鋭く言った。ドクは森の暗がりへ向けて足を踏みだした。

「そこのあなた！」

ドクは立ち止まり、レンジャーを見た。

「何か？」

「椅子に座っていて下さい。その場から動かないで」

レンジャーは、すでに見たように、武器はメースしか持っていない。ドクは五〇フィート離れている。完全に射程距離外だ。しかし、強硬な権威の響きを帯びた若い男の口調は、サーヴィス博士のような非行中年さえ、あえて正面切って対決しようという気にはさせなかった。ドクは座った。不満をこぼしながらも従順に。

レンジャーは、片目を傍らの娘に、もう片方の目をドク・サーヴィスに注ぎながら——簡単な技ではない、レンジャーは二人の間にいるのだから——静かに、だが明瞭に無線電話のマイクに話した。

「JB—三、こちらJB—五」

送信ボタンを離すと内蔵スピーカーから素早く応答が聞こえてきた。

「こちらJB—三、送れ」

「旧キャンプ場、キャンプサイト一〇番にて救援乞う。一〇—七八、一〇—七八」

「テン・フォー、エド。JB—三はそちらに向かう」

「JB—五了解」

レンジャーはボニーの方を向いた。声にはまったく違う響きがあった。

「それでは、ミス——」

「ミズよ！」

「それでは、ミズ——」

声の調子が低くなり唸り声になった。上唇からつるつるに剃った鼻の下にかけて、嫌らしくゆがんでいる。権力の象徴たる金属と革とビーヴァーのフェルトの帽子が、レンジャー・アボットの目の中に、心の中にある。パーク・レンジャー、砂漠の警官《イヌ》、森の公安《ブタ》。

彼はファイバーボードの箱の中から一番手近なものを、テールゲートに引き出した。

「その箱を開けなさい」

「車の中を見たいだけだって言ったじゃない」

「その箱を開けなさい！」

「拒否します」

「その……箱を……開け……なさい」

ドクは椅子に座ったまま、むっつりと黙り込んで見守っていた。火明かりが鼻に、大きすぎる禿頭にとぎれとぎれにちらつく。水割りを舐めながら露見の時を待つ。

ボニーは蓋からテープを引きはがした。再びためらう。

「開けなさい！」

ボニーは肩をすくめ、顎を引き締めて（ほつれた栗色の巻毛が、赤らんだ頬の曲線に抱擁のようにかかり、長く黒い睫毛が下がる）、蓋を箱からはずした。

レンジャーは中を覗いた。口の広い瓶と蓋が集まったようなものが見えた。妙だ。瓶を一つ抜き取り、ラベルを読む。デフ・スミス印の昔ながらのピーナッツバター。いよいよ妙だ。蓋を開ける。中には油っぽい液体が入っている。匂いを嗅ぎ、指を突っ込んだ。指を引き上げると、濃い茶色をした脂肪質の物体が付着していた。

「くそっ」信じられぬというように彼はつぶやいた。

「違うわ。ピーナッツバターよ」ボニーは言った。

レンジャーは箱で指をぬぐった。

「舐めてごらんなさい。きっと気に入るから」

彼はさっさと瓶の蓋を閉め、乱暴に元に戻した。

「次の箱を開けなさい」と呻くように言う。

ボニーは次の箱をゆっくりと開けた。そしてもう一つ。レンジャーがあと二人、車でやってきた。ボニーは箱を全部開けた。レンジャー・アボットと援軍はそばに立ち、むっつりと黙って見守っていた。ボニーは彼らに見せてやった。ピーナッツバター、ベークド・ビーンズ、グリーン・ジャイアント・スイート・カーネル・コーン、アント・ジャマイマ・パンケーキミックス、ツナ缶、インゲン豆、小貝、カロ・シロップ、牡蠣の缶詰、燻製ニシン、砂糖と小麦粉の袋、調理用具と洗面用具、花の本と料理の本と著者に直接サインをもらったきわめて貴重な初版本の『砂の楽天』、彼女のかわいいビキニのパンティとドクの臭い靴下等々。便利で手頃な大きさで丈夫で長持ちするファイバーボードのダイナマイトの箱に、すべてきちんと荷造りされ、しまい込まれている。

「この箱をどこで手に入れたんだね？」主任レンジャーが尋ねた。

「その娘を放してやれ」ドクが焚火のそばで弱々しく言った。

「あなたは黙っていなさい。どこで手に入れたんだね、君」

「公園のごみ箱のところで見つけたのよ。あのあたり」ボニーは、ゆらゆらと定まらない手で、近くのひどく散らかった、しかし無人のキャンプサイトのいくつかを漠然と示した。

レンジャーたちは顔を見合わせ、いい加減な当て推量を巡らせた。

「あいつらだ」と主任レンジャーは言って指を鳴らした。「あのイカレた靴磨き《シューシャイン》インディアンの奴らだ」

「ショショーニのことですか――？」

「そうだ、ショショーニだ。あの長髪の野郎どもだ。俺と行くぞ。エド、お前は保安官事務所《SO》を呼びだせ。俺とジェフは公安局《DPS》に連絡をつける」

三人はパトロール車両に向けて夜道を急いだ。低く早口でアメリカインディアン運動《AIM》、クレージー・ドッグ、シューシャイン族、再建アメリカ先住民族教会について何事か話しながら。

「レッド・パワー！」ボニーは固く握り締めた拳をピーナッツバターの上で振り上げて、彼らの後ろから叫んだが、レンジャーは車で散り散りに走り去ってしまい、聞こえることはなかった。

しばらくして……。

無骨な男が二人、暗がりから姿を現した。埃っぽい服を着て、おどおどした笑みを浮かべ、頬ひげを生やし、手には缶ビールを持っている。

「もう行ったか？」セルダム・シーンが訊いた。

「行っちゃった」ボニーが答えた。

「ずいぶんかかったな」ヘイデュークが言った。

16

サタデーナイト・イン・アメリカ

兵站作戦の時だ。ドクはアルバカーキに戻り、しばらく患者の面倒を見て、小切手（患者の）を現金化し、在庫リストを補充した方がいいということで、全員（ドクも含め）合意した。

ボニーは診療所に戻りたがらなかった。無理もなかろう。スミスとヘイデュークと共に、次の冒険のために残ることを望んだのだ。それが何であれ。

　だがドクは車の運転ができない、あるいはできない振りをしている、あるいはいずれにせよ車を運転したがらない。したがって、ニューメキシコに戻る飛行機に乗せるために、最寄りの飛行場——この場合はペイジ——まで車で送って行く必要があった。ドクは渋り、不平を言い、やたらに酒を飲み、感傷的になって目を潤ませ、三人の同志をかわるがわる抱きしめた。まずスミスから。

「スミス、セルダム・シーン、頼りにしているぞ。あの子たちの面倒を見てやってくれ。わかるな、二人ともイカレているし、世間知らずで、自分では何もできない。君はこの一家《メナージュ》では唯一の大人だ。世話をしてやってくれ」

　スミスはドクの背中をポンと叩いた。

「僕たちは大丈夫ですよ、ドク。何も心配はありません」

「ジョージが死なないように気をつけてやってくれ」

「わかりました」

「ボニーのこともよく見ててくれ。あの娘にヘイデューク病が感染《うつ》りかけているんじゃないかと思うんだ」

「よーく見ておきます。心配しないで」

「いい奴だ。覚えておきたまえ、道は険しくとも、険しいところにこそ道はある。我らの理想は正しく（次から次へと厄介事が出てくるが）、神は我らの味方だ。あるいは逆もまた然り。我々は狂った機械に立ち向かっているのだ、セルダム。山を切り刻み、人をむさぼり喰う機械にだ。誰かがそれに挑み、止めなければならない。それが我々だ。特に君だ」

「もちろんです、ドク。あなたは金を稼いで、早く戻って下さい」スミスはにやりと笑った。

「ハウスボートと調教したイルカをお忘れなく」

「いやはや、君らはそろいもそろってイカレてる。次！」

　ジョージ・ワシントン・ヘイデューク、きわめて男《ムイ・オン》ら《ブレ》しく、きわめてたくましき間抜け《ムイ・マチョ・ベンデホ》が進み出た。サーヴィス博士は彼を他の二人から少し引き離した。

「ジョージ、ちょっとこっちに来い」

「いいぜ、ドク。言いたいことはわかってる」ビア樽のように無骨なヘイデューク、いつも通り汗と埃とビールの臭いをぷんぷんさせて、ほとんど……そう、不安げだ。

「聞いてくれ、ドク——」

「いや、君が聞いてくれ」

「いや、聞いてくれ。これは俺の思いつきじゃなかった。そもそも俺はあの娘に来て欲しくなかったんだ。あれは厄介者以外の何者でもねえ」

ドクは微笑み、ヘイデュークのたくましい肩に腕を回した。ラインバッカーを抱くように。熊と水牛《バッファロー》だ、困惑した。

「ジョージ、よく聞け。私は四九歳と六カ月だ。もう若くはない。ボニーはそれを知っている。君があの娘をとれ。君の番だ」

「いらねえ」

「嘘をつくな。あの娘をとれ。できればの話だが。君が本当の男ならな。あれをとり、二人で私の祝福を受けろ。これ以上つべこべ言うな」

ヘイデュークは地面をじっと見つめ、しばらく何も言わなかった。実のところ困っていた。

「セルダムだ。あいつは本当にボニーを欲しがっている」

「スミスは分別がある。品のいい常識をわきまえた男だ。君のような馬鹿ではない。では彼にあの娘をまかせるとしよう。馬鹿なことをしたな」

ヘイデュークは真っ赤になった。

「ボニーのことで張りあうつもりは全然ねえよ。俺にはもっと面白いことがあるんだ」

「女より面白いことはないぞ、ジョージ。この世にはな」

二人は歩き回り、二度目の小さな円を描き始めていた。その間にドクが乗る飛行機は燃料タンクの蓋を閉じられ、過給器をチェックされ、尾翼を繕われ、補助翼がワイヤーで元通り取り付けられていた。

アリゾナの夏の太陽はあらゆるものに照りつけた——空港、発電所、飛行機、ペイジの市民、旅客、駐車車両、見物人、うろついているだけの者たち、そして陽の下にあるあらゆるものの中でとりわけ美しいのが、ミズ・B・アブズグだった。

ドク・サーヴィスは、そのすばらしい宝物の値打がわかっていた。そう、正気の自然な信仰心がある男なら、その神聖な神殿の前にひざまずき、病気の猟犬のように鼻を鳴らし、卑屈なほどの崇敬の念をたっぷりと舌に込めて、一〇本の桃色の足指の先を舐めるであろう。

スミスにはわかっていた。自分はアイスキャンディみたいにとろけている。親父がいつも言っていたように、早いとこスプーンで食っちまえ。インディアンにはわかっていた。日陰をぶらぶらしながら、腹を空かしたウサギみたいに彼女を見つめ、笑い、石器時代に流行った冗談（とっておきの奴）を飛ばしている。頑固にして愚かなヘイデュークだけが、高等知識に無関心なようだった。

「よし」ドクは言った。

「全部話はついた。ボニーに挨拶しよう」

ボニーは泣いた。少し。

「こらこら、マスカラが流れてしまうぞ。泣くんじゃない」泣かなければ当然ドクは傷つくのだが。ドクはボニーの髪を、尻とわき腹の優美な曲線を撫でた。インディアンがくすくすと笑った。クソ喰らえ。ピックアップを乗り回し、レインボー・パンやホステス・トウィンキーを食い、ループタイを締めて、毎日午後にはテレビで『ミスター・ロジャーズの隣人』なんぞを見ている石器時代の野蛮人ども。

「泣いてないよ」ボニーは言った。涙がドクの洒落た新しいシャモアのヴェストにしみ込む。

「二、三週間で戻ってくる。あのおバカさん二人の面倒を見てやるんだぞ。ヴィタミン剤を飲んで、毎食後に歯を磨くように気をつけてやってくれ。ジョージを飲み過ぎで死なせないように。セルダム・シーンが時々奥さんたちのところに帰れるように気を配ってやれ」

「わかってるわ、ドク」ボニーはドクの下襟《ラペル》の間ですすり泣いた。胸が堂々たる太鼓腹に押しつけられる。

「気をつけるんだ。発破器の操作に助けが必要だったことは、ジョージには決して言わないように。あいつは知らないんだ。あの気違いどもに少しは自制することを覚えさせなければ。泣かないで。愛してるよ。聞いてるかい？」

ボニーはドクの腕の中でうなずいた。まだ泣いている。

「よし。私が戻ってくるまで面倒を起こすなよ。仕事をしてもいいが、誰も傷つけないように気をつけるんだ。それから自分も捕まらないように」

ボニーがうなずく。パイロットがエンジンの回転を上げた。けたたましい轟音がタワー・ビュートに、ヴァーミリオン・クリフスに、ローン・ロックに波のように打ち寄せ、戻る。狂ったようなピストンの異様な騒音。乗客がゲートから列を作って出てきた。ブリーフケースを持ったカウボーイ。ガンジス川のほとりに新しい教祖《グル》を探しに行く途中の、ユート族やパイユート族よりもたくさんビーズを飾った金持ちのヒッピー。ソフト帽を掴んでプロペラの後流《バックウォッシュ》を通り抜ける、カブのような頭と猫いらずの粒のような目玉をした連邦壊墾局の役人。フェニックスに孫の子守をしに行く（フィービー・スーがまた離婚するのだ）ショールを掛けたかわいらしい小柄な老婦人。その日、ペイジの住人の半分が、どこかへ行こうとしているかのようだった。無理もなかろう。インディアンよりもバプティストの方が多い町では。ワイン好きよりもビール飲みの方が、樺の木の皮のカヌーよりもモーターボートの方が、感受性よりも陽光の方が多い町では……。

「もう行かなくちゃ」

ボニーの涙の跡がついた顔に、芳しい口に、閉じた目の豊かな睫毛に、ドクは口づけした。

「ドク……？」

「うん……？」

「まだ愛してる、ドク……」

「わかってるさ……」

「じゃあね……」

「ああ……」

サーヴィス博士は、鞄と新聞と上着を手に通路を急いだ。歩きながら航空券を探す。タラップのてっぺんで芝居がかったしぐさで立ち止まり、振り返って友人たち、同志たちに手を振った――別れを告げるためでなく、再会を約すため。ボニーは、セルダム・シーンの痩せた身体に寄りかかって、赤いバンダナを頬に押し当ててから、手を振り返した。

彼らは、飛行機がゴトゴトと滑走路を走って行くのを見守った。エンジンが傷ついた獣のように吠える。翼はまたしても魔法を見せた。車輪がアスファルトから浮き上がり、翼下に折り畳まれると同時に、不格好なブリキの鳥はぐらぐらしながら送電線を（すんでのところで）飛び越え、高度を上げ、照りつける太陽に向かって旋回した。

何となくぽっかり穴が開いたような気がして、彼らはおなじみペイジのバーの奥まった薄暗がりに引っ込んで話をした。仕事上がりの憩いのひととき。バーは酒呑みの男たちでいっぱいだった。鞣革のような顔の六人のカウボーイと髪をふくらませた女たちが囲んでいるテーブルもあった。ボニーは二五セント玉をジュークボックスに入れ、お気に入りの曲を選んだ。最初はイギリスの某新興ハードロック・バンド。みんな何とか我慢した。次もまたロックグループ、黒人まがいの女性ヴォーカリスト、ジャニス・ジョプリンという苦難の想い出のヒステリックな金切り声を頭に戴いた奴。これはかなわん。一番近くにいたカウボーイが立ち上がって——六フィート八インチほどあり、完全に立ち上がるのに少し時間がかかった——コンパスのような脚でジュークボックスへ歩いて行き、蹴りを入れた。強く。それで効き目がないと、また蹴った。さらに強く。今度は効いた。レコード針はヴィニール盤の溝に対して直角に滑った。電気で増幅されたおぞましい雑音が、居合わせた全員の耳と脳みそと中枢神経の中を音の稲妻のようにのたうった。大の男たちがすくみ上がる。ジュークボックスの反射作用が働き、急速に自動サーヴォ機構へと移行した。回収アームが嫌われたレコードを掴み、棚に元通り並べた。そのカウボーイが二五セント玉を入れている間には、あの貴重な瞬間、沈黙があった。

ほんの瞬間だけ。

「ちょっと！」ボニー・アブズグが荒っぽいブロンクス式でがなり立てる。

「あんたが蹴ったのあたしのレコードよ、ガニマタのクソ野郎」

カウボーイは上品にボニーを無視した。平然と操作盤を眺め回し、マール・ハガードのボタン、ハンク・スノーのボタン、アンディ・ウィリアムズ(おいおい！)のボタンを押す。もう一枚二五セント玉を入れた。

ボニーが勢いよく立ち上がった。「あたしのジャニス返してよ！」

彼女を無視して、カウボーイはあとの三曲を探した。ボニーは体重をかけて肩でそいつを押しのけようとする。カウボーイは彼女を押した。

ヘイデュークが立ち上がった。ジム・ビーム三杯とクアーズ一クォートが腹の中でがぼがぼ言っている。五フィート八インチの背丈いっぱいに立ち上がり、手を伸ばしてカウボーイの肩を叩いた。カウボーイは振り向いた。

「やあ」にやにや笑いながらヘイデュークは言った。

「ぼくはヒッピーでーす」腹をめがけて拳を振るう。カウボーイは後ろによろめき、壁に張り付いた。ヘイデュークはテーブルにいるあとの五人のカウボーイ(と、そのアマっ娘ども)に顔を向けた。彼らも立ち上がる。みんな笑っている。ヘイデュークは十八番を始めた。

「ぼくの名前はヘイデュークでーす」彼はわめいた。

「ジョージ・ヘイデュークでーす。今日はとっても楽しいでーす。性革命がとうとうココニノ郡のダサい郡都、ペイジにまでやって来たそうですね。つまりこれからがお楽しみの時間だってことだよね。なんたって今じゃカウボーイもナニするそうだから。それから——」

う、ヤバい。今度は悪いカウボーイだ。

ヘイデュークは意識を取り戻した。少しずつ、苦労して、夢と記憶の中から、悪夢の迷宮から、割れるような頭痛の最中に見る幻覚から、気がつくとモーテルの部屋（ありゃりゃ！）らしき場所にいた。優しい手が頭と顔の傷を、暖かい濡れタオルでぬぐっている。天使のように優しく愛らしい彼女の顔が、苦痛の桃色のかすみ越しに見下ろしている……。

「馬鹿ね」そう言っているようだった。

「殺されるところだったのよ。向こうは六人、こっちは三人だけだったんだから」

誰が三人だって？　六人って何が？

「かわいそうにセルダムは……」ボニーは続けた。「あなたを助け出そうとして、もう少しでぶちのめされるところだった。あいつら彼まで殺そうとしたのよ」

誰が？　ヘイデュークは起きようとした。ボニーは身を乗り出し、ヘイデュークをベッドに押し戻した。

「おとなしくしてなさい。まだ終わっていないない」ボニーは裂けた頭皮からガラスを抜き取った。

「縫ってもらわなきゃね」

「セルダムはどこだ？」ヘイデュークはしわがれ声で言った。

「洗面所で打撲を冷やしてる。彼は大丈夫、心配しないで。あなたが一番ひどくやられたんだから。あいつら、あなたの頭をジュークボックスの角に叩きつけたのよ」

ジュークボックス？　ジュークボックス……。うわあああ、思い出してきた。ジャニス・ジリヒンのレコード。酒場でのちょっとした掴み合い。目の前に立ちはだかる身の丈一〇フィート、鷹の目をしたカウボーイ。そうだ、悪いカウボーイだ。一八人くらい、たぶん四〇人。汚い店いっぱい。

セルダム・シーン・スミスが風呂場から現れた。痩せた胴体にタオルを巻き、顔と呼ばれている部品には引きつった笑いを浮かべている。片目のまわりは紫色になり、鼻中隔がずれているようだ。両方の鼻孔には血に染まった綿が詰めてある。細い足で歩み出てきたところは、いつもにもまして、ある種の鳥のように見えた——たぶん話すコンドル、崖ふちから来た金髪のコンドルだ。

「月曜映画劇場は何やってるかな？」テレビをつけな

がらスミスは言った。

「土曜映画劇場でしょ」

彼らはその晩をシェイディ・レスト・モーテルの化粧しっくいの部屋で過ごした。時代遅れの安宿（プールなし）だが、ペイジでは最高級だ。エアコンがからからと鳴り、テレビはだらだらとしゃべり続ける。スミスはヘイデュークの頭皮の傷を縫い、圧迫包帯の上をテープで止めた。ボニーと二人で小さな傷の手当をし、それからヘイデュークに手を貸して温かい風呂に入れる。スミスはビールと食べ物を買いに出て行った。ボニーはヘイデュークを柔らかな手で洗ってやり、その男根が堂々とそそり立つと――必然的にそうなった――愛情を込めた指で優しく撫で、言葉を尽くしてほめた。ヘイデュークは急速に回復していった。叩きのめされ、朦朧とした意識の中で、自分が選ばれたことを知った。今はどうすることもできない。打ち負かされはしたが有り難く、彼は身を任せた。

スミスが戻って来た。食事をする。映画が終わるとスミスは気を利かせて、寝袋を持ってトラックで砂漠に出て行き、タランチュラとガラガラヘビを友に星空の下で眠った。おそらく放りっぱなしの妻たちの夢を見ながら。


ついに二人きりになったアブズグとヘイデュークは、鉄道操車場で貨車が連結するように互いの身体をぶつけあった。誰もその夜の記録はつけていなかったが、がたの来たモーテルのベッドは脚がぐらぐらと揺れ、慎み深いとは言えないくらい何度も壁に当たって音を立てた。ボニーの上げる絶叫は不意に、しかし間を置かず闇夜に響き渡り、隣室で好ましからぬ論評を引き起こした。

翌日昼近く、チェックアウト時刻、グランドフィナーレのあと、片や満足し、片や消耗して、浜辺に打ち上げられた海藻のようにぐったりと横たわった二人は、スミスの拳が中空の合板のドアを静かにたたく音を、しばらく応答せずに聞いていた。ドアには、印刷の注意書きが入った枠が鋲止めしてあった。

ご注意
チェックアウト時刻は午前一〇時でございます。
室内の物品はご入室の前に
すべてリストを作成し、数を確認してございます。
お客様のお名前、ご住所、お車のナンバーは
私共のファイルに末長く保存させていただきます。
ごゆっくりおくつろぎ下さいませ。

またのご利用をお待ち申し上げております。
シェイディ・レスト・モーテル
支配人敬白

17

アメリカの木材産業：計画と問題

彼はしばらく家に帰ると言った。ひと晩よく考えた末、妻たちと子供たちの顔を見、郵便物の整理などの用事をして、グリーン川下りの予定を立て直してから、再び合流することにしたという。また、サン・ファン郡とガーフィールド郡では、ビショップ・ラヴと捜索救助隊がまだ自分を監視しているのではないかという心配もあった。彼はアブズグとヘイデュークに、次の作戦を少なくとも一週間延期するように頼んだ。

三人は一緒にマムズ・カフェで朝食をとった。安食堂（食うに値するものなし）だが、ペイジでは指折りだ。三人は塩素入りオレンジ「ドリンク」を飲み、あらかじめ混ぜて冷凍してあった、だまとすだらけのパンケーキと硝酸ナトリウム及び亜硝酸ナトリウム入りソーセージを食べ、焦げ臭いコーヒーを飲んだ。典型的なペイジの朝食であり、「ちょっと悪くない」ということで意見が一致した。完全に悪かった。彼らは次の活動内容についても意見が一致した。

スミスは、妻たちに逢いにユタ全土四〇〇マイルを巡回し、家族への義務を果たす。それから、計画通りユタ州道路局とその最新の工事を攻撃するために再び合流する。

ボニーとジョージは？　うーん。ジョージは認めた。少し早い婚前ハネムーンをグランド・キャニオンの上、涼しい北の縁《ノース・リム》の高原の森でしようと思っている。どうってこともない斜面だが、ボニーが上からよく見てみたいと言うんで。それに、連邦森林局と木材会社がカイババブ台地で今何をしているか調べてみたい。

男たちは、一九二四年にマロリーとアーヴィンがエヴェレストでやったように、腕を組み合った。ボニーはスミスを抱きしめた。彼らは別れた。スミスはトラックでシーダー・シティ、バウンティフル、グリーンリヴァーを目指す。ジョージとボニーはジープでペイジからエコー・クリフス、マーブル・キャニオン、そしてその先に向かう。

ボニーはこの前この道を通った時のことを、リーズフェリーに行き、そこから今は昔となったグランド・キャニオンの川下りをしたことを思い出した。どうして忘れられよう。河原のひげ面の浮浪者。早瀬。リーズフェリーからテンプル・バーへ至る先カンブリア期の地の底で、日に日に、夜ごとに煮つまっていった焚火を囲んでの謀議。セパレーション・ウォッシュ近くの川岸で、男たちは永遠に同志であることを誓いあい、広げた掌にヘイデュークのバック・ナイフで刻み目を入れて血を絞り、バーボンと混ぜて固めの杯を交わした。ボニーは、マリファナの陶酔感に一人超然として、笑みを浮かべながら儀式を見ていたが、それでも暗黙のうちに仲間に加わっていた。真夜中の星の下、シヴウィッツ高原の崖ふちから三〇〇〇フィートの底、焚火の傍らでモンキーレンチ・ギャングは生まれた……。

谷間の隘路を抜け、ビター・スプリングで急角度に右折して北へ急ぎ、ナヴァホランドの境界（さようなら、またおいでください）を抜け、マーブル・キャニオン橋（これもいつか、とヘイデュークは思った）を渡ってアリゾナ街道に入る。ヘイデュークのジープは西へ突き進む。パリーア台地の岩壁とヴァーミリオン・クリフスの下を通り、クリフ・ドウェラーズ・ロッジを過ぎてハウスロック・ヴァレーに入り、岩と熱波の赤い地獄を抜けてバッファロー牧場の入り口を通過し、東カイバブ単斜の石灰岩の巨大な塊（砂漠の平原に打ち上げられたクジラのようだ）を登る。ここでジープは標高差四〇〇〇フィートを必死に登り、イエローパインと草原のカイバブ国有林に至る。

二人は善良な観光客がみんなするように、ジェイコブ湖で車を停め、ガソリンを補給してコーヒーとパイを飲み食いし、ビールを買った。空気は澄み、陽光と松脂とグラーマ草の甘い匂いがした。下界には恐ろしい砂漠の熱気が待ち構えているのに、ここは涼しい。半透明のアスペンの葉がきらめき、白い樹皮の細い幹は、暗い針葉樹を背にして実に淑やかだ。

ジェイコブ湖で南へ曲がり、グランド・キャニオンのノース・リムで行き止まりになる道をとる。ボニーは愛と美しい景色と松林の中の小屋を思い描いていた。ヘイデュークは、やはりロマンチックで夢見がちであったが、主にマゾヒスティックな機械、苦痛に喘ぐ鋼、異常な圧迫を受ける鉄、彼の言うところの「創造的破壊」のさまざまなイメージを思い浮かべていた。何とかして技術家政治《テクノクラシー》の進行を、成長のための成長を、癌細胞の思想の拡散を、止められないまでも遅らせるのだ。

「俺は神にかけて誓う」ヘイデュークは風の唸りの中へ吠えた（ジープの幌は下ろしたあったので）。まばたきし、ジェファソンの言葉を思い出そうとした。

「人間《マン》の生命を支配する、あらゆる形の専制政治と永久に戦うことを」――少し誤解しているがまったく正しい。

「男《マン》の？　女の生命はどうなるの？」アブズグはわめいた。

「女なんぞクソ喰らえ《ファック》」。ヘイデュークは楽しそうに叫んだ。そう言えば――。

「そう言えば」ヘイデュークはつけ加えて、ハイウェイを外れ、森の中へと続く数少ない細道をたどり、マツとさらさらと鳴るアスペンの下、道路からは見えない日当たりのいい草原のはずれまでやってきた。牛の糞が散らばっている。

「やろうぜ《ファック》！」

ヘイデュークは車を停め、エンジンを切り、ボニーを掴まえて草の上に引きずり下ろした。ボニーは雄々しく抵抗した。ヘイデュークの髪をかきむしり、シャツを引き裂き、膝で股間を一撃しようとする。

「こいつめ」ヘイデュークは唸った。

「やっちまうぞ」

「いいわよ、やってごらん、この変態野郎」

二人は放牧地の草の上、落ち葉の上、松葉の上、神経質に慌てふためくアリの上をごろごろと転がった。

ボニーは逃れかけた。ヘイデュークはタックルしてまた引き倒し、太い腕で地面に押しつけて、目を、口を、顔を芳しい髪の中に埋めた。うなじを噛み、血を滲ませ、耳たぶをかじる……。

「金持ちのユダヤのメスブタめ」

「貧乏白んぼ、皮かむりの異教徒のブタ野郎」

「クソアマ」

「高校落ちこぼれ。言語麻痺。失業退役軍人」

「やりてえ」

「慢性ボキャブラリー欠乏症」

「今すぐやらせろ！」
「いいわよ、どうぞ」しかしボニーの勝ちだった。
「牛の糞の山に頭を突っ込んでるじゃない。いいわよ。はい。気にしないでしょ。もちろんしないわよね。いいわよ。はい。アレはどこ？　見えないんだけど。これ？　まさかこれじゃないでしょうね？　もしもし、お母さん？　あたし、シルヴィア。ええ。ねえ、お母さん、ハヌカー祭には出られないわ。ええ、だからそういうこと。だって、あたしのボーイフレンドが――覚えてるでしょ、イカボド・イグナッツ――あいつが空港を爆破しちゃったから。あいつちょっと――ああん！――イカレてるのよ……」

彼は彼女に沈み込んだ。彼女は彼を呑み込んだ。イエローパインの間を風がひょうひょうと吹き抜ける。アスペンが震え、いくつもの小さな滝のような音を立てて木の葉が踊る。遠慮がちな小鳥のさえずり、ハイイロギツネの吠える声、遠い舗装路のタイヤの唸り、そのような正常な、正気の、普通の音はすべて世界の果てまで押し流され、奔流の中に消えた。

昇降をくり返し、森や草原に入っては抜け、石灰岩台地（どこまでも続く洞窟網を持ち、海綿のように穴だらけだ）のゆるやかにうねる盆地や窪地や谷を過ぎ、ヘイデュークはジープを南に、木材産業の伐採現場に、その希望と恐怖に向けて走らせ続けた。ボニーはヘイデュークに寄り添う。長い髪が旗のように風になびき、半分はヘイデュークにかかる。

プレズント・ヴァレーという草原の北端近くでまた足を止め、連邦森林局の公式標示であるスモーキー・ベアを訂正、美化する。標示は評判の悪い等身大の熊もどきの作り物で、レンジャーハットとブルージーンズとスコップで身を固めており、この種の標示が毎度言っている通りのことを言っていた。

「山火事を防げるのはあなただけ」

塗料を持ってまた車から降りる。黄色い口ひげを描き足す。こうするとスモーキーの覇気のない鼻面が確かにましになる。それから目玉に二日酔い気味の赤を加える。スモーキーはロバート・レッドフォード演じるサンダンス・キッドのように見えてきた。ボニーはスモーキーのズボンのチャックを開け（絵の上でのことだが）、股間にふにゃふにゃの小さいおチンチンを、毛深いが萎びたタマと一緒に描いた。スモーキーの火の用心についてのお説教には、ヘイデュークが星印と脚註をつけた。

「スモーキー・ベアは大ウソツキ」（言うまでもなく、もっと多くの山火事を、空に棲む漠としたヒト上科生物、神が起こしている。つまり、雷に見せかけて）

きわめて奇妙な話だが、一九六八年に連邦議会は、熊のスモーキーのいかなる公式な標示物をも侮辱、破壊、もしくは改善することを連邦法違反とした。ボニーはこの法律を知っていたので、ヘイデュークを脅かしてジープに戻らせ、早々に立ち去った。そうでないとヘイデュークは、スモーキーをその辺の木、例えばピヌス・ポンデローサで吊るし首にし、さらに萎んで垂れ下がった熊の陰茎を、目一杯こちこちに立たせようという願望を、実行に移しかねなかった。

「十分よ」アブズグが言い聞かせる。いつも通り、彼女は正しかった。

グランド・キャニオン国立公園のノース・リム地区入り口から北へ四マイルで、交差点にさしかかる。**トラックに注意**の標識がある。ヘイデュークはそこで左に曲がり、未舗装だが幅の広い林道に乗り入れた。林道は東の森の中へ、見たこともない光景へと続いていた。

ジェイコブ湖から四〇マイルのドライヴの間じゅう、二人はこれまでのところ牛や鹿の群れに飾られた緑の草原と、草原の向こうのアスペン、マツ、トウヒ、モミ、一見切られても傷ついてもいない、人民の国有林しか見ていなかった。見せかけだ。表面だけの偽りの木立、処女林の周縁から四分の一マイル奥に、国有林の本当の役割がある。樹木農場、材木栽培場、建材、板材、パルプ、合板産業の野外工場としての役割が。

ボニーは目を見張った。これまで皆伐現場を見たことはなかった。

「木はどうなっちゃったの？」

「木が何だって？」

「あれのことよ」

ヘイデュークはジープを停めた。静寂の中で、二人は破壊の跡を見渡した。森の半平方マイルの範囲で、ありとあらゆる木がはぎ取られていた。大きなものも小さなものも、健康なものも病気のものも、苗木も古い立ち枯れも、何もかもなくなり、切り株だけが残っている。木が生えていたところには打ち落とされた枝が山積みになっている。冬、雪が振る頃にたきぎにされるのだ。トラック、木材運搬車《スキッダー》、ブルドーザーの轍が網目のように切り株の間を縫っている。

「説明して。ここで何があったの？」

ヘイデュークは説明しようとした。説明をする立場というのは楽なものではない。

ヘイデュークは言った。皆伐では天然林、産業林学者の言う「雑木」を全部切り払い、一種類だけの木を、管理に都合がいいようにきちんと列を作って植える。トウモロコシ、ソーガム、砂糖大根といったような商品作物と同じだ。それから流された腐葉土の代わりに化学肥料をぶちこみ、苗木に成長促進ホルモンを注入し、その区画をシカ除けの柵で囲って、画一的な木をまとめて育てる。全部同じ奴を。木があらかじめ決めた高さにまで育ったら（完全に成長したらではない。それでは時間がかかりすぎる）、伐採機の大群を送り込んで、切り倒す。全部だ。それから枝を焼き、また最初から地ならしして、種を蒔いて、肥料をやる。それを何度も何度もくり返す。もっと早く、間隔をあけずに、だんだんと小さな輪を描いて飛び続け、しまいには自分の尻の穴に隠れてしまう、有名なマレーシア・コンセントリック・バードみたいに。

「わかったか？」

「うーん、わかったようなわからないような」ボニーは言った。

「ただ一つ、例えば、この……」——手を腕輪をはめた手首ごと振って、まわりの荒地を示す——「つまり、例えばそれがみんな国有林なら——国有なわけだから——あたしたちのものということよね？」

「違う」

「でもあなた——」

「なんにもわかっちゃいねえな。ったく、これだからニューヨークの左翼リベラルは」

「あたしはニューヨークの左翼リベラルじゃない」

ヘイデュークの車は皆伐地帯をあとにした。カイバブには天然林はほとんど残っていなかったが、まだ、おおむね森らしく見えた。皆伐は始まったばかりだ。多くが失われたが、多くは残っている——多くは失われたが。

まだ悩みながら、ボニーは尋ねた。

「あたしたちに木の代金は支払われるんでしょ？」

「木材業者はある地域を伐採する権利に入札する。それは確かだ。一番高値で入札した業者が、財務省に金を払う。森林局はその金を、つまり俺たちの金を受け取って、こんな具合に新しい林道を造るのに使う。業者が材木運搬車を通せるようにちゃんとバンクをつけて傾斜をゆるくした奴をな。それでシカや観光客やシマリスをどれだけ殺せるか試す。シカが一〇点、シマリス五点、観光客一点」

「伐採作業員は今どこにいるのかしら?」

「日曜だ。休みだよ」

「でも、アメリカは材木が要るわけでしょ? 人間には何かしら雨をしのぐものが要る」

「そうだ。人間には雨をしのぐものが要る」ヘイデュークは不承不承言った。

「岩で家を造らせりゃいいじゃねえか。でなけりゃパパゴ・インディアンみたいに泥と木の枝で。レンガとシンダーブロックでもいい。ダク・トーにいる俺のダチ公みてえに木箱とカロ・シロップの缶でもいい。長いこと、そう、一〇〇年くらい持つ家を造らせりゃいい。ペンシルヴェニアにある俺のひいじいさんの小屋みてえに。そうすりゃ森を丸裸にしなくてすむ」

「求めるものは反産業革命だけってわけ?」

「そうだ。それだけだ」

「で、どうやって実現するつもり?」

ヘイデュークはこの質問に考えを巡らせた。ドクがいてくれればいいのにと思った。彼自身の脳の働きは、冬の日のクランクケースの澱、ゴミ、毛沢東主席の散文だった。ヘイデュークは、怒りにあふれているが脳みその足りない破壊活動家だった。その間にもジープは、カイバブ国有林の奥深く入り込んで行く。夕暮れが近づく。マツの朽ち葉が埃っぽい日光に浮かび上がる。木々が蒸散する。チャイロツグミが歌う。その上で、空は(他に仕方なく)一面に借り物の落日の色——青と金を見せびらかす。

ヘイデュークは考えた。ついに思いついた。彼は言った。

「俺の仕事は荒野を守ることだ。他に守る値打ちのあるものを俺は知らねえ。単純だろ?」

「単細胞」

「名誉なこった」

ヘイデュークが探していた仕事場に着いた。現在進行中の皆伐現場で、うすらでかい機械が所在なく、たそがれの中に佇んでいる。ブルドーザー、ローダー、木材運搬車、タンクローリー、全部そろっている。トラックだけがなかった。金曜、最後に台地を下り、フレドニアにある製材所まで材木を運んで行ったきりなのだ。

「警備員はどこ?」

「いねえだろ。俺たちの計画を知っちゃいねえ」

「ねえ、よかったら確かめたいんだけど」

「そうしよう」

ヘイデュークはジープを停めた。車外に出てハブをロックし、四輪駆動に切り替える。集材用通路を行ったり来たりし、泥と腐葉土の中を突っ切り、積み上げた丸太と枝の山を迂回し、切り株だらけの土地を走り回った。マツの虐殺だ。二〇〇エーカーの土地に立木は一本もない。

現場事務所が見つかった。小さなトレーラーハウスで、鍵がかかっており、中は暗く、誰もいない。ドアに**ジョージア・パシフィック社、ワシントン州シアトル**という看板があった。連中、ずいぶん遠くから来たみたいだな、ヘイデュークは思った。

ヘイデュークは車を降りた。南京錠のかかった扉をノックし、掛け金をカチャカチャ鳴らす。誰も出てこない。何も出てこない。切り株の向こう、木々の間でリスが短い声を立て、アオカケスがギャアギャアと鳴く。しかし近くに動くものはない。風すらも収まり、森は、それが囲む死の場所同様静かだった。

ヘイデュークが戻って来る。

「どう？」

「言った通りだ。ここには誰もいねえ。みんな週末に街に行った」

ボニーは頭を巡らせて戦場を見渡し、すぐそばの動かない、しかし強力な機械を、それから皆伐地の向こうの無防備な木々をじっと見た。また視線を機械に戻す。

「ここにある機械は一〇〇万ドルはするわね」

ヘイデュークは機械の列を値踏みする目で見渡した。

「二五〇万ってとこだな」

どちらもあてずっぽうだった。二人ともしばらく黙り込んだ。

「どうする？」夜気の肌寒さを感じながら、ボニーが言った。

ヘイデュークはにやりと笑った。犬歯が剥き出しになり、薄闇の中で輝く。親指を立てた拳が上がる。

「お仕事の時間だぜ」

18

サーヴィス博士の日常

　忙しい一日だった。まず胸部外科、一〇代の少年に厄介な左下肺葉切除術を施す。彼は南西部に来るのが一〇年遅すぎた。一九世紀そのままの空気が、近代科学的思考と入れ替わったあとだったのだ。不幸にして間質性肺炎にかかり、さらに悪いことに気管支拡張の跡が残り（若い哺乳類には珍しいことだ）、加えて数年後、今度は南西部でもっとも典型的な疾患、コクシジオイド症、あるいは谷熱《ヴァレー・フィーヴァー》になった。アルカリ土壌と関係があり、砂漠の地表が農業、鉱業、建設で攪乱されたあらゆる場所から、風に乗って遠く広く運ばれる真菌による感染症だ。少年の場合、この経済成長病がひどい出血というお決まりの道をたどった。気管支を切除、縫合し、皮膚を縫い合わせてやる他、この若者には救いようがなかった。

　次は息抜きに、痔核切除術を行なう。簡単な手術――リンゴの芯抜きみたいな――で、ドクはいつも楽しんでやっていた。特に患者がケツの白い道学者ぶったごりごりの保守派で、トップレス・ダンサーをいじめているニューメキシコ州バーナル郡の地区検事長W・W・ディングルダイン（まさか例のW・W・ディングルダインじゃないだろうなって？　そう、同一人物だ！）である時は。一〇分間の直腸拡張にドクが請求する料金は、この場合、五〇〇ドルちょうどだ。法外だって？　もちろん。もちろん法外だ。しかし、まあ、地区検事長ならとっくにご承知だろう。違反者《ヴァイオレーター》は告訴され《プロセキューテッド》、検事《プロセキューター》は辱められる《ヴァイオレーテッド》。

　ようやくドクは血のはねた手術着を脱ぎ、いつもとは違う看護婦の尻をいつもの通りつねり、震える脚でよろよろと裏口から路地へ出た。薄れてはいてもなお容赦のないアルバカーキの太陽の光化学的グレアを抜け、短い階段を下り、最寄りのバーの暗い通路とクッションを張った闇に入る。

カクテルを運ぶウェイトレスが何度も去来し、宙に浮いた笑顔が薄闇の中を滑る。ドクはマティーニを啜り、あの少年のことを考えた。左肩甲骨下の八インチの傷口は、今では縫い合わされ、焼けるように痛んでいる。南西部はかつて、東部の医師がもっと重症の呼吸器病患者を静養に送った土地だ。もはやそうではない。開発業者――銀行家、企業経営者、不動産業者、ハイウェイ建設業者、公益企業の長――は三〇年足らずの努力で、南西部の都市の空気を「標準並」、つまりよそと同じくらい汚くすることに成功したのだ。

少年の肺を襲った毒がどこから来たのかはわかっている、ドクは思った。同じ毒が、自分自身も含め数百万の市民の粘膜を蝕んでいるのだ。視力の低下から目の炎症まで、アレルギーから喘息、肺気腫、全身虚脱に至るまで、道はまっすぐ続いており、あらゆる病気を引き起こす。ここアルバカーキでは、すでに小学生は午後に屋外の「外」気の中で遊ぶことを禁止されている。激しく呼吸をすることは変質者よりも危険なのだ。

ドクは二杯目のマティーニを注文し、形態的に完全なウェイトレスの腿の動きを、彼女がテーブルの間を縫ってカウンターのクロームメッキされた柵の向こうに引っ込むまでじっと見送った。彼女が歩いている間、ドクは、すべすべと密着し、互いに愛撫しあうあの内股の表面を想像していた。あれはどのように、どこへ、なぜつながっているのか。朝方の夢のように激しい胸の痛みを感じながら、ボニーを想った。

もういい。もうたくさんだ。

ドクは強烈な陽光、往来が無意識に立てる喧騒、街の非現実的な現実の中にとぼとぼと歩み出た。外科病棟の入り口に近いラックに(曲がって)停めた自分の(実はボニーの)自転車を見つけだす。初めひどくぐらつきながら、サーヴィス博士は一〇段変速の自転車を、ギアはローギアに入れて、アイアン通りの長い坂の上に向けて漕いだ(田舎の子供たちならこう言うだろう「ケツに楽させるために脚を疲れさせてやがんの」)。

尊大な鉄の馬車に乗った狂った運転手が、ドクをぎりぎりかすめていく。ドクは、独り勇敢に、一人で交通を滞らせながら進み続けた。特大のコンクリートミキサー車の運転席に乗った建設会社の下っ端が、すぐ後ろでエア・ホーンを鳴らした。もう少しで溝に吹き飛ばされるところだった。ドクは譲らなかった。漕ぎ続けながら、大きな中指をぴんと突き立てた片手を挙げる侮辱のしぐさで――チンガ！――露骨に反撃する。トラック運転手は迂回してドクを追い抜きざま、無謀にも右に思い切り身体を倒し、筋骨隆々の前腕と拳と中指を運転台から突き上げた。チンガ・トゥ・マドレ！　ドクは有名なナポリ式二本刺し、つまり小指と人差し指を肉切り用フォークの先のように突き立てたもので応えた。チンガ・ストゥガッツ！（翻訳不能な尋常でなく下品な言葉）。あちゃ！　やり過ぎた。今度は限度を越えたぞ。

運転手はブレーキを軋ませてミキサーを縁石に寄せ、運転席側のドアを開けて転げ出してきた。ドクは歩道に乗り上げ、紳士然と背筋を伸ばして座り、すいすいと漕ぎながら右側を通り過ぎた。三速に変速する。運転手は何歩か追いかけたが、トラックの後ろで警笛の合唱が、全音声《トゥッティ・フォルテッシマ》できわめて強く始まると、止めて運転台に戻った。

まだアイアン通りを走りながら（この先もう一マイル、彼にとって一番便利なルートだ）、ドクは追跡されているのに気づいて不愉快になった。肩越しに振り向くと、セメント車がまた追いついてきたのがちらりと見えた。巨人《ゴリアテ》のような威圧感がある。心臓は早鐘を打ち、くすぶる葉巻をやけくそのように噛みながら、ドクは作戦を立てた。目当ての曲がり角が一区画先にすでに見えている。長い脚を持つ鉄骨製の巨大な両面広告板のある空き地が目印だ。

ドクは少し自転車の速度を落とし、できるだけ縁石の近くを走って、二、三台車をやり過ごした。セメント車が真後ろに来る。もう一度ちらりと振り向き、言葉では表せない二本角のカラブリア式侮辱を、もう一度運転手に投げつける。怒号とともにエア・ホーンが返ってきた。セメント車が轟然と背後に迫ると、ドクはスピードを上げ、六速に変速した。曲がり角が近づいてくる。縁石の狭い切れ目に狙いを定めた。そこから土の道路が広告板（ドクとボニーは以前それを書き替えたことがあった）まで伸びている。トラック運転手に公平なチャンスをやろう。ドクは礼儀正しく、これから斜め右に曲がるという手信号を出した。もちろん、中指をおっ立てて。

その瞬間が来た。ドクは自転車を優雅に傾けて曲がった。その間もペダルは休まず踏み続ける。素早く滑らかに、悠然と背筋を伸ばして小さなサドルに腰掛けたまま、ドクは鉄柱の間、両面広告板の底辺の下を抜けた。帽子のてっぺんと鉄製の横桁の隙間は六インチだった。セメント車が後を追う。

激突音を聞くと、ドクは速度を緩めてUターンし、損害を調査した。壮観だが深刻ではない。看板は二枚とも落ち、セメント車の運転台とまだ回っているミキサーの上一面にだらしなく覆いかぶさっている。ぐしゃぐしゃに絡み合った残骸の中から水が噴き上げている。デュークシティ・レディーミックス・セメント砂利会社、一七号車の裂けたラジエーターから、間欠泉のようにしゅうしゅうと音を立てて。

ドクが見ていると、運転手は運転台から這い出して、看板の陰に潜り込んだ。鼻血と軽い打撲、裂傷とショック以外、さほどの怪我はしていないようだ。サイレンのドップラー効果が近づいてきて、到着し、ドアをバタンと閉める音とともに黙り込む。警察が現場を取り仕切る。満足したドクは、無邪気に自転車を漕いで去った。

夕食は決して手際のいいものではなかった。サーヴィス博士は食べるのは大好きだが、料理をするのは大嫌いだ。冷凍室に四週間あった珪岩のように硬い豚肉の切り身の包みを抱えて台所じゅうをどたばた歩き回った末、サヤインゲンの缶詰とアブズグの古いチキンサラダの残りとビール一瓶で我慢――ボニーは一体どこにいるんだ?――することにした。ウォルター・クロンカイトとその仲間たちの出ている夕方のニュースを見ようとテレビをつける。テーブルについて、郵便受けに入っていた絵葉書をもう一度しげしげと見た。

ドクへ。こちらでは森の中でお花を摘んだり鹿を見たりして楽しく過ごしています。ブチコワスキー氏は私たちの行くところどこへでもつきまといます。みんなドクがいなくて寂しがっています。ペイジかフライ・キャニオンで一、二週間したら会いましょう。電話します。それでは。ブッチとボニーとセルダム・シーン・スリム。

葉書にはアリゾナ州ジェイコブ湖の消印があった。絵の側は山の草原、ミュールジカ、新緑のアスペンの写真だった。

ドクはひとり侘びしい夕食を食べた。目の前のチキンサラダのように冷たくしょぼくれた気分だった。仲間が恋しかった。鮮烈な空気が、荒野が、小さな黄色い花が、ネズの煙の匂いが、手の中の砂と砂岩の感触が恋しかった。よい仕事の快感が、行動が、満足感が恋しかった（地元の環境特攻隊に支援を）。しかし、一番恋しいのはボニーだ。誰よりも美しい《ボニー》アブズグだ。

ニュースを見る。昨日と変わらない。ブチコワスキー氏は相変わらずやっている。あざとい美術とエセ環《エコ》境主義《ポルノ》がはびこるコマーシャルの他は代わり映えがしない。ルイジアナの入り江の風景、スローモーションで飛ぶ珍しい鳥、サルオガセモドキが着生したイトスギの木。原始の光景の上に権力の声が響き、誠実さを誇示し、自画自賛する。エクソン石油――自然には細やかで厳格な配慮を、皆様のニーズには関心を忘れません。

二本目のビールを手に冷蔵庫から戻って来たドクは、テレビの画面の前でしばし立ち止まった。海底油田掘削リグの遠景。結びの言葉に音楽がかぶさる。「視聴者の皆様の関心を考えました」の文句が画面を流れる。ドクには耐えがたかった。突然どうしようもなく耐えがたくなった。ドクはブーツを履いた大きな右足を後ろに引き、ブラウン管をもろに蹴った。馬鹿でかい電球が割れるような音を立てて内破し、破裂した。青い光が台所に満ち、生まれた瞬間に死んだ。蛍光ガラスの大小の破片が壁を滑り落ちた。

ドクはしばらく動かずに、自分のしたすさまじい行為を噛みしめた。「かくして私はマクルーハンの誤りを証明した」彼はつぶやいた。

ドクはあらためてテーブルについた。硫化亜鉛の匂いが宙に漂っている。夕食を終え、すでに皿洗い機からあふれている汚れた皿の上に、今使った皿を乱暴に置いた。蓋に体重をかけて押し込む。ガラスがばりばりと砕ける。ボニーの猫に餌をやってから外に放り出し、台所を出て居間に座り込むと、葉巻に火を点けて、大きな西の窓越しに、火床の熾のような街の陰鬱な威容をいつまでも見ていた。街の上、リオ・グランデ川の彼方には、プラチナのように蒼い三日月が夕空にかかり、街に、川に、不毛の平野に光を投げている。

ドクは仲間たちのことを考えた。彼らはどこか、はるか北西の岩の間で、あの控えめな光の下で、必要な作業をしている。自分が中年の日々を空費している間に。小人閑居して不善をなす。サーヴィス博士は新聞に手を伸ばした。最終面の全面広告を眺める。デュークシティのアイス・アリーナでボート・ショー。新型のハウスボートを見に行くのも悪くない。明日か明後日にでも。すぐにでも。

19

夜の来訪者

伐採地の入り口に近い松林の中に、ヘイデュークはジープを目立たないように停めた。ボニーをボンネットの上に配置し、目を見開き耳の穴をかっぽじっておけと指示する。ボニーはもどかしげにうなずいた。

ヘルメット、つなぎ、銃とガン・ベルト、作業手袋を身につけ、小さな懐中電灯とその他の工具を手に、ヘイデュークはボニーの目の前からたそがれの伐採地の奥深くへと姿を消した。巨大な機械の間に影のように溶け込んでいく。ボニーは本を読みたかったが、もう暗すぎた。しばらく静かに歌を歌い、それから鳥の声に耳を傾けた。名も知らず、姿も見えない鳥は、森の奥で夜に備えて巣に戻り、すぼめた翼の下に頭を埋め、鳥の眠りが見せる単純で無邪気な夢へと引きこもる（鳥は大脳を持たない）。

森は永久のもののように思えた。風は少し前に止み、鳥が静まると、静寂はさらに深く、繊細になった。ボニーはまわりの背の高い存在を意識した。じっと考え込んでいるイエローパイン、陰気で粗野な性格のエンゲルマントウヒとベイモミ。その大聖堂の尖塔のような高い樹冠は、さまざまな角度をなして（成長するものはみな必ず枝分かれするからだ）、あの華麗な火球の群れ、全力で輝き、膨張する宇宙の内側を飾る一等星に向かって伸びている。だがそれは前にも見たことがある。マリファナを巻いて火を点ける。

その頃ブルドーザーの腹の下では、ジョージ・W・ヘイデュークが、アリスチャーマーズHD—四一のクランクケースの排油栓を開けようと特大のスパナと格闘していた。アリスチャーマーズが造る最大のトラクターというだけのものに過ぎない。ヘイデュークのスパナは長さ三フィートあった――トラクターの工具箱から持って来たものだ――が、その四角ナットを回すことはできなかった。ヘイデュークは延長継ぎ手、つまり長さ三フィートの鉄パイプに手を伸ばし、スパナの把手の先端にスリーヴのようにはめ込んで、もう一度引っ張った。今度は何分の一ミリか動いた。それで十分だ。もう一度引くと、ナットは回り始めた。

今のところ派手なことは何もしていない。ただいつもの手順に従っただけだ。このHD―四一のように、可能な場合はクランクケースのオイルを抜くことにした。逃げ出す直前にエンジンをかける計画だ（騒音の問題から）。キーはなかったが、必要なら事務所のトレーラーに押し入れば見つかると考えていた。

栓をもう一ひねりすればオイルが抜け始める。ヘイデュークはオイルがかからないようにゆっくりと身体をずらして、パイプの柄がついたスパナを握り直し、そこで凍りついた。

「調子はどうだね」深く低い男の声が言った。せいぜい二〇フィートほどしか離れていない。

ヘイデュークは拳銃に手を伸ばした。

「よしな」

男はスイッチを入れると、強力な懐中電灯の光をヘイデュークの目にまともに向けた。

「俺にはこいつがある」そう言って男は、疑いもなく一二番径《ゲージ》の散弾銃《ショットガン》とおぼしきものの銃口を明かりの中、ヘイデュークに見えるところへ突き出した。

「ああ、装弾《たま》は入っている」男は言った。「撃鉄が起きていて、ガラガラヘビみたいに敏感だぜ」

男の言葉が途切れた。ヘイデュークは待った。

「よし」男が言った。「まず、お前さんがそこでやってることを終わらせちまいな」

「終わらせる？」

「さあ」

「俺は探し物をしてたんだ」

男は笑った。気さくで感じのいい笑い方だったが、脅すようなところがなくもなかった。

「本当かね？　じゃあ、この暗いのに、ブルドーザーのクランクケース・ガードの下なんぞで、一体何を探してたんだね？」

ヘイデュークは慎重に考えた。まったくもっともな質問だ。

「ええと」ヘイデュークは言い、口ごもった。

「今考えているな。ゆっくり考えなよ」

「その……」

「さぞいい答えなんだろうな」

「ああ、えー、探していたのは――つまり、俺はブルドーザーの本を書いていて、どんなふうになっているか見た方がいいと思ったんだ。下側を」

「あまりいい答えじゃねえな。どんなだった?」

「油でべとべと」

「そのくらい教えてやったのに。そうすりゃ余計な手間が省けた。手に持ってるその三フィートのエンドレンチは何だね? お前さんはそいつで本を書くのかい?」

ヘイデュークは何も言わなかった。

「よし」男は言った。「仕事を終わらせな」

ヘイデュークは迷った。

「本気で言ってるんだ。栓を緩めて、オイルを抜け」

ヘイデュークは言われた通りにした。何しろショットガンが、懐中電灯のように顔をまともに狙っているのだ。至近距離でのショットガンには強い説得力がある。ヘイデュークは動いた。栓を緩める。解き放たれた滑らかで濃厚なオイルがほとばしり、掻きむしられた土にこぼれしみ込んだ。

「さてと」男が言った。「スパナを置いて、手を頭の後ろで組め。あおむけで、横ばいみてえにして出て来い」

ヘイデュークは従った。手を使わずに身体をくねらせてトラクターの下から出るのは容易ではなかったが、そうした。

「今度はうつぶせになれ」

やはりヘイデュークは従った。しゃがんでいた男は立ち上がり、近づいて来た。ヘイデュークの銃をホルスターから抜き取り、後ずさりしてまたしゃがみこむ。

「よし、こっちを向いて座ってもいいぞ」男はヘイデュークの銃を調べた。

「ルガーの・三五七マグか。威力は十分だな」

ヘイデュークは男に顔を向けた。

「俺の顔を照らしてなくてもいいんじゃねえかな」

「そうだな」見知らぬ男は灯を消した。「すまなかった」

二人は突然の闇の中で向き合った。二人とも、おそらく、どちらが先に視力を取り戻せるか、どちらが夜目が利くかを考えていた。しかし見知らぬ男は人差し指をショットガンの引鉄にかけている。二人は互いの顔を、高原の星明かりでよく見ることができた。どちらもしばらく動かなかった。

見知らぬ男はせき払いをした。

「お前さんの仕事は遅い」と文句を言う。

「一時間ほど見てたんだ」

ヘイデュークは何も言わなかった。

「だが、仕事ぶりはいいようだ。完璧だ。気に入ったよ」

男は地面に唾を吐いた。

「パウダー川で見た阿呆な都会っ子とは違う。ツーソンあたりの小僧どもともとも。頭の脱線したイカレポンチどもとも――名前は？」

ヘイデュークは口を開きかけた。ヘンリー・ライトキャップとでも言おうか？　彼は考えた。ジョー・スミスは？　それとも――。

「まあ、いい」男は言った。「知ろうとは思わん」

ヘイデュークは星明かりの中で、目の前一〇フィートにある男の顔をまじまじと見た。少しずつはっきりと見えてくる。見知らぬ男は覆面をしていることがわかった。目の上にかぶる黒い覆面ではなく、ただの大きなバンダナで、西部の無法者風に鼻から口、顎にかけて覆っている。覆面の上には暗い右目がぼんやり光り、黒い帽子の垂れたつばの下からヘイデュークを見つめている。もう片方の目は閉じたままで、ずっとウィンクをしているかに見える。ヘイデュークはやっと、男の左目がないこと、なくなってから久しいこと、明らかに昔の酒場のケンカか、伝説上の戦争で失われ、忘れ去られたことに気づいた。

「あんたは誰だ？」ヘイデュークは訊いた。

覆面の男は驚きと不快感の入り混じった声で言った。

「そんなことを知る必要はない。いい質問じゃない」

沈黙。二人は見つめ合った。

見知らぬ男がくすくすと笑った。

「お前さん、俺を警備員だと思ったんだろ。ちびっと冷や汗かいたんじゃねえか？」

「警備員はどこだ？」

「あの中」男は親指で近くの事務所になっているトレーラーを示した。ドアに会社のステッカーを貼ったピックアップが停まっている。

「何してる？」

「なんにも。手足を縛ってさるぐつわを噛ませてある。心配ない。月曜の朝まであのまんまだ。伐採作業員が戻って来たらほどいてもらえる」

「月曜の朝ってことは明日の朝だぜ」

「ああ。ずらかった方がいいだろう」

「どうやってここに来た？」

「この手の仕事には馬を使うことにしてるんだ。あまり速くはないかもしれんが、静かなんでな」

再び沈黙。

「どういうこった？『この手の仕事』ってのは？」

「お前さんがやってるようなことだよ。お前さん、本当に質問が多いな。俺の馬見たいかね？」

「いいや。銃を返してもらいたい」

「よかろう」男は銃を返した。「今度から見張りをもう少し近くに置いた方がいい」

「あいつはどこだ？」ヘイデュークは拳銃をホルスターに戻した。

「ジープの上に乗ったままだ。マリファナタバコをふかしてるよ。それとももう吸い終わったかな」

男は言葉を切り、あたりを包む闇を透かし見てからヘイデュークに向き直った。

「ここにもう一つお前さんが欲しがっているものがある」

そう言いながら男はポケットを探り、鍵束を手渡した。

「これでエンジンをかければ、ばっちり焼き付くぞ」

ヘイデュークは鍵をじゃらじゃらと鳴らした。事務所のトレーラーの方を見る。

「警備員が逃げ出す心配はないのか？」

「手錠をかけて、両手両足縛り上げて、さるぐつわ噛ませて、酔い潰して閉じ込めてある」

「酔い潰して？」

「奴さん、俺が来た時には半分酔っ払ってたんだ。銃を突きつけてから、奴さんが舐めてやがったバーボンのパイント瓶を全部飲ませた。脅えながら楽しく酔い潰れちまったよ」

それでドアを叩いてもうんともすんとも言わなかったのか。ヘイデュークは覆面の男を見た。足をもぞもぞさせている。今にも逃げ出そうとしているようだ。

張りつめ、脅えた高い声が、闇の中から聞こえた。

「ジョージ、大丈夫？」

「大丈夫だ」ヘイデュークは叫び返した。「そこにいろ、ナタリー。見張ってろ。それから、俺の名前はレオポルドだ」

「わかったわ、レオポルド」

ヘイデュークは鍵をじゃらつかせながら、脇にあるトラクターの黒い巨体を見た。

「動かし方がわからねえかもしれねえ」

「手伝ってやる。そんなに急いでるわけじゃねえんだ」

森の中のどこかで馬が足を踏みならし、すりあわせ、小さくいなないた。男は耳を傾け、そちらへ顔を向けた。

「静かにしろ、ロージー。すぐに行くから」ヘイデュークに向き直る。

「来な」

二人は大きなトラクターの運転席によじ登った。男は鍵束を取り返し、一つを選ぶと操縦室の床のブレーキペダルの後ろにあるアクセスパネルを開けた。ヘイデュークに示してから親スイッチを入れる。ハイト・マリーナにあった旧型のキャタピラーとは違い、この機械はバッテリーの力だけで始動する。

「よし、次は変速レヴァーのそばの、その小さなボタンを押す」

ヘイデュークはボタンを押した。スターター・ソレノイドがスターター・ピニオンをフライホイールの内歯車と噛み合わせた。四サイクル一二気筒のカミンズ・ターボ・ディーゼルエンジンが咳込み、息づき始める。密封された一七一〇立方インチのピストンの力。ヘイデュークは狂喜した。スロットル・レヴァーを手前に引く。エンジンは快調に吹け上がり、いつでも作業ができる（急速に加熱していたが）。

「こいつで何かしてやろう」ヘイデュークは男に告げた。

「やれよ」

「そこらじゅうのものを転がしてやるんだ」

「それなら急いだほうがいい。二、三分しかもたないぞ」

男は計器盤に目を向けた。油圧ゼロ。エンジンの温度は上がっている。すでに病気の犬が鼻を鳴らすような、奇妙で異常な音がしている。

ヘイデュークはロック・レヴァーを解除し、変速レヴァーを引いてギアを入れた。降りている排土板の抵抗に逆らって、トラクターは急激に動きだした。大量の泥とイエローパインの切株二つを、ジョージア・パシフィック社の事務所の側面に押しつける。

「それはやめろ」男は怒鳴った。「中に人がいる」

「そうだった」ヘイデュークは機械を止めた。土砂はうずたかく積み上げたままになった。重みでトレーラーの外壁がたわむ。後退に切り替え、バックでジョージア・パシフィックのピックアップを轢く。トラックはビールの缶のように潰れる。ヘイデュークはその上でブルドーザーを旋回させ、残骸を泥の中に押し込んだ。

次は？　ヘイデュークは星明かりの中、次の標的を求めてあたりを見渡した。

「あそこにある新しいクラーク集材車で何かやってみな」男が言った。

「よっしゃ」ヘイデュークはドーザーブレードを上げ、トラクターを旋回させて、全速力——時速五マイル——で集材車に突進した。鉄の肉が裂け、鋼の骨が折れる高らかな申し分のない音を立てて、それは潰れた。ヘイデュークはトラクターをその場で二〇〇度旋回させ、ディーゼル燃料を満載したタンクローリーに狙いをつけた。

誰かが叫んでいる。何かが叫んでいる。

全速前進。トラクターは起動輪一回転分がくんと前につんのめり、止まった。エンジンブロックが裂けている。蒸気が噴き出し、しつこく警笛を鳴らしている。エンジンは生きようとあがいた。集合管《マニホールド》の中で何かが爆発した。排気筒から青い炎が吐き出され、星空に熱い火花を吹き上げる。一二個のピストンは燃焼室にがっちりと焼き付き、シリンダー、エンジンブロックと——融合、溶接されて——一つになる。一個の一体化した不動の同質的な白熱した分子の塊に。万物は一つなり。悲鳴は続く。五一トンのトラクターが夜に叫ぶ。

「おシャカだな」男は言った。「もうどうしようもねえ」

ブルドーザーの後部を伝って、八トンあるリッパーの下に降りる。

「逃げろ！　誰か来る！」男は叫び、闇の中に溶け込んで行った。

ヘイデュークは心を落ち着かせ、トラクターを降りた。まだ誰かの叫び声が聞こえる。ボニーだ。

ボニーはヘイデュークの袖を引っ張り、森の奥を指さしてわめいた。

「見えないの？　灯よ、灯！　どうしたの？」

ヘイデュークは目を凝らし、それからボニーの腕を掴んだ。

「こっちだ」

二人は森の中に逃れようと、切株の間を伐採地の向こうめがけて走った。その時トラックが一台、空き地に突入してきた。ヘッドライトが輝き、スポットライトが空き地を薙いで、二人を捉えかける。

が、捉えられなかった。二人は森の中、味方である木の間にいた。闇の中手探りで、ジープがあると思われる方向へ進んでいると、ヘイデュークは蹄の響きを聞いた。何者かが馬に乗って全速力で駆け抜けて行った。トラックはシューシューと音を立てるブルドーザーの脇に停まる。男が数人下りてきた。一人、二人、三人——暗くて数えられない。ヘイデュークとアブズグは、スポットライトが伐採地を、木々を探り、馬を探すのを見ていた。

やはり遅すぎた。騎手はちらりと姿を見せてから森の中へ消え、道路伝いに夜の涯《はて》へと駆け去った。銃が一度、二度、無意味な抗議の声を上げ、静まる。蹄の音が遠ざかっていく。トラックの男たちは事務所トレーラーの中で壁を蹴っている誰かの救出に取りかかった。さっきの瓦礫が動かないドアに積み重なっているので、救出には手間取ることだろう。

ボニーとジョージはジープに乗り込んだ。

「あれは一体誰？」ボニーが尋ねる。

「警備員だろ」

「そうじゃなくて、馬に乗った人」

「わからん」

「一緒にいたじゃない」

「あの男のことは何もわからねえ。ドアを閉めろ。逃げるぞ」ヘイデュークはエンジンをかけた。

「聞こえるわよ」

「ブルドーザーが唸ってるから大丈夫だ」一切の燈火を点けず、星明かりだけでゆっくりと森を出て、林道の本線に乗り、ハイウェイとノース・リムの方向へ戻る。安全と思えるところまで来ると、ヘイデュークはヘッドライトを点け、アクセルを踏み込んだ。よく整備されたジープは快調な音を立てて滑らかに進んだ。

「本当にあの男が誰か知らないの？」

「わからねえ。わかってるのはさっき話したことくらいだ。奴をキモサベと呼べ」

「何なの、その名前？」

「パイユート族の言葉だ」

「どういう意味？」

「アホタレ」

「なるほどね。ぴったりだわ。お腹空いた。食べるものちょうだい」

「もう二、三マイル材木屋から離れるまで待ちな」

「あのトラックに乗ってたのは誰？」

「わからねえし、わかるまでうろうろしていたくもねえ。そうだろ？」ヘイデュークはボニーをいじめてやることにした。

「違いますかね、見張りの大先生？」

「あのねえ、そのことでからむのはやめて。あなたがジープのところにいろって言うからそうしていたんだから。あたしは言われた通り道路を見張ってたのよ」

「わかったよ」

「じゃ、黙って」

「ああ」

「で、何か面白いことない？　退屈しちゃった」

「よし、こんなのはどうだ。きわめつきのなぞなぞだぜ。ローン・レンジャーと神の違いは何か？」

ボニーは森の中をがたがたと抜ける間考えていた。小さなタバコを巻いて、考えに考えた。とうとう彼女は言った。

「ほんっと、馬鹿みたいななぞなぞね。降参」

「ローン・レンジャーは実在する」

「意味がわからない」

ヘイデュークは手を伸ばし、ボニーを掴まえてぎゅっと自分の脇に引き寄せた。

「気にするな」

20
犯行現場へ再び

ヘイデュークとアブズグは、舗装路を遠く離れ、閉鎖された林道沿いのアスペンの木の下で、あらゆる法規に違反して非合法に（焚火の許可も取らずに）キャンプした。

二人は遅く目覚め、寝床で〈朝食〉をした。

鳥は鳴き、陽は差し染め、以下省略。済んでからボニーは言った。

「何か食べたいな」

ヘイデュークは彼女をノース・リム・ロッジへ連れて行き、ブランチを摂った。オレンジジュース、ペカン・ワッフル、片面焼きの目玉焼き、ハッシュブラウンズ、ハム、トースト、牛乳、コーヒー、アイリッシュコーヒー、パセリひと枝を胃に収める。すべて結構だった。ヘイデュークはボニーをロッジのテラスに連れ出し、コロラド川はグランド・キャニオンのそびえ立つ崖の風景を見せた。

「すごい」ボニーは言った。

「グランド・キャニオンを一つ見れば、全部見たのと同じだ」ヘイデュークも賛成した。ヘイデュークはボニーをケープ・ロイヤル、ポイント・インペリアル、最後にポイント・サブライムに連れて行き、そこで二晩目の非合法キャンプをした。日が合法的に（西に）沈む時、二人は垂直高低差六〇〇〇フィートのぽっかりと口を開けた深淵をのぞき込む。

「あの裂け目、俺に向かってあくびしてるぜ」

「あたし眠い」

「おいおい、まだ夕方だぞ。どうしたんだ?」

「わかんない。〈寝る〉前に一眠りしましょ」

思えば忙しい週末だった。二人はまた横になり、少し休んだ。

はるか底の底から、風に運ばれて、バウチャー・ラピッズの喝采の音が聞こえてくる。ユッカの枯れ枝と空の莢が、星空の下、縁辺岩の上でそよ風にからからと鳴る。コウモリが鳴きながら急降下し、ジグザグを描いて、命がけの回避行動を取って飛ぶ虫を追う。森の闇の中では、名もない夜鳥が一羽鳴いた。ヨタカが鮮やかな夕焼け空に舞い上がり、虫を求めて滑空し、輪を描き、急に突進する。垂直降下から急激に引き起こす時、翼が遠い雄牛の咆哮のような音を立てる。別名雄牛蝙蝠《ブルバット》。森の中、松の暗がりの奥ではチャイロツグミが、フルートのような銀色の声音で呼んでいる（誰を?）。恋わずらいの詩人。すぐさま別の鳥、いたずら者、ワタリガラス、カイバブクイナが、作男が鼻をかむような音で応える。

二人はボニーの気休めを、異様に遅いスローモーションで交代に回した。陶酔の大麻。愛しのマリー・ハナ。

「なあ」ジョージ・W・ヘイデュークはつぶやいた。おびただしい美、愛、優しさ、薬、女肉、夕焼け、峡谷の景色、澄んだ森の音色に、その心は堕落し、その脳は害されていた。

「いいか、ボニー」

「何?」

「こんなこと続けなくってもいいんだぞ、な」

ボニーは重い瞼を開いた。

「続けなくていいって、何を?」

「ヤバい橋を渡らなくていいってこった。俺たちは捕まる。俺たちは殺される。必ず」

「何? 誰が? 誰に?」

「このまま続けたら。オレゴンに行くってのはどうだ？　あそこは人間の住む場所だそうだ。ニュージーランドに行って羊を飼ってもいい」

ボニーは両ひじをついて身体を起こした。

「あたしに言ってるの？　気は確か？　どこか悪いんじゃないの、ジョージ？　一体いくつ——マリファナちょうだい——あなた、そもそも何者？」

大麻に酔ったヘイデュークの目が、四〇マイル向こうから彼女を見つめた。チェスの駒ほどもある焦茶色の大きな瞳孔。ポーカーチップ、キノコ、幻覚キノコ。ゆっくりと、大きく邪悪な笑顔が輝いた。蒼白いたそがれに笑う狼のように残忍に。

「人《マン》は俺を呼ぶ……」ヘイデュークは言った。舌は蕪の塊茎のように厚ぼったく無感覚だ。

「人《マン》は——」

「男が呼ぶ？」

ヘイデュークは言い直した。

「彼らは……人《パーソン》は俺を呼ぶ……」指を痺れた唇に当てる。

「シィーッ……キモ……サベ……」

「アホタレ？」

「そうだ」ヘイデュークは言い、ひどく重い頭でうなずいてうれしそうににやりとした。声を立てて笑い、ボニーの脇にまた倒れ込む。二人は一緒に倒れ込み、笑い、ジッパーで二つつなげた、厚くふかふかしたグースダウンの寝袋の上で手足を広げた。


朝にはヘイデュークは回復していた。いつもの禍々しさと過剰な自我が戻っていた。マリファナのせいで頭が割れそうに痛かったが。

「仕事に戻るぞ」とボニーを起こしながら唸る。

「三本の橋と、鉄道と、露天掘りと、発電所と、二つのダムと、原子炉と、コンピュータ・データ・センター一つと、ハイウェイ工事六つと、土地管理局の展望台を今週一週間でやっつけるんだ。起きろ、起きろ、起きろ。おい、こら。コーヒーを入れろ。でなけりゃブロンクスに送り返しちまうぞ」

「やれるもんならやってごらん」

北へ進路を取り、国立公園を抜けて国有林に入る。すべてのアメリカ人の所有物で、アメリカ人のために、ご親切な（アメリカ林業協会の）森林レンジャーが管理してくれている。スモーキー・ベアの看板は撤去されていた。ジェイコブ湖で停まってガソリンを入れ、アイスボックスにビールを補充し（正常な状態に戻ったと、ヘイデュークは言った）、犯罪の証拠になりかねない絵葉書を何枚か出した。前進。ヘイデュークは分かれ道を右に進んで森を出た。東へと単斜を下り、陽炎の中に浮かぶハウスロック・ヴァレーの火星のように赤い砂漠を目指す。自らに、そして世界に満足して、二人は進み続ける。砂漠を越え、カイビート台地を登り、南東、ペイジの先へ向かう。ブラックメサ―レイク・パウエル鉄道がどうなったか見に行くのだ。カイビート・キャニオンの交差点近くで道路を外れてジープを隠し、サイケデリックなナヴァホの陽光の中を北へ数マイル歩く。遠くに線路が見えてきた。正確に方向を見定め、二人は小高い滑らかな岩《スリックロック》の上へ登って行った。そこから双眼鏡を使って、カイビート・キャニオン橋の修理の進み具合を観察することができる。

「電気が復旧している」ヘイデュークは言った。

「見せて」

　ボニーは双眼鏡で線路と工事列車を見た。大きな緑色のビュサイラス・エリー・クレーンが、長物車からI型鋼を吊り上げて、台座の上で回転し、再建された橋台の上に下ろしている。技術者や作業員が工事現場一面アリのように群がっている。つなぎあわされ、立て直された電線が谷間を渡され、必要に応じて高圧電流を運んでいる。石炭貨車は谷底の日陰に廃車置き場の残骸のように積み上げられ、やがて来るかもしれぬ復活の時を待っている。

「むきになってるわね」ボニーは言った。ピラミッドや万里の長城をどうやって、なぜ造ったか、わかるような気がした。

「発電所は石炭を欲しがっている。それもひどくな。パシフィック・ガス・アンド・エレクトリックには餌が要るってわけだ。また止めなきゃならねえな」

　砂岩の露頭を越え、砂をかきわけて、砂漠の木々の間に隠したジープに戻る。二人が近づくと、マツカケスの群れが紙吹雪のようにくるくる回りながら飛び去った。

「工具、手袋、ヘルメット」ヘイデュークは吠えた。

「工具は何？」

「フェンス・プライヤー。チェーンソー」

　武装を整え、乾肉とイチジク入りビスケット《フィグ・ニュートン》とリンゴを噛みながら、二人は線路へ向けて進軍した。ただし今度は別の直線区間だ。砂丘に腹ばいになって、作業列車がごとごとと通り過ぎ、ペイジに必要な品を取りに戻って行くのを見守る。列車はカーヴを曲がって消えた。ボニーは双眼鏡を手にネズの木陰で見張りに立ち、ヘイデュークは作業に向かう砂に足を取られながら線路へ歩き、家畜除けのフェンスを切り、タンブルウィードの壁を押しのけて一番近くの電柱に歩み寄った。他の電柱と同様、ワイヤーの張り綱で地面に固定されている。ボニーを見る。ゴーサインが出た。チェーンソーを始動し、騒々しく、しかし素早く電柱の根元に深い切れ込みを入れる。チェーンソーを止め、ボニーを見、耳を澄ます。異状なしの合図が来た。

ヘイデュークは小走りに次の電柱に向かい、同じような切れ込みを入れた。完了。エンジンを止め、見張りを確認する。よし。さらに三本に切れ込みを入れる。電柱を立たせているのは張り綱だけだ。六本目に取りかかろうという時、視界の隅でボニーが――遠すぎてチェーンソーの騒音の中で声を届けることができないので――狂ったように手信号を送っているのに気づいた。同時にヘイデュークは感じた。聞こえもしないうちから、憎らしく恐ろしい、バタバタバタ！　というヘリコプターの音を。チェーンソーを止め、それを手に路盤の盛り土から、溝の中に腰まで溜まったタンブルウィードの固まりの中に飛び込む。タンブルウィードの下で背を丸め、震え、自分の姿が見えないことを願いながら、リヴォルヴァーを抜いて熱い死を待つ。

ヘリコプターは稜線の向こうから現れた。騒音が急に大きく、激しく、狂おしくなる。ヘリコプターが頭上一〇〇フィートを、翼手竜《プテラノドン》のようにばたばたと飛び去ると、空気が震えた。乱気流がヘイデュークを地面に押しつける。自分は死ぬと思ったが、そいつは飛んでいった。草の中から横目で見ると、ヘリコプターが鉄道用地づたいに遠ざかり、二本のレールの収束点を目指して東へ向かうのが見えた。通過したあと、刻みを入れた電柱が少し揺らいだが、倒れなかった。

ヘリコプターは去った。待つ。ボニーから合図はない。やはり何らかの形で身を潜めているに違いない。空飛ぶ機械の振動のかすかな名残も消え去るまで待つ。恐怖が徐々に消えていき、代わって古い、無益な、鎮まることのない強い怒りが満ちてくる。

気に喰わねえ、アリゾナの陽の下で、ジョージ・ヘイデュークは言った。何もかも気に喰わねえ。あの風船アタマの竜が近づいてくるのが聞こえた時、真っ先にある記憶がヘイデュークの脳裏に閃いた。カンボディアの埃っぽい道端、ナパーム弾で真っ黒に焼かれ、一塊に融合した女と子供の死体が。

立ち上がる。ヘリコプターは去った。木の下から出てきたボニーに手を振る。戻れと合図を送る。理解していないようだ。

「戻れ」ヘイデュークは怒鳴った。「ジープに戻れ」

ボニーは首を振っている。

ボニーのことは見切りをつけた。よろよろとタンブルウィードの藪の中から這い出して、路盤に上り、次の電柱に向かって歩く。チェーンソーの始動索を思い切り引く。エンジンが唸る。ヘイデュークは案内棒を電柱に当て、親指で注油ボタンを押し、スロットルを引いた。チェーンソーは猫のようにわめく。クロームメッキされた歯が柔らかい木に食い込む。まず四五度の斜めの切り口。次に最初の切り口と途中で交差するように、電柱の中心まで水平に切り込む。ここまで八秒。エンジンを切り、チェーンソーを引き抜く。くさび形の松材が転げ落ちてくる。

次に進む。また次。手を休め、目を凝らし、耳をそばだてる。何事もなし。ボニー以外は誰も見当たらない。ボニーは線路より高い丘の稜線にいる。もう五〇ヤード離れており、ほとんど声は届かない。さらに三本の電柱に切れ込みを入れた。また手を止めて警戒する。自分の息遣い、汗の滴り、耳の奥を流れる血のざわめき以外音はない。もう一度ボニーに戻れと合図する。また命令を無視した。いいだろう、ヘイデュークは思った。さあ、ぶっ倒すぞ。

一一本の電柱に切れ込みが入っている。十分だろう。今度は張り綱を切る。チェーンソーを近くのネズの下に隠し、フェンス・プライヤーを取り出す。プライヤーを巻き上げハンドルのように使って、張り綱を地面に固定しているねじ締め金具を緩めて外した。線路に沿って移動しながら一つずつ外していく。九本目で刻みを入れた電柱の列はそろって傾ぎ始めた。一〇本目で電柱は倒れた。

片持ち梁で支えた電線の重みに引かれて、電柱は内側に、線路の上に倒れた。地面に叩きつけられる一瞬前、五万ヴォルトの青い火花が、電線とレールの隙間に飛ぶのが見えた。ヘイデュークは神を思った。そして、**ガーン！** 八八台のグランドピアノが集団自殺したような衝撃音が響く。オゾンが匂った。

電気は完全に止まった。ヘイデュークは土手をよじ登り、フェンスをくぐって、スリックロックの上、うっとりと見ほれているネズの木々の間を、南へと小走りに走った。右手にはチェーンソー、左手にはプライヤーを握っている。木の陰で時々立ち止まってあたりを警戒する。線路沿いのどこかにいる誰かが、もう無線でヘリコプターに連絡し、合言葉を言ったに違いない。全面的警戒の。

それとボニーはどこだ？　探しても見えない。自分の半分でも脅えていれば、ジープに戻る途中だろう。

脅えている、そうだ、それに愉快でもある。脅えているが愉快だ、犬のように舌を垂らして喘ぎながら、ヘイデュークは思った。走り続ける。開けた場所を駆け抜け、木の下で立ち止まって休み、空気をむさぼり、空からの哨戒に耳をそばだてる。得意満面のヘイデュークは、また立ち止まり、息をつく。大きな黒い鳥が大きな口を開けてさえずり出した。

お前は捕まるぞ、ジョオジ・ヘイデューク。
お前は縛り首だぜ、おい。
隠れても無駄だ。逃げても無駄だ。何をしても奴らにはわかる。
奴らは道路で、お前を探してる。
奴らは線路伝いに、お前を探してる。
奴らはデータバンクで、お前を調べ上げる。
奴らは空から、お前を探してる。
お前はおしまいだ、ジョオジ・ヘイデューク。お前は疲れ切った浮浪者だ。
お前はへたばったカモだぜ、へっへー！

ヘイデュークは大口の鳥に石を投げた。鳥は道化のようにぺちゃくちゃとさえずりながら羽ばたき去った。翼が薄い空気を重く叩き、バタバタと重い重い音を立てた……。

バタバタ
バタバタバタ
バタバタバタバタバタバタバタ
奴らは空から
お前を探してる。

21

セルダム・シーン・スミスの日常

　ユタ州グリーンリヴァー。スーザンの家。スイカ農場。バウンティフルにあるシーラの家から、一日あれば車で楽に来られる距離だ。そのシーラの家もやはり、シーダーシティの近くにあるキャシーの家から一日で楽に来られる。もちろん、最初からそういうつもりだったのだ。セルダム・シーン・スミスは預言者ブリガムに耳を傾けていた。彼はウサギと同じく一夫多妻を実行している。

　午前三時、寝室には夢がいっぱいだった。何と価値ある時！　開いた窓から熟していくスイカの匂い、刈り取ったアルファルファの甘い匂い（この夏二度目の収穫）が漂ってくる。そして、リンゴの木、馬糞、用水路に沿って生える野生のアスパラガスの強烈で消し去ることのできない匂いも。畑一つだけへだてた土手からはヤナギの囁きが、ビーヴァーの尾が川面を叩くバシャッ！という単調な音が聞こえてくる。

　あの川。あの黄金のグリーン川。ウィンド・リヴァー山脈の雪を源に、フレーミング・ゴージとエコー・パークを、スプリット山とゲイツ・オヴ・ロウドーを抜け、アウーウィーユークッツの斜面を下り、ヤンパ川、ビタークリーク、スイートウォーター川を合わせ、廃虚《デソレーション》という名の峡谷を下ってタヴァプッツ平原を抜け、ブック・クリフス——ジョン・ウェズリー・パウエルはそれを「世界有数の素晴らしい岩壁」と思った——の正面に姿を現す。そこからグリーンリヴァー砂漠を渡り、第二の峡谷の世界に入る。グリーン川はラビリンス・キャニオン、スティルウォーター・キャニオンとなり、メイズの崖下でグランド川（グリーン川合流点より上流のコロラド川の古名）と合流し、荒れ狂うキャタラクトの深みへと……。

スミスは第三夫人の隣の床で、ややこしい夢を見ていた。奴らがまた後を追ってくる。彼のトラックは持主が割れていた。転がした岩は大きくはずれた。捜索救助隊は狂ったようにわめいている。サン・ファン郡から逮捕状が交付されている。ブランディングの監督《ビショップ》は、ユタ州の半分でいじめられた雄牛のように激怒していた。スミスは果てのない結露したコンクリートの廊下を逃げる。ダムの下。くり返し見るあのダムの夢にまた捕らえられた。

じめじめした開墾局の腹の底。スケートボードに乗った技官たちが、クリップボードを片手にすいすいと通り過ぎる。空気圧式の壁が目の前で開き、背後で閉じ、スミスを敵の力の中枢深く引き込む。磁気の網が中央執務室に彼を引き寄せる。そこには長官が待っている。彼を待っている。やはりこの中のどこかに閉じ込められているドクとボニーとジョージのように、自分も罰を受けることがスミスにはわかっている。

最後の扉が開く。スミスは中に引きずり込まれる。扉はすっと閉じ、ぴったりとふさがった。彼はまた至高の眼前に立った。御前に。

長官は、計器盤、シンチレーション計数管、地震計、ヴィゾグラフ、センサースコープに囲まれて、スミスをじっと見ている。電子機器が静かな唸りを立てて思考を働かせる前で、テープリールが回り、回路がブーンと鳴る。

長官は一つ目だった。瞼のない一つ目巨人《キュクロプス》の目から出る赤い光線が、セルダム・シーンの顔の上を動き回り、脳を、神経を、精神を探る。催眠光線に麻痺させられたスミスは、赤ん坊のように力なく待つ。

長官が口をきいた。その声は電子ヴァイオリンの音色に似て、最高音域を嬰ハ音に調整されていた。耳の聞こえないスメタナを狂気に追いやった、あの内なる音と同じだ。

「君ガココニイルワケハワカッテイル」

「すみす」声が聞こえてきた。

スミスは息を呑んだ。

「ジョージはどこだ?」しわがれた声で言う。「ボニーに何をした?」

「心配スルナ」赤い光線がしばらくよそを向き、頭巾状の甲羅の中できょろきょろと動いた。テープリールが止まり、逆転し、止まり、また正回転して、すべてを記録する。暗号化されたメッセージがよどみない電流の中で点滅し、一万マイルのプリント回路にトランジスタで中継される。上部構造の下では発電機が快調な音を立て、基本的なメッセージをつぶやいている。権力……利益……権威……快楽……利益……権威……快楽……権力……

「せるだむ・しーん・すみす」長官が言った。その声は今度は人間らしい音調に調律されていた（ある老けてきた十代の女の子向け流行歌手の声を元に作ったようだ。その歌手の顎ひげがまばらに生えた中性的な顔は、一九六四年以来『ローリングストーン』誌の表紙を一七回飾っている）。

「ずぼんハドウシタ?」

ズボンだって? スミスは下を向いた。うわっ、何てこった!

精査光線《スキャニング・ビーム》がスミスの顔に戻る。

「コッチニ来イ」声が命じた。

スミスは躊躇した。

「コッチニ来イ。じょぜふ・ふぃーるでぃんぐ・すみす、仲間内デハ『せるだむ・しーん』デ通ッテイル。西部山間部ノださイ首都、ゆた州そるとれーく・してぃ生マレ。ツラツラ眺ムルニ、汝ハ『もるもん経』にーふぁい第一書ノ第二章一~四ニ予言サレタル者デハナイカ? ソコニハコノヨウニ書カレテイル。『主ハマコトニ夢ノ中デ彼ニ家族ヲツレテ荒野へ出テ行ケト命ジタモウタ』有機栽培ぴーなつばたーノヨウナモノヲ大量ニ用意シテ、どく・さーゔぃす、じょーじ・W・へいでゅーく、みず・B・あぶずぐトイウ家族ヲ連レテカネ?」

より高い世界から何かの声が、スミスの知らない言葉で彼に代わって答えた。

「ダツァ・ミー、ボス」

「ヨロシイ。シカシ、君ニハ気ノ毒ダガ、予言ハ実現シナイ。我々ガ許サナイ。我々ハ、すみす、君ガ我々ノ一員トナルコトヲ宣言スル」

何だって?

緑の電球が四個、長官の前頭骨で点滅した。声がまた変わり、早口で歯切れ良く、ぶっきらぼうになった。明らかにオックスフォード出身者の声だ。

「捕マエロ」

たちまち見えない枷でがっちりと縛りつけられたことに、スミスは気づいた。

「おい――」スミスは力なく抗った。

「ヨロシイ。電極ヲ取リ付ケロ。陽極ヲ陰茎ニ挿入シロ。ソレデイイ。陰極ハ直腸ニ入レル。半メートルダ。ソウダ、全部ダ。ビクビクスルナ」長官は見えない助手に命令を発した。助手はスミスの痺れた身体に忙しく手を加える。

「ヨロシイ。三半規管ニふりっぷふろっぷ回路ヲ刻印シロ。内耳ノ下ダ。ソウダ。五〇〇〇ゔぉるとデ十分ナハズダ。せんさーわいやーヲすとろんちうむ吸盤デ尾骨ニ取リ付ケロ。シッカリトダゾ。高電圧あだぷたーヲれせぷたー節ノ前面そけっとニ挿シ込メ。頭ダ、頭、コノ馬鹿者！　ソウダ——チョウド鼻孔ノトコロダ。シッカリトダ。強ク押シ込メ。ソレデイイ。ヨクヤッタ。デハ、さーきっとぶれーかーヲ閉ジロ。素早クヤレ。ゴ苦労」

恐怖を覚えながら、スミスはしゃべろうと、抗議しようとした。しかし舌が、手足と同様、完全に麻痺しているようだった。自分の頭と身体を目の前のコンピュータ・バンクにつなぐケーブルを、彼は恐ろしさのあまり口をぽっかり開けて見ていた。

「サテ、すみす」長官は言った。

「——ソレトモ、せるだむ・すきゃんど（ヘッヘッへ）ト呼ンダ方ガイイカナ——ぷろぐらむノ準備ハイイカネ？　何ダッテ？　ヨシヨシ、元気ヲ出シタマエ。イイ子ダ。何モ怖レルコトハナイ。我々ガ用意シタ簡単ナてすとニ合格スレバナ。てーぷ係ヲ呼ンデクレタマエ。ヨロシイ。磁気てーぷヲ挿入シロ。てーぷ挿入口ガナイ？　デハ作レ。モチロン、陽極ト陰極ノあたっちめんとノ間ニダ。チョウド会陰ノトコロニ通セ。正確ニナ。血ハ気ニスルナ。アトデじょーじニ掃除サセル。デキタカ？　てーぷヲ入レロ。完全ニダ。モウ片方ノ足ヲ下デ押サエテオケ。何？　デハ釘付ケニシロ！　ソウダ。ソレデイイ」

長官の一つ目がスミスの松果体に光線を注いだ。

「サテ、すみす。君ニ指示ヲ与エル。簡単ナ指数関数$y=e^x$ヲ無限級数ニ展開シテモライタイ。以下ノ通リニ進メタマエ。Bn：記憶場所nノ値ヲ作業れじすたニ移動スル。Tn：作業れじすたノ値ヲ記憶場所nニ移動スル。+n：記憶場所nノ値ヲれじすたニ加エル。×n：作業れじすたノ値ニ記憶場所nノ値ヲカケル。÷n：作業れじすたノ値ヲ記憶場所nノ値デ割ル。<：作業れじすたノ値ノ符号ヲ正ニスル。Pn：作業れじすたノ値ガ正ナラバあどれすnヲあきゅむれーたニ移動スル。Rn：記憶場所nニアルあどれすヲあきゅむれーたニ移動スル。N：ぷろぐらむヲ停止スル。ワカッタカネ、すみす？」

麻酔を打たれたように、セルダムはしゃべれなかった。

「ヨロシイ。準備シロ。コノ基本演算ノ実行ニ〇・〇〇〇一ニみり秒ヲ与エル。失敗スレバ、君ノ必須器官ヲモット順応性ノアル標本ニ移植シ、残リハてるみっとルツボデ再生スルシカナイ。準備デキタカネ？　イイ子ダ。

楽シムガイイ。たいまーヲせっとシタマエ。君ノ爪先ニアル。五秒前カラ秒読ミヲ始メル。行クゾ。ゴ！ヨン！サン！ニ！イチ！ぜろ！　すいっち・おん！」

「わあああああああああああああ……！」スミスは冷や汗にまみれてベッドの上で起き上がった。身体を反転させて、溺れる者のように妻にしがみつく。

「シーラ」彼は呻き、意識の表層に浮上しようともがいた。

「助けてくれ――！」

「セルダム！」妻はいっぺんで目を覚ました。

「起きて、セルダム！」

「シーラ、シーラ……」

「シーラなんかここにはいないわよ。しっかりして」

「あわわ……」闇の中で妻の身体をまさぐり、温かい腰に、柔らかな腹に触れた。

「キャシーか？」

「キャシーの家にいたのは夕べでしょ。誰か一人忘れてない？　それが正解よ」

もっと上を手探りし、乳房を撫でた。右側、左側、二ついっぺん。

「スーザン？」

「そんなとこね」

目が星明かりに慣れると、スーザンが微笑み、暖かく合法的な夫婦の床から両手を差し伸べているのが見えた。その笑みは、優しい目、豊かな胸と同様、愛に満ちていた。スミスはほっとため息をついた。

「スーザン……」

「セルダム、あなた変よ。いつものセルダムじゃない。びっくりしたわ」

それから彼女は震えている苦しげな夫を慰め、優しく抱きしめ、愛した。

その頃、家の外、夏の砂漠の畑では、生い茂る蔓の中でスイカがゆっくりと熟れ、一羽の雄鶏が落ち着きなく鶏小屋の屋根に止まり、下弦の月に向かって早すぎる時を作っている。牧草地では馬たちが、高貴な古代ローマ風の頭をもたげ、闇の中に人間には見えぬ何かを見つめている。

はるかユタの農場、グリーン川と呼ばれる黄金の川のほとり。

22

ジョージとボニー、作戦続行

すぐにヘリコプターを見つけた。それはしかし、彼を追跡しているのではなかった。今のところは。東に半マイルのところで、地上にいる興味深い何かの上を旋回している。ボニー・アブズグに狙いを定めているのだ。

砂丘の頂上に這い登って見張る。ボニーはスリックロックに口を開けた裂け目というか小峡谷に向かって走っていた。それは屋根のないトンネルのように、さらに深い小峡谷へと先でつながっており、そこからカイビート・キャニオンへと伸びている。彼女の逃走計画がわかった。

ヘリコプターは着陸可能な一番近くの開豁地に降りた。谷から五〇ヤードと離れていない。エンジンが止まる。二人の男がプレキシガラスのコクピットから飛び降りた。惰力で回っている回転翼《ローター》の下を頭を低くして走り、ボニーを追う。一人はカービン銃を持っている。

しかし、ボニーは――いいぞ!――浸食作用でできた小峡谷へと姿を消していた。間違いなく、カイビート・キャニオンへ向かって走っているのだろう。男の一人が谷に下りた。もう一人、カービンを持っている方は、崖ふちに沿って走り、先回りしようとする。男がつまずいて顔から地面に倒れ、しばらくその場に呆然と転がっているのがヘイデュークに見えた。ゆっくりと男は立ち上がり、銃を拾い上げてまた走り出す。二、三分のうちに男は見えなくなった。

無人のヘリコプターが残った。大きなローターの回転がだんだん遅くなっていく。

ヘイデュークはリヴォルヴァーを抜き、装填口《ローディングゲート》を開いて、薬室に六発目の弾丸を込めた。いつもは暴発を防ぐために空けてある撃針面の薬室だ。チェーンソーとプライヤーをネズの木の下に残して砂丘を登る。大きく三度跳んで斜面を下り、ヘリコプターへ走る。

乗員が遠く見えないところで叫んでいるのが聞こえる。ヘイデュークはまっすぐ目標に走った。五分後、そこに到達すると、まず銃口をヘリコプターの無線送信機の正面に向ける。引鉄を絞ろうとして考え直し、もう少し静かな方法を取ることにした。消火器を金具からもぎ取り、無線機を叩き潰す。無駄な行為かもしれない。こうしている間にも別のヘリコプターがこちらに向かっているかもしれない。

他にどうしようもない。ボニーをここから救い出さねばならない。ヘイデュークは周囲を見回し、隠れ場所を探した。近くにはほとんどなかった。ヘリコプターの中や後部は論外だ。骸骨のような機械で、三人乗りのキャビンはガラス張り、本当の意味で胴体と呼べるものはまったくなく、鋼鉄製の橇《スキッド》で地面から高く離れている。いつものように様々なネズの木は近くにあった。しかしネズは、空からの偵察から身を隠すにはいいが、近距離で地上の目をさえぎるには向いていない。隠れるには幹は小さく、葉はまばらで、枝も細すぎる。適当な藪《ブッシュ》がなければ待ち伏せ《アンブッシュ》の準備はできない。他に手はないので、ヘイデュークはボニーが下りた谷に下りた。岩棚の下にはい込み、カモフラージュのためにタンブルウィードを引き寄せて、待つ。

埃。クモの巣。アレルギーを起こすロシアン・シスルが顔の前にある。腹の下にはネズの小枝とサボテンの節が敷きつめられ、細かい糞が散らばっている——堅実なモリネズミが何年も前に残したものだ。いらだち、掌は汗ばみ、恐怖に胃がむかつくのを感じながら、ヘイデュークは待った。二匹のアリがリヴォルヴァーの銃身をはい上がっていくのをじっと見る。どこから来たのだろう？　アリは照星にしがみついた。払い落とす間もなく、照星をはい下りて銃口の中へ消える。隠れ場所を見つけたわけだ。アリどもはかっこいいライフリングや、トンネルの端を塞ぐ先端に孔の開いた鉛の出っ張りをどう思うだろう？

ヘイデュークは湿った手をシャツでぬぐった。リヴォルヴァーに泥をつけないよう、片方ずつ。これから演説をするようにせき払いをし、銃をしっかりと握る——心安らぐ硬くずっしりとしたマグナムが手の中にある。

男の声が近づいてくる。首に巻いた脂染みたバンダナを前後逆にして、目の下まで引き上げる。ドクはいつも何て言ってたっけ？　質問：荒野を誰が必要としているのか？　ドクならこう答えるだろう：それは我々が自由の味が好きだからだ、同志。危険の匂いが好きだからだ。だが、とヘイデュークは思った。恐怖の匂いはどうだい、おっさん？　西部の無法者のように覆面をし、恐怖でいっぱいになりながら、次の見せ場を待った。

来た。

三人は一列縦隊で近づいてくる。谷が狭いせいだ。五〇フィート離れてもヘイデュークは彼らの汗の匂いを嗅ぎ、疲労の色を感じ取ることができた。先頭はヘリコプターのパイロットだ。豊かな口ひげを生やした赤ら顔の若い男で、陸軍式の緑の作業服を着て、ひさしの長い帽子をかぶり、ウェリントン・ブーツを履いている。闘うパイロットらしく自動拳銃を左腋の下のショルダー・ホルスターに入れていた。

最後尾を歩いているのはカービンを持った男だった。今は銃を一方の肩に吊っている。バーンズ警備会社の警備員の制服を着ていた。安っぽいブリキのバッジと袖章がついたぴったりとしたシャツ、麦わらのカウボーイ・ハット、ぴったりしたズボンに踵が高く爪先が尖ったカウボーイ・ブーツを身につけている。砂漠での任務には向いていない。この男の方がパイロットより年かさで、大柄で、筋肉質に見える。同じくらい疲れているようだった。片足を引きずっている。二人ともひどく汗をかいている。ボニーが二人を相当走らせたのだ。

真ん中を捕虜が歩いていた。あまり堂々とはしておらず、不機嫌で、脅えた、美しい顔をしている。帽子はなくなっており、長く豊かな髪が暑さで紅潮した顔の半分にかかっている。みぞおちの前で両手を組みあわせている。手首を手錠で拘束されているのだ。

次にどうするか、ヘイデュークは漠然とした考えしか持っていなかった。火蓋を切るべきか？　撃ち殺すか、手足をぶち抜くか？　両手の中にあるこの大砲では、ただ傷つけるだけというのは難しい。どこに当たっても何か致命的なものをもぎ取るだろう。ドクとスミスとボニーは認めまい。それがどうした？　今、こちらが奴らに狙いをつけている。こちらの方が優位に立っている。今すぐ制止しようか？　それとも滑りやすい砂岩を、崖の上へと登り始めるまで待つか？

三人が近づいてきた。パイロットがしかめ面をしている。

「そうだ、ねえちゃん」谷間から出る道を探しながら彼は言った。「そいつに何も言う必要はねえ。名前、階級、スリーサイズ、それだけでいい」

　警備員が言った。

「俺はこいつの名前なんかにゃ興味がねえ。それより女の証明を見せてもらわなきゃ。憲法に定められた俺の権利はよく知ってるつもりだぜ。なあ、嬢ちゃん」

　警備員は二本の太く硬い指でボニーの尻をつついた。

　ボニーは脇に飛びのいた。

「触らないで」

　警備員はつまずき、何か悪い足が痛むようなことをした。

「痛え、くそっ」彼は呻いた。

　パイロットは立ち止まり、振り返った。

「かまうな、かまうな」

　警備員は地面に座り込んだ。足首を揉む。

「ちくしょう、痛えや。お前の救急箱の中にエース包帯はねえか?」

「あるかもしれねえし、ないかもしれねえ。その娘をかまうな」

　パイロットはあたりを見回した――ヘイデュークがうずくまっている二〇フィート先の岩棚の黒い陰、ずっと先の涸れた水道《みずみち》、頭上の丸みを帯びた砂岩のこぶ。

「ここ、あんたが下りてきたところじゃねえか?」

　スリックロックは、この場所で谷底から一二フィート立ち上がっている。下りるのは簡単だが登るのは楽ではない。

「どうだい?」パイロットはボニーに言った。

「知らない」ボニーは下を向いていた。

「ここでよさそうだな。他には見当たらねえ。こちらの旦那が」――親指を警備員の方にぐいっと突き出す――「下りたところまでずっと戻れば別だが」

　バーンズの男は作り笑いをした。

　パイロットはそこを登ってみた。岩は平均斜度三〇度で、上に向かって曲線を描いている。指と爪先をかけられる大きさの窪みがいくらかあった。革底のブーツは食いつきが悪かったが、パイロットは身軽だった。手足をフルに使って、岩壁を途中まで登った時、彼は聞いた。みんなが聞いた。誰かがリヴォルヴァーの撃鉄を起こす、高く澄んだ音を。カチッ、カチッ。最初の音は半起こし《ハーフ・コック》。次の音は全起こし《フル・コック》。

　指先と爪先で不安定に取り付いていたパイロットは、動きを止めて見下ろした。警備員は驚きながらも反応し、カービンを肩から外そうと手を上げた。ヘイデュークはその頭上に向けて一発撃った。狙いよりも近かった。弾頭は警備員の帽子のてっぺんをかすめる。二匹のアリは弾道に乗って撃ち出され、はるか彼方へ消えた。

発砲により衝撃的な爆発音が起こり、誰もが驚愕した。ヘイデュークも例外ではなかった。・三五七マグナムの轟音には慣れているのだが。反響はなかった。湿度一パーセントの砂漠の空気の中で、音は弾丸のようにあっという間に消える。金槌で鉄床を打つような大音響——そして静寂が急速に戻ってくる。

誰一人動かなかった。全員が岩棚の下の暗い陰を見た。

ヘイデュークは次に何をすべきか考えようとした。パイロットは岩の上で微妙なバランスをとっており、しばらくは動けない。残るはカービンの男だ。

「ボニー」ヘイデュークは囁いた。それは枯れ葉のさやぎのように聞こえた。ヘイデュークはせき払いして「ボニー」と低く言った。

「そのカービンを取れ」

ボニーはかすかな声の方向を凝視した。「カービン?」ボニーは言った。「カービンって?」

警備員は抜け目がなかった。またこそこそと手を動かし始めた。しっかりと無造作に、ヘイデュークはもう一度撃鉄を起こした。手の動きが止まった。

「そいつの銃を取れ」ヘイデュークは言った。岩に取りついているヘリコプターのパイロットをちらりと見上げる。二つの鋭く青い目が、カモフラージュの草越しに、暗がりの中のヘイデュークをらんらんと見下ろしている。

ボニーは警備員の肩の方へ踏み出し、手錠のかかった手をカービンの先台に伸ばした。地面に置かれた警備員の手の指が、神経質に踊った。

「そいつと俺の間に入るな」

ボニーは息を呑んだ。

「そうね」

背後に回ろうとして彼女は、わざとではないかもしれないが、警備員の手をタンク底のブーツで踏んだ。

「ぐわ!」

「失礼」

ボニーは肩から銃を取り、あとずさった。警備員は顔をしかめて、焼き網のような跡がついた手の甲を見ていた。

ヘイデュークは岩棚の下からするりと出た。膝立ちして、リヴォルヴァーの狙いをパイロットの股間につける。

「よーし、今度はお前だ。ホルスターを外せ」

「手が離せねえんだ」パイロットは言った。「滑っちまう」

「構わん」

「わかった、わかった、ちょっと待ってくれ」パイロットは片手を上げてバックルを探った。「ひいい」と悲鳴を上げる。筋肉が痙攣し、緊張からふくらはぎが震え始める。

ホルスターが肩ひもと銃ごと岩を滑り落ちてきた。ヘイデュークは少し震えながら立ち上がり、拳銃をホルスターから抜いてベルトに挿した。

「ボニ……ガートルード、俺のそばに来ていろ」待つ。ボニーが来た。

「よし、今度はお前が下りてこい」大きなリヴォルヴァーをパイロットに向かって振り回す。パイロットはゆっくりと下りてきた。二人の男はヘイデュークと向き合った。さて、どうしよう?

「二人とも殺してやる」彼は言った。

「待ってくれ、兄貴」パイロットが口を開いた。

「冗談よ」ボニーが言った。男たちよりも脅えているようだった。

「うるせえ、何が悪い」ヘイデュークは言った。絶対的な力、生殺与奪の権を持った陶酔感が、確実に影響している。中央高地で山岳民族《モンタニャード》と一二カ月を過ごしたにもかかわらず、爆破の専門家としてのグリーンベレーと特殊部隊の評価にもかかわらず、ジョージ・ヘイデュークは人を殺したことがなかった。ヴェトナムの男も。ヴェトナムの女も。ヴェトナムの子供も。少なくとも自分の知る限りでは。

ここ数年の憤怒と挫折感が沼気のように、凶悪なメタンガスのように、意識の表層にふつふつと泡立ってきた。しかもここにいるのはヘリコプターのパイロットだ。何よりも大嫌いな、本物の生きたヘリコプター・パイロット、おそらくヴェトナム帰りが、なすがままになっている。年の頃はちょうどその位だ。兵隊あがりのように見える。この悪党を殺さずにおくべきか。ヘイデュークは、多くの男と同じく、銃床に少なくとも一つは殺しのスコアを刻みつけたいという願望を、半ば公然と抱いていた。彼は悲劇的な過去を渇望していた。他人の犠牲で。

もちろん捕まらなければの話だ。もちろん「正当殺人」であればの話だ。

「何でこの野郎を殺しちゃいけねえんだ?」ヘイデュークは口に出して言った。

「させないわ」ボニーは言い、右腕にしがみついた。

ヘイデュークはボニーの制止を振り払った。リヴォルヴァーを左手に移すが、パイロットに向けたままだ。

「相棒の隣に座れ。そうだ、それでいい。その岩の上に座れ」

ボニーからカービンを取り上げ、機関部を調べる。薬室に一発、弾倉は一杯。両手がふさがったので、リヴォルヴァーをホルスターに収め、カービンを構える。腰だめで、まっすぐに、大いなるアメリカ南西部の澄んだ空気と心地よい陽光の中で息づいている、二〇フィート先に座った二人の男に向けて。谷間のどこかで鳥（ワキアカトウヒチョウ）がさえずり、生きることはおおむね申し分なさそうだ。間違いなく、死ぬにも申し分のない日であるが、ここにいるものはみな、今日やりたくないことを明日まで延ばしたがっている。

「それじゃ――」ボニーが口を開いた。

「何でだめなんだ？」ヘイデュークは汗を滴らせていた。小さなカービンが、きつく握り締めた毛深い手の中で揺れている。

「むちゃを言わないで。その二人はあたしを傷つけてはいないわ。ねえ、これ外して」

ヘイデュークは手錠を見てとまどった。黒いプラスチックでできた二つの腕輪で、同じ材質の一二分の一インチのバンドでつながっている。

「鍵はどこだ？」充血した目をヘルメットのひさしの陰でぎらつかせ、ヘイデュークは覆面の顔を警備員に向けた。

「鍵はどこだ？」彼は吠えた。

「鍵はねえんだ」男はもごもごと言った。「切るしかねえ」

「嘘こきやがれ」

「違う違う、本当よ」ボニーはまたヘイデュークの腕に手をかけていた。

「プラスチックの使い捨てなの。ナイフを出して」

「手がふさがってるのがわからねえのか」

「お願い、ナイフを出して」

男たちはヘイデュークをじっと見ていた。パイロットは、豊かな口ひげをだらしなく垂らして、おどおどした笑みを浮かべている。青い目は明るく抜け目がなさそうだ。新兵徴募ポスターの基準で言えば、見てくれのいい男だ。ペンシルヴェニアのホーマーシティに帰れば、母親と妹がいるのだろう。奴が大量殺人者で、家を焼き、子供たちを火あぶりにした人間でもある（ヘイデュークの膨れ上がった想像の中では）ことは気にするまい。

「よーし、そこのお前」少しとまどいながらヘイデュークは言った。

「お前もだ。二人とも横になれ。腹ばいでだ。そうだ。手を頭の後ろで組め。それでいい。そのまま動くな」ヘイデュークはカービンを股に挟み、ナイフを抜いてアブズグの手かせを切り離した。

「ここから失せよう」と囁やく。「急いで。俺が誰かを殺さないうちに」

「その銃を渡して」

「だめだ」

「渡しなさい」

「だめだ。上に登れ。そしたら渡す」

ボニーは手錠をむしり取った。

「わかった」唇をヘイデュークの汚い耳に寄せ、耳たぶを噛み、囁いた。

「愛してるわ、おバカさん」

「登れ」

ボニーは岩の斜面をやすやすとよじ登った。ヴィブラム底はトカゲの足のように表面を捉える。

ヘイデュークはカービンを手渡した。

「奴らに向けていろ」リヴォルヴァーを抜き、撃鉄を起こす。

「よーし、お前ら、仰向けになれ。そうだ。次は靴を脱げ。よし。そしたらそいつを上にいる、えー……セルマに投げろ」二人は言う通りにした。

「よし。次」

ヘイデュークを一心に真剣に、片時も注意をそらさず見守りながら、ふたりの男は待った。どう見ても狂った男の震える手に握られた・三五七マグナムの、忘却のように深く暗い銃口を目の前にすれば、正気の人間なら誰でもそうするだろう。

今殺るか？　それとも後か？

「ズボンを脱げ」

この命令は抵抗にあった。警備員は、わざわざ軽薄をよそおったのだろう、かすかに笑って言った。

「レディーの前だぜ」

ヘイデュークは銃を挙げ、警備員の頭上二フィートに一発撃ち込んで、岩壁から岩の塊を吹き飛ばした。火箭が、銃声の轟きが空気を切り裂く。目に見えぬ弾丸、星形に潰れた鉛が岩で跳弾して、ジグザグを描きながら谷の奥へ消える。粉砕された砂岩が滝のように警備員の帽子のつばを叩き、襟首に入る。

ヘイデュークは再び撃鉄を起こした。

スキナーは正しかった。動機づけと強化は効果的だ。二人ともズボンを脱いだ。優雅にとは行かないが、素早く。パイロットはその下に、粋で小ぎれいな紫色のブリーフを履いていた。上で見張っているボニーに見られて喜んでいたかもしれない。警備員の方は年上で、もっと保守的だった。たぶん共和党支持者だろう、中流アメリカ人愛用のトランクスを履いている。小便の染みがついていた。道理で抵抗するわけだ。

「よし」ヘイデュークは言った。

「次に財布や何かを出して——そいつは持ってろ——ズボンを上に投げろ」彼らは言う通りにした。警備員は三度投げてやっとズボンが崖ふちに引っかかった。

「もう一度さっきのように腹ばいになれ。手は首の後ろだ。そうだ。じっとしてろよ、でないとてめえらクソ野郎ども二人まとめてあの世の果てまで吹っ飛ばしてやるぜ」ヘイデュークはこの迫力ある台詞がいたく気に入り、もう一度くり返した。

「てめえらクソ野郎どもを吹っ飛ばしてやるぜ——あの世の果てまでな!」ヘイデュークは叫び、銃をホルスターに収めて岩の斜面をよじ登った。

崖ふちで二人はあわただしく話しあった。それからヘイデュークは、ズボンとブーツを腕に抱えてヘリコプターへ急いだ。ボニーは残り、ほっそりした腕にカービンを抱いて捕虜を見張る。日は西に傾き、あとほんの一インチで地平線に届く。

ヘリコプターに着くと、ヘイデュークはコクピットに服を放り込んだ。叩き潰した無線機に目を走らせて、早まったことを悔やむ。今、短波無線でどんな通信が飛び交っているかがわかったら、どんなにいいだろう。ヘリコプターを操縦することをちらりと考えた。もしかすると……。いや、だめだ、時間がない。だが、パイロットを連れてきて、奴に……だめだ! 時間がない。ここから逃げなければ。急いで。

パイロットの自動拳銃をベルトから引き抜いて、計器盤に一発撃ち込む。めちゃめちゃになった。ローター・ヘッドに銃を向け、揺動板、ラグ・ヒンジ、ローター・ブレード、ボールベアリングを撃ちまくる。三、四発しか残っていないので、自分の弾丸は無駄にしたくなかった。コクピットのすぐ後ろ、エンジン上の横板に据えた燃料タンクに、最後の二発を叩き込む。ハイオクタンの航空ガソリンが機械部にほとばしった。

コクピットに航空地図が数枚あったので、まとめて丸め、マッチで火をつけた。炎の玉をエンジンの下の砂上に放る。あとずさる。紙の玉は燃え、燃料が何滴か落ちると、濃い黄色の炎が噴き上がった。

ヘイデュークはパイロットの銃を炎の中に投げ、背を向けて足早に遠ざかった。火がエンジンを包み、燃料タンクに伸びる。膨れ上がる爆発が大気を震わせる——ゴォーー！——落日の光景に荒々しい輝きを投げて火柱が立ち、絶頂点で止まって、またヘリコプターの上に落ちてくる。機体全体にまとわりついた力強い炎がせわしなく燃え、コクピットから尾部《テール》ローターまでを覆う。

ようやく満足して、ヘイデュークは思った。ふむ、これでこいつもおしまいだろう。おシャカだ。いけ好かねえ腐れ外道をぶっ潰してやったぜ。にこやかにボニーの方を向く。

「行くぞ」

「あの人たちは？」

「煮て食うなり焼いて食うなり、好きにしろ」ヘイデュークは楽しそうに叫んだ。

「さあ、行くぞ」

ボニーはヘイデュークを、それからの二人の捕虜を見た。躊躇した。

「銃を返すわ」と言って、それを薄暗い谷間に投げる。扱いやすい小型の火器（アメリカ陸軍制式・三〇口径半自動小銃）は岩の上でひどい音を立て、壊れた。

「ごめんね、もう行かなくちゃ。あたしたちが——」

「行くぞ！」ヘイデュークが吠え、手を振った。

「あたしたちが行ったあとで、焚火であったまってね」

ボニーはヘイデュークの後を追った。

溶けていくヘリコプターを二人並んで通り過ぎ、ネズの陰に駆け込む。

「カービンはどうした？」

「返したわ」

「何だって！」

「あの人たちのだもの」

「——ったく」ヘイデュークは立ち止まり、振り返った。暗い岩の割れ目からは、まだ誰も姿を現していない。ボニーも足を止めた。

「お前は行け。あとで追いつく」ヘイデュークはリヴォルヴァーを抜くなり、崖ふちの上に一発撃った。谷底での動きを牽制するだけのためだ。反応はなかった。

二人は走り続けた。日が落ちた。

「お前の指紋は……どうするんだ？」ヘイデュークは息を切らせながら言った。

「何の指……紋？」

「カービンの」

「何も役に……立たない」

「何だと？　指紋が……あればすぐに……足がつくんだぞ……ったく」

「あたしは大丈夫」ボニーは走った。みごとな髪をなびかせ、呼吸は荒いが乱れてはいない。

「あたし……生まれてから……一度も……指紋を取られたこと……ない」

ヘイデュークは感心した。くそっ、俺はばてそうだ。

「一度もか？」

「一度も」

何もかもうまく行った。日は沈み、砂漠のたそがれはせわしなく暮れ、足早に夜が訪れる。紫色の水切りボウルのような空に、彼方に燃える球体からの光が点々と浮かぶ。航空機は現れなかった。ヘイデュークはフェンス・プライヤーとチェーンソー（サーヴィス博士所有）を回収した。闇の中を歩いてジープへと戻る。何度も見当はずれの場所を探した末やっとたどり着くと、ジープは何事もなくヴェトナム戦用カモフラージュ・ネットの下にあった。

ネットを外し、畳んで片付けている時、無意味なサイレンを鳴らし、必要のない赤い回転灯を点けて、ナヴァホ部族警察のヴァンがヘリコプターの炎めがけてハイウェイを吹っ飛んで行った。ヘイデュークが片付けている間、ボニーがジープのボンネットに立って見張る。警察のヴァンは停まり、向きを変えて有刺鉄線のフェンスを突き破った。砂丘を越えて火に向かって行く。一〇〇ヤード進んで砂にはまりこんだ。かすかな星明かりでも、ヴァンの後部がどんどん沈んでいくのがボニーには見えた。運転席の男（ノカイ・ビゲイ巡査）が頑なにエンジンを吹かし続けているからだ。外に立っている助手（アルヴィン・T・ペシュラカイ巡査）が懐中電灯の光を顔に向けて振り、大声で指示しているというのに。ヘイデュークが自分の車に滑り込み、ライトを消したまま静かにハイウェイに戻る時にも、まだ彼らは車輪を空転させ、エンジンは唸らせ、叫び声を上げていた。

ハイウェイはきっとポリさん《レ・フリック》でいっぱいね？　間違いねえ。ヘイデュークはライトを消したままで走り、最初の対向車のヘッドライトが見えると、ハイウェイに平行して走っている馬車道にハンドルを切った。車を停めて待つ。覆面パトカーが猛然と通り過ぎた。すぐにもう一台が続く。

ヘイデュークはハイウェイに戻り、さらに一〇マイルを無灯火で走った。危険じゃないかって？　かもしれない。だが不可能ではない。道路から外れないようにするのは、ヘイデュークにはさほど難しいことではない。ボニー・アブズグは、不安のあまり指関節を噛み、口うるさく忠告を連発した。

「お願いだからライトを点けて。心中するつもり?」というような。当面心配なのは馬だけだ。ライトを点けていても、夜は馬が見えにくい。

北東のショントとベタテイキンに伸びる未舗装路に着いた。ヘイデュークはハンドルを切り、州道から十分に離れてからライトのスイッチを入れた。先を急ぐ。一度だけ、人気のない砂漠の真ん中で車を停め、風に裸にされ、銀白色に枯れた二本のネズの間から、分厚いキャンヴァスのダッフルバッグに詰まった品物を回収した。鉄道橋の工作のあとで、一味がそこに隠しておいたものだ。ヘイデュークの考えだった——彼の言う「衛生上の」理由と、あとでバックパックで担ぐのが楽になることから、ダイナマイトを袋に入れておきたかったのだ。空箱はアブズグが引き取った。これは彼女のアイディアだった。

ヘイデュークがぱんぱんに膨れた袋を二つ、車の後部に積み込むと、ボニーはまた文句を言った。

「そんなものと一緒に車に乗るのは嫌よ!」が、「なら歩け!」のひと言でまた黙らされた。車は進み続けた。燃料が乏しくなってきた。ヘイデュークは、ベタテイキンにあるおなじみ国立公園局のキャンプ場の近くで車を停めた。シートの下をしばらく探り、オクラホマ・クレジットカード、つまり合成ゴム《ネオプレン》の管——かわいい泥棒ホースちゃん、とヘイデュークは愛情を込めて呼ぶ——を見つけだすと、サイフォンとガソリン缶を二つ持って闇に消えた。

ボニーは待ちながら、うんざりするような疑問を最初からくり返した。自分は正気なのだろうか? 自分の連れ、一夫多妻主義のジャック・モルモンの川下りガイド、狂ったかわいそうなドクについては疑いもない。では、自分はここで何をしているのか? 自分、つまり古典(ゲッ!)フランス文学の修士号を持つユダヤ人の淑女。心配してくれる母親と年に四万を作る父親がいる。四万の何? もちろん、四万のファンデーション。私はアブズグ。堅実で常識と分別のある女性。アラビアの真ん中を狂った異教徒どもと駆け回る。決して逃げられはしない。彼らには法律がある。

ヘイデュークが戻って来た。満杯の缶の重みで両手は真っすぐ垂れ下がっている。またフロントシートの下を探り——ボニーの腿の間も同じように遠慮なく

——注ぎ口を見つけだして、一〇ガロンをタンクに注いだ。空の缶を持ってまた歩いて行こうとする。

「今度はどこ行くの？」

「補助タンクにも入れないと」

やれやれ！　行っちゃった。ボニーは待った。自分に毒づき、眠ろうとしてもよく眠れず、時々まどろんでは恐怖に目を覚ます。

ガソリンを注ぐ音と臭い。二人は再び闇の中へ出発し、ヘイデュークが一番好む走り方をする。まったく冷静に。車の前後には偽装ナンバープレートがついている。「今夜はサウスダコタから来たことになってるからな」ヘイデュークは説明した。

ボニーはこぼした。

「ピリピリするな。もうすぐ川を渡る。この開発されすぎて超文明化したどうしようもねえインディアンの国を抜ける。峡谷へ戻るんだ、俺たちみたいな人間の居場所に。一〇〇万年かかったって見つかりゃしねえさ」

「ドクに電話しなきゃ」ボニーはつぶやいた。

「するさ。ケイエンタに着いたらすぐにな。ホリデイ・インに泊まってコーヒーを飲んでパイを食おう」

それを聞いてボニーは一瞬元気になった。明るい照明、フォーマイカ張りのテーブル、セントラルヒーティング、ひげを剃り！　散髪した！　本当の、まともな、労働組合に加入し、二種類の野菜を添えたニューヨーク・カット・ステーキ、サラダ、布でくるんだ暖かいロールパン、ワインのハーフボトル——まさか！いやいや！——の食事をとるアメリカ市民、そんなイメージから家を、良識を、希望を連想した。

道路はブラックメサ—レイク・パウエル鉄道の下をくぐる亜鉛メッキ鉄板張りの地下道を通っていた。ヘイデュークは車を停めた。

「今度は何？」

「すぐに済む」

「いやよ」ボニーは声を張り上げた。

「疲れたしおなか空いたし居留地じゅう警察だらけだしあたし怖い」

「すぐに済む」ヘイデュークは去った。

ボニーは両手に顔を埋めて少し泣いた。それからまどろんだ。夢の中でフェンスを切る音、密林の夜に虎が吼えるような猛々しい音、その歯が無力な肉に食い込む音を聞いた。重々しい轟音と、電線が落ちるガシャガシャという耳障りな音で目を覚ます。

ヘイデュークが慌ただしく戻って来た。息を弾ませ、険しい顔つきの中に喜びを隠しきれない。車に飛び乗り、クラッチを踏み込み、全速力で逃げ出す。左折してハイウェイに乗り、北へ走る。ケイエンタ、モニュメント・ヴァレー、メキシカン・ハット、ユタの道なき峡谷を目指して——逃走。

夏休みの観光客、ナヴァホ族のピックアップ、州警察がわずかに行き来するだけのブラックメサ・ジャンクションを通りすぎる時、二人は集積所の灯が煌々と輝いているのを見た。別のエネルギー源がある。頭上四〇フィートでハイウェイをまたぐ石炭コンヴェアも動いている。ジープの速度を緩めて、ヘイデュークはエネルギーコンビナートの重要な結節点を見つめた。

「止まらないで」

「わかってるさ。もちろんだ」

だが、一マイル進むと、ヘイデュークは止まらずにはいられなくなった。脇道にそれ、ライトを消しエンジンを切った。闇の中で蒼白いボニーの顔を見る。

「今度は何?」ボニーは言った。すっかり目が覚めた。

「行かなくちゃ」ヘイデュークはつぶやいた。

「何しに?」

「ションベン」

「それだけ?」

「仕事の仕上げ」

「だと思った。やっぱりね。言っときますけどね、ジョージ・ヘイデューク、行かせないわよ」

「仕事を仕上げなきゃならねえ」

「じゃ、あたしは行かない。疲れてるから。あたしは休みたいの。爆発だの火事だの残骸だの鉄砲だのはもうたくさん。そんなものはもう嫌。もう嫌。とにかく嫌なのよ」

「わかったよ」バックパックを取り出し、食糧と水と必要な工具を詰めながら、ヘイデュークは行動の手順を指示した。このまま車でケイエンタのホリデイ・インへ行って、そこで俺を待て。これ以上安全な場所はねえだろう。金はいくら持っている? 四〇ドルくらい。父のガルフ・オイルのカードが、ホリデイ・インなら問題なく使えるけど。よし、そいつを使え。リスクは気にするな。もう遅い。熱い風呂に入れ。ドクとスミスに電話して、ウッデンシュー・ビュート近くのディア・フラットにある、廃鉱になったヒドゥン・スプレンダー鉱山で会う手はずを整えろ。もし俺が明後日の夜までにケイエンタに着かなかったら、ジープを置いてドクとセルダムと一緒にヒドゥン・スプレンダーに行く。マグネシウムを忘れないようにドクに伝えてくれ。絶対に必要だ。他に何かあるか？　ヘイデュークはダッフルバッグを一つ、ジープから降ろした。それからチェーンソー、研ぎ器、燃料の缶も。

「ほんとは行かせたくないのよ」ボニーは言った。「あなたも休まなくちゃいけないんだから」

「心配するな。明日はどこかの木の下で一日中寝ることにする」

「昼からろくなもの食べてないでしょ」

「バックパックにナッツ・ミックス《ゴープ》と乾肉がたっぷり入ってる。一週間は持つ。それにこの近くに貯蔵所もある。早く行け」

「何をするつもりか教えて」

「知らなくていい。新聞に載るさ」

　ボニーはため息をついた。

「キスして」ヘイデュークはせっかちにキスした。

「あたしのこと愛してる？」ボニーは訊いた。ヘイデュークは、ああと言った。

「どのくらい？」

「さっさと行きやがれ！」ヘイデュークは声を荒げた。

「わかったわよ。怒鳴らなくたっていいじゃない」ジープの運転席に着いていたボニーは、エンジンをかけた。潤んだ目がダッシュボードのほのかな灯に光った。ヘイデュークは気にしなかった。ボニーは人差指の関節で、もう頬にこぼれていた涙を拭いた。塩が吹いたソンブレロをヘルメットに替えていたヘイデュークは、気がつきもしなかった。ボニーはエンジンを吹かした。

「もう少し聞いてくれる？」

「何だ？」手袋をはめながら、ヘイデュークは積み込みサイロの明るい灯を凝視していた。

「行く前にひと言だけ言わせてちょうだい、ヘイデューク。もう二度と会えないといけないから」

　ヘイデュークは周りを見回していたが、彼女の方だけは見なかった。

「手短に頼むぜ」

「ばかやろー。くたばっちまえ。好きよっていいたかったのよ、このブサイク野郎」

「結構」

「聞こえた？」

「ああ」

「何て言った？」

「あんたは俺が好きだと言った。うれしいぜ。さあ、早く行け」

「じゃあね」

「じゃあな！」

涙にぼやけた目で、ボニーは走り去った。ただ一人、ケイエンタへのアスファルト道路を飛ばす。心臓は激しく打ち、ピストンは狂ったように勢いよく上下する。ボニー・アブズグは、涙を流す甘美な快楽に再び身をゆだねた。道路が見えにくくなった。ワイパーのスイッチを入れたが、あまり役に立たなかった。

ようやく一人になった（やれやれ、ほっとするぜ）ヘイデュークは、ジーンズの前ボタンを外し、一物を手探りで出すと、種馬のように堂々と放尿した。硬い地面の上に、ビールの缶とソーダの瓶の上に、潰れたアルミと割れたガラスの上に、合衆国ナヴァホランドの六缶パックのプラスチック・ケースと放置されたワインの大瓶の上に（やれやれ、ぞっとするぜ）。小便をしながら、太陽系からはるか一〇万光年離れた星ぼしの細かな像が、黄金水の揺れる鏡面に、つかの間、しかし華々しくきらめくのを見た。茫漠たる万物の調和についてしばし考えを巡らせる。呪医が言うように、我々はみなすべて一つだ。一つの何か？　それがどうだというのか？

孤独で実りの少ない作業に没頭している時に、この壮大な考えは慰めになった。片手にチェーンソー、片手に満杯のダッフルバッグ、幅広い、神ならぬ身の内の背中に八〇ポンドのバックパックを背負って再構成されたジョージ・W・ヘイデュークは、足を踏みだした。揺らぐことも静まることもない勢いで。敵の騒々しい機械、冷酷な赤い目、装甲された顎、照明された強大な高い塔に向かって。敵……。ヘイデュークの敵か？　誰の敵か？　敵は敵だ。

23

ヒドゥン・スプレンダー

ボニーはネズの熾から串を取り上げ、端に突き刺したマシュマロの焼け具合を確かめると、歯で引き抜いて一口で呑み込んだ。焼いた牡蠣のように。

「こんなものを食べるのは小さな子供だけだとばかり思ってた」スミスが言う。

「でも、あたしは好きよ。二八歳のおばさんだけどね。ドク、もう少し取ってちょうだい」

ドクは袋を放ってよこした。ボニーはもう一つ串に刺した。日がヘンリー山脈の向こうに沈む。エルク・リッジから冷え冷えとした影が駆け降りてくる。一〇〇〇フィートの眼下、直線距離で南に五マイルでは、ナチュラル・ブリッジ国有記念物の裸岩が、弱まりゆく夕日に照らされて鈍い金色に輝いている。

待つ。

ボニーがため息をついた。

「新聞見せて」かりかりに焦げたマシュマロをほお張りながら、一一面に載っている最近ブラックメサ地域であった破壊行為の記事を読む。これで四度目、いや、一〇回目かもしれない。当局、破壊活動の多発を公表。二度にわたる石炭輸送列車脱線。線路の近くで鉄製のくさびが見つかる。謎の爆発で積み込み・貯蔵サイロの屋根が吹き飛ぶ。砂の上に殴り書きの名前：「生まれながらの復讐者、ルドルフ・ザ・レッド」。捜査は継続中。警察はショショーニ族の分派で「クレージー・ドッグズ」として知られる大規模な組織的集団を疑っている。石炭コンヴェアが四カ所で別個に起きた爆発により破壊される。世界最大のドラグライン掘削機、GEM・オヴ・アリゾナが動力室の火災により一部破壊される。損害は一五〇万ドルと推定。唯一の手がかり：「ルドルフは知っている」。露天掘り鉱山へつながる送電線が二夜連続で切断される。砂に殴り書きされたメッセージ：「ルドルフ・ザ・レッドは知っている」。冷却フィンを銃弾で穴だらけにされ、八万ヴォルトの変圧器が破壊される。配管工のストライキ三週間目に入る。線路と送電線を空から警戒。破壊行為の広がりに石炭会社重役の困惑と怒り。「愚か者のしわざ」とアリゾナ公益企業環境調整担当者。石炭コンヴェアに隠しカメラ設置。配管工組合、産業破壊活動の容疑を否定。

「フォート・サムナーを忘れるな――ルドルフ」。部族会議、「チッインディ・ベゲイズ」（悪魔の息子たち）として知られるナヴァホ反体制秘密結社の調査を約束する。

「ウーンデッド・ニーを忘れるな――ルドルフ・ザ・レッド」。アメリカインディアン運動、ブラックメサ事件への関与を一切否定。アリゾナ州公安局、ナヴァホ部族警察、ココニノ郡保安官事務所、連邦捜査局《FBI》へ支援要請。

　ボニーはうんざりして新聞を畳んだ。

「何であたしたちを後ろのページに押し込めるのかしら？　一生懸命やったのに」ドクに手を伸ばす。

「別のを見せて。ううん、古いの。先週の」

　ボニーは先週の新聞（フェニックスの『アリゾナ・リパブリック』）の一七面を広げ、また自分の似顔絵を見た。ヘリコプターのパイロットとバーンズの警備員が口頭で説明したものを元に描かれた「想像図」だ。ちっとも似てない、ボニーは思った。髪の色は濃すぎ、胸はあまりにも大きすぎだ。

「何でエリザベス・テーラーに似せなきゃならないのかしら？」とこぼす。

「いけないのか？」ドクが言った。

「いけないわよ。正確じゃないもの。リズ・テーラーは太り過ぎで二重顎の中年の奥様。あたしはきゅっと引き締まって、はっとするほど美人の若い女性」

「その絵は理想化されているんじゃないかな」

「でしょうね」ボニーはヘイデュークの絵を見た。そこにはただ、建設作業員のヘルメットをかぶり、バンダナで目だけ残して顔を覆った、男の頭とごつい肩が描いてあった。

　ヘリコプターが放火、破壊される。パイロットと警備員が破壊活動犯とその女の仲間の襲撃と略奪を受けた（「女の仲間」、まあ、確かに）。送電線破壊現場の近くで発見された若い女は、質問しようとしたところ逃走した。パイロットと警備員が捕まえたが、ハンカチで覆面をした建設作業員に銃を突きつけられて誘拐された（「誘拐」だって！）。二人とも重要参考人として当局が行方を追っている。武装しており危険。配管工組合は関与を否定している。ルドルフ・ザ・レッドはインディアンではない、とナヴァホ部族会議議長は断言する。ルドルフ・ザ・レッドはインディアンである、と自称シューシャイン・クレージー・ドッグズ「戦争酋長」、ジャック・ブロークン―ノーズ・ワタホマギーは主張する。憶測が蔓延している。インディアンであろうとなかろうと、これらの破壊行為は単独犯ではなく、強固な組織を持った大規模な謀略集団のものであると、消息筋は非公式に明かしている。石炭会社には労働争議の長い歴史がある。

ボニーは新聞を折り畳んだ。

「バッカみたい」焚火の中に投げようとする。

「もう要らないでしょ？」

「ジョージに取っておいてやれ」ドクが言った。「きっと夢中になって読むぞ」

「もう火の中に何も入れないで」スミスが言った。

「真っ暗になってきた。火を燃やしつくさないと。下にいるJ・ダドリー・ラヴの奴に、居場所を突き止められたくない」

「奴は我々を探しているのかね？」

「そう、重要参考人として行方を追っているというあれですよ」

「どうして私の名前がわかったんだ？」

「きっとあの時、フライ・キャニオンでドクたちを乗せたパイロットから聞きだしたんでしょう」

「あのパイロットは私の友人だぞ」

「ノーコメント」

ボニーは深まりゆく夕闇の中、腕時計に目を凝らした。

「ジョージが、これでちょうど四日と五時間遅れてる」

誰も何も言わなかった。三人は消えかけた焚火を見つめ、それぞれ自分の考えを巡らせていた。各々内心密かにこう思っていた。やることは十分やったではないか。たぶんジョージはやりすぎた。そろそろ潮時かもしれない。だが、打ち明けたのはドクだけだった。

「私の考えていることはわかるだろう」ドクは言った。

二人は待った。ドクは安葉巻を吹かした。煙を味わい、平らな青い流れにして吐き出す。オークの藪でプアウィルヨタカが鳴く。コウモリが集まっては散り、青と金の空の下で獲物を追う。

「ずっと考えていたんだが、この橋の仕事が終わったら……」――もしジョージがここに来ればの話だが、と思ったが、口には出さなかった――「その、少し休んだ方がいいんじゃないかな。そうだな、少なくとも二、三カ月。ほんの二、三カ月」ボニーの顔がこわばるのを見て、慌てて付け加える。「それから、ほとぼりが冷めてこのあたりの警戒が緩んだ頃、まあ何だ、再開すればいい」

彼らは黙ってこの提案を検討した。ドクの発言のあとに長い沈黙が続いた。焚火の熾がまだ輝いている。闇は足早に台地を越え、西へと移動する。ヨタカが晩飯を探して飛び回る。

「ジョージが来るまで何も決められない」ボニーは言った。顎を硬直させ、唇をぎゅっと結んで、残り火をぼんやりと見つめる。

「もちろんだ。しかしまた、我々三人だけででも、緊急時の対策をたてておかなきゃならない」

「ドク、昨日鉱山で何を見つけたと思います?」スミスが言う。

「木の枠に載せた大きなタンクが道路の上の方にあったのを見たでしょう。あいつの中にはディーゼル燃料が半分入っている。そう。少なくとも五〇〇ガロンのディーゼル燃料があの中にあるんです」

ドクは答えを失った。

「あれで何ができると思います?」

ドクは考えた。

「なるほど。だがな、セルダム・シーン・スミス、断っておくが、君が欲しがっているようなハウスボートは少なくとも四万五〇〇〇ドルはする。先週ボートショーに行ってきたんだ」

「四艘要ります。六〇フィート級のが四艘」

「たったの一八万ドルじゃないの。ドクなら買えるわよ、ね、ドク?」

ドクは葉巻のまわりに弱々しい笑みを浮かべた。

「ねえ、ドク、今この場で一七万九六〇〇ドル浮かせてあげましょうか?」スミスは待った。反応はなかった。

「ハウスボートを買う必要はありません。ワーウィープ・マリーナで一日一〇〇ドルで借りればいい。それをローン・ロックの先、ワーウィープ湾まで持っていって、船室を空っぽにして、硝酸アンモニウムをぎっしり詰め込む。あれは強力な肥料でね。必要なものは全部スイカ農場にありますよ。それからディーゼル燃料を注いで、窓にしっかり目張りをして、この……いやその……どこかにいるジョージが起爆薬を仕掛ける。

夜遅く、湾を下って水路を抜け、湖面に渡してあるオイルフェンスを切れば、あのダムをやっつけられる」

「なるほど。私にマリーナの事務所に入って行って、受付にこう言えということだな。『ねえ、君、ハウスボートを四艘、一日借りたいんだがね。あそこにある大きいのを四艘頼む。あれと、あれと、あれと、あれ』。そうだろ?」

　セルダムは微笑んで言った。

「みんな一緒に行きますよ、ドク。四人一緒に。それでこう言えばいいんです。『こちらの友人のためにハウスボートを一艘ずつ借りたい。それからこの娘にも。六〇フィートのを頼む』ってね。受付は多少驚くでしょうけど、言う通りにしますよ。あの人たちは金のためなら何でもします。きっと驚きますよ。彼らは僕たちと違って疑うことを知らない」

「二人とも狂ってる」ボニーが言った。

「そう、四つの別々のマリーナで借りたらどうだろう。ワーウィープ、ブルフロッグ、レインボー・ブリッジ、ホールズ・クロッシング。二、三日余計にかかるけれど、そんな具合にやればいい。それからぐるりと回って湖に向かう」

「四万五〇〇〇ドルのハウスボートを借りるのは、車を借りるような簡単なものじゃないぞ」

「それから」スミスは締めくくった。「さっき言った休みを取る。フロリダへ行ってワニを見る。女房のスーザンが、ワニ公がどんな格好をしてるのか、いつも見たがってるんです。途中でアトランタに寄りましょう」セルダムはにやりと笑った。「マーティン・ルーサー・キングの墓にスイカの種を播くんです」

「ううう、お母さん」ボニーは呻き、ヴェルヴェットの天を、薄紫の夜空を、あえかに輝き始めた星を仰いだ。

「あたしはここで何してるんだろう?」時計を見る。

「落ち着きなさい」ドクが言った。「栄養剤《オヴァルティン》を飲んで、泣き言はやめるんだ」

間。

ボニーが立ち上がった。

「散歩してくる」

「ゆっくりしておいで」ドクが言う。

「そのつもりよ」ボニーは去った。

スミスが言った。

「かわいそうに、あの娘は本当にジョージが好きなんですね。心配しすぎでおかしくなっている。だからあんなにいらいらしてるんだな」

「セルダム、君は人を見る目が鋭いな。じゃあ、私はなぜいらいらしているんだ？」

「ドク、あなたは医者でしょう」

　二人は消えていく火を見つめた。砂漠の孤独な街の灯に似た、消えゆく小さな火床の熾は、暗くなり、大いなる南西部の荒野に消えた。ドクはニューメキシコを、自分の空っぽの家を思った。スミスはユタのグリーンリヴァーを思った。

「話題を変えましょう」

「まず橋だな。次にたぶんダムだ。それからしばらくは中止する。ジョージが何と言おうと」

「ハウスボートをちゃんと揃えられるということですね？」

「手に入れるさ、セルダム。何とかしてな」

「小さなひびが一つ入ればいいんです。ダムに一つでも亀裂が入れば、あとは自然が始末してくれる。自然と神が」

「神はどっちの味方だろう？」

「それは僕も知りたいですね」

　はるか下、紫の薄暮の中で、一対のヘッドライトの光が重なり、ペンライトの光線のように頼りなく、闇の中の一点を照らした。間違いなく、到着の遅れた観光客が、キャンプ地を探し回っているのだ。灯が曲がり道に沿ってゆっくり動き、木の下に消え、また現れ、また消え、それっきり見えなくなってしまうのを二人はじっと見ていた。

　北東のノース・ウッデンシュー・ビュートの斜面高く、コヨーテが薄れゆく夕日に向かって吼えた。最後のひと吼えは、アンダンテ・ソステヌートに微妙に調音され、長く引き延ばした原始的で無秩序な遠吠えとなった。砂漠の狼、その小夜曲《セレナード》、その夜想曲《ノクターン》。待つ。

　ドクは噛みつぶした安葉巻の吸い殻を口から引き抜いた。しげしげと眺める。コネストーガ葉巻。西部へ向かう馬車の座席で手巻きされたもの。それを熾の中にはじき飛ばした。

「あいつは来ると思うかね？」

　スミスは答える前にその質問を吟味した。十分に考えてから、彼は言った。

「来るでしょうね。あの男を止められるものは、あいつ自身しかない」

「まさしくそれが難点だ」ドクも同意した。

それが問題だ、彼女は思った。あの男の自己保存本能には何かが欠けている。あたしがそばにいて、あれこれ言ってやらなければ、子供と一緒だ。怒りっぽくて脳に損傷のある感情が激しすぎる子供。運動過剰型。意識下で自分や何かを消去したがっている。例の昔からよく聞く話。あたしは『現代の心理学《サイコロジー・トゥデイ》』のような三文雑誌は信じない。自己啓発セミナー好きの連中は信奉しているが、あたしは信じない。

風に裂け、日に色褪せた掘っ立て小屋の間を歩く。ウラン鉱山労働者が二〇年前ここに住んでいた。どういうわけか、稜線の下、木のように分岐した峡谷の上になる、水のないこの段丘に。錆びたドラム缶が傾いた壁の前に立っている。カルノタイト、小便、イエローケーキの色をしたマットレスは、腐った床の上に敷かれたままで、モリネズミに詰め物を抜き取られ、カワリイワジリスや野ネズミに荒らされている。裏庭には用済みになった屋外便所が半ば埋もれていた。古タイヤがピニオンマツの枝からワイヤーで吊るしてある。かつて子供たちがここで遊んだのだ。ぼた山のようなごみ捨て場では、金属、プラスチック、合板、プラスターボード、金網、ケチャップの瓶、ありふれた靴、不滅のクロロックス漂白剤の瓶、丸坊主になって糸の出たタイヤなどが縁辺岩の上に乱雑に拡がっている。

路面に溝のできたトラック道路を歩いて行く。積載用シュートの下を通り、貯蔵庫、水タンク、燃料タンクを通りすぎる。硫黄、ディーゼル燃料、朽木、コウモリの糞、油を染ませた材木、鉄錆が臭った。竪坑の暗い口から煙のようだが臭いはない正体不明の濁ったガス――ラドンか？　二酸化炭素か？――が立ち昇り、外に垂れ下がる。空気よりも重く、だらだらと無精たらしく地表を這っている。ヒドゥン・スプレンダー。すてきな所を集合場所に選んだものね、ジョージ・ヘイデューク。あんたは豚よ。爬虫類よ。トカゲ。ツノトカゲ（ジョージはこう応える。股ぐらにゃツノが生えてるかもしれねえが、俺はトカゲじゃないぜ）。霧の舌、しゅるしゅると伸びるガスの先端あたりを、慎重に歩き回る。悪臭のする坑道の口から道路を越えて選鉱屑捨て場へ通じる、歪んで錆びた狭軌のレールをたどる。

横倒しになったトロッコの車輪の縁に腰掛け、夕闇のとばり越しにはるか南の彼方を見つめて、一〇〇マイルにわたって想像力を羽ばたかせる。オワチョモ・ナチュラル・ブリッジを越え、グランド・ガルチ、ミユーリー・ポイント、サン・フアン川のグースネックの蛇行を越え、オルガン・ロック、モニュメント・ヴァレー、アガサランの火山性の岩塊を過ぎ、モニュメント・アプウォープを越え、目に見える世界の向こう、ケイエンタへ、ホリデイ・インへ、そこでまだ待っている、くたびれた青いジープへ。

24

ルドルフ・ザ・レッドの逃走

ヘイデュークはブラジル製コンビーフを一缶、亜硝酸ナトリウムやその他もろもろもまとめて平らげ（あのファシストどもはうまいコンビーフを作る）、デザートに角切りパイナップルを二缶まるまる、角切りごと飲んだ。一休みしてから、缶詰を保管箱にしまい、箱を隠し場所に埋め戻す。チェーンソーは分解して部品にすべて油を差し、キャンヴァスのダッフルバッグに入れて食糧と一緒にしまう。隠し場所に土、岩、木の枝をかぶせる。少なくとも星明かりではうまく隠したように見える。残りはバックパックに入れ、また背負った。

帽子をかぶり、星を見る。北斗七星の柄杓が、ヘイデュークの見方では、逆さまだった。おおむね午前一時。ヘイデュークは崖下の崖錐の斜面を下り、まっすぐ北に向かってケイエンタの街の灯を目指し、道なき道を歩く。

いい気分だった。ここ数日背負っていた重荷に比べれば、今の荷物はまったく楽に思えるし、足は好調で、心と頭は成功の喜びに心地よく満たされている。

ホーガンを通り過ぎるたびに犬に吠えられ、ケイエンタ・ジャンクションの南で案の定、警察がハイウェイを封鎖していたため、大きく迂回しなければならなかったが、それでも相当道がはかどった。夜明け前の薄明かりが真の夜明けになるまでの豊かな時間に、モーテル、ガソリンスタンド、骨董品店が寄り集まったジャンクションに到着する。バックパックを藪の中に隠して――インディアンであれ白人であれ町民の目から見て、バックパックを背負って歩いているひげ面の男ほど怪しげなものはないからだ――ホリデイ・インの駐車場の周辺を偵察する。

ジープはまだそこにあった。鍵とメモが隠してある。

サムへ。まる三日待ちました。末日聖徒が来たので、私たちは閣下を拾いにメキシカン・ハット国際空港に行きます。約束通りプラザホテルで会いましょう。急いでちょうだい。待たされるのは嫌だから。これ以上いたずらはなしよ。それからアメリカの美化にご協力を――お風呂に入りなさい。あなたの友人にして法律顧問、セルマより。

まわりにはほとんど誰もいなかった。インディアンが数人酔い潰れて、シンダーブロックの塀にもたれているだけだ。足下には空き瓶が転がっている。ヘイデュークはジープを出し、パックを回収して北へ向かった。ケイエンタを抜けてサン・フアン川とメキシカン・ハットの村を目指す。橋を渡っていると日が昇りだした。ユタに、胸おどる峡谷地帯に帰ってきた。安全で、気分爽快で、くつろいだ気分になる。懐かしいサン・フアン郡、やっぱりいいもんだ。

食堂が開いているのに気がついた。できるだけ早く街や舗装路から離れなければならないとわかっていながら、正しい判断に逆らって、ヘイデュークは止まった。コーヒーとハムエッグの朝食をどうしても食べたいという欲求に抵抗しきれなかった。この五日というもの、レーズン、ナッツ、ヒマワリの種、チョコレートチップス、グラノーラと粉末ミルク、缶を開けただけのコンビーフ、そんなものしか食べていなかったからだ。

食堂から二ブロック離れたフリッジド・クイーン・ドライヴイン（営業は昼から）の裏手にジープを停めた。歩いて戻り、カウンター席に座る。ニキビはあるがモンゴルの映画スターのような顔立ちをしたユート・インディアンの娘が注文を取った。顔を洗い、ぼさぼさの髪を濡らして撫でつけるため手洗いに立つ。

用を足しながらいつも通り壁の落書き、人民の声を読む。

「自由恋愛《フリー・ラヴ》はタダ《フリー》ではない」「重力はない。地球は吸《サ》い込《ック》むのだ」（「サック」には「むかつく」という意味もある）「女性解放《リベレーション》に支援を。

今夜女をかっさらおう《リベレート》」「白人よ、俺たちはお前たちにトウモロコシを与え、お前たちは俺たちに淋病をくれた」。ヘイデュークは壁の上の方から天井にかけてのメッセージを読んだ。こう書いてあった。「どこ見てんだよバーカ。足にションベン引っかけてるぞ」

食堂に戻ると、ぴったりとしたカウボーイシャツに包まれた広い背中が二つ、自分のハムエッグとハッシュブラウンズとコーヒーの隣に座っていた。銀灰色《シルヴァーグレー》のカウボーイハットが二つ、ギャバジンに包まれた堂々たる尻が二つ。ループタイを締め、ハトを撃ち、釣りに出かけるとウィンナーソーセージを缶から食べるような類の男たちだと、ヘイデュークは即座に見抜いた。今日のアメリカを作ったのと同類の人々だ。

「ちは」と言いながらヘイデュークは腰掛け、料理と向き合った。幅の広いくたびれたソンブレロのつばが、顔の上半分、危険な部分（ひびが入った便所の鏡から、洞穴の中のキツネザルみたいにだるそうに睨み返していた、あの縁の赤い目玉）を隠してくれると計算した。が、座った瞬間、重大な間違いをしでかしたことに気づいた。表に明るい黄色のブレイザーが、醜い鼻面を丸太に押しつけて停めてあるのを左目の隅で見た。運転席のドアには大きな公式ステッカーが貼ってある。思ったより疲れているのだ。なけなしの脳のシナプスが発火ミスを起こしたか、あるいはまったく火が入っていなかったのかもしれない。反射神経が反射していない。疲れているのはわかっていたが、ものが見えないほど疲れているとは今の今まで気がつかなかった。ヤバい。とにかく食って、それから何とかしよう。

隣で茶色い筋肉質の顎が、ちょっと動きを止めた。革張りのような顔がこちらを向いた。ネズの実のように蒼白い目のまわりには、砂漠の光の中でずっと細めていたからだろう、放射状に皺が寄っている。その目がヘイデュークの毛深く敵意に満ちた顔に注がれた。

「セルダム・シーンの奴ぁどうしてるかね？」鋭く見据えながらビショップは言った。

うろたえたが、疲れ切っていて気にもならなかった。ヘイデュークは睨み返しながら思った。ジョージよ、お前は阿呆面を真っ正面から見たことがあるか？ ほれ、いいチャンスだぞ。

「そんな人知らないな」朝食を口いっぱいほお張りながらつぶやく。

「そうかい？」ビショップの馬鹿でかく赤い手――ドクのよりも大きく、ドクの半分も優しくない――が食べ物を運ぶ動作を再開した。

「ふーん、奴さんはお前さんを知ってるぜ、兄ちゃん」

ビショップの右に座っている男、ビショップの弟らしいのが、しばし食事の手を休め、自分の卵を見ながらヘイデュークの返事を待った。

ヘイデュークはほとんど躊躇なく言った。

「そういう名前の奴は知らないね」コーヒーに砂糖を多めに足す。これは素早くエネルギーに変わる。

「本当かい？」

「聞いたこともねえな」

三人はそろってまた食べ始めた。黙々と。ヘイデュークはハムエッグ、ブランディングの監督もハムエッグ、ラヴの弟はソーセージ（四節）とスクランブルエッグ。もぐもぐむしゃむしゃと男らしい咀嚼音が響く。少女趣味のサドルシューズを履いたユートの姫君が、厨房からカウンターに足を引きずるようにして歩いてきた。また網戸が勢いよく開いた。ナヴァホの男が二人入ってくる。生え際が後退し、教育委員か部族の役人のように見える。二人はアタッシェケースを床に置き、戸口に近いテーブルに座った。やはりループタイを締めている。ヘイデュークは、あの詰め込まれ、閉じ込められる感覚を覚え始めた。

ここから出なければ！

ビショップが続ける。

「なあ、兄ちゃん、俺はお前さんがあいつと一緒のところをあの日見てるんだよ。それに俺は人の顔を忘れないんだ。特にお前さんみたいな顔はな。あの時、お前さんと、あいつと、よく通る声をした若い娘と、ごま塩の顎ひげを生やして頭が禿げた大きな男がいた。俺たちはあんたたちを止めて、道路工事現場であった破壊行為のことを尋ねた。タンク底のブーツの足跡、サイズ一〇号か一一号の奴を、コーム・ウォッシュからホールズ・クロッシング・ジャンクションまで残して歩いた奴のことをな。あれがお前さんでなけりゃ、お前さんの双子の兄弟に違いねえ」ビショップの弟は、スツールに座ったままのけぞって、ヘイデュークの靴をちらりと見た。

ヘイデュークの爪先がタンク底の登山靴の中で縮こまった。

「そりゃ、俺の双子の兄弟に違いねえ」残った黄身をトーストの最後の一切れでふき取った。本当にうまかった。コーヒーカップを姫に向かって掲げる。

「コーヒーもらえる？」

彼女はコーヒーを注ぎ、はにかんだような笑顔を見せた。こんな状況でなければ、この先二カ月は記憶に残る笑顔だった。希望は常に男の性腺に湧き出でる。

「何も覚えてねえのか?」

ヘイデュークは砂糖をコーヒーに足した。

「ああ」と答える。

「嘘つけよ、兄ちゃん」

ヘイデュークはコーヒーを一口啜った。そしてもう一口。汗が腋の下からしたたり、油っぽい玉になって、肋骨のはしご段を滑り下りるのを感じる。五日間着たきりのシャツは、こんな余分の香りを加えなくとも十分臭かったが。さあ、どうする? どうする? いつもの疑問だ。もちろん・三五七マグナムはベルトに挿し込み、上着で隠してある。しかし衆人環視の中でそれを抜き出して、このラヴ兄弟——二人とも大男だ——に向けるなど、まずできはしない。熱いコーヒーをビショップの顔に引っかけて、戸口に走るか? 面倒とバラの花は、いつも束で来るようだ。

「聞こえたろ、兄ちゃん?」

いい考えがある。聞こえないふりをするのだ。

「はあ?」それからウェイトレスに、にっこり笑って言った。

「おねえさん、お勘定」

娘は小さな緑色の伝票を取り出した。

「皆さん、ご一緒ですか?」ヘイデュークと、あと二人の男性客を見ながら言う。話をしているのを見て勘違いしたのだ。

主イエス・キリストが最後の晩餐でウェイターに言われた言葉を、ヘイデュークは思った——

「勘定は別々にして下さい」いや、それにしてもかわいい娘だ。戸惑っているがかわいらしい。あの頬骨、アステカの眼。だが、他に考えなければならないもっと重要なことがある。

「別々で」ヘイデュークは言った。「行かなくちゃ」

「どこにも行かせねえよ」ビショップが静かに言った。

「まだだめだ。まだ話すことがある」

「はあ?」金を手探りし、取り出す。

「そうともよ。ブルドーザーがひとりでにパウエル湖に飛び込んだこととか、誰かが俺の別のブレイザーに岩を転げ落としたこととか、セルダム・シーン・スミスって奴がどこにいるのかとか。そういったちょっとしたことだ、兄ちゃん」

ビショップと弟はがつがつと食い続けていたが、足をスツールの下に引きつけて、いつでも素早く動けるようにしている。冷たく、わずかに楽しんでいる目は、一瞬たりともヘイデュークの顔を離れない。

まだカウンターに座ったまま、勘定と気前のよいチップを払い、出発の準備を整えた。だが、どうやって？　ヘイデュークはまだ何とかして、品位を保ったまま、冷静に行儀よくこの場を去りたいと思っていた。

「なあ、おじさん。あんた、俺を誰かと間違えてるんだよ。そうとしか思えねえな」

ヘイデュークは立ち上がりかけた。

ビショップは大きな手を伸ばしてヘイデュークを引き戻した。

「座れよ」

弟がにやりと笑った。

「出る時は一緒だぜ」

激しい恐怖感が意識を包んだ。ヘイデュークは留置所が大嫌いだった。留置所のせいで閉所恐怖症になったのだ。あの閉塞感のせいで。ため息をつきながらヘイデュークは言った。

「そういうことなら、もう一杯コーヒーをもらおうかな」

大きなコーヒーカップを差し出すと、ウェイトレスが注いでくれた。震えるヘイデュークの手を彼女の手が支える。

「ありがとう」

コーヒーから湯気が渦を巻いて立ち昇り、一瞬だがはっきりと疑問符の形をとった。疑問——奴らは武器を持っているのか？——は無意味なものだった。持っているとすれば、ヘイデュークのように、隠し持っているのだから。ヘイデュークの場合は非合法だ。だがこの兄弟は間違いなく保安官代理に任命されている。問題は、俺がここを出て逃げ切るまで、括約筋がもつかだ。括約筋《スフィンクター》の謎。それが問題だ。

「名前は？」ビショップが訊いた。

「ハーマン・スミス」

「おめえ、あまりアメリカ人らしくねえな。本当はルドルフじゃねえのか？」

「何だって？」

「ルドルフ・ザ・レッドじゃねえのか？」

ヘイデュークは、カップいっぱいのコーヒーをビショップの顔に浴びせた。戸口へ突進する。二人連れのナヴァホの鞄爆弾くらい大きなアタッシェケースが、行く手を塞いでいる。それを飛び越え、網戸を突き抜けた。

「ありがとうございましたー」経営者の日ごろの言いつけを守って、ウェイトレスはヘイデュークの背中に叫んだ。

「またご来店下さーい」

ヘイデュークはビショップの新しいV八ブレイザーの脇を一気に駆け抜けた。残念ながらキーを抜き取ったりタイヤを撃ち抜いたりしている暇はない。銃がいっぱいに並んだ車内の銃架と、アンテナについた旗を目にしただけで、角を曲がり、フリッジド・クイーンへの道を全速力で走った。今まで気づかなかったエネルギーが血管を巡り、神経の火花ギャップにアーク放電を起こし、筋肉に電気を送る。足が思い通りに動く。怒号がすぐ後ろを追いかけてくる。ドアを乱暴に開閉する音。わめき声、叫び声、バタバタと走る足音。振り向くか？　いや、まだだ。

ドライヴインだ。角を勢いよく回り、ジープの運転席に滑り込む。エンジンをかけながら、ちらりと振り向いてみた。ラヴの弟の方が全力でこちらに走ってくる。やっと半分まで来たところだ。大男だが走るのは遅い。ビショップ・ラヴがタオルで顔を拭きながら、食堂の戸口からよろめき出た。弟に向かって怒鳴り、手探りで自分のブレイザーのドアへ進む。

駆動輪が空転し、砂利をはね飛ばす。ジープは尻を振りながらハイウェイへ向けて飛び出した。ラヴの弟はフリッジド・クイーンの壁にもたれて荒い息をついてから、わめいている兄の方へ重い足取りで引き返した。

ヘイデュークの計画。ここから大急ぎで逃げる。不平を言うジープを、だましだまし最高速度に近づけていく。まったく遅すぎる。ラヴ兄弟がどちらが運転するかでケンカするのを止め、ハイパワーな車のエンジンをかけ、Uターンしてヘイデュークのあとを追い始めるまでにたぶん一マイル先行しているだろう。全然足りない。舗装路を外れて林に逃げ込む他に、ヘイデュークに勝ち目はない。どこの林に？　ここはサン・フアン・リヴァー砂漠、赤い岩と紫の礫岩の荒野だ。スネークウィード、マッチウィード、ポヴァティウィード、タンブルウィードなど草しか生えない。隠れ場のある高原までは、北へ一〇マイルある。ずっと上り坂だ。たどり着けはしないだろう。他の手を考えなくては。

メキシカン・ハットでただ一つの廃車置き場が見えてきた。古い車、壊れた車、打ち捨てられた車、部品を剥がれた車が飾り立てるように並べてある。ヘイデュークはバックミラーを見た。黄色いブレイザーはまだ見えない。急ハンドルを切ってハイウェイを外れ、フェンスの隙間から廃車の中に乗り入れた。車を停めて待つ。三〇秒後、ラヴ兄弟が丘を越えてきた。ヘイデュークの鼻先から五〇ヤードと離れていないところを猛然と通りすぎる。エンジン音から、まだ二速で走っており、ギアを上げていくところだとわかる。ビショップが運転していた。弟はショットガンを膝の間に立てている。

ヘイデュークはラヴ兄弟を一マイル先行させ、後をついていった。他に手はなかった。反対方向の南へ向かい、アリゾナに戻ることはできない。そこにはもはや仲間はいない。あの台地を登り、森を抜けて、ヒドゥン・スプレンダーの仲間の元へ行かねばならない。だから追跡車のあとを追ったのだ。

メキシカン・ハットを出て三マイルで、ハイウェイは二股に分かれる。本道は東へ延びてブラフ経由でブランディングに向かい、左へ折れる枝道——部分的にしか舗装されていない——は北の高地へ、自由とセックスと無料のビールへ続いている。

見えない逃亡者を追うビショップは、最初の決断を迫られる。東の道を選び、ヘイデュークに大きな逃げ道を残すほどの間抜けか。それとも左へ行く道を取る一方、ブラフとブランディングに無線連絡して、ユタ・ハイウェイ・パトロール、保安官事務所、サン・フアン郡捜索救助隊の残りに警告するか。ビショップ・ラヴは、怒りに満ち、知性はなかったが、左の枝道を進んだ。

ずっと遅れたヘイデュークは、ビショップの選択を見て右の道を取った。待ち構えている「当局」の手の中にまっすぐ飛び込んでいくのか？　そうかもしれないし、あるいはそうではないかもしれない。セルダム・シーンのように、そしてビショップがきっとそうであるように、ヘイデュークはこの地域を熟知しているわけではない。それでも地図をたびたび調べて、この先数マイルにハイウェイを左へ外れる未舗装路があり、郡の商工会議所が神々の谷《ヴァレー・オヴ・ザ・ゴッズ》と名付けた何やらに延びていることを憶えていた。その道は行き止まりなのだろうか？　台地に登って行くのか？　ひとまわりしてハイウェイに戻るのか？　ヘイデュークは知らなかったし、地元の人間に尋ねる暇もなかった。あと少しすればラヴは、獲物がどうにかして後戻りし、自分の前ではなく後ろにいることに気づくだろう。

木が一本もない単斜の肩を走るハイウェイをそろそろと進みながら、ヘイデュークは未舗装路を注意深く探した。あった。ギアを落とし、左にハンドルを切る。岩だらけの涸れ沢を跳ねながら抜け、一枚板の岩盤に六インチの深さで広がる水たまりをしぶきを上げて渡った。対岸に登る道をたどる。道は悪いが、ひどいというほどではない。そう遠くない昔に、観光客の車が入れるようにと、地ならし機をかけてある。無防備な砂漠の平原を、砂塵を巻き上げて、ヘイデュークは進み続けた。怒りのあまり完全に目が見えなくなっていない限り、それがビショップの目に入らないということはあるまい。

道路は等高線に沿って、おおむね北に向かっていた。行く手に巨岩の群れが空にそびえている。エジプトの神々の横顔を持つ、浸食された露岩の成れの果てだ。その向こうには台地の赤い岩壁が起き上がっていた。砂漠に切り立つ高さ一五〇〇フィートの、誰も攀じたことのない、おそらく攀じることのできない崖。集合場所で仲間と合流するなら、ヘイデュークはあの台地の上に登る道を見つけなければならない。

ジープは盛大に埃を立てていた。ヘイデュークは車を停めてあたりを見渡し、一休みした。もう逃げおおせたかもしれないと思い始めていた。双眼鏡を首から下げ、近くのわずかに小高くなった丘に登った。

見渡すかぎり、ただ荒野だった。半径二〇マイル以内で唯一の人間が住んでいる場所、メキシカン・ハットは、単斜の隆起の下になって見えない。どちらを向いても、涸れ川にわずかなコットンウッドが生えているだけの、ゆるやかに起き伏す砂漠、発育不良の植物が点々と散らばる赤い岩しか見えなかった。熱波に浮かんだ山脈と台地が、はるか地平線を囲んでいる。

砂煙が南と西から近づいてくる。ヘイデュークは双眼鏡を目に当てた。ビュートと尖った岩の前景の向こう、西へ通じる道を、金属製の光り輝く物体が急速に近づいてくるのが見えた——間違いない、黄色いシヴォレー・ブレイザーが一台、深紅の三角旗を無線のホイップアンテナの先に翻して、溝や岩を跳ね越えてくる。ヘイデュークが取っている道の南から、もう一台、さらにまた一台のブレイザーが現れた。二台とも高速で進んでくる。陽光にアンテナがきらめき、銃器が光る。ヘイデュークは双眼鏡で二本の道をたどった。合流点がわかった。西へ二、三マイル先、商工会議所の神々の中だ。捜索救助の連中は、ヘイデュークの退路を断っておいて包囲しようとしているのだ。ほんの一〇分、あるいは一五分の距離しかない。

「おいおい、俺は迷子じゃねえぞ」ヘイデュークは言った。「救助して欲しくなんかねえのに」一瞬、パニックが襲った。荷物を放り出して走れ。穴の中に這いずり込んで泣け。寝転がって目を閉じ、諦めろ。

しかしヘイデュークはパニックを抑え――括約筋が持った――追跡車に背を向けて北と北東の地勢を観察した。北には台地の岩壁があるだけだ。北東には、しかし、小道らしきものが神々の間を蛇行し、谷に下って消え、ネズがまばらに生えた痩せ尾根に再び現れて、断崖の突端へ延びている。行き止まりか？　ここからでは判断できない。

ヘイデュークは弾かれたように小山を下り、ジープに飛び乗った。エンジンをかけ、また飛び出して前輪のハブをロックし、ウィンチに引っかかった灌木を取り除く。再び運転席について、ギアを一速に入れ、走り出した。すぐに土埃が上がり始め、位置を暴露する。どうしようもない。

出せる限界の速度のさらに一〇マイル増しで轟然と進みながら、丘の上から見つけた小道を求めて、前方の地形を読む。上からは難なく見えたものが、今では見えなくなっていた。日に炙られた、段丘が層をなす砂岩の一枚岩が、いくつも視界をさえぎっている。一本だけぽつりと生えたネズの木が左わきを通りすぎた。この木は覚えている。小道はこの付近で分岐している。急にまた一刻を争う状況となったが、ジープを停めてボンネットに上がらざるをえない。岩がごろごろした行く手を観察すると、轍がそろって脇にそれ、涸れ川の砂を渡って東へ登っているのがわかった。

運転席に戻ったヘイデュークは、ギアを一速に入れ、トランスファをローレンジに切り替えた。砂地を突っ切り、岩を乗り越えてじりじりと進む。登り切ったところで車を停め、振り返る。三つの砂煙が二方向から近づいてくる。一〇マイルの三角形が閉じようとしている。その頂点が自分だ。

ヘイデュークは先を急いだ。道はラビットブラッシュとスクラブ・ソーンの茂みを縫い、高さ五〇〇フィートの台地の裾を巻いている。部分的な登降はあるものの、道は上り続けていた。高度計の針が一〇〇フィート上がると、さらに何本か背の低いネズが姿を現した。最初に止まって偵察をした地点から見えた急斜面を登っていることに気づく。道路が蛇行しながら東の地平線に近づくにつれ、ネズは大きく、数も多くなっていく。今ではほとんど岩の上を走っているため、車がもうもうと土埃をたてることはなくなった。だが、それもさほど役には立たなかった。三マイル後にいて追い上げてはいないが、ビショップと捜索救助隊はヘイデュークのジープをはっきりと目視できる。

高まる岩とネズの波の果てに何があることをヘイデュークは願っているのか？　わからなかった。もはや計画はなかった。ただ願い、進み続けた。

背が高く健康そうなネズの木が、空をバックにすばらしい枝ぶりを見せて立っている。岩にしっかりと根を張っているであろうことは、風によってできた樹形からわかる。その向こうには、見たところ虚空があるようだ。他に何もないので、その木を目標にヘイデュークは坂を登り続けた。もう道と言えるようなものはなかった。道路は半マイル後ろのスリックロックの上で消えていた。

木の下まで車で乗りつけたが、そこで止まらざるをえなかった。地の果て。木の一五フィート先は崖ふち、縁辺岩、断崖絶壁だった。車を降りたヘイデュークは、自分が崖の際にいることを知った。ただの垂直な崖ではない。縁が張り出したオーヴァーハングの崖だ。オーヴァーハングのせいで、崖裾も岩の段丘も見下ろすことができない。どのくらいの高さだろう？　落差一○○フィートと推定した。

下の段丘あるいは岩棚は、砂地の涸れ川へとゆるやかに傾斜している。涸れ川は今度は、アプウォープの悪地地形《バッドランド》、小山、浸食された岩の塔を抜けて、砂とヤマヨモギの灰緑色とコットンウッドの木陰の広い通りに通じる。ここをコーム・ウォッシュという。コーム・ウォッシュはコーム・リッジの山裾を、南北五○マイルにわたって走っている。ここから北へ四○マイルほどでハイウェイ工事が行なわれている。その先はナチュラル・ブリッジ、フライ・キャニオン、ハイトへ至る旧道だ――そして北への取り付け道路（廃道）に外れると、ヒドゥン・スプレンダー・ウラニウム鉱山跡がある。ここから三五マイル先だ。

長いこと歩き回っていたため、ヘイデュークはすでに集合に四日遅れていた。歩いて逃げてもいい。ここからでも――この絶壁のどこかに、ザイルで懸垂下降《ラペル》できる場所があるかもしれない――だがそれは、お気に入りのジープを敵に引き渡すことを意味する。ロール・バー、ウィンチ、補助タンク、水平を保つ缶ビールホルダー、グル・マハラージの図案、「ホピ族のために考えよ」のステッカー、幅広ホイール、特殊兵器、工具、キャンプ・登山用品、地形図、ギデオン聖書と『モルモン経』（ペイジのモーテルから盗んだ）、その他の貴重な品々もろとも、後から来る自警団の連中に。だめだ。できるものならそうしたくはない。しかし、できるのか？　もう一度崖ふちをのぞき込む。オーヴァーハングした完全な絶壁だ。少なくとも高さ一〇〇フィートは優にある。サーヴィス博士お気に入りの格言を思いだした。「状況が絶望的であれば、何も心配することはない」

ヘイデュークは向き直り、追跡のことを考えた。ビショップと捜索救助隊は二マイル後ろにおり、ゆっくりと、しかし着実に斜面を登ってきている。静けさの中、まだ遠くにいるのに、あの大きなV八エンジンのかすれた唸りが聞こえる。ガスは食うが強力だ。あと一〇分ほどあるとヘイデュークは踏んだ。

ビショップ・ラヴは粘り強い男だった。粘り強く、几帳面で、勤勉だった。熱いコーヒーをかけられた顔と首はまだひりひりしていたが、憎しみのために判断を、注意を、部下への気づかいをおろそかにすることはなかった。毛もじゃの異教徒までまだ距離があるが、罠にはまっているのは確実なので、無線で協議を呼びかけ、車を停めた。他の者を待つ間、車を降りて双眼鏡で目標を観察する。ピントを合わせ、張り出した岩、土壌が有機質を含む部分に点々と生える木とユッカを見た。一番奥、枝尾根の果てに、日に色褪せた青い点がジープの居場所を暴露している。あの大きな、しかし最後のネズの陰に、哀れなほど下手に隠されている。あの岩角の向こうに何があるか、ラヴは知っている。二十数年前、自らがまさしくこの道を切り開いたのだ。一九五二年に最初の大きなウラン・ラッシュがあり、ラヴが土地所有権を主張した時のことだ。ごろつきの異教徒め。肚の中で笑いながらビショップは思った。捕まえたぞ。若造の犯罪者の位置を双眼鏡で探るうちに、木の後ろで何やらこそこそやっているのに気づいた。気をつけろ、ラヴは思い起こした。武装している怖れあり、危険。

部下が上がってきて合流した。作戦会議を開く。ビショップ・ラヴは、もう一マイル車で進み、ライフルの射程距離のわずかに外で止まることを提案した。そこから徒歩で前進する。もちろん武器を持って、両翼に一人ずつ大きく展開して散兵線を広く取り、逃亡者が縁辺岩沿いに逃げられなくする。いいか？　ビショップ・ラヴが同意を求めたのは、単なる儀礼的なものだった。実際にはその提案は、強固な教会内の上下関係の中では、命令としての重みを持っていた。仲間たちは、みな職業を持った大人の男だが、よき兵士のようにうなずいた。ビショップの弟を除き全員。弟は、残念ながら、どちらかと言えばジャック・モルモンだった。

「それから気をつけろ」とビショップは締めくくった。「あのうす汚い野郎は銃を持ってるかもしれん。まるっきりイカレていて、撃ってくるかもしれんぞ」

「それじゃ」弟が言った。「保安官に無線で知らせた方がいいんじゃねえかな。空から援護を送ってもらったらいいんじゃねえか？　あの悪党が岩の上を這って逃げ出した時のために」

　五五歳のビショップは、さもおかしそうに目を細め、かすかに皮肉な笑みを浮かべて四八歳の弟を見た。

「助けがいるって言うのか、サム。相手は一人、こっちは六人、それでも助けがいるって言うのか」

「空からの方が位置が簡単にわかるだろうから」

「奴があの崖っぷちからどうやって降りるって言うんだ？」

「わからねえ」

「州警察も呼んだ方がいいかもしれねえなあ。州空軍も。ヘリコプターも。AC—四七攻撃機《パフ・ザ・マジック・ドラゴン》も。戦車も」

　あとの男たちは、きまり悪さに足をもぞもぞ動かしながら、含み笑いをした。強く、有能で、抜け目のない大男たち。彼らのうち二人はブランディングでガソリンスタンドと自動車修理工場を営んでいる。一人はブラフの村にモーテルを所有し、経営している。一人はモンティセロに近い乾燥した高地で、飼養場《フィードロット》と六〇〇エーカーのインゲン豆農場を経営している。ビショップの弟は、ブランディングの南東のアニスにあるエルパソ天然ガス会社のガス田に主任技師として勤めていた（非常に責任ある地位である）。

　ビショップ・ラヴ本人はと言えば、捜索救助隊はただの趣味だった。彼は教会の監督《ビショップ》であるだけでなく、郡委員会の委員長を務めており、近いうちにユタ州議会議員に立候補し、その後さらに高い地位を狙う予定だ。ブランディングにシヴォレーの代理店、操業中のものもそうでないものもあるが、数カ所のウラン鉱山（ナチュラル・ブリッジの上、ディア・フラットに古くからあるものもだ）、ホールズ・クロッシングにある総合マリーナの株式の半分を持っている。それから八人の子供も。忙しい男だ。忙しすぎるかもしれない。かかりつけの医者はラヴの心電図を見て眉をひそめ、少しのんびりするようにと、年に二度忠告する。ビショップは、時間ができたらと答える。

「わかった、ダドリー」弟は言った。「冗談はさておきだ、いずれにしろ保安官事務所には連絡しなきゃならない」

「助けは要らねえ。俺は保安官助手の委任状を受けている。それを行使するつもりだ。俺はあの毛もじゃのチビ野郎をやっつける。必要とあらば一人きりでな。お前たちは帰りたけりゃ帰ったっていいんだぞ」

「待ってくれ、ビショップ」モーテル経営者が言った。

「気を静めてくれ、みんな一緒に行くよ」

「そうだとも」と豆農場経営者。

「ダドリー、奴を捕まえたらいったいどうするつもりなんだ?」弟が訊いた。

ビショップはにやりと笑い、そっと、恐る恐る赤く腫れた顔に触れた。

「そうだな、まず先の細いペンチで奴の足の爪を二、三枚引っぱがす。次は奥歯だ。それからセルダム・シーンはどこにいるか、連中が連れて回ってるサーヴィス博士とあのアマっ娘はどこにいるのか訊く。考えてみりゃ、連中を全員マン法違反でしょっぴけるかもしれん——不道徳な目的で州境を越えたということで。それから一味を残らず俺たちだけで連行する。保安官事務所や州警察の助けは要らねえ。今日は他にやることはない。お前ら、俺についてくるか?」

全員がうなずいた、弟を除き。

「お前はどうする?」ビショップは言った。

「俺も行くよ。誰かが兄貴を抑えなきゃならねえ。でなけりゃ、気がついたら州知事に立候補してたりするからな」

ビショップ本人も含め、男たちは微笑んだ。

「それはそのうち時間ができたらな。今はウサギを藪から追い出すんだ」

彼らは車に戻り、計画通り前進した。目標から一マイル以内に来ると、ラヴは車を停め、降りた。他の者たちも加わった。全員、しっかりと武装している——自動拳銃、カービン、ショットガン。ラヴが命令を発すると、チームは稜線の両側に向けて横に散開した。ビショップは双眼鏡を挙げて獲物を調べようとしたが、丘にさえぎられて直接目視はできなかった。両翼を見る。部下は配置につき、こちらを見ている。ビショップは挙げた右腕を前に下ろした。分隊長の前進の合図だ。かがみ込み、ネズやピニオンマツに身を隠したまま、控え銃に構えて、全員前に歩き始める。ビショップの弟サムはビショップのそばにいる。互いに相手にいて欲しい位置に。

猛烈に暑い真昼のサン・ファン郡——雷鳴が風に乗って漂い、南東の空の一角にただの飾りではない雲がかかり、岩に、木に、銃剣のようなユッカの葉に、眩い陽光が降り注ぐ。砂漠のマリーゴールド、紫のアスター、ミュールイア・ヒマワリが、岩の間の砂の窪地にところどころ咲いているが、それに気づくものはいない。隊にはもっと楽しいことがある。

「今日は強心剤《ジギタリス》は持ってきたかい、ダドリー?」

「ああ、持ってきたぞ、サム」

「訊いただけだ」

「そうか、なら黙れ」

ビショップ・ラヴは実包をカービンの薬室に押し込み、撃鉄を下ろした。彼は楽しんでいた。こんないい気分は、沖縄での掃討作戦の日々以来だ。その頃ラヴは少尉で、小隊長を務め、青銅星章《ブロンズ・スター》を受章して、のちのち役に立つ戦功を立てていた。胸膨らませながら、ビショップは一瞬かすかな同情さえ覚えた。追いつめられたジャップ、あの地の果てでジープの陰に縮こまり、恐怖のあまりズボンを汚している敗者に。

捜索救助隊は戦術的に前進した。二人が素早く飛び出し、あとの者は止まって銃を構え、必要なら援護射撃を行なう。だが、逃亡者の位置から発砲はなかった。隊は姿勢を低くして進んだ。崖ふちまで四〇〇ヤードもなく、木はまばらだからだ。六人の男は互いの姿がはっきり見えるところまで這い進み、止まり、待ち、耳を澄ました。

「エンジンの音がした」弟が言った。

「そんなはずはねえ」ビショップが応じる。双眼鏡を使いたかったが、敵に近すぎるので、武器を下ろすことはためらわれた。

「何も聞こえねえぞ」

彼らは神経を集中して聴いた。ネズの枝を抜けるそよ風がかすかにささやき、時々場違いに鳥がさえずる他、まったく何も音はしない。

「聞こえたような気がしたんだ」弟は言った。「奴は一番奥の木の陰だと言ったよな?」

「そうだ」

「ジープが見えねえ」

「あそこにある。心配するな」

ビショップは左右を向き、部下を見た。彼らは待っている。こちらを注視している。みんな汗をかいている。みんな顔を紅潮させているが、ひるんではいない。ビショップは稜線の突端、奥のネズの木に向き直った。ネズの木は他の木々に覆われて、ビショップが立っている位置からかろうじて見えている。ビショップは両手で口を囲って怒鳴った。

「ルドルフだか何だか知らんが、そこにいるのはわかっているぞ！　聞こえてるな？」

　返事はなかった。ただそよ風が渡り、遠くマツカケスが鳴き叫び、はるか崖下でアメリカワシミミズクが柔らかな声を立てた。

　ビショップはもう一度叫んだ。

「下りてきた方が身のためだぞ、ルドルフ。こちらは六人だ。返事がなければ撃つ」ビショップは待った。

　反応なし。もう一度ミミズクが、意味のない馬鹿にしたような声を上げただけだ。

　ビショップは銃の撃鉄を起こし、部下にうなずいた。ビショップの弟を除く全員が、高いネズの木のあたり一帯に狙いを定め、引鉄を引いた。木は鹿撃ち散弾《バックショット》と銃弾の衝撃に、はっきりとわかるほど震えた。

　ビショップは片手を挙げた。

「撃ち方やめ！」銃声の木霊は遠く鳴り渡り、単斜を下り、ヴァレー・オヴ・ザ・ゴッズを越え、五マイル、一〇マイル、二〇マイル離れた台地の岩壁と突端に当たって消えていった。

「ルドルフ」ビショップは叫んだ。

「下りてくるか？」待つ。返事はなく、ただ鳥が鳴いた。

「援護しろ」ビショップは弟に言った。「あの悪魔を引きずり出してやる」

「俺も行く」

「ここにいろ」そして囁き声で言った。「命令だ」

「馬鹿ぬかせ、ダドリー。俺も一緒に行く」

　ビショップ・ラヴは地面に唾を吐いた。

「いいだろう、サム。殺されちまいな」

　ビショップは他の四人の男に叫んだ。

「俺たちを援護してくれ」それから弟に言う。

「行くぞ」

　二人は木から木へと隠れながら最後の傾斜を登り、最奥部の木と断崖の縁が見通せる地点で岩の上に伏せた。

　誰もいない。

　今や疑いもなく、奴はいなくなってしまった。ルドルフが消えた。ジープもなくなっていた。孤立したネズの木、その根本近くのひび割れた平たい砂岩、地面に散った油の染みと細かい金属片だけが残っている。

「奴はここにはいない」弟は言った。

「そんなはずはねえ」

「ジープもないぞ」

「わかってる。見たとおりだ、畜生」ビショップ・ラヴは膝立ちになって、明々白々完璧に空っぽの空間を見つめた。汗が鼻から滴り落ちる。

「だが、そんなはずがねえ」

二人は崖ふちまで歩いて下をのぞき込んだ。見えたのはそこにあるものだけだった。一〇〇フィートほど下のむき出しの岩の段丘、浸食された悪地地形、コーム・ウォッシュへと通じる峡谷、雨裂、涸れ谷の乾ききった砂と小石の河床、涸れ川《ウォッシュ》の向こうに高く切り立ったコーム・リッジの岩壁、尾根《リッジ》の向こうの山々。

サムは兄に微笑みかけた。「なあ、知事……?」

「うるさい。考えてるんだ」

「初めてのことだな」

「うるさい。日陰に座って考えよう」

「今度こそ保安官を呼ぼう」

ビショップは草の茎を引き抜いて口にくわえた。どっかりとしゃがみこんで、木の枝で地面を引っ掻く。

「あの野郎を捕まえたら保安官を呼ぶ。奴と仲間の悪党どもを。そしたら保安官を呼ぶ。それまではだめだ」

「わかった。いいだろう。奴らを捕まえよう。で、どうやって?」

ビショップは目を細めて太陽を見、弟に向かって顔をしかめ、また木を見てから、再びブーツの間の岩に覆われた地面に目を落とした。噛み、引っ掻き、考えた。

「今考えてるところだ」

25

安息の終わり

「ねえ、それでどうなったの?」ボニーは畏敬のまなざしを向け、さも驚いたというように口をぽっかり開けて見せた。

「そこで高さ一〇〇フィートの崖っぷちに追いつめられたと……」ドクが言った。

「そうだ」

「ビショップとその狂信的な子分が向かってきた、完全武装し、胸にどす黒い復讐心をたぎらせて……」

「そんなところだ」ジョージはこの三〇分で四本目のシュリッツを開けた。

「下りる道も抜け出す道もない……」

「その通り」

「相手は六人、こっちは一人……」

「相手は六人、こっちは一人きりだ。ちくしょうめ」

ヘイデュークは缶ビールを薄汚れた鼻面に傾けた。三人はビールを啜りこむすさまじい音を聞き、毛深い喉仏が上下するのに見入った。スミスは晩飯を突き刺した金串をひっくり返し、炎を見つめながら考えあり気に笑った。サーヴィス博士は甌穴の水で割ったワイルド・ターキーをちびちびと飲んだ。ボニー・アブズグは「オヴァルティン」を吸った。

　背後の夕闇の中、ピニオンマツから垂らした偽装網が落とす光と影のまだらの下に、スミスのトラックが停めてある。それに寄り添うように、色褪せ、塗料にしわが寄った青いジープはあった。ボンネット、屋根、座席、防水布《ターープ》で包んだ積荷はすべて金茶色の埃に分厚く覆われている。フロントガラスにはぎざぎざの星形をした、フットボール大の穴が開いている。


「それで？」

「それで、何だよ？」

「それで、どうした？」

「いつの話だ？」

「いい加減にせんか、ジョージ」

　ジョージは缶ビールを下ろした。スミスがこちらを見ていた。スミスに向かってウィンクする。ボニーとドクを見る。

「やれやれ、この話はややこしいんだ。全部話さなくてもいいだろ。要するにそこから降りて、コーム・ウォッシュ沿いに走って、道路にぶち当たってここに来たと。俺にも一口吸わせろよ」

　三人は無言でヘイデュークを見つめた。ボニーがマリファナ・タバコを渡した。ドクは新しいマーシュ・ウィーリングに火を点けた。セルダム・シーンは串を回した。

「わかった。その話はもういいわ。別の話をしましょう。何を話す？」

「でも、どうしてもと言うなら――」

「ううん、もういいわ」

「どうしてもと言うなら――」

　スミスが言った。

「ウィンチで降ろしたんだろ」

「もちろん。他に何がある?」

ジョージは得意げに笑って全員を見回し、ちょっと言葉を切って、缶ビールをぐいっと顔まで持ち上げた。やつれ、うす汚れ、飢えきった外見をしている。目は陽光と緊張のため充血し、そのまわりには疲労のため、アライグマのような黒い隈ができている。にもかかわらず、倒れそうな様子はなかった。疲れすぎていて眠れねえんだ、とヘイデュークは説明した。

「女の子《ウェンチ》が何の関係があるの?」ボニーは知りたがった。

「ウィンチ」ヘイデュークは言った。「車の前についてる奴だ。一五〇フィートのワイヤーが巻いてある。簡単なこった」

「おい、ちょっと待て」とドク。

「あのジープをウィンチで崖から降ろした話をしようっていうのか?」

「ああ」

「オーヴァーハングした崖から?」

「楽じゃなかったぜ」

「それは僕たちロッククライマーがフリー・ラペルと呼んでいるものです」スミスが説明した。

「自由な拒絶《フリー・リペル》? フリー・リペルっていうのは、どういう意味だ?」

「ラペルよ、ラペル。ラペル・デュ・コルド」ボニーが説明する。「セタン・ムワイエーン・デ・デサーンドル・ユン・ロシュ・ヴェルティカル・アヴェック・ユン・コルド・ドゥーブル、レキュペラブル・アーンスイト」

「その通り」ヘイデュークが言った。

「いつもやってるよ」とスミス。「ただジープではあまりやらないけど。実際、僕の知る限り、ジープでやった人間は誰もいない。このジョージが正直な男だということを知らなければ、事実をすこーしばかり誇張してるんじゃないかと疑いたくなるだろうね。まったくの嘘ではないにしても。いいかい、僕はジョージがそんなことをしたなんて疑うつもりはまったくないよ。ただ、たぶん、その――」

「事実を単純化している」ボニーが言った。

「そうそう。あるいは少し単純化しすぎているか」

「ああ、ちくしょうめ、信じたくなけりゃ、信じなくたって構わねえ。だがな、あんたらの目の真ん前にちゃんとジープがあるんだぜ」

ヘイデュークはボニーに小さな特製タバコを返した。

「同じジープのようだな」スミスは認めた。「でもそうとは限らない。いわゆるもっともらしいコピーって奴だということもあるからね。でもできないとは言っていない。僕も自分のトラックを、ウィンチを使ってかなり急な斜面で上げ下ろししたことがある。でもはっきり言ってトラックでフリー・ラペルをやったことはないね」

「よかろう」ドクが言った。「ジョージが嘘は言っていないということにしよう、珍しい話でありさえすれば。だが技術的な疑問がある。ひとつわからないのだが、ウィンチは逆転でも作動するのか？」

「でなけりゃ役に立たねえ」

「それからワイヤーをネズの木に固定したんだったな」

「そうだよ」

ボニーが口をはさんだ。

「でも――」

ヘイデュークは缶ビールを置いた。もう空だった。次に手を伸ばす。

「あのな、俺の話を最後まで聞く気があるのか？　わかった、じゃあ黙っててくれ。俺が何をしたか、正確に話してやる。ビショップと手下どもが十分な時間をくれそうだとわかると、俺はまずザイルを出して、下降距離を測った。ザイルの長さは一二〇フィートだ。落差は大体一一〇フィートだった。これは面倒だ。下降距離が七五フィート以下なら、ジープでトゥルー・ラペルができる。ウィンチにワイヤーが一五〇フィート巻いてあるって言っただろ。ワイヤーを二重にして木の幹にかけて、端をフレームに引っ掛ける。それからジープを下まで降ろす――」

「するとワイヤーが食い込んで木が引き切られる」スミスが言った。

「ああ、かもな。下についたら、何の面倒もなく端を外してワイヤーを巻き取ることができる。だが、距離が長すぎる。つまり、ワイヤーの端を木に引っ掛けて、上に残さなきゃならねえ。ジープが下についてから、そいつを降ろす算段を、他に考えなきゃならねえわけだ」

「ワイヤーをウィンチから外せなかったのかね、下についてから？」

ドクが訊いた。

「時間がないと思ったんだ。それに下降した後、その場に補助を残してくのは、登山家の倫理に反するしな。俺がどこにいるのか、どうやって降りたのか、降りたのかどうかもビショップ・ラヴに教えたくなかったし。奴にこの先何年か悩むネタをやりたかったんだよ。そうするとワイヤーを木から外して回収しなきゃならねえ。問題はどうするかだ。考えながら俺は車の中のものをしっかりと固定して、木と崖の間に尻を崖っぷちに向けてジープを動かした。この間にもビショップと捜索救助隊は尾根に上がってきていたが、まだ少なくとも五分はありそうだった。ゆっくりだったからな。それから連中は一マイルほど下で止まった。車を降りて、しばらくうだうだやってから、歩いて尾根を登ってきた。戦闘隊形を取っていたが、あまりうまくなかったな。その気になれば皆殺しにできた。だが——またマリファナくれ——何て言うか……宣伝効果が悪いだろ」

「馬鹿話は終わらせて、食べましょ」

「そんなわけで、時間はあった。俺はウィンチのワイヤーをネズの幹にまわして鉤《フック》を留めた。ザイルの端をワイヤーのフックに結びつけた——信じてねえようだからどんなものかって言うと、開きの大きな滑り鉤《スリップ・フック》だ」

「脱線しないで」隠しきれない愛情に目を輝かせ、ヘイデュークに微笑みかけながら、ボニーはマリファナの吸いさしをほぐし、残りをタンパックスのチューブに詰めた。

「続けてちょうだい」

「ああ。ジープのギアをニュートラルに入れて、エンジンをかけてから、たるんだワイヤーがぴんと張るまでジープを後ろ向きに崖っぷちから押しだした——四フィートってところだな。ウィンチはまだロックされているから、ジープは前輪だけ岩にかかって、エンジンがアイドリングしている状態でぶら下がっている。それから俺はウィンチを逆転させて、乗って降りたんだ」

「乗って降りたって?」ドクが言った。

「そうだよ」

「ジープに乗って降りたのか? 空中を?」

「ああ」

「ウィンチが壊れたらどうする気だったんだ?」

「壊れなかったぜ」

「だが、もし壊れたら」

「ザイルで懸垂下降したさ」

沈黙。

「わかった」ドクが言った。「いや、わかったような気がする。君のジープはどのくらいの重さがあるんだ?」

「積んである装備一式含めて三五〇〇ポンドくらいかな。それとガソリンも入れて」

「それでもウィンチは持ったのか?」

「いいウィンチだぜ。ウォーンのウィンチだ。もちろん降りる途中何度もよじれた。それが何より心配だったんだ。ワイヤーがよじれて二つに分かれるんじゃないかってひやひやしたね。でもそうはならなかった」

スミスはシシカバブ（先端にサーロイン、トマトの輪切り、ピーマン、チェリートマト、タマネギ――一味にとって食事はうまければうまいほどいい）を回転させ、崖ふちの向こうを、それから下を、森に覆われた高原、東から来る遠くの道を見た。

「ジョージ、君はすごい奴だ」

ヘイデュークはもう一本ビールを開けた。ラ・ペナルティマ。最後から二番目の意。すべてのビールはラ・ペナルティマだ。

「白状するが、冷や汗ものだったぜ。谷底にはかなり強く当たったがどこも壊れなかった。ジープにブレーキをかけて、ワイヤーがたるむまでウィンチを逆転させてから、ザイルを思いっきり引っ張ってフックを外した。それからザイルを放した。レンガが一トン降ってきたみてえにワイヤーが落ちてきやがって、あとからザイルが落ちてきた。フックがフロントガラスをぶち破って、装備も少しぶっ壊れたが、文句は言えねえ。先にジープをオーヴァーハングの下に入れておけばよかったんだろうが、何から何まで考えられるもんじゃねえ。どっちにしろすごくいい気分だったぜ。ワイヤーを落としてから、ジープをオーヴァーハングの下に隠して、ワイヤーを引っ張り込んだ。それから俺たちは待った。長いことな」

ボニーが言った。「俺たちって、誰?」

「俺とジープに決まってるだろ」

スミスは夕食を串から抜き始めた。

「みんな、皿を持って」

ドクが訊いた。

「連中に崖の下は見えなかったのかね?」

「崖に窪みがあった。洞窟みたいな。崖っぷちからじゃ俺もジープも見ようがなかった。でも連中は午後いっぱいうろついてやがった。上で言い合っているのが聞こえたよ。もちろん、J・ダドリーがほとんど独りでしゃべってたがな。その時一番苦労したのは、笑いをこらえることだったな。夕方近くなって、奴らは帰っていった。車の音が聞こえたんだ。念のため真夜中まで待っていなくなったのを確かめてから、ワイヤーを巻き上げてコーム・ウォッシュに下るルートを見つけた。それに朝までかかった。朝になるとコットンウッドの下に隠れた。午後になっても何も来なかったんで、ここに来たんだ。さあ、食おうぜ」

「ジョージ」ドクが言った。

「ああ?」

「ジョージ……」

「何だよ?」

「ジョージ、そんな話を信じる人間がいると本気で思ってるのか?」

ヘイデュークはにやりと笑った。

「全然思っちゃいねえよ。さあ、食おうぜ。けど、今度ビショップに会ったら、ルドルフ・ザ・レッドに何が起きたか訊いてみな」

「強引な展開」ボニーが言った。

四人は食べ、飲み、夕日が燃えて薄れていくのに見入った。サーヴィス博士は巨大機構についての名高い講義を行なった。焚火が弱々しく揺れる。勝ち誇り、自分に酔ったヘイデュークは、燻るネズの熾に向かって自分の内面を見つめ、ビショップの顔に浮かんだ表情を想像した。俺はお笑い草のために命を懸けたのだろうか? そうだ。それだけの値打ちはある。一方セルダム・シーンは静かに警戒していた。ゆったりと、しかし油断なく、西の柔らかな落日、南にたそがれる谷間、東から迫る夜、北のビュート、エルク・リッジ、アバホ山地を見る。心配ではない、不安もない――ただ警戒していた。

静かすぎるのが気に喰わない、彼は思った。

ヘイデュークがあくびをした。ようやく緊張がほぐれてきた。ボニーがビールをもう一本開けてやった。

「そろそろ寝たら?」

サーヴィス博士はぼろ切れで手を拭い、濃い赤銅色の半分曇った空をじっと見ていた。

「よし、いいぞ」

「雨が近づいている」ドクの視線を追いながら、スミスが言った。指を舐めて、空にかざす。

「風向きも間違いない。今夜ひと雨かふた雨あるかもしれない。ないかもしれないけど。このあたりでは天気はまったく当てにならないんです。僕の親父がよく言ってましたけどね。他に何も言うことが思いつかないと。まあ、いつもそうだったけど」

「俺、寝るわ」ヘイデュークが言った。

「で、何を言いたかったかというと」スミスは続けた。

「今から見張りを立てた方がいいと思う。僕が最初の見張りに立つ」

「夜中に起こしてくれ。俺が代わる」

「ジョージ、君は寝たほうがいい。ドクにやってもらう」

「ちょっと親善試合をやらないか?」ドクが言った。「参加料《アンティー》は五セント? 決め賭けにするか? 賭け金の限度額は?」返事なし。

「ドクは酔ってる。あたしを起こして」

「君とジョージは明日の夜見張りに立てばいい」

ボニーはヘイデュークを、用意しておいた愛の巣に連れて行った。二人の寝袋はジッパーでつなぎ合わされ、ピニオンマツの心地よい雰囲気の下、メサの縁にシープスキンを二枚敷いた上にしつらえてあった。

「どうなんだろう」ヘイデュークが言った。

「どうなんだろうって、何が?」

「こんなことしていいのかどうか。今夜」

ボニーの声が冷たくなった。

「どうしていけないの?」

ヘイデュークは口ごもった。

「その……ドクがいる」

「だから?」

「だからドクが……つまりその、ドクはまだお前に惚れてるんじゃないのか? つまり——えぇい、くそ」

ボニーは軽蔑したようにヘイデュークを見据えた。彼女の目は一二インチ先、六インチ下にある。荒野の香水の匂い——ボニーは何て呼んでいたっけ?——レール・デュ・タンが匂った。ノース・リム、ケープ・ロイヤル、ポイント・サブライムを意味する芳香が。

「ずいぶんと繊細なのね」ボニーは言った。ヘイデュークのシャツの胸をしっかりと掴む。

「いい、ヘイデューク? ドクはあなたみたいに優柔不断じゃない。ドクは大人よ。あたしたちが恋人同士だという事実を受け入れている。何もこそこそする必要なんかないわ」

「気にしないかな?」

「気にしないか? ドクはあたしのこともあなたのことも気にかけている。ドクは慎みのある人よ。何を心配してるの?」

「わからねえ。やきもち焼かないか?」

「ううん、やきもちは焼かない。さあ、一緒に寝るのか、それともあたしが寝ている間、一晩中ここに立ってぐだぐだ言ってるのか、どうするの? さっさと決めなさい。あたしは気が短いし、煮え切らない男は大嫌いなの」

ヘイデュークは慎重に二秒半検討した。剛毛の生えた広い顔が緩み、照れ笑いを見せた。

「やれやれ、ちくしょう……何だか疲れた」

その夜遅く、ドクはコーヒーポットを脇に見張りについていた。焚火の熱い灰の上で、ポットはしゅうしゅうと音を立てる。ヘイデュークは、顔に落ちた数滴の雨つぶで、静かに目を覚ました。苦しい眠り――落ちる夢を見ていた――から抜け出し、気がつくと墨を流したように暗い空を、まっすぐ見上げていた。星はなかった。一瞬恐怖に囚われた。が、ボニーの温かく滑らかな身体が脇で動いたのを感じて、落ち着きを取り戻した。安心すると同時に自信が回復し、笑い出したい気分になる。

「どうしたの、ルドルフ?」ボニーが訊いた。

「雨が降っている」

「馬鹿ね。雨なんか降ってないわ。寝なさい」

「降っている。感じた」

ボニーは寝袋のフードから頭を突き出した。

「確かに暗いけど……雨は降ってないわ」

「ちょっと前だ。確かに降っていた」

「夢を見てたのよ」

「俺はルドルフ・ザ・レッドだぜ、え?」

「だから?」

「くそっ、ルドルフ・ザ・レッドには雨がわかるんだ」

「まだ言ってる」


翌朝早く、曇った夜明けの空から、飛行機の音が聞こえた。

「動かないで」スミスが言った。木の下で朝食を食べているヘイデュークを除いて、全員カモフラージュ・ネットの一角にいた。

「それから見上げないで。ジョージはどこだ?」

「まだ寝てる」

「何かの下に隠れてる?」

「ええ」

スミスは昨日の焚火の灰をちらりと見た。冷たく消えている。朝食はコールマン・ストーヴで作った。飛行機は陰鬱な音を立てて、ゆっくりと、あまり高くないところを西へ向けて飛び去った。それがパウエル湖のハイト・マリーナ方面へ飛んで行くところを、スミスは双眼鏡で調べた。

「知り合いかね?」ドクが言った。ドクは熱センサー、赤外線分光画像のことを考えた。技術独裁者から隠れる場所はない。

「標識は見えなかった。でもあれは州警察や保安官事務所のものじゃない。たぶん捜索救助隊員の誰かのだろう。エルドンは飛行機を操縦する。そういえばラヴ本人もだ」

「で、どうするの?」ボニーが訊いた。

「一日中木の下にいて、下の道路の見張りを続ける。それから飛行機の音に注意する」

「時間つぶしにちょっとゲームというのはどうだ?」ドクが言った。

「ファイヴカード・スタッド・ポーカーの親善試合をしないか?」

カモからの返事はなかった。

「限度額は二五セントでどうだ? たまたまここにトランプがあって……」

スミスがため息をついた。

「親父は僕に三つのことを教え込もうとしてましてね。いつもこう言ってたんです。『坊主、この三つの教訓を覚えておけ。そうすればまずいことにはならない。ひとつ、名前にママ《マムズ》のとつく店で食うな。ふたつ、ドクと呼ばれる人とトランプをするな』」スミスは言葉を切った。

「入れて下さい」

「まだ二つよ」ボニーが言った。

「三つ目がどうしても思い出せなくてね、気になっているんだ」

「セルダム、しゃべってないで、やるならさっさとやれ」ドクはトランプを切った。秋の木の葉のような音がした。あるいはスペインの女郎屋にある玉すだれのような、ヴェネチアン・ブラインドが降りるような、小川のせせらぎのようなトノパーの金曜の夜のような、すべて楽しく、心地よく、無邪気だ。

「もう一人要るな」

「寝かせておこう。あいつが起きてくるまでスタッドをやろう」

一〇分後、飛行機が戻ってきた。二マイル北をゆっくりと飛び去り、エルク・リッジの向こうに見えなくなった。ブランディングかモンティセロを目指している。あとには朝の静けさ。むしむしする暑さの中、どんよりした空の下、ヒドゥン・スプレンダーに至る袋小路の終点のさらに先、木が生い茂る平地のはずれの木陰で、ゲームは続いた。ヘイデュークは昼になって加わった。

「マグネシウムはどこだ?」

「埋めた」

「誰が親だ?」

「ドク」

「とにかく俺もまぜてくれ」

さっきからの飛行機か、それとも別のものか、また二マイル南を飛び去り、四マイル南を戻ってきた。

「何度上を飛びやがった?」

「賭け金をチェックする。四回だ」

「一〇セントにする」

「一〇セント、レイズ」

「コール。何持ってる?」

「エースが三枚のフルハウス」

「こっちはフラッシュ。道路の見張りは誰だ?」

「ここから見える。配ってくれ」

「何枚?」

「三枚」

「三枚」

「一」

「親が二枚取る」

「見張っとけ。お前の賭ける番だぜ、アブズグ」

「せかさないで。イライラしてくる」

勝負。アブズグは最後のチップをなくした。


「こんなゲーム、インチキ臭いし、馬鹿みたいだし、退屈だわ。スクラブルのセットを持ってきていれば、本当に面白いゲームを見せてあげるんだけど」

ヘイデュークが次に降りた。昼寝《シエスタ》の時間だ。

スミスを除いて全員が眠りに入った。スミスはキャンプの東、鉱山の上の小高い土地に登り、マツの木陰の一枚岩に座った。双眼鏡を手に見張る。

一〇〇マイルにわたって見渡すことができた。空は分厚い雲に覆われているが、風はない。空気は澄んでいた。静けさが印象的だった。雲を通した日光が見知らぬ土地にあたり、熱波が水のように揺らぎながら、峡谷の上を漂う。谷底の陰は華氏一一〇度はあるに違いない。シップロック、ユート山、モニュメント・ヴァレー、ナヴァホ山、カイパロウィッツ、ナロウ・キャニオンの赤い岩壁、ダーティ・デヴィル川の暗い谷間が見える。ヘンリー山脈の五つの山頂――エルズワース、ホームズ、ヒラーズ、パネル、エリン――が峡谷の迷宮の後ろ、グレン・キャニオンの砂岩のドームと尖塔の彼方に立ちはだかっているのが見える。

家畜を失うには最悪の土地。心を失うには最高の土地。そして、スミスは思った、失うには最悪の土地。

26

橋：追跡の序曲

「ほれほれほれ、活動開始だ、ちくしょうめ。ほれ、ドク。ケツを持ち上げて足を下ろせ。木の陰から日なたに出ろ。急げ、アブズグ。晩飯を作れ。スミスはどこだ？」

「そんなに急ぐなら自分で作れば」

「やかましい。スミスはどこだ？」

「丘の上。今来るわ」

「太ると怠ける、怠けると太る。日が暮れるぞ」

「それであたしにどうしろっていうの？　崖から飛び降りるか何かしろって言うの？」

「飛び降りろ。何かしろ」二四時間の回復期を経た今、熱に浮かされたように活気を取り戻したヘイデュークは、コールマン・ストーヴを加圧し、バーナーに火をつけた。でこぼこになった青い大きな共同装備のコーヒーポットをのぞき込み、コーヒーかすと残ったコーヒーとまるまる太ったネズミのびしょ濡れの溺死体をぶちまける。

「どうやって入ったんだ、こいつは？　ボニーには言うな」左後ろにいる人影につけ加える。

「あたしボニーよ」

「あいつには言うな」コーヒーの粉を大さじ八杯放り込み、水を入れてストーヴの上に戻す。

「薬品だ、薬品だ、薬品が必要だ」

「水ですすぎもしないの？」

「何で？」

「ネズミの死骸が入ってた」

「あれは捨てた。見てただろ。何も心配はねえ。死んでいた。ジャガイモを薄切りにしろ。チリコンカルネの缶を四つ開けろ。飯にするんだからな、ったく」戦闘的なバック・ナイフを鞘から引き抜き、ヘイデュークはベーコンの二ポンドの塊を細長い厚切りに削ぎ、キャンプサイズの鋳鉄のフライパンに重ねていく。すぐにじゅうじゅうと音を立て始める。

「こんなに誰が食べるの？」

「俺だ。お前だ。みんなだ。これからきつい夜勤がある」ヘイデュークは四個の豆の缶詰を開け始めた。

「チリの缶を開けてくれ。それとも何から何まで俺がやらなくちゃならねえのか？　それから卵をいくつか茹でろ。お前は女だから、卵には詳しいだろ」

「何をそんなにかりかりしてるの？」

「不安なんだ。不安になると俺はいつもこうなんだ」

「あなたのせいであたしは不安になっている。もちろん頭にきてもいる」

「すまない」

「すまない？　あなたがその言葉を使うのを始めて聞いたような気がするわ。他に何か言える？」

「取り消す」

サーヴィス博士とセルダム・シーン・スミスが加わった。午後遅くの夕食が始まった。四人は計画を話しあった。計画とは、ヘイデュークとスミスにとっては、橋の工事をすることだった。一本だけか、何本かやるかは、時間、材質、「現場の状況」による。アブズグとサーヴィスにとっては、それぞれ工事現場の両側で見張りを務めることだ。三本の橋のどれに最初に手を加えるべきか？　一番小さなもの——ホワイト・キャニオン橋——で意見が一致した。二番目は、時間が許せば、ダーティ・デヴィル橋だ。二つの取り付きの橋が落とされれば、ナロウ・キャニオンに、パウエル湖に、水没したコロラド川に架かる中央の橋は無意味になる。進入路がないからだ。それがあろうがなかろうが、道路——ハンクスヴィルとブランディングを、パウエル湖の東岸と西岸を、西の峡谷地帯と東の峡谷地帯を結ぶユタ州道九五号線——は、効果的に切断、分断、破壊される。少なくとも数カ月。たぶん数年。もしかすると永久に。

「でも、住民がこの道路を必要としていたら？」ボニーが尋ねる。

「この道路が必要なのは」スミスが言う。「鉱山会社と石油会社と、ビショップ・ラヴみたいな人間だけだ。それから道路局。道路建設が信仰だからね。他には聞いたことがないな」

「訊いてみただけ」

「哲学ごっこは終わったか？」ヘイデュークは言った。

「よし、仕事に取りかかる。ドクとボニーは、看板を作るのに足りないものがないかどうか見てくれ。『通行止め、橋倒壊』の大きな看板が四つ必要だ。ウィネベーゴの観光客を、ダーティ・デヴィル川に急降下させたくねえからな。捜索救助隊をホワイト・キャニオン峡に逆落としにしたくねえだろ？　それともやってやるか？　塗料は足りるか？」

「どうしてあたしは単調でつまらない仕事ばっかりさせられるの？」ボニーが愚痴を言った。

「蛍光スプレー塗料がまるまる一ケースある」スミスが言った。

「よし。俺とセルダムはテルミットるつぼに取りかかる。必要なのは、そうだな、大体――」

「どうして？」ボニーが鼻を鳴らす。

「お前が女だからだ。紙筒で四本てとこか。ひょっとすると六本かな。ものはどこにある？」

「隠し場所」

「じゃないかと思った」ボニーは言った。

「いいか」ヘイデュークが辛抱強く言う。

「あのな、本当に橋の下を這いずり回りたいのか？　ネズミやガラガラヘビやサソリがいるんだぜ」

「あたし看板を描く」

「じゃあ黙って仕事にかかれ」

「でも黙らない」

「勝手にしろ。誰が皿を洗うんだ？」

「最後はいつもそれだ」ドクは言った。「私が皿を洗う。外科医は常に手を清潔にしておかなければならない……何としても」

「俺たちがここにいたことがわからないように、このキャンプを隠す」ヘイデュークは言った。

「どっちの車を使う？」スミスが訊く。

ヘイデュークは考えた。

「両方使った方がいいだろう。そうすれば追われた時二手に分かれられる。それに片方が故障しても予備がある。運ぶものもいっぱいあるしな」

渾沌から秩序へ。全員仕事に取りかかり、装備をスミスのトラックのキャンパーシェルに詰め込む。巨大なカモフラージュ・ネットは最後まで残す。空き缶を燃やし、潰して、焚火の跡のそばに掘った穴に落とす(土壌にいい)。焚火の灰も同じ穴に入れ、埋め戻し、埋葬跡と焚火跡をネズの枝で掃く。焚火を囲っていた黒くなった石は崖下に投げ落とした。

ボニーとドクは、釘抜き付きの金づちとスプレー塗料を手に、鉱山の集落跡へ行った。二人は合板とファイバーボードの薄板を探し出し、看板を作る。六フィート×一〇フィートの大きなもので、このように書いてある。

危険
通行止め
橋倒壊！
ご迷惑をおかけいたします

ツーバイフォー材を何本か引きずり出し、看板を立たせる支柱を大急ぎで作った。看板をヘイデュークのジープのロールバーにきつく縛りつける。

ヘイデュークとスミスはテルミットの材料を木の下の隠し場所から掘り出した。酸化鉄フレーク四五ポンド、アルミニウム粉末三〇ポンド、二酸化バリウム粉末一〇ポンド、マグネシウム粉末二ポンド半。すべて両端が金属でできた円筒のボール紙の容器に入っている。


「これで全部か？」ヘイデュークが訊く。

「足りないのか？」

「足りればいいが」

「足りればいいがとはどういうことだ？」

「橋の構材を焼き切るのにどれくらい要るか、実はわからねえんだ」

「なぜ爆破しない？」

「ダイナマイトが今持っている一〇倍は要る」

ヘイデュークは容器を二つ取り上げた。

「こいつをジープに積んじまおう。これを混ぜるのにふた付きのでかい缶みてえなものが要る」

「保管用の缶でいいんじゃないか？」

「いいだろう」

「ここで混ぜて行ったらどうだ？」

「現場で混ぜた方が安全だ」

ヘイデュークのジープに粉末、導火線、残った最後のダイナマイトを入るだけ積み、残りをスミスのトラックの後部に積む。日は落ち、夕焼けは鈍色の雲の陰に薄れていった。カモフラージュ・ネットを外す。ヘイデュークはネズの箒で最後に残った足跡を掃き清めた。

「行くぞ」ヘイデュークが言った。

スミスとドクがピックアップで先行した。ハイウェイまで一〇マイルの未舗装路を灯を点けずにゆっくりと走らせる。ヘイデュークとボニーは過積載のジープで後に続いた。連絡方法はあらかじめ取り決めてあった。いずれか一方が困難に陥った場合、もう一方には光の信号で警告する。

　ボニーは諦念が、あの流感にも似た感覚が、胸に、胃に再び重くのしかかってくるのを感じていた。今夜を最後に当分の間襲撃はないことがうれしかった。たまらなくうれしかった。私は危険しか恐れない、ボニーは心の中で言った。ヘイデュークを横目でちらりと見ると、ちょうどビールの缶を窓の外に投げ捨てる反射行動の真っ最中だった。アルミ缶が舗装道路をカラカラと転がる音がする。がさつな男、ボニーは思った。不潔で口の悪いがさつ者。二つつないだ寝袋にくるまった夜と朝を思いだした。別の不安感。今日、ピルを飲んだっけ？　しまった！　しばしパニックに陥る。今必要のないもの、それは天からの小さな失敗。ビーズの薬品ポーチを探り、ディスペンサーを見つけ出した。小さな錠剤を口に放り込み、ヘイデュークがもう開けていた新しい缶ビールに手を伸ばす。ヘイデュークの手が――オジギソウのように開いて――不承不承缶を離した。

「何を飲んだ？」疑り深く尋ねる。

「幻覚剤《LSD》を少々」ボニーは答え、シュリッツで流し込んだ。

「冗談だろ」

「心配しなさい」

「他にもっと心配しなきゃならねえことがある」

　短気な狂信者。まだ誰もジョージに、より大きな計画のことを話していない。今夜の電力コンビナート襲撃を最後に、活動を休止する計画を。終了ではなく、休止だ。誰も言う勇気はなかった。しかも今は、明らかに、その時ではない。

　人間関係の問題もあった。ピルがあろうがなかろうが、ボニーにはそれを避けられなかった。彼女はこれからの数日、数週間、数カ月、数年先まで思いを巡らせた。自分の中の奥底で何かが、この先に待っているものをしきりに知りたがっている。家庭のようなものの準備期間を切望している。気持ちだけにしても。誰と？　一体誰と？　アブズグは、時には独り暮らしがしたくなることもあるが、残りの一生をこのようなとんでもない流浪の身のまま過ごすかもしれないなどとは、一瞬たりとも想像したことはなかった。

　あたしたちは孤独だ。あたしは孤独、ボニーは思った。求め愛することだけが、孤独を遠ざけている――森の焚火を囲む暗闇、失うことのあの激しい苦痛。ジョージ……このろくでなしが話しかけてくれさえすれば。

「何か言ってよ」

「ビール返せ」

彼らの左手、道路の南に巨大な砂岩の岩壁がそそり立っている。舗装が途切れた。二人はスミスのピックアップが立てる砂埃に突っ込み、その後について、三本の橋へと通じる四〇マイルを超える未舗装路を西へ向かった。この人里離れた脇道を、今夜通る車はない。ただ、ウラン鉱山の鉱石運搬車が踏み固めた路面は、洗濯板のように波うっていた。ジープの騒音と積荷のカタカタ鳴る音は、会話を落ち着かないものにする。だが、いずれにせよ会話はなかったので、ヘイデュークは気にしないだろうとボニーは思っていた。この気難しくて陰気な悪党め。

フライ・キャニオンのガソリンスタンドと食料品店を通りすぎる。「防犯灯」の水銀蒸気の青い不気味な光を浴びている。誰もいなかった。砂漠性の灌木林と砂に覆われた曲がりくねった段丘をさらに進み、グレン・キャニオン、ナロウ・キャニオン、スリックロックの荒野を目指す。

星がいくつか、雲に覆われてぼんやりと輝き出した。ボニーの目に道路はやっと見える程度だった。

「ライトを点けた方がいいんじゃない？」

ヘイデュークは無視した。あるいは聞いていなかった。前方の道路脇の何かを一心に見ていた。空に残る日没の緑の光を背に、どっしりとした黒い鋼鉄の影絵が浮かび上がっている。ヘイデュークはヘッドライトを四度点滅させた。停止の合図だ。ジープを道路脇に寄せ、茂みの陰に停める。エンジンを切ると同時に、遠くでプアウィルヨタカが物憂げに鳴くのをボニーは聞いた。

「今度は何？」

「ブルドーザーだ」再び活気に満ちあふれ、不機嫌さはどこかに消えている。

「二台だ。でかぶつだ」

「だから？」

「見てこよう」

「やめて。今はだめよ、ジョージ。橋はどうするの？」

「橋は逃げない。すぐに済む」

「いつもそう言って、七日間姿をくらましちゃうんじゃない。クソったれ」

「ブルドーザーだ」ヘイデュークはかすれた声でつぶやいた。目をぎらぎらさせて、ボニーに顔を寄せる。シュリッツが臭った。

「俺たちの任務だ」ローターアームの箱を座席の下から引き出し、ボニーの口に真っ正面からキスして、急いで出て行く。

「ジョージ！」

「すぐ戻る」

ボニーは諦めきって待った。ヘイデュークの青いレンズをかけた灯が、ブルドーザーの操縦室で揺れるのを見守る。地上一二、三フィートはありそうだ。鉄のティラノサウルス。

スミスが近寄ってきた。

「どうした？」

ボニーはブルドーザーに顎をしゃくった。

「だと思った」とスミス。

「できれば――」

スミスの言葉はカミンズ一二気筒ターボ・ディーゼルエンジンが始動する咆哮にさえぎられた。

「ちょっとごめん」スミスは立ち去った。相談する声が聞こえてくる。強力なエンジンの唸りの下で、二人の男が怒鳴り合っている。スミスはヘイデュークのトラクターから降り、もう一台の方に向かった。懐中電灯が計器盤のあたりで短く点滅するのが見え、もう一つのエンジンが回転を上げるのが聞こえた。

ややあって、二台は闇の中へ騒々しく並走して行った。五〇フィートほどの間隔が空いている。二台の間にはタンクローリー、支柱に支えられた土地管理局《BLM》の広告板、橇の上に載った金属製の物置のようなものがあった。これらの物体が突如動き出した。目に見えない力に振られて身じろぎし、二台のトラクターに挟まれたまま、透明なひもで引かれるように去っていく。広告板は倒れ、物置は揺れ、タンクローリーは横倒しになり、すぐそばのアームストロング・キャニオンの崖ふち（ボニーは後になって知ったのだが）に向かって、着実に小さくなっていく。

薄暮に浮き上がり砂塵に霞むヘイデュークとスミスの影が、トラクターの操縦席に立ち、前方に目を凝らしている。次の瞬間、二人は敏捷に降りた。トラクターは戦車のように軋みを立て、無人のまま峡谷へと進み続け、唐突に視界から消える。タンクローリー、物置、広告板がそれに続く。

重力加速度の間。

鮮烈な爆炎が縁辺岩の向こうに上がる。続いて第二波、第三波。なだれ落ちる鉄、根こそぎになった木、剥がれ落ちた岩が重力に捉えられ、谷底へ叩きつけられる集中砲火の轟音をボニーは聞いた。砂煙が崖ふちから立ち昇り、下のどこかで次第に勢いを増す炎に照らされ、赤と黄色に毒々しく彩られる。

　ヘイデュークがジープに戻ってきた。濁った目が満足げに輝いている。頭には黄色いツイルのひさしがついた帽子をかぶっていた。前頭部に無邪気なロゴが刺繍されている。

CAT®
DIESEL POWER

「欲しい！」ボニーは帽子を引ったくると、かぶってみた。目まですっぽりと隠れた。

　ヘイデュークはもう一本ビールを開けた。

「後ろのバンドで調節するんだ」エンジンをかけ、車を道路に戻し、冷たい闇の中へと走っていく。

「よし、と。で、あそこで何をやったの？　セルダムはどこ？」

　ヘイデュークは説明した。彼らはチェーン倒木作業現場に出くわしたのだ。二台のブルドーザーは長さ五〇フィートの海軍用の錨鎖でつながっていた。木を引き抜けるほど丈夫なものだ。この簡単な仕掛けを使って、政府は西部で数十万エーカーのネズの森を丸裸にしている。その同じチェーンと同じ方法で、ヘイデュークとスミスは、タンクローリーやら物置やらの補助資材を、二台のブルドーザーで挟んで谷底に片付けたのだ。セルダムは自分のトラックで前を走っている。

「なるほどね。でも、あの派手な騒ぎはまずかったかもしれない」ボニーは振り返った。崖下で燃える炎の花は、夕闇が深まるにつれ明るさを増している。

「五〇マイル先からでもあの火は丸見えよ。これで間違いなく捜索救助隊がやって来る」

「いーや。連中は火事の調査で手いっぱいさ。連中の手がふさがっている間に、俺たちゃ三〇マイル先の下水溜めで、奴らが進む先の橋を溶かしている」

　第一の橋に着いた。ようやく。スミスとドクが闇の中で待っていた。橋の下には底なしとも思えるホワイト・キャニオンの谷間が口を開けている。ボニーが鋼鉄の欄干から身を乗り出すと、谷底を轟々と流れる水音は聞こえたが、何も見えなかった。両手で岩を持ち上げ、何とか欄干の上に載せる。そのまま転げ落とした。耳を澄ますが、逆巻く水の音しか聞こえてこない。踵を返そうとした時、岩のぶつかる音、砂岩が砕ける音、いくつもの小さな水音が峡谷を上がってきた。高所恐怖症の気のあるボニーは震えた。

「アブズグ！」

青い灯が彼女の目の前で揺れ、漆黒の闇に燐光が8の字を描く。横を向き、まばたいて残像を消そうとするが、薄れた絵の具の染みのように、いつまでも網膜にまとわりついていた。

「何？」

「手を貸してくれ」

ヘイデュークとスミスが粉末を混ぜているのに気づいた。蓋を閉めた大きな缶に入れ、前後に転がしている。酸化鉄＝三に対してアルミ粉末＝二を混ぜたものがテルミットだ。次は点火剤。二酸化バリウム＝四にマグネシウム粉末＝一。強力な一品だ。ドク・サーヴィスはそばに突っ立って、口に銜えた葉巻をくゆらしている。無謀で無頓着な姿にボニーはぎょっとした。男二人は力への妄想に酔い、危険に気がつかないようだ。

「見張りはどうなってるの？」ボニーはきつい調子で言った。

「君を待っていたんだ」ドクは言った。「君はこのうすのろの寄せ集めの触媒だ。この反体制化学物質の悪意に満ちた蒸留器の」

「じゃあ、さっさと始めましょ。誰が看板を出すの？」

「我々、君と私。でも、もう少し待ってくれ。ファウスト博士の仕事ぶりを見ているんだ」

「これで全部終わりだ」ヘイデュークが言った。「これからは歩哨が要る。爆薬を使って橋の主アーチの上で道路に二つ穴を開ける。片側に一つずつだ。考えとしては、アーチを露出させて、穴の上にテルミットるつぼを仕掛けて、テルミットに点火して鋼材の上に流そうって寸法だ。真っ二つに焼き切れるはずだ――テルミットが十分ならな。何度か試してみる必要がある。だから見張っててくれ」

「うまく行くかどうか自信がないの？」

「どうなるかよくわからねえ。だが、でかい音と高熱が出る」

「これが燃えると何度くらいになるの？」

「摂氏三〇〇〇度。華氏だと六〇〇〇度ぐらい、だよな、ドク？」

「違う。換算式はこうだ。華氏＝五分の九×摂氏＋三二。だから摂氏三〇〇〇度は約、えーと、華氏五四三二度だ」

「わかった」ヘイデュークは言った。

「周囲全部に警戒が欲しい。見張り係、看板を設置しろ」

一味は動き出した。ドクとボニーはヘイデュークのジープから看板を二枚取り、スミスのトラックに載せる。ヘイデュークが必要なもの——ダイナマイト、信管、導火線——を降ろしてから、スミスはジープで西へ走り去った。ドクとボニーはトラックで橋の一マイル東へ行き、最初の看板を出した。さらに四分の一マイル行ったところで二枚目を立てる。二人は待った。

鋭く三度呼び子が鳴る。警報だ。一瞬ののち、爆発音が、力強く鈍いズンという音——十分圧力がかかっている——がした。高性能爆薬が役目を果たしたのだ。

「今のは何だ?」ドクが言う。

「橋はもう落ちたのか? どうやって戻ればいいんだ?」

もう一度ボニーは手順を説明する。彼女とドクはこの場所で見張りに立つ。ここからは不毛の谷が一〇マイル先まで見通せる。ヘイデュークからの戻れの合図を待つ。それはテルミット「るつぼ」を仕掛け終わり、いつでも点火できるという意味だ。スミスもやはり橋の西側で見張りをしている。そのあと——

二度目の爆発音。

「そのあと」ボニーは続けた。

「橋の西側の警告標識を回収して真ん中の橋とダーティ・デヴィル橋を渡って、またダーティ・デヴィル川の西岸に立てる。それからジョージがダーティ・デヴィル橋を落とす」

「単純だな」

「単純よ」

「真ん中の橋というのは何だ?」

「コロラド川に架かっている橋」

「私はジョージが言う、コロラド川は一時的に持ち去られているだけだということを信じる」

ドクの燃える目、安葉巻の火口が輝き、そして薄暗くなる。煙が広がりながら星空に立ち昇る。

「川はまだそこにある。ただ今は貯水池の下を流れているのだ」

「どういうこと?」

沈黙。

「なあ、ボニー、私たちはここで何をしているんだろう?」

沈黙。二人はそろって道路を目でたどった。星明かりの中で白く曲がりくねった未舗装路が、メサ、ビュート、台地、山の黒い輪郭へ向かって延びている。すっかり遅くなった下弦の月の出。人工の灯はどこにもない。人の形跡もどこにもない。音も。プアウィルヨタカさえも休息している。過熱状態の岩から立ち昇る夜風の囁きだけだ。そして遠いジェットエンジンのつぶやき。上空二万九〇〇〇フィート、北を飛ぶ航空路から。その音からは、どこにも逃げ場はない。ボニーは音の源を探し、カシオペアの腕を抜けて西への針路をたどる小さな動く灯を見つけた。たぶんサンフランシスコ行きだろう。あるいはロサンゼルスか。文明！憧れに胸が痛むのを感じた。

呼び子が鳴った。長く一つ、短く一つ、長く一つ。戻る時間だ。

看板をその場に立てたまま、ボニーとドクはピックアップに乗り込み、ボニーの運転でホワイト・キャニオン橋に戻る。コンクリートの破片が道路の至る所に散らばっており、それを避けたり乗り越えたりするのに、ボニーはローギアに落として慎重に道を選ばなければならなかった。

橋の真ん中で車を停め、二つの魔女の巣を見る。補強用の心棒が静電気を帯びた髪の毛——黒く、ねじ曲がり、煙を上げ、熱く、硝酸塩と蒸発した木材パルプの臭いがする——のように上向きに広がっている。この二つのクレーターの中に、橋の支持部材がむき出しになっている。数世紀もつように設計された構造用鋼板の巨大な桁だ。

ここにヘイデュークは「るつぼ」を仕掛けていた。穴に渡したツーバイフォー材の上に五ガロンの容器が載っている。容器はそれぞれ三分の二までテルミットが詰められている。テルミットの上は二インチの点火剤層だ。点火剤の中央には、導火線の先端が埋め込まれ、不用意に抜けたりしないように容器の縁にテープ止めされている。導火線は容器の脇に垂れ下がり、瓦礫の転がる橋の上を、二本別々に西岸へと走っている。そこでジョージが懐中電灯を上下に降り、橋の真ん中に車を停めた愚か者二人に向かって、制動手がする進めの合図を送っている。発火具が左手で燃えて、独立記念日の花火のように輝いている。

「ジョージはどこだ？」ドクは言い、眼鏡越しに見回した。

「灯を振っているのがそうじゃないの」

「どうしろって言うんだ？」

「こっちへ来い」ヘイデュークは怒鳴った。

「そこから離れろ!」

「あれ、ジョージだわ」ボニーは不安げに言った。乱暴にギアをローに入れ、クラッチをつなぐ。早すぎた。トラックはがくんとつんのめってエンストした。

「こっちへ来い」ヘイデュークがまた怒鳴る。人間爆弾炸裂だ。彼の後ろ、闇の中のどこかにセルダム・シーン・スミスがいて、待ち、見張り、耳を澄ましている。

「ボニー」ドクがいたわるように声をかける。

トラックは走りだし、瓦礫を越えて進んだ。二人はヘイデュークを数フィート通りすぎたところで止まり、導火線に点火するところを見ようとした。

「そのまま行け」ヘイデュークは言った。

「あたしたちも見たいわ」

「行け!」

「嫌」

「わかった。勝手にしやがれ!」

ヘイデュークは発火具を一本目の導火線につけた。続いて二本目。それぞれの端から脂っぽい煙がとぐろを巻いて上がる。ラッカーを塗った被覆の中の火薬が、目標に向けて急速に燃える。


「この後どうなるの?。爆発するの?」

ヘイデュークは肩をすくめた。

「今までテルミットを使ったことないのね?」

ヘイデュークは不機嫌な顔をして、何も答えなかった。ドクは葉巻を吹かす。ボニーは指を絡み合わせた。三人は立ったまま、橋の中央の道路上に置いた、二つの白いテルミットの容器を見張った。導火線は見えず、かすかに宙を漂う蝋の燃える匂いだけが、火が燃え進んでいることを示している。

ヘイデュークの唇が動く。秒読みをしている。

「今だ」

まず一つ、それからもう一つの容器が輝いた。しゅうっという音がする。輝きは明るさを増し、アーク溶接のように強烈な、眩しい白光となった。目に痛い。橋全体が鮮やかに照らし出される。一秒後、かすかに鈍い音が聞こえた。ブリキの底が容器から落ちたのだ。溶融した金属が、太陽光線のように清冽で眩い流れとなって道路の爆破孔から落ち、鋼鉄の桁に降り注ぐ。はるか下の峡谷の内部が照らし出され、岩石、岩角、割れ目の一つ一つ、谷底のよどみに至るまで、今は見えるようになった。燃えるスラグの塊と滴が虚空を落ち、降下速度を増すにつれて熱く燃え、水面に落ちてしゅうしゅうと蒸気をあげる。赤熱し、溶けてくっついた鋼鉄の破片と、焼けたコンクリートがあとに続く。

溶けた金属はひどい腫瘍のように橋桁に固まって、冷え始めた。冷えていることは目にも明らかだった。白熱は疑いもなく弱まっていた。闇が再び四方から忍び寄ってくる。星がまた見えるようになる。

橋はまだ、本質的には傷ついた様子もなく、奔流を、暗くなっていく峡谷をまたいで立っている。

ドクの葉巻の火口のような赤い輝きがアーチの下に残り、赤い二つの目が道路に開いた眼窩を通して、光っているように見える。分子の配列が整う時のみしみしという音が、熱い破片が水面に落ちる水音と蒸気の音と共に聞こえてくる。

静寂。橋は残った。三人は失敗した照明ショーを見ていた。

「ふむ」ドクは言い、煙を吸い込んだ——二つの火の点が、一瞬眼鏡のレンズに反射する——

「どう思う、ジョージ？　やったのかね、だめだったのかね？」

ヘイデュークは顔をしかめた。

「どじったような気がする。ちょっと見てくる」

「行っちゃだめ」ボニーが言う。

「何でよ？」

「ちょうど落ちるところかもしれないじゃない。丸ごと全部」

「それを確かめに行くんだろ」

ヘイデュークは橋の上に足を踏み出し、飛び跳ね、くすぶっている中央部まで歩いて行って、赤く燃える手製火山の一つをのぞき込んだ。顔がバラ色に照り映える。

ボニーが後を追う。その後からドクがゆっくりとやって来る。

「ねえ？」

東の彼方に緑の光が弧を描いて昇り、落ちて消えた。

「流れ星」ボニーが言った。願いをかける。

三人は子供のように目を見張った。

「というより照明弾のようだな」ヘイデュークが言う。

「いったい——いや、そんなこたあどうでもいい。どうなったか見てみよう……」

三人は穴を通して、鈍い赤色をした熱い染みと鋼材を見た。光る特大のガムの噛みかすに似たものが、橋のアーチにどろどろにへばりついている。

「切れてねえ」ヘイデュークはつぶやいた。「切れなかったんだ」もう一つの穴を調べる。

「俺たちゃ橋桁に馬鹿でかいスポット溶接をしただけだ。前より丈夫になってやがるかもしれねえ」ヘイデュークは煙を立てる心棒を蹴飛ばした。

「まあまあ、そう早まるな。あの鋼材の強度が元のままということはありえん。もしトラクタートレーラーがここを渡ろうとしたらどうだろう？　あるいはブルドーザーでも」

ヘイデュークは考えた。

「そうは思えねえ。だめだろうな。プラスチック爆薬が要る。畜生、プラスチック爆薬だ。プラスチック爆薬が二〇〇ポンドもあれば」

「テルミットをもっと使ってみたら？　どのくらい残っている？」

「ちょうど半分使った。半分はもう一本の橋のために残してある」

ボニーは西の方角、川の、貯水池の、ダーティ・デヴィル台地の黒い巨容の方を見ていた。一対のヘッドライトが道路をゆっくりと動いているのが見える。五マイル、あるいはもう少し離れている。

「セルダムが来る」

「ふーむ」ドクが続ける。

「この桁の一本に第二撃を加えたらどうだろう？　全部のテルミットを集中的に使うんだ。一本だけでも落とした方がいいだろう。大型トラックを渡らせよう。地ならし機でもいい。ハイトの方で何かしら見つかるだろう」

「やってみよう」ヘイデュークは言い、近づいてくるライトを見た。

「俺のジープじゃない」

スミスの見張り場所から、フクロウが三度長く鳴く声が流れてきた。それとともに、青い懐中電灯で警戒信号が送られる。闇に狂ったように×印を描いている。

最初のヘッドライトの後ろから、二台目、三台目がついてきた。

「行くぞ」ヘイデュークが言った。

「どっちへ？」とボニー。「反対側からも誰か来ている」

三人は振り返った。二対のヘッドライトが勢いよく、東から赤い岩の土地に入ってくる。

「夜はこの道を通る車はないんじゃなかったのか？」ドクはヘイデュークに言った。ヘイデュークはじっとライトを見ている。

「逃げた方がいい」ヘイデュークは言った。ベルトに挟んだリヴォルヴァーの銃把に指で触れる。

「逃げた方がいいと俺は思う」トラックに向けて走り出した。

「どっちに？」ボニーは叫び、走りながら肩越しに振り返った。所狭しと転がるコンクリートの塊につまずく。

ドクがしんがりをよたよたとやって来た。手には帽子と葉巻と眼鏡を持ち、大きな足が舗道でばたばたと音を立てる。

「慌てることはないぞ、慌てることは」

ヘイデュークとボニーはトラックに飛び込んだ。ヘイデュークはエンジンを空吹かしして待つ。ドクが乗り込み、ドアを閉めた。

「どっち？」

「セルダムに訊く」ヘイデュークは言い、闇の中へ、スミスが振っている懐中電灯の青い光を目指して、ヘッドライトを点けずに走り出した。

スミスが道路に立っているのを発見した。そばではジープがアイドリングしている。コンドルのように尖った顔に不安げな笑みを浮かべていた。

「橋はどうなった？」

「まだある」

「だが弱くなっている」ドクは言い張った。「構造的に脆弱になっている。倒壊寸前だ」

「かもしれねえ」ヘイデュークが言う。「だがだめだろうな」

「人が来てるわ」ボニーが注意を促した。「橋の話はあとにして」

「逃走計画はどうなってる？」ヘイデュークがスミスに訊く。

スミスは微笑んだ。

「逃走計画？　逃走計画はボニーの担当だと思ったが」

「冗談はよして」アブズグがぴしゃりと言った。「どっちへ逃げるの、スミス？」

「まあ、そうカッカしないで」

スミスは西へ向かう道路を見た。灯は、途中にある丘の向こうにちらちらと見え隠れしながら、ゆっくりと前進している。

「まだ二、三分ある。だからこの廃道になった迂回路の先へ行って、連中をやり過ごそう。それから急いで本道に戻って、メイズとロバーズ・ルースト地帯に向かう。必要とあれば一〇年だって隠れていられる。他に隠れたいところがなければね。真ん中の橋を越えたところで二手に分かれて、片方はハイトで船を借りて下水溜めを下ってもいいかもしれない」

　スミスは、さらに多くの灯が東から近づいてくるのを見つめた。

「宣教師上がりの救助隊めが、今夜は間違いなく全員出張ってきたらしい。ビショップ・ラヴの奴、まだ知事になるつもりでいやがる。蛇みたいな野郎だ。どうする、ボニー?」

「だから早く行こうってば。あと、分かれたくない」

「その方が利口だろうな」ヘイデュークが言う。

「ドクはどうです?」

　ドクはしばし葉巻を吸うのをやめた。

「一緒にいよう、諸君」

　スミスはうれしそうに笑った。

「僕もそれでいい。それじゃ、ついてきてくれ。ライトは点けないで」

　ジープに乗り込み、本道の抜け道を走っていく。ヘイデュークが後に続く。五〇〇ヤード先の深い涸れ谷《アロヨ》の底で、スミスは車を停めた。ヘイデュークも停める。闇の中で待つ。目は見開き、胸は早鐘を打ち、エンジンはアイドリングを続ける。

「ドク、葉巻を消した方がいい」

「そうだな」

　ライトが丘を越え、カーヴを回った――一台目と二台目が。橋の東側でも、もう一隊が最初の「危険」の看板を通りすぎ、近づいてきた。ただしゆっくりと。橋の真ん中にはまだバラ色の輝きが見えた。かろうじて残っているが、冷え、消えかけている。五四三二度の溶けたテルミットは無駄だった。マグマのように闇に飛び散っただけで、何の役にも立たなかった。

　ヘッドライトとテールライトが遠くの道路を通過した。ほの暗い車内には男たちが、ショットガンやライフルを膝の間で握り締め、前を見据えて座っている。ピストンが踊り、ヴァルヴが跳ね、スタガード・ブロックパターンの幅広スチール・ラジアルタイヤが砂や石を噛む音がする。スポットライトが橋、丘の斜面、彼らの頭上に向けられる。

　三台目の車は先の二台について来なかった。運転者から見て左にそれ、本道を外れて迂回路を取った。ゆっくりと、だが着実にこの道を進んでいる。見えなくなった。

「うっ、やられた」スミスはつぶやいた。ジープを降りてトラックのフロントフェンダーにもたれている。

　ヘイデュークは拳銃を抜いた。当然装填されている。

「どうした?」

「あの三台目の奴は抜け目なくやるつもりだ。その大砲をしまえよ。奴はこの道をまっすぐやって来る」

「へっ、真っ正面からぶつけてやりゃあいいだけの話じゃねえか。ブドウみてえにつぶしてやれ」

　スミスは闇をのぞき込んだ。皺のよった鋭いコヨーテの目が、すぐ前の地形を読む。

「打つ手はある。敵は正面の丘を越えて来なきゃならない。だからすぐそばに来るまで、こちらの姿は見えない。ちょうどそばに来た時にライトをつけて、相手の目を眩ませる。それからまっすぐに突っ込んで、左側をすり抜けて、こっちが何者かわからないうちにブラックブラッシュの中に入る」

「どのブラックブラッシュだ？」

「あれだ。ついて来ればいい。ハブをロックして四輪駆動にしろ。スポットライトを点けて二台ともすり抜けるまで敵の目をもろに照らし続ける。それから峡谷地帯に向けて巡業だ。黙ってついて来い」スミスはジープに戻った。

　ヘイデュークは車を降りて前輪のハブをロックした。車内に戻り、トランスファを四輪駆動に入れ、エンジンを吹かす。

「スポットライトってどれ？」ボニーが言った。「これがそう？」

「それが操作ハンドルだ」ヘイデュークはどのように前に向けるかをやって見せた。「運転手の隣にいる奴を照らせ。銃を撃つのはそいつだ」

「私は何をすればいい？」ドクが言う。

「これを持ってろ」ヘイデュークは・三五七マグナムを差し出した。

「要らん」

「持ってろ、ドク。ヤバい状況になるんだ」

「ずっと前に合意したはずだ。身体的な暴力は振るわないと」

「あたしが持つ」ボニーが言った。

「やめなさい」

「掴まれ」ヘイデュークが言った。「すぐに出るぞ」

「撒き菱《キャルトロップ》！」ドクが叫ぶ。

「何？」

「キャンパーシェルの後ろに入っている。それなら私にできる——撒き菱を撒くんだ」トラックはもう動いていた。

「降ろしてくれ」

「這いずり穴《クロール・ホール》を使いな、ドク」

「何だって？」

「何でもねえ」

前にいるスミスがジープのヘッドライトを点け、涸れ谷の向こう側の土手を登っている。ヘイデュークもライトを点け、渦巻く砂塵をついて後に続く。

「ボニー、スポットライトを点けろ」

スイッチが入る。強力な光線がスミスの首を射る。

「セルダムからそらせ。ちょい右だ」

ボニーがライトを巡らし、ジープの先、向こうからやって来る一対のヘッドライトの間にまともに注ぐようにする。

敵は丘の頂上に達した。光が彼らの顔に照りつける。ヘイデュークはトラックの舵を左に切り、対向車の針路から外す。スポットライトは運転手の――ビショップ・ラヴの怒った顔がヘイデュークにちらりと見えた――視力を奪った。次いで助手席の男も、帽子のつばを目の上に下ろした。ばりばりと藪がなぎ倒され、アンダーガードにがらがらと石が当たる。目が見えなくなったラヴはブレイザーを停めた。

「灯を落としやがれ!」一味が猛然と通りすぎる時、ビショップは吠えた。銃身の輝き、汚い罵声、引鉄が噛み合う金属音。エンジンの唸りと枝の折れる音の中でも、ヘイデュークにはそのかすかな、しかし紛れもない音が聞き取れた。

「みんな伏せろ!」

熱く、重く、凶暴な何か、マグナムのホローポイント弾がトラックの車内の空間を切り裂いた。急速な通過の跡、キャンピング・シェルの後部窓とフロントガラスには対になった星形が、這いずり穴のキャンヴァスにはぎざぎざの裂け目が残った。一〇〇万分の一秒遅れて爆風の轟き――銃声が続く。

「頭を下げておけ」ヘイデュークはスポットライトの操作ハンドルに手を伸ばし、光線を一八〇度回転させて背後の男たちの目に浴びせた。二つ目の星形がフロントの飛散防止ガラスに、奇跡のように現れた。今度はヘイデュークの右耳に六インチ近づいた。クモの巣模様のひびが最初の銃撃の模様と重なる。ヘイデュークはギアを二速に入れ、ダブルクラッチを踏み、床につくまでアクセルを踏み込む。スミスが運転するくたびれたジープを追い越しそうになる。

バックミラーに目を走らせる。スポットライトの光の中に漂う濃密な砂煙のうねり越しに、ビショップの車のライトが後退し、Uターンしようとして狭い道を何度も切り返すのが見える。

さてと、ヘイデュークは思った、奴らは後を追ってくる。当然だ。無線交信が忙しく飛びかっているだろう。橋の近くにいた連中が、橋を渡ってきて、命令を受け、こっちに向かう。間違いない。それ以外はあり得ない。つまり、追跡が始まるということだ。また追跡が。それとも花束や、リボンや、勲章でももらえるとでも思ったか？　ドクが撒き菱がどうしたとか言っていた。撒き菱だと？

27

峡谷地帯：追跡の始まり

そう、撒き菱だ。信仰の時代から使われている中世の武器だ。サーヴィス博士はジョージ・ヘイデュークに、自分が何を言わんとしているのか説明しようとしたが、やがて諦め、車の後部に這いずり込んだ。頭が消えた。次いで肩、胴、大きな尻、足、ブーツが見えなくなる。キャンピング・シェルの中をかき回す音が聞こえる。その間もトラックは、未舗装路をガタガタと激しく揺れながら、スミスが運転するジープの真後ろにぴったりとつけて走っている。

バックミラーをちらりと見る。捜索救助隊全員が未舗装路にいるのが見える。八対の眩いヘッドライトは半マイルと離れていない。アクセルを強く踏み込むが、ジープに追突しそうになって慌てて緩める。何とかして後押ししてやった方がいいだろう。ヘイデュークは車を近づけ、トラックの前部をジープの後部にゆっくりと寄せ、加速して押した。ジープに乗っているスミスは後部が浮き上がるのを感じた。ギアがオーヴァードライヴに入り、翼を広げ、飛び立つかのようだ。

ぴかぴか光るドクの頭が、這いずり穴のカーテンからまた現れた。

「灯が要る」

懐中電灯を渡すと、ドクはまた消えた。

「何だか知らねえが早く見つけてくれねえかな」バックミラーに映る眩しいハイビームを見ながら、ヘイデュークは言った。

「聞こえてないわよ」

「スポットライトを先頭の車から外すな。目潰しを喰らわしてやれ」

「やってるけど、それでも追いついてくる」

ヘイデュークはボニーにリヴォルヴァーを渡した。

「うんと近づいたらそいつを使え」

ボニーは受け取った。

「誰も殺したくないけど。殺すつもりもないし」銃を手の中でひっくり返し、銃口をのぞき込む。「タマ入ってるの？」

「もちろん入ってる。装填されてない銃なんぞクソの役にも立たねえ。何してる？　やめろ、馬鹿！　奴らのライトを狙え。タイヤを撃て」

ジープとその後ろにぴったりとつけたトラックは、飛び跳ねながらカーヴを曲がり、溝や穴にはまっては抜け、岩を越え、崩落地を横切り、砂の吹きだまりを渡る。バンパーは激しくぶつかり合い、噛み合い、外れなくなった。二台はつながり、一体となっている。ヘイデュークは突然それに気づき、ひどく気分が悪くなった。ダーティ・デヴィルで二手に分かれるかどうかという問題は、これで片が付いてしまった。

追っ手は砂煙をつき、コロラド川の峡谷へ下る手前の長い坂を登って、どんどん近づいてくる。

ボニーは自分の側の窓の外に銃を向け、たぶん山を狙っているのだろう、引鉄を引こうとした。何も起こらない。引鉄が引けない。

「この銃おかしいわ」ボニーは大声を上げた。「動かない」銃を引っ込め、重い銃身をヘイデュークの股間に向けて下ろす。

「どこもおかしかねえ。それと頼むからこっちに向けるな」

「引鉄が引けないのよ。ほら」

「シングルアクションだ、シングルアクション、ったく！　撃つ前に指で撃鉄を起こすんだ」

「撃鉄？　撃鉄ってなに？」

「よこせ」ヘイデュークは銃を引ったくった。「ここに来い。俺の上に身体をずらせ。お前が運転しろ」

そのとたん未舗装路が終わり、舗装路になった。コロラド川の橋が近づいている。装備が激しくぶつかる騒々しい音が唐突に止んだ。砂埃なし、機械の騒音なし——逃げ切る可能性なし。

「急げ！」ヘイデュークが命令する。

「行くわよ！」

「待った！」

ヘイデュークはキャンピング・シェルの後部ドアが開いたことに気づいた。ドクが、救助隊のライトに浮き上がった黒いごつごつした巨体が、特大のジャックストーンのようなものを掴んでは放っている。公園でハトに餌をやる男のように見える。ドクはドアを閉め、金物、カヌーの櫂《パドル》、ピーナッツバター、信管の山をかき分けて、運転席に顔を突き出した。ヘイデュークのところからは、ドクは生首のように見えた――禿げ、汗をかき、顎ひげを生やし、歯と眼鏡をきらめかせた生首の出現を受け入れられるのは、ただ見慣れているからだ。

「奴らを足止めできたと思う」ドクは言った。

二人は見た。ライトはまだ後ろにあり、近づいている。

「そうは見えないけど」ボニーが言った。

「もうすぐだ。焦るな」ドクは頭を巡らせて、弾痕の開いた後部ドアの窓から外を見た。

間もなく、数秒のうちに、捜索救助隊は確かに目に見えて遅れだした。ヘッドライトの光線がふらつき、てんでんばらばらに路肩を向く。道路の真ん中に乱雑な光の塊――白、赤、黄――ができる。明らかに追跡は止まった。また集まって相談しているようだ。

ヘイデュークとスミスは、バンパーを噛み合わせたシャム双生児のようなピックアップとジープで、巨大なアーチに挟まれた中央の橋のアスファルト道路を渡った。北へ向かう枝道、メイズとその先の何かへ通じる未舗装路までのもう一マイルを止まることなく進み続ける。舗装路を外れて少し行ったところで、ヘイデュークはトラックを停めた。スミスも無理やり止めることになった。灯火を消し、車を降りて一息入れ、真ん中の橋の向こうに固まっているヘッドライトを観察する。救助隊は何らかの理由でいっせいにそこで止まってしまったのだ。

「一度に全部がガス欠になるわけがない」スミスは言い、不審げにヘイデュークの方を向いた。「撃ったのか、ジョージ？」

「いや」

「パンクだ」ドクが言った。「みんなパンクしたんだ」

「何ですって？」

「タイヤがパンクしたんだ」

ドクは新しいマーシュ・ウィーリングの封を切り、

自ら引き起こした混乱を満足そうに見つめた。

「一度に全部がパンクした?」

「いかにも」口にくわえた葉巻を転がし、端を噛み切って吐き出した。火を点ける。「全部ではないかも知れんが」

「どうしてそんなことが?」

「撒き菱だよ」

ドクはポケットに手を入れ、四本の刺が突き出たゴルフボール大の物体を取り出した。オニヒトデのようだ。ドクはそれをスミスに渡した。

「古代の武器だ。戦争と同じくらい古い。対騎兵兵器だ。地面に落としてごらん。そうだ。わかるだろう、どんな風に置いても、刺が一本上を向く。これはスチールベルト入りであれ何であれ、一〇プライまでのタイヤをパンクさせられるんだ」

「どこで手に入れたんです?」

ドクは微笑んだ。

「悪い友人に特注したのさ」

「パンジー・ステークか」ヘイデュークが言った。

「さて、バンパーを外してずらかろうぜ」

ボニーとドクがジープのバンパーの上で飛び跳ね、スミスとヘイデュークはトラックの方を引き上げた。二台の車は不自然な結合から解き放たれた。運転手も交代する。ヘイデュークが再びジープの運転席に座った。スミスはトラックに戻り、サーヴィス博士は彼と一緒になって心からほっとした。ボニーはヘイデュークと一緒に乗った。

「あいつといるとはらはらすることがある」ドクはスミスに打ち明けた。

「ジョージはちょっと狂ってます。それは間違いない。だから考えてみれば、あいつがビショップじゃなくこっちの味方で、本当にありがたいですよ。この仕事を厳密に現実的に見ようとすれば、どちらにもできるだけ近づかない方がいいような気もするけど。シートベルトを締めた方がいいですよ、ドク。この先道がひどく荒れているから」

「かなりの向こう見ずをその……気取っているのが度が過ぎる」

「そうですね。あいつ、何をぐずぐずしてるんだろう?」スミスは橋を振り返った。動けなくなった集団から二対のヘッドライトが離れ、こちらにやってくる。

「行くぞ、ジョージ」スミスは低く言い、エンジンを大きく空吹かしした。

ヘイデュークはジープを発進させた。灯は点けずに、白い未舗装の小道を星明かりを頼りにたどる。二台は闇の中をゆっくりと慎重に、北を目指して進んだ。この道に比べれば、さっきまで走っていた悪路が絹のリボンのように思える。

「こんなことで逃げ切れるのか?」ドクが訊く。「ライトを点けて出せるだけスピードを出したらどうだ?」

「逃げ切れるかもしれないし、無理かもしれない。ラヴは分岐点で止まって僕たちのタイヤの跡を見つけて、五分以内に追ってくるでしょうね。でも、この道じゃどっちにしたって、これ以上大して速く走れませんよ」

「道だって?　道なんか見えないぞ」

「僕にだって見えませんよ、ドク。でもあるのはわかってますから」

「前に来たことがあるのかね?」

「二、三度ね。ほんの三週間前にも、覚えてるでしょう、僕とジョージがラヴをここに連れてきて、ジョージが岩を転がして、ビショップのブレイザーをホットケーキみたいにぺしゃんこにしたのを。聞いた話では、その件でラヴはまだ頭から湯気を噴いているそうです。あのビショップにはユーモアの感覚がない。逆らうと廃品置き場の犬みたいに根性が悪くなる。危ない!」

ヘイデュークのジープが道路に開いた深い穴に落ち込む。星明かりの中で砂埃が大波のように沸き立つ。一瞬、スミスはブレーキを踏まざるをえなかった。鮮やかな赤い信号が闇を通して送られる。ヘイデュークは車を停めた。話したがっている。

「何か壊れたのか?」スミスが訊いた。

「それはねえと思う。後ろに灯は見えたか?」

「まだだ。ラヴはたぶんマリーナへ、部下のタイヤを修理するためのホットパッチを取りに行ってるんだろう。でも奴は僕たちがこっちにいることを知っている。あいつは馬鹿だけど、僕たちほどには馬鹿じゃない」

「このあいだ通った古い鉱山道路を行ってみるか?」

「止めておこう。この前落とした岩をどけるのに夜中までかかる。それにメイズに隠れたいだろ」

「よし、わかった。だがビショップが、州の警官隊と保安官助手にフリント・トレールから俺たちを挟み撃ちさせるかもしれねえぞ。それともランズ・エンドからパーク・レンジャーの活きのいいのを何人か来させるとか」

「わからない。でも、このチャンスを逃すわけにはいかないんだ。レンジャー以外はみんなわざわざグリーンリヴァーかハンクスヴィルから来なきゃならない。

だからメイズ合流点まで楽に先を越せる。ヘリコプターなんかで来られりゃ別だがね。それにラヴのとっつぁんはえらく頑固だから、助けは呼ばないだろう。自分だけで捕まえるつもりだ。あの石頭が僕が思ってる通りの奴なら。何のためにここに突っ立ってるんだっけ?」

「アイスボックスはどこだ?」

「何で?」

「ビールが一本要る。いや、二本だ。ところでメイズまではどのくらいあるんだ?」

「直線距離で約三〇マイル。道のりでは四五マイル」

「ライトが見えた」ボニーが言った。

「僕にも見えた。ということは、進んだ方がいいということかな」

ヘイデュークはもう動き出していた。ヘッドライトを点けて、スミスはジープのテールライトを追う。時々ヘイデュークがブレーキを軽く踏むと、それは二つの血走った目のように瞬いた。

道は着実に悪くなっていった。砂、岩、藪、穴、溝、崩落、畝、涸れ沢、雨裂、峡谷。この調子で四五マイルだと? ドクは思った。撒き菱による楽勝のあと、ドクは疲労が瞼に、脳細胞に、脊柱に広がっているのを感じていた。スミスが話している……。

「何だって?」

「ですから、ディア・フラットの木陰で、みんなで一日のんびり過ごしたのはとてもよかったなと。今何時頃ですか、ドク?」

ドクは腕時計《クロノメーター》を見た。ロッキー山脈標準時で一六三五時。そんな訳がない。耳に当てる。やっぱり、またぜんまいを捲くのを忘れていた。ボニーからの誕生日プレゼント。この小物を買うのに、あの娘はひと月分の給料を取っておいたに違いない。ドクは時計を捲いた。

「わからん」ドクはスミスに言った。

スミスは開いた脇の窓から頭を突きだして、月の出の輝きを見た。

「おおむね一二時」後ろを振り向く。「奴ら、ついて来てるな。まだ撒き菱はあります?」

「いいや」

「もっと使えたらいいんですがね」そう言うとスミスは鼻歌を唄い始めた。

これは狂気だ。ドクは思った。譫妄状態だ。狂人の夢だ。ほっぺたをつねってみろ、ドク。よし。確かに私だ。サーヴィス医学博士、米国外科医師会会員。医師会では、みんなから好かれているというわけではないが、よく知られてはいる。ニューメキシコ州デュークシティ第二二区の住民として、信頼されてはいないが許容範囲内に収まっている。妻と死別し、成人して飛び出していった二人の愚息がいる。二人とも不品行にして取り柄なし。その父同様、ど助平《エル・ヴィエホ・ヴェルデ》。私がハゲでデブでインポの年寄りになっても、好きでいてくれるかい、情熱あふれる私の勇敢なボニー。だがそれはもう解決済みではなかったか？

ドクは苦しげに進むヘイデュークのジープの、埃にまみれた後部を見つめた。防水布《ターポリン》をかけて縛りつけた荷物の山の向こうに、ヘイデュークとボニーがいる。ドクは横を向き、窓の外を見た。ブラックブラッシュとラビットブラッシュのひっそりとした茂みが、岩と埃と砂の薄暗い広がりの間をゆっくりと過ぎていく。振り返ると二対のヘッドライトが、舞い上がる砂塵の中で蛍火のようにぼんやりと光っている。一つはもう一つにかなり先行している。はるか後ろだがゆっくりと前進しており、間隔は離れも狭まりもしない。

それがどうした、ドクは思った。何を私は怖れているのか？　死が本当に人に起こりうる最悪のことであるならば、何も怖れることはない。だが、死は最悪ではない。

ドクはまどろんでは目覚め、またまどろんでは目覚めることをくり返した。

岩と溝を越え、何マイルも揺られて進む。敵は慎重に距離を置き、はるか後ろをついてきたが、見えなくなることはほとんどなかった。しつこい灯をバックミラーで観察しながら、スミスは言った。

「ねえ、ドク、あいつら僕たちを今すぐ捕まえるつもりはないんじゃないかな。ただ目を離さないようにしているだけで。誰かにフリント・トレールから挟み撃ちさせているのかもしれない。ということは、夜明け頃誰かがこの先で待ち伏せしているなんてこともありえますね」

「メイズ合流点まで先を越せると言ったじゃないか」

「言いましたよ。でも連中は僕たちがメイズに向かっているとは思っていません」

「なぜだ？」

「メイズが行き止まりだからです。道路の終点。大きな断崖。誰もメイズには行かない」

「だから我々は行くんだな？」

「その通り」

「で、なぜ誰もメイズに行かんのだ？」

「それはですね、ガソリンスタンドも道路もない、人も住んでいない、食べ物もない、たいてい水もないし、出口もないからです。行き止まりだと言ったでしょう」

すばらしい、ドクは思った。我々はこの先一〇年そこに隠れるのだ。

「でも、僕たちには食糧がある」スミスは続けた。「リザード・ロックと、その先のフレンチーズ・スプリングに少しずつ隠してあります。救助隊に追いつかれる前に、そこにたどり着くことができれば大丈夫です。今すぐに水を見つけるのは難しいかもしれませんが、今夜か明日雨が降れば、それに確かに雨の匂いがするから、二、三日は大丈夫。救助隊の攻撃があまり激しくなければね」

悪くない、ドクは思った。まんざらでもない。我々は枯れ枝に乗った四人のいたずら小僧だ。この夜が決して終わらないのではないかと不安だった。終わるのではないかと不安だった。ドクは東を向き、昇ってくる欠け始めの下弦の月を、蒼白い楕円を見た。望みはあまりない。ジャックラビットがヘッドライトの光線が作る砂埃の円筒を貫き、道を横切るのが見えた。スミスは急ハンドルを切ってそれを避けた。もう何マイルも牛も馬も見ていないことにドクは気づいた。なぜだ？　ドクは尋ねた。

「水がないからです」スミスは答えた。

「水がない？　だが偉大なるコロラド川が右側のどこかを流れてるんだろう？　東へせいぜい二、三マイルしかないはずだ」

「ドク、川は確かにありますけど、蝶々かコンドルでもなければ降りられませんよ。崖っぷちから二〇〇〇フィート高飛び込みをするつもりなら話は別ですが」

「なるほど。降りる道がないわけか」

「ほとんどね。リザード・ロックからスパニッシュ・ボトムに降りる古い小道を一つ知ってますけど、他には見当たりませんね」

スミスはまたバックミラーをのぞき込んだ。

「まだついて来てるな。あの連中は簡単には諦めない。この辺で車を隠して、歩いたほうがいいかもしれない」

ドクは座席の上で身体を回し、這いずり穴と銃弾で砕かれたキャンピング・シェルの後部ドアの窓越しに目を凝らした。後方一マイル、ひょっとすると五マイル――夜の闇の中で距離を推定するのは不可能だ――を二対のヘッドライトが、岩だらけの道路で浮き沈みしながらこちらに向かっている。正面に向き直ろうとした時、一筋の緑の火が、するすると空に伸びるのが見えた。どんどん高く昇り、頂点に達して落ち始める。燐光の跡を引いて、火はゆっくりと薄れていく。

「見たか？」

「見ました。また誰かに合図を送っている。まわりをよく見た方がいい」

スミスはヘッドライトを点滅させた。ヘイデュークは車を停めた。ヘッドライトは消したが、エンジンは切らない。スミスもそうした。四人は全員車を降りた。

「どうしたの？」ボニーが言った。

「奴らがまた信号弾を撃ち上げた」

「それはそうと俺たちゃどこにいるんだ？」ヘイデュークが言う。疲れ、意気消沈した顔つきだった。目は充血し、手が震えている。「ビールが飲みてえ」

「僕も喉がカラカラだ」スミスは言い、前方の台地の暗い岩壁を見つめ、それから振り返って追っ手を見た。ライトはしばし動きを止めている。

「ジョージ、僕にも一本」スミスは目の上に手をかざし、北から北東、東と空をうかがった。「来たぞ。ジョージ、ビールはあとだ。時間がない」

「何か見えるか？」

「たぶん飛行機だ」

スミスの腕と指が示す方を見る。小さな赤い灯が一つ、紫の闇夜に点滅し、北斗七星のひしゃくの柄を横切る。まだ音が聞こえるほど近くはなく、北東の空を探り回っている。

「ヘリコプターだ」ヘイデュークが言う。「振動を感じる。すぐにこっちに来る。そうしたら音がする」

「で、どうする？」

「俺はビールを飲む」

ヘイデュークはキャンピング・シェルの後ろを開けた。アイスボックスからぬるい六缶パックを取り出す。この数日氷はなかった。

「誰か飲むか？」

二発目のヴェリー信号弾が空に上がる。背後の敵からだが、位置は特定できない。それは頂点に達し、少し漂ってから落ちた。緑の炎が描く優美な放物線。全員が少しの間痺れたように見入った。

「何で信号弾を使うのかしら？　無線を使えばいいのに」

「さあね。周波数が違うんじゃないかな」

プシュッ！　栓が開いた。生ぬるいシュリッツの噴水が、信号弾まがいにトラックの上に噴き上がり、細かいしぶきとなってドク、ボニー、スミスの上にぱらぱらと降り注いだ。ヘイデュークは飲み口に自分の口を押しつけて、どくどくと吹き出るビールを止めた。一心に啜り込む音がする。

「ねえ」ボニーが言う。「何かしよう」沈黙。「何でも」

「どうやら――」ドクが口を開いた。

バタバタバタバタバタ。回転翼が空を切る。こっちに来るぞ、諸君。

「歩いていった方がいい」スミスが言った。散らかったキャンピング・シェル後部の荷物に両腕を突っ込んでかき回し、パックを、デイパック、六缶パック、バックパックなどを取り出した。すべて食糧と装備が詰まっている。誰かのアイディアだった（アブズグだ）。今回少なくとも一つはうまく行った。スミスは水筒を放り出した。全部で六個、ほぼ満杯だ。小さなハイキング・ブーツを片方見つけ、ボニーに放る。

「君のだよ」

「足は二本よ」

「もう一つあった」

ボニーが腰を下ろしてブーツを履く。ドクが六〇ポンドのパックと格闘する。スミスがキャンピング・シェルの後部ドアを閉める。ヘイデュークは馬鹿みたいに口を開けてそれを見ていた。片手には泡を吹くビールの缶、もう片手には五本の缶――プラスチックのリングでまとめてある――を持っている。どうしよう？機能するためには、ビールを置かなければならない。だが機能するためには、ビールを飲まなければならない。厳しい選択だ。開いているビールを口に運び、一気に飲み干すと、残りの五本をバックパックの一番上に詰めようとした。入らない。隙間がない。外に縛りつける。

「車を隠さないと」ヘイデュークはスミスに言った。

「わかっているが、どこへ？」

ヘイデュークはキャタラクト・キャニオンの暗い深淵の方を漠然と示した。

「あっちの方」

スミスはちらりとヘリコプターを見上げた。北へ数分のところで空に大きな円を描き、誰かを狩っている。

「どうかな、時間がないぞ」

「でもやらねえと。ブツは全部あの中だ――銃、ダイナマイト、薬品、ピーナツバター。あとで必要になる」

スミスはもう一度、輪を描いているヘリコプターを見た。数マイル北で道路に向けて降りて行く。それから反対方向から近づいてくるライトを見る。もう二、三マイルも離れていない。待ち伏せの準備はできた。顎は閉じかけている。

「そうだな、できるだけ道路から離そう。あっちの岩の上がいい。タイヤの跡を残さないように。たぶん車を乗り入れられるような深い谷が見つかるだろう」

「よし、行こうぜ」ヘイデュークはビールの空き缶を握りつぶした。「あんたとボニーはここで待ってろ」とドクに向かって言う。

「みんな一緒よ」ボニーは言った。

ヘイデュークは潰れた缶を道路に放った。ビショップ・ラヴが楽に拾えそうなところに。

「じゃあトラックに戻れ。急いで」

「慌てることはない」ドクが言う。もう汗をかいている。「慌てることはないぞ」

再び全員車に乗り込む。スミスがトラックで先導し、道路を外れ岩を越え、砂漠の灌木の藪を抜け、開けた砂岩の地表へとヘイデュークのジープを引き回す。ヘイデュークはついていった。灯は点けず、這うように、崖ふちの向こうの空間、暗い深淵に向けて斜面を下って行く。おぼろな月の光の下、距離と深さはあいまいで当てにならなくなり、陰と薄闇はあっても、身を隠すもの、安全はほとんど得られない。

遮蔽物がない――ヘリコプターを探しながらヘイデュークは思った。俺たちはまた開けた場所に引っかかってしまった。次はナパームだ。スミスがヘイデュークの正面で慎重に止まった。不本意ながらブレーキを踏んで、赤い信号を敵に送る。ヘイデュークはハンドブレーキを引き、スミスのトラックの後部にジープをそっと当てる。

スミスは車を降りて地勢を調べた。見て、車に戻り、また進む。ヘイデュークはすぐ後ろを、ローギアで軋みを立てて走る。どこか隠れる場所を求めてゆっくりと進む。ヘリコプターはどうやら明かりを消して道路に着陸しているらしく、もう見ることができない。

いいだろう、ヘイデュークは思った。奴らは俺たちを待っている。いいだろう。クソったれどもに待たせてやろう。片手で新しいシュリッツの缶を開ける。シュリッツの切れ目がシュリッツの切れ目だ。この先の長い渇いた行軍で、例の腎臓結石は成長し続けるはずだ。滝のような汗にも洞職の水にも溶けはすまい。

他には？　頭の中で素早く在庫を調査する。持って行くもの。六缶パック。ガン・ベルトに収めた・三五七マグナムと弾丸二〇発。可変狙撃スコープ付き・三〇―〇六ライフルをケルティの下に背負い――「もちろん、鹿撃ちのためだよ」（ボニーの質問とドクの反対を予想して）――バック・スペシャルをベルトに吊る。カラビナ、ザイル、チョックナット……他には？　他には何が要る？　今、何よりも忘れてはならない重要なものがある。生き延びることが目下の問題だ。もちろん名誉ある生存。どんなことをしても名誉を失わない。他に何がある？

スミスがまた止まった。今度もヘイデュークはハンドブレーキをかけ、バンパーをぶつけた。エンジンをアイドリングさせたまま車を降りる。ピックアップの車室の運転席側からは、細い腕が垂れていた。それに向かって歩く。六つの目と赤い葉巻の火口が、スミスのトラックの暗い車内からヘイデュークに向き合った。

「何だ？」

スミスは指さした。

「ちょうどこの下だ、相棒」

ヘイデュークはセルダムが示す方を見た。やはりスリックロックを分けた涸れ谷だ。深さは一〇フィートかもしれないし、三〇フィートかもしれない。月明かりでは判断しがたい。底は砂だった。灌木――スクラブ・オーク、ネズ、セージ――が生い茂っている。カーヴの外側はオーヴァーハングした岩壁で、こちら側は丸みを帯びた斜面になっている。使えるかもしれない、ヘイデュークは思った。使えるかも。

「この中に隠せると思うか？」

「ああ」

間。静寂の中で聞こえるのは……さらなる静寂だけ。灯はどこにも見えない。ジープも、ブレイザーも、トラックも、ヘリコプターも止まり、エンジンを切っている。今回は救助隊もそう簡単には出し抜かれないだろう。あの闇の中、台地の岩壁の陰で、捜索救助隊は待っている。いや、待ってはいないかもしれない。偵察隊がすでに派遣され、道路を行ったり来たりして目を凝らし、聞き耳を立てているのだろう。

「静かすぎる」ボニーが言った。

「まだ一マイルは離れている、少なくとも」とヘイデューク。

「そう願ってるわけね」

「そう願いたいね」

「みんな願っている」ドクが言う。赤い火口が輝く。

「よし」ヘイデュークは言った。「車を谷に降ろそう。ウィンチを使おうか？」

「いや」スミスが言う。「今エンジンを動かすのはまずい。聞こえるかもしれない。車に乗ってブレーキをかけながら降りる」

「ハンドブレーキを使え」

「坂がきつすぎる。当てにならない」

「ブレーキランプが見えるぞ」

「潰しちまえ」

完了。スミスはトラックで盛り上がった岩をゆっくりと下り、二〇フィートの谷底の砂地に降ろした。オーククの藪とネズの下の陰に慎重に入れる。ヘイデューーはジープで続いた。頭上の岩壁、マンガンと鉄の酸化物が染みになった流れるような岩の曲面を、かすかな月光が照らしている。しかしオーヴァーハングの下になった谷底は真っ暗だった。カモフラージュ・ネットを広げて木の上に張り渡し、縛りつける。トラックとジープは空からの監視にも見えなくなった。ヘイデューークは余分の銃器をケースに収め、岩壁に開いた小さな洞窟に隠す。洪水時の最高水位の線よりも上に。

洪水？　砂はさらさらに乾燥しており、谷底の岩盤は乾ききって鉄のようだ。それでもここは排水路なのだ。

「ここが洪水にあったら、俺たちゃとことんついてねえな」ヘイデューークは言った。

「多少の損害は仕方ないさ」とスミス。「時間があればもっといい隠し場所も探せるんだけど。確実に雨になるな」

「きれいに晴れてるぜ」

「少しずつ下り坂になっている。月に暈がかかってるだろ？　明日の夜には完全に曇り空になる。その次の日は雨だ」

「それは正確なの？」ボニーが訊いた。

「うーん」スミスは言葉を濁した。「わかっているだろうけれど、当てにならないものが二つある。一つは天気、もうひとつが何かは言わないでおこう」

見張りに立っているドクが低いフクロウの鳴き声を三つ発した。

「ジョージ、出発したほうがよさそうだ」スミスはバックパックを担ぎ上げ、腰ベルトのバックルをかけながら言った。

ヘイデューークはライフルを背中にたすき掛けに吊り、その上からバックパックを背負った。ライフルは軽量で短銃身のスポーツタイプだが、パックのフレームと背中の間に挟まった不格好な担い方だ。片方の肩に吊ることもできるし、あとでそうするつもりだ。だが今は、砂岩をよじ登るために両手を空けておく必要がある。ヘイデューークは思った。準備はできた。準備というのが本当にできるものであれば。

救助隊に増援が来た。三対のヘッドライトが南から近づいてくる。砂埃を通して琥珀色に見えた。パンクを直したのだ。他の車輛はエンジンを切ったままで目に見えず、乗員も見当たらない。ヘリコプターも同じだ。

「奴ら、散開するだろうな」スミスが言った。「この谷の源流を巻いて、それから北へ向かったほうがいいだろう。一列縦隊で、もしついてきてくれるなら。足を岩の上に置いて足跡を残さないようにすれば大丈夫だ。少なくとも岩が続いているうちは。もちろんずっと続いているわけじゃないが」

「さっきも訊いたけど」ボニーが言う。「メイズまでどのくらい？」

「遠くはないよ。サボテンに気をつけて」

「何マイルあるの？」

「それはその、分岐点までほんの二マイル、せいぜい三マイルってとこかな」

「分岐点からメイズに行くつもりでしょ」

「そうだよ」

「そうね。じゃ、分岐点からメイズそのものまではどれだけあるの？　マイルで」

「うーん、結構歩くけど、気持ちのいい夜じゃないか」

「だから何マイル？」

「メイズって言うのは、ものすごく大きな範囲なんだ。だから近い側か遠くの側かで相当な違いがある。それに起伏は計算に入っていないし」

「起伏って、何の？」

「峡谷の岩壁。鰭状地形《フィンズ》」

「はっきり言って何のこと？」

「つまりこの土地はね、ほとんどが崖でできているんだ。中には人が立てるところもあるけれど、大部分は垂直に立ち上がったり切れ落ちたりしている。だからすぐに谷の奥や崖っぷちで行き止まりになってしまう。ということは、たいてい遠回りが一番近道だということだ。たいていは唯一の道だね」

「お願いだから教えて。何マイルあるの？」

「一マイル進むのに一〇マイル歩く、と言えばわかるかな」

「何マイル？」

「リザード・ロックまで三五マイル。そこに水を隠してある。近道があれば使うんだが、あいにくないんだ。僕の知る限り一つも。でも、ここは複雑な土地だから、何が見つかるかわからないよ」

「じゃ、今夜はそこには着かないのね」

「どう頑張っても無理だね」

ヘイデュークは、列のしんがりを務めていたが、立ち止まってバックパックを降ろし、ライフルを吊り直した。バックパックには食糧、六クォートの水、弾薬、その他多すぎるほどのものが入っている。加えて肩にはライフル、腰には弾薬を収めたガン・ベルトとホルスターに入ったリヴォルヴァー、鞘入りのナイフ。歩く武器庫。こいつはつらい。だが、ヘイデュークは頑固にこれ以上何一つ残して行こうとはしなかった。

一味はかすかな月光の中を歩いた。一枚岩を外れないようにして、右手の涸れ谷の縁に沿って進む。スミスはたびたび止まっては目を凝らし、耳を澄まし、また先導する。敵の気配はどこにもない。それでも、敵はどこかで待ち受けている。一五〇〇フィートの崖の影の中で、ひそやかに息づくネズの間で。

ボニーの頭の中は疑問でいっぱいだった。誰がヘリコプターを持ち込んだのか？　州警察か、保安官事務所か、国立公園局か、捜索救助隊の他の隊員か？　今夜中にメイズに着けないとなると、日が昇ったらどうするのか？　それにおなかが空いたしもうすぐ足が痛くなるだろうしあたしのパックに鉄の塊入れたの誰よ？

「おなか空いたわ」

スミスは立ち止まり、ボニーを黙らせ、ささやく。

「ボニー、敵さんがあそこにいる。近くまで来ているんだ。ここでちょっと待ってて」

スミスはバックパックを下ろし、幽霊のように、影のように、パイユート・インディアンのように音もなく立ち去った。石化した砂丘のうねりを越え、道路に向かう。ひょろっとした体躯が月光の中に遠ざかり、月影の中へ薄れ、次第に消えていくのをボニーは見守った。今見えていたかと思うと、もう見えない。めったに見えない《セルダム・シーン》スミスはまったく見えなく《ネヴァー・シーン》なった。ボニーたちはパックを下ろした。彼女は脇のポケットを開け、レーズン、ナッツ、M&Mチョコレート、ヒマワリの種を自分で混ぜたものがいっぱいに詰まったポリ袋を取り出した。ドクは乾肉を噛んだ。ヘイデュークはスミスが去った方を凝視して立っていた。ライフルを肩から下ろし、ゴムの台尻をブーツの上に乗せる。

「どうして鉄砲《ガン》なんか？」ボニーが囁く。

「これか？」ヘイデュークはボニーをじっと見た。にやりと笑って言う。

「こいつはライフル、こっちが俺の珍砲《ガン》」

「下品なこと言わないで」

「じゃ、つまらねえこと訊くな」

「どうして鉄砲なんか持ってきたの？」

ドクが仲裁に割って入る。

「まあまあ、興奮しないで」

一分ほど、彼らは押し黙り、耳を澄ました。

距離は確定できないが、砂漠の彼方でフクロウが鳴いた。ひと声。アメリカワシミミズクだ。もうひと声聞こえた。

「鳴き声二つ？　どういう意味だっけ？　忘れちゃった」

「待て……」

またさらに遠くから、いや、そう遠くはないが、反対方向から、別のアメリカワシミミズクの声がした。優しい鳴き声が月明かりと闇夜にしみとおる。第二のフクロウは三度鳴いた。危険、警戒せよの意味だ。問題発生、救援求むだ。あるいはフクロウ語でこう言っているのかもしれない。おーい、藪に隠れてるウサ公よ、そこにいるのはわかってるんだぜ。お前も俺がここにいるのがわかってるな。俺もお前もわかってる、お前はもう逃げられねえ。出てこいよ。

どちらの声が本物だろう？　どちらのフクロウが偽物だろう？　どちらでもないのか？　両方ともか？

本物のフクロウのことは計算に入れていなかった。

岩を踏むかすかな足音。セルダム・シーンが月光の中から現れた。目が輝いている。歯も、耳も、皮膚も、髪もすべて。いつもより少し荒い息をつきながら、きわめて静かに言った。

「行こう」

呻き、歯ぎしりしながら、彼らは苦労して再びバックパックを背負った。

「何が見えた？」ヘイデュークは訊いた。

「捜索救助隊の連中がそこら中にいる。夜明けを待たずに探しに来る。道路沿いに六人いるのが見えたけど、例のヘリコプターで何人来たかはわからない。僕が見た男はどれもショットガンかカービンで武装していて、全員携帯無線機を持っている。散開して散兵線を作っている。藪からウサギを追い出すみたいに」

「俺たちがウサギってわけだ」

「そういうことだ。道路には戻れない。この谷を渡る道を探そう。ついてきてくれ」

スミスは先頭に立ってさっき来た道を少し戻り、谷への降り口を見つけ、見えなくなった。ヘイデュークが後衛を務め、他の者たちもスミスの後に続いて這い降りる。スミスは前方の涸れ川にいた。砂の上に足跡を残している。仕方がない。両側の岩壁は垂直に近く、二〇から四〇フィートの高さがある。彼らは暗がりをつまずきながら、スミスのあとをやみくもについて行った。

しばらくしてスミスは、岩壁に開口部を見つけた。涸れ川の支流だ。乾いた砂の上を上流に向かい、一〇〇ヤードと行かないうちに出口に、蛇行の内側に盛り上がった岩の斜面に行き着く。指と爪先を使って、猿のようによじ登る。ドクが少し荒い息をつく。再び月光と開けた土地が戻る。スミスは北東へ、ビュートと尖塔の輪郭がくっきりと描く地平線へ進んだ。かつての、戦前の、ピックアップ以前のインディアンのように歩く。大股でゆっくりとした一定の足取りで、爪先をまっすぐ前に向け、完全に両足を平行にした歩き方だ。あとの者たちも急いでついて行く。

「これから……あんな……小さな谷間が……いくつあるの？」ボニーが喘ぎ喘ぎ言う。「ここから……その……目的地まで」

「七五、もしかすると二〇〇かもしれない。無理してしゃべらないで」

長い行軍が始まった。大体一〇〇歩ごとに、スミスは立ち止まって目を凝らし、耳をそばだて、空気の流れを調べ、振動を感じ取る。ヘイデュークは列の後尾で、スミスのリズムを掴み、交代で警戒に当たる。あとの三人が進んでいる間、足を止めて重ねて見張りをする。ヘイデュークはヘリコプターのことを考えていた。すごい大手柄を立てられるんだが。三〇分抜け出すことさえできれば。

ヘイデュークは列から遅れて、腎臓を空にするために足を止めていた。一心に、自己満足に浸り、岩を叩く規則正しい音に楽しげに耳を傾ける。濾過済みのシュリッツが、月の光を受けてきらめく。よくぞ男に生まれける。平たい岩からブーツにはねが上がる。最後の一滴を振るい落とそうとするが、何をしても必ず脚に垂れてしまう。一物をしまい込んでジッパーを上げようとしている時、音が聞こえた。異質な、砂漠の平穏には似付かわしくない騒音。金属がぶつかりあう音。

強力な光線がスリックロックの上を薙ぎ――ヘリコプターに取り付けられているスポットライトのものだろうか？――スミスとアブズグを光の中に釘づけにした。二人は白い槍に刺し貫かれて立ちすくんだが、次の瞬間ネズの木の間を走り出した。光線が後を追い、捉え、見失い、遅れてきたドク・サーヴィスを捉える。

ヘイデュークはリヴォルヴァーを抜いた。ひざまずき、銃を握った右手を左手で支え、旋回するライトに狙いをつける。撃つ。耳をつんざく爆発音に、いつもながら一瞬頭がくらっとする。当然、標的も外した。宙を浮遊するライトは、ぎらつく巨大な目玉のように、探照しながらヘイデュークに向かってくる。もう一度撃ち、また外す。ライフルを下ろすべきだろうが、時間がない。三発目を撃とうとしたちょうどその時、ライトは消えた。それを操っていた誰だかが、自分が標的に近づきすぎたことに急に気づいたのだ。自分が標的になっていることに。

仲間たちを追いかけて、馬鹿でかいパックを背にヘイデュークはぎこちなく走った。背後からは走る足音、叫び声が聞こえ、形だけの銃声が一発咳込む。ヘイデュークは三連射する間だけ立ち止まった。特に何を狙ったわけではない——ぼんやりと頼りない月明かりの中で、特に撃つようなものは見えなかったし、あったところで不安定な拳銃では当たらないだろう。しかし銃声は追跡の足を鈍らせ、慎重にさせた。叫び声は静まった。救助隊は無線にかかりきりになった。暗号化された通信が電波を妨害し、興奮した声が互いに打ち消しあう。

重く不格好な荷物を背負ってヘイデュークは走り、ドクに追いついた。ドクは蒸気機関車のように荒い息をつきながら、スミスとアブズグ——前方の丘を小走りに越える姿がぼんやりと見える——にずっと遅れて走っていた。二人が大きなバックパックを捨ててしまっているのが、ヘイデュークには見えた。後ろでは、叫び声が再び起こった。命令、指示、どたどたとブーツで走る音。スポットライトがまた動き出す。今度は二つだ。

「荷物を……捨てないと」ヘイデュークはドクに言った。

「そうしよう！」

「ここではだめだ——待て……」

二人はまた新たなでき始めの峡谷の縁に来た。スリックロック地帯に典型的な岩の裂け目で、岩壁はオーヴァーハングし、谷底には近づきがたい。飛び越えるには幅が広すぎ、降りるにはあまりに深く切り立った割れ目。

「ここだ」ヘイデュークは言い、足を止めた。ドクはその脇に立ち止まり、馬のように息を切らしている。

「ここで荷物を落とす」ヘイデュークは言った。「この岩壁の下だ。あとで戻って来て回収する」

パックを下ろし、輪にしたザイルを取り出す。次に大きなポケットに深く手を突っ込み、ライフルの弾薬を探る。なかなか見つからない。六〇ポンドに及ぶ他の装備の下敷きになっているのだ。追っ手の立てる音が迫っている。重いブーツで走る靴音がする。近すぎる。ヘイデュークはフレームつきパックを崖縁の向こうに下げ、手を離した。バックパックは一五フィートを落ちて何かごつごつしたものに当たった。バリバリ！　きれいな新品のケルティが。持ち物への未練。ああ、そうとも！　ヘイデュークはザイルの輪をたすきにかけ、ライフルを片手に持った。

「急げ、ドク」

サーヴィス博士は何かパックの中身と格闘している。黒い革の鞄を、ぎっしり詰め込まれた荷物の真ん中から、引きずり出そうとしているのだ。

「早くしろ、早く！　何やってるんだ？」

「ちょっと待ってくれ、ジョージ。この鞄を……出さないと」

「置いてけ！」

「鞄を置いては行けない」

「一体なんだそりゃ？」

「医療用品鞄だ」

「ったく、そんなもの要らねえ。行くぞ」

「ちょっと待ってくれ」ドクはようやく鞄を取り出し、バックパックを崖ふちから突き落とした。

「もういいぞ」

ヘイデュークはちらりと振り返った。影が岩を慌ただしく乗り越え、ネズの間を走り回り、素早く近づいてくる。どのくらい離れているだろう？　一〇〇ヤードか、二〇〇か、五〇〇か？　月明かりで変な影ができ、ほとんど見当もつかない。手持ち式スポットライトのスイッチが入る。眩い光線が餌食を探す。

「ずらかるぞ、ドク」

二人はどたどたと岩だらけの段丘を走った。最後にボニーとスミスの姿が目に入ったところだ。二人が反対側で待っているのを見つける。水筒を二つ持っているだけだ。

「すぐ後ろまで来ている」ヘイデュークは喘ぎながら言い、走り過ぎた。「止まるな」

ひと言も発さず、全員後に続く。スミスが追いついてきて、ヘイデュークと並んで走った。

「ジョージ、ザイルを使おう……崖っぷちで……立往生しないうちに」

「よし」

ドクがまた遅れだした。荒い息をつき、一歩ごとに鞄が膝に当たる。ボニーがそれを掴み、持って行く。

　小峡谷の縁に沿って走る。木か、灌木か、大岩か、岩の出っ張りか、何かしらザイルをかけられる突起をヘイデュークは探す。また懸垂下降だ。だが、使えそうなものは見当たらない。高さはどのくらいあるだろう？　一〇フィートか、三〇か、一〇〇か？

　ヘイデュークは立ち止まった。岩壁がオーヴァーハングでも垂直の壁でもないところがあった。外側に張り出し、谷底へ向かってわずかに、本当にわずかに勾配がついている。下降にはちょうどいい勾配だ。のぞき込む。谷底は見えない。下は闇と静寂で、灌木とネズの形がかすかに見て取れる。

「ここだ」ヘイデュークはザイルを解き、振って伸ばした。ドクとボニーが、ひどく息を切らし、紅潮した顔を汗で光らせて追いついてきた。ヘイデュークは何も言わず二人の背中に手を回し、ロープの一端を身体に巻き付けて、滑らないもやい結び《ボーライン・ノット》でしっかりと結んだ。

「今度は何？」ボニーが言った。

「谷に降りる。まずお前とドクだ」

　ボニーは崖下を見た。

「無茶よ」

「心配するな。俺たちが確保《ビレイ》する。大丈夫だ。セルダム、手を貸してくれ。よし、降りろ。崖っぷちに下がれ」

「死んじゃうわ」

「死にゃしねえよ。押さえてるから。後ろ向きに崖から身を乗り出せ。身体を後ろに反らせ。反らせったら。二人ともだ。足を岩に平らにつけろ。そうだ、それでいい。よし、後ろ向きに歩くように降りろ。這って降りようとするな。できっこねえから。ザイルはあまり強く掴むな。意味がない。身体を反らせ。ザイルは岩に平らにだ。反らせってば、でないとぶっ殺すぞ！　足は岩に平らにだ。ザイルはバランスを取るためだけに使え。歩いて降りるんだ。簡単だろ？　それでいい。止まるな。止まるなよ、畜生。よし、よくやった。どこだ？　降りたか？」

　かすかなつぶやきが崖下の陰から聞こえてきた。灌木の折れる音。足をもつれさせてあたふたと歩く音がする。

　ヘイデュークは崖下の暗がりをのぞき込んだ。

「ボニー、ザイルをほどけ。急げ！」ザイルが緩んだ。ヘイデュークはそれを引き上げた。

「よし、セルダム、あんたの番だ」

「ジョージ、君はどうやって降りるんだ？　誰がビレイする?」

「降りるさ。心配するな」

「どうやって?」スミスは二重にしたザイルを股にくぐらせ、腋の下を回して反対側の肩にかけて、懸垂下降の準備をした。

「すぐにわかる」

ヘイデュークはライフルを肩から外した。

「こいつを持って降りてくれ――ちょっと待て」

今来た道を振り返り、追っ手の位置を突き止めようとする。蒼い月光が岩と砂に、ネズとユッカとブラックブラッシュに、彼方の崖に弱々しく落ちている。錯覚を誘う当てにならない照明。男たちの声と大きな足が砂岩をぱたぱたと叩く音が聞こえる。

「見えるか、セルダム?」

スミスは手をかざして月の光をさえぎり、目を細めて同じ方向を見た。

「二人見える。後ろにもう三人いる」

「ちょっと一発ぶっ放して、また足止めしてやろう」

「やめろ、ジョージ」

「あの聖徒どもを昇天させてやる。ルドルフ・ヘイデューク様の恐ろしさを思い知らせてやる。ライフルで一発お見舞いすれば、奴らも止まって考えるだろうぜ」

「ジョージ、ライフルをよこせ」

「頭の上を撃つからよ」

「狙った方がまだ安全かもしれないな」

「あのクソ野郎ども、俺たちを撃ちやがった。殺すか手足を吹っ飛ばすつもりで撃ちやがったんだぜ」

スミスはヘイデュークの手からライフルをそっと取り上げ、空いている方の肩に吊った。

「ビレイしてくれ、ジョージ」崖の方へ後ずさりする。

「ビレイ・テスト」

ヘイデュークはザイルのたるみを取り上げ、両足を踏ん張り、ザイルを腰に回した。

「ビレイよし」

スミスは後ろ向きに崖ふちを越え、見えなくなった。スミスが素早く斜面を降りる間、ヘイデュークはザイルを両手で軽く持つ。スミスの体重は、ザイルを伝わり、ヘイデュークの骨盤と脚が支えている。すぐにザイルが緩むのを感じた。スミスの声が崖下の闇からかかる。

「よし、ジョージ、ビレイ解除」

ヘイデュークは振り向いた。敵が迫っている。例の手持ちスポットライトが点灯され、とたんに眩しい光線がまっすぐ向けられる。完全についていない。逃げ道なし。

どこにも行き場がない。懸垂下降しようにも支点がない。

「下までどのくらいある?」ヘイデュークはしわがれた声で言った。

「だいたい三〇フィートってとこだが」スミスは答えた。

ヘイデュークはザイルを放し、谷底へ落とした。もはや無用の長物だ。光線は頭上を薙いで行き過ぎる。一つ目巨人《キュクロプス》のぎらつく目玉がうっかり見落とした。光線が急に戻ってくる。かがんだヘイデュークの姿を捉える。光が目に焼き付き、何も見えない。

「そこのお前」誰かが叫んだ——拡声器で厳めしく増幅された、何となく聞き覚えのある声だ。「その場で立ち上がれ。動くんじゃないぞ」

ヘイデュークは崖ふちに伏せた。光はまだ当たっている。何か残忍で、静かで、電光のように素早く、針のように鋭く、蛇のように機敏なものがシャツの袖を打ち、その下の肉を刺激する。ヘイデュークは銃を抜いた。灯は消えた。同時に二発目のライフルの銃声が闇を裂く(東の空では暁が闇を裂いた)。

ヘイデュークは崖下に声をかけた。

「俺の下にネズはあるか?」灯がまた点き、彼を釘付けにする。

「ああ」——温かく耳になじんだスミスの声がした——「でも、僕ならそんなことは……」スミスはいぶかしげに言葉じりを濁した。

ヘイデュークはリヴォルヴァーをホルスターに収め、腹這いで身体をずらして崖ふちを越えた。岩壁が目の前にある。冷たく硬い岩の膨らみを胸と腿に感じる。最後の手がかりにわずかの間ぶら下がる。摩擦下降をヘイデュークは考えていた。摩擦下降と言われている奴を。下を見る。見えるのは陰だけで、谷底はまったく見えない。

「やっぱりやめた」ヘイデュークは絶望的に、聞き取れないような声で(握力を失いながら)、誰に言うともなく——それに誰が聞いているというのだ?——言った。「こんな馬鹿な真似ができるか」

だが、ヘイデュークの汗ばんだ手はもっと分別があった。手が離れた。

落ちる、ヘイデュークは叫んだ。叫んだと思った。食いしばった歯の間から言葉は漏れなかった。

28

炎熱の中へ：追跡続行

コンドルが〈ひれ《フィンズ》〉の、立石地帯《ランド・オヴ・スタンディング・ロックス》の上を舞っている。空を舞うのはコンドルの生活、死はコンドルのご馳走。死者と死にゆく者をあさる邪悪で不潔な黒い鳥。その赤い頭は禿げ、赤い首に羽毛はなく——貪欲な嘴を餌食のはらわた深く滑り込ませるのに都合がいい——腐肉を喰らって生きる。学名カタルテス・アウラは、浄化を意味するギリシア語カタルシスと、空気、発散、蒸気などを意味するギリシア語アウラに由来する。実体のない浄化者。

　太陽の鳥。瞑想者。唯一知られている哲学する鳥。かようにこの鳥は穏やかで、癪に障るほど落ち着き払っている。漆黒の翼を揺らしながら、鳥は金属のトンボをじっと見ていた。それは場違いなひどい騒音を立てながら、〈ひれ〉の上、スタンディング・ロックスの上を、ある法則性をもって行ったり来たりしている。

　コンドルは輪を描いて高く舞い上がり、皺だらけの首を傾げ、三〇〇〇フィート下の翼を持たない小さな四匹の二足動物の動きを、より強い興味をもって観察する。彼らは屋根なしの迷路に入れられたネズミのように、そびえ立つ赤い岩壁の間の曲がりくねった回廊伝いに小走りに走り回り、こそこそと陰から陰へ駆け込む。熱い砂が足を焼くかのように、太陽光線か何か他の空からの捜索の目を避けているかのように。

　その中の二匹が、元気のないぎくしゃくした足取りをしているのを見て、コンドルの頭に昼飯のことが浮かんだ。肉の味を思い出した。四匹はみんなまだ生きて動いているようだが、それでもなお、生命あるところに死——すなわち、望み——もあるというのは、周知の真理である、とコンドルは結論した。もっとよく見ようと、コンドルはもう一度旋回した。

だが、彼らは消えていた。

「あんなもんでこんな小さな谷間を飛べるとは知らなかったな。それに法律にも違反しているはずだ。神経系統によくないからね。確かに全身の神経に障るよ」

「おなか空いたわ。足も痛いし」

「今度来やがったら撃ち落としてやる」ヘイデュークが言った。ライフルを両腕で抱えている。自慢のかわいい武器。クルミ材《ウォールナット》の銃床は汗で磨かれ、手で擦られている。照準眼鏡は煤けた青、遊底《ボルト》、尾筒《ブリーチ》、銃身《バレル》は絹の光沢に輝いている。引鉄《トリガー》、用心金《トリガー・ガード》、滑り止めの刻みが入ったピストル・グリップ。ボルトを開き、薬室《チェインバー》を点検し、ボルトを閉じ、引鉄を引く時の、機関部の精度の厳密さ。カチリ。薬室は空だ。弾倉には七発入っている。

「喉が乾いたしおなかが空いたし足は痛いし退屈。何かもうあまり面白くない」

「うーむ、連中が僕たちの足跡を見つけなきゃいいんだが。あれをここに降ろせるんだろうか？」帽子を脱いだスミスの髪は汗でべったりと貼り付いている。日陰になったオーヴァーハングの下から、炎熱と陽射しの中を、日に炙られた岩、峡谷の傾いた赤い岩壁を窺う。「もしできるんなら、大急ぎで別の穴を見つけなきゃならないだろうからさ。たぶん今すぐにでも」無精髭の伸びた汗に濡れ光る顔を赤いバンダナで拭う。すでに汗のためにどす黒く脂染みている。「どうだろう、ジョージ？」

「ここには無理だ。だが、谷を上った屈曲の向こうなら降りられるだろう。でなけりゃ下ったところか。野郎ども、こうしてる間にも忍び寄ってるかもしれねえぞ。ショットガンにバックショットを詰めて」

「見つかっていればね」

「見つかったさ。見つかってなくても次は見つかる」

「あれには何人乗れるんだ？」

「あの型だと三人だ」

「こっちは四人だ」

ヘイデュークは苦笑いした。

「ああ、四人だ。拳銃が一挺、ライフルが一挺」居眠りしているサーヴィス博士の方を向く。「そのドクの鞄に拳銃でも入ってりゃ別だがな」

ドクが唸った。はっきりしないが否定の答えだ。

ヘイデュークはつけ加えた。「ドクの注射針を連中に突き刺してもいいかもしれねえが。ケツに鎮痛剤《デメロール》を一本ずつ注射してやるんだ」手足の打撲と皮膚の擦過傷を擦る。掌も傷だらけだ。

「あなたがもう一本打たなくちゃ」ボニーが言った。

「今はいい。あれは頭がひどくぼんやりするからな。今は頭をはっきりさせておきたい」

間。

「とにかく、連中が俺たちを見たとすれば、捜索救助隊に無線連絡しているのは確実だ。一時間以内に一人残らず繰り出してくる」

再び間。

「ここから逃げ出さなきゃならねえ」腕に抱えていたライフルを右手に移す。「日没までは待てねえ」

「ライフルをしばらく持とうか？」スミスが言った。

「自分で持つ」

「具合はどう？」ボニーはヘイデュークに訊いた。もごもごという答えが返ってきた。そう言うボニーも熱疲憊を起こしかけている。顔は紅潮し、じっとりと汗に濡れ、目は少し虚ろだ。それでもぼろぼろのヘイデュークよりはましに見える。ヘイデュークの服は裂け、肘と膝には包帯が固く巻かれており、歩くと人造人間じみた歩き方になる。サーヴィス博士の手製の怪物だ。

「ジョージ、もう一本打たせてちょうだい」

「いや」ヘイデュークはいくぶん聞き取りやすく言った。「今はいい。もっといい穴を見つけてからだ」ドクを見る。「ドク……」反応はない。ドクは崖下の窪みの隅、一番奥の一番涼しいところで、手足を投げ出してあおむけに寝ている。目を閉じている。

「休ませてあげて」

「行かなきゃならねえ」

「もうあと一〇分」

ヘイデュークはスミスを見た。スミスがうなずく。二人は峡谷の岩壁に挟まれた細長い青空の帯を見上げた。日は高く昇り、いつの間にか昼になっている。雲の塊や筋が炎暑の空にかかっている。一両日中に雨が降るだろう。一両日中に雨が降らなければならない。

「寝てはいない」目を閉じたまま、ドクは言った。「すぐに起きる……」ため息をつく。「戦争の話をしてくれ、ジョージ」

「どの戦争だ？」

「君のだ」

「あの戦争か」ヘイデュークはにやりとした。「あんまり聞かねえ方がいいぞ。それはそうと、セルダム、俺たちゃ一体どこにいるんだ？」

「うーん、よくわからないんだが、僕が考えている通りの谷間にいるとすれば、〈ひれ〉というところの真ん中だな」

「メイズにいるのかと思ってた」ボニーが言う。

「まだだ。メイズはまた違う」

「どんなふうに？」

「もっとひどい」

「あの戦争は」ヘイデュークが特に誰にというわけでもなく、また誰にでもというわけでもなく話し出した。「みんな忘れたがっている。だがそんなことは許さねえ。クソったれが、忘れさせてたまるか」夢を見ているように、夢遊病者のように、ヘイデュークは話す。独り言ではなく、無情な砂漠の静寂に向けて話す。

「だめだ」ヘイデュークは言った。沈黙。「だめだ」

あとの三人は待つ。ヘイデュークが続けられなくなると、ボニーがスミスに言った。

「水は見つかると思う？　すぐに？」

「ボニー、もうすぐだよ。この谷のどこかで水は見つかる。もし見つからなくても、リザード・ロックの陰で待っている。水と食糧が」

「どのくらいあるの？」

「何が？」

「リザード・ロックまではどのくらいあるの？」

「そうだなあ、何マイルかと訊かれても、ちょっと答えにくいんだ。このあたりの峡谷はひどく蛇行しているからね。それにこの谷の端で外に出られるかどうか、自信があるというわけでもないし。もしかすると行き止まりかもしれない。少し引き返して、脇から出る道を探さなきゃならないかも」

「今夜そこに着くの？」

「だめだ」ヘイデュークが言った。汚い包帯を何重にも巻き、白く太くなった膝の間の砂を睨む。

「だめだ」股を引っ掻く。「だめだ」

スミスは黙っていた。ボニーは見つめ、答えを待つ。

スミスは目を細め、眉間に皺を寄せ、渋面を作り、日焼けした首を掻き、緑の目で岩壁を見上げた。

「そうだな……」彼は口を開いた。ムナジロミソサザイの声がする。

「なあに？」

「うん、嘘はつきたくないから」

「つかないで」

「今夜には着かない」

「わかった」

「たぶん明日の夜だ」

「でも、水は見つかるんでしょ？　すぐに、この谷で」

スミスは少しほっとした。

「おそらくね」ボニーに水筒を勧める。「たくさん飲みな。たっぷり残っている」

「いいわ」

「飲みなったら」

スミスは水筒の蓋を外し、ボニーの手に押しつけた。ボニーは水を飲み、水筒を返した。

「荷物を捨てなければよかった」

「かもね。でも捨てなければ、今頃ビショップ・ラヴのフライ・キャニオンの留置所で、保安官事務所のヴァンが来るのを待ってるかもよ。それで、あのイカレたろくでなしのラヴが、知事の椅子に一歩近づくってわけだ。いま現在そこに座っているろくでなしだって、州をできるだけ早く売り払っちまおうとしているのに、それでもまだ足りないらしい」

「どういうこと？」

「ラヴだとか今の知事のような人間には良心がないってことさ。金になると思ったら、自分の母親だってエクソンやピーボディ石炭に売って、溶かして油を抽出させるだろうな。あの手の連中に僕たちはこの州を任せているんだ。僕と同類のクリスチャンに」

「許さねえ」ヘイデュークがぶつぶつと言う。「そうはさせねえ」

スミスが身じろぎし、帽子に手を伸ばした。「そろそろ腰を上げて、北へ急がないと」

「俺は捕虜《POW》だった」ヘイデュークがつぶやいた。

ドクが一瞬目を開け、ため息をついた。

「俺はヴェトコン《VC》の捕虜だった。ジャングルの中で一四カ月、いつも移動していた。夜、飛行機が来ない時は、奴らは俺を木に鎖でつないだ。俺はヴェトコンのチビどもにとって、フランス人の新聞記者以上に厄介だったんだ。かび臭い米、蛇、鼠、猫、犬、つる草、タケノコ、手当たり次第何でも食わされた。てめえらの食うものに輪をかけてひでえものをな。それが一四カ月だ。俺は隊付衛生兵だった。チビの黄色んぼどものだぜ。B—五二が来やがると、俺たちゃいつも掩蔽壕の中で抱き合って、子猫みてえに身を寄せ合ってた。そうすると衝撃を吸収できそうなんでな。来るときには必ず警報があったけど、爆音は聞こえねえんだ。すごく高いところを飛んでるから。ただ爆弾が降ってくるんだ。俺たちは一〇フィートから時には二〇フィートの地下にいたけど、爆撃が終わると、よくチビどもが衝撃で耳から血を流してうろつき回ってた。気が狂った奴もいる。ほとんどはガキだった。十代の。連中は襲撃計画を立てるのを俺に手伝わせたがった。鞄爆弾とか、その手のものだ。俺もそうしたかったが、ちょっとできなかった。そこまではな。それで奴ら俺を衛生兵にしたんだ。大した衛生兵だったぜ。たいていいつも具合が悪かった。一度奴らが二〇フィートのクロスボウでヘリコプターを撃ち落とすところを見ていた。撃墜したヘリコプターから造った奴で。そいつが墜落しやがると、みんな万歳して喜んだ。俺も喜びたかった。やっぱりあまり喜べなかったがな。その夜はパーティーだった。ヴェトコンと俺の全員にC携帯口糧《レーション》とバドワイザーが行き渡った。連中、ハムと豆で吐き気をおこしていた。一四カ月して、奴らは俺を放り出した——俺がお荷物《チャーリー》だと言いやがった。チビで恩知らずの共産主義者のロボットどもめが。俺が食いすぎると言いやがった。俺がホームシックだと言いやがった。確かにそうだった。あの腐れジャングルに毎晩座って、鎖をいじくりながら考えることといやあ、故郷のことばかりだった。といってもツーソンのことじゃねえ。何かきれいでまともなもののことを考えなけりゃ、気が狂っちまう。だから峡谷のことを考えていた。メキシコ湾沿いの砂漠のことを考えた。フラッグスタッフからウィンド・リヴァー山脈まで続く山のことを考えていた。そうしたら奴らは俺を解放した。

それからの六カ月は、軍の精神病棟で過ごした——マニラ、ホノルル、シアトルと転々としながら。俺の両親が、二人の弁護士と連邦上院議員に頼んでくれて、やっと俺は出られた。軍は俺が娑婆の生活にちゃんと順応していないと思っていた。ドク、俺は狂ってるか？」

「いかにも。私が診察したら精神病院に収容すべきサイコパスと診断するね」

「俺は年金ももらってるぜ。二五パーセントの障害だ。頭の症状でな。四分の一精神異常者なんだ。親父のところに戻れば、いくつも検査を受けなきゃならねえ。軍は間違いなく俺を出したくなかったんだ。俺に『適性検査を行ない、リハビリテーションを施さ』なければならないと抜かしやがった。グリーンベレーにヴェトコンの旗のバッジを付けちゃいかんと抜かしやがった。しまいにゃ俺も気づいて、言うべきことを言ってやった。上院議員は国防総省《ペンタゴン》にねじ込んだ。で、訴訟の準備をしている時に俺は釈放された。傷病による除隊だ。本当は奴ら俺を軍法会議にかけたかったんだが、おふくろにはそれが我慢できなかった。ともかく、俺がやっと刑務所みてえな病院から解放されると、奴らがあのちっちゃな国でやったことを西部でもやろうとしていることに気がついた。俺はまたおかしくなった」ヘイデュークはライオンのように笑った。「それでここに来た」

沈黙。まったくの沈黙。あまりにも明白で、あまりにも穏やかで、あまりにも完全な。セルダム・シーンが、いつものしゃがんだ姿勢から、そっとひざまずいて大きな耳を地面に押し当てた。ボニーが口を開きかけた。スミスは手を上げてそれを制した。あとの者たちは待つ。

「何か聞こえる？」

「何も……」谷の上手を観察し、空を見上げる。「でも確かに何か感じた」

「どんなものを？」

「わからない。何かだ。さあ、腰を上げて、ここを出よう」

相変わらず一番涼しい日陰の隅に寝そべっているドクが、またため息をついて言った。

「琴の音が聞こえる。琴と、尺八と、鼓。はるか彼方の荒野の真ん中で、ネズの古木の下で、『春の曲』を演奏している。あまりうまくない」汗ばんだ幅広い顔をハンカチでぬぐう。「しかし実にのんびりとしている。つまり、それが時と場所に似つかわしい」

「ドクがラリってる」ボニーが言った。

「暑さのせいだ」とドク。

スミスは谷の下手をじっと見た。「出発したほうがいい」一方の肩に水筒を、もう一方には輪にしたヘイデュークのザイルを下げる。

全員立ち上がった。ドクも最後に、大事な黒い鞄を持って立った。よろよろと、目の眩む陽光、真昼の輝きの中へ、絶え間ない太陽の咆哮の下へと歩み出る。スミスは谷の上手へと先導し、可能なところでは岩の上を歩いた。岩壁は数百フィートの高さで、しばしばオーヴァーハングしているが、日陰はほとんどない。コットンウッドが生えるには乾燥しすぎている。目に入る植物は、しおれた花をつけたチョウセンアサガオの茂み、枯れたピニオンマツ、スネークウィード、岩についた地衣類だけだ。

峡谷は右へ左へ曲がりくねり、ゆるやかな角度で秘密の泉へと昇っている。彼らはそう願った。アルカリ岩の中を通った冷たい水が、砂岩の小孔からにじみ出る、誰も知らない泉。ツタとコロラドオダマキとヒカゲノカズラとミゾホオズキの空中庭園を伝い落ち、手の届く出口へと流れる。ブリキのカップにほとばしり、水筒の口にしたたる。彼らは水滴の音を渇望した。この過熱した赤い壁に囲まれた、巨人の石の廊下で望みうるもっとも妙なる音を。

スミスが頭上五〇フィートにある岩壁の窪みを指さした。一味は立ち止まって見つめた。

「何も見えないわ」ボニーが言う。

「あの小さい壁が見えないかい？　梁が突き出して、小さな四角い穴が真ん中に開いてるだろ？」

「あれは窓？」

「というよりドアだね。這ってくぐらなきゃならないドアだ」

彼らはアナサジ族の岩棚住居の遺跡を見ていた。七〇〇年前に放棄されたものだが、乾燥した砂漠の気候のおかげで保存状態は良い。砂埃と土器片があの中にはある。そして焼けたトウモロコシの軸と、煤けて黒くなった洞窟の天井と、太古の骨が。

四人は傾斜した砂岩の谷底を、水のない河床の岩と砂利の上を、延々と続く砂の中を、炎熱の中をとぼとぼと歩いた。

「あそこが俺の居場所かもしれねえな」物思いにふけっていたヘイデュークが思わず声に出した。「あの洞窟の中で幽霊と一緒ってのが」

「僕向きの生き方じゃないな」スミスが言った。


誰も応えなかった。みんな疲れ切った重い足取りで進んだ。

「農民は必要なかったんだ」スミスは続けた（とぼとぼ）。「スイカ農家も含めてね。農耕が考え出される前、人類はみんな猟師か牧畜民だった。開けた土地に住み、誰もが少なくとも一〇平方マイルを独占していた。そこでよせばいいのに農耕を考え出してしまい、人類は大きく退歩したんだ。猟師と牧畜民から農民への退化、これはとんでもない堕落だ。そしてもっとひどいことになった。カインがトマトを作っていたアベルを殺したのも無理ないよ。あの馬鹿は自分のしたことの報いを受けたんだ」

「下らん」ドクがぶつくさ言ったが、あまりに渇き、疲れ、諦めきっていて、文明と理性（おお、歴史に咲いたもっとも希有にして優美な花よ）の誕生についての名高い講義はできなかった。

八本の重い足を引きずる音だけが響く。

「砂が濡れている」スミスが言った。「この先のどこかに水がある」

彼は一行を引き連れて、足跡が残る砂地を迂回し、ガレ場を越えて、脇峡谷の出合を通りすぎた。

最後尾のヘイデュークは、立ち止まって谷の分岐をのぞき込んだ。狭く、蛇行し、平らな砂の谷底には、一切の植物が生えていない。垂直の岩壁が五〇〇フィート空に伸びている。ミノタウロスの迷宮に通じる廊下のようだ。見上げた空は、ぼんやりとした青の細い帯のように狭まり、岩壁の屈曲で消える。

「こいつはどこに行くんだ?」

スミスが立ち止まり、振り向く。

「〈ひれ〉のどこかだろ。そのくらいしかわからないね」

「そこが目的地じゃねえのか?」

「ああ、でもこの谷の方がずっと大きいし、やっぱりそこに通じているはずだし、行き止まりになる怖れが少ない。僕の経験から言えば、その小さな谷は行き止まりだ。行き止まりで出口なしの確実な罠だ。二〇〇ヤードも行けば絶対に一〇〇フィートのオーヴァーハングにぶつかるから」

ヘイデュークは踏ん切りがつかずに、脇峡谷を見上げ、次に息苦しいほど暑い、くねくねと曲がりくねった大きい方の谷を見た。

「こっちでも行けそうなんだがなあ」

「かもしれない。でもこっちの方が大きいし、それに水がある」

「なぜ断言できる?」

スミスは高い鷲鼻を不安げに空気の流れに上げた。

「匂いがする」二つの谷が出合うあたりに、平らに広がる湿った砂をもう一度指さす。「そのほとんどはこの谷の先から滲みだしている」

「ここで水を掘ったらどうだ?」

「少しは出るだろう。たぶん喉を湿す程度は。でも掘るのに三〇分かかるぞ。この先に地表水がある。匂いもするし感じるんだ」

「いい加減にして、ジョージ」とボニー。「すぐに水場に着かないと、ドクが参っちゃうわ。あたしも一緒に」

水。彼らの頭は水のことで一杯だった。けれども水はまわりじゅうにあった。頭上にかかる山岳性の積乱雲には、それがたっぷり含まれている。水蒸気の形で。膨大な量の水だ。台地の上空高く、三〇〇〇フィート上のランズ・エンドや峡谷地帯全域では、巨大な雲塊が雨の帯をたなびかせるが、それはすべて地上に届くまでに蒸発してしまう。本当のことだ。二〇〇〇フィート下、鳥のように飛んでいけば、わずか数マイル先のキャタラクト・キャニオンの深い谷底には、グリーン川とコロラド川を合わせた多量の水が、轟々と瀬をほとばしっている。いかなる渇きを癒すにも、いかなる恨みを流すにも十分な水の量だ。手が届きさえすれば。

ヘイデュークはスミスと道理に屈した。岩と玉石を越え、砂と砂利を越え、滑らかで途切れのない砂岩の段丘を越え、一味は進む。また一つ、谷の深い屈曲を曲がる。スミスは立ち止まり、じっと見張る。あとの者たちはスミスの背後に集まる。

三〇〇ヤード先で谷は再び曲がり、そこに小さな家ほどもある岩が、谷底一面ごろごろと乱雑に散らばっているのが見える。岩の堆積の向こうに、それよりひときわ高く、柔らかな緑が鮮烈に息づく最高のコットンウッドが、日陰の暗がり――岩壁が非常に高いので、午後二時になると直射日光はさえぎられる――の中にすっと立っている。この赤い迷宮の中で、それは命の木だ。コットンウッドの苗木が、ヤナギが、薄紫色の綿毛をつけたギョリュウが、彼方の見えない水道《みずみち》に沿って並んでいる。控えめな芳香がただよってくる。峡谷を満たす光は、間接光だが、頭上の一枚岩の岩壁に屈折、反射し、黄金色をして暖かい。縁辺岩の下をツバメが矢のように飛ぶ。

「ギリシア人が」サーヴィス博士が渇いた喉と回らぬ舌で、ざらざらと諦めきったように言う。「人類史上初めて完全に認識したのは――」せき払いして喉を通そうとする。

スミスが片手を挙げて制した。「ドク」静かな声で言ったので、あとの者たちはその言葉に集中した。

「何か聞こえませんか？」

耳を澄ます。谷はまったくの静寂に包まれているように思われた。一点の曇りもない、透明の、無窮の完全さ。ただ一つのかすかなひび割れを除いて。それは静けさをきわだたせ、矛盾することなく強調している。誰かが、あるいは何かが、張りの弱いコントラバスのG線をつま弾く音。リズミカルなしわがれ声。

「あれは何？」ボニーが訊いた。

スミスがようやく微笑んだ。

「あれは水の音さ。あの岩の間から聞こえるんだ。コットンウッドの向こうの」

「というよりカエルみたい」

「カエルがいるところには水がある」

全員すばらしい緑の木に見入った。

「ほら、行くわよ。何を突っ立てるの？」

ボニーは一歩踏み出した。ドクも前に身を乗り出す。

ヘイデュークが囁いた。「待て」

「何？」

「行くな」

ヘイデュークの声、態度の何かが、全員を凍りつかせた。もう一度耳を澄ます。今度は完全に静まり返っている。カエルは、コントラバスは鳴り止み、大樹の柔らかな葉さえも動きを止めている。

「何か聞こえた？」

「何も」

「何か見えたの？」

「いや」

「だったらどうして――？」

「気に喰わねえ」ヘイデュークは小声で言った。「おかしい。あそこで何かが動いた。奴ら、次の角を曲がったところにいて、泉を見張っているような気がする」

「奴ら？」

「ヘリコプターの乗組員か誰かだ。戻った方がいい」

ボニーは自分を待っているコットンウッドの木を、水を好むギョリュウとヤナギを見つめた。固く張りつめ、時と地質の協議、つまり次の地殻の激変をゆっくりと待ちながら静かに横たわる岩をじっと見た。隣のスミスに目を走らせる。彼はもう来た道を振り返っている。


「どう思う、セルダム？」

「何かがカエルを驚かせた。ジョージの言う通りだ」

ボニーの美しい顔に苦悶の色が浮かぶ。「でも、喉が渇いてるのよ」ボニーは呻き、初めて涙を見せた。

「単なる戦略的撤退みたいなものだよ」スミスは静かに言い、河床の岩の上を先頭に立って戻って行った。岩は日に炙られて色褪せ、もう一七年間水が流れていないかのようだ。

「水は見つかる。心配ない。砂を踏まないで。ここで足跡を残すわけにはいかないんだ。本当に残念だけれど、カエルが鳴き止んだ時、僕もジョージと同じ感じがしたんだ。カエルだけじゃない。あそこは何かおかしい。それに、知る限りではあの曲がり角の先で人を下ろせないとは言い切れない」

ボニーが振り向く。

「どうして追いかけてこないんだろう？」

「必要ないとわかっているからじゃないかな」

「どういうこと？」

「もう罠に落ちたのかもしれない」

「まさか、そんな」

スミスは半ば跳ねるような大股のきびきびとしたペースで先導した。大きな足（サイズ一二―E）をぴったり平行に置き、同じ速度で交互に振り出して歩く。せっかく稼いだ距離を少なからず無駄にしながら。ボニーとドクは足を引きずってやみくもに後を追う。ボニーはすすり泣き、ドクはまだ狂ったような単調な声で、ピタゴラス、理性、黄金分割、ゲイ《グリーク》のクォーターバック、神経中枢、コニーアイランド・ホットドッグスタンドなどについて、はるか彼方のどこかに——どこにでも！——ある自分の意識について、とりとめもないことを話している。ヘイデュークは後衛についた。ライフルを控え銃《つつ》に構え、一歩ごとに立ち止まってちらりと振り返り、耳を澄ます。黄色いCATの帽子は汗で黒ずんでいる。

　あたしたちは水を捨ててきた、ボニーは思った。本当の液体のH_2Oが、半ブロックと離れていなかったのに。木が見えた。生きている木が。今日一日で初めて見た木。小さな緑の葉っぱがついた、絵本に出てくるような木。緑の池の中に緑のカエル。ああ、気が狂いそう。それが最初に起こることなんだろうか？　舌が何だか——えーと、そう、カエルが喉にいるような感じ。名前はピエール。ああ、もう、あたしはおかしくなっていく。言われてるように、舌が本当に黒くなったりするのかしら？　それとも紫に。歯が抜けて、目玉が落ちくぼんで、ウジ虫が紫色の肌を這いまわるとかそんなたわ言はもうたくさん今すぐ露がついた大きなグラスいっぱいの砕いた氷とレモンが入ったアイスティーをちょうだいでないとわめいちゃう。

　しかしボニーはわめかなかった。太陽だけがわめいていた。九三〇〇万マイルの彼方の、水素地獄のあの狂った間断ない叫び声を、我々は決して、決して聞くことはない。なぜならば、ドクは夢想した、なぜならば、我々はあの恐怖を耳に鳴り響かせて生まれるから。そしてそれがついに止まる時、我々は太陽の静けさを聞くこともない。その時には我々は……どこか他所にいるだろう。わかりはするまい。一体何がわかるというのか？　何が本当にわかっているのか？　ドクは乾いてひび割れた唇を舐めた。足の下に紛う方なき岩があるのがわかる。あの独善的な太陽が頭上にあるのがわかる。夢の世界、愛の苦しみ、死の予測。我々が知っているのはそれだけだ。それだけ知っていればいいのではないか？　異議あり。私はその申し立てに異議を唱える。何をもって？　わからない。

　かまうもんか、ヘイデュークは思った。やってみやがれ。やれるもんならやってみやがれ、クソったれの豚野郎めが。何をしようと俺は七人を地獄の道連れにしてやる。俺一人に対して奴らは七人、悪いけど、そいつが決まりってもんだぜ。銃床のピストルグリップ部のつややかなウォールナット材を撫でる。手にしっくりとなじんでいる。奴らのけったくそ悪い法律なんぞに用はねえ。奴らのうす汚い水なんぞに用はねえ。必要とあれば俺は血を啜る。やれるもんならやってみやがれ、クソ野郎ども。絶対忘れさせねえ。絶対やらせねえ。ここは俺の国だ。俺の、セルダムの、ドクの——ああ、それからあの娘の。やってみやがれ、一つでもぶち壊してみやがれ、ただで済むと思うなよ。ただじゃあ済まさねえぞ、クソ野郎どもめが。どこかに前線を引かなきゃならない。ちょうどコーム・リッジ、モニュメント・アプウォープ、ブック・クリフスに沿って引けばいいだろう。

一方スミスは、当面の任務に専念しながら、自分のあとを無心に付き従っている三人のことを主に考えていた。彼らはスミスが、〈ひれ〉の迷路を抜ける道を見つけ、水を見つけ、リザード・ロックと食糧と補給物資への道を見つけ、そこからメイズの迷路《メイズ》に入り込む道、安全と自由とハッピーエンドへ至る道を見つけることを期待しているのだ。

スミスが立ち止まった。唐突に。ドクとボニーは頭を低くする。ヘイデュークは振り返り、よたよたと後ろ向きに歩く。まるで三バカ大将、サイレント映画の三人の道化だ。全員また立ち止まる。誰も口をきかない。

先ほどの脇峡谷の出合を右に見ながら通りすぎる。スミスは五〇〇ヤード先、本谷の進行方向にある最初のカーヴに目を凝らす。猟期のシカさながら耳に神経を集中する。一羽のムナジロミソサザイが岩壁のはるか上の張り出しに止まり、あざけるように鳴いている他は、前と変わらずまったく静かなように思える。完璧な静止状態が、どんよりとよどんだ暑さに封じ込められている。

だが、スミスはまたあの音を聞いた。というよりも、また感じた。足。たくさんの足。たくさんの大きな足が岩の上を闊歩し、砂の中を引きずっている。木霊だろうか？　この奇怪な場所には何か特有の音響的特性があって、そのため自分たちの足音が遅れて再生されているのだろうか？　そうではなさそうだ。

「奴らがまた来ている」スミスはつぶやいた。

「誰だって？」

「他の奴らだ」

「えっ？」

「救助隊だ」

囁きながら、スミスは目の前の砂を指さした。堅く締まり、染み出た水で色が濃くなっている。

「僕のやることをよく見ているんだ。それからみんな僕と同じようにしてくれ」

スミスはボニーを、その紅潮した顔と不安げな目を見た。彼女の肩を強く抱いた。ドクを見る。ドクは何やら目に見えない類のものに目の焦点を合わせようとしている。ヘイデュークは周囲を睨め回し、クーガーのようにぴりぴりしている。

「わかったか?」

ボニーがうなずく。ドクもうなずいている。ヘイデュークが「急げ」と唸り、また肩越しに振り向く。

「よし、それじゃ、行くぞ」

スミスは回れ右をして仲間と向かい合い、後ろ向きに湿った砂の上を歩いた。一歩一歩、ブーツの踵に少し余分に力を加えて深く沈み込ませ、普通に歩いた足跡らしく見えるようにする。砂地を渡りながら方向を変え、脇峡谷の口から、また岩の上に乗るまで奥へ後ろ向きで歩いて行く。そこで立ち止まり、仲間を待つ。

他の者たちも後について後ろ向きに歩いた。

「急げ」ヘイデュークが小声で言う。

ドクが重く頼りない足取りで、自分の大きな足を見つめながら、後ろ向きに歩いてくる。ボニーがその横を歩く。優雅に注意深く足を後ろに運ぶ。最後にヘイデューク。彼も仲間に追いついた。四人は岩の上に立ち、自分たちがつけたにせの足跡にしばし見惚れた。四人の人間が脇峡谷から出てきたとしか見えない。

「あんな手に大の大人の集団が引っかかると思う?」

ボニーが訊いた。

セルダムは慎重な笑みを浮かべた。

「そうだな、相手がラヴ一人なら、そうは思わないね。あいつはそう簡単には引っかからない。でも、捜索救助隊が一緒なら別だ。人間、一人でもかなりの馬鹿をやることはあるけど、本当の本物の馬鹿ということでは、チームワークにかなうものはない」スミスは言葉を切り、また耳を澄ました。「聞こえるか?」と囁く。

今ではドクにも聞こえている。峡谷の下手の角を回る靴音、くぐもって何を言っているかはわからないが人間の声が、岩の反響室を伝わってくる。

「奴らだ」スミスは言った。「さあ、行こう」

半ば陰になり半ば日なたになった露岩の上をひたすら進む。さらに長く続く悪夢のような砂に足を取られながら歩く。ザレた一枚岩をよじ登り、不毛の脇峡谷の奥へ必死で進み、登って行く。谷は急な登りになり、急激に狭まって、ほぼ確実に袋小路になろうとしている。罠の中の罠だ。滑らかな岩壁は両側とも垂直にそびえ、オフィス・ビルの表面よりも手がかり足がかりが少ない。谷が屈曲するごとに、スミスは前方の岩壁に出口を、上り口か抜け道を探す。逃げ道を探す時間が一〇分あってくれればいいとスミスは考えていた。ラヴと捜索救助隊が、例の人間の靴跡をもう一度調べてみようという気になり、それが脇峡谷から出てきたとするから不思議なのであって、入って行ったとすれば不思議はないということに気づくまでに一〇分。いかに知事になろうという男とはいえ、それに気づかぬほど愚鈍ではあるまい。

　峡谷は再びくねくねと方向を変え、細かい湾曲で何度も折り返す。屈曲の外側では、岩壁は谷底に覆いかぶさり、ハリウッドボウルより深く高い空洞の半ドームを形作っている。屈曲の内側では、岩壁はそっくり裏返しの形に、滑らかに丸く切れ落ちている。谷底から急角度に立ち上がっているために、そのつるつるした危なっかしい壁面を人間が登れるとは、スミスには思えなかった。人間ハエなら登れるかもしれないが。あるいは人間ヘイデュークなら……。

　きわめて唐突に、何の前触れもなく、廊下の終点に着いた。当然のようにオーヴァーハングが行く手をさえぎっている。頭上にせり出した高さ六〇フィートの浸食された砂岩の城壁。V字型の切れ込みは樋もしくは排水路になっており、今度鉄砲水が発生すれば——すでに高原で起こりかけている——粉砕された粘土、泥、頁岩、引き抜かれた木、転がる岩、砕けた崖の表層をいっぱいに含んで壮大に膨れ上がった水が、そこからどっと流れ落ちるだろう。この障害を登るには、まず垂直に上に登り、それからオーヴァーハングの下をクモのように逆さまにぶら下がりながら、外側に向かわねばならない。斜めに張り出した岩の平面に手足の指先をぴったりとつけて、身体は重力だけでなく現実にも逆らう。不可能ではない。

　ヘイデュークは勾配を目測した。

「上まで登れるぜ。ただ少し時間がかかるが。こいつは厄介だ。登高器《ユマール》、あぶみ、六角ナット、ハーケン、クリフハンガー、ハンマー、星形《スター》ドリル、開きボルト何ぞが要る。持ってねえものばかりだ」

「これ、水じゃない？」ボニーは言い、水筒を片手に崖下のたらい型をした滝壺の縁にひざまずいた。膝をついた濡れた砂は流砂で、ゆっくりと彼女の下で動いていたが、まだそのことには気づかなかった。滝壺の真ん中には幅一八インチの水溜まりができており、濁ったスープのように見え、腐ったような臭いのするものが溜まっている。ハエとトビムシが何匹かスープの上を飛び回っている。中ではハリガネムシとボウフラが身をくねらせている。小さな窪みの底には、よくは見えないが、こういうところに付き物の白くなったムカデの溺死体、長さ八インチの奴があった。

「これって飲めるのかしら？」

「僕は飲めるよ」スミスは言った。「もっとはっきり言えば飲むつもりだ。ほら、水を汲んでくれよ。あとで僕の水筒に濾そう」

「うえー、ムカデの死んだのが入ってる。それに、泥の中に身体が沈んでくわ。セルダム……？」流砂はごぼごぼと音を立てて流れ出し、ゼラチンのように震えた。「何よ、これ？」

「大丈夫。助け出してやるから、水を汲んじゃってくれ」

ボニーが水を汲んでいる間に、ヘイデュークはスミスの肩からザイルを取り、今来た道を少し戻った。ヘイデュークは岩壁の亀裂に目をつけていた。割れ目はずっと上まで延びており、その先のゆるやかな曲線を描いたドームまで取りつけそうだ。そこからは、さらに上に登れるような靴底の引っかかりがあるだろう。頭上一〇〇フィートで、岩壁は斜めになって視界から消えている。上に何があるのか、そこに着いた時にわかるはずだ。もしそこに着けば。

輪にしたパーロン製ザイルをたすき掛けにし、リヴォルヴァーを収めたガンベルトを下ろしてライフルを立て掛けると、ヘイデュークは岩に取りついた。岩壁の根元は垂直だが、亀裂には、上下互い違いに両手を掛け、登山靴の爪先を横向きに入れる程度の幅はある。指で岩を押し開くように力をかける。下向きに力を入れるものが何もないからだ。次に左の登山靴の爪先を、静かに、膝の高さで裂け目に挿し込む。水平方向に指先を引きながら、上へと登る推進力を得る。右足は所在なく垂れ下がっている。置き場所がないのだ。割れ目の内側で指を上に滑らせ、また横向きの力を入れる。左足を抜き、高く上げ、再び入れる。こうしてまた二フィート登ることができた。再び指を片方ずつ滑らせ、新しい手がかりを探る。

ザイルを解いて身体に結んでおけばよかった。かさ張るザイルの輪は動きを妨げ、バランスを危うくする。もう遅すぎる。左足をできるかぎり引き上げて、上に置き、しっかりと押し込む。自分の体重の大部分を何とか支えられる程度の圧力しかかかっていない。また指を操って身体をまっすぐに伸ばす。もう一度。また一度。

崖裾から一五フィートまで登った。砂岩の垂直面はわずかに、一度ずつなだらかになり始める。ヘイデュークは登った。二〇フィート。三〇フィート。裂け目は上で狭まり、元通りの一枚岩になって消えているが、曲面は登りやすい角度になってきた。右足にも足場が得られることにヘイデュークは気づいた。割れ目が指先もかからないほど狭まる前に、思いきってあと二度手を上に滑らせる。

岩壁のむき出しの表面に挑む時が来た。ここから壁面は、州議会議事堂のドームのように内側に湾曲し、角度は五〇度近い。他に手はない。ヘイデュークは手を伸ばして探った。指が岩の上を動き回り、手がかり、突起、隆起、ひび割れ、岩角、ごく小さな窪みを探す。何もない。そこにあるのは細かくざらついた、ごく普通の岩壁であった。ということは、摩擦の他に何もないということだ。チョックナットさえあれば。ハーケンさえ、ラープさえ、吸盤さえ、両ひじにでかいオッパイさえあれば。だが、ない。摩擦を信用しろ。今度は割れ目のてっぺんから左足を引き抜くぞ。

ヘイデュークは躊躇した。当然だ。下を見る。自然な過ち。帽子で陰になった三つの蒼ざめた顔が、三つの小さな人影が見上げている。はるか下に、とてつもなく下に見える。濁った水でいっぱいの水筒を持っている。誰も口をきかない。ヘイデュークが滑り落ちるのを、手足を広げて転げ落ちてくるのを、足下の割れた岩に叩きつけられて潰れるのを待っている。誰も口をきかない。息がかかっただけでヘイデュークは手を離してしまうかもしれない。無防備とはこのことだ。

しばらくの間ヘイデュークは、確保も補助もされていないクライマーに起こる、あの吐き気を伴うパニックを味わっていた。吐き気と恐怖。進めない、退けない、その場にとどまってもいられない。左のふくらはぎの筋肉は震え始め、汗がたらたらと、眉毛から目の中へ流れ込む。頬と耳を峡谷地帯の岩盤に押しつけて、何かの巨大な心臓の鼓動、中生代の昔に山の下に埋められた重いつぶやきを感じ、聞き、共有する。自分自身の心臓。重く鈍い、遠い地中でうずく音。恐怖。

サーヴィス先生、誰かが呼んでいる。時の彼方から、亡霊の声が、この赤い岩の迷宮の中を、あまたの切れ落ちた峡谷のあまたの曲がり角を越えてミノタウロスの唸りのように聞こえてくる。先生……。
頭を挙げ、ヘイデュークは身体をドームから反らす。体重をタンク底の登山靴を履いた右足にかける。靴を支えるのは湾曲した岩――ただそれだけだ。そっと左足の固定を解く。引き抜く。右足の隣に下ろす。二つの大きく力強い足が、湾曲した岩壁の表面にしっかりと据えられる。まっすぐに立つ。摩擦は効いている。もう登るほかに行き場はない。ヘリコプターの音が聞こえてくる――バタバタバタバタバタ――岩壁の、ドームの、〈ひれ〉の、尖塔の向こう側から。問題はない。まだ大丈夫だ。一歩一歩しっかりと踏み締め、上へと歩きながら、ヘイデュークは思った。俺たちは永久に生きるだろう。さもなければそうでない理由を知ることになるだろう。

それで終わりだった。もう安全だ。今度は確保点《ビレイ・ポイント》が要る。すぐに見つかった。狭いがしっかりとした岩棚が、岩壁の滝線へ（右へ）と傾斜している。一、二世紀前、そこにあった岩の一枚板が衝撃に耐えかねて滑り落ちたのだ。それが砕けたものが、今ヘイデュークの仲間たちが上に立っている落石の山だ。上を見る。そこに待つのは、長い岩の斜面だ。台座に載ったハンバーガー型の岩、静かに横たわる砂利の層、いくつかの灌木――クリフローズ、ユッカ、節くれ立ち、ねじれ、半ば枯れ、半ば生きているネズの木――がそこここに散らばっている。道は〈ひれ〉の不思議な石へと登っている。そして（願わくば）リザード・ロックへ、最終的にはメイズへ。

「次！」ザイルの片方の端を腰に回し、束を宙に投げながら、ヘイデュークは叫んだ。固定されていない方の端は空を切って、九〇フィート下の仲間たちのところまで落ちた。三〇フィートの余裕がある。

下のクライミング未経験者の間には多少の抵抗があったが、最終的にはスミスとボニーはドクを脅して、登攀させることができた。スミスはザイルをドクの広い胸の下、腹の上にきっちりと結びつけ、医療キットをベルトに下げて、始めの数歩を後押ししてやる。ドクはもちろん怖がったが、生ぬるく臭い水であれ、ようやくスポンジのような細胞組織に取り込んだことで、気分が良くなってもいた。初めドクは、アメーバが這うような格好で一本ずつ汗ばんだ手足を動かして岩をよじ登ろうとしたが、いっこうに進まなかった。あらゆる常識と本能に真っ向から逆らって、岩から離れて後ろに身を反らし、ヘイデュークにザイルを引っ張り上げてもらいながら、岩の上を歩いて登るのだと、彼らはドクを説得した。何とか言われた通りに登ったドクは、ヘイデュークの足下にくずおれた。顔の汗をぬぐう。

　次はたぷたぷと音を立てる水筒を抱えたボニーの番だ。

「こんなのどうかしてるわ。ほんと、馬鹿みたい。それからジョージ・ヘイデューク、もしあたしを落としたら、二度と口をきいてやらないから」蒼ざめ、少し震えながら、ボニーはドクの隣に腰を下ろした。

　ヘリコプターの音がする。どこか近く、尖塔、小塔、ドームの間を巡回し、何か、何でも、せめて着陸する場所でもないかと探しているが、この世のものとは思えぬ立石の風景、崖ふちに平行に立ち並ぶ高さ三〇〇フィートの先の尖った岩の板――〈ひれ〉――の他、何も見つからない。しかし、少なくともそれはメイズではないとパイロットは思っている、とヘイデュークは思った。やはりその地域には不案内だが、少なくともヘイデュークは、足を地に、しっかりとした岩につけている。加えて、強くしなやかな臍の緒が、腰を回してビレイされ、セルダム・シーン・スミスにつながっている。ここからは見えないが、砂岩の半球の下で彼は待っている。

「銃を忘れるな」ヘイデュークは下に呼びかけた。

　サーヴィス先生、誰かが呼んでいる。出所はわからないが、メガホンを通して不気味に増幅された牛のような声が、谷に響き渡る。さっきよりも近く、またさらに近づいてくる。

　ドクはヘイデュークの隣に座り、額を拭いていた。無防備さと恐怖からまだ蒼ざめ、へばった馬のように震えている。定まらない指でまた葉巻に火を点けようとするが、うまく行かず、代わりに指を焦がす。「ええ、畜生」

　サーヴィス先生、どこにいるのですか？　先生、手を貸して下さい……

　誰もその実体のない声にあまり注意を払わなかった。その必要がどこにある？　誰がそんなものを信じられるだろう？　各自、自分だけが気が狂いかけていると思っていた。

　ボニーがマッチを擦り、ドクの葉巻に火を着けてやった。「かわいそうなドク」高所恐怖症の二人は寄り添いあった。

「ありがとう、看護婦君」ドクはつぶやき、ある程度落ち着きを取り戻した。あたりを見回す。

「いやはや、奇妙なところだ。見渡すかぎりむき出しの岩ばかり。シュールレアリスム画家の夢の世界じゃないか、君？　ダリ、タンギー、そう、イヴ・タンギーの風景だ。ジョージはあそこでザイルを持って何をやってるんだ？　ぼさーっとしてると崖から引きずり落とされるぞ」

「セルダムを待ってるのよ。水をもう一口飲みなさい」

「スミス」ヘイデュークが怒鳴る。「何をぐずぐずしてやがるんだ？」

「今行く。今行くよ。ビレイいいか？」

「ビレイよし」ヘイデュークは身構えて待った。

「ビレイ・テスト」ザイルが強く引かれる。ヘイデュークは踏ん張る。

「テンションをくれ」

「了解」

スミスは、ザイルを手繰り、足を岩に平らに置いて岩壁を歩いて登ってきた。仲間と合流し、ザイルを下ろす。息を弾ませているが、ほっとした様子だ。

「何してたんだ？」

「小便。我慢できなかった」


サーヴィス先生、お願いです。サーヴィス先生。


「ありゃ一体なんだ？」ヘイデュークが訊いた。

「神の声のようね」ボニーが言う。「西部の田舎訛のある。まさしくあたしがいつも怖れてたものだわ」

「ライフルをよこせ」ヘイデュークは言った。「ハジキもだ」

しぶしぶと、スミスは渡した。

「みんな坂を登れ」ヘイデュークはガンベルトを締めた。

「なあ、ジョージ――」

「行け！」


サーヴィス先生！

誰も動かない。谷を、力強い嘆願が聞こえてくる方向を見下ろす。重いブーツが砂と砂利を蹴立て、藪をかき分ける音がする。

おおい、サーヴィス先生！


「拡声器を持った奴がいる」ヘイデュークがつぶやく。

「ビショップが考えつきそうな小細工だ」

「ただ、声はビショップじゃなさそうだが」

「後ろを見張ってろ。奴ら、何か企んでやがる。みんな姿を見せるな」

ヘイデュークはライフルを掴み、谷底へ狙いをつけた。緊張した手つきでボルトを操作し、弾丸を薬室に滑り込ませる。ボルトを閉じる。

待つ。峡谷の岩壁の屈曲を見つめていると、ばたばたという足音が近づいてきた。男の姿が見えた。身長六フィート、体重二〇〇ポンドはありそうな太った大男。ブタのように汗をかき、無精髭が伸びた赤ら顔が不安げだ。大きな水筒を肩からぶら下げている。男は立ち止まった。片手には電池式の拡声器を持ち、もう片方の手に持った棒からは、汚れた白いTシャツがだらりと垂れている。頭上九〇フィートから自分を見下ろしている四人組には気づかず、無人の谷の行き止まりをじっと見ている。男はどことなくビショップ・ラヴに似ている。だが、そっくりというわけではなかった。武器は持っていない。

「あの野郎、どうしようってんだ？」ヘイデュークが小声で言う。

「あれはビショップじゃない」スミスが言った。「弟のサムだ」

囁き声が届いた。男は上を向き、まず左、反対側を見た。本当の声ではなく、こだまを聞いたのだ。そちら側に見えるのは、二〇〇フィートの高さで頭上に覆いかぶさる、陰になった壮大な岩の窪みだけだ。

「こっちだよ、サム」スミスが声をかけた。「何してるんだ？　迷ったか？」

サムは彼らを見つけ、降伏か和平交渉を意味する疲れた仕草で汚れた下着を掲げた。交渉だ。拡声器を口元まで挙げる。

スミスが片手を挙げて制した。

「そんなものなくても聞こえる。どういうつもりだ、サム？」

「ドクに用がある」

「それはわかってるぜ」ヘイデュークが荒っぽくつぶやく。

「どうして？」スミスが言った。

「わかっている。こいつは**は**なっから罠だ。ボニー、後ろを見張れ」

ボニーはヘイデュークを無視した。

「兄貴が心臓発作を起こした。脳卒中みたいなものかもしれない。何だか正確にはわからないが、心臓発作じゃないかと思う」

ドクが興味を抱いて頭を挙げた。

「ヘリコプターを呼びゃいい」とスミス。「病院へ連れて行け」

「ヘリコプターはこっちへ向かってる。だが一マイル以内に着陸できない。今すぐ医者が必要なんだ」

「症状をくわしく説明してみたまえ」黒い鞄に手を伸ばしながら、ドクがもごもごと言った。

　ボニーはドクの肩に手を置いた。

「だめよ、ドク」

　谷底の男は直接サーヴィス博士に話しかけた。

「先生」彼は叫んだ。「降りてきていただけませんか？　どうしても先生が必要なんです」

「いいとも」ドクはつぶやき、目をしばたたくと、鞄を手探りで捜した。背中に結んであるので、ほどけなかった。「すぐに行く」

「だめ！　往診はやってないって言いなさい」ボニーが叫んだ。「宅診だけよ」とサムに向かってわめく。

「すぐ戻る」何とか立ち上がろうとしながら、ドクはくぐもった声で言った。鞄を脇に引き上げる。目に少し生気が戻っている。

「ジョージ、ザイルは……？」

「こいつは罠だ」ヘイデュークは唖然として唸った。

「ザイルは？」ドクはザイルの端を手に取り、腹の回りに大きな縦結び《グラニー・ノット》で結び始めた。まだ手が震えすぎている。葉巻を吹かした。「すぐに降りる」下の男に低い声で言うが、届かなかった。

「ドク！」

「サーヴィス先生」男が叫んだ。

「すぐに降りる。誰かそう言ってやってくれ。ジョージ、手を貸してくれ。滑らないように結ばなきゃならないんだろ？　どうやったか思い出せないんだ」

「やれやれ」ジョージはドクに近づき、グラニー・ノットをほどいて、素早くボーライン・ノットに結んだ。

「よく聞け、ドク。あんたが関わっていたことは連中には証明できねえ」

「無論だ」

「だめよ、あたしの言うことを聞いて」ボニーが割って入った。「こんなことしちゃだめ。刑務所に入れられるわ。行かせないわよ。あたしたちみんなそろって——」ボニーは荒っぽい手振りで頭上の静かな岩を、見飽きた陰鬱な石の塔を示した。あの死の街、ジュラ紀の死体置場を。「——あそこに登るんだから。何とかして。あれを越せばメイズに入るわ。メイズに入ればもう見つからないってセルダムが言ってる」

「なあ、ボニー」抱きしめながらドクは言った。「私にはいい弁護士がついている。高いがとてもいい弁護士だ。あとでまた会えるさ。どのみち、これ以上この調子で歩けないしな。それから――すぐに降りる！」サムに叫んだ。「――ほら、ヒポクラテスの宣誓とかそういった下らんものがある。ここで偽善者《ヒポクリット》にもなれんだろう。もういいぞ、ジョージ。降ろしてくれ」

「わかったよ」ヘイデュークは言い、ビレイの用意をした。「だが、ドク、何も言うな。何一つ認めるな。奴らに立証させろ」

「ああ、もちろんだ。すまん、時間がない――その、つまり、ちゃんとした――」ドクはスミスにうなずいた。「頼んだぞ。この子たちの面倒を見てやってくれ。ジョージ、ボニー、気をつけてな……」

「行っちゃだめ！」

ドクは微笑んで目を閉じ、身を反らせて後ろ向きに崖ふちを越えた。鞄をベルトからぶら下げ、両手で必死に、関節が白くなるほどザイルを掴んで、懸命に岩壁を降りる。ヘイデュークがいつもの指示をくり返す間、目は閉じたままだった。

「身体を反らせ。セルダム、手伝ってくれ。身体を反らせ、ドク。反らせってば。足を岩の上に平らに置け。そんなにザイルをぎゅっと掴むな。力を抜いて、楽しむんだ。そうだ。そのまま、そのまま。よし、それでいい」

ボニーは驚いて目を見張り、呻いた。

「ドク……」

ドクは崖裾に着いた。より正確に言えば、降ろされた。サム・ラヴが医療用品鞄を取り、ザイルをほどいた。ドクに手を貸して、ごろた石の上を谷底へと向かう。ドクは同志たちに別れの手を振り、谷間を縫うように歩いて行く。鞄を持ったサムが隣につく。

「またすぐ会えますよ、ドク」スミスが呼びかける。「気をつけて。ビショップの面倒を見てやって下さい。それから奴には必ず現金で支払わせるように。小切手なんか受け取っちゃだめですよ」

ドクは振り返らずにまた手を振った。

「さあ、行くぞ」ヘイデュークはザイルを丸め、引き上げ始めた。

「ちょっと待って」ボニーが言った。「あたしも降りる」

「何だと？」

「言ったでしょ」

「馬鹿こきやがれ、このクソアマ」

「悪態つかないで。しっかりビレイしてちょうだい」

「くそっ、ザイルを引き上げるまで待て」

「赤ん坊みたいに降ろしてくれなくても結構。自分で懸垂下降できるわ」ボニーはジーンズの尻の部分に何か——丸めたバンダナの当て物——を詰め、ザイルをまたいだ（運のいいザイルめ、スミスは思った）。

「黙ってしっかりビレイしててちょうだい」ザイルを股の間に通し、背中を渡して肩に掛ける。「ビレイして。何やってるの？」

「それじゃ下降はできねえ。ザイルの取り回しがおかしい。だいたい、どこへ行くつもりなんだ？」

「どこへ行くように見える？」

「お前は俺の女だ」ヘイデュークの声は押さえを失い、ほとんど恋人の嘆きのように響いた。「くそっ」ヘイデュークは唸り、すぐに立ち直った。「一体どうしやがったんだ？」

ボニーはスミスの方を向き、命令した。

「セルダム、ビレイして」

スミスは躊躇した。ヘイデュークは、アブズグの華奢な体躯に巻きついたザイルを引っ張っている。

「困ったな、ボニー……」スミスは言い、咳払いをした。

「あーあ。二人そろってまるっきり優柔不断で口先ばっかりのガキなんだから。まったくもう、あたしは本気よ」

ザイルは正しい下降の位置に直され、一方の端はまだヘイデュークの腰にあった。ボニーは断崖に向かってあとずさった。

「しっかりビレイしないと、あたしと一緒に落ちるわよ」

「クソったれめが！」ヘイデュークは鼻を鳴らし、安定した岩棚まで下がって、ブーツの足をしっかりと踏ん張った。「ちょっと待て！　やめろ」ボニーを睨みつける。

「ほんと、あなたたち二人があたし抜きで、どうやっていくのかわからないし、あたしもジョージのカレイでジョーヒンで、それから、そう、とてもセンレンされたヤサしい会話なしでやっていかれるかわからない」間。「ああ、もう！　あたしはドクと一緒に行く！」

「行かしゃしねえ」ザイルを引っ張る。

「絶対行く」後ろに下がる。

「ジョージ」スミスが口を開いた。「行かせてやれ」

「あんたは口を出すな」

「行かせてやれ」

「セルダム、あなたは口を出さないで。あたし一人でこの子供は扱える」ザイルをぐっと引く。「ビレイ・

テスト！」

「ビレイよし！」ヘイデュークは答え、反射的に身構えた。ザイルの半分は足下で輪になっている。

ボニーは砂岩のドームを下り始めた。きつく張ったザイルはジーンズとシャツをぎりぎりと擦り、その圧力に身体はほとんど二つに折れ曲がる。あと九〇フィート。八〇。七〇。ヘイデュークの位置から見えるのは、ボニーの帽子と頭と肩だけだ。やがて帽子しか見えなくなり、すべて視界から消えた。

「もっとザイルちょうだい！」脅えた小さな声が下から聞こえる。

ヘイデュークはザイルを繰りだした。

「ぶら下げておいてやりゃあいい。強情っぱりのクソアマが。奴と会ってからというもの面倒なことばかりだ。畜生め。セルダム、最初に俺は、この組織に女なんぞ要らねえと言わなかったか？　言っただろう？　言ったよな。面倒と頭痛の元にしかならねえと」

ヘイデュークの腰骨から岩壁の隆起までユークリッド直線を描いているザイルが、弓の弦のように手の中で震えた。「どこにいる？」ヘイデュークは怒鳴った。答えはない。「セルダム、そっちからあのイカレたアマが何してやがるか見えるか？」

弱々しく哀れっぽい叫び声がずっと下から聞こえてきた。

「……ザイルが終わっちゃった。もっとザイルをちょうだい、このバカヤロー……」

スミスが崖下をのぞき込んだ。「もう少しで下につく。あと二〇フィート降ろしてやれ」

「くそっ」ヘイデュークはしゃべり続けた。涙が豚のように毛が逆立った頬を流れ、溶けた真珠のように鼻翼を伝って、顎から喉にかけて密生した髭の中に滑り落ちる。「考えてもみろ、俺たちがあのクソアマのために何をしてやったか。しかももうちょっとで目的地につくという時に、あんな風にしてこそこそ抜けちまう。ただドクがかわいそうだからってだけで。けっ、くたばっちまえ。他に何も言うことはねえ。くたばっちまえ。そうだろ、セルダム、あいつ抜きで行きゃいい。それだけのことだ。くたばっちまえ」

ザイルが手の中で緩んだが、ヘイデュークは気づいていないようだった。

「ボニーは降りたよ、ジョージ。ザイルを引き上げろ、あの娘は行っちまった。じゃあね」スミスはボニーに向かって叫んだ。彼女は谷底の真ん中に歩み出て、去って行ったドクのあとを急いでいるところだった。

ボニーは立ち止まり、得意げな笑みを美しい顔いっぱいに浮かべて、セルダムに投げキスをした。晴れやかな様子だった。目は輝き、陽光が髪に照り映えている。ヘイデュークに手を振る。

「さようなら」

ヘイデュークは不機嫌そうにザイルを束ねている。返事はしなかった。躁鬱症のサイコパスの機嫌を取るのは骨が折れる。ボニーを見ようともしない。

「あなたにもね、おバカさん」ボニーは陽気に声をかけ、楽しげにヘイデュークに投げキスを送った。ヘイデュークは大切なザイルを束ねながら肩をすくめた。ボニー・アブズグは笑い、背を向けて急いで去った。

沈黙。さらに沈黙。

「三番目の教訓を今思い出したぞ」むっつりとむくれたむさいヘイデュークに、スミスは笑顔を見せて言った。「自分より多く問題を抱えた娘と寝るな」

ヘイデュークの顔が緩み、不承不承ながら笑みが広がった。

いや、自分と同じくらい多くかな、セルダムは自分だけに聞こえるようにつけ加えた。

バタバタバタバタ……

陽光が回転するローターに閃き、プレキシガラスの風防に反射する。偵察ヘリコプターが、一マイル先、そびえる岩壁の間に細く見える雲がかかった空を、思い出したようにさっと横切るのがちらりと見えた。振動が二人に押し寄せ、円は広がっては狭まる。天から投げ下ろされる透明の投げ縄だ。

スミスは水筒を拾い上げ、ヘイデュークはライフルを肩に下げた。岩の斜面をよじ登っていく。浸食された砂岩の、巨大な目のない顔面に取りついたちっぽけな人影。二人の小さな人間は迷っている。巨人の王国の塔、城壁、無人の街路の間に。三〇〇〇万年沈黙し誰も住まない、岩また岩ばかりの見捨てられた大都市に。その不毛の荒野に、彼方からの彼らの声が聞こえ、はるか先、遠く下まで届くまでに減衰していく、コンドルの目から見ればちょこまかと虫のように小さな連中だ。

ジョージよ、

信じられぬほど遠い、しかし明瞭な声が言う。

こん畜生、やるとは思わなかったぜ、はっきり言ってな。てっきりてめえは牛の金玉《マウンテン・オイスター》みてえに縮み上がって、病気の蛇みてえにしわくちゃになったチンポコからションベン垂れ流すとか何かするかと思ってたのによ。

おい、セルダム・シーン、鷲鼻のモルモン野郎、俺はやりたいことは何だってできるし、それに何だってやってやるぜ。それに俺は絶対、そうだ、絶対絶対絶対捕まらねえ。そうよ。絶対にだ。てめえだって捕まりゃしないぜ、俺が何とかしてやれりゃあな。

かすかな声は薄れていったが、完全には消えなかった。意味のないたわ言と笑い声はずっと続いた。何マイルも……。

コンドルはゆがんだ笑みを浮かべている。

「あなたを逮捕します、サーヴィス先生。兄を診ていただく前に言っておいた方がいいと思いますが」

ドクは肩をすくめ、サムに水筒を返す。

「わかってる。患者はどこかな？」

「あのコットンウッドの下、みんながいるところに寝かせてあります。あんたもな、ねえちゃん」

ねえちゃん？　ボニーは考え込んだが、ほんの一瞬のことだった。

「ねえちゃんなんて呼ばないで。あんたみたいな弟を持った覚えはない。それにあたしはまだ喉が渇いているしすごーくおなかが空いているしそれから通常の犯罪容疑者としての権利を要求する認められないなら面倒なことになるわよ」

「そうぴりぴりすんなよ」

「休む暇もなくなるわ」

「わかったわかった」

「思いきり困らせてやる」

「わかったよ。ここです、ドク」

患者は木の幹にもたれて上半身を起こしていた。大柄のでっぷりした男で、がっしりと整ったアングロサクソンの牛飼いの顔をしている。ブランディングの監督《ビショップ》、J・ダドリー・ラヴ。その目はきらきら光り、肌は茹ったように赤い。ひどく熱狂し、興奮して、半ばどこかへ行ってしまった様子だ。

「やあ、ドク、一体どこへ行っていたのかね？　サム……」ビショップは弟に話しかけた。「言っただろう、ドクは来るって。俺は偉大なる蜂の巣州、ユタの知事になるんだ。そうだろ？『勤勉』というのがね、先生、我が州のモットーなんだよ。『勤勉』、だから州のシンボルマークが金の蜂の巣なんだ。四〇カラットの金無垢の蜂の巣。ほら、俺たちは小さなミツバチみたいに忙しいだろ、なあ、サム？　この娘は誰だ？　俺は知事になれるよな？」

「兄貴は知事になるよ」

「俺は絶対この州の知事になるよな?」

「なるとも、ダドリー」

「よし、それで、あとの小僧どもはどこだ? みんな要るんだ。特にあの裏切り者で背教者のジャック・モルモン、スミスの奴が。奴は捕まえたか?」

「まだだ。でも応援が来る。公安局と保安官事務所とFBIに連絡した。他にも、ここに管轄権があるところには、国立公園局以外ほとんどみんな」

「いや、サム。助けは要らん。あの小僧どもは俺だけで捕まえられる。何度言ったらわかるんだ」

聴診器を首から下げたボニーが、自分の腕をまくり上げ、上腕部に血圧計の腕帯を巻くのを、次期ユタ州知事はぼんやりと見ていた。鼻孔から血が滴る。ドクは、小さな瓶に針を刺して、輝く皮下注射器を光に透かした。

「きれいな娘さんだな。あんたもお医者さんかね? 名前は? 左腕全体が痛むんだ。指先まで。特にパーク・レンジャーには要らんことをして欲しくない。連中がここにいることからしてどうかしているんだ。俺が知事になったらすぐ、この国立公園とかいうふざけた代物の所有権を全部州に移管する。サム、よく聞いておけよ。お前ら、何をぼさーっと見てるんだ? とっとと行け。スミスを探せ。奴に言ってやれ。次の地方分会《ワード》の相互発達協会の会合に出席しないと、系図を修正するぞとな。ジャック・モルモンと来た日にゃ他の宗派の信者より始末が悪い。娘さん、あんたはモルモン教徒じゃないのかね?」

「あたしはユダヤ教徒よ」聴診器を耳に掛け、血圧計を読みながらボニーはつぶやいた「上が一六〇、下が八五」とドクに言う。ドクがうなずく。ボニーは腕帯をはずした。

「モルモン教徒じゃないにしても、ユダヤ人には見えんな。リズ・テーラーみたいだ。あんたみたいに若かったころのだが」

「お上手ね、ビショップ。さあ、楽にして」

ドクが注射器を持って近づいた。大きく、どっしりした、人を落ち着かせる手をビショップの濡れた額に当てる。

「少し痛むぞ、知事」

「俺はまだ知事じゃない。今は一介の監督でしかない。だが、もうすぐ知事になる。あんたが——うっ——あんたがその医者かね? 見たところ医者のようだが。おいこら、サム、医者は来るって言っただろう。こんなことはこの先、そうはないぞ。サム、俺はこの娘が気に入った。名前は、お嬢ちゃん？　アブズグ？　そりゃ一体どういう名前なんだ？　何だかアメリカ人らしくないな。誰がぼくの三輪車盗んだんだよう？　サム、無線のスイッチを入れろ。緊急配備だ。特徴：色黒、脂っぽい、尻に吹き出物、左の睾丸に傷跡。だぶだぶのズボン。武装していると考えられ、危険。一名ルドルフ・ザ・レッド。一名ハーマン・スミス。スミスと言えば、セルダム・シーンはどこだ？　不法侵入、武装強盗、誘拐、私有財産の破壊、産業破壊活動、重罪暴行、爆発物の不法使用、州間通商妨害の共同謀議、起訴を逃れるため不道徳な目的での州境の越境、馬泥棒、岩を転がした容疑で指名手配だ。サム？　そこにいるのか、サム？　サム、一体全体どこだ、どこにいるんだ？　何？　何て言った、先生？」

「二〇から逆に数えて下さい」

「何からだって？」

「二〇から」

「二〇？　二〇か。わかった。二〇から逆に数えるんだな。もちろんだとも。二〇、一九、一八……一七……一六……」

29

ランズ・エンド：残された男

どんよりとして朝とも夜ともつかぬ暁の薄闇。空は一面、嵐をはらんだ紫色の厚い雲に覆われている。〈ひれ〉の上のリザード・ロックへ向かう縁辺岩から目を凝らす。そこから見えるものは、とてもではないが都合がいいとは言えなかった。くすぶる焚火のそばに、新手のもっと大きなヘリコプター。四輪のトラック。二張りの大きな家形テント。砂と岩の上に散らばっている寝袋だか人間だか。死んでいるか眠っているかあるいは両方か。しかし面倒はそれだけではなかった。

「何だってあそこでキャンプしなけりゃいけないんだ？」ヘイデュークが言った。「砂漠はあんなに広いんだから、いい場所はいくらでもあるのに、何だってあそこでキャンプしなきゃならねえんだ？　よりによってあそこで」

帰ってアルファルファとスイカの世話をしなくちゃ、スミスは考えていた。両方とも。グリーンリヴァーで自分は必要とされている。雨になる。子供たちは父親を恋しがっている。大型ハウスボートに取りかからなければ。セルダムの箱船に。

夜明けの星が一つ開いた雲間から輝いている。雨神ジュピター、木星、雨をもたらす惑星が、象牙色の空、藤色の薄闇、自由のたそがれに光を送る。

「一体何であそこで、俺たちの貯蔵食糧の真上で」

「さあね。運がないんだろう。フレンチーズ・スプリングの近くにもう一つある」

「そっちの方には行かねえ。俺たちはメイズに行くんだ」

「メイズはどうだろうな。メイズに入る道を見つけるのはものすごく難しい。出口を探すのはもっと大変だ。涸れない水場はない。のろまなエルクは一頭もいない。ほとんど獲物はないんだ。考えてたんだが、崖の上まで登って北へ向かったらいいんじゃないか。グリーンリヴァーへ」

「正気か？　八〇マイルはあるぞ。あんたの家は四六時中見張られている。家に帰ろうとして気がついたら監獄だ」

スミスは草の茎を噛んだ。

「かもしれないが、そうとばかりは言えない。そこにいる僕のカミさんはなかなかの切れ者でね。ビショップ・ラヴを出し抜く方法を考えつくよ」

「ビショップ・ラヴだぁ？　セルダム、相手はもう奴と捜索救助隊だけじゃねえ。州警察だ。ＦＢＩかもしれねえ。ことによるとＣＩＡもだ。しばらくは隠れていなきゃならねえ。少なくともこの冬いっぱいは」

眼下半マイル先のキャンプを観察する間、スミスは黙っていた。まだ動きは見られない。キャンプとリザード・ロックの向こうは、メイズの暗いあまたの峡谷だ。

「なあ、ジョージ、どうしたもんかな。あそこまで行くことはできるかもしれない。川まで行き着けば、生き延びる可能性は高くなる。グリーン川にはナマズがたくさんいる。ブチナマズってやつだが、味はいいし大体簡単に捕まる。脇峡谷にはシカがいる。たくさんじゃないが少しは。野生馬やオオツノヒツジも多少いる。もちろん時々、死んだ牛が川を流れてくる。たまに僕が流してやってもいいだろう。八月の末にはスイカの山と一緒に」

「俺が言ったことに答えてないぜ」

スミスはこれに答えなかった。ヘイデュークはもう一つの話題を進めた。

「ひと月に一頭シカを獲れれば、俺は生き延びられる。乾肉が作れるからな。二週間に一頭獲れりゃ、ビーヴァーみてえに太ってご機嫌だぜ。魚の燻製器も作る。それから貯蔵食糧の中身——豆が一カ月分ある。死んだ牛は要らねえよ。スイカはいいかもしれねえな、もし流してくれるんなら。だが、あんたもいた方がいい」

スミスは笑った。寂しげに。

「ジョージ、僕はそういうことをやったことがあるんだ。何度かね。問題は食い物じゃないんだ」

「なに、冬の寒さだって心配ねえ。昔のアナサジ族の住居跡を一つ修理するか、適当な居心地のいい洞窟を見つけて、ネズとピニオンマツをどっさり溜め込んでおきゃ、どんな吹雪が来たって大丈夫だ。自警団どもがここから失せたら、俺は歩いてバックパックと寝袋を取りに戻る。一つも心配はありゃしねえ」

「冬のことでもないんだ」

沈黙。二人は岩の上に腹這いになり、敵を見張っている。昼間眠り、夜に前進してきた。だが、飢えが二人の腹をさいなんでいた。水筒は二つともまた空になっていた。ヘイデュークは、傷と包帯のせいで身体は凝り固まり、服はぼろぼろで、ナイフ、リヴォルヴァー、ライフル、ザイル、ポケットに数本のマッチしか持っていない。スミスはやつれ、疲れ果て、薄汚れて、飢えとホームシックに苦しみ、中年の始まりを感じ始めている。

「俺が孤独になると思ってるんだろう」ヘイデュークは言った。

「そうだ」

「俺が孤独に耐えられないと思っているな」

「きっと辛くなるぞ」

間。

「あんたの言う通りかもしれねえ。考えておこう」ヘイデュークは毛深い首にできたブヨの噛み跡を擦った。「だが、俺はやってみるつもりだ。こいつはな、俺がずっとやってみたかったことなんだ。荒野で自分の力だけで生きるってのがな」

ヘイデュークはライフルの銃床を掌で叩いた。バック・スペシャルの握りに触れた。

「俺たちゃ大丈夫だ、セルダム。たぶん大丈夫だ、そんな気がするだけだがな。春には川を溯って顔を見せにいくよ。それとも奥さんにかな。当然あんたは拘置所にいるだろうから」

スミスはまた弱々しく笑った。

「いつでも歓迎するよ。もし僕がいなければ、スーザンがトラクターを動かしている間、子供たちと家のことを見てくれ。我が家を守ってくれ」

「あんたは農業は嫌いだと思っていたが」

「僕は川ガイドだ。船頭だ。あの農場はいわば社会保障さ。農作業はスーザンがやる。得意なんだ。こっちは園芸の才能はないんでね。とにかく、二、三日帰ろうと思う」

「奴らが待ってるぜ」

「ほんの二、三日だ。それからボートに荷物を積んで川を下って君を探すかな。今から、そうだな、二、三週間くらいしたら。スイカと君のことが載っている新聞を持ってってやるよ」

「もう一人の奥さんはどうするんだ?」

「女房は三人いるんだ」スミスは誇らしげに言った。

「あとの二人は?」

スミスは考えた。

「スーザンに会いたいんだ」白みだした東の空に目を走らせる。「そろそろ隠れたほうがよさそうだ。少し寝よう。連中、もうすぐ捜しに来るぞ」

「腹ぺこで死にそうだ……」

「それは僕も同じだ。でもそろそろ隠れないと」

「奴らの注意をキャンプからそらす手があればなあ。ほんの何分か気をそらしてやれば、こっそり近づいて、隠したものを掘り出して……」

「まず少し休んで、それから考えよう。雨が降るのを待とう」

足跡を残さないように岩の上を歩き、〈ひれ〉の暗がりへ五〇〇ヤード後退する。奥行きのある岩棚の下にぴったりと身を寄せて、崩れ落ちた砂岩の一枚岩に隠れ、よほど近くから調べなければ見つからないようにする。ぶつぶつとこぼし、胃の痛み、蛋白質の不足から来る手足の脱力とたるみ、喉の渇きを覚えながら、二人は眠りに就こうとし、そのうちに半覚醒状態に陥る。半ば目覚め、半ば眠り、短い悪夢に震え、呻く。

彼方の台地の、三〇〇〇フィート上では、稲妻がピニオンマツを打ち、続いて雲を貫いた雷鳴が峡谷じゅうに轟き渡り、どんよりとした夜明けの重い静けさを破る。雨粒が数滴、彼らが隠れている岩棚の外のスリックロックに落ち、湿った染みを作るが、見る間に薄れて渇ききった空中に蒸発する。ようやくスミスは、背中を丸めて深い眠りに落ちた。

ヘイデュークは計画を練り、空想にふけり、眠れずにいた。疲れすぎて眠れなかった。腹が減り、腹が立ち、興奮し、脅えすぎて眠れなかった。メイズの荒野での秋と冬。やっと身を隠せる場所、永久に我を忘れられるところ、完全な肉食獣となり、生存だけに、フェアで過酷で喜びに満ちた獲物の追跡だけに没頭できる土地。そこに至るまでに障害は一つだけだ。究極の世界、ヘイデュークは考えた、というより夢想した。肉、血、火、水、岩、木、太陽、風、空、夜、寒さ、夜明け、温もり、命の最後の世界。これら短く、素っ気無く、これ以上縮めようのない言葉。失ってしまった、あるいは本当に持ったことがないとヘイデュークが思うものすべてを象徴するもの。では孤独は？　孤独、それだけが怖れるべきものなのか？

しかしまだ一つだけ障害が残っている。リザード・ロックに隠匿した物資のそばに張った敵のキャンプが。

突然の閃光が閉じた目を貫く。不穏な間。続いて荒々しい雷鳴、空の腹が引き裂けるような咆哮が聞こえてくる。砲弾が岩を打つ音。もう一度蒼白い閃光が岩壁を炙る。衝撃にすっかり目覚めたヘイデュークは、時間を計りながら雷鳴を待つ。一秒……二秒……。

ピシャ！　ガガーン！

近い。二秒だ。約二二〇〇フィート先。岩棚の張り出しの向こうに玉すだれのように光りながら、雨は間断なく降ってくる。スミスに話しかけようと振り向き、言葉を呑み込む。

セルダム・シーンは雷をものともせず（慣れており、たぶん落ち着く音なのだろう）、横向きでぐっすりと眠っている。腕枕をし、野暮ったい顔に笑みを浮かべている。この野郎、笑ってやがる。珍しくいい夢を見ているのだろう。今のスミスは本当に無防備に見える。無力で、幸せそうで、優しげと言ってもいい。ヘイデュークは邪魔するのをためらった。だいたいどうして起こさなければならないのか？　どうせ俺たちは別れるのだ。それにヘイデュークは別れの言葉が嫌いだった。

ヘイデュークはブーツを脱いだ。脂染みて擦り切れた靴下を裏返し、足にできた肉刺を撫でる。靴下の替えも、フットパウダーも、温かい風呂もないが、足は隠し場所を開けるまでの数時間もちさえすればいい。靴下と靴を履き直す。また稲妻が走り、再び雷鳴が崖をなだれ落ちてくる。その作用で一時的に興奮するのをヘイデュークは覚えた。元気が出る。雨は今では強く、滝のように降っている。視程は一〇〇フィートに満たない。いいぞ。申し分ない。これを待っていたのだ。

ヘイデュークはガンベルトを締め、・三五七マグナムをホルスターに収めた。ライフルを肩から吊り、ザイルをたすきにかけ、二個残っている（空の）水筒の一つを持ってこっそりと抜け出す。外に出ると、雨が頭と肩を叩き、上り坂を足早に突き進むにつれ、帽子のひさしから鼻の頭に滴る。濁った灰色の光の中で時々、目も眩む稲妻の剣に照らされて、〈ひれ〉が一瞬古い錫のように光る。水が勢いよく流れ落ちる四〇〇フィートの濡れた銀の岩壁が、霧の中に巨容を見せている。

ヘイデュークは数分の内に谷あいから姿を現した。立ち止まり、さっきよりずっと小さくなった世界を見渡す。不気味な姿の岩は降りしきる雨を貫いてそびえ、台地の岩壁はぼんやりと霞み、リザード・ロック自体はもう見えなくなっている。しかし道はわかっている。ヘイデュークは帽子を目深にかぶり、嵐の中を小走りに駆けていった。

目覚めた時相棒がいなくなっているのを見ても、スミスは驚かなかった。驚きはしないが、少し切なかった。せめてさようならとか元気でなと言いたかった。あるいはじゃあな、また会おうぜくらいは。たぶん川で。でなければアリゾナで、作戦の輝かしい終局、もちろんあのグレン・キャニオン国立汚水溜めダムの破壊、撤去、消滅のために。あのダムにみんなで集まったことはなかった。

スミスは時間をかけて、ゆっくりと目を覚ました。ヘイデュークは行ってしまったのだから、急ぐ必要はまったくない。雨は相変わらず単調な音を立てて岩棚の向こうに降り注ぎ、水がちょろちょろと洞穴に流れ込んできて、スミスの肩の下にしみ込んでいる。雨でも稲妻でもなく、この水のせいでスミスはやっと目を覚ましたのだ。乾いた地面を探して這い回っている内に、ヘイデュークが最後の持ち物と共に消えていることに気づいた。自分が最後に残った一人であること

——スミスにしてみれば——を知り、驚きはしなかったが、いくぶん喪失感を覚えた。

さて、ヘイデュークと同じように、雨をうまく利用すべきだろう。今なら気づかれないように捜索救助隊を避けられるはずだ。それから未舗装路をゴールデン・ステアーズへ歩き、フリント・トレイルへ、さらにランズ・エンド、フリント・コーヴ、フリント・フラット、フリント・スプリングへと登って行く。そこから平坦な森の中を気楽に一〇マイル歩けばフレンチーズ・スプリング、別の食糧貯蔵所だ。今必要なのは食糧だけだ。牛肉とベーコンと豆、ビスケットとチーズ。それでグリーンリヴァーの我が家まで六〇マイルを歩くことができる。

独りぶつぶつとつぶやきながら、スミスは岩の穴から這い出し、雨に顔を向ける。すばらしい。心地よく冷たい雨。神様、ありがとうございます。岩棚の先から勢いよく流れ落ちる水を手で受け、飲む。うまい。実にうまい、が、同時に食欲をひどく刺激する。元気を取り戻したものの空腹のまま、水筒を満たし、スミスは出発した。ヘイデュークがしたように、そびえ立つ〈ひれ〉の間の浸食された岩の割れ目を登る。しかし出口で、ヘイデュークはまっすぐリザード・ロックに向かった。スミスは左に、南西の方角に折れ、岩の段丘の長い輪郭線に沿って、いちばん近い脇峡谷の源流を巻く。太陽がちらりとも見えないので、時刻は感じでしかわからなかったが、午後のような気がする。神経と筋肉が、数時間眠ったことを教えている。

強い雨は続く。視程二〇〇ヤード。スミスは大股に砂漠を横切っていく。赤い岩、赤い砂、クリフローズ、ネズ、ユッカ、ヤマヨモギ、ブラックブラッシュ、シャミーソなどの発育不良の灌木が、すべて適度に散在している。植物は互いに隣から一〇フィート以上、競合するもののない岩と砂に隔てられている。ここに人間が隠れることはできないが、左手すぐに岩棚、谷間、ひれ、岩の奈落がある。スミスは自分の足跡を隠そうともしなかった。直線ルートはほとんど砂の上を通っているので仕方がない。ステアーズの道で、それからフリント・トレイルへ向かう峠で、すぐにまた堅い岩の上を歩けることはわかっている。

大股に歩いたので、程なくして未舗装路に着いた。スミスは道路を突っ切り、それが別の切り立った谷の源流と台地の岩壁に挟まれるまで、しばらく平行して歩く。ここからは他に選択の余地はない。大股に道を歩き、濡れた砂と粘土の上に大きな足跡をくっきりと残す。どうしようもない。道は唯一可能なルート、二万年前にシカとオオツノヒツジが拓いた小道をたどり、屈曲した段丘に沿って開けた土地に至る。ここでスミスは道路を外れ、一安心する。次にパトロールが来るまでに、雨が足跡を洗い流してくれることを願う。

そしてもし消えなければ、その時はどうしようもないとスミスは思った。ゴールデン・ステアーズとして知られる稜線に切れ込んだ峠へ向けて、等高線を横切って高く登って行く。今スミスが登っている段丘から台地へと至るただ一つの道だ。

途方もない土地だ。土地の半分は残り半分と垂直に交わっている。大部分は歩きでも近づくことができない。ただ絶壁のみからできている場所が多いからだ。そこはセルダム・シーン・スミスの土地。居心地よく、安心でき、くつろげる唯一の場所だ。

真の愛郷者であるスミスは、自分が知る土地にのみ忠誠を誓っている。不動産、工業、あふれかえる人口(追い出されたイギリス人とヨーロッパ人と、無理やり連れてこられたアフリカ人)で膨れ上がった、まとめてアメリカ合衆国として知られるものにではない。スミスの忠誠心は、コロラド高原の周縁に向かうにつれて、少しずつ失われていく。

下をヘッドライトが通り過ぎるのが見えた。雨をついて、車輛が一台、二台、三台、軍用車の隊列のように、濡れた岩をゆっくりと越え、ぬかるんだ涸れ川を軋みを立てて進み、次の段丘の屈曲を曲がって見えなくなる。落石の音がする。生きてここから出られない車も出るだろう、スミスは思い、隠れていたネズの木の下を出て歩きだした。神も岩を転がす。もっと転がしてくれればいい。

小道を見つけ、重い足取りで上に向かう。次の段丘まで狭い間隔のつづら折りで四〇〇フィート登る。ここから道は等高線に沿って、別の岩壁の割れ目に届くまで、北東に長く伸びるトラヴァースとなる。高度差三〇〇フィート、距離にして一マイルで、スミスは峠に入る。下にあるのはエラテライト・ベースンとして知られる自然の排水路の源流部だ。すでにフリント・トレイルの登り口まで半分やって来た。彼方に雨に煙ってかすかに見えるのは、バグパイプ・ビュートだ。その向こうにより高く、高原の周縁、オレンジ・クリフスがそびえている。高度差一〇〇〇フィート、距離はまだ五マイルある。太陽が雲の切れ目から射し込んでくる。

スミスは少し休んだ。うとうとする。はるか遠く、意識の片隅で銃声が聞こえる。リザード・ロックの、メイズの方を振り向く。たぶん夢の中で聞こえたのだろう。幻聴だ。

雨は止んでいた。さらに銃声が、弾幕射撃の轟きが聞こえる。

幻聴だ、自分に言い聞かせる。あいつがそこまで馬鹿のわけがない。いくらジョージだって、いくらあいつだって、奴ら全員と銃撃戦をするほど馬鹿じゃないはずだ。相手が誰だろうと。州警察であれ、ウェイン、エメリー、グランド、サン・フアン各郡の保安官事務所全部であれ、言うまでもなくビショップと豆農家と中古車屋のチームの残党であれ。そんなわけがない。あいつはメイズでシカの皮を剥いでいるに違いない。聞こえたのはその銃声だ。実を言えば、中規模の戦争のように聞こえたのだが。

引き返すには遅すぎる。ヘイデュークは一人でやりたがっていた。今、自分も一人きりだ。二機のヘリコプターがけたたましい音を立て、メイズへと飛んでいく。スミスは立ち上がり、前進する。午後遅くなっていた。嵐雲は切れ切れに東へ流れて行く。日光の筋が巨大な金色のサーチライトのように、天気を回復した空に広がっている。フリント・トレイルの頂上まで最後のわずかな距離を、スミスは引きずるようにして登る。

国立公園局が崖ふちにしつらえた見晴らし台、メイズ展望台に群がる観光客のそばを、腹を減らし、濡れそぼたれ、疲れ果て、足に肉刺を作り、寒さを感じながら、セルダムは通り過ぎた。双眼鏡を互いに回していた四人の年輩女性が、恐怖と疑念の目でスミスをじろじろと見、それからメイズの方角で起きている何か面白いことに視線を戻した。彼女たちは数マイル四方に一〇の舞台があるパノラマ・サーカスを見ていた。旋回するヘリコプター。赤い火、のたくりながら谷間から立ち昇るぼんやりとした煙と霧、一〇〇〇フィートの崖ふちから轟き落ちる液化した泥の赤い滝。天空のスポットライトの光は移動し、あちらこちらと選び出す。それ以外はすべて雲の影の中にある。

スミスは観光客を無視し、ひたすらこの衆人環視の場所をできるだけ早く通り過ぎて、松林に入ろうとした。フレンチーズ・スプリングと食糧までは、あともう一〇マイルある。近道を取ると、例の婦人方が停めた車とピクニック・テーブルの脇を通ることになった。テーブルの上には大きなコールマンのアイスボックスが置きっぱなしになっている。中身は入れ歯安定剤か？　痔の薬か？　ひょっとすると食べ物か？

萎えた膝が今にも崩れそうだった。肉があるような感じがした。スミスはテーブルの際で立ち止まり、アイスボックスを開けた。そうせずにはいられなかった。一番上にあった包みに手を伸ばす。自分を抑える。振り向いた。さっきの女の二人が仰天し、口をぽかんと開けてこちらを見ている。二人の眼鏡が一瞬太陽光線を反射し、スミスの目を射る。スミスはポケットを探った。脂でべとついた二五セント玉が一枚――どう見ても足りそうにない。だがこれしかない。スミスは金をテーブルの上に落とすと、白い包肉用紙にくるまれ、血の染みがついた冷たい包みを二つ取った。

女の一人が金切り声を上げる。「返しなさい、この泥棒！」

「ごめんよ、奥さん」スミスはつぶやいた。包みを胸に抱えて森の中へ逃げ込む。一つを取り落とすが、腐葉土、松葉、水たまりを踏み越えて、大きな岩の近くの日だまりまで走り続けた。耳を澄ます。追ってくる気配はない。

いや、しかし疲れた。地面にへたり込み、包みを開く。赤身の牛ひき肉二ポンド、蛋白質の匂いがぷんぷんする。飢えた犬のようにむしゃぶりつき、生で食う。食い尽くす。喰らいながら、車が道路を突っ走っていく音を聞く。他にはリスの鳴き声、ピニオンマツの間でさえずるアオカケスの合唱しか聞こえない。夏の夕方の陽光。平和だ。疲れ果てた。

腹が満たされると、スミスは日に温まった岩にもたれ、疲れた目を閉じた。夕方の鳥の合唱が嵐の終わりを祝う。ルリツグミ、マツカケス、ツグミ、マネシツグミ、ツグミモドキが木々の間、海抜七〇〇〇フィートの高原の空気の中で歌う。太陽は、空に切れ切れに並ぶ雲の群島の中に沈む。

スミスは眠りに落ちた。奇妙で胸の騒ぐ夢を見る。夢――お粗末ではかない現実の模造品。哀れなスミスは眠った……。

あるいは眠ったように思った。誰か無粋な輩が彼の足を蹴り続けている。

「もしもし、起きて下さい」

バタバタバタ。

「起きて下さい！」

スミスは片目を開いた。濃緑色のズボンとぴかぴかの靴。もう片方を開く。熊のスモーキー帽をかぶった、こざっぱりして若々しいピンク色の頬をした男が、上から睨みつけている。片手には羽をむしった鶏を持っを手にしている。そばにもう一人若い男がいた。催涙スプレー《メース》と拳銃で武装し、厳めしい顔でスミスを見張りながら、警棒で木をこつこつと叩いている。二人とも国立公園局のレンジャーの制服とバッジを身に付けていた。

「立って下さい」

スミスは呻いて、何とか途中まで起き上がり、岩にもたれて座った。ひどい気分だった。まずいことになっていると感じ始めたが、何にもならない。目をこすり、耳を小指でほじりながら、もう一度見る。思った通り、羽をむしった鶏だ。それを目の前にぶら下げている若い男には見覚えがある。

「立ちなさい！」

スミスは自分の古い潰れたスローチハットを手探りし、しっかりとかぶった。だがその時、怒りを覚え始めた。

「あんたら、どっかへ行ってくれ」スミスは言った。

めた。スミスは立たなかった。

「眠いんだ」

「あなたについての告訴を受けました」

「何の告訴だ？」

「あなたにひき肉と鶏を盗まれたと言うご婦人がいます」

「どの鶏？」

「この鶏です」

スミスは少し首を回して、赤裸の鳥をしげしげと見た。

「見覚えないなあ」

「あなたの通り道で見つけたんです。逃げながら落としたでしょう」

鶏から目を上げ、スミスはレンジャーの名札を読んだ。エドウィン・P・アボット・ジュニア。思いだした。

「なあ、君は二、三カ月前にアリゾナのナヴァホ国立公園にいなかったか？」

「転任になったんです。被害者はあなたがひき肉二ポンドを盗んだとも言っていますが」

「その通りだ」

「認めるんですね？」

「ああ」

「否認しない？」

「ああ」

二人のレンジャーはちらりと顔を見合わせ、うなずき、厳めしく真剣な目をスミスに戻した。レンジャー・アボットが言った。「じゃあ、自白するんですね」

「腹が減って死にそうだったんだ」スミスは釈明した。

「それに、あのご婦人には少し金を置いてきたと思うんだがな。とにかくそのつもりだった。さて、おたくたちには大事な仕事があるんだろう？　これ以上時間を取らせたくない。あっちへ行って僕を寝かせてくれ」

「あなたを逮捕します。同行してもらいます」

「なんの容疑で？」

「窃盗と、指定地以外でキャンプをした容疑です」

「ここは僕の土地だ」

「ここは国立公園です」

「つまり、僕はここに住んでいるんだ。ユタ人なんだ」

「弁明は下級判事にしてもらおう」

スミスはため息をついて横を向き、目を閉じた。

「わかったよ。でももう少しだけ寝かせてくれ。本当に疲れてるんだ。ほんの少しだけ……」スミスはつぶやき、意識を失っていった。

「起きなさい」

「うるさい」スミスは夢うつつで囁いた。

「起きろ！」

「グー……」スミスは横に倒れ、暖かく居心地のいい岩の隅で脱力した。

二人のレンジャーは眠っているスミスを見、それから顔を見合わせた。

「メースをぶっかけてやりましょうか？」もう一人のレンジャーが言う。「そうすりゃ目が覚めるでしょう」

「いや、ちょっと待て」レンジャー・アボットは新しいプラスチック製使い捨て手錠をベルトから引き抜いた。

「まず手錠をかけよう。メースは要らない」

素早く、手際よく――グランド・キャニオンのサウス・リムにある、国立公園局のホーラス・P・オルブライト・レンジャー訓練校でしっかり訓練を受けたことの一つだ――スミスの手首にバンドをかけ、きつく締める。スミスはかすかに身じろぎし、眠ったまま唸ったが、逆らわなかった。目を覚ましもしない。何も構おうともしない。

レンジャー・アボットと助手は容疑者を持ち上げて立たせ、引っぱっていった。だらりと垂れた彼の足を腐葉土の中に引きずって、森を抜け、道路に停めたパトロール・トラックに戻る。どこに乗せよう？　トラックのベンチシートの真ん中に乗せ、二人で挟んでまっすぐに座らせる。スミスは夢の中で笑い、柔らかないびきをかき、右側の男にもたれかかる。

「重たい奴だ」レンジャー助手は言った。

「気にするな」

「あの鶏はどうします？」

「放っとけ」

「要らないんですか、証拠に？」

レンジャー・アボットは相棒の方を向いてにやりと笑った。「鶏はもう忘れろ。俺たちはカモを捕まえたんだ。この男が何者か、思いあたらないか？」

相棒は、スミスの体重の下で落ち着きなく身をよじっていたが、ややあって言った。

「えーと、それを考えてたんです。そうかもしれないって。だからまずメースをぶっかけようと思ったんです。俺たちはルドルフ・ザ・レッドを捕まえたんですね？」

「ルドルフ・ザ・レッドを捕まえたんだ」

レンジャー・アボットはエンジンをかけ、マイクを取り上げると無線でレンジャー主任に逮捕の報告をした。

「でかしたぞ、アボット」ひどい空電を通して主任は答えた。「だがそいつはルドルフ・ザ・レッドじゃない。ルドルフ・ザ・レッドは一時間前に射殺された。君が捕まえたのは別人だ。いずれにしても連行しろ。日報を忘れずにな」

「わかりました」


「ちぇっ」助手が言った。

Uターンして走り去ろうとした時、観光客の車が並んで停まった。車内の夫婦連れは不安そうな顔をしている。「あの、レンジャーさん」妻が呼びかけた。

「何でしょうか？」アボットが言う。

「お尋ねしたいんですけど、その」――女は少し恥ずかしそうに微笑んだ――「一番近くのお手洗いはどこかしら？」

「はい、お手洗いはメイズ展望台の駐車場の近くと、それからランズ・エンド展望台にもあります。おいでになればおわかりになりますよ」

「どうもありがとう」

「どういたしまして」

観光客は慎重に（路面が濡れている）走り去った。レンジャー・アボットはエンジンを吹かし、尻を道いっぱいに滑らせ、タイヤを鳴らして車をUターンさせた。泥の跳ねが道端のピニオンマツにかかる。

「俺はこの仕事が好きだ」地区本部に車を飛ばしながら、アボットは言った。

「ええ、俺もです」レンジャー助手が言う。

「いつでも人の役に立つチャンスがあるからな」

セルダムは夢を見ていた。一万平方マイルの荒野に、小便をする便器が一つもない。手洗いが！　ジョージ・ヘイデューク、相棒、君がどうしても必要だ。ルドルフ・ザ・レッドが死んだ。

30

メイズの涯：追跡の終わり

すべては立場次第だ。雨の中、リザード・ロックの最後の監視地点へと着実に進みながら、ヘイデュークは思った。コンドルの立場に立てば、この雨は厄介事だ。視界はなく、餌を見つけられない。だが、俺の立場では、ゲリラの立場では……。

枝分かれした谷の源流をいくつか巻いて、一マイル半歩くだけだった。スリックロックに刻まれた暗く小さな峡谷は、幅よりも深さの方が大きい。今はどれも水が流れ始めている。赤茶色の土砂をたっぷり含んだ水だ。泡立ち、ふわふわした、沸き上がる液体。飲むには濃すぎ、上を歩くには薄すぎる。

濡れそぼった茂み（クリフローズ）の後ろで止まり、二台のジープをやり過ごす。黄色いヘッドライトが土砂降りの中で燃える。動悸が収まり、呼吸と体力が回復した。小走りにぬかるんだ未舗装路を横切り、ヘリコプターの仮設駐機場を大きく迂回して、物資隠匿場所の側面に近づく。テントと車輌とヘリコプターが雨を通して見えるようになると、肘と膝をつき、五〇ヤード這い進んで止まった。

リザード・ロックの絶壁から崩れ落ちた岩の堆積の後ろから、雨を透かして状況を観察する。ポンチョを着た武装した男が二人、焚火のそばに立ち、コーヒーポットの番をしている。手前の緑褐色《オリーヴドラブ》をした軍用家形テントから、別の男が頭を突き出した。大きな灰色のヘリコプター――ユタ州公安局――は雨のため役に立たず、橇《スキッド》の上で休んでいる。公安局、それが州警察の新しく格好のいい名前だ。何というか、統制的な響きが強すぎる。

「コーヒーできた?」

「もうすぐだ」

「そうか、できたら持ってきてくれ」

頭はテントの中に引っ込んだ。ヘイデュークは右を見た。公安局の四輪駆動ヴァンの一台に、ショットガンを持った男が二人乗って、タバコを吸っている。あとの車輌は無人だ。リザード・ロックの崖錐に沿って目を動かし、とある岩屑の山の方を見る——あのぎざぎざのネズの近くだったよな? 物資の隠し場所。食糧と水。救急キット。きれいな靴下。それから弾薬がまるまる二箱。念のため自分で入れておいたのだ。

どうしよう。相も変わらぬ疑問だ。こんなにも近くにある貴重な物資に、まだ手が出せない。テントと焚火からたったの一〇〇ヤードのところに隠されているからだ。どうしよう? 陽動が必要だ。雨は辛抱強いヘイデュークの頭を叩き、帽子のひさしから滝のように流れ落ちる。もちろん待っていてもいい。奴らが動くのを、立ち去り、邪魔がなくなるのを。だが、雨が小降りになるまで、どう考えてもヘリコプターでは動くまい。それとも見張りなしで残して行くか。そのようにして何機ものヘリコプターが失われている。這い戻って、向こう側に移動し、二、三発ぶっ放して注意を引きつけてもいい。それからぐるっと回ってここに戻り、誰であれ残っている者に攻撃をかける。

濡れた砂の上を腹這いで、キャンプから見えなくなるまで後退する。それから崖下の崖錐を登り、オーヴァーハングの下の窪みに身を隠す。埃と骨と古いコヨーテの糞の中に腰を下ろし、どうするか考えようとした。スミスを連れてくればよかった。どうやって? バックパックを背中から、あるべきところから離さずにいればよかった。バックパックを捨てるべきではなかった。だがそうせざるを得なかった。だがすべきではなかった。だがそうせざるを得なかった。その時はそれが正しい行動に思えたのだ。だが戻る機会はなかった。はっきりと確信が持てない。あれもこれも、ほとんど何も。空腹ががらんどうの手足の中にあり、ぽっかり開いた腹の中にこだまして、それ以外のすべてを非現実的で、空想的で、どちらかと言えばどうでもいいことに思わせている。机上の空論のように。

食わなくては。とりあえず指の関節を噛る。やれやれ、ヘイデュークは思った。実は人間、指を噛るだけで、何がしかの栄養を摂れるかもしれない。必要とあれば片手でもきっとやっていける。たぶん。手助けがあれば。だが、ここにはない。あそこにはない。メイズの方角をきっと睨み、雨の銀色の幕を通して、入り組んだ岩のジャングルを見る。ドーム、象の背、洞穴、窪地。それを峡谷、脇峡谷、そのまた脇峡谷が切り刻み、分かつ。すべてミミズのようにのたくり、切り立った岸壁に囲まれ、底がないかのようだ。めちゃくちゃだ、ヘイデュークは思った。迷ってしまいそうだ。

食糧も計画もないが、当面安全だ。空腹を抱えたヘイデュークは、ライフルとザイルの輪を肩から下ろし、また横になって少し休んだ。すぐにまどろみ、夢を見る。夢は短く、奇妙で、不快だった。目が覚めた。畜生、俺は弱ってきているに違いない。起きていられない。またいつの間にかうとうとしてしまう。

目を覚まし、エンジンを吹かす音に気づく。雨は弱まっている。それで目が覚めたのかもしれない。動の前の静。ふらふらとためらいがちにヘイデュークはライフルを拾い上げ、よろけながら立ち上がる。警察のキャンプはリザード・ロックに隠されている。ヘイデュークはおぼつかない足取りで崩れやすい岩屑を下り、一度転げ落ちそうになりながら見晴らしのいい地点に着いた。

今度は見える。男たち、テント、くすぶる焚火、車輌、回転するヘリコプターのローター。暖機《ウォーミングアップ》をしているのだ。二人の男が開いた側面のドアに座り、タバコを吸いながら武器の点検をしている。弓矢を使うハンターか前線兵士のような茶と緑の迷彩服を着ている。一人は首から双眼鏡を下げている。二人とも緩衝ヘルメットをかぶり、さらに、服がぱんぱんに膨れているところから察するに、防弾チョッキを着ている。

ヘイデュークはライフルの望遠照準器を使って観察した。十字線をまず一人に、次いでもう一人に合わせる。顔を見る。一人は無精髭が伸び、少し赤い目をして疲れているようだ。もう一人は口髭が密生し、水洟を垂らした、薄い唇と濃い眉の持主で、鋭い猟師の目を休みなく動かしている。今にもこちらにあの五×五〇の双眼鏡を向けやがりそうだ。その時には首に一発お見舞いしてやる。

ヘイデュークは十字線をやや下げ、胸の名札を読んだ。最近ではみんな名札を付けている。そして一人ひとり番号が付いている。名前はジム・クランボー、その万力のようにがっちりとした手には、何やら——ヘイデュークは焦点を合わせた——ブローニング・三インチ・マグナム一二ゲージ半自動散弾銃らしきもの

（厄介だ！）を握っている。番号はおそらく手首の腕輪に付いた認識票と、革ケースに入れてジッパー付きの左胸のポケットに収めてあるバッジに表示されているのだろう。クソ野郎の将校のように見える。

ああ、またもナムのくり返しだ。足りないのはマリファナとウェストモーランド司令と淫売と南部連合旗だけだ。俺がジャングルで最後のヴェトコンで。いや、最初のか？　沈黙と岩のジャングルの。さっさと行けよ、ブタ野郎。何をぐずぐずしてやがる。ヘイデュークはいらいらして、望遠照準器でキャンプを見回し、何か撃つもの、何か食べるものを探した。

雨が弱まる。視程は五マイルまでになる。パイロットが操縦席に姿を見せた。クランボーと相棒はひらりとヘリコプターに飛び乗り、ドアを閉める。機械は吠えながら、霧雨の降る灰緑色の空へと昇って行く。ヘイデュークは岩の間に深くしゃがみこんで、望遠照準器越しにパイロットを観察する。プレキシガラスの向こうに蒼白い顔が見える。金属的で、ヘルメットをかぶり、口元にマイクを留め、ポラロイドの防眩レンズの中でかっと目を見開いている。装置に組み込まれた半人間のようだ。友達には見えない。

ヘリコプターは、南の〈ひれ〉を目指して霧の中に溶け込み、さしあたり姿を消す。ヘイデュークは全神経をキャンプに戻す。

二人の男が四輪駆動のピックアップで走り去った。キャンドルスティック・スパイアーとスタンディング・ロックスへ向かうぬかるみ道を進む。みんな出払ったのか？　状況を注意深く調べる。二台の車輌、家形テント、燻る焚火が残されている。無人のようだ。他の者たちは、たぶん、徒歩でパトロールに出たのだろう。

食欲が耳の中で口笛を吹いていた（やったぜ！　ピーナツバターだ！　乾肉だ！　豆だ！）が、それでもヘイデュークは待った。半時間待った。あるいは待ったような気がした。人影は見当たらない。もう待てない。

ライフルを手に、ヘイデュークは崖錐の斜面を下り、隠し場所へ向かう。安定した岩の陰やネズの木の下にできるだけ隠れながら進むが、身を隠すものは多くはない。

目標まで数ヤードに迫る。キャンプから一〇〇ヤードだ。その時――何てこった！――一匹の犬が狂ったように吠えながら、近くのテントの合わせ目から飛び出してきた。黒と薄茶の、成熟しきらないエアデール・テリアのようだ。仔犬は即座にヘイデュークを見つけ、そちらに向かって走る。途中で止まり、躊躇し、吠えながら同時に短い尾を振る。任務を果たしているのだ。ヘイデュークが悪態をつく――このクソ犬！――と、男が二人コーヒーカップを持ってテントから出てきた。あたりを見回す。二人はヘイデュークを見た。開豁地で見つかったヘイデュークは、反射的に行動した。腰だめで素早く一発放ち、一番近くにあったトラックの窓を砕く。男たちは遮蔽物としては無意味なテントに飛び込む。そこに武器があるのだ。そして無線機も。

ヘイデュークは退却した。仔犬はもう一〇〇フィート追ってから止まった。まだ吠え、間の抜けた尾を振っている。

ヘイデュークはメイズの崖ふちに向けて走る。目に入る、そして考えつく最初で唯一の隠れ場所だ。行ったことはない。構うものか。クソったれの座敷犬めが。みんなコヨーテの餌にしちまえばいいんだ、考えながらバタバタと走る。開けた縁辺岩を避け、ネズの茂みを抜けて半島状に突き出した岩伝いに走る。岩はメイズの中心部を指さすように伸びている。長い指だ。二マイルある。身を隠すものは少ない。岩の端まで行かないうちに、ヘイデュークはまたあの音、空気を切り裂くヘリコプターのローター音を聞いた。ちらりと振り返る。まだ見えない。走り続ける。わき腹が裂けるように痛む。喉が焼ける。より多くの空気を、空間を、エネルギーを、愛を、目の前の現実以外のあらゆるものを求めて。

だが、来るべきものが来た。光る岩の上を全力で駆けながら、ヘイデュークは驚きとともに思った。一筋の気まぐれな陽光が、うねる雲の隙間から差し込み、神のスポットライトのようにヘイデュークを追う（**あっちへ行ったぞ！**）。岩の空き地を横切り、最後の木々を越え、舞台上手《かみて》に、崖の桟敷席の下へ、砂漠の野外劇場の中に。ついにヘイデュークは、ただ一人身をさらけ出して、このショーの単独スター、主演コメディアンとなった。

丸見えのスリックロックを越え、半島の鼻へ、岬へ、突端に向かって走る。峡谷が一〇〇フィートの間隔を置いて両側に迫り、それぞれ四〇〇フィートと五〇〇フィート切れ落ちている。岩壁は滑らかで垂直に切り立っており、ボニーの言うヴァンパイア・ステート・ビルとやらの側面のようだ。

絶望？　ならば何も心配することはない、最後の一周を回るマラソン選手のように喘ぎながら、ヘイデュークは思い出した。来るべきものが来た。どじを踏んだ。奴らは犬コロみたいに俺を撃つだろう。ここから逃げ道はない。どこにも。ザイルだって持っていないし――ザイルを忘れた！――状況は完全に絶望的で、何も心配することなんぞありゃしない。それにライフルには弾丸が六発入っているし、・三五七マグナムには五発装填され、予備が二〇発ある。

ヘイデュークがこのように思いを巡らせている間にも、背後で大音響のあせものような銃声がはじけ、ヘリコプターが舞い戻り、十数名の徒歩の男たちと、さらに十数名の無線を装備したパトロール車輛に乗った男たちが、停止し、向きを変え、こちらに向かってくる。疲れ果て、何も食べていない、孤独な、罠に落ち追いつめられたサイコパス一人めがけて全員が集まってくる。

午後遅かった。ちぎれた嵐雲の塊の間から、太陽は眩しく輝き、金色の天然のサーチライトがいよいよ峡谷地帯を照らす。その時ヘイデュークは、ヘリコプターに発見され、ふらふらと不用意に岩の先端へ歩いて行った。崖ふちでよろめき、腕を振り回してバランスを取る。

崖下をのぞき込む。まっすぐ五〇〇フィート下で、半流動体の赤く泡立った泥の塊が、奔流となって谷底へ叩きつけられているのが見える。谷幅いっぱいに広がった鉄砲水が唸りを上げて屈曲を曲がり、雷鳴のような響きと共に滝を落ちて、五マイルだか二五マイルだか先（距離の観念はなかった）の、見えないグリーン川へ向けて轟々と流れ下る。うねりの下で岩が転がり、ぶつかり合う音がする。丸太が流れ去り、根こそぎになった木が波間に揺れる。ここに飛び込むのも溶岩流に飛び込むのもそう変わりはあるまい。

ヘリコプターは大きな輪を描いて近づいてくる。ヘイデュークは縁辺岩の裂け目に滑り込む。ぎざぎざで湾曲した割れ目は、身体がやっと入るほどの幅だ。非常に深く、曲がっているので底は見えない。片側にクリフローズ、反対側にネズの若木が生えている。足場になるものは何もない。背中を一方の壁に、膝をもう一方に押しつけ、チムニーを登るときの姿勢で身体を固定する。半島の岩塊と、そこから分離した岩に挟まれて、眼と腕とライフルだけを地面の上に見せ、ヘイデュークは最初の襲撃を待つ。

ヘイデュークは脅えているのだろうか？　いや、脅えてなどいない。恐怖を超越してしまったのだ。ひどく脅え、異物を排出し、浄化された末、今ではついに恐怖を感じないほど疲れてしまった。降伏を考えつかないほど疲れ切ってしまった。悪臭がジーンズの尻から漂っている。温かく柔らかい形態的に不完全な塊が、ズボンの右足を垂れ落ちる。ほとんど自分自身の産物とは思えない。ヘイデュークはより単純な領域を見つけていた。それは照準器の接眼レンズを中心とし、人差指と引鉄、眼と十字線、銃口と横風修正と狙い越しが協調した精密さへとすぐに変化する。彼の精神は、今では腸と同様に清浄で、絶食によって研ぎ澄まされ、鋭敏で熱狂的だ。

ヘリコプターがけたたましい音を立てて仕留めにかかる。何も考えず、訓練された通り、ヘイデュークは初弾でパイロット側の窓を撃ち抜く。たまたまパイロットの顔を失中する。ヘリコプターは急激に、乱暴に向きを変える。側面のドアからショットガンが何度も吠え、ヘイデュークの位置から一〇ヤードか二〇ヤード離れた砂岩を叩く。何の不安も感じない。尾部がこちらを向く。第二弾を尾部《テール》ローターのギアボックスに撃ち込む。ヘリコプターは、損傷よりもひどい侮辱を受け、簡単な修理と乗員の休憩のためにふらふらとキャンプに戻って行く。

ヘイデュークは待つ。地上の男たちは、さえぎるもののない岩の半島を挟んで六〇〇ヤードの距離を慎重に置いて、増援と野戦司令部の到着を待っている。行動が技術的に少々遅れると見たヘイデュークは、縁辺岩の裂け目の中により安全な場所を見つけ、臭いズボンを脱いだ。今日死んでも構わないと思っていたが、自分の糞にまみれて死ぬのはごめんだ。ズボンを脱ぐと（ライフルは顎の前の岩に立てかけてある）まず、汚れたそれを下の急流に落としてしまおうと思った。だがその時、もっといい考えが浮かんだ。どのみち今のところ他にすることもない。クリフローズの小枝を折る。オレンジのような香りのする可憐な花は、今は種をつけようとしている。ズボンについた糞をかき取る。なぜ？　この状況で、何を気にすることがある？ジョージ・ヘイデュークは思った、まあ、尊厳の問題だ。

乾かすためにズボンを置いたまま、次の襲撃を待つ。ライフルには四発残っている。次のヘリコプターの攻撃に二発、何にせよその次に二発、それから何にせよ最後に装填された・三五七マグナム。

長くはかかるまい。

サム・ラヴは最初の行動には遅れて到着したが、見せ場には間に合った。いずれにしても何も違いはなかっただろう。彼はもはや、自分自身の満たされない好奇心を含め、何物にも責任を負ってはいなかった。うわ言をわめき立てる兄をヘリコプターに乗せ、ドクとボニーの付き添いでモアブ病院の集中治療室のベッドに送ってから、二四時間が経っていた。

今サムは、単なる傍観者、見物人、野次馬であり、そのことを喜んでいた。彼はソルトレーク・シティから来た新聞記者と岩に腰掛けて、戦闘の現場を見守った。落日に照らされて、幅広いバラ色をしたメイズの大舞台が、赤い尖塔、紫のビュート、青い山々を背景幕に、真正面に見えている。前景、舞台前では、軽いが間断のないライフルの銃声がはじけ、命ある限り希望もあることを証明する。ヘリコプターが二機と監的機が一機、はるか舞台の袖を意味もなく飛び回り、燃料を無駄にしている。

「奴が撃ち落としたのはどっちだ?」サムは尋ねた。

「あの公安局の大きな奴。ヒューイ民間型っていうんじゃないかな。ただ、本当は撃墜したわけじゃない。テールローターをおっ欠いて窓に穴を開けただけだ。誰も怪我はしなかったが、しばらく飛べなくなった」

「正確にはどこにいるんだ?」

「あそこ、あの突端」記者は双眼鏡を持ち上げた。サムもそれに倣う。「岩の割れ目に追いつめられている。あの二つの茂みの間だ。五、六〇〇ヤードってところかな」

サムは双眼鏡のピントを合わせた。二本の灌木が見えた。どちらもほとんど葉がなく、枝も半分がたなくなっている。どうやら銃火にはぎ取られたらしい。だが逃亡者は影も形も見えなかった。

「なぜまだあそこにいるってわかる?」

「一時間前に二発撃った。奴の上に手榴弾を落とそうとした時に。もうちょっとでもう一機のヘリコプターのパイロットが殺《や》られるところだった」

二人はじっと見守る。両側から、少し下から、正面から、時々銃声がはじけ、鞭が鳴るような音がする。

「何を撃っているんだろう?」

「藪じゃないの? まぐれで跳弾が当たるかもしれないって思ってるんだろう。暇つぶしだよ」

誰も傷つかない暇つぶしか、とサムは思った。

「奴は何時間ああしてるんだ?」

記者は時計を見た。「六時間半、いやはや」

「たぶんもう弾丸がないだろう。暗くなる前に強襲をかけた方が利口だと思うが」

記者はにやりと笑った。「あんた、突撃の先頭に立ちたいかね?」

「いや」

「みんな同じだよ。あの割れ目にいるのは相当な射撃の名手だ。最後に何発か取ってあるかもしれない。奴が出てくるのを待つだけだ」

「よく見張っていないと。あのルドルフって奴は、妙な手を使って崖っぷちから消えちまうんだ。知らないうちにメイズの中に入って行ったんじゃないだろうな?」

「谷の反対側、あのビュートの上に二人配置されている。ルドルフのいるところからは、ほぼ垂直に五〇〇フィート切れ落ちている。砂岩の断崖で、下るのは無理だ。そうしようとすれば見つかる。もし落ちれば、保安官が言うにはホース・キャニオンでは四〇年ぶりの大洪水に飛び込むことになる。ま、あんたのルドルフは釘付けだよ」

「せっかくだが、俺のじゃない。だが、あいつは長いザイルを持っているぞ」

「もう持っていない。公安局がザイルも発見した」

銃声は続いている。完全に一方的だ。

「きっと弾薬を使い果たしたんだ」サムが言った。「たぶん投降するだろう」

「たぶんね。あれが並みの犯罪者なら、あんたの言う通りだろう。今頃奴は相当喉が渇いているはずだ。だが、公安局の連中は、今日の相手は本当にイカレてると言っている」

「その通りだろうな」

サムは双眼鏡を下ろした。それを玩びながら、自分はここで何をしているのかと自問していると、すぐそばで叫び声が聞こえた。一斉射撃の銃火が火線いっぱいに炸裂した。十数挺の自動小銃が速射される。弾丸の雨が一つの標的に集中する。

「すごい」サムはつぶやいた。再び双眼鏡を上げ、かくも関心が集中する対象を捜す。突端の上、崖ふちぎりぎりから数フィートのところに、標的をすぐに発見した。ぎこちなく硬直した半人間の姿が、ラヴの位置からはしっかりとした岩の塊のように見えるものから、上半身を持ち上げている。黄色い野球帽、ごわごわの毛が密生した頭らしきもの、色褪せた青いデニムに包まれた何かの肩、胸、胴が見えた。この前の短い遭遇から思い出せるルドルフの服装そのものだ。男の腕がライフルを持って、あるいは抱えているように見えた。だが、あまりに距離があるので、双眼鏡を通しても、サムはそれがルドルフだと確信を持てなかった。完全には。しかし、確かに同一人物であるはずだ。そうに違いない。だが、明らかに重大な違いが一つあった。この男は、サムの目の前でずたずたに引き裂かれている。

サム・ラヴはこれまで、世間の荒波を受けず、ほとんど他人のことには関わらずに人生を送ってきた。人間の肉体が破壊されるところを目の当たりにしたことなどなかった。恐怖と吐き気と好奇心を覚えながら、裂け目から半分だけ身を覗かせて（一体全体なぜだ?）、横に這うか滑るかしているらしいルドルフの姿に見入る。彼が銃弾の嵐になぎ払われるのを、身体がばらばらに裂けるのを、細かい肉片が飛び散るのを、腕が折れたように揺れるのを、ライフルが落ちるのを、頭そのものが粉砕されるのを見る——数秒前まで生きて、笑って、愛した、赤い血が通ったアメリカの青年であったかもしれないものの残骸がくずおれるのを。

サムは眼を見張った。蜂の巣になった死体は、最後の瞬間縁辺岩に引っかかり、それからハンマーで連打するような鋼鉄の雨の衝撃に、文字通り崖の向こうへ押し出された。ルドルフ・ザ・レッドの死体はゴミの袋のように、泡立つ深い谷間へと落ちて行き、永久に男たちの目から消えた。女たちの目からも（というのは、実際死体は見つからなかったからだ）。

サムは気分が悪くなった。数分の間、記者や他の者たちがみんな叫びながら先へと走っている時、彼はゲロちゃん（と、娘はよく言ってたっけ）しそうな気がした。だが戻しはしなかった。腹の底からの嫌悪感は去った。この恐怖の記憶は、この先何カ月も何年にもわたって彼の夢に染みを残すことになるのだが。サムは水筒から水を飲み、弁当箱からソーダクラッカーを出して食べた。そうしてもう一分ほどすると、気分が良くなり、警察、三郡の保安官とその助手、国立公園事務所の副所長、レンジャー二名、新聞記者三名、サン・ファン郡捜索救助隊の残り（四名）に加わって、岩の突端まで行かれるようになった。

肉片や骨片は見つからなかった。しかし大量の血の跡が岩の上を崖ふちまで続いていた。ルドルフのライフル、かつては美しかったであろう望遠照準器付きレミントン・三〇—〇六のばらばらになった残骸が見つかった。未発射の弾丸が一発、まだ薬室に入っていた。それに驚く者がいる一方、他の者は弾丸に引き裂かれたクリフローズとネズの名残を調べていた。それが長い午後中あの無法者に、発砲のために頭を挙げた時のなけなしの遮蔽物を提供していたのだ。

　他の者たちは、銃弾で穴だらけになった砂岩と、少し離れた手榴弾の爆発による火と火薬でいぶされたまだら模様を調べ、あるいは所在なく、岬の最先端部と本体とを分ける岩の裂け目に石を蹴り落としていた。石はカラカラと鳴りながら暗がりに消え、底に何世紀にもわたって堆積した岩屑の上にぽとりと落ちた。

　州警察隊の警部が対岸の部下に無線連絡し、ルドルフは明らかに、疑問の余地なく谷に落ちたことを確かめた。二人の警官は、死体が落ちる一部始終を監視しており、それが岩壁にバウンドして渦巻く洪水の下に消えるのを見ていた。さらに彼らは、ちぎれた手足がデニムに包まれたまま、下流で水面に上がり、浮き沈みしながら最初の屈曲の向こうに消えるのを見た。一機のヘリコプターのパイロットは、死体が滝を落ちて川に流れ込むのを追いかけようとしたが、失敗した。

　警部は壊れたライフルの破片と空薬莢を拾い集めた。男たちはみな考え込んだ様子で、あまりしゃべらずに、ゆっくり歩いてリザード・ロックのキャンプに帰った。

　サム・ラヴだけが残っていた。死の現場に到着したのが最後なら、去るのも最後だった。理由もわからずにうろつき回り、ざわめく峡谷をのぞき込んだ。音に心奪われ、少し恐ろしくなって——不気味な力に谷底へ引き込まれそうに感じた——数歩下がる。目を上げ、メイズの岩壁を、峡谷を、笠石を、夕日にメッキされたように輝く、あの奇怪な岩の迷宮を見渡す。遠くの無関係な光景が恋しくなり、遠く北へ直線距離で五〇マイルのブック・クリフスを、東のモアブの彼方、雪がまだらに残る一万三〇〇〇フィートの山頂を見つめる。最後にサムは、自分が（そしてルドルフが）来た長い道を振り返った。キャンドルスティック・スパイアーを過ぎ、リザード・ロックを過ぎ、人跡未踏の〈ひれ〉、ほとんど知る者のないスタンディング・ロック地帯の奥の方角を見た。今はすべてランズ・エンドの巨大な蒼い影に包まれている。

　日が沈む。そろそろ行こう。サムはひざをつき、もう一度だけ岩に裂けた深く暗い隙間をのぞき込んだ。底を見ようとする。暗すぎる。

「ルドルフ」サムは言った。「下にいるのか?」

　待つ。返事はない。

「その手には乗らないぞ。いつもうまく行くと思ったら大間違いだ」

　間。

「聞こえるか?」

答えはなく、ただ静かだった。
サムはもうしばらく待ち、それから立ち上がって仲間たちのあとを足早に追った。これからランズ・エンド、グリーンリヴァー、モアブ経由でブランディングに帰る、うんざりするほど長く遠回りのドライヴが待っている（ハイト・マリーナを通ってコロラド川を渡る短いルートは、道路局が「定期的な橋の補修」とするもののために、一時的に閉鎖されていた）。だがサムは気分が良くなっていた。胃袋の調子は良くなった。健康な人間のほぼ正常な食欲が戻るのを感じた。彼と、見えないほど高く飛んでいる高慢なコンドルは、共通の感情を抱いていた。

飯の時間だ。

終章

新たな始まり

法手続きは長く退屈だった。ウェイン郡で逮捕されたセルダム・シーン・スミスは、まず郡都のロウアで留置され、それから二日後にモンティセロの町にあるサン・ファアン郡拘置所に移送された。ボニー・アブズグとA・K・サーヴィス博士が隣、つまり隣接する房で待っていた。彼らの患者、ビショップ・ラヴは、危機を脱したが、回復は遅れていた。

アブズグ、サーヴィス、スミスは、以下の罪状について郡地方裁判所で認否を問われた。凶器を用いた暴行、重罪。単純暴行、軽罪。法執行の妨害、軽罪。放火、重罪。加重放火、重罪。共同謀議、重罪。保釈金は被告人一名につき二万ドルとされ、ドクが即座に支払いを手配した。保釈の数日後、三人はアリゾナ州フェニックスの連邦地方裁判所に迎え入れられ、下記の連邦法違反で告発された。共同謀議、放火、加重放火、爆発物の不法な輸送及び使用、公務員による拘留からの逃亡、すべて重罪。加えて逮捕妨害、軽罪。保釈金は二万五〇〇〇ドルだった。ドクが支払った。

例によって数カ月手間取ったのち、連邦裁判所は優先権を放棄し、ユタ州が先に被告を裁くことを認めた。ユタ州対アブズグ、サーヴィス、スミスの裁判は、モンティセロのサン・ファアン郡地方裁判所でメルヴィン・フロスト判事を裁判長として審理に付された。検事はJ・ブラッケン・ディングルダイン（アルバカーキにいるW・Wの遠縁のいとこ）、新たに選出された郡検察官で、ビショップ・ラヴの友人であり、仲間であり、共同経営者でもある。そう言えばラヴは、回復はしたものの妙に変わってしまった。その信念はもはやあまり明快ではなく、心臓は集中治療を受けて軟化していた。

弁護人として、ドクは二人の弁護士を雇った。一人は若いイェール大法科大学院《ロースクール》卒業生で、アリゾナとユタの両方に一族の有力なコネを持っている。もう一人はサン・フアン郡の地元民だった。モルモンの開拓者の末裔であり、成功し、高い評価を受けている落ち着いた物腰の年輩の紳士で、名をスノーという。

弁護側はまず、司法取引の申し立てで先手を取ろうとした。重罪での起訴が取り下げられるなら、被告人は三人とも、軽罪について進んで有罪を認めるというものだ。検事は取引を拒否した。彼は被告人を訴因のすべてで有罪にすることを決意していた。ディングルダインは、かつてのビショップ・ラヴのように、政治的野心を持っていた。そこでドクの弁護士は、陪審団を慎重に操作、隠れシエラ・クラブ会員を二人と明らかな変わり者を一人（ブラフ村出身の隠居したパイユートで現役の飲んだくれ）を陪審員席に座らせることに成功した。裁判は始まった。

検察側の申し立てが完全なものでないことはすぐに明らかになった。指紋や目撃者といった、被告人を犯行と疑問の余地なく結びつける確たる証拠がないのだ。スミスのトラックとヘイデュークのジープの中の罪証となる資材は、証拠に取り上げられなかった。いずれの車も見つからないからだ。スミスは、トラックは盗まれたと言った。ビショップ・ラヴと五人の救助隊の仲間は（召喚され、宣誓の上で）、スミスのトラックを運転している誰かを二度、別の折りに見かけ、追跡したと証言したが、その時スミス本人か他の被告人がトラックに乗っていたとは、誰ひとり断言できなかった。被告人に不利となるもっとも有力な申し立ては、彼らが犯行現場から少なくとも二度逃亡し、逮捕を逃れ、どうやら逮捕に抵抗したらしいという事実であることが判明した。全員が、ハイト・マリーナの北で起きた落石のことなど何も知らないと言った。メイズへ至る未舗装路で夜間発生した発砲のこともだ。ドクが言うには、そこで彼と友人たちは、ランズ・エンドからリザード・ロックまで月夜のクロスカントリー・ハイキングを楽しんでいたとのことだ。弁護側はさらに、被告人の誰ひとりとして前科を持たないこと、二人はビショップ・ラヴが発作を起こし、危急の状態に陥ったときに、自発的に救助に向かったことを指摘した。

三日後、証言はすべて聴取され、弁論は終わった。評決を検討するために、陪審員は退席した。合意には達しなかった。さらに二日、缶詰になって議論を戦わせたが、評決には至らなかった。隠れシエラ・クラブ会員がのちに明かしたところでは、彼らは二人ともすべての罪状について有罪に投票したにもかかわらず。評決は不能となり、再審を四カ月後に行なうことが予定された。

再びドクの弁護士は、司法取引の申し立てを試みた。今度はうまく行った。数週間水面下で交渉した結果、以下のように決着することで落ち着いた。ドクは本気で『モルモン経』の学習を始め、末日聖徒イエスキリスト教会に改宗する用意があることを、弁護士を通じて知らせる。彼とアブズグはメキシカン・ハットに近いヴァレー・オヴ・ザ・ゴッズで簡素な野外結婚式を挙げる。式はビショップ・ラヴ（生まれ変わった！）が直々に執り行い、セルダム・シーン・スミスが花婿介添人を、サム・ラヴが立会人を、スミスの十代の娘が花嫁の付き添いを務める。被告人は三人とも、軽罪と、各々一つの重罪、公共財破壊の共同謀議について有罪を認める。

彼らは判決を待った。それもやはり、フロスト判事を通じて根回しをしてあった。ここでアブズグとスミスが新たな難題を持ち出した。この期に及んで、自分たちの犯罪が完全に間違っていたと認めることを拒んだのだ。二人ともそのことに不平をこぼした。スミスの言葉で言えば「誰かがそれをやらねばならない」と。判事に提出する判決前報告書作成のためにこの事件を任された保護観察官は、困り果てた。彼はドク、判事、ドクの弁護士に相談した。ドクは行為と共同被告人の態度について、全責任を引き受け、こう主張した。自分が主犯であり、自分一人が若い仲間に影響を与え、考えを吹き込み、故意に彼らを間違った道へ導いた。自分が彼らを再教育し、社会に適応させて、キリストの元へ返すことを約束する。また、二度とこのような真似をしないことを誓う。また、判事から提案があった、ユタ南東部の人口五〇〇〇人未満の地域に移り住み、少なくとも向こう一〇年間医療行為を行なうことに、進んで同意する。判事は判決を言い渡した。

アブズグ、サーヴィス、スミスはそれぞれ、まったく同じ一年以上五年未満の刑を宣告され、ユタ州刑務所（そこでは今でも銃殺刑を選択することができる）で服役するものとされた。次に判事は、被告人の経歴とその他の情状を考慮して、懲役刑については執行を猶予したが、三人全員サン・フアン郡拘置所に六カ月間拘留されること、その後謹慎と合意条件の厳密な順守次第で、各自四年半の保護観察に付されることを命じた。加えて、スミスだけ別に岩を落としたかどで、軽罪としては最高額の二九九ドルの罰金を科され、潰れたビショップ・ラヴのシヴォレー・ブレイザーの代金を全額弁償するように命じられた。すべて全面的に受け入れた。だが生まれ変わったラヴは債務を帳消しにした。

フェニックスの連邦地裁は、ユタ州第七地方裁判所の訴訟記録とフロスト判事の勧告に従い、アブズグ、サーヴィス、スミスがアリゾナ州で犯したとされる犯罪についての起訴を、暫定的に取り下げた。それらの事件に関与した最有力容疑者、「ルドルフ・ザ・レッド」または「ハーマン・スミス」という人物として確認されているだけの白人男性は死亡したと考えられることも考慮に入れられた。

ディングルダイン郡検事は、不承不承にせよ、内心この事件の決着を受け入れていたが、人前では馬鹿らしくてかなわんと憤慨して見せていた。それも無理のないことだ。裁判所の生ぬるさ、犯罪者の甘やかし、社会全体の寛容な姿勢に対する怒りの声を追い風にして、ディングルダイン氏はユタ州上院に議席を獲得した。公約に掲げたのは、厳格な法執行、州の刑務所制度の拡大、鉱山業への連邦の補助金獲得、州内未開発地域の高速道路網の完成、大家族への減税、財政赤字を許さないだった。彼はただ一人の対立候補に圧倒的大差で当選した。相手はパイユートの隠居で、その選挙公約はただ一つ、幻覚サボテン《ペヨーテ》の自由化だった。

さらにいくつか派生問題があった。ラヴ兄弟は二人とも捜索救助隊を辞めた。セルダム・シーンは有罪判決を受けたあとで、第一夫人から、続いてすぐに第二夫人から、哀れ離婚訴訟を起こされた。グリーンリヴァーの妻《ひと》、スーザンだけが誠実であり続けた。サン・フアン郡拘置所で知らせを聞いたスミスは、新たに加わったこの法廷闘争をあまり深く考えないようにして、こう言った。

「ふーん、女房が二人ともすぐに再婚すればいいんだけどね。そうすれば、少なくとも二人の男は、僕が刑務所に放り込まれたことを悲しんでくれることになるから」間。「でも離婚訴訟を二つ抱えてどうしたらいいんだ？　ねえ、ドク？」

「元気を出せ」ドクは言った。「神のみぞ知る、さ」

サーヴィス博士はアルバカーキの家を売った。サーヴィス夫妻は、グリーンリヴァーの町（犬もいれて人口一二〇〇）を新しい、法的に定められた住居に選んだ。ドクは六五フィートのハウスボートを買い、スミスの牧草とスイカの農場の岸にある船着場に係留した。ドクとボニーは拘留期間を終えてから一週間としないうちに移ってきた。ボニーは水上菜園でマリファナを栽培し、必要とあればつないである細ひもを一本解くだけで、簡単に下流へ流せるようにしておいた。ドクは水曜夜にはワードの相互発達協会の会合に出席し（一年ほどの間）、毎週日曜には教会へ通った（一年半ほどの間）。彼は公認の神聖な規定通りのモルモンの下着を着ようとまでした。もっとも彼の真の野心は、セルダムのようなジャック・モルモンになることにあった。ボニーは改宗を拒み、グリーンリヴァーでただ一人のユダヤ教徒の地位に留まることを選んだ。ドクは一〇マイル離れた街中に診療所を借り、そこでボニーと開業した。ドクが診療し、ボニーが開業した。患者は少なく、時々料金をスイカで払ったが、ドクの医院は大変有り難がられた。いちばん近い商売敵は、五〇マイル離れたモアブにいた。必要な時には、ソルトレーク・シティやデンヴァーやアルバカーキでたまに執刀して、収入の足しにした。二人とも川の上に住み、小さな町で働き、唯一の隣人、セルダム・スミス夫妻との付き合いを楽しむ生活が気に入った。ドクは干し草圧搾機の動かし方まで覚えたが、トラクターに近づくことも車の運転も拒否した。どのみちドクとボニーは、いつも診療所まで自転車で通っていた。

ここでこの物語はハッピーエンドを迎えただろう、たった一つ、後で起きたささいな出来事がなければ。

執行猶予期間の二年目のこと。大きく快適な注文設計のハウスボートの一等船室で、五人の男女が手作りの松材のテーブルを囲んでいた。時刻は夜一一時。静かに明るく燃える、シェードがついた二つのアラジン・ランプの光で、テーブルは照らされている。灯油を燃料にするそのランプは、天井の梁に付けた金具からぶら下がっている。時々、ハウスボートが川波に優しく揺れると、ランプも少し揺れる。テーブルには緑色の布が掛かっている。布の真ん中には（残念なことに）ポーカー・チップがあり、ゲームは（親決めにより）ファイヴカード・スタッドだ。五人のプレーヤーはサーヴィス博士夫妻、スミス夫妻、それから彼らの共通の保護観察官、グリーンスパンという名の若い男だった。彼はユタ州ではどちらかと言えば新参者であった（蜂の巣州では新参者は常に歓迎されるが、仲間に入る時に時計の針を五〇年戻した方がいい）。会話はだいたい限られた、無味乾燥な類のものだった。

「賭け金よし。さあ、行くぞ。一〇、役なし。七、いけるかも。二のペア！　クイーン、役なし。それから――なあ、そいつを見てくれんか」

「何でそうなるんです、ドク？」

「我慢だよ、諸君、我慢だ」

「何でそんなにしょっちゅうってことですよ」

「ニーファイが私の手を導いているのだ。キングのペアから一〇賭ける」

「ひえー」

「コール」

「コール」

「僕らオケラの出る幕はなさそうだけど、とりあえず残る」

　ややあって、「君は？」とドクは言った。

「このゲームでは、伏せて配る《ホール》カードは一枚だけ？」

「そうだよ」

「で、ワイルドカードはなし？」

「なし」

「インチキ臭い、つまんないゲーム」

　スミスがテーブルから顔を上げた。何かが聞こえた。ドクにも聞こえた。川下からの風ではない。船の静かな軋みでもない。何か他のものだ。ドクは耳を澄ます。

「わかったわかった、やるわよ。配ってちょうだい。何をぼーっとしてるの？」

「わかってる。すぐに配るよ。セルダムは？」

「僕は降りる」スミスは手札を伏せた。ゲームを見ていなかった。

「わかった。賭け金よし。始めるぞ」ドクはカードを配った。何度もやっているように、一度に一枚、表向きで並べていく。

「四、役なし。ボニーのワンペアか、すまん。三、役なし。エース、なさそうだな。キングのペアがもう一〇賭ける」

　あとの者たちがコールし、降り、コールする間、ドクは耳を澄ます。音が聞こえる――蹄の音？　心臓の音？　いや、確かに馬の音だ。たぶん二頭の。誰か（もしかすると二人）が輝く夏の星の下、畑の間の埃っぽい小道を、川に向かって、ハウスボートに向かって馬に揺られてくる。速くはなく悠々と、並足で。静けさの中で音はよく届いた。

　ゲームは続く。ドクは賭け金をかき集めた。親はグリーンスパンに移る。彼がトランプを切る。ドクはボニーにちらりと目を配った。つまらなそうにテーブルを見つめている。何かに煩わされている。たぶん体調だろう。今夜、彼女に話をしなければならない。ゲームは四時間続いているというのに、我々は六ドルしか勝っていない。しかもグリーンスパンは三〇分もしたら帰らなければならない。こんなちまちましたことはやってられない。もう一度ボニーを見る。たぶん他のことだろう。今夜、話を聞いてやらなくてはならない。とは言え、ドクとボニーの間には、決して話さないことが少なくとも一つある。

グリーンスパンがカードを配る間も、蹄の音は依然近づいてくる。ドクはセルダムを見る。セルダムもドクを見ていた。セルダムは肩をすくめた。すぐに今度は、蹄鉄が桟橋の古びた厚板の上で立てる、ゴトゴトという音がするだろう。

グリーンスパンが腕時計を見た。今夜プライスまで車を運転して帰らなければならない。七〇マイルだ。この若い保護観察官はかなりの洒落者で、新しい鹿革のヴェスト、開拓者《マウンテンマン》風の房飾り《フリンジ》と銀の飾り《コンチョ》がついたものを着ている。

「二枚賭けます」グリーンスパンは言った。白いチップを二枚、布の真ん中、参加料《アンティー》が置いてあるところに押し出す。

次はスーザン・スミスだ。

「あたしは残る」

ボニーの番。

「二枚上乗せ《レイズ》」不思議そうに自分の手札を見ながら言う。いい娘だ。

ハウスボートは水面に揺れ、ランプが少し揺らぐ。デソレーション・キャニオンからの絶え間ない茶色い流れに逆らって、風が吹き上げてくる。小さな波が外側の喫水線を洗い、グラスファイバーで覆われた船舶用合板の船体を叩く（ドクは日干し煉瓦《アドービ》のハウスボートが欲しかった。イエローパインの梁が突き出していて、そこにニューメキシコ式に赤唐辛子の花輪を吊るせるものが。いくら金を出しても手に入らなかった。メキシコ海軍でもアドービの艦船には見切りをつけたそうだ。潜水艦を除いて）。

馬が止まった。蹄鉄の代わりに、ブーツを履いた人間の足が、拍車をじゃらつかせて板張りの上に乗る音が聞こえた。ドクはカードを置いて立ち上がった。葉巻を引き抜く。

「どうしたの？」スミス夫人が訊く。

「来客のようだ」ドクはドアの外の来訪者に、どうしても会わなければならないような気がした。ノックの音もしないうちにテーブルを離れた。

「失礼」

ドクは玄関へ行き、巨体で道を塞ぎながら戸を開けた。初め誰も見えなかった。じっと目を凝らすと、背の高い瘦せた人影が、ランプの灯からあとずさるのが何とか見て取れた。

「何か?」ドクは言った。「どなたですかな?」

「ドク・サーヴィスかね?」

「ええ」

「あんたの友達を連れてきた」見知らぬ男の声は柔らかく低かったが、実戦仕込みの凄みに満ちていた。

「少々治療が必要だ」

「私の友達?」

「ああ」

ドクは躊躇した。自分の友達はみんな中に、テーブルの周りにいて、こちらを見ている。彼らの方を向いて、ドクは言った。

「何でもない。すぐに戻る。私抜きで続けてくれ」

ドクは後ろ手にドアを閉め、見知らぬ男のあとについて行った。男は桟橋を川岸へと戻る。そこに馬が一頭立っていた。手綱を地面に引きずっている。星明かりに目が慣れると、男はやはり第一印象の通りであることがわかった。背は高いがひどく瘦せた男で、まったく見覚えがない。埃っぽいリーヴァイズ・ジーンズを身に着け、黒い帽子をかぶり、バンダナで鼻と口を覆っている。男は片方の暗い目でドクをじっと見た。もう片方、左目がないことにドクは気づいた。

「あんたは一体誰だね?」ドクは言った。葉巻を吹かし、赤い火口を闇に輝かせる。魔法の印だ。

「そいつは知らない方がいいだろう、ドク。だが――」

覆面の後ろでかすかな動きがあった。微笑むような。

「――俺をキモサベと呼んでいた連中もいる。こっちだ」

「ちょっと待ってくれ」ドクは立ち止まった。「その私の友達だという人はどこにいるんだ? 患者はどこだ?」

見知らぬ男は言った。「ドクは幽霊を信じるかね?」

間。風が河辺にそよぐ。

ドクは考えた。

「人の心につきまとう幽霊は信じている」

「こいつはそんなものじゃないんだ」

「何だって?」

「本物だよ。はるばるやって来たんだ」

「ふむ」少し震えながら、ドクは言った。「会ってみようじゃないか。その現象とやらを見てみようじゃないか。どこだ？」

再び静かな間があった。見知らぬ男が土手の上の小道に向かってうなずく。

「俺はここだぜ、ドク」聞き覚えのある声が言った。

ドクは首の後ろが総毛立つのを感じた。闇を透かして声の方を見上げる。二人目の騎手が天の川を背にしているのが見えた。ずんぐりした肩幅の広い筋骨たくましい男が、ソンブレロをかぶり、夜目にも眩しい笑みを浮かべている。乗っている馬の丈はおそらく五フィート八インチだろう。

何てことだ、ドクは思った。そして、自分があまり驚いていないことに、この亡霊を二年間待ち続けていたことに気づいた。ドクはため息をついた。ああ、まただ。

「ジョージか？」

「ああ」

「ジョージ、君なのか？」

「そうだってば。他に誰がいるよ？」

ドクはもう一度ため息をついた。「リザード・ロックで撃たれてばらばらになったんじゃないのか？」

「あれは俺じゃない。ルドルフだ」

「ルドルフ？」

「案山子だ。ただの人形だよ」

「よくわからん」

「なあ、俺たちを中に入れてくれよ。全部話してやるから。話せば長くなるんだ」

ドクはハウスボートの方を振り返った。カーテンの掛かった窓の光から、グリーンスパンと他の者たちがテーブルについて、ランプの灯の下でカードを続けているのがわかる。

「ジョージ……保護観察官が中にいるんだ」

「そうか、くそ。俺たちゃ行くぜ。邪魔したな」

「いや、ちょっと待て。あいつはいい奴だから、立場を悪くしたくないんだ。わかるだろ？　三〇分もすれば彼は帰る。こちらの友達と一緒に牧草地に馬を入れて、セルダムの家で待ったらどうだ？　あそこには誰もいない。どこかわかるか？」

「五分前に行った」

二人は星明かりの中で見つめあった。ドクは完全には納得していなかった。

「ジョージ……本当にジョージなのか？」

「いや、イカボド・イグナッツだ。こっちに来て傷に触ってみな」

「そうしよう」ドクは土手を登った。

馬が落ち着かない様子で身じろぎした。「どうどう、こん畜生め。よーし。握手しようぜ、ドク」ヘイデュークは子供のように笑った。

二人は握手した。きつく抱き合った。亡霊には昔と同じ臭くてがっちりしたヘイデュークの感触があった。何の進歩もない。

「何てことだ……本当だ」気がつくとドクは、目をしばたたいて涙を抑えていた。「元気か?」

「ああ。古傷がいくつか疼くがな。それだけだ。そこにいる俺のダチはあんたに会いたがってたぜ。セルダムは元気か?」

「変わりない。まだダムの計画に取り組んでいる」

「そいつはよかった」馬が足を踏み鳴らした。

「静かにしろ、こら」

しばらく間があった。

「ボニーはどうしてる?」

「私たちは結婚したんだ」

「聞いたよ。元気か?」

「妊娠四カ月だ」

「何だって」間。「いや、こいつはぶったまげたぜ。ボニーが。こりゃ驚いた。まったく参った、やられたよ。そんなことがあるとは思ってもみなかった」

「あったんだ」

「それでどうするんだ?」

「あれは母親になる」

「こいつは参った」ヘイデュークは解き放たれたライオンのように、悲しげな、うれしそうな、きまり悪そうな笑みを一度に浮かべた。「この助平じじいめ。あいつに会いてえなあ」

「会えるとも」

再び間。

「今の俺の名前はフレッド・グッドセルだ。まるっきり新しい身分証明書もある」ヘイデュークの笑みが大きく広がる。「それから仕事も持っている。来週から夜警として働き始める。俺は善良な市民になるんだ。ドク、あんたやセルダムやボニーと同じようにな。当分はな」

ドクはまたハウスボートを振り返った。玄関が開いている。ボニーが明かりの中に立ち、表をうかがっている。

「戻った方がよさそうだ。待っていてくれ。よく顔を見たい。傷もだ。きっとボニーも。セルダムも。どこにも行くなよ」

「馬鹿言えよ、ドク。俺たちゃ疲れて腹ぺこなんだ。

今夜はどこにも行きゃしねえよ」

　ボニーが呼んだ。「ドク……そこにいるの？」

「すぐに行く。もうすぐだ」

　ヘイデュークは含み笑いした。「なあ、ドクよ、あんたとセルダムがあの橋でやった仕事、見事だったぜ」

「なんの話だ？」

「何？　グレン・キャニオン橋のことだぜ」

「あれは私たちじゃない。あの日はちゃんとここにいた。証人もいる」（ありがたいことに）

「いや、こいつはまた参ったな」ヘイデュークは言った。考え込み、頭を振りながらこの情報を検討する。「聞いたか？」と覆面の相棒に尋ねた。馬上の相棒はうなずいた。

「ドク」ヘイデュークは言った。「怒られないうちにカミさんのところに戻んな。ただ、その前に俺に訊いておくことが一つあるんじゃねえか？」

「何？」ドクは吸いさしの葉巻を噛んだ。火は消えていた。「何だ、それは？」

「俺がどこで夜警の仕事をするのか、訊かねえのか？」

　ヘイデュークはまたにやりと笑いかけた。

　今度はドクが考え込む番だった。ごく短く。

「いいや、聞かない方がいいと思う」

　ヘイデュークは声を立てて笑い、相棒の方を向いた。「な、言っただろ」次にドクに向かって言う。「それもそうだ。だが、見当はつくだろう？」

「ああ、見当はつく」

「セルダムは知りたがるぜ」

「直接言ってやれ」

「わかった、そうしよう。それじゃ、待ってるぜ。行こう」ヘイデュークは大きな馬の向きを変え、踵で軽く蹴った。馬はうれしさに鼻息を荒げて突き進む。

「でもあまり長く待たせるなよ」ヘイデュークの声が遠ざかる。

　二頭の馬は暗い小道を、牧草地に向けてゆっくりとした足取りで消えていった。ドクはしばし二人の後ろ姿を見守った。それからよたよたと土手を下り、落ち着きを取り戻すと、何事もなかったかのように火の消えた葉巻を力強く吸いながら、浮かぶ我が家に入って行った。

「どうなってる？」ドクは吠えた。

「表にいたの誰？」ボニーが訊く。

「誰も。誰が親だ？」

「これが最後の勝負です」カードを切りながらグリーンスパンは言った。「入りますか、ドク？」

「入れてくれ」ドクはボニーとセルダムにウィンクした。「それとカードのカットを忘れんじゃあねえぞ、くそっ」

訳者あとがき

一九九〇年代後半、アメリカでダム開発の終焉が宣言され、不要になったダムの解体、撤去が取りざたされ始めた時、人々は一編の小説を思い起こした。二〇数年前に書かれ、以来ロングセラーとなっているカルト的小説、巨大ダムの破壊をもくろむ四人の破壊活動家を描いたEdward Abbey著 *The Monkey Wrench Gang*, すなわち本書である。原著は一九七五年に出版された。アメリカにおいても日本においても、様々な形で開発の矛盾が明らかになっていた頃であり、それでもなお、多くの――おそらく大半の――人々が開発の大義を信じていた頃である。そこにエドワード・アビーは一石を投じた、いや、大岩を転げ落としたのだ。

アビーはアメリカ南西部の自然を描かせれば随一のネイチャーライター（本人はそのレッテルを嫌っていたらしいが）であり、「西部のヘンリー・デイヴィッド・ソロー」と賞賛されている。本書でも、コロラド高原の苛酷でいて繊細な風景が、精緻な筆致と深い洞察をもって描かれている。

だが、アビーには、他の多くのネイチャーライターには見られない、著しい特色がある。自然、特にアメリカ南西部の砂漠地帯を破壊するものへの怒りと、それを押し止めるための直接行動――破壊活動――の正当化である。平たく言えば、アメリカにわずかに残された荒野を開発という名の破壊から守るために、工事現場の建設機械をぶち壊し、巨大ダムを吹き飛ばせ！ということだ。

そのことは本書がネド・ラッドに捧げられていることからも明らかだろう。ネド・ラッド。産業革命初期の一九世紀初めのイギリスで、多くの困窮失業者を生み出す原因となった自動織機を破壊したラダイト運動の引鉄となった人物である。登場人物の一人、ジョージ・ヘイデュークの言葉にもあるように、二〇世紀の反産業革命が本書の、そしてアビーの多くの作品に共通するテーマなのだ。

このような考えは明らかに、資本主義の総本山たるアメリカ合衆国のもっとも神聖な教義、私有財産の不可侵に抵触する。本書が、あたかもテロリストの教本であるかのように、良識あるアメリカ市民の顰蹙を買ったであろうことは想像に難くない。

しかし、ならば「共有財産」――アビーは *The Journey Home*（邦訳『荒野、我が故郷』野田研一訳、宝島社）で「地球は……誰のものでもあり、誰のものでもない」と述べている――であれば侵してもいいのか？　そのように考える多くの人々から、本書が熱烈に支持されたのも確かだ。そしてその中には、この本を行動の呼びかけととらえて、実行に移す者たちもいた。なにしろボストン茶会事件（それがなければ今日のアメリカは存在しなかった）で、東インド会社の茶箱を海に投げ込んだ者たちの子孫であり、またそもそも本書が、著者を含めた実在の人物、事件をモデルとしているのだから。本書に触発されて、自然保護のために直接行動をとるグループ「アース・ファースト！」が誕生したことは、序文にも書かれている通りである。

一九九九年末にシアトルで開かれた世界貿易機関〈WTO〉閣僚会議は、経済のグローバル化と多国籍企業への規制緩和に反対するNGOなどによる猛烈なデモによって、決裂に追い込まれた。この時、本書が多くのデモ参加者の間で行動マニュアルとして利用されたと言われ、改めてその影響力の大きさがクローズアップされた。

このように言うと何やら環境保護を説いた堅苦しい本のように思えるかもしれないが、本来『爆破　モンキーレンチ・ギャング』はカーチェイスあり、爆破あり、銃撃戦ありのアクション・コメディ小説、冒険小説である。アビーも「単なる娯楽目的」で書いたと言っている。訳者もこれを「単なる娯楽目的」で訳しているつもりなので、そのようにお楽しみいただけると幸いである。環境保護の教科書でも、まして何かの（何の？）マニュアルでもないので、真面目に受け取りすぎないようにお願いする。

著者エドワード・アビーについて簡単に触れておきたい。

アビーは一九二七年ペンシルヴェニア州生まれ。第二次大戦中は陸軍に勤務し、除隊後は南西部に移り住んだ。ニューメキシコ大学で哲学修士号を取得。その後ユタ州のアーチズ国立公園にレンジャーとして勤務する。この時の経験を書いた初のノンフィクション作品、*Desert Solitaire*（邦訳『砂の楽園』越智道雄訳、東京書籍）はアメリカの原野の美しさと荒廃を描いて大いに讃えられ、これをもってアビーはアメリカ随一の自然環境の守護者とされた。

アビーの作品には他に *The Fool's Progress, Fire on the Mountain, One life at a Time, please, The Brave Cowboy*（*Lonely Are the Brave*の題でカーク・ダグラス主演で映画化）、*Black Sun, GoodNews, Beyond the Wall, Abbey's Road, Hidden Canyon* などがある。一九八九年三月一四日、アリゾナ州オラクル近郊で死去。享年六二歳。『モンキーレンチ・ギャング』の続編 *Hayduke Lives!* を書き上げたばかりだった。

本書の翻訳にあたり、グレン・キャニオン・アクション・ネットワーク（GCAN）代表のオーエン・ラマーズ氏に非常にお世話になった。GCANとは、グレン・キャニオン・ダム（そうだ、あのダムだ！）の水門を開放し、コロラド川を再生するキャンペーンを行なっている団体である——アビーとモンキーレンチ・ギャングが夢見たあのダムの撤去を（むろん合法的に）実現しようとしているのだ。私が『モンキーレンチ・ギャング』を邦訳したいというと、ラマーズ氏は「それはいい！　アビーがもし生きていたら、きっと喜んだと思うよ」と激励し、序文の執筆を引き受け、数多くの質問に親切丁寧に答えて下さった。この場を借りてThank you。それから、紙幅の関係でお名前を挙げることはできないが、有形無形のさまざまな援助を下さった多くの方々にもお礼を述べたい。

最後になったが、築地書館の土井二郎社長。初め私がこの企画を持ち込んだ際「ずいぶんと暴力的な小説ですねえ」と、半ば呆れておられたように思う。何だか自分が、実直で温厚なセルダム・シーン・スミスを犯罪行為に引き込むジョージ・ヘイデュークになったような気がしたが、その後は私以上の熱意で本書の出版に取り組んで下さった。心からお礼申し上げる。

（なお、本稿執筆にあたり以下の文献を参考にした：S・スロヴィック／野田研一編著『アメリカ文学の〈自然〉を読む——ネイチャーライティングの世界へ——』ミネルヴァ書房。Douglas Brinkley による *The Monkey Wrench Gang*. Perennial Classics 版の序文。J. R. Hepworth & G. McNamee, ed., *Resist Much, Obey Little—Remembering Ed Abbey*. Sierra Club Books）

二〇〇一年四月　　　　訳者

著者紹介

エドワード・アビー（Edward Abbey）

一九二七年ペンシルヴェニア州ホームに生まれ。アメリカ西部が生んだもっとも人気のある作家と言われ、しばしば「西部のヘンリー・デイヴィッド・ソロー」と称される。国立公園レンジャーとしての経験を書いた初めてのノンフィクション作品『砂の楽園』（越智道雄訳、東京書籍）でネイチャーライターとしての地位を確立し、自然を守る破壊活動団の活躍をコミカルに描いた代表作『モンキーレンチ・ギャング』（本書）は、発表から二五年を経てなお読み継がれるロングセラーとなった。邦訳作品には他に『荒野、わが故郷』（野田研一訳、宝島社）がある。

一九八九年死去。

訳者紹介

片岡夏実（かたおか　なつみ）

一九六四年神奈川県生まれ。青山学院大学文学部英米文学科卒。訳書にマーク・ライスナー『砂漠のキャデラック　アメリカの水資源開発』、アルンダティ・ロイ『わたしの愛したインド』（築地書館）。

爆破
モンキーレンチギャング

二〇〇一年五月二五日初版発行

著者――エドワード・アビー
訳者――片岡夏実
発行者――土井二郎
発行所――築地書館株式会社
東京都中央区築地七-四-四-二〇一　〒一〇四-〇〇四五
電話〇三-三五四二-三七三一　FAX〇三-三五四一-五七九九
振替〇〇一一〇-五-一九〇五七
ホームページ=http://www.tsukiji-shokan.co.jp/
組版――ジャヌア3
印刷・製本――シナノ印刷株式会社
装丁――中垣信夫+吉野愛

ISBN 4-8067-1222-1 C0097

くわしい内容はホームページで。URL=http://www.tsukiji-shokan.co.jp/

●アメリカとダム

砂漠のキャデラック
アメリカの水資源開発

マーク・ライスナー［著］　片岡夏実［訳］　六〇〇〇円

アメリカの現代史を公共事業、水利権、官僚組織と政治、経済破綻の物語として描いた傑作ノンフィクション。アメリカの公共事業の構造的問題を暴き、その政策を大転換させた大著。

◉**アウトドア評**＝本書は、あのレイチェル・カーソンの名著『沈黙の春』以来、アメリカで最も影響力のある書として、各方面からさまざまな賞賛を得た話題の本である。

◉**読売新聞評**＝水資源開発への懐疑を機軸に、米国のダム開発の歴史を丹念に追い、政治的利益のためにダムが造られていった過程を描いている。

◉**日本経済新聞評**＝一冊の本が一国の政治を変えることがある。「水」をテーマにしたこの本が、米国の公共投資のあり方を変えた。日本の水資源開発のあり方を考え直す手がかりにもなる。

沈黙の川
ダムと人権・環境問題

パトリック・マッカリー［著］　鷲見一夫［訳］　四八〇〇円

大規模ダム建設から集水域管理の時代へ。世界各地の河川開発の歴史と現状を、長年にわたるフィールド調査と膨大な資料からまとめあげ、川を制御する土木工学的アプローチの限界を描いた大著。

◉**週刊金曜日評**＝ダムに頼る治水や灌漑が、もはや破綻していることを教えてくれる。そして世界の先進国が、集水域管理による「非構造的アプローチ」で洪水に対処しようと変身中であることをも示している。

◉**日本経済新聞評**＝ダム建設にまつわる利権の構造を探る。ダム関係の詳細な資料は本質的な議論に役立つ。人間が自然を制御しきれるか考える参考になろう。

◉**山と溪谷評**＝多くの先進国で大規模ダムの建設が遺物となりつつある現在、なおダム建設に熱をあげる日本人にこそ本書は読まれるべきだと著者は述べている。

◉総合図書目録進呈。ご請求は左記宛先まで。
〒一〇四―〇〇四五　東京都中央区築地七―四―四―二〇一　築地書館営業部
《価格（税別）・刷数は、二〇〇一年四月現在のものです。》

●ダム問題について知る

エコシステムマネジメント

柿澤宏昭［著］　二八〇〇円

生物多様性の保全を可能にする社会と自然の関係とは？

経済・社会開発と生態系保全を両立させるエコシステムマネジメントという新しい手法を、日本で初めて本格的に紹介する。アメリカでの行政・企業・市民・専門家の協働による実践事例をもとに冷静に評価・分析する。

流域一貫　森と川と人のつながりを求めて

中村太士［著］　二四〇〇円

21世紀に求められる流域管理、流砂系管理、集水域管理、景域管理の指針を指し示す書。北アメリカ、中国、釧路湿原など、先進事例、調査事例を紹介しながら、森林、河川、農地、宅地と分断されてしまった河川流域管理をつなぎ直すための総合的な土地利用のあり方を提言する。

三峡ダム　建設の是非をめぐっての論争

戴晴［著］　鷲見一夫＋胡暐婷［訳］　◉2刷　四八〇〇円

中国で発禁処分となった話題の書。財政、水運、堆砂、治水、発電、住民移転、文化財・環境保全など、三峡ダム建設にともなう様々な問題を、中国国内の学者や研究者が徹底論究する。世界最大級のメガ国家プロジェクトに冷静な評価をくだす大著。貴重な情報も満載した。

水道がつぶれかかっている

保屋野初子［著］　一五〇〇円

借金残高11兆円をかかえ、自治体を財政危機に追い込んでいる水道事業。10年にわたる取材から、わかりにくい「水道破綻」問題の全体像を明らかにする。

◉毎日新聞評＝身近な「水道料金」をキーワードに、水道行政のかかえる問題点を徹底的に追及した好レポート。

くわしい内容はホームページで。URL=http://www.tsukiji-shokan.co.jp/

●日本の自然

「百姓仕事」が自然をつくる

2400年めの赤トンボ

宇根豊［著］ ◉新刊 一六〇〇円

田んぼ、里山、赤トンボ、畔に咲き誇る彼岸花……美しい日本の風景は、農業が生産してきたのではないだろうか。生き物のにぎわいと結ばれてきた百姓仕事の心地よさと面白さを語り尽くした、ニッポン農業再生宣言。

四万十川・歩いて下る

多田実［著］ ◉5刷 一八〇〇円

◉野田知佑氏（読書人評）＝行政による凄まじい自然破壊が報告されている。自然保護に関心のある人には必読の本。読むべし。

◉椎名誠氏（週刊文春評）＝ていねいで鋭いアウトドアルポの傑作。

◉山と渓谷評＝川を通して、自然と人との関わりを考えさせられる。

里山の自然をまもる

石井実＋植田邦彦＋重松敏則［著］ ◉5刷 一八〇〇円

◉日本農業新聞評＝自然保護のキーワード「里山」を多様な生物が共生する自然環境としてとらえ直し、その生態と人間との関わり合いの中で、環境の復元と活性化を図ろうとする。

◉教育新聞評＝具体的なサゼッションも豊富。環境教育の一助としても有効な一冊。

よみがえれ生命の水

地下水をめぐる住民運動25年の記録

福井県大野の水を考える会［編著］ ◉新刊 一九〇〇円

水質調査をはじめとする継続的で着実な調査、リーダーを議会に送り込み行政を効果的に動かす活動、それでも超えられない政治・経済の利権構造……住民運動のモデルケースとして全国的に注目を集める活動リポート。